L'Esthétique de l'existence chez Foucault

傅科的生存美學

——西方思想的起點與終結

高　宣　揚　著

法 國 巴 黎 第 一 大 學 哲 學 博 士

法國思想文化中心主任
上海同濟大學　哲學與社會學系教授

五南圖書出版公司 印行

…wohl aber dürfen wir von uns selbst annehmen, daß wir für den wahren Schöpfer derselben schon Bilder und künstlerische Projektionen sind und in der Bedeutung von Kunstwerken unsre höchste Würde haben - denn nur als *ästhetisches Phänomen* ist das Dasein und die Welt ewig *gerechtfertigt...*

Nietzsche, *Die Geburt der Tragödie*, 1871.

……且讓我們如此設想自身：對於藝術世界的真正創造者來說，我們就已經是圖畫和藝術投影本身，而我們的最高尊嚴，就隱含在藝術作品的意義之中；因為只有作為**審美現象**，我們的生存和世界，才永遠**充分有理**。

尼采：《悲劇的誕生》，1871 年。

作者簡介

　　高宣揚，浙江杭州人，一生的興趣是在哲學及人文社會科學的多學科文本中穿梭和思索。現為上海同濟大學法國思想文化中心主任、哲學及社會學系教授。一九五七至六六年於北京大學攻讀哲學，獲學士和碩士學位。旋於北京中國社會科學院世界宗教研究所從事研究工作多年。一九七八年經香港赴法國巴黎第一大學深造，一九八三年獲哲學博士學位。曾先後在法國巴黎第十大學、法國國家科學研究中心、巴黎國際哲學研究院、台灣東吳大學、北京大學、中國人民大學及中央民族大學任教及研究，同時還為香港三聯書店、天地圖書公司以及臺灣遠流、唐山、五南出版社主編《西方文化叢書》（三十五本）、《人文科學叢書》（三十本）、《研究與批判叢書》（十二本）及《西方人文新視野》等。已發表的專著有：《存在主義》、《結構主義》、《佛洛依德主義》、《新馬克思主義導引》、《實用主義和語用論》、《哈伯瑪斯論》、《解釋學簡論》、《哲學人類學》、《德國哲學的發展》、《羅素哲學概論》、《羅素傳》、《佛洛依德傳》、《畢卡索傳》、《沙特傳》、《論後現代藝術的不確定性》、《李克爾的解釋學》、《當代社會理論》（上下兩卷）、《後現代論》、《布爾迪厄》、《魯曼社會系統理論與現代性》、《流行文化社會學》、《當代法國思想五十年》、《在差異中遊戲的哲學家：德里達》、《拉康》及《在死亡中思索：福柯》等專書以及其他以中外語言撰寫的多篇論文。

序　言

這本書的起草與定稿過程，經歷了一段曲折而艱難的過程。

1995 年深秋，老朋友董特（Jacques D'Hondt）教授及布旦（Jean-Claude Bourdin）教授邀我訪問布阿濟耶大學，並同遊附近笛卡兒（René Descartes, 1596-1650）和拉佈雷（François Rabelais, 1483-1553）的故鄉，下榻於景色如畫的希農城堡（Château de Chinon）附近的鄉村別墅。當時，傅科的《言論及寫作集》（Dits et Écrits）四卷本剛剛出版。身處於傅科、笛卡兒和拉佈雷出生和成長的地方，我們自然地談及許多有關他們的作品。在話語的象徵性力量的引導下，加上蕭蕭秋風和醇烈葡萄酒香氣的雙重醺染，使我們情不自禁地墮入由歷史、現實與未來所交錯構成的「渾沌」夢境，沉浮於沁人心脾的蒼茫寰宇之中，讓我頓時感受和品嚐到環繞傅科成長的文化氛圍，在矇矓中似乎聆聽和領悟到隱含於其中的某些歷史訊息，使我更深刻地體會到傅科的**生存美學**（l'esthétique de l'existence）的重要意義：**人生的最高價值，人類生存的真正本質，就在於它的審美性**；人世間，唯有審美活動，才使日復一日的平庸生存過程和有形的語詞符號，變成為富有詩性魅力和充滿創造性的奇幻藝術力量，帶領我們永不滿足地追求、超越、鑑賞和回味人生及其歷史的審美意涵，將歷史從過去的牢籠中解脫出來，使它頃刻間展現成五彩繽紛的長虹，架起溝通現實與未來的橋樑，穿梭於生活世界，引導我們飛騰於人類文化與自然所交錯構成的自由天地，在生命與死亡相交接的混沌地帶，達致尼采所嚮往的「永恆回歸」最高境界，使短暫的人生，一再地獲得重生，重疊成富有伸縮性的多維時空，開拓了同各種可能性相對話和相遭遇的新視域。

正是在同遊傅科故鄉的這段日子裡，我才獲得機會認真消化了傅科的生存美學，並由此體會到：審美與超越密不可分；創作和審美愉悅感，乃是詩性生存的雙生子，兩者共時雙向互動地將人生引入無限的自由境界。**審美，才是人的最高超越活動，是將生存引向充滿快感的自由創造境界的永不枯竭的動力源泉。**因此，不斷加強我們的審美態度及其能力，就為自身提供了增強生存價值和開創更多自由的基本條件。更具體地說，只要具備了足夠的審

美能力，人生的漫漫道途，就會振盪成千種風情迴響迸發的生活交響樂曲，使姣媚嫻麗的浪漫情調與險象環生的艱苦磨練意志交互激盪，一再地把人生，展示為引人入勝的「柳岸花明又一村」妙不可言的生活歷程；而通過循環地品嘗生存美感的曲折過程，又使自身有可能進一步自由地展翅翱翔於無邊無際的生活世界中。

　　人是在不斷的創造中實現自由超越的特殊生命體；人雖然可以選擇哲學、科學和宗教的超越途徑，一再地滿足其「好奇」、「驚異」的天性，但唯有在審美超越活動中，才能使人所特有的情、智、意志及想像力，渾然一體交融運作，昇華到無法無天、無底無邊的逾越境界，使作為「生命的唯一主人」的「我們自身」（nous-mêmes），真正具有崇高無比的尊嚴。

　　二十世紀末以來，傅科生前未正式發表的演講、訪問錄、短文及其在法蘭西學院的歷年授課講演錄，陸續地正式出版。這是法國當代思想史上的一件大事。它不僅為研究傅科的思想，提供了最新的資料；而且，由於傅科思想的深刻性及其在當代法國思想史上的重要地位，也直接推動了當代法國整個思想及哲學研究的發展進程。這批最新發表的傅科著作，首先是指 1997 年發表的《必須保衛社會》（Il faut défendre la société. Cours au Collège de France, 1976. 1997）和 1999 年發表的《異常者》（Les Anormaux. Cours au Collège de France, 1974-1975. 1999）；在此基礎上，2001 年又發表了他的《主體的詮釋學》（Herméneutique du sujet, Cours au Collège de France, 1981-1982. 2001），2003 年發表了他的《精神治療學的權力》（Le pouvoir psychiatrique: 1973-1974）。除此之外，尚有《知識的意願》（La volonté de savoir: 1970-1971）、《懲罰的理論與制度》（Théories et institutions pénales:1971-1972）、《懲治的社會》（La société punitive: 1972-1973）、《安全、領土及居民》（Sécurité, Territoire et Population: 1977-1978）、《生命政治的誕生》（La naissance de la biopolitique: 1978-1979）、《論對有生命的人的統治》（Du gouvernement des vivants: 1979-1980）、《主體性與真理》（Subjectivité et vérité: 1980-1981）、《對於自身與他人的管制》（Le gouvernement de soi et des autres: 1982-1983）以及《對於自身和他人的管制：真理的勇氣》（Le gouvernement de soi et des autres. le courage de la vérité: 1983-1984）等講稿，正在準備排印中。所有這些，連同在 1994

年早已發表的《言論及寫作集》（Dits et Écrits, 1994），將進一步揭示許多關於傅科思想的奧祕，有助於更透徹地瞭解傅科的思想全貌。

　　這些最新發表的傅科著作，同他生前已經發表的著作相比，不僅從內容方面涉及到許多新的問題，而且，也在表述的層次、風格和方式方面，更加深刻、生動活潑和含蓄細膩，活靈活現地呈現出傅科的曲折而複雜的思路及其特有風格。許多在其生前發表的著作中尚未清晰分析的論題以及各種變換不定的表達方式，都進一步在這些演講稿中得到了澄清。更值得注意的是，從新發表的講演錄中，不僅可以清楚地看到傅科晚期思想的思索方向及其重點，而且也挑明了貫穿於傅科思想始終的核心問題，突顯出生存美學在其思想發展中的關鍵地位。可以毫不誇大地說，**生存美學，是傅科整個思想的精華；不理解生存美學，就無法真正把握傅科的整個理論。**

　　迄今為止，學術界關於傅科思想的研究，絕大多數都集中在他的權力（le pouvoir; the Power）和性（la sexualité）的論述上。但是，傅科本人生前就指出：他的研究的主要目標，既不是權力，也不是「性」。他在 1982 年明確地說：「我首先要說一說我最近二十多年來的工作目標。它既不是分析權力現象，也不是為此分析提供基礎。我所研究的，毋寧是探索我們文化中，有關我們人類的各種不同的主體化模式的歷史（J' ai cherché plutôt à produire une histoire des différents modes de subjectivation de l'être humaine dans notre culture）」（Foucault, 1994: IV, 222-223）。接著，1983 年，傅科又說：「我應該承認，和『性』等問題相比，我是更多地對**『自身的技術』**（techniques de soi）以及與此相關的問題感興趣；『性』，是令人厭煩的」（Foucault, 1994:383）。這就是說，權力和性的問題，在傅科的思路中是次要因素，是從屬於他所探索的真理遊戲和生存美學的戰略目標；**必須把權力及性的問題，放置在真理遊戲和生存美學的廣闊視野中加以觀察。**傅科所關切的重點，始終是「我們自身」（nous-mêmes）的問題：我們自身是如何成為說話、勞動、生活的主體？在現代的社會條件下，作為主體的我們自身，又怎樣同時地成為知識、權力和道德行為的對象和客體？我們自身是怎樣成為法制、道德倫理以及各種社會文化規範的限制對象？換句話說，我們自身為什麼如此偏執於主體性、卻又不知不覺地成為被宰制和被約束的客體？我們自身究竟有沒有可能不再成為主體性原則的奴隸？應該怎樣走出主

體性的牢籠，而使我們真正成為自身生命的自由的主人？所有這一切，都關係到我們自身的命運、現狀與未來，關係到我們現在所處的「現代性」，關係到我們自身的生死存亡和自由。如果說，傅科在七〇年代以前，集中探討知識考古學和權力系譜學，研究現代各種論述及其宰制實踐，探索真理遊戲及其策略，那麼，所有這些研究，都只是為他後期所探索的生存美學做準備。他在前期的首要研究目標，就是通過考古學和系譜學，揭示造成「我們自身」的現狀的歷史奧祕；而在七〇年代中期之後，當傅科轉而研究「性史」、「自身的技術」和生存美學的時候，他更多地是為了尋求解決我們自身的現狀的出路。**生存美學，就是引導我們自身走出現狀的困境、創造自身的幸福美好生活的實踐原則。**所以，只有全面閱讀和研究傅科的著作，特別是七〇年代中期之後的著作，研讀他在世的最後十年期間於法蘭西學院的全部演講稿，才能真正把握他的思想真蹄。

從 1978 年第一次閱讀傅科的《語詞與事物》至今，二十多年來，我對傅科的思想的認識和理解，經歷了曲折的反思過程。最近幾年對於傅科最新著作的研究，使我更深入到他的心靈深處。傅科思想內涵的深刻性、凝縮性、藝術性和極端遊動性，使試圖把握他的思想的任何人，都難免會時時陷入困惑和面臨瓶頸。唯有反覆閱讀和深思他的著作，如同重複誦讀和鑑賞一首美詩那樣，從前向後，又倒過來，由後至前，再嘗試從中間的不同地方自由穿插；這也如同在驚濤駭浪中游泳或駕船冒險那樣，上下沉浮，來回穿梭，或在中途突然變換方向，前後繞道迂迴，才能慢慢地對他的基本概念和思路，有所瞭解；由此，也才能對他的思想中所提出的難題和曲折性，逐漸地產生強烈的興趣，並意識到傅科思想風格的魅力。也正是在這裡，典型地體現了傅科思想的不確定性、多變性、含糊性、獨一無二性和自由創造性。**傅科把思想、創作和生活，當成無止盡的藝術創造和審美的遊戲活動，試圖在其自身的思想活動和理論實踐中，不停地尋求生存美的最高自由境界，體現了他的崇高情操和風格。**對於人來說，藝術創造比科學認識更有價值，因為只有透過藝術創造中對於美的無限追求，才能徹底避免將科學認識當成目的自身、並使之功利化和工具化的傾向，才能展示人生的最高價值，才能品味人生的審美價值，才能將人生提升到最高的自由境界。然而，生活本身就是藝術審美的基礎、溫床和基本表現；唯有把生活本身當成藝術創造和審美

的過程，才能徹底領悟生活的意義。傅科的生存美學，試圖向我們展示這樣的道理：使自身的生活變成為生存美的展現過程，不但可以不斷創造和鑒賞真正的美，而且，還可以引導自身深入真理的殿堂，陶冶崇高的道德情操。

傅科所探索的生存美學，通俗地說，就是做人的藝術。做人不容易，非但是因為人及其所生活的世界本身極其複雜而難以對付，而且，還因為人本身，就是一個永遠不甘寂寞、時刻試圖逾越現實的特殊生命體。更確切地說，不是生活環境的複雜性，而是人自己的創造和好奇本性，使世人產生無止盡的審美慾望，永遠不滿足於現狀，永遠追求更美好的前景，因而才使人生變得既艱苦、又華麗，既煩惱、又充滿快感，既有限、又存在無限超越的可能性。因此，**做人本身，就其本質而言，本來就是一種人生藝術創造和審美生存的實踐過程**；非要經歷長期曲折的磨煉和陶冶，在快樂和苦難的雙重淘洗中，才能真正地體會和掌握到人生的審美藝術。真正的生存之美，只能存在於重複、更新、模糊、變幻和皺褶的生活歷程中，因為正是在那裡，才提供了尼采所說的「永恆回歸」（die ewige Wiederkunft）的可能性及其永久值得循環回味和令人流連忘返而無限嚮往的迷幻境界；也只有在那裡，才有可能使人自身，達到既脫離主體性、又無需客體的最高自律領域。

透過對於傅科思想的系統研究，我逐漸理解貫穿於其心路歷程及其變幻思想核心的生存美學（L'esthétique de l'existence）的重要意義。因此，**本書對於傅科各種思想觀點的研究及探索，都立足於他的生存美學及其真理遊戲策略的基礎上；把他的一切思想觀點、生活行為及各種活動，都看作是他的生存美學及其真理遊戲的表現形態和實踐見證。**

正如本書將要全面加以論述的，傅科的生存美學雖然是在他的晚期著作中，特別是在七〇年代末至八〇年代講授於法蘭西學院的講稿中，才正式出現，但生存美學的基本精神和核心思想，早就在他的初期和中期的著作及其生活實踐中體現出來。**生存美學無疑是傅科的生活觀和理論觀的根基。**由於以生存美學為基礎，才促使傅科對違背生存美學原則的西方傳統思想及其制度化過程進行考古學和系譜學的批判，從對於近代知識論述及其實踐策略的揭露，特別是從對於近代主體性原則的解構，轉向對於西方思想最早源頭的探索，致力於發現「關懷自身」基本原則的古希臘羅馬原型的審美價值，並同時在其學術研究中，始終採取語言論述遊戲的基本策略，使他的研究主

題，隨著他的思路的自由發展而不斷發生變化，表現出德勒茲所說的那種
「重複，分層，返回，回到原來的地方，鉤破裂縫，難以覺察的區別，二分
化以及致命的撕裂」（Deleuze, 1990: 116）的特徵。德勒茲所列舉的傅科
上述創作特徵，就是藝術創作本身的特徵，也是藝術美的基本表達形式，更
是傅科自身實踐其生存美學原則的生動見證。

　　傅科的理論觀和方法論是同他的生活觀緊密相聯的。就連他的思想表達
方式，他的語言論述的修辭，也深深地隱含著他對於生活美的精益求精的追
求精神。**傅科一向把理論創造和思維活動看成自身的生命，當成一種生活藝
術，當成「關懷自身」（souci de soi）和進行自身完善化的過程，當成追求
最高自由境界的一種「自身的技巧」（technique de soi）或「自身的實踐」**
（pratique de soi）。當傅科作為傅科，展示其思路，想其所想，並提出他
的理論論述時，他的人格、氣質和人活觀，就已經隨著他的思想的運轉而滲
透到他的觀點及其論證過程中。他的審美生活觀時刻伴隨著他的思想的進
程。因此，結合他的生存美學，分析他所提出的各種問題，理解他的任何一
種思想推理過程，掌握他的主要思想和理論觀點，是非常必要的。

　　姑且不問他是「誰」，因為他一向反對別人向他提出「你是誰」的問
題，他也拒絕給自己的人格下定義或進行界定；因為他期盼自己永遠成為一
位不斷更新和不斷有所創造的活人和自由自在的人。杜思妥也夫斯基
（Fyodor Mikhaïlovitch Dostoyevsky, 1821-1881）早就說過，人始終都不可
能同他自己相一致。艾德加・艾倫坡（Edgar Allan Poe, 1809-1849）的天才
著作，也形象地顯示了人的自我矛盾性和變幻性。傅科尤其不願意使自己成
為一個被他自己的固定身分所限定的人。他厭惡「身分」，厭惡一切標榜
「正義」、「善」和「真理」的法制、道德和規範，反對一切固定不變的尺
度，因為它們都是以限定人及其生活，作為其基本宗旨。他的思想進程，隨
著他的精神生命的自我再生產，不斷地自我轉化和自我更新，尋求新的自由
目標，並在自身的反覆更新中，享受生活美的樂趣。傅科自己將這樣的生活
態度和思想模式，稱為無止盡的「永恆遊戲活動」（jeu perpétuel）：在遊
戲中冒險，在遊戲中挑戰，在遊戲中創造，在遊戲中蛻變和更新，因而也在
遊戲中品嚐痛苦的滋味，又在承受痛苦中體驗歷經驚險的快樂，在一波又一
波向死亡挑戰、並在「進入死亡」的「極限」狀態中，在滿足慾望達成的快

感中，層層深入美的境界，走向新的自由。

傅科一再地宣稱，現代社會的奧祕，就存在於它所製造的各種語言論述（discours）之中。但傅科又一再強調，語言論述始終同它所論述的事實保持距離，甚至採取完全相反的表現形式，以便於論述本身逃脫實際的基礎，將自身掩飾成「無關利益」或「中立的」的純「客觀」語言形式，有助於它繼續發揮它的奇妙而神祕的社會功能。因此，本書筆者充分地意識到：本書有關傅科的一切論述，充其量也只能在一定間距內，模糊地表現出傅科的自身面目及其思想境界。至於**傅科本人究竟是什麼樣的人，實際上永遠都會是一個不解之謎**，因為傅科本人原本就不希望真正說出他自己究竟是什麼人；讀者至多只能透過本書和傅科本人所提出的各種論述，反覆體會它們同實際的傅科之間的「間距」（la distantiation），並在間距中，不斷地反思兩者之間的區別性和同一性中的辯證法遊戲。

因此，這本書的目的，不是要把傅科界定或確定在一個框框之內，而是要結合他的遊戲式的生存美學，發現他的思想和理論的「詩性美」，特別是他進行思想和理論活動的特殊風格（style particulier de la pensée）。我相信，掌握他進行思想和理論活動的風格，比理解他的思想和理論產品的特徵更重要，而且還更困難得多。傅科的思想是活的，在他的著作的字裡行間和在他的文風中，包含著生機勃勃的生命力和自我再生產的無限動力，也體現了他運用語言文字的熟練巧妙的審美原則。不懂得他的思想創造的生存樣態和活動風格，就無法理解其中所運載的思想內容及其審美價值。

總之，筆者對傅科的著作進行系統而歷史的考察之後，才終於明白他為什麼在他的晚期提出了生存美學。**生存美學實際上就是傅科的特殊的世界觀、道德觀和人生觀，是他的理論思想發展的真正基礎，是他進行自由創造的原動力，也是他獨一無二的優雅風範的源生溫床，又是他為現代人走出現代性困境而設計的積極生活方式**。所以，從時間順序來看，他的生存美學確實是在他的晚期才正式提出，但其基本精神和原則，早已在他的生活歷程的各個階段，在其思想創造過程中，前後一貫和淋漓精緻地呈現無遺。本書準備以「回溯」和反覆穿插的方式，從他的生存美學出發，探索和評估他的思想創作活動及其在各個時期的主要產品；然後，在完成對於他的生存美學零碎式和斷裂式的歷史回顧之後，再從他晚期所提出的「我們自身的歷史存在

論」的理論高度，做出對傅科思想全貌及其生存美學的開放式的評估。

　　研究傅科無疑是一種「精神煉獄」；跟隨他的思路，探查他的精神生命的脈搏，品嘗其審美生存歷程中的各種酸甜苦辣滋味，就很可能會像他一樣，難免經受反覆曲折的思想磨練，遭遇並回味個人生活中無數奇特而驚險的經驗，並一再承受歷史和實際社會生活種種艱難險阻的錘煉；但這無疑又是一場有趣的生命遊戲和思想創造的賭注性探險活動。我們果真同傅科一起投入那種審美生存遊戲的漩渦，就會像他那樣，可能會被人們譏諷為『瘋子』，但同時又確實獲得了珍貴的學習和驗證生命的機會，在自身、歷史、語言和自然美之間的交錯互動中，一再地鑑賞生存和死亡的審美意義。

　　筆者曾幸運地從 1979 年至 1983 年，陸續地聆聽傅科於巴黎法蘭西學院講授的課程。當時他的分析重點，已經轉向自身的技術、生命政治和生存美學，先後論述了有關「對有生命的人的統治」（Gouvernement des vivants）、「主體性與真理」（Subjectivité et vérité）、「主體的詮釋學」（L'herméneutique du sujet）及「自身及他人的管轄」（Le Gouvernement de soi et des autres）等主題。法語 Gouvernement 有很多意涵：管理、管轄、統治、政府、政體、政府機構等。傅科是以這個語詞的廣義，對它進行考古學的探討。親臨現場聆聽他的話語，我才意識到：他的演說風采以及講話時的姿態、語氣、表情及腔調等，確確實實構成了他的思考方式、思維模式、論證方法以及生存美學的一個不可分割的部分。他在講課中的一舉一動及神態，簡直就是他所追求的生存美學的逼真流露。他以他自身的話語、文風和舉止，表明了他把思考及研究問題當成自己生命的一部分，也當成他的審美生活實踐的一個最重要的方面。**生活必須是自由的，才真正令自己愜意，同時又不傷害他人。**而傅科的生活的一大部分，就是進行不停頓的自由思考。他期望使自己的自由創作能夠豐富個人的人格，同時也給環繞著他的人，帶來某種快樂，與他共同享用由他開創的精神饗宴。

　　當他在 1981 至 1982 年開講「主體的詮釋學」（l'herméneutique du sujet）的課程時，我正緊鑼密鼓地準備我的博士論文。他的基本論題「關懷自身」（souci de soi），使當時陷於生活和研究困境的我，不知不覺地培育出灑脫的氣質和優雅從容的態度。從那以後，傅科的言詞及風格，像某種神祕的氛圍那樣，時時環繞和影響著我的生命歷程。

　　2002 年春，我自行選擇退休方式而結束了在東吳大學的十三年教學生涯。但對我來說，這次退休絲毫都不意味著停止研究及創作；而是我自身晚年尋求新的審美生存的又一個起點。這本書的撰寫和出版，就是為了在完全結束我的學術生涯之前，向傅科表示我對於他的敬意和感恩。

　　傅科一再地說，人死後就意味著「墮入虛空的深淵」。蒙泰涅也深刻地指出，哲學就是學會和實踐走向死亡的藝術；哲學就是關於死亡的實踐智慧。不懂得死亡，就不會藝術地和審美地生活。臨死前，傅科對他的朋友維納（Paul Veyne, 1930-）說：「……但願我們都能盡力賦予『消失般的死亡』（mort comme effacement; death-as-effacement）以審美的意義」（Paul Veyne, 1993[1986]: 1-9）。令人快慰的是，傅科逝世得越久，他的「消失般的死亡」距離我們越遠，就越變成為富有創造啟示的審美生存「意義」的真正溫床。但願這本書的出版，也成為我自己向「死亡即消失」的最高審美境界靠攏的真情告白和見證。

高宣揚

2004 年 1 月 23 日

脫稿於

法國地中海沿岸羅馬古鎮 Fréjus

蔚藍寶石別墅（Villa Pierre d'Azur）；

2004 年 6 月 25 日

傅科冥旦二十周年

定稿於

上海同濟大學

法國思想文化中心

目錄

作者簡介

序言

前奏曲

　　傅科的生存美學（l'esthétique de l'existence），是他長期進行知識考古學（l'archéologie du savoir）以及權力和道德系譜學（la généalogie du pouvoir et de la morale）研究的直接成果，也是他自身生活歷程的經驗總結和實踐智慧（phronesis）的結晶，同時又是他在探索西方思想源頭和批判古希臘羅馬時代生存美學原有版本的基礎上，為了徹底擺脫近代西方思想及其社會制度的約束，根據現代生活條件而創造性地設計出來的新型的自由生活方式（une nouvelle manière de vivre）。

　　傅科一生所關懷的基本問題，始終是我們自身的生活命運；他既要探討我們自身的現狀及其歷史原因，又要尋求我們自身實現自由的審美生存的出路。所以，1983 年，傅科很明確地指出：「思想史的任務，與行為史和觀念史完全相反，是要發現和考查，人類自身究竟根據什麼條件，不斷地反思和考量自身、自己的所作所為以及自己生活於其中的世界。但是，在提出這個非常一般化的問題時，特別是當它涉及到古希臘羅馬文化的時候，我認為，這個問題的提出，是同我們社會中特定時期內具有重要意義的一系列生活實踐方式，有密切關係。這一整套實踐方式，可以稱之為『生存藝術』（les arts de l'existence）。**所謂生存的藝術，就是一整套反身的和自願的實踐方式**（des pratiques réfléchies et volontaires）；人們不僅由此確定一定的行為規則，而且還設法改變他們自身，形塑他們自身的獨特生存方式，並使他們的生活，改變成為具有特定美學價值、又符合特定風格標準的**藝術作品**（une oeuvre d'art）。這樣的**生存藝術**（arts d'existence）以及『**自身的技術**』（la technique de soi），當它們被基督教整合到教士的權力運作模式中，當它們在更後一個階段又被整合到教育、醫學、和心理學的實踐的時候，就喪失了它們的一部分重要意義及其自律性」（Foucault, 1994: IV, 544-545）。因此，傅科指出：「我應該承認，同『**性**』（la sexualité）等問題相比，我是更多地對『**自身的技術**』（techniques de soi）以及與此相關的問題感興趣」（Foucault, 1994: IV, 383）。由此可見，探討「自身的技術」以及相關的生存美學，在傅科後期的研究工作中，越來越佔據重要的地位；

他的生存美學，是他尋求關懷自身的生存藝術的自然產物。

　　但是，要徹底探索生存美學，不但同西方的「自身的技術」的演變過程有關，而且勢必要關連到西方文化中最重要的主體性原則（le principe de la subjectivité）的形成和運作過程，關係到貫穿於西方文化生活中的真理遊戲（le jeu de vérité）策略（des stratégie），也同西方人的基本生活經驗（l'expérience fondamentale des Occidentaux），特別是他們在性的方面的生活經驗（l'expérience de la sexualité）息息相關。傅科為此強調說：「我所研究的，毋寧是探索我們文化中，有關我們人類的各種不同的主體化模式的歷史（J' ai cherché plutôt à produire une histoire des différents modes de sub-jectivation de l'être humaine dans notre culture）」（Foucault, 1994: IV, 222-223）。顯然，傅科之所以在臨死前十年左右，轉而集中思考西方社會文化中的「性史」部分以及「自身的技術」的轉變過程，就是為了從中揭示西方主體性原則的考古學和系譜學根源，並同時釐清原本存在於古希臘羅馬文化中的性經驗（aphrodisia）和生存美學（l'esthétique de l'existence）。傅科通過他的研究發現：在古希臘羅馬時期，關於「性」的藝術（l'art de sex-ualité）以及生存美學，是關懷和陶冶自身、以便使自身的生活方式，提升到具有藝術遊戲性質的實踐智慧（phronesis）的更高層面；古代的生存美學，雖然會對自身的行為，有某種程度的約束，但其目的，完全是為了滿足自身審美愉悅的慾望，而且，它的實行過程，也完全出自個人內心的自由意願，並有利於自身生存的審美化。

　　因此，傅科後來集中探討生存美學，並不是偶然的。根據傅科的看法，人生在世並非為了使自己變成為符合某種「身分」標準的「正常人」或「理性」的人。對人來說，最重要的，不是把自身界定或確定在一個固定身分框框之內，而是要透過遊戲式的生存美學，發現人生的「詩性美」的特徵，創造出具有獨特風格的人生歷程。傅科一向把理論創造和思維活動以及生活本身，當成生存遊戲藝術，當成「關懷自身」和進行自身生命審美化的過程，也當成追求最高自由境界的一種「自身的技術」（technique de soi）或「自身的實踐」（pratique de soi）。他認為，哲學的任務，不應該是進行抽象的意義探討，也不是為了建構系統的理論體系，而純粹是探索和總結生活的藝術，尋求生存美學的各種實踐技藝。人是一種永遠不甘寂寞、時刻試圖逾

越現實而尋求更刺激的審美愉悅感的特殊生命體；真正懂得生存審美意義的人，總是要通過無止盡的審美超越活動，盡可能地使自身的整個生活過程，譜寫成一首富有魅力的詩性生存的讚歌。

考慮到西方社會和文化的特點，傅科認為：生存美學的重建及其實施，是離不開對於「**我們自身**」的歷史存在論（l'ontologie historique de nous-mêmes）的研究（Foucault, IV, 223; 383; 609）；這是因為在西方文化和思想的演變過程中，早在前蘇格拉底時期和在希臘化時代，就奠定了關懷自身的基本原則，創建了西方歷史上最早的「自身的文化」的黃金時代，而從基督教道德和羅馬統治者的權力運作緊密相結合之後，特別是自從近代社會產生之後，西方人的思考模式和生活方式都發生了根本的變化；取代「關懷自身」的主體性原則，逐漸成為了個人和社會生活以及文化再生產的基本原則。

「**我們自身**」的歷史存在論所要探討的基本問題，就是「**我們自身是如何成為主體的**」？傅科在這個基本論題中，強調了兩方面的意含：一方面是試圖揭示他所一貫嚴厲批判的傳統主體性原則的真正實質，另一方面則重點指明：「**創建絕對自由的個人自身（soi-méme）**」在生存美學理論和實踐中的核心地位。

為了揭示傳統主體性原則的真正實質，傅科在其一生的理論研究中，以大量的精力從事知識考古學（archéologie du savoir）以及權力和道德系譜學（généalogie du pouvoir et de la morale）的批判研究活動，不遺餘力地揭示權力（le pouvoir）、知識（le savoir）和道德（la morale）以及各種社會文化力量的緊密交錯關係，揭露它們相互配合、縱橫穿梭而彼此滲透的狡詐計謀，特別是揭示它們在創建和散播各種論述（le discours; Discourse）以及貫徹論述實踐（la pratique discurcive）的過程中，威脅利誘地對人們運用複雜的策略（stratégie）的權術遊戲的特徵。傅科指出，就是在這種政治運作中，我們逐漸地喪失了「自身」，一方面成為知識、權力和道德的主體（le sujet）以及成為說話、勞動和生活的主體，另一方面也不知不覺地淪為歷代社會統治勢力所宰制的對象或客體；所以，傅科由此指出，主體無非是各種傳統理論對每個人的自身進行扭曲的結果，也是社會統治勢力普遍宰制個人的欺詐手段。正因為這樣，傅科對傳統「主體」深惡痛絕，欲予徹底批判而

後快。

更具體地說，傅科在其長期的理論研究中所要探討的基本論題就是：「我們自身為什麼和怎樣同時地成為知識、權力和道德的主體和客體（對象）」？我們自身在形成為知識、權力和道德的主體的過程中，究竟又怎樣既滿足於主體地位，又永遠感受到自身的不自由？傅科由此認為，如果我們自身並不知道自身的奧祕，不知道自身何以成為主體、卻又同時成為被宰制的對象，那麼，掌握再多的知識真理，握有再強大的權力，把自身練就成德高望重的人，又有什麼意義？在探尋上述基本論題的基礎上，傅科終於從七○年代中期開始，將研究中心轉向關懷自身（souci de soi-méme），轉向「我們自身」的真正自由的基本條件和實踐原則，這就是他的生存美學的基本宗旨。

由此可見，**傅科對傳統主體論的系譜學批判，是他建構生存美學的基礎和出發點**。正如傅科所說：實際上，「唯有首先通過將主體自身的存在納入真理遊戲之中的代價，真理才有可能被賦予主體自身」（la vérité n'est donnée au sujet qu'à un prix qui met en jeu l'être même du sujet）（Foucault, 2001: 17）。所以，傅科明確地指出：「我的問題，始終都是關於主體與真理的關係；也就是說，主體究竟是如何進入某種真理遊戲之中」（Foucault, 1994: IV, 717）。為此，傅科在 1980 至 1981 年度的法蘭西學院課程大綱進一步明確地指出，「步入真理的門檻」（l'accès à la vérité），對當代西方人來說是如此重要，以致連西方人自身的身分及其生活的意義，都是由此決定的（Foucault, 2001: 504）。

經過長期探討，特別是經過曲折的知識考古學和權力道德系譜學的批判研究之後，傅科終於以總結的姿態，對主體性問題作出如下結論：「首先，我想，實際上並不存在一種握有主權、作為建構者、又到處可以找得到的普遍形式的主體（je pense effectivement qu'il n'y a pas un sujet souverain, fondateur, une forme universelle de sujet qu'on pourrait retrouver partout）。對於這個主體概念，我是非常懷疑和討厭的（Je suis très sceptible et très hostile envers cette conception du sujet）。我想，與此相反，主體的建構，是通過一系列隸屬化的實踐，或者，如同古代時期那樣，以某種更加自律的方式，通過解放的和自由的實踐，同時，當然也根據人們在文化領域內所遇到的相當

數量的規則、風格和規定（Je pense au contraire que le sujet se constitue à travers des pratiques assujettissement, ou, d'une façon plus autonome, à travers des pratiques de libération, de liberté, comme, dans l'Antiquité, à partir, bien entendu, d'un certain nombre de règles, styles, conventions, qu'on retrouve dans le milieu culturel）」（Foucault, 1994: IV, 733）。

　　傅科就是這樣，試圖通過對統治者所操縱的真理遊戲的考古學和系譜學的研究，揭示和闡明：人生的真正目標，不是尋求時時約束我們自己的「真理」、「權力」和「道德」，也不是盲目地依據傳統的主體論而將自身改造成為知識、權力和道德的主體；而是使自己成為自身命運的真正主人，成為具有絕對獨立意志，敢於和善於滿足自身的審美愉悅快感，使自身的言語運用熟練自如，文風優雅，培養成為富有創造性的獨具自由個性的個人。

　　正是在這個意義上說，「我們自身的歷史存在論」所要達到的目標，是同追求自身生存自由的生存美學相一致的。傅科試圖通過他的生存美學的考察，將人本身從傳統主體性原則的約束中解放出來，恢復人之為人的自然面目：人之為人，不是他物，不是為這種或那種外在於自身的「原則」所界定出來的，不是主體性原則所為；而單純是其自身而已。換句話說，人既不從屬於「他人」，也不從屬於世界，更不追求抽象的「意義」；人的真正奧祕就在其自身（soi-même）之中。自身，是個人生命的基本單位及其生存過程，是決定個人自由以及創造個人生命的審美生存特有本色的基礎力量。自身無需在他之外尋求其生存及其生存方式的理由。傅科指出：「人人與之相關的自身（le soi），無非就是關係自身（n'est rien d'autre que le rapport lui-même）。總之，自身就是內在性，或者，更準確地說，是關係網中的自身的存在論本身」（Foucault, 2001:514）。我們的「自身」，在未同他人和他物發生關係以前，在本質上是一種「缺乏」（absence）。換句話說，缺乏就是自身的生存本質。缺乏，給予自身永恆的自我超越和自我創造的強大動力。作為缺乏，自身永遠需求建構和重建它所期望的同他人和同他物的關係。所以，自身雖然深處於人的生命活動過程內部，但它那只屬於其自身的生命力本身，具有完全自律的超越性，使它始終有發自內部的自我超越傾向，永遠產生能夠推動自我實現的某種張力關係。這就是人的「自身」不同於其他生命的地方（Ibid.）。傅科強調，生存美學所尋求和探討的自身，是

　　自由的自身，是真正靠自己本身的自由意向所創建、並不間斷地實現審美超越的生命單位和生存過程，因而是唯一的和不可取代的個人生命的基礎。

　　因此，傅科主張，為了創建和實現美麗的人生，我們必須時時轉向自身（epistrephein pros heautou; conversion à soi; se convertir à soi），朝向自身，靠向自身，相信自身，關懷自身，在滿足個人自身欲望快感中，不斷實現審美生存的自由逾越和好奇性探索，以便創造、享受和鑑賞自身的生存審美快感，使自身成為真正獨立自由和充滿創造活力的審美生命體。

　　很多人以為，傅科的整個理論活動，只是重點地對傳統思想進行批判，似乎他只會否定和破壞，並沒有進行有建樹的理論創造。但實際上，在二十世紀七〇年代中期之前，傅科的首要研究目標，就是揭示造成「我們自身」的現狀及其歷史奧祕；而在七〇年代中期之後，當傅科轉而研究「性史」、「自身的技術」和生存美學的時候，他更多地是為了尋求解決我們自身的現狀的出路。**生存美學就是引導我們自身走出現狀的困境、創造自身的幸福美好生活的實踐原則。生存美學本身的提出，就是一個具有重大理論意義的創造。**傅科的生存美學的提出，既是西方思想、特別是近代西方文化的終結，又是新世紀人類文化重建的勇敢嘗試。

　　傅科的生存美學強調：對於人來說，只有在審美超越中，才能達到人所追求的最高自由；也只有在審美自由中，才同時地實現創造、逾越、滿足個人審美愉悅以及更新自身生命的過程。自身的生存審美過程，是審美的訓練、陶冶、錘鍊和教育，更是具體的和複雜的生活實踐本身。它要求在自身的生存歷程中，紮紮實實而又自覺自強地進行；必須在生存的每時每刻，讓自身的生活變成為藝術的創造過程，成為充滿活力的美的創造、提煉和不斷更新的流程。顯然，在生存美學中，美已經不是柏拉圖式的「理念」，不是黑格爾的「絕對精神」的化身，不是康德的「審美判斷力」，不是分析美學所說的「審美經驗」的實證體現，同樣也不是自身任意杜撰出來的虛幻形式。美，是具有實踐智慧的人自身，在其藝術般的生活技巧和特殊風格中造就和體現出來，又是在關懷自身的延綿不斷的歷程中一再更新的自由生活。

　　生存美在本質上是自由的、悲劇性的和永恆逾越的。美，只有在自身的審美生存中，才能產生出來；它本身是隨生存而不斷變化的生活藝術（un art de vivre）和生存技巧（une technique d'existence）的產物（Foucault,

2001: 428-429）。因此，真正的美，歸根結底，是創造活動的藝術作品本身（une oeuvre d'art de la création elle-même）。

　　從人的審美生存的超越性，自然地引伸出審美生存本身的無止盡創造活動。審美生存既然是人的一種最高的超越活動，它就不可能停留在一個水平上，也不可能滿足於一個有限的創造結果。人的審美生存的超越性，如同哲學思維、藝術創造和科學發現的超越性一樣，從本質上說，是自由的，無止盡的，無限量的和無最後目標的。**超越之所以超越，就在於它就是超越本身；也就是說，超越勢必要超越一切，包括超越它自己**。正如亞里斯多德早就指出的，超越是人的好奇和驚異天性所造成。審美的超越性，決定了它自身的永無滿足的創新性質，也決定了美好的人生的不斷更新及其青春常在的可能性。正因為這樣，傅科一生中始終經歷曲折的創造過程，並在生活的更新中，尋找更廣闊的審美生存目標。

　　由於美和人的生活具有內在的密不可分的關係，所以，美和具有自由意志的人一樣，是不可界定的；唯其如是，它才有資格被稱為美，它才顯示出人的審美生存的至高無上性，它才能淋漓盡致地表現自身生存的獨樹一幟的風格，它才能為自身帶來自己所喜好和期望的快感和愉悅，滿足自身獨特的審美品味，它才為人生帶來無限的希望。但美的不確定性，並不意味著它的任意性和通俗性，而是強調它的創造性。**美的真正價值及其提供審美快感的主要根基，就在於它是創造的動力和產物；自身是在突破傳統和舊事物的創造活動中，獲得自身不斷更新的快感和愉悅**。正如傅科所說，他所追求的，就是從自身中不斷地「拔除他自己」（arracher à lui-méme）的創造過程（Foucault, 1994: IV, 43）。「我想，沒有必要確切地知道我究竟是誰。對於生命和工作來說，最重要的，是它們有可能使你變成為與原初的你有差異的人」（Foucault, 1994: IV, 777）。真正美的生活，就是同時地不斷改變自身和不斷改變世界的創造性活動。因此，可以說，**美是創造和叛逆的動力和產物**。自身的生活唯有充滿創造和叛逆，才顯示其藝術性和風格美。只有懂得創造和叛逆，只有掌握創造和叛逆的藝術的人，才能達到生存美的自由境界。不論是傅科本人的親身實踐，還是他所進行的考古學和系譜學研究以及他後來集中探討的生存美學，都顯示傅科的人生哲學的叛逆性和創造性的雙重性格。

　　實際上，傅科始終把思想、創作和生活，當成無止盡的藝術創造和審美的遊戲活動，試圖在其自身的思想活動和理論實踐中，不停地尋求生存美的最高自由境界，體現了他的崇高情操和風格。

　　傅科同他的同時代的新尼采主義者一樣，通過他們本身的生活實踐和創作過程的實際表演，試圖向我們顯示：**生命的本質就在於它時時刻刻面臨可能性，時時刻刻與「過度」、「極限」、「冒險」和「逾越」相遭遇；生存之美，恰恰就在逾越中閃爍出它的耀眼光輝。**傳統思想和道德，總是把法律和規範之外的一切，說成為「虛空」、「死亡」或「異常」。但是，傅科的創造與叛逆相結合的生活態度及生存風格，促使他不僅一再地逾越現存的制度、規範、界限以及各種禁忌，而且，也不斷地更新他的研究和探索方向及論題，生動地展現他所追求的生存美學的原則。他曾經深刻地將他自身的審美生存的經驗基本宗旨，歸結為這樣的豪言壯語：「將我自己從自身中拔除，阻止我成為我自己」（Foucault, 1994: IV, 43）。也正因為這樣，他的作品和他的生活，都可以作為美的藝術品，永恆地留存在人類文化寶庫和歷史之中。

　　總的來講，**傅科的生存美學，就是他的生活、創作和研究的交響樂三部曲：**㈠它首先總結和體現了傅科自身的生活實踐經驗；㈡它是傅科對於「真理遊戲」的考古學和系譜學研究的理論結晶；㈢它是傅科發揚古希臘羅馬生存美學、並以其自身的實踐智慧所總結出來的當代詩性生存寶典。所以，本書從相互交叉的立體透視的研究取向，分成前奏曲和三大篇，分析和探索傅科的生存美學。前奏曲部分極其概括地論述傅科思想的主導線，勾劃他的心路歷程基本脈絡，闡明他對於真理遊戲批判性探討中的考古學和系譜學研究的主要論題及策略，同時分析真理游戲導向生存美學的內在基礎，然後，集中分析生存美學的產生及其主要內容和基本精神。本書第一篇〈作為自身實踐的生存美學〉，結合傅科本人的生活歷程及其生活態度，針對他的作品中所體現的叛逆和創造精神，集中分析傅科在其自身實際生活實踐中所貫徹的生存美學原則。第二篇〈導向生存美學的真理遊戲〉，集中分析傅科的考古學和系譜學批判遊戲的主要論題，強調傅科的真理遊戲批判策略同生存美學原則的一致性。第三篇〈生存美學及其實踐藝術〉，集中分析生存美學的形成過程及其理論基礎，顯示生存美學在西方人文社會科學和哲學思想革命中

的典範轉換意義，揭示生存美學的實踐智慧性質以及它對新世紀文化革命的
重大意義。

作為自身實踐的

生存美學

第 *1* 章

以遊戲態度進行叛逆與創造

傅科（Michel Foucault, 1929–1984）的生存美學（l'esthéthique de l'existence），首先是他自身進行叛逆性創造活動的指導思想，也是他親身生活實踐的實際經驗的理論總結。傅科在其一生中，不論是在創作、講課、研究、討論、談話、訪問、交友、從事社會活動，還是在普通的日常生活中，都力求其自身實現不斷的自我超越，呈現其個人自由的特殊風格和生活藝術。他一生的曲折歷程，他的不停頓的創作活動和無所畏懼的逾越（transgression）實踐，不愧是一首感人肺俯的詩性生存的頌曲，也是人生在世過程中付出極大代價而累計的實踐智慧（Phronesis）的生動表現。

傅科的同事、法蘭西學院教授哈多（Pierre Hadot, 1922–　），在談到生存美學的時候說，對於古代人來說，哲學並不意味著建構理論體系，而是一種進行自我陶冶的生活選擇，是人們為尋求實踐智慧而不斷總結生存實際經驗的藝術。生存美學實際上就是作為生活方式的哲學（la philosophie comme manière de vivre）（Hadot, P. 2003）。哈多和傅科一樣，對古希臘羅馬哲學有精湛的研究（Hadot, 1992; 1993; 1995; 1997; 1998a; 1998b; 1998c; 1999; 2003）。傅科在其晚期的研究中，從古希臘的哲學、文學和歷史文獻中，發現了極其珍貴的生活哲學及實踐智慧的大量論述。傅科特別讚賞古羅馬斯多葛學派哲學家馬克·奧列爾（Marc Aurèle, 121–180）關於「哲學就是生與死的實踐智慧」的箴言。傅科的生存美學，就是以古希臘羅馬哲學家審美地做人處世和藝術地待人接物的實踐智慧為基礎，並根據傅科自身的實際生活經驗而總結和創造出來的當代詩性生存的理論典範。所以，正如哈多所說，生存美學並不只是一種理論性的哲學原則，而且更是生存實踐本身的技巧、生與死的藝術、高尚的生活風格和靈活機動的生活策略的經驗總匯（Hadot, P. 2003: 159–193）。

傅科一生反覆批判傳統思想關於人、人的生存、道德、主體、知識、權力以及藝

術的基本觀念；他的生存美學就是他在理論創造和個人生活兩方面，始終堅持徹底批判態度的重要精神支柱。因此，生存美學是建立在傳科的嶄新的人觀、人生觀及世界觀的基礎上；只有首先全面瞭解傳科的心路歷程，把握他在知識考古學、權力和道德系譜學方面的基本觀點，深入理解他對於當代精神治療學、監獄、規訓、宰制和生命權力的批判理論，釐清他的真理遊戲批判策略同生存美學的內在關係，才能真正跳出傳統理論和傳統美學的窠臼，進一步正確認識傳科的生存美學的真蹄。任何試圖以傳統人文主義、理性主義和經驗主義的觀點詮釋生存美學的做法，都將是徒勞無益的。

　　對於傳科來說，以生存美學的原則進行創造和叛逆，就是在生活歷程中實現充分自由的遊戲，敢於、並善於逾越各種約束人的自由的界限、禁忌、極限、規範和制度，甚至把逾越本身當成審美創造的基本前提。傳科的一生，正是在創造和叛逆中，不斷創造和享受生存美的過程。因此，本書第一篇，將從三個角度，分析傳科的審美生存的三大層次：㈠不斷探索新自由的生活經歷；㈡反叛與創新相結合的逾越；㈢不停息地創作藝術般的作品。

後啟蒙的新文藝復興

　　傳科是法國二十世紀下半葉最偉大的思想家和最有影響力的社會理論家。他在一生中所從事的思想創造活動和理論革命，已經為整個法國及西方人文社會科學界，貢獻出豐碩的研究成果，留下了無可估量的精神創作遺產，深刻地影響了法國及整個西方人文社會科學界的理論研究方向及思考模式。二十一世紀的人文社會科學，不管是哲學、社會學、人類學、心理學，還是語言學、法學、政治學、歷史學，都不能不在它們的理論領域中，感受到傳科的思想威力所引起的震撼。他以一個逾越者的特殊思考模式，以其獨特的創造性發問方式，並以其深具啟發性的探索過程，將法國、甚至西方各國當代思想界，導入一個新的思考方向，有助於扭轉正處於危機的西方現代性文化的演變進程，推動著正處於「世紀轉折」新時期的西方文化的整個歷史重建工程。

　　作為一位傑出的思想家，傳科及其成果在二十世紀下半葉的形成，是他個人的才智和時代相結合的產物。他個人不論在性格、才華、精神生活、學識和著述風格方面，都是獨具一格和拔萃出眾；而他所生活的時代，正是歷史劇變和文化典範交接的關鍵時刻，也是叛逆和創造的潮流洶湧迭起的歲月。由十五至十八世紀的文藝復興和

啟蒙運動所開創的近現代資本主義社會和文化，經歷近五個世紀的形成和發展過程之後，正在面臨新的歷史性挑戰。歷史的進程顯示：啟蒙運動固然無疑推動了西方社會的發展，在批判舊制度和舊文化方面做出了不可抹滅的貢獻，但它所提倡的理性的原則，解放的理念，自由的口號，平等的訴求，民主的制度，科學的真理，人文主義的幻影，都在歲月淘洗和歷史沖擊的考驗中，越來越顯露出其中的弔詭性、矛盾性和侷限性，從而也為西方社會和文化體系潛伏著各種危機的種子。

在思想、學識和文化層面上，比傅科年長整整一代的沙特（Jean-Paul Sartre, 1905－1980）、拉康（Jacques Lacan, 1901－1981）、巴岱（Georges Bataille, 1897－1962）、梅洛·龐蒂（Maurice Merleau-Ponty, 1908-1961）和卡謬（Albert Camus, 1913－1960）等人，作為二十世紀在思想和文化方面對啟蒙精神的第一代叛逆者，早已從三〇年代起，隨著第二次世界大戰的爆發，對啟蒙及其所建構的現代性（Modernité）文化總體結構，發起了總攻擊，開鑿了一個又一個粉碎性和顛覆性的裂縫，為傅科等人所組成的新一代思想家，開創了對啟蒙文化進行叛逆的光輝先例，也為他們提供了繼續叛逆和重新創造的有利的社會文化條件。

在傅科由中學到博士班的學習過程中，即從四〇年代到五〇年代末，整個法國人文社會科學界正受到黑格爾（Georg Wilhelm Friedrich Hegel, 1770－1831）、馬克思（Karl Marx, 1818－1883）、佛洛依德（Sigmund Freud, 1856－1939）、尼采（Friedrich Nietzsche, 1844－1900）、胡塞爾（Edmund Husserl, 1859－1938）和海德格（Martin Heidegger, 1889－1976）等人的思想的強烈影響。人們把馬克思、佛洛依德和尼采稱為「三位懷疑大師」，而把黑格爾、胡塞爾和海德格稱為「3H」；因此，也把這一時代稱為「三位懷疑大師」和「3H」的時代。

三位懷疑大師和 3H 的思想，之所以能夠在這個時候廣泛傳播於法國，應該歸功於柯以列（Alexandre Koyré, 1892－1964）、柯傑夫（Alexandre Kojève, 1901－1968）、巴岱、科洛索夫斯基（Pierre Klosowski, 1903－ ）、拉康、杜美濟（Georges Dumézil, 1898－1986）、雷蒙·阿隆（Raymond Aron, 1905－1983）、梅洛·龐蒂、沙特和卡繆等人，也要歸功於傅科在巴黎高等師範學院的導師依波利特（Jean Hyppolite, 1907－1968）、阿圖塞（Louis Althusser, 1918－1990）和岡格彥（Georges Canguilhem, 1904－1995）。傅科在青年時代的思想成長過程中，受惠於所有這些人的思想創造成果，特別是他的上述後三位導師。

　　當然，這一時期的法國青年學生，包括傅科在內，並不是清一色地抱有同樣的理想和具有同樣的世界觀。同當時的思想家相比較，傅科的思想更加接近於巴岱和梅洛‧龐蒂。一九七○年傅科在法蘭西學院發表其院士終身教授職務的就職演說中指出：「我們的整個時代，不管是通過邏輯學或者通過認知論，也不管是通過馬克思或者通過尼采，都試圖超越黑格爾。……但是，在實際上超越黑格爾，就意味著正確地估計脫離他所要付出的一切代價。這就是說，充分估計到黑格爾是在多遠的範圍之內接近於我們，我們究竟能在多大的範圍內思考著反黑格爾和黑格爾主義，同時這也意味著：我們對黑格爾的反對，可能只是促使我們期待並靜靜地進行思考的一種策略。或者，如果我們感謝依波利特給我們帶來比一個黑格爾更多的思想家的話，那麼，這就意味著在我們中間展現了一個促使我們自己永不疲勞地奔跑思索的大道；而且，通過我們面前的這條路，我們慢慢地同黑格爾分開，並保持距離，但與此同時，我們又感受到自己被帶回到黑格爾那裡，只是以另一種方式罷了。而後，我們又不得不從那裡重新離開黑格爾」（Foucault, M. 1971a: 744-745）。當傅科系統地總結自己的心路歷程時，人們並沒有忘記：在整整二十年以前，在同樣的法蘭西學院院士哲學終身教授就職演說中，傅科的前任梅洛‧龐蒂，也在同一個大廳，發表了有關法國思想界從二○年代到五○年代為止的實際狀況的演說。梅洛龐蒂也在他的院士就職演說中強調了黑格爾思想的重要意義：「黑格爾是近一個世紀以來哲學上的一切偉大成果的根源；例如：馬克思主義、尼采、現象學、德國存在主義和精神分析學的成果，都是這樣。黑格爾開創了對於非理性主義的探索嘗試，並將非理性納入更廣泛的理性範疇之中，從而使對於這種更廣泛的理性的探討，變成為本世紀的重要任務。……」（Merleau-Ponty, M. 1948: 109-110）。

　　這一切，一再地被法國思想家們所肯定，例如，在 1972 年由 *Tel Quel*（《如此原樣地》雜誌）所組織的研討會上，幾乎所有與會者都同意：在戰後法國思想界所出現的「尼采、巴岱、拉康和馬克思主義熱」，無非是「黑格爾體系解體時所爆破出來的產物」（Bataille, 1962: 36）。

　　事隔二十年，前後兩篇院士就職演說詞，深刻地描述了從梅洛‧龐蒂到傅科，當代法國的整整兩代思想家所經歷的思想陶冶成長過程。

　　傅科所處的那個時代，沙特存在主義如日中天。傅科在其早期思想成長過程中，曾經閱讀過沙特的《存在與虛無》等著作，並深受其影響。但傅科更傾向於梅洛‧龐

蒂、巴岱和依波利特。梅洛‧龐蒂和沙特都同為現象學的擁護者，但梅洛‧龐蒂並不像沙特那樣，仍然停留在主體哲學的範圍內，而是創造性地提出身體與精神的互動新理論，強調身體在一定程度上相對於精神的獨立性，並認為身體具有存在的創造價值。梅洛‧龐蒂實際上是將胡塞爾關於「主體間性」理論，進一步發展成為「身體與精神的互為主體性」理論。這就使梅洛‧龐蒂擺脫了傳統的主體哲學的影響，成為了二十世紀下半葉徹底批判主體哲學浪潮的先驅之一，因而也為傅科等人徹底摧毀主體哲學奠定了基礎。而且，傅科很快就在阿圖塞的影響下，接受結構主義反主體哲學的基本觀點，因而對他在語言論述方面的思考具有決定性影響，加速了他的思想方法的革命。至於新尼采主義者巴岱在傅科思想形成中的地位，更是不言而喻。

更令人深思的是依波利特對於傅科的影響。從思想基礎而言，依波利特在注重黑格爾哲學這方面，幾乎同沙特一樣。但依波利特不同於沙特，並沒有停留在辯證法的層面上，而是強調向極限的探索，並身體力行地在其哲學思索中，表現出一再打破極限的探險式的創造活動，為傅科提供了光輝的榜樣。傅科說：「我自己很明白為什麼我閱讀尼采。我閱讀尼采是因為巴岱，而我閱讀巴岱是因為布朗索。因此，如果說尼采只是在 1972 年才出現，如果說只是在 1972 年，才由那些在六〇年代曾經是馬克思主義者、而後又試圖通過尼采走出馬克思主義的人們說出尼采的話，那是完全錯誤的。那些第一批訴諸於尼采的人們，實際上並不試圖走出馬克思主義，因為他們本來就不是馬克思主義者，而是現象論者」（Foucault, 1994: IV, 437）。在這些第一批倒向尼采的法國思想家中，傅科本人就是一個最重要的成員。作為存在主義者，沙特也是現象論者。同樣是現象論者，傅科和沙特卻走向了兩個不同的方向。這主要決定於沙特和傅科所受到的哲學傳統的教育及其個人思考模式的區別。傅科雖然曾經熱衷於現象學，但他很快就從尼采那裡受到啟發而同現象學劃清界限。他與現象學的分野，主要就是在主體意識的問題上。他曾經說：對於現象學來說，經驗的意義，就在於提供對於經歷過的某一個對象，對於日常生活中的過渡性的形式，進行一種反思的觀望機會，並從中獲得它們的意義。現象學試圖從日常生活的經驗中獲取意義，使自身得以在日常生活的基礎上建構起自己的主體性。但尼采等人卻相反，試圖從經驗中尋求逾越和消除自身的途徑，使自己永遠不會是同一個不變的主體，使自己永遠在創造中獲得重生。傅科正是選擇了後一條道路，使他與同時代的存在主義者，特別是沙特，分道揚鑣。

　　不僅如此，而且，傅科在巴黎高等師範學院遇到岡格彥之後，岡格彥在知識史和科學史方面的研究路線和方法，更使傅科走上徹底與沙特決裂的思想路程。傅科在總結岡格彥的研究路線、方法論和主題時，特別提到當代法國思想的兩大主流：一方面是以沙特和梅洛龐蒂為代表的經驗哲學、意義哲學和主體哲學，另一方面是以噶瓦耶（Jean Cavaillès, 1903-1944）、巴舍拉（Gaston Bachelard, 1884－1962）和岡格彥為代表的知識哲學（la philosophie du savoir）、理性哲學（la philosophie de la rationalité）和概念哲學（la philosophie du concept）（Foucault, 1994: III, 430）。而這兩大主流的思想，實際上又是起源於對胡塞爾現象學的不同詮釋。胡塞爾的現象學是在三〇年代傳播到法國思想界。這主要應歸功於胡塞爾自己：他本人在 1929 年親自訪問法國時，發表了著名的《笛卡兒的沈思》（Les Méditations cartésiennes），從而帶動了法國最初的現象學運動。從那以後，胡塞爾的現象學在法國以兩種解讀方式展現出來：沙特開創了以主體為中心概念的現象學運動，他在 1935 年發表的《自我的超越性》（La transcendance de l'égo）為這一派現象學運動敲響了開場鑼，而另一派則以噶瓦耶為代表，他在 1938 年發表的論文《公理方法》（Méthode axiomatique）和《集合論的形成》（Formation de la théorie des ensembles），回溯到胡塞爾本人的最早關懷主題，集中思考形式主義（le formalisme）、直覺主義（l'intuitionnisme）以及科學的問題。噶瓦耶、巴舍拉和岡格彥的研究路線的重要意義，就在於凸顯科學知識問題在現代社會中的決定性地位。現代社會的發展本身，已經充分證實了這條研究路線的深刻性。當然，岡格彥並不停留在由噶瓦耶和巴舍拉所開創的知識史研究的原有基地上，而是進一步從尼采那裡吸收批判的力量，從根本上質疑從啟蒙運動以來所發展出來的科學技術及其哲學基礎。所以，岡格彥和傅科後來都在其知識史研究中，更進一步地從現象學營壘中分離出來。傅科在研究和探索精神病治療學史的過程中，深深地受到了岡格彥的觀點和方法的影響。

　　從同法國哲學傳統的關係來看，沙特繼承和發揚了自笛卡兒（René Descartes, 1596－1650）經柏格森的主體意識哲學的傳統，而傅科則寧願在上述主體意識哲學之外，從尼采、從現代和後現代的語言哲學的風格中吸取養料，使他從五〇年代起走上由尼采所開闢的解構語言論述的創作道路。主體哲學不但使沙特變成為典型的存在主義者，而且也使他更加接近馬克思主義。而傅科相反，雖然早期經阿圖塞接觸過馬克思主義，但他很快就在尼采和巴岱等人的啟發下，試圖通過對語言論述解構而走向

「無主體」的哲學的方向。

關於傅科和沙特的區別，典型地集中在他們對於自由的不同觀點上。什麼是自由？沙特從主體意識哲學出發，強調主體意識對客體的意向性，認為自由就是個人所追求的一種生存虛空，是在同各種偶然性搏鬥、同他人的競爭和相互超越中實現的。沙特認為，真正的自由是永遠脫離不開環境和情境（la situation）。在這情況下，沙特即使在談論自由的時候，也念念不忘「責任」（la responsabilté）。傅科卻認為，自由在本質上是不可界定的；因此，將自由歸結為主體的自由，就意味著首先限定人的主體性、而後才有可能實現自由。正是為了實現不可界定的和無限制的自由，傅科認為首先有必要打碎受主體化限制的現代人的枷鎖，而破解的唯一途徑就是不斷地解構作為現代主體的人的各種知識論述、道德論述和權力論述。其次，沙特把自由歸結為主體意識的超越，因而也將自由歸結為純粹意識的活動；傅科則將自由同意識區隔開來，直接地根據人自身的意志和天然本能慾望去探討自由的無限可能性。傅科在談到自由的時候說：「我一方面試圖強調某一種類型的哲學提問方式是植根於啟蒙時代的，而這種哲學提問方式對於同現代的關係、對於歷史存在的模式不斷地提出疑問，對於我們自身作為自律的主體的構成也不斷提出問題；另一方面我要強調我們以這種方式同啟蒙運動的密切關係，並不是對於某些理論學說因素的忠誠，而是一種態度的永恆的更新，也就是採取一種哲學態度，也可以把這種哲學態度稱為對於我們的歷史時代的永恆的批判」（Foucault, M. 1994: IV. 571）。「對於我們的歷史時代的永恆的批判」，就是傅科所說的自由。這種自由當然應該避免重新回到傳統的人文主義和主體哲學的路線上去。這樣一來，傅科的自由就成為無主體的自由，一種真正屬於每個人自身的、不受限制的自由。對於傅科來說，置法制與道德規範於不顧，向傳統挑戰的逾越行為，打破各種禁忌的叛逆嘗試，跨越極限的探險遊戲，……所有這一切，才是真正的自由。因此，自由不是一種現存的生活狀態，也絕不是在現實世界中現成地符合個人主體意識理念的生活方式，而是永遠必須通過創造性的逾越活動才能被把握的一種可能性；它始終都是有待逾越者自身創建的未來審美生存的一個基本條件。當傅科談論自由的時候，他早已經把傳統道德的「責任」和「情境」等概念拋在九霄雲外。顯然，在傅科的自由概念中，啟蒙時代由孟德斯鳩（Montesquieu, Charles Louis Secondat, 1689−1755）等人所制定的「自由就是遵守法律」的經典定義，已經不再適用了。由此，當然引伸出一系列對於現代社會政治制度的顛覆性批判態度。

此外，傅科不同於沙特的地方，還在於他們對於人文主義的絕然不同的態度和立場。沙特在談到他的存在主義時，強調它的人文主義性質（Sartre, 1946）。傅科不但不將自己同人文主義聯繫在一起，他甚至強烈批判和否定人文主義的一切傳統。

傅科具體地將新人文主義分析成不同類型的資產階級意識型態，並針對不同型態的人文主義，揭露他們的歷史侷限性，特別是對於人性的各種扭曲。他說：「我們對於自身的永恆批判必須避免人文主義和啟蒙運動精神之間的過分簡單的混淆」（Foucault, M. 1994: Vol. IV: 572）。接著，傅科指出：「人文主義同啟蒙運動根本不同，它是西方社會中不同歷史時代多次出現的一種論題或者是一種論題的集合體。這些論題，始終都是同有關價值的判斷相連結，因此不論就其內容或就其採納的價值而言，始終都是有很大的變動。而且，人文主義還被用來當作區分化的批判原則。曾經有過一種人文主義，它是作為對於基督教和一般宗教的批判而呈現出來；也有過一種基督教的人文主義（大約在十七世紀），它是同禁慾主義的人文主義相對立的，而且它帶有更多的神正論色彩；在十九世紀也出現過一種對於科學抱著不信任、仇恨和批判態度的人文主義，與此同時又存在一種對同樣的科學抱有希望的人文主義。馬克思主義也曾經是一種人文主義。存在主義和人格主義也曾經是人文主義。曾經有過一段時間，人們還擁護過由希特勒國家社會主義所表現的那種人文主義價值。同樣的，史達林主義者也自稱是人文主義者。我們當然不能由此得出結論，把所有自稱人文主義的人或思潮加以否定。但是，我們只能說，人文主義的各種論題自身對於思考是過於靈活，而且非常多樣化和缺乏一貫性。至少存在這樣一個事實，從十七世紀以來人們所說的人文主義，始終都必須以某種特定的人的概念作為基礎，而為此人文主義不得不向宗教、科學和政治尋求某些觀念。因此，人文主義是用來為人們所追求的那些有關『人』的概念進行掩飾和證成的。正因為這樣，我認為必須針對這樣的人文主義論題提出一種批判的原則，這是一種關於『具有自律性的我們自身』的永恆創造。這樣一種原則，實際上就是啟蒙運動自身所固有的那種歷史意識。從這個觀點看來，我寧願看到在啟蒙運動精神和人文主義之間的一種緊張關係。總之，將人文主義和啟蒙運動精神混淆起來是危險的，而且，從歷史上來說也是不確切的」（Ibid.: 572−573）。

從傅科與沙特的區別中，我們可以更清晰地看到：以傅科為代表的新一代思想叛逆者，其批判的矛頭，直指啟蒙思想和文化的核心：關於人的基本概念以及以人的概念為基礎所建構的近代人文主義。傅科由此出發，當然也就徹底否定了由人文主義理

論進行正當化論證的整個西方現代社會政治制度。沙特雖然也向傳統挑戰，但他仍然繼承人文主義的路線，並以人文主義的人的基本概念發展他的人道主義存在主義思想。正因為這樣，沙特並未跳出傳統主體理論的藩籬，堅持主張主體的自由與道德責任的並存性。

與此同時，傅科等人也試圖全力超越語言的極限，破解語言的基本結構，使語言這個文化的基本構成因素和思想創造的主要中介手段，遭遇到空前未有的沖擊。語言的結構及其體系一旦被顛覆，建立在語言基礎上的各種思想體系和意識形態，也就難以繼續穩固地存在下去。正是在這個意義上說，傅科在語言論述問題上的思想創造及理論貢獻，遠遠地超出了沙特對於近代文化的批判成果。

由此可見，與傅科等人所掀起的新文藝復興浪潮，根本不同於作為啟蒙運動的先驅的舊文藝復興。如果說，文藝復興建立了理性和近代人文主義的基礎的話，那麼，由傅科等人所掀起的二十世紀中葉的新文藝復興，正是以顛覆舊文藝復興的一切成果，尤其是摧毀近代語言論述體系為主要目標，使原有的「人」的概念、人文主義及其社會文化體系，面臨空前未有的挑戰。在這方面，傅科是最勇敢的旗手和最有成果的叛逆者。

傅科喜歡開創新的思想領域，並在他所開闢的新領域中不斷發現新的事物。但他從來不考慮自己要建立什麼「流派」或「主義」。把自己歸屬於某一個流派或主義，就如同把自己侷限於某一個領域或某一學科那樣，就等於約束自己的創造力。

雖然傅科本人從不承認自己是後現代主義者，但是，他所發展的後結構主義理論及其對現代社會和整個西方傳統文化的深刻批判，使他在客觀上成為了後現代主義在理論上的真正啟蒙者。

傅科和德里達（Jacques Derrida, 1930－　）一樣，在五〇年代，同正在蓬勃發展中、並同時又充滿著矛盾的現代性（La modernité; Modernity）文化相遭遇，而且也從高度成熟的現代性文化中吸取和獲得重新創造的力量，使他們成為繼沙特、卡繆、梅洛・龐蒂、羅蘭・巴特和阿圖塞等人之後的思想新星。但傅科不同於德里達，不但由於他長於德里達四歲，從而比德里達更早、也更幸運地在學術研究生涯中取得成果，在他四十歲的時候，就被選為法國最高學府法蘭西學院院士，成為哲學界最高學術權威；而且由於傅科更多地從尼采和精神治療學那裡、而不是從胡塞爾那裡獲得啟示，就使傅科比德里達更早、並更系統地從語言論述、知識同社會文化脈絡中權力和道德

的複雜關係，去研究西方文化傳統及其社會實踐的問題。在談到「解構」
（déconstruction）時，德里達指出：「在我看來，傅科比李維史陀更具解構性，因為
他更加急切和更加叛逆，而在政治上則更少有保守性，並更積極地參與各種顛覆性的
行動和意識形態的鬥爭（Derria J./Roudinesco, E. 2003:27）。」如果說，德里達在六零
年代更多地受胡塞爾的影響而更集中從理論上、邏輯上和哲學上思考西方文化的語音
中心主義（le phonocentrisme; Phonocentrism）和邏輯中心主義（le logoscentrisme; Log-
oscentrism）的話，那麼，傅科更多地是從尼采和精神治療學實踐活動的角度，全面探
討知識形構中的權力和道德的社會運作邏輯。傅科同他的老師岡格彥等人的特殊社會
關係，使他較早地在學術界嶄露頭角，並佔據了法蘭西學院這樣的最高學府的中心地
位。當然，傅科和德里達儘管有許多不同點，但他們畢竟都是後結構主義和後現代主
義理論和策略的啟蒙者和奠基人。

　　在傅科的著作和言行中，突出地體現了對「後現代」具有重大意義的十項特徵：
第一，他對西方傳統，特別是對於十八世紀歐洲「啟蒙」以來理性主義的批判，對於
後現代主義思想家深入批判「現代性」具有決定性的意義。**第二**，他集中地批判了影
響著西方社會和西方人生活方式的三大關鍵問題：知識、權力和道德，並將三者相互
交錯地加以分析。**第三**，他對西方語言及其論述策略的解剖和分析，為後現代主義深
入批判西方現代文化和知識體系提供最好的策略。**第四**，他靈活運用尼采等現代西方
批判思想家的方法和思考模式，為後現代主義者批判現代文化和表達自身的思想觀點
提供了最靈活的榜樣。**第五**，他緊緊抓住貫穿於西方傳統文化中的「人」的基本觀念
和基本理論，揭示了現代西方人文主義的吊詭性和虛偽性，從而動搖了西方整個文化
的基礎。**第六**，他對「主體」概念和有關「自身」的理論的深入批判，動搖了西方認
識論、真理論和傳統方法論的基礎。**第七**，他對西方當代社會制度，特別是對西方社
會監視制度和權力機構的深入分析和批判，比以往任何思想家對於西方民主制和自由
社會的批判都更加深刻和擊中要害，這就為後現代思想家進一步揭示西方當代民主社
會的矛盾性和內在危機提供了深刻啟發。**第八**，他對人的身體（肉體），特別是對
「性」的問題的研究，不但第一次將兩者超出傳統生理學和醫學的範圍，變成為人文
社會科學和自然科學交叉綜合研究的對象，而且也進一步成為深入批判傳統道德、政
治和文化的新出發點。**第九**，他對西方生活方式、實際行為方式和各種日常生活方式
所做的分析和批判，都有助於將文化和理論批判活動同以往一貫被忽視的日常生活批

判結合在一起，有助於透徹理解西方人的實際生活世界的問題。**第十**，他的生存美學，不但探明了西方思想和文化的源頭，強調生活、哲學和一切理論活動的自然本性及其實踐智慧的重要意義，而且也開創了在「後現代」社會文化條件下，個人自由地「關懷自身」的審美生存模式，為新世紀人類文化重建事業及調整個人自身和社會的關係，提供一個建設性的基本原則。

在逾越和顛覆傳統中創造生存美

1. 在逾越中探索生存和創造的各種可能性

有很多人以為，傅科作為後結構主義和後現代主義的主要代表人物，只是一味地顛覆和破壞原有的思想傳統和理論，似乎他單純是一位「叛逆者」。但實際上，**傅科的一生是在創造和叛逆的雙重遊戲中渡過的：只有叛逆，才能有所創造；只有創新，才能徹底叛逆**。他之所以把創造和叛逆當成「遊戲」，是因為他首先將自身的生活和創作活動當成藝術，把生活和創作當成藝術美的創建、鑑賞和再生產的過程，因而也把自己追求美的獨創性生活過程，當成具有審美價值的「目的自身」；也就是說，他把歡度自己的美好生活，當成不可讓渡和不可化約的、高於一切的『絕對』本身。正如他自己所一再強調的，生存的真正目的，不是外在於「自身」的抽象「意義」，而是純粹為了自身，為了自身之美和自身之快樂和愉悅。人的生存的真正價值，就在於為自身創造各種審美生活的可能性，使自身在不斷創新的好奇心的驅使下，創造和經歷各種生活之美，推動生存美本身，跨入廣闊的自由境界。但是，美的生活並非只是輕鬆愉快的享受過程，而是充滿著冒險、困苦、失敗和曲折的歷程。在他的心目中，『美』是悲劇性和喜劇性的巧妙結合；或毋寧說，悲劇的價值高於喜劇的意義。

尼采在他的《悲劇的誕生》一書中說過，太陽神，作為倫理之神（als ethische Gottheit），要求它的信奉者「適度」，並為了做到恰當的適度，強調要有自知之明。所以，在審美必要條件之旁，太陽神提出了「認識你自己」和「別過分」（Nicht zu viel）的戒律；不然的話，「自負和過度（Übermaß）就被認為是太陽神以外的勢不兩立的惡魔，甚至是太陽神前泰坦（Titans）時代的特徵，是太陽神外野蠻世界的特徵」（Nietzsche, 1982: 33-34）。在對於悲劇的美的追求中，傅科，這位甘願充當尼采在當代世界的最瘋狂的追隨者，如同酒神那樣，遵循他的祖師爺希倫（Silen）的教導，

寧願痛苦連綿的悲劇生活，也不過多沉醉在幸福的甜蜜歷程中。為此，傅科一再地試圖探索生命的極限。

對傅科來說，實現審美生存，主要有三種途徑：㈠透過實際生活的冒險；特別是透過自身的肉體，對死亡和不可能事物進行實際的和直接的體驗。㈡透過語言和文字的逾越，深入由符號所構成的虛幻王國，探查和遊蕩於夢與醉開拓的非現實世界；㈢透過思想的創造性活動，突破禁忌的界限。正因為這樣，傅科所渴望的，是在「過度」（excès）和「極限」（extrême）、乃至於死亡（mort）的邊沿，創造審美生存的可能性。他不停留在太陽神阿波羅所贊頌的「適度」或「節制」的智慧；他情願選擇的是充滿危險的「逾越」（transgression）遊戲。在傅科看來，那些把「過度」、「極限」、「冒險」和「逾越」當成「異常」的人們，歸根結底，是由於他們不懂得生命的樂趣和本質。**生命的本質，就在於它時時刻刻面臨和開創可能性，在同「過度」、「極限」、「冒險」和「逾越」相遭遇的變幻莫測的環境中，一再地在自身所引燃的審美光焰中浴火重生。**

傅科逆傳統道德規範而上，反常規而動，同他的前身喬治・巴岱等人一樣，「明知山有虎，偏向虎山行」。他所偏執尋求的，是在狂歡節的放肆囂聲中，將一切清規戒律拋到九霄雲外，穿破人為限制的秩序井然的現實世界，如同酒神那樣，在「快感（Lust）、悲傷（Leid）和認知（Erkenntnis）的完全過度」（ganze Übermaß）的挑戰式的叛逆行為中，迸發出勢如破竹的呼嘯，潛入日新月異的陶然忘我之境，暢遊於自身同世界消融為一的審美新境界。

傅科始終認為：為了瞭解並徹底批判社會中一切限制人的生活和行為的規則、法律和規範，必須選擇逾越（transgression）和冒風險。他說：所有的人，生活在這個法制化的現代社會中，都無法避免受到各種法律的限制。**為了真正的自由，必須敢於向法制和規範挑戰；唯有不斷逾越，才能真正瞭解法律和規範的性質及其對於人的限制的程度，才能瞭解在法律和規範之外究竟還有什麼奧妙，才能瞭解生命本身到底有沒有極限，也才能體會到自由的意義。**「如果人們不去向法律挑戰，如果不迫使它們退到無路可走的死胡同中，如果人們不堅決地走到遠遠超出法律限制之外的地方去，怎麼能夠認識法律、並真正地體驗它們？又怎麼能夠迫使它們顯露出它們的真面目，迫使它們清晰地實行它們的能力和權限，迫使它們說話？如果人們不逾越，怎麼能夠瞭解法律的不可見性？」（Foucault, 1994: I, 528−529）。

在布朗索、尼采和巴岱的影響下，**傅科始終認為逾越是生活本身的基本需要；不逾越，生命就沒有意義**。他一再強調闖到法律和一切「正常」規範的「外面」（dehors）的必要性和重要性。為此，他很欣賞並反覆使用布朗索和巴岱等人所創造的「在外面」的概念，一再地自稱自己的思想模式是「在外面的思想」（la pensée du dehors）（Foucault, M. 1994: I, 520）。「在外面」就是樂趣無窮的審美超越活動本身；只有『在外面』才有可能實現審美創造，生命也才有可能獲得更新。他說：「『吸引者』（attirant）對於布朗索，如同『慾望』對於沙德（Sade, Donatien Alphonse François,dit Marquis de, 1740-1825），『權力』對於尼采，『思想的物質性』對於阿爾托（Antoine Artaud, 1896-1948），『逾越』對於巴岱那樣，都是『在外面』的純經驗和最令人鼓舞的事情。但是，首先務必弄清所謂『吸引者』的真正意涵。對於布朗索，當他說『吸引者』的時候，並不是意味著有某種具吸引力的東西在外面，似乎逾越者只是被動地為了追求外面某種迷人的東西而逾越。對他來說，被吸引，並不是被外面的吸引力所引誘，而是為了在虛空和解脫中，體驗『外面』的真正存在」（Foucault, 1994: I, 525-526）。也就是說，逾越和叛逆，是創造者主動為了體驗逾越法律的行動本身的審美意味，為了發現「外面」的存在的虛空性本身。如果逾越只是為了追求外面的「吸引者」的話，那末，這種逾越，仍然還是隸屬於外在的「吸引者」，因而完全失去了逾越本身的自由意義。傳統思想和道德，總是把法律和規範之外的一切，說成為「虛空」、「死亡」或「異常」。但是，正是這些被「正當」（légitime）論述說成為「異常」（anormalie）或「禁區」的地方，充滿著生活的樂趣，也是審美創造的理想境遇，是最值得人們冒著生命危險去嘗試和鑑賞的地方。而且，如果說，在生命界限之外的「死亡」，就是虛空的話，那麼，再也沒有比作為虛空的死亡，更有意義和更值得追求，因為越是虛空之所在，就消除了一切禁忌和約束，越提供審美創造的條件。

傅科的創造與叛逆相結合的生活態度及生存風格，促使他不僅一再地逾越現存的制度、規範、界限以及各種禁忌，而且，也不斷地更新他的研究和探索方向及論題。如前所述，他從一開始進行研究活動，就試圖走一條與眾不同的道路。這使他不同於沙特，首先從知識史的角度，並選擇人們所「瞧不起」的精神治療學及其治療實踐這個「冷門」，作為向傳統挑戰的突破口。就是從這裡開始，傅科創造了其特有的「知識考古學」的批判模式。然後，他又從知識論述的生產與擴散過程的分析，緊緊抓住

權力爭鬥的運作策略，集中轉向「權力系譜學」。最後，他在其生活的晚期，轉向「自身的技術」，並由此發現被長期遺忘和掩蓋的西方文化的真正源頭和古老樸素自然的生存美學。據他自己所說，他最後的轉折，原本就是上述知識考古學和權力系譜學的繼續和延伸，同時也是他對於生活的藝術，特別是對於自身的關懷的自然結果。他說：「我的主要目標，二十五年多以來，就是探索人們通過其文化而思索關於自身的知識的簡要歷史。這些知識主要是經濟學、生物學、精神治療學、醫學及犯罪學。重要的問題，人們並不是從中獲得金錢，而是把這些所謂的科學知識，當成『真理的遊戲』，當成人們用於理解自身的特殊技術來分析」（Foucault, 1994: IV, 784-785）。

2.一位「特殊的知識分子」

　　傅科的創造和叛逆精神及其逾越實踐，自始至終表現和貫穿於他的生活方式、個人性格、品味愛好等方面，表現在他對於學問、知識和科學研究的態度上，體現在他對社會政治制度和文化生活的態度上，也表現在他的思想模式、思考方法以及他的理論研究的具體過程中。同時，他對於現實的社會問題、矛盾及各種危機，也始終保持一種敏感的態度，使他從成年的時候起，就積極地參與社會改革和社會抗爭運動，與他所同情和支援的社會階層站在一起，以激進的方式表達他的立場和觀點。即使當他已經成為法國最高學府法蘭西學院的終身院士的時候，他仍然表現出與一般知識分子不同的叛逆精神和標新立異的特質。所以，與傅科很親近、經常與他對話的弗朗斯瓦・艾瓦爾德（François Ewald）說：「傅科在法蘭西學院的課程，還在現實生活中發揮一個特殊的功能。來聽課的聽眾並不只是被一週又一週的講述所吸引，並不只是為他的演講的嚴謹性所征服，而且，還因為他們在聽課中弄清了現實的一切。傅科的藝術就在於透過歷史來診斷（diagnose）現實」（Foucault, 2001: IX）。

　　所以，傅科雖然是大學教授、知識份子和作家，但他是一位非同尋常的文人，一個與現代知識份子完全決裂的「異類」人物，一位充滿矛盾和弔詭的創作家和思想家，也是一位不停頓地尋求生命之美的生活玩家。用他自己的話來說，他是一位「特殊的知識分子」（un intellectuel spécifique）。他的人格、思想、行為、創造、情感和作品，乃至他的一生，都是無以倫比的；不只是創造思想價值，而且，更具有藝術美的品格。他的思想，離開他的去世年代越久，越顯示其偉大和深刻性。

事實上，傅科離開我們已經二十年，但他的思想影響，不但沒有減弱，反而越來越強烈，以致人們已經實際地感受到：隨著時間的延伸，他的思想和創作風格，將散發出更耀眼的光芒。傅科一生的創造所累積的思想智慧和精神力量，無疑將成為新世紀人類文化重建的一個重要動力，而他的獨一無二的創造性，他的不斷自我革新的思想創造歷程，以及他在創造中所顯示的坦然自在、從容灑脫、無拘無束、敢於冒險和反覆向生命的極限試探的遊戲態度，對於變幻節奏日益增快，風險性日益增加和以「不確定性」為主要特徵的二十一世紀新文化而言，都是富有啟示性的。

傅科究竟是什麼人？為什麼他的思想隱含著如此強大的潛力和富有魅力？傅科越影響著當前的思想活動和研究方向，人們越想知道他的為人和他的思想。可是，談論他的人們越多，越顯示人們並不瞭解他。事實就是如此地弔詭和富有戲劇性，以致人們越不瞭解他，又反過來使他成為更多的人的討論和探索的對象。

3.後結構時代的新尼采主義者

當傅科畢業於巴黎高等師範學院、並著手進行他的獨立研究活動的時候，正是李維史托（Claude Lévi-Strauss, 1908－　）的結構主義取代沙特（Jean-Paul Sartre, 1905－1980）的存在主義的轉折年代。他從上世紀五十年代開始，受到結構主義思想的啟發，注意到、並發現一向被傳統理論確定為最高原則的「主體性」（subjectivité），原來就是在人的語言論述和各種話語的社會運作中所刻意建構起來的。因此，傅科首先確定的探索方向，就是扭轉傳統的思想模式，把原本應處於第一優先地位的語言論述（discours）的運作邏輯，從長期被傳統理性主義和主體中心主義宰制的消極被動地位，翻轉成為高於主體性的首要問題。正是從結構主義出發，使他將思考的中心，從「主體」轉向語言，並通過對於語言的研究，注意到語言的實際社會應用問題比語言本身的結構更重要，從而使他超越結構主義的範圍。他說，透過對於語言的不變的基本結構的「穿透」和「摧毀」，原來立足於其上的「主體性」整個大廈，也跟著分崩離析和全面倒塌（Foucault, 1986; 1994: I, 520－521）。顯然，比起結構主義語言學和結構主義人類學的代表人物李維史陀，傅科還更進一步表現出徹底顛覆傳統原則的決心。在他看來，語言的基本問題，並不是像李維史托所闡明的語言形式結構，也不在於語言的「聲音」與「意義」的二元性穩定結構（Lévi-Strauss, C. 1958; 1962; 1973; 1991: 306-311），而是語言論述的具體結構及其操作技巧、策略的問題，是它們

在歷史形成和社會實際應用中，同純語言以外的社會文化因素，特別是同權力和道德力量的實際關聯。由此可見，傅科及時地將結構主義同他的新尼采主義結合起來，使前者遠遠地超出對語言本身共時性形式結構的探討，變成為對權力關係脈絡中的社會文化關係的動態探索。

傅科創造性地發展尼采的權力系譜學，集中揭露各種語言論述，特別是現代知識論述同社會及文化等多質性因素的關聯，其目的，就是揭露歷代統治階級玩弄知識**真理遊戲**的策略及其計謀的狡猾性、靈活性和虛偽性。正因為這樣，傅科在其前期相當多時間裡，耗費了許多精力，分析批判社會權力同知識、同道德之間的緊密而複雜的交結關係，試圖和盤托出解決當代西方社會文化奧祕的鑰匙。至於晚期的傅科，更顯示出尼采哲學的特徵：在他的性史研究以及生存美學的探索中，傅科實際上創造性地模擬了尼采對於古希臘哲學以及對其他西方哲學家的分析批判方法，他同傳統哲學史研究路線相反，只注意那些被忽略和被埋沒的部分，在那些表面上支離破碎的古代資料殘片中，努力發現一直被掩蓋的生存美學原則。所以，傅科繼承尼采在他的《希臘悲劇時期的哲學》的短文中所表現的叛逆精神，自始至終讚頌被稱為「前蘇格拉底時期」的哲學家；而且，如同尼采那樣，讚美所有不成體系的哲學論述的美麗高尚的風格！而對於西方哲學史和思想史上被人們稱為「一對相互敵對的兄弟」狄奧尼索斯和阿波羅，傅科也跟隨尼采，以酒神的審美眼光，尋找古代生存美學的各種表現方式，將西方人原初尋求快樂的實踐智慧加以總結，用以重建適合於當代社會生活方式的生存美學。

在當代思想史上，毫無疑問，傅科被公認為二十世紀下半葉法國後結構主義（post-structuralisme）思潮的最重要代表人物。如果說以往傳統論述，作為一切傳統社會和文化的最有穿透力量和最有效的手段，是靠其自身的變化多端、而又極其狡捷的遊戲式策略，完成其自身的正當化，並由此宰制了歷代和成千上萬的說話者和行動者，那麼，揭露和批判所有這些傳統論述的唯一有效的辦法，在傅科看來，就是以尼采為榜樣，對傳統社會和文化，進行無情的「戰鬥」，並「以其人之道，還治其人自身」，以同樣靈活的遊戲式態度和策略，以最有說服力的修辭式論述，包括使用各種隱喻（métaphore）、借喻和換喻的機智表達方式，對付一切被懷疑的對象，解剖各種論述的形成和擴散過程及其策略計謀。

在尼采思想和批判精神的鼓舞下，傅科在其研究的過程中，隨著研究的深入和進

一步展開，更迫切地意識到：單純停留在對於知識論述的批判，還遠不能徹底弄清現代社會的實際運作機制的複雜結構及其詭詐邏輯。為此，傅科從七〇年代初開始，遠遠地超出他原先從事的知識考古學的研究範圍，進一步在知識與權力的相互關係方面進行更深入的研究，更集中地探討權力及其社會機構和制度的實際運作策略，特別是集中揭露它們在實際運作過程中所運用的複雜「措施」（le dispositif）（Foucault, 1994: III, 300）。傅科所說的「措施」，就其法文原義來說，是一種「裝置」；它如同德勒茲和德里達所說的「機器」或「機關」（machine）一樣，實際上是指現代社會文化制度及其執行機構，強調它們是包含一系列用以統治和宰制全體個人的權力運作手段、策略、程序和計謀的總體。正如傅科所指出的，這種「措施」是一整套多質的、多面向和多元的因素以及實踐策略所構成。這一切，使傅科將系譜學批判進一步引伸到他自己所說的「非論述」（non-discours）領域，即實踐和實際生活的場所，其中包括最典型的精神病治療所和現代監獄等關押、規訓和懲治機構，以及在性的領域中的各種傳統規範策略。在這方面，傅科所採用的考古學和系譜學遊戲相結合的策略，使他有可能以獨創的方式，實現對於現存社會及其文化的全面批判，也同時實現他自身生活的美學化，一步一步地將自身提升到新的自由境界。

傅科本人一再地說：「我無非就是尼采主義者（je suis simplement nietzschéen）」（Foucault, 1994: IV, 704）。尼采的思想、批判精神和風格，給予傅科豐富的啟示，使他從二十世紀六〇年代起，明顯地成為法國新尼采主義的表率。但是，傅科又不是尼采思想的簡單重複者，而是以其獨有的創造精神，將尼采的思想原則，靈活地運用於他的批判活動中。他坦率地說：「我是在力所能及的範圍內，在相當多的觀點方面，依據了尼采的文本，但同時，我還利用了某些反尼采的論點（儘管這些反尼采的觀點同時也是尼采主義的！）。所有這一切，使我有可能在這樣或那樣的領域內，完成了一些事情」（Ibid.）。這就是說，即使在學習和貫徹尼采哲學方面，傅科也不滿足於引述或單純模仿尼采的理論和方法，而是力圖使自己成為「活尼采」和「新尼采」，使得自己能夠在「後結構」的時代裡，成為不斷「膨脹」、「增殖」和「擴張」的「強有力」的逾越者、挑戰者和鬥士。

其實，傅科不但在理論學術領域徹底運用尼采的原則，而且也在自己的生活和創作實踐中，體現尼采的文采和風格。本書在以下各章節，將在各個具體方面，進一步分析傅科在生活和創作方面的新尼采主義風格。

4.熟練運用語言論述的遊戲策略

以其獨特性的批判論述，靈活運用語言的表達藝術，顛覆和摧毀傳統論述和「非論述」及其同實際權力活動的複雜關係，這就是傅科所遵循的基本研究策略和實踐原則，也是他的生存美學的一種基本遊戲方式。

蒙泰涅（Michel Eyquem de Montaigne, 1533－1592）深刻地指出：「維繫和巧妙地運用優美的心靈，就會造就熟練的語言」（Montaigne, 1972[1580－1588]: III, v）。對於傅科來說，言為心聲，書為心畫；為了徹底批判傳統論述及其論述實踐，必須熟練靈活地運用語言文字的藝術，通過語言文字藝術遊戲的審美功效，一方面揭穿傳統論述及其實踐的奸詐策略，另一方面，為自身抒發內心及肉體的審美生存需求，在現實和潛在的可能性之間，搭起溝通的橋樑。

所以，為了以銳利和靈活的批判性論述，同傳統思想及理論進行鬥爭，傅科寧願偏向於文學式的思維和表達方式，以修辭的藝術，再結合想像力所提供的廣闊時空維度，玩弄語言文字的象徵性伸縮折疊的變幻魔術，甚至逾越正常語法及語言使用規則，直至完全忽視語言本身的邏輯，把語言引向它的禁區，擴大語言與非語之間的模糊界限，利用語言與象徵符號所固有的二重結構，玩弄確定和不確定、同義性和岐義性、一義性和多義性、隱喻和換喻的二元性，在區分與重複之間，來回循環運動，建造史無前例的審美生存的場域。他和他的思想啟蒙大師尼采一樣認為，在各種論述中，唯有文學論述，才能巧妙地將自身權力意願、思想表達及策略靈活運用等各因素，生動地結合並展現出來，才能為自身的思想自由，提供最靈活的可能性場域。其實，同傅科一樣，美國的丹多（Arthur Coleman Danto, 1924－　）和羅迪（Richard McKay Rorty, 1931－　），也在他們的創造性思想活動中，傾向於使哲學文學化（Danto, 1965; 1981; Rorty, 1979; 1987）；而在法國，德勒茲和德里達等人，也不約而同地主張以文學的論述方式進行各種思考（Deleuze, 1990; Derrida, 1987）。在傅科的晚期，特別是在他臨死前幾年，尤其醉心於古希臘文獻及其幽美高雅的文風，其主要原因，就是因為他在古希臘文獻所表達的雅人深致中，發現和鑑賞到生存美的高尚展示藝術。傅科和這些有志於從事各種自由創造的思想家，都從他們自身的創作實踐中，體會到文學論述方式的優越性。他把近現代最卓越的文學家、詩人和劇作家的語言論述，當成他的批判性論述的實踐典範。他所喜歡的現代作家和詩人，諸如赫爾德

林（Friedrich Hoelderlin, 1770－1843）、勒奈・沙爾（René Char, 1907－1988）、布朗索、巴岱、科洛索夫斯基、喬伊斯等人，均為文采風流的語言藝術大師。

傅科認為，文學創作中所運用的創造性言語，是開展思想自由的最理想的場域。他說：「我並不把自己當成一位哲學家。我所做的，並不是從事哲學的方式；當然，也不是建議別人不要去從事哲學。促使我能夠同我在大學中所受到的教育保持一定距離的重要作家，是像巴岱、尼采、布朗索和科洛索夫斯基那樣的人；他們不是嚴格意義的哲學家……。他們之所以對我發生震撼，並產生魅力，之所以對我非常重要，是因為對於他們來說，問題並不是為了建構什麼體系，而是建構個人經驗」（Foucault, M. 1994: IV, 42－43）。巴岱、布朗索等人透過他們的創造性語言運用風格及其靈活策略，在總結自身經驗的過程中，不斷地探索出新的創造可能性，也不斷地發現和開闢新的生活經驗領域。

傅科指出：文字或書寫，就是意味著不斷地返回到出發點，就是進行迂迴的反思，就是毫不猶豫地放棄已經獲得的一切，輕鬆自然而豪邁地在虛空中沉沒、遊竄、浮現、翱翔，一切重新做起；這也就是自行把握最初的時刻，就是重新回到生命的早晨，再次享受最初創作的獨一無二的樂趣，把曾經被享用、耗費掉的審美快樂，在又一次審美饗宴的洪亮鍾聲的伴奏中，迸發出不同凡響的樂曲。傅科說：由此出發，「文學的神話功能可以直達我們自身；由此，也實現同過去的連接關係；……由此，人們尤其可以達到某種足以描繪自身身分的重複性」（Foucault, 1994: I, 407）。因此，以文字和書寫作為中介，可以使自身及其生活歷程，通過反思和曲折回歸的方式，從樸實的直接性，從生活的現實形式，不斷地返回到過去和歷史，並在歷史的折疊形式中，在象徵的雙重結構中，轉化或上昇為美的理想境界，成為富有詩意的天地，向充滿可塑性和伸縮性的自由王國無限延伸。

赫爾德林等天才詩人和作家所使用的文學話語，之所以最含有創造性，就是因為它們擺脫了主體的約束，讓言語和語言本身，以其自由的遊戲方式，進行自我展現。這樣一來，不但語言的舖展，直接進入潛意識和歷史的王國，而且，就連語言應用的各種人為規定，也被拋在九霄雲外，使語言真正地成為思想自由創造的象徵性載體。

布朗索等人認為，為了使語言真正地同自由創造活動相配合，就必須讓語言超出其本身的各種限制，使語言變成為非傳統的符號系統，成為只服從於其自身和思想自由展現的純遊戲本身。

　　真正的文學語言，是在作者無拘無束的條件下，讓自己的創作思想，隨語言自身向內和向外同時地進行雙向舒展遊戲，如同一個原來揉成一團的充滿皺褶的布或紙，任其自身進行向內和向外的來回舒展和伸縮運動。傅科在講述他所讚賞的雷蒙‧魯舍爾（Raymond Roussel, 1877－1933）的作品時，特別談到雷蒙‧魯舍爾所使用的語言褶疊遊戲的深刻意涵及其審美價值（Foucault, 1994: I, 205）。這種表現在語言遊戲中類似於皺褶紙團的舒展伸縮活動，實際上也就是重複更新的自由自在的「皺褶化運動」；也就是說，這是連續不斷的皺褶化和重疊化過程。「作品，就其整體而言，……籠罩著某種無形的、各種各樣的離心憂慮，朝向一再變動的最清楚可見的形式的方向展開；其中的每一個字，時時感受到某種第二次出現的『可能性』的威脅，既生動活潑，又遭到毀壞；既充分飽滿，又虛無飄渺。那可能出現的第二次可能性，或者是這樣的，或者是那樣的，一點都無所謂；但它也可能既非這個，又不是那個，而是第三個或者什麼也不是」（Foucault, 1994: I, 210）。「當語詞既不含糊、又毫無保留地向它所說的那些事物開放的時候，語詞又針對與它相關或不相關的其他語詞，留有無形的和多種形式的出路，並依據無止盡的連接遊戲，繼續維持或毀滅消失無蹤」（Foucault, 1994: I, 211）。這就是說，必須善於在語言使用中，放鬆主體對於語言的約束，令語言本身自行開放，使語言作為象徵符號自身，脫離主體而自律地施展其自身的皺褶伸縮運動，並令其在重複的皺褶化遊戲中，像海綿一樣重複地吸水和放水，既把事物和可能性召喚進來，又把它們一再地釋放出去。

　　在人的生活中，各種可能性都可能出現。最珍貴的莫不是第二次出現的可能性，因為它一瞬間轟然造就了令人神往的審美回憶，既重現以往早已消失、但仍然在精神生命中保留其恒久召喚力的舊時美感愉悅，也啟發現時審美想像的創作設計，使歷史和現在的審美超越快感，在奇妙的瞬間巧合為一，形成絕無僅有的動人絕唱，震盪著一直靜侯創作靈感、並永遠渴望審美超越的孤獨存在本身。正如傅科所說，某些可能性是反覆產生，並以「第二次可能性」的形式，在可能性系列自由自在地顯現的時候，重疊地發生。重要的，是要對產生可能性的條件進行恰當的診斷（diagnose），以便選擇最適合於自身的未來可能性，並在同這種可能性的遭遇和遊戲的週旋中，發揮自身的主動創造精神。對於人來說，最好是隨語言運用本身的邏輯之「道」的不斷延伸，透過他們道出和寫出來的語言和文字，在重複和曲折的語言遊戲中，嘗試各種可能性的發生經驗，不斷地探索新的生命極限，試探新的生活經驗的可能維度。傅科

很喜歡巴岱、尼采、布朗索、科洛索夫斯基和雷蒙・魯舍爾等人，就是因為他們在創作中，從不確立一個固定不變的主體性，而是任其思想跟隨語言的展開而自由翱翔（參見本書第十章第三節專論生存美學與語言運用的內在關係的部分）。

傅科指出，不是有主體意識的人的思想，規定語言論述的鋪展過程，而是語言論述自身生命力的脈動，依據語言遊戲的內在邏輯，帶領思想創造的方向，無規則地和不確定地帶領到任何個人主體性無法想像和無法預測的神祕境界；並在那裡，不考慮任何禁忌和條規，不怕陷入危險的深淵，語言和思想的火花發生碰撞，放射出炫麗的詩性光芒。**傅科和他所讚賞的文學家們和作家們，其從事創作的目的，不是為了建構某種永恆完美的體系，也不只是為以撰寫出由優美的語詞所構成的文本，而是、也僅僅是為了建構和豐富自己的具有獨特風格的個人經驗：一種隨時不斷更新的個人經驗，一種能夠引導自己跳出舊的自我、開創新的領域的個人經驗，一種不斷把自己推向生命的極限、達到最切近「不可生活」的可能領域的個人經驗，一種令人一再瘋狂的個人經驗，以便透過這種奇特的個人經驗，使個人「主體性」不斷得到改造，時時蛻變成預測不到的新生命形態。**傅科的理論研究工作，之所以首先從對於精神病的探索開始，也是受到這些作家們的「瘋子般」的語言論述及其創作風格的影響。傅科說：促使他對精神病問題感興趣的，主要是布朗索和雷蒙・魯舍爾的文學作品。「布朗索和雷蒙・魯舍爾的文學作品，之所以使我產生興趣，並引導我研究精神病，就是因為他們的作品本身，就好像精神病在文學中的一種表現形式那樣」（Foucault, 1994: I, 168）。像精神病那樣的語言皺褶運動，就是使自身的慾望和思想境界，進入酒神的陶醉狀態，視一切約束及規章於不顧，任意狂熱地進行審美創作。

5.追求不確定的生存之美

由於生存美學是一個有關生活藝術實踐的新型美學，傅科在創造性地提出它的基本概念和理論的時候，試圖有意識地跳出傳統美學、哲學和倫理學的基礎理論的原有範圍，以他自身的生活和創作實踐經驗為基礎，參照古代希臘羅馬時期原有的生存美學理論和實踐原則，反覆強調一種非格式化和非系統化的生命展現風格。傅科的思想和理論的珍貴性，就在於為人們樹立了在叛逆中不斷創造的典範。他隨時創造，在創新中度日，隨時改變自己的身分，隨時轉化自己的「主體性」，改變自己的思想，使自身永遠都處在重生的「嬰兒」狀態中。傅科一生的隨時變動性，使他具有屬於自己

的生存方式和特殊風格。正因為這樣，**他是一個變數，不確定性的化身，一個有待人們層層破解的謎團**。他以自身的實踐，證實他個人是不可替代和不可讓與的唯一存在。他也通過他的自由變動身分，證明他的生命不歸屬於、也不從屬於他人或他物。他用他自身的生活方式，顯示其自身存在的崇高尊嚴。傅科曾說：「我不認為準確地瞭解我是非常必要的。生活和創作的最有興趣的地方，就在於它們可以使你變成為不同於當初的你。……遊戲之所以值得，是因為人們並不知道它將如何結束」（Foucault, 1994: IV, 777）。

對於傅科來說，審美的創造性生存，並不只是表現在分分秒秒的生存變動性，同時也表現在生存目標的一再更新。審美創造的歷程及其產物，使生活本身變得曲折而又豐富多彩，妙趣橫生，同時也表現出其本身在不同時段的獨特內容。

審美生存的一個準則，就是認為審美的生存，既不限定在固定的規範和界限之內，也不從屬於任何外在的目的。目的，作為未來要實現的方向和標誌，只能是生存者自身，依據經驗和現實生存的審美快感欲求可能性，在審美創造過程中，自然地確立和不斷更新。審美的具體目標，從來都不能預先確定；**生存美之所以具有誘人的魅力、並成為生存本身的推動力，就是因為它是待創造和待實現的生存形式，它以從未顯示的潛在形式，以可能引起驚異的存在模式，將人的生存，不斷地引入一個新的可能的審美境界，使審美超越的無窮好奇本性，在其本身的變換實踐中，得到自我實現**。傅科特別強調審美超越的好奇性，把它當成生存自身得以自我擴展和自我更新的動力來源。

所以，**生存美學並不提供任何標準化的風格；它所追求的，只是在新的創造活動中待實現的生存美本身**。傅科所讚賞的古希臘智者的優美雅致的生活風格，其菁華所在，就在於把生活當成自身（**le soi-même**）獨創的自身的藝術作品的過程。請注意：在上述關於生存美學的生活風格的基本定義中，反覆強調自身的重要性：一是強調「自身獨創」，接著強調「自身的藝術作品」。這種重複不是累贅的同語反覆，而恰正是為了突顯自身的絕對唯一性。

自身（**le soi-même**）之所以成為自身，之所以應該成為審美生存追求的唯一目標，就是因為它是生存本身所獨創出來的。它生來不是別人的作品；而在它的一生的存在中，凡是涉及到它自己的命運的事務，它全靠自身的抉擇來決定。為此，一位真正的生活藝術家，應該是最熟悉生活技藝，善於時時以其卓傑的生活藝術，將自身生

活，雕塑成獨一無二的藝術作品。只有在自身所展現的生活過程中，真正體現出自身的生存風格，才有資格像歐里庇特（Euripides, 480−406 B.C.）悲劇所歌頌的女神美黛（Médée; Medea）那樣，在其臨死前，豪邁地說：「一切都消失殆盡，唯有我所留下的我自身，也就是我所獨自創造的那個唯一的生存方式，在我走過的歷程中尚存、並永遠留存」。

自身不是自我。中國學者往往不區分自身與自我，在他們所譯出的作品中，幾乎統統將「自身」（Le Soi; Soi même）錯誤地譯成「自我」。有的譯者甚至將傅科的《性史》第三卷《對自身的關懷》（Le Souci de Soi）譯成《自我的呵護》，令人啼笑皆非。「自我」（ego）是傳統主體哲學的基本概念，強調具有自我意識的個人身分的同一性、確定性和不可更替性。與此相反，生存美學之所以強調「自身」的重要性，正是為了與上述傳統的「自我」概念相對抗，凸顯個人生命的不斷更新和自身創造的自然本性，使個人生命完全地和徹底地只歸屬於自己。

在這一點上，傅科同法國另一位反傳統的新尼采主義者德里達（Jacques Derrida, 1930−　）幾乎完全一樣。德里達由於堅持對傳統文化及其基本原則的抗爭和叛逆，由於他不願意使自己陷入傳統文化的種種慣例的「陷阱」之中，寧願讓自己表現出含糊不清的身分。德里達認為，他自己越是不確定，就越遠離傳統文化的範圍。德里達曾經反覆說，歷來傳統文化所玩弄的最拿手的技倆，就是首先把某個人界定為具有某種確定身分的人，因為透過身分的確定，傳統文化就可以把它的對象控制住。當他接受法國《文學雜誌》（Le Magazine littéraire）記者弗朗斯瓦·瓦爾德（Farnçois Wald）的訪問時說：「我像其他人一樣，想要身分。但是，……每次這種身分總是自我發佈，一種歸屬感於是就總是圍困我；如果我陷入這種途徑的話，有人或有東西就會對我叫道：『當心陷阱，你被逮住了。掙脫鎖鏈，使自己脫身，在別處另行約定。』這不是更富有創造性嗎？」（Derrida, J. 1991b）。德里達強調，如果他也和別人一樣尋求某種身分的話，毋寧是為了找到自己的差異，或者，更確切地說，是為了找到自己在不斷移動中的差異性。因此，對於德里達，如同對於傅科一樣，不能從一開始就要求對他有一個明確的身分認識。他的身分，他的思想，他的思路，從來都不是穩定和確定的。正如德里達自己所說，他希望使自己變成一個能夠不斷改變自身的面貌的普羅德斯神（Proteus）。這位古希臘神話傳說中的海神，能夠隨心所欲地改變自己的容貌。

　　傅科痛恨固定不變的事物，尤其痛恨固守特定身分的主體。他更不希望他自己所創造出來的產品和成果，會反過來約束自己。傅科很熟練地把思想創造活動，當成一場又一場追求美和進行美的鑑賞實踐的自由遊戲。他把創造和更新，當成自己的生命本身，當成一種快樂和一種美來享受，同時，也把創造性活動，同冒風險以及探索各種生活的極限聯繫在一起。他一再地嘗試以最大的可能性，把自己推向「活不了的臨界點」（un certain point de l'invivable）的邊緣（Foucault, M. 1994: IV, 43）。他認為，在那種「生存和死亡交錯」的神祕地帶，是最富有吸引力和最令人振奮的場所，也是為個人經驗帶來豐富內涵的珍貴時機。人只有學會來回往返於「生命」與「死亡」、「存在」與「非存在」、「有」與「缺席」、「有限」與「無限」之間，才能享受到生活和創作的樂趣和美感。

　　傅科酷愛創造，因為他酷愛自由。創作之自由，體現在作者選擇和處理(1)主題、(2)創作過程、(3)產品內容和(4)形式以及(5)產品完成之後作者同產品的關係等各個方面。自由，對於他來說，是只有在創造中表現出來，才有意義。因此，為了自由，傅科始終不疲倦地進行創作；而為了創造，他不在乎社會如何對待他，也不在乎人家是否理解或怎樣理解他。

　　為了實現最自由的創造，傅科寧願孤獨和寂靜，寧願走到那些荒無人煙的思想領域，在別人無法達及的懸崖峭壁，在最可能引起危險的領域，以完全開放和舒暢的心情，自由自在地同語言論述中的他人對話，選擇自己最滿意、而又是最帶有挑戰性的問題，進行冒險式的思想創造遊戲。正因為這樣，他經常說，最自由的人，往往是最孤獨的人。但這種孤獨，是寂靜中的豐滿，是包容無限的「缺乏」，是喜劇重疊的悲劇。在這一點上，他很像維根斯坦（Ludwig Wittgenstein, 1889-1951）。維根斯坦在談到他的作品時也說：重要的，是他的作品是否真正表達了他的創造性思想，是他的個人努力是否滿足他個人的探險性創造的慾望，而不在於別人如何對待和評論。自由創造是唯一屬於自己的神聖權利。因此，他的創造不是為了給別人看的，不是為了等候他人的回應，不是順應別人的臉色，而是為了抒發唯一屬於自己的創見和自由意志。別人怎樣理解和評論，那是屬於另一範疇的事情。在這種情況下，維根斯坦完全地以從事創造為最大快樂，不希罕別人給予他的社會待遇。於是，為了自由，為了能夠實現自由地創造，為了嘗試不同場合的創造遊戲的滋味，維根斯坦在其學術生涯中，不斷創造，又不斷放棄舊的創造成果，闖入新的冒險地帶，開闢新的探索論題。

所以，他在其學術生涯的第一階段，認為哲學應該追求明確性、確定性、普遍性，寫出了威震哲學論壇的《邏輯哲學論》，而在第二階段，他則主張哲學應滿足於模糊性、不確定性、個別性的問題，寫出了揚名天下的《哲學探究》；在個人職業方面，他一會兒成為機械工程師，一會兒成為哲學家，一會兒當教授，接著又同樣為了自由，辭去他在劍橋的教授職務，放棄富有的父親所留下的億萬美金的遺產，當修花匠，當小學教師，還自願到當時被西方人稱為「鐵幕」的蘇聯，試圖當一個「普通的勞動者」。但是，當他同工人等勞動人民在一起、而發現他們並不像他所想像的那樣淳樸的時候，他又迅速地、毅然決然地離開了他們。這一切，只有維根斯坦自己明白；也只有維根斯坦自己，感受到其中的美感和樂趣。所以，維根斯坦從來不計較別人的評論，他坦然自在地從事他所喜愛的事業。對他來說，個人自由是唯一屬於自己的、不可讓與、不可替代的珍品。

和維根斯坦一樣，傅科只做他自己喜歡做的事情，想自己所想的對象和論題。當他考慮他所選擇的問題時，他不考慮它們屬於什麼學科或領域，也不打算遵循傳統所規定的思路和方法。傅科自己說過：他既不是一位哲學家，也不是社會學家、人類學家或語言學家，同樣也不是精神分析學家。他只是當時當地的他個人而已，一位流浪遊走的思想家而已。他聲稱自己是一位永遠以文學方式進行思想的思想家，因為只有這樣，他才能採用布朗索、巴岱等人的文學語言寫作方式，使屬於個人的經驗，穿越不同的時空，來往於生活與死亡的邊界。正如德里達有一次說：「我傾向於說經驗，因為經驗同時地意味著那些曲折的和特殊的穿越、旅遊和體驗的過程」（Derrida, 1991a）。

6. 在真理遊戲中展現生存美的風格

在傅科的思想和生活風格（le style）中，真理遊戲和生存之美是合而為一的。也就是說，在傅科的真理遊戲和生存美學之間，存在著內在的、不可分割的聯繫；傅科的真理遊戲策略和風格，同他的生存美學原則，在他的一生活動中，總是天衣無縫地巧妙結合在一起。

人的生活不同於動物生存的地方，就在於重視自身的生活格調、氣質和風格。風格是身體和心靈、思想和物質生活形態的高度結合，無形地體現著各個人的肉體和精神兩方面在實際生活中的經驗累積和總結狀況，也是各個人的智謀能力、思想涵養、

心神修煉以及感情意志內在操守的表現。風格體現在對己、待人以及應對週遭各種事物的態度上。所以，風格是生存美的一個最重要的衡量標準。傅科在他對於古希臘文化的研究中，非常讚賞當時的希臘人在生活和思想風格方面的修煉，把它當成關心自身的生存美學的主要內容。

在古希臘羅馬時期，尋求真理，首先是為了創建生存之美。當時所謂真理，就是指它能夠為人們的美好生活帶來快樂、高尚和幸福。所以，在蘇格拉底以前，畢達哥拉斯、赫拉克利特、巴門尼德、德謨克利特和阿那克薩格拉等人，都以不同形式，把真理等同于「完美」和「無所掩蓋」。古希臘人用 **aletheia** 這個字意指「真理」，因為 **aletheia** 的意思，就是「敞開」、「光亮」、「去蔽」和「顯露」等。荷馬曾經在他的《奧德賽》中，用 **aletheia** 這個字表示「說真話」，表明當時人們並沒有把它同後人所說的「錯誤」相對立，而是把它同「虛假」或「謊話」對立起來。

實際上，當事物和世界，像希臘人所說的那樣，對人呈現為「敞亮」和「無所掩蓋」的時候，不但意味著事物和世界本身的自然本質已經暴露無遺，而且也表示人與它們建立了新的關係，使人們同他們所面對的世界聯繫在一起，從內心發出一種愉快滿意的感受，表明人對自身的生存產生審美感，為自身能夠同周在世界融洽和諧相處而快慰和舒暢。由此可見，自身生存的審美性，唯有在自身完全開放，並與周圍的生活世界融洽相處的時候，唯有在徹底打破主客體之間的界限的時候，才能湧現出來。所以，「敞開」和「去蔽」，都已經不是單純描述外在事物和世界的直接顯露狀態，而是表示「在世」中的人同他的生存世界的審美關係，而這種新關係正是經由人對其所在的世界的審美超越建構起來的。因此，真正「敞開」的事物，都是令人產生美感的；**aletheia**，將人帶到高於普通具體事物表面呈現的層次之上，進入一個高尚的審美境界，感覺到自身已經脫離了原來只圍於世界形體表面結構的狹隘界閾，體驗到自身親臨詩性生存場域的那種無限暢快的審美感。自身親臨詩性生存場域的審美感，是人生在世的最高存在形式：它意味著人生在世的層次，已經超越和克服一般尋求知識、計較功利以及辨別善惡的生活世界範圍，提升到「自身與世界同在」的詩性審美境界。在這種場合，自身和世界都同時地融入情景交流、無所拘束的自由境界；而達到自由境界的自身，既不需要主體性，也無需客體，真正地實現了詩意生存的理想。傅科在斯多葛學派的生存美學中所發現的，就是這樣的含有審美意義的真理概念。所以，海德格在其《形上學導論》中考證了 **aletheia** 的最初用法，發現當時人們並沒有

從認識論的角度，也就是說，人們並沒有把所謂主體和客體的相互關係，列為談論真假問題的前提條件；而且，當時人們很自然地將「存在」（Sein）稱為「自然」和「本質」（Physis）；而凡是自然的東西，就是「呈現無遺」、「完全敞露」。

由此可見，談論真理，本來就是令人愉快和可以引起審美超越感的事情。只是後來的柏拉圖以及基督教的道德，把真理同主體化的原則連在一起，造成真理的探索事業與審美超越活動相脫離，真理也成為社會少數統治者所壟斷和操縱的「真理遊戲」（Jeu de vérité）的一個籌碼。傅科的考古學和系譜學，正是試圖擺脫由統治者所控制的真理遊戲，為使真理的探索重新同審美生存聯繫在一起開闢道路。

傅科從生存美學的高度，賦予真理遊戲以新的意義。傅科說，**思想無非就是進行真與假的遊戲活動；思想創造，原本是和生活一樣，通過各種各樣的可能性，尋求最完美和最奇妙的遊戲形式**（Foucoult, 1994: IV, 579-580）。在傅科的一生中，他的思想創造活動，是遊戲般的活躍，在無規則的活動中，來回進行捉迷藏的遊戲；也猶如遊牧民族的生活方式，不固定地進行多方面的試探，尋求不確定的自由。在這個意義上說，傅科的生存美學，包含著相當程度的昔尼克主義（cynisme）的成分。如前所述，思想和生活的原本遊戲性質，使社會上試圖通過論述力量控制他人的某些集團或個人，利用真與假的差異的隨意性特徵，憑藉他們所掌握的權力和各種實力，玩弄各種策略和計謀，將人們引入他們所設計好的圈套之中。所以，歷代統治者總是千方百計地依據特定的社會條件，首先提出經他們操縱制定的「正當化」（légitimation）原則，使之普遍化，然後，在不同的領域中，將有利於他們的社會統治利益的論述立為「基準」，作為整個社會辨認真理和錯誤的「正當」基礎。所以，**傳統理論所說的真理遊戲（jeu de vérité），實際上是關於真與假的辨認活動，是引導人們陷入人為的「普遍化標準」陷阱的權力遊戲的附屬物。在這個意義上說，真理遊戲就是權力遊戲的變種；反過來說，權力遊戲也是真理遊戲的變種,因為世界上沒有一種權力遊戲可以脫離真理遊戲而獨立進行。**所以，傅科一再指出，真理遊戲是和權力遊戲相互滲透和相互依賴的（參見本書第三章和第四章的一部分）。

生活是遊戲，但這是什麼樣的遊戲呢？像昔尼克主義者那樣玩世不恭地生活嗎？豈不是像狗一樣嗎？昔尼克學派是古希臘哲學家安狄斯甸（Antisthenes, 444-365 B.C.）所創立的。他雖然曾經師從智者高爾吉亞（Gorgias, 487-380 B.C.）和蘇格拉底（Socrate, 470-399 B.C.），但他很快就自立門戶，創立昔尼克學派。昔尼克學派的

主要特徵，就是他們宣稱返回自然，蔑視社會道德原則和各種文化規範。為此，他們任意地在各種社會場合，做出為普通人看來所不能接受的行為。他們認為道德是違反自然的。狗沒有道德，牠們也不需要建立道德，所以，牠們可以盡情所欲地做牠們認為最快樂的事情。昔尼克學派的出現，標誌著希臘文化已經面臨新的挑戰，但同時也意味著由伊比鳩魯學派和斯多葛學派所提倡的生存美學有了新的發展。正是在昔尼克學派的生活態度中，隱含著生存美學的自然主義的生活方式的傾向。但是，傅科所說的生活遊戲，又不完全等同於昔尼克主義，因為他所看重的，並不是遊戲的任意性本身，而是其任意性中所隱含的遊戲的藝術性。生活遊戲固然是自然的和不確定的，但它還要靠自身的審美創造努力。自然中存在著許多美的事物，但它們之所以美，並不純粹是因為它的自然性，而是因為被人所發現和鑒賞；它們在未被具備審美超越能力的人所發現和鑒賞以前，是沒有審美意義的外在物，與生存美學毫無關係。在這一方面，傅科不贊同古典美學中的所謂「自然美」概念，因為這個自然美概念似乎強調在人的生存之外，還有可能獨立存在一種與人的生存無關的「客觀美」。實際上，美是一種關係概念；不存在脫離生存超越活動、脫離人與世界的關係而獨立的「客觀美」。**一切美，都是人的生存超越活動與世界相遭遇而形成的。美之產生及其對人的魅力，決定於人與其世界的遭遇的狀況以及人自身的審美超越需要**。這就是海德格所說的「人生在世」。沒有「人生在世」，就無所謂美，同樣無所謂自然美或客觀美。宣稱獨立于人的生存的自然美的古典美學家，都是傳統的主客體二元對立統一論者。他們以為，美是主體與客體相統一的產物。但他們忘記了：根本沒有什麼獨立的主體，也不存在脫離人的生存的世界，因為沒有人的世界，是毫無意義的荒涼野生的自然界，更談不上生存美的意義。所以，傅科所說的生存美的自然性，是它在人的生存過程中的自然創造態度和風格。

傅科很喜歡使用「遊戲」這個概念。他曾經把他的考古學和系譜學稱為遊戲；他也把歷代統治者所玩弄的各種陰謀詭計稱為遊戲（參看本書第二章和第三章）。遊戲（Jeu）這個詞，在法語中，包含不同的意思。Jeu一方面指戲耍和各種類似的娛樂消遣活動，另一方面也指各種含有競賽、賭注和賭博性質的活動。一談到遊戲，人們就自然地聯想到遊戲中所必須貫徹的策略和計謀。所以，遊戲這個概念也自然地同其中所通行的遊戲規則及其運作策略聯繫在一起。在他的《性史》第一卷《知識的意願》發表後不久，傅科受到一群拉康主義者的邀請，同他們進行座談。在座談中，當其中

的對談者提問「性的裝置」（le dispositif sexuel）的真正意義時，傅科強調它的複雜性及其遊戲性質。他說，他使用「性的裝置」這個新詞，是為了強調在性的論述運作過程中所包含的複雜、而多質的因素，也強調它們之間的複雜關係，「在其中，包含著一種遊戲，表現運作過程中所發生的、極其不同的位置變化、功能轉變的狀況」（Foucault, 1994: III, 298-299）。像「性的裝置」以及「措施」或「機器」這樣的新詞和新概念，在傅科的著作中，比比皆是。他發明和使用這些新詞，不但在不同環境下賦予不同的內容，而且，也發揮它們的不同功能。這些新詞的使用，表現了他在研究過程中的遊戲態度。發明和使用這些新詞的目的，是一種批判的策略，是使自己在考古學和系譜學研究中，能夠變得更加靈活，更加無拘無束；反過來，卻使他的論敵變得更加被動。

傅科不喜歡老套的重複，他所欣賞的是重複中的創新和往返中的曲折。傅科說過，他寧願曲折，也不要直線；寧願重複，也不要停滯不變。傅科在為作家莊・迪柏朵（Jean Thibaudeau, 1921-　）所寫的評論中說：他所要的，是無止盡地尋求「不在的現在」或「丟失了的現在」（le présent perdu）。現有的現在是不足為奇的，也是不值得迷戀；最珍貴的，乃是現在中所缺乏的那些東西。真正的思想家，應該敢於去索取和探索現在所沒有的事情，而這是需要勇氣和智慧的。傅科讚賞迪柏朵的不斷變化的文學經驗。傅科說：「在迪柏朵的小說中，『現在』並不是把時間收集到一個點上，以便敞開一個被重建的閃閃發光的『過去』；與此相反，『現在』向一個無可收拾和無法修復的散播敞開大門」（Foucault, 1994: I, 505）。所以，傅科所期盼的一個又一個的「現在」，毋寧是一種向四面八方無盡地散射出去的虛空的場所；在這虛空的場所中所出現的，不是一位在回憶中的老舊的「我」，而是一位具破壞性、怒氣沖沖的和冒風險的「自身」。這是一種毀滅中、漫溢的、卻又消抹不掉的「可能的現在」，是向「正常」和「法定」的世界外面無止盡地擴張的現在。傅科的生活中所度過的一分一秒，作為「現在」，只是一種走向自我毀滅的時刻，是進入無法收攏的散播場所的起點；而在那些日益更新的散播場所中，他面對著渾沌的無底深淵，寧願冒著摔落下去而粉身碎骨的危險，也要無所畏懼地進行新的思考。

德勒茲說：「正如其他一切偉大的思想家一樣，傅科的思想始終都伴隨著危機和震盪，而且，這種危機和震盪恰恰成為他進行創造的基本條件，當成一種始終一貫的基本條件。我覺得他很想獨處，走到沒有人，除非少數幾個至交，可以跟隨他的那些

地方去」（Deleuze, 1990: 115）。作為一位思想家，傅科不願意使自己的思想陷於平靜的狀態；對他來說，「思想的邏輯，就是它所經歷的一系列危機的集合體；與其說這是寂靜和近似於平衡的體系，不如說它是一個火山群」（Ibid.: 116）。德勒茲作為傅科的知心朋友，很瞭解傅科，就像傅科很瞭解德勒茲那樣。

因此，德勒茲概括傅科的思想特徵時說：傅科整個一生的思想過程，充滿著危機和震撼。德勒茲認為，傅科思想的特點就是重疊（double）（ibid.: 117）。德勒茲以傅科自己的原話，給「重疊」作了如下的說明：「重複，分層，返回，回到原來的地方，鉤破裂縫，難以覺察的區別，二分化以及致命的撕裂」（Ibid.）。這種重疊，實際上就是遊戲的模式。一切遊戲都是在重複和來回運動中進行。但是，傅科所鑑賞的遊戲式的來回運動，並不是通常意義的重複，而是重複中的更新。這是一種有區別的重複和重複中的區別。正如傅科的親密培友維納所說，對於傅科來說，「永恆的回歸，也就是永恆的出發（eternal return is also eternal departure）」（Veyne, 1993 [1986]）。

海德格在他的《林中路》中，描述了這樣一種沒有固定方向、沒有定位的思想之路。這種「林中路」，雖然處處和時時陷於迷途之中，其珍貴之處，傅科認為，就在於它「開闢了通向新的思想的道路」（ouvre de nouveau chemins à la pensée）（Foucault, 1994: I, 553）。但傅科並不滿足於海德格的思路，而是更進一步試圖以尼采為榜樣，扮演「考古學家」（archéologue）的角色，探索思想得以展現的空間，探索思想在那裡展現的條件及其建構模式。這種作為「考古學家」的思想家，不是通常意義上的那種只是挖掘古物或古蹟的學者，而是像尼采那樣，搗毀傳統歷史所掩蔽的「真理」大廈結構，破除其真理遊戲詭計，探明真正的知識論述建構的權力和道德脈絡，並徹底地加以摧毀。傅科明確地說：「我是把考古學當成語詞遊戲（jeu de mots）來使用的」（Foucault, 1994: I, 786）。傅科企圖進行各種各樣的「語詞遊戲」，去顛覆由傳統語詞所構成的各種論述體系的建構模式，揭示它們的實際運作的策略計謀的真面目。所以，傅科直截了當地把他在 1961 年出版的《瘋狂與非理性：古典時期瘋狂史》說成為「一種知識考古學」（Foucault, 1961a: 265）。接著，他又以「望診考古學」作為 1963 年出版的《診療所的誕生》的副標題。他的更有影響力的曠世傑作《語詞與事物》在 1966 年出版時，明確地以「人文科學的一種考古學」作為副標題。1974年出版的《監督與懲罰》繼續採用「考古學」的概念和方法，探索西方社會的監獄

史。本書將在以下有關章節更專門地深入討論傅科在其考古學中所進行的「語詞遊戲」及其各種策略。在這裡，主要點出傅科的考古學語詞遊戲的反傳統性質。

雖然「考古學」已經披上向傳統挑戰的戰衣，但傅科不滿足於考古學的探索，他更直接地從尼采那裡借用「系譜學」（généalogie），並將考古學和系譜學同時並用，把他的《性史》首先稱為「精神分析學的考古學」（archéologie de la psychanalyse），接著又在他的《性史》第二卷中，明確地把它稱為「慾望的人的系譜學」（généalogie de l'homme de désir）。傅科之所以把尼采當成他的真正啟蒙者，是因為唯有尼采，才讓傅科從無方向的朦朧叛逆中清醒過來，從此決定同他的以往一切生活斷絕關係（Foucault, M. 1994: IV, 780）。不但如此，而且，尼采的叛逆精神進一步引導傅科走向「生存美學」。在他的耳朵旁，經常響起尼采最響亮的呼喊：「最強的慾望，也就是最可寶貴的慾望。在這個意義上說，這是最大的力量來源」（Nietzsche, 1977[1887-1889]: 931）。正如傅科的朋友、歷史學家和法蘭西學院院士維納（Paul Veyne）所說：「傅科在其晚年，如同他的精神方面的導師尼采那樣，是緊緊地被古希臘羅馬文化所吸引」（Veyne, P. 1993[1986]）。為了達到生存美學的層面，傅科系統地觀察了西方社會各個歷史階段的「自身的技術」的不同特徵，尤其是非常貫注古希臘時代人們對待自身與他人的基本原則，充分意識到自由滿足慾望與進行自身節制的必要性。

傅科作為一個思想家，不只是善於思考，富有創造性，而且，還在於他很懂得生活，精通生活的藝術。他把生活當成不停頓的藝術創作，當作美的藝術作品，時時試圖在生活藝術的展現中，開創新局面，拓展新領域，顯示新風格。在某種意義上說，瞭解傅科的生活風格，比瞭解傅科的文字著作更重要。正因為這樣，本書將以較多篇幅，首先描述傅科的生活經歷、特殊生活態度及生活風格，並將他的著作和思想，時時同他的實際生活遭遇及其生存美學結合在一起。

不斷開拓自由新視野的生活歷程

1. 生活是一種藝術

人的生活是一種藝術，是一種對於藝術美的鑑賞過程，也是每個人自身藝術美的創造及其展現的見證。傅科認為，人生是在美的歷程中渡過；生活的最高目的，就是尋求和創造生存世界中不斷變換的美。生存美的最主要特徵，就是它的變換性和創造

性；而美的變換性和創造性，本來就是相互制約和相互補充，而且，它們之間的這種
辯證的相互關係，正是體現了審美生存過程中，自身的創造精神與其所在的世界之間
的矛盾及其融合為一的可能性。美的變換性和創造性之間的一致性和矛盾性，使美的
生活歷程，呈現為富有吸引力的遊戲運動形式。

　　為了使自己的一生實現美學化，傅科認為，首先必須不斷地考察對自身生活產生
疑問的實際條件，也就是要善於**使自身的生活「成問題化」**（problématiser la vie），
也就是說，首先必須使自身處於一種不滿足於現狀的狀態，對其所在的世界敢於和善
於提出問題；同時也在提出問題的過程中，設計出足於將自身引入與世界充分相通的
地步，以便使自身既不受限於世界，又以超越的方式把世界納入自身所籌畫的審美境
界中。生活之美，是在不斷變動的遊戲式生活中形成的；生活的變動性，絲毫都不意
味著生活本身的任意性和純粹杜撰性，而是要設法使生活得到提升，讓生活在其提升
中，實現自身精神生命內涵的豐富化，使不斷超越的自身的精神愉悅感得到滿足。所
以，傅科不論在研究中，還是在生活中，總是不斷地考察「在什麼樣的條件下，人們
才有可能對其自身的存在提出疑問？」（Foucault, 1994: IV, 763–765）。更具體地
說，為了達到生存美的理想高度，傅科一生所不斷探索的基本問題，就是：「究竟在
什麼樣的條件下，人們才有可能對自己的現實存在、所作所為以及對生活於其中的世
界，提出疑問」？傅科的導師岡格彥曾經明確指出：傅科雖然經常改變他研究的論
題，但他所始終關切的主題，就是「人們對自身的處境進行懷疑的可能條件」（Can-
guilhem, 1995[1986]）。也就是說，傅科把對於自己的生存狀況的懷疑，當作是追求
生活美的一個前提和基本實踐；他認為，那些滿足於自己的現狀，滿足於平靜不變的
生活的人，是根本沒有資格談論生活之美。生存之美，只能伴隨著自身不斷進行自我
改造的人，伴隨著敢於革除自己原有身分的人；只有通過對於自身生存狀況的不停的
懷疑，並由此出發，實現對於自身生存狀況的改造和更新，才能將生活提升到美的境
界。雖然傅科並不同意沙特的主體意識哲學，但當沙特說「人是以其出現而創建一個
世界的生存物」（l'homme est l'être dont l'apparition fait qu'un monde existe）的時候，
沙特的觀點是幾乎同傅科一致的。

　　美是在生活實踐中，特別是在改造現實生活條件的活動中創造出來的；也只有通
過對於世界的改造，才能使人自身的審美超越目標，同他所要改造的世界相融合。根
據傅科的看法，人的一生就是在不斷關懷自身的生活實踐中渡過的；而不斷地對自己

的生存條件提出疑問，就是關懷自身的基本表現。關懷自身不是純粹的幻想，而是要在改變現實生活條件的過程中逐步實現。

由此可見，**懷疑（soupçon）並不意味著不考慮條件，不加思索地否定一切。**在什麼情況下，以什麼條件，對什麼進行懷疑，這並不是輕而易舉的事情。從古以來，善於思考的哲學家和思想家們，都把懷疑當成一種思想的藝術，當成一種生活之美來展現。**作為藝術的懷疑（soupçon comme art）首先是一種智慧，或者，更確切地說，是一種生活的智慧。**傅科所提出的「在什麼樣的條件下，人們才有可能對其自身的存在提出疑問？」正是體現了他對於生活中的懷疑藝術的關切。懷疑，意味著為自身所提出的問題進行了反思過程，意味著對懷疑對象所提出的批評隱含著正當的根據。作為一種有智慧的生活態度和思想作風，懷疑就是將一切知識和人們所公認的「真理」，置於嚴肅批判之列。一切有智慧的懷疑，總是拒絕現有的真理，尤其否認自己掌握了真理。有智慧的懷疑，既然是以始終不停地尋求新的真理和新的美作為其目標，就把批判作為懷疑的主要手段。

總之，改變自己的原有身分和變動自身的生活條件，並不是任意進行，並不意味著「亂來」或無所創造地盲目變動；同時，不斷地改變自己，免不了會犯這樣或那樣的錯誤。犯錯誤並不奇怪。**犯錯誤本身本來就是生活的本質特徵。**傅科說：「生活就是意味著善於犯錯誤（la vie, c'est ce qui est capable d'erreur）」（Foucault, 1994: IV, 774）。人的生命之所以有必要、並有可能不斷地改變和更新，就是因為生活始終包含著錯誤；在這個意義上說，錯誤為生活本身的改進提供了可能性，為生活的提升開闢希望的前景，也為審美生存做好了準備。生活之所以成為生活，就在於它始終是在克服和改正錯誤的過程中進行。生活中的每一個進步，都意味著此前的生活中包含著錯誤，必須加以改變。為此，就必須不斷探索「懷疑自身生活條件的可能性」，將懷疑自身生活條件的思想活動，變成為創造性的叛逆，善於尋求懷疑現有生活條件的可能性，敢於對現有的生活條件發出懷疑和提出疑問，並將這種懷疑和疑問，變成為實際的創造，變成為重建自身的雙重叛逆活動：既顛覆客觀的生活條件，也對自身進行脫胎換骨的改造。通過這種雙重性的創造性叛逆，真正實現對於自身的關懷，在無止盡地滿足創造性叛逆的慾望中，感受到生活本身的美，同時也提升自身生活之美的境界。

所以，要瞭解傅科的思想及其變化歷程，必須從他的生活藝術和生存美學開始著

手。他的一切理論思維和思想創造活動，其實都是他的生存美學的一種實踐和表現形態。**在本來的意義上說，所謂生存美學，是一種源自古希臘智者所倡導和實行的生活技藝（techné），使自身盡可能變成為自己的行為的主人，同時又成為自身生活的精明能幹和慎審的引導者**。因此，它要求對自身的自然慾望、生存能力、應變技能、情感調理以及品味愛好等主觀因素，實行既節制自律、又順應本能需求的調節技巧，使自己能愜意地滿足個人慾望、意志和情感的要求，又能處理好同周圍他人的關係。任何人一生下來，都無法脫離社會，不得不面臨社會早已規定的一系列法制、規範和制度，並要求自己必須遵守所有既定的規則，進行自我約束。在這種情況下，每個人都不可避免地遭遇到同他人處理適當關係的複雜問題。所以，任何人要愉快地活下去，就不能不考慮對待自身和對待他人的雙重問題。生存美學所要處理和解決的，就是自身的生存技巧，以便使自身在處理同他人的關係中，享受和鑑賞到盡可能滿意的美感。傅科一生所經歷的經驗和實踐過程，生動地體現了生存美學的原則。這種生存美學，在傅科的精神生命中埋下了種子，並經過日復一日的生活經驗的更新和成熟化，最終達到晚年時所呈現的成熟形態。

傅科自幼形成獨立自主的堅強性格，不願意隨遇而安和隨波逐流，不能容忍別人為他作出選擇，不容許他人蔑視和踐踏他自己的抉擇權。他的強烈的個人自由意志，使他感受到生活本身的艱難、痛苦和麻煩。但他也從這個實際生活的過程，逐漸積累生活經驗，在強化自身的理論和實踐智慧的同時，也不斷地增長掌控和管制自己的能力，慢慢地學會熟練地調整同他人的關係，調整同整個社會制度和規範體系的關係。

要恰當地調控自身，並不是任意地和隨便地壓抑自己的慾望和要求，因為如果未經思考和不加懷疑地接受一切現有的規範，無疑使自己變成「順民」或「溫馴的身體」，無疑放棄個人的自由。同時，調控自身的慾望也並不是實行禁慾主義的生活方式，而是像昔尼克學派那樣，學會在遊戲中展現生活之美。因此，傅科的生存美學所說的「適當調控自己」，指的是以叛逆精神，透過同現存法規和規範的遊戲般周旋，進行一種「力的緊張的不間斷拉扯活動」，達到使自身對於周圍生活環境的自然愉快地順應，並同時滿足自己的個人慾望和要求。

為此，最主要的，是善於經常地變換自己的「主體性」，用傅科自己的話來說，就是不斷地「將主體從其自身中連根拔除」（arracher le sujet à lui-même），以致使自己不再是原來的自身，使自身在自我虛無化和自我解體的過程中，實現他自身的永遠

變動和更新（Foucault, M. 1994: IV, 43）。

2.使經驗成為「拔除自我」的再生動力

「我的每一本書都表現了我的歷史的一部分。由於這個或那個原因，我的每個經歷，使我見證或體驗了各種事情。舉一個最簡單的例子，我曾經在五〇年代，在一所精神治療醫院工作過。我研究了哲學之後，我想要研究精神病的實際狀況。在那時，我曾經有一點瘋瘋癲癲地研究了理性，同時又以相當理性的態度研究精神病問題」（Foucault, 1994: IV, 779）。傅科的這段話，是針對他的早期著作《瘋狂與非理性：古典時代精神病的歷史》而說的。但在實際上，如同他的《瘋狂與非理性：古典時代精神病的歷史》一樣，他的其他著作，每部都是他的個人歷史的凝縮和結晶，是他所追求的美的生活歷程的真實記錄，也是他尋求生活美的經驗總結。所以，傅科的作品的真正奧祕，就隱藏在他個人的生活歷程中，隱藏於他所經歷的各種特殊的生活經驗中：傅科在其著作中所展示的各種思想及其表達方式，都不同程度地或曲折地表現了他的特殊個人經驗的內在意涵。研究他的著作，實際上就是調查和瞭解他的生活經歷及實際經驗；反過來，通過對於他的著作的研究，又可以進一步瞭解他的生活經歷和社會閱歷以及他對生活本身的態度。

傅科自己在談到「經驗」（l'expérience）時，特別強調「經驗」對於促進他本人不斷地蛻變的重要意義。對他來說，經驗並不是單純的生活經歷的被動累積結果，並不只是對於過往事跡的歷史性敘述結構，而是現實活動著的生命的一部分，是時時在眼下進行的實踐的內在構成部分。**經驗不是個人歷史的屍體，而是正在待產過程中的創作本身**；也就是說，經驗並不只是過去了的經歷的沉澱，而是自身在現實生活中的創造成果。這樣一來，經驗從傳統的被動沉積形態，變成為主動的開拓行為。因此，**經驗不是約束和限制自身的「界限」，而是不斷跨越驚險時空的力量**；在進行創作的時候，它時時伴隨著精神生命的超越慾望，向充滿引誘的虛空衝刺。為此，傅科嚴厲批判胡塞爾現象學關於經驗的被動描述態度，高度讚揚巴岱、尼采、布朗索及科洛索夫斯基等人在這方面樹立的光輝榜樣。他說：「將主體從其自身中拔除出來的有限經驗的觀念，這就是閱讀尼采、巴岱及布朗索的著作所給予我的主要影響。……我始終都把我的書，當成我的直接經驗。這些經驗的宗旨，就是將我自己從自身中拔除，阻止我成為我自己」（Foucault, 1994: IV, 43）。顯然，傅科對待自己，就同他對待自己

的作品一樣，也是透過不斷地「從自身中拔除」的實際行動，不停地尋求在變動中的美感。所以，他的作品和他的生活，都是作為美的藝術品，永恆地留存在人類文化寶庫和歷史之中。

　　如前所述，傅科是一位永遠不滿足於現狀的人。同時，他也是在生活上、情感上和思想上處於不斷流動的人。正如他自己所說：「我在這些年來所從事的研究，是相互緊密相連的；它並不打算形成一個連貫的系統，也沒有連續性。這是片斷性的研究，最後沒有一個終點，也沒有要進一步繼續做的事情。這是散佈式的研究，甚至是非常重複，經常走回頭路，返回原來的題目和原來的概念」（Foucault, 1997: 5）。所以，每當他處於特定環境時，他總是試圖跳脫現實的約束，創造新的環境，並在創造新的環境中，創造新的自我。傅科在他的著作以及在法蘭西學院的研討會課程中，一再地強調人的思想、說話、行動以及一切生活行為的藝術性。他認為，生活的藝術性，就在於促使生活變成為遊戲般的運動過程，變成為不斷的自我再生產的過程。他說，一個真正能夠成為自己的命運的主人的人，是懂得「生活的藝術」的人，是把生活當成藝術美來鑑賞、又不斷充實它的那種人。藝術般的生活，只能是由精通「自身的藝術」（l'art de soi）的人所自願進行的反思性實踐創造出來的；透過這種實踐活動，人們一方面自律地確定其自身的行為規則，另一方面則努力改變他們自身，以便按照他們的特殊風格標準，陶冶自己，造就出具有獨一無二美學價值和符合特定生活格調的生活藝術作品（Foucault, 1994: IV, 545）。真正將生活當成藝術的人，會將他自己的思想、言談、舉止和各種活動實現藝術化，並透過藝術化的過程，循環地不斷豐富自己的生命，特別是自己的創作思想。

　　什麼是正確的思想活動？傅科說，它就是「符合思想的藝術的思想」；因此，真正的邏輯學，應該被稱為「思想的藝術」（Foucault, 1994: I, 739）。同樣的，真正的語法學，應該是「說話的藝術」（art de parler），是教人將說話當藝術的學問（Foucault, 1994: I, 739-740）。思想、說話、做事及各種行為，都是可以藝術化的；關鍵在於自己是否能夠隨時隨地掌握和調整自身的生活藝術。

3.叛逆傳統醫學世家的才子

　　傅科於 1926 年 10 月 15 日出生在法國中西部的維岩省（Vienne）省會布阿基耶市（Poitiers）。這是法國一座具有豐厚歷史傳統的文化古都。早在高盧羅馬時代，這裡

就是法國中南部最有名的阿基丹省（Aquitaine）的重要都市。城中古教堂林立，羅馬時代留下的石頭雕像，七零八落地仍然屹立在全城各個主要大街兩旁。傅科自己提到，當他經常往返於成排的掉落了頭像的名人石雕之間時，他的精神和魂魄，早已被一種無可覺察的氣息，被引導到那些雕像塑造的時代以及塑像人物本身所處的歷史環境中。歷史和文化的氛圍給予傅科優厚的先天條件，使他能夠在冥冥之中受到羅馬古典文化的薰陶。

傅科的父親保羅・安德列・傅科（Paul-André Foucault）是布阿基耶市著名的外科醫生。他在解剖學方面的卓越成果，使他成為了布阿基耶醫學院的解剖學教授。傅科一家祖輩三代都是醫生。傅科的母親安妮・馬拉貝（Anne Malapert）也是出身於醫生家庭，她父親同樣是一位著名的外科醫生，並在布阿基耶醫學院任教。家庭不論在物資或文化條件方面，都是非常優裕。傅科從小就享受了家庭所給予的一切方便和優先生活特權。對傅科成長具有決定性影響的，是家中擁有豐富藏書的圖書館，使他從懂事的時候起，就可以任意地在家中，翻閱各種書籍和報刊。母方家族還在岡德弗勒（Vendeuvre-du-Poitou）擁有一座寬敞舒適的農場別墅，供傅科兩兄弟和他的姐姐度假。這裡的一切，都給予傅科深刻的印象，使他即使在成名之後，還長久地依依不捨和流連忘返。

傅科的父系親友都是虔誠的天主教徒，傅科的一位姑姑被天主教會派往中國傳教。但母系家族則比較開明、隨和、純樸和自然，在思想信仰方面深受伏爾泰的影響。母親對傅科的特殊照料和關懷，也很自然地將母親的天資素質傳輸給他。早在童年時代，母親就特別為傅科設置和安排了學習的良好條件，除了給予文學和哲學的家庭補習以外，還請鋼琴家庭教師教他音樂。傅科四歲時，被送進布阿基耶亨利四世中學的附屬小學，同比他大一歲的姐姐一起接受教育。據傅科的弟弟德尼斯（Denys Foucault, 1933- ）說，他們兩兄弟在這個家庭裡，「生來就是為了學習」（L'Actualité Poitou-charentes, No. 51: 28）。傅科十四歲時，所在學校因德軍入侵而缺少哲學教師。為了不影響傅科的哲學訓練，他的母親特地請天主教修道院的修士為他講哲學，並同時請大學哲學系學生路易・吉拉特（Louis Girard）專門為他補習哲學。「要掌握知識，怎麼不學習哲學呢？」傅科的母親這樣說（Ibid.）。與此同時，母親還特地請來英國修女與家人同住在屋簷下，主要是為了讓傅科兩兄弟能有機會學習英語會話。

傅科從小就顯示出非同凡常的天才特質。他喜歡孤獨，獨樹一幟，不願隨波逐

流。這不但是因為他討厭吵雜環境，認為吵雜環境不利於冷靜思考，而且還因為他感到自己的特殊想法和情感，都無法與普通人溝通。所以，在多數情況下，他不輕易發言，總是默默地思考問題，表示他對一切的懷疑。傅科談到他的童年時說：「我是在法國巴黎中心地帶以外的省城小資產階級圈子裡，度過我的童年時代的。在那裡，同來訪者說話和進行對話是一種義務。但對我來說，這是既怪誕、又令我煩惱的事情。我經常反問自己，為什麼人們覺得有說話的義務。保持沉默也許是一種更有趣的關係模式」（Foucault, M. 1994: IV, 525）。

傅科的父親只希望傅科兩兄弟將來都成為外科醫生。但傅科卻在九歲時，就向他爸爸「宣佈」：他長大後要成為一位「歷史學教授」，使他爸爸及全家人都為之驚愕。傅科的自由思想使他拚命地掙扎，試圖從吵雜而庸俗的平凡世界中走脫出來，尋找一個屬於他自己、容他獨自思考的僻靜場所。他的特殊的思考方式，使他從少年時代起，就同整個社會文化制度以及一般社會文化習俗格格不入，致使他時時感受到沉重的壓力，產生過兩次試圖自殺的念頭。

從中學時代起，他就對於學校中所受到的教育以及各種書本知識，經常抱著懷疑的態度，總是試圖在原有的敘述和論證方式中尋求瑕疵和漏洞，找出擺脫現成答案的新出路。他喜歡以「另類」（alternative）的方式進行思考，提出許多與傳統敘述論證方式相反的方案，對即定的規則和各種原理進行「顛覆式」的鑽研和解構。對於一般的理性力量，他保持清醒的思索自由態度，試圖發現被稱為『理性』的背後所隱藏的可能秘密。

傅科的中小學教育是在布阿基耶市內接受的。社會的動亂伴隨著傅科的少年時代。二十世紀二〇年代末震撼整個西方世界的經濟危機以及德國法西斯勢力的猖獗，是傅科從少年時代起就開始關心和注意的社會問題。1934 年希特勒在奧地利的法西斯黨羽勢力，暗殺奧地利首相多爾弗斯（Engelbert Dollfuss, 1892－1934）的嚴重事件，極大地震撼了年僅八歲的傅科。傅科後來說：「這是我第一次感受到對死亡的極大恐懼」（Foucault, 1994: I, 13）。從此他進一步增長叛逆性格，渴望自身的生活自由。

4.師從依波利特、岡格彥和阿圖塞

傅科十七歲以優異成績完成高中課程，並獲得高中畢業文憑，直接進入布阿基耶市的亨利四世大學預科學校，準備應試進入巴黎高等師範學院的全國性招考。但第一

次應試失敗了。他母親堅持要他上巴黎亨利四世中學，再次準備應試巴黎高等師範學院。

他在巴黎亨利四世高中（Lycée Henri IV）時期的哲學導師，就是當時著名的法國黑格爾哲學專家莊・依波利特（Jean Hyppolite, 1907–1968）。莊・依波利特給予傅科第一次哲學啟蒙，使傅科從此以後，決心像莊・依波利特那樣，不把哲學當成死板僵化的教條體系，而是成為不斷發出疑問、並向社會和世界挑戰的思想戰場。莊・依波利特後來對別人談到傅科時說，傅科是一位思想天才；別人總是無法輕而易舉地把握他所想到的東西。由於莊・依波利特給予傅科很高的哲學成績，使傅科能夠順利地進入巴黎高等師範學院。依波利特後來升任為巴黎高等師範學院的教授，並擔任該校校長多年，所以，傅科能夠很幸運地得到依波利特的支援和監護，順利地提升自己在學術上的地位。

法國人是通過黑格爾而進一步瞭解馬克思的。黑格爾思想中包含著絕對唯心論體系和辯證法兩大部分，而一般認為前一部分是屬於消極保守性質，只有後一部分具有積極和革命的精神。依波利特針對法國研究黑格爾哲學的特殊狀況，曾說：「對於早就氾濫於整個歐洲的黑格爾主義，我們法國是接受得較晚。而我們是通過黑格爾青年時代的不太出名的著作《精神現象學》，通過馬克思和黑格爾的關係認識黑格爾。在這以前，法國早已經有一些社會主義者和一些哲學家，但是黑格爾和馬克思都還沒有真正地進入法國哲學圈內。事情是現在才有的。現在，討論馬克思主義和黑格爾主義已經成為我們的日常活動」（Hyppolite, J. 1971: II. 976）。確實，同歐洲其他國家相比，法國思想界接受黑格爾思想的腳步比較慢一些，但是，經依波利特等人的引進之後，法國思想家們對黑格爾的辯證法深感興趣。正如梅洛・龐蒂所說，黑格爾是對廿世紀所有偉大思想家發生最大思想影響的唯一哲學家（Merleau-Ponty, M. 1948: 109–110）。對於法國當代思想家來說，引進黑格爾，不只是引進了黑格爾辯證法的革命叛逆精神，而且也引進了比黑格爾更激進的馬克思主義。正如沙特在《辯證理性批判》一書中所指出的，從三○年代到五○年代，黑格爾辯證法思想的入侵，開創了一個新馬克思主義所主導的「不可超越的地平線」（l'horizon indépassable）（Sartre, J. P. 1960）。

在第二次世界大戰結束後不久，黑格爾和馬克思的理論，又進一步同尼采、胡塞爾和佛洛依德的思想匯合在一起，形成了第二次世界大戰期間到五○年代末為止法國

思想界的空前活躍的創造氣氛。在為依波利特的逝世而召開的紀念會上，傅科說：
「對我們這些依波利特的學生來說，我們現在所思索的所有問題，都是他提出來並反
覆思索的，都是他在他那本偉大的《邏輯與存在》一書中所總結的。在大戰之後，他
教導我們思考暴力和論述的關係，思考邏輯和存在的關係。而現在，他實際上仍然建
議我們思考知識的內容與形式必然性的關係。最後，他還告訴我們，思想是一種永不
停止的活動，它是發動『非哲學』、但又使『非哲學』緊緊地靠近哲學而運作起來的
某種方式，同時也是我們解決生存問題的場所」（Foucault, M. 1969a: 136）。其實，
依波利特對於傅科的最深刻的啟示，並不是黑格爾的思想本身，而是通過黑格爾哲學
體系及其辯證法所開啟的一種哲學思考方式。這種哲學思考方式，一方面有利於明確
地認定哲學思考所要追求的範圍，但又不使哲學活動僅僅停留在它所尋求的目標；另
一方面它強調要在考慮到自身思考界限的同時，還要設法不斷地試圖逾越它。更具體
地說，哲學活動既要明確其自身所追求的目標，但又不使哲學思考停留在同其研究對
象相同一的層面上；哲學即要清醒地意識到思想本身的界限，又要千方百計地逾越這
個界限。依波利特所鼓勵的這種哲學思考方式，實際上提出了關於人、知識和自由的
極為重要的雙重性問題，即**關於人的限定性以及不斷逾越限定性的必要性和可能性的**
問題。依波利特是從哲學的高度，總結布朗索和巴岱等人的文學創作的實踐經驗，使
之同尼采的超人精神相結合，促進人們在哲學思考中，一方面實現對於傳統的叛逆，
另一方面不斷進行新的創造。

　　受到依波利特的啟發，傅科從那以後就不斷探討人和哲學的限定性以及人和哲學
本身又不斷逾越其限定性的問題。對於傅科來說，真正的哲學思考，並不是緊緊侷限
於哲學本身，而是在同哲學相鄰的各門學科中來回穿梭、而又不斷返回哲學進行思
考，使哲學真正成為永不停息的思索、並在其自身的限定中不斷試圖超越自身（Fo-
ucault, M. 1994: I. 780-782）。依波利特對於傅科的上述啟示，又由於尼采、巴岱及
布朗索等人的叛逆思想和「逾越」精神的激勵而進一步把傅科推上新的思想發展道
路。

　　1946 年進入巴黎高等師範學院之後，傅科的導師先後是阿圖塞（Louis Althusser,
1918-1990）和岡格彥（Georges Canguilhem, 1904-1995）。前者是當時最具影響力
的結構主義馬克思主義者；後者則是當時主持全法國大學教授職務資格審查及分配教
職委員會的主任委員。這兩位人物，對於傅科一生的生活態度及其思想風格，都產生

了決定性的影響。

阿圖塞在四、五〇年代是法共積極的黨員，也是黨內重要的思想家和理論家。他在第二次世界大戰期間被德國法西斯關押在集中營中五年之久。1945年，依波利特聘請阿圖塞成為巴黎高等師範學院的哲學教授，向學生灌輸和宣傳馬克思的思想。據阿圖塞本人所說，他在巴黎高等師範學院期間，重點是教導學生「警惕」沙特的存在主義思想（Althusser, 1992）。在阿圖塞的影響下，不只是傅科，而且還包括一大群巴黎高等師範學院的高才生，都對馬克思的著作和思想感興趣。同傅科一起的，還有德里達、布爾迪厄等人，他們經常在一起討論馬克思的著作。

影響傅科及其他青年學生導向馬克思及其思想，主要決定於兩大因素：首先是當時的社會現實狀況令這批年輕人不滿。第二次世界大戰嚴重地破壞了法國及整個歐洲的經濟，動搖了社會的基礎。其次，法國對越南和印度支那所發動的新殖民戰爭，推動傅科及他的許多同學參加由法共所領導和組織的反戰運動。傅科就是由於對征服的殖民戰爭政策不滿而加入法共的。對於他們來說，馬克思的著作之所以具有吸引力，是因為它們表現了對於現代社會的無情批判態度，提供了實行懷疑以及進行理論和實踐批判的榜樣。而且，阿圖塞對於沙特的批判態度，也促使傅科等人能夠較快地擺脫傳統的意識哲學的影響，用更加時髦的結構主義思想來建構自己的新思想。同阿圖塞一起的其他哲學教師，特別是德桑狄（Jean-Toussaint Desanti）和越南裔馬克思主義思想家陳度道（Tran Duc Thao），也極力向學生傳輸馬克思的辯證法，使當時的巴黎高等師範學院充滿著馬克思、胡塞爾和佛洛依德的精神氣氛。

在二十世紀五〇年代，當黑格爾主義由柯傑夫和依波利特帶頭而盛行於法國學術界，當存在主義由於沙特的宣傳而流行的時候，傅科不願意隨波逐流。為了選擇一個叛逆的道路，為了標新立異，他竟毅然決然地使自己成為「尼采主義的共產主義者」（communiste nietzschéen）。所以，傅科在1950年加入了法共。他對這一段經歷是這樣說：「關於馬克思主義的文化，我想在另一個時間裡談論。目前，我倒要指出一件令人驚訝的事情。我們對尼采和對巴岱的興趣，並不等於採取疏遠馬克思主義和共產主義的一種方式。對於我們來說，這是進入共產主義的唯一道路。拋棄我們在其中生活的世界，使我們理所當然地對黑格爾主義哲學很不滿意。我們在當時，正在尋求另一條不同於當時的馬克思主義所標榜的那種出路。所以，在五〇年代，在我們尚未充分認識馬克思的情況下，為了拒絕黑格爾主義，也為了不接受我們所不喜歡的存在主

義，我才加入法國共產黨，成為「尼采主義的共產主義者」。我當然很清楚，這確實是令人活不下去（invivable），而且也是很奇怪的」（Foucault, M. 1994: IV, 50）。

傅科確實不斷地尋求「活不下去」的境界，並把「無法生活」的境界，當成自己探索生命的極限的條件。他並不喜歡生活在優裕的環境中，對養尊處優的生活方式感到「噁心」。他所追求的，是一再地越出生活的界限，闖越現有法制、規範和制度所正常規定的界限。所以，越是被常人認為「無法生活」或「活不下去」的境界，他越要去嘗試。

傅科一向把馬克思同馬克思主義區分開來，在這方面，他是完全同意同他一起討論的其他學者的立場（參見傅科同日本學者 Yoshimoto 在 1978 年 4 月 25 日的談話，題名為「認識世界的方法論問題：如何從馬克思主義中解脫出來」，載於 Foucault, 1994: III, 595−618）。在這篇談話中，傅科很明確地表示了他對於馬克思及他的思想的基本立場和觀點。傅科基本上是肯定馬克思及其思想的歷史地位，同時嚴厲批判馬克思主義的教條化。

正因為這樣，傅科也承認，他和其他許多法國青年知識分子一樣，由於革命和叛逆的激情，他們既可以迅速地成為「共產黨人」，也可以由於同樣的理由，又很快地離開了法國共產黨。當法共實行蘇共的政策，並對其黨員進行思想控制的時候，傅科也和其他知識分子黨員一樣，立即表現了對法共的不滿。傅科不能容忍法共對黨員個人事務的干預。尤其是當法共粗暴干預阿圖塞的私人事務，特別是強制性地壓迫他與其未來的妻子列葛姍（Helene Legotien）斷絕關係時，傅科更壓抑不住自己的不滿情緒。1952 年 10 月，傅科獲悉蘇共殘酷鎮壓蘇聯境內的猶太知識分子的消息，經過同阿圖塞的協商，並獲得阿圖塞的同意之後，傅科決定離開法共，宣佈退黨。從此，他脫離同法共的政治關係，但在法國的各種社會運動中，傅科繼續在一定條件下同法共及其知識分子黨員保持聯絡和有限度的團結；這是因為當時加入法共的知名知識分子，普遍地分佈在各個學術領域中，例如作家阿拉貢、畫家畢卡索和精神分析學家拉康等人，都是法共的忠實黨員。

阿圖塞在七〇年代後患精神病，使傅科在其晚期思想活動中，很少再提及阿圖塞。如果說阿圖塞對傅科只是發生了啟蒙性的影響的話，那麼，岡格彥就在很大程度上決定了傅科的學術生涯及其命運。

傅科的另一位導師岡格彥，不只是一位德高望重的學者，而且也是在法國學術界

掌握相當大權力的實力派人物；他的一句話，往往可以決定一個人在法國學術界的地位。他原本是知識史、思想史和科學史研究領域的學術權威。正是他帶領傅科，一方面接受胡塞爾現象學的啟發，研究知識及其對西方思想發展的影響，另一方面又推動傅科從現象學脫軌而出，集中探討知識論述同權力的複雜關係及其對社會文化生活的影響。岡格彥不只是鼓勵傅科探索西方知識發展的奧祕，而且使他懂得和學會如何在學術領域中玩弄權力策略，以攀登知識殿堂的頂端。岡格彥在傅科考取大學教授資格文憑時對他說：「我相信，你有足夠的才能去面對你今後所將要遇到的學術環境以及各種問題」。當時同傅科一起在巴黎高等師範學院深造的，還有維納（Paul Veyne, 1930－　）和布爾迪厄等人。可是，岡格彥對傅科的才華情有獨鐘，給予特殊的照顧。在岡格彥的監護和推薦下，傅科很快在 1951 年獲得了「哲學教師資格文憑」（agrégation de philosophie）。他當時考的主要題目，就是岡格彥所出的考題「性的問題」（la sexualité）。接著，在岡格彥的保送下，傅科成為巴黎高等師範學院心理學講師。這個教職原來是由梅洛・龐蒂擔任的。梅洛・龐蒂的心理學教學，啟發了傅科將心靈與身體結合起來進行考察。梅洛・龐蒂的思想，在很大程度上決定了傅科的第一篇論述前蘇格拉底心理學的論文的研究方向。實際上，傅科很早就對心理學感興趣，並從 1947 年開始在巴黎高等師範學院定期聆聽梅洛・龐蒂的心理學課程，對笛卡兒以來的心理學有特殊研究。所以，他在梅洛・龐蒂的影響下，很重視自笛卡兒之後的馬里布朗斯（Malebranche）、曼・德比朗（Maine de Biran）及柏格森的心理學觀點。這條笛卡兒之後的心理學路線，貫穿著對於身體（le corps）和心靈（l'ame）相同一的基本原則。

傅科在巴黎高等師範學院的心理學課程，吸引了大批有才華的學生及學者。當時參加他的課程討論的，有德里達、維納、巴斯隆（Jean-Claude Passeron, 1930－　）、捷納特（Gerard Genette, 1930－　）及莫里斯・炳格（Maurice Pinguet）等人。從此以後，傅科順利地加深他的心理學研究，尤其獲得了悌耶爾基金會（Fondation Thiers）的資助，並在1952年6月獲得巴黎高等心理學學院（L'Institut de psychologie de Paris）的心理治療師文憑。這個時候，又是岡格彥，指派傅科擔任里爾大學心理學助理教授。後來，也是在岡格彥和著名的宗教史專家杜美濟的推薦下，傅科被法國文化部任命為駐瑞典烏巴乍拉（Uppsala）法國文化中心主任。這個「肥缺」只有那些享有特權的法國文化界人士才有可能佔有。長期以來，這一重要職務，曾經對諾貝爾獎金的分

配產生重大影響。在擔任文化中心主任期間，傅科接見了前來領取諾貝爾獎的卡謬。由於傅科取得了優異的工作成果，他接著擔任了法國駐波蘭華沙和德國漢堡的法國文化中心主任。在他任職期間，他仍然不停地撰寫他的國家博士論文《瘋狂與非理性：古典時期精神病的歷史》。岡格彥對這篇論文給予很高的評價。1961 年，傅科以很高的分數通過了他的國家博士論文後，岡格彥向當時擔任克雷爾菲朗（Clermont-Ferrand）大學哲學系主任的居爾·維爾敏（Jules Vuillemin）推薦傅科擔任該系心理學教授職務。到了 1969 年，也是岡格彥推薦傅科接任莊依波利特的哲學終身講座教授職位。由此可見，岡格彥幾乎伴隨著傅科的學術生涯的一切關鍵時刻。

5.從叛逆文學獲得創造動力

二十世紀五〇年代，當傅科處於思想成長的時期，法國學術界正充斥著存在主義、新馬克思主義、精神分析學、現象學等思潮。這些思潮無疑對傅科起著思想啟蒙作用。但傅科本人的叛逆和獨立思考精神，使他自然地立即對這三大思潮也產生懷疑。正如他自己所表白的，他不願意像其他人那樣，只是盲目地崇拜流行的東西。當他試圖擺脫這些思潮的限制的時候，巴岱和布朗索等叛逆作家的思想風格及創作作風，給予他決定性的影響，使他找到了新的出路。

青年時代的傅科，實際上接受了來自文學和哲學的雙重啟示。在文學方面，他仰慕著敢於「逾越」（transgression）和向傳統挑戰、並重視「有限的經驗」的作家們，包括巴岱、布朗索、科洛索夫斯基、貝克特和沙德等人。

在談到他青年時代的文化背景時，傅科說：「我屬於這樣的一代，當我們還是大學生的時候，我們都是被馬克思主義、現象學和存在主義所標誌的一種視域所限制。所有這些事情當然是極端有趣和激發人心的，但是，它又在經過一段時刻以後，促使我們感受到一種窒息，並產生了試圖觀看界限以外的事物的強烈慾望。我同當時的許多哲學系學生一樣，同傳統和當時流行思潮的決裂，主要來自貝克特（Samuel Beckett, 1906-1989）的《等待果陀》（En attendant Godot）的影響。正是這本書，使我們在窒息中重新大口地呼吸。然後，我進一步閱讀布朗索（Maurich Blanchot, 1907-　）、巴岱和新小說派的羅伯·格里葉（Alain Robbe-Grillet, 1922-　）以及布托（Marcel Butor, 1926-　）、巴特（Roland Barthes, 1915-1980）和李維史陀（Claude Lévi-Strauss, 1908-　）。所有這些人，都是相互區別的，而我也並不想要全部地吸收他們。但

可以說，他們是我們那代人同傳統形成斷裂的重要中間人物」（Foucault, M. 1994: IV. 608）。傅科所說的「斷裂」意味著什麼呢？主要是意味著同一切「主體哲學」的決裂。正是上述各個思想家和作家們，帶領傅科等人走出主體哲學（la philosophie du sujet）的範圍，在語言論述和權力網絡相互穿梭的社會文化歷史和現實的結構中，破解傳統主體的形構密碼及其基本原則。貝克特的《等待果陀》不僅在文學創作方面，開創了新生面，使文學更徹底打破傳統的約束，而且，還促進人們對於語言的深入探討，有利於人們更深刻地理解語言在創建人的主體性過程中的關鍵意義。貝克特在談到他的作品時，強調他所使用的語言的自律性。他說：「我所使用過的語言，就像我的孩子一樣，它們是自由的」。在他看來，語言一旦被使用，就成為獨立的「存在」或元素；它們作為一種符號象徵，以其客觀性和自律性，在社會中成為他人的想像對象和理解對象。這時，被使用了的語言，不管是出現在文本中，還是在戲劇舞臺上，它們就成為讀者和觀賞者的想像和理解對象，它們在不同的社會文化脈絡中，在同讀者和觀賞者之間的相互運動和相互交流的獨立過程中，始終都是具有自我生產和自我指涉能力的「能指」新系統。在這種情況下，原有的「作者」或「說話主體」，已經無法控制其流程及其被理解的程度。所以，任何文字或話語，一旦在社會生活中和文化生活中出現，就是一種獨立存在的符號象徵，如同任何事物一樣，是一種客觀存在，也是一種可以產生和再生產其意義的獨立單位。它們同整個社會生活混合在一起，重新成為社會生活的一部分。原有的「作者」或「說話主體」已經成為與它們毫無關係的因素。正因為這樣，傅科後來指出：「作者已死」，就像「主體已死」一樣。被使用的語言和文字，連同其文本一起構成了新的生命體；但這不是一般的生命體，而是具有文化價值，能夠進行意義再生產的符號象徵體系。從那以後，它們或者是同讀者，同觀賞者，或者是同其他文本，相互溝通和交流，並在其溝通中重新產生新的意義。作者確實已經成為極不重要的東西，無助於真正理解其實際意義。傳統文化所強調的主體性也就在這種情況下被批判得體無完膚，無地自容。

顯然，這些作家對於傅科所給予的重要啟示，首先就是在語言運用方面。他們在語言方面的創造和叛逆先例，使傅科會到語言對於思想家所扮演的雙重角色：一切思想家不得不靠語言來表達自己的思想創造，但對於尋求自由的思想家而言，語言的規則及其符號形式性，反而成為限制自由的藩籬。這樣一來，語言成為了有創造性的思想家進行反叛和創造的中介手段：它既是創造所不可或缺的手段和受到啟示的象

徵，又是受到限制的羈絆。所以，布朗索等人巧妙地運用語言的伸縮性、象徵性、靈活性、多義性和寓意性，千方百計地使語言本身的矛盾性和雙重性，在其運用中，實現自我分裂和自我生產，使自由創造的成果得以突破、並恰當利用語言的限制，達到他們在思想上尋求絕對自由的目的。所以，傅科指出：**文學語言是一種折向自己、並試圖說出它所說以外的其他事物的第二語言**（un langage second, replié sur lui-même, qui veut dire autre chose ce qu'il dit）（Foucault, 1994: I, 443）。**文學語言自身所隱含的多層次可變動的豐富內容，使它變成為新的文化生命體系，包含內在的自律性，隨時都有可能進行在生產和自我更新。**這是一切哲學家所值得注意觀察的問題。

與此同時，巴岱等人有關「性」的有限經驗及其逾越的論述，連同當時極其流行的精神分析學和拉康的結構主義精神治療學，都對傅科思考問題、並總結自己的經驗發生重要影響。在談到經驗的意義時，傅科指出：「對於尼采、巴岱和布朗索來說，經驗就是力圖達到生命中的那個最貼近『不能再繼續活下去』的確定點上。從經驗中所獲得的，是達到極限的緊張程度以及最大限度的不可能性」（Foucault, M. 1994: IV, 43）。「經驗對於尼采、布朗索和巴岱來說，其功用就在於將主體從其自身中連根拔除，以致使他自己不再是他自身，並達到對於他自身的自我虛無化和自我解體。這是一種徹底的非主體化的事業」（Ibid.）。傅科承認：「關於這種將主體從其自身中連根拔除的有限經驗的觀念，就是我從尼采、巴岱及布朗索等人的著作閱讀中所得到的最重要的啟示；而且，這種有關有限經驗的觀念，又造成我的著作變得非常令人困擾和非常廣泛，使我永遠將我的著作當成一種旨在將自己從自身中連根拔除、並永遠阻止我成為同樣的自身的創作活動」（Ibid.）。

巴岱是法國二十世紀上半葉最卓越的新尼采主義者。巴岱對於創作、語言、生命和現代社會的態度，反映了當時正在經受文化危機、並尋求新的出路的法國思想家們和作家們的基本關懷。巴岱同當時正在流行的「超現實主義」（sur-réalisme）的作家和藝術家們，保持密切的聯繫，對於他們的創作態度給予充分肯定，但同時也表示了某些不同意見。按照巴岱的觀點，在創作過程中，不僅是要將現實提升到「超現實」（sur-réalité）的境界，使藝術不只是停留在對於現實的模仿的層面上，而且還要使藝術能在超現實的崇高形式中，把握「美」的目標；除此之外，還要探索所有那些難於以語言表達的「過度」的因素（des éléments excessifs）。所謂「過度」，顯然是指「超過限度」和「超過極限」。人的思想、創作、生活和實際實踐，究竟有沒有「極

限」？有沒有「限度」？人是不是可以超越極限？對待人的「極限」採取什麼樣的態度，顯然表現了人們對於生活本身以及對於傳統的基本立場。

傅科之所以對巴岱產生相當程度的讚賞，就是因為巴岱貫徹了尼采的哲學，堅持認為：在人的身體和實際活動中，經常呈現出難於通過思想和理性來理解，也難以通過語言來表達的情感和慾望，特別是屬於性慾和色情方面的因素。這些因素在人的生活中，並不是像傳統思想和道德所說的那樣，似乎是有害於人的生命的健康成長；恰巧相反，它們是進行思想創造和提升生命力的積極力量。由此，傅科高度肯定性及性慾對於生命的正面意義。他認為，**性（la sexualité）是生命的創造性動力**。他說：「性是我們的行為的組成部分。它也是我們在這個世界上享用自由的一個方面。性是我們藉以創造我們自己的某種事物。它是我們自己的創造物，而且，它遠非只是我們發現我們自身慾望的奧祕的手段。我們必須瞭解：正是通過我們的慾望，才有可能建造各種形式的新關係，建構新的愛情關係，建構我們的新的創造形式。性並非只給我們帶來厄運罷了，而是進入創造性生活的一個可能性」（Foucault, 1994: IV, 735）。

傅科和巴岱一樣，試圖證實：人的實際經驗本身已經以無可辯駁的事實，表明有關情慾和性的慾望，是人類對抗、並抵銷理性對於思想的控制的重要力量，而且也是表現個人特質、風格、個性和特殊情感的關鍵領域，是抗拒個人和社會同一性的重要場所。人的身體及其慾望和情感，從本質上說，就是無規律和無視規則；它們是真正的「無法無天」的。巴岱和傅科都肯定情慾和感情的「無法無天」本質，認為這正是它們高於一般物質性的可貴之處。

如果人們只滿足於循規蹈矩的生活，就永遠不會有所創造，有所發現。所謂極限和限定（la limite），無非是常人或傳統所統一規定的，是人為的界限。而且，正如傅科所說，一切所謂「界限」，都是理性主義者所人為限定的，都是社會統治者根據他們的統治利益所製造出來的（Foucault, M. 1994: IV, 135; 242）。傅科非常讚賞巴岱對感情和慾望的「過度」（l'excèse）狀況所持的積極態度。他認為，正是在「過度」的情慾中，經常顯示在通常情況下所不能體會到的各種情感、感受及知覺。傅科在研究超現實主義文學時，也同樣肯定巴岱的這種立場，並對超現實主義者給予一定的批評。

在獻給巴岱而寫的「為逾越所寫的序言」（Préface à la transgression）一文中，傅科指出，在西方思想和道德發展史上，性的問題始終被歪曲和掩飾，以致使「性」這

樣一種本來符合人的天性和常理的事情，一直被壓抑在黑暗的陰影中。傅科特別強調：正是歸功於巴岱，特別是他的文學語言的巧妙運用，才使「性」終於能夠在現代的經驗中獲得它應有的天然地位。回顧現代社會所流傳的各種有關性的論述，可以清楚地看到：從沙德到佛洛依德有關性的現代論述，並沒有真正認識到性本身原有的自然性質，並沒有真正地把性解放出來；現代社會性論述的基本特點，只是透過一系列暴力的語言，把性拋到無限深的虛空之中，並把它們緊緊地限制在規定的範圍內。沙德和佛洛依德等人關於性的論述的主要貢獻，僅僅是向傳統性論述發出勇敢的挑戰，以赤裸裸的語言，開闢了自由談論性的問題的大門。巴岱面對現代社會的種種虛偽的性論述，以其生動而赤裸裸的語言，比沙德和佛洛依德更向前邁進一大步，揭示了性的奧祕。在巴岱的筆下，性和各種慾望呈現出它們的原來自然面目。在人的正常生活中，性和慾望本來是以其本身無限的呈現形式，連續和不斷地伸展和膨脹，任何力量、任何規則，都無法阻止和壓抑它，直至它達到了高潮或頂峰。在性和慾望面前，並不存在什麼規則。如果硬要說「規則」的話，那麼，它們的真正規則就是「沒有規則」；或者說，它們的唯一規則，就是：「一旦產生，就要盡情發洩；而一旦發洩，就要達到最高和最充分的滿足，即達到高潮」。傅科指出，性和慾望所拚命衝刺的目標，也就是它們的頂峰和高潮；而頂峰和高潮，又是性和一切慾望由之再出發的源泉本身。所以，傅科把性和慾望高潮的這個源泉和頂峰，稱為「神愛之心」（cœur d'un amour divin）。一切愛、慾望和性慾，之所以無止盡地湧出、瘋狂地膨脹到它的頂點，就是因為它們是反覆循環地從這個神祕的『神愛之心』出發，張開其貪婪之口噴出，然後又返回這裡；接著它們又雄心勃勃地再出發，實現尼采所說的『永恆的回歸』（Foucault, 1994: I, 233-250）。

　　所以，在傅科看來，現代社會並沒有把性「解放」出來，而是相反，把它禁錮在一定的界限中：(1)限制在意識中，因為唯有在意識中，它才能聽到來自它的無意識底層的沉默的聲音；(2)限制在法律中，因為唯有在法律中，它才能看到它是唯一受到普遍禁止的東西；(3)限制在語言中，因為唯有在語言中，它才能體驗到有口難言之苦（Ibid.）。傅科試圖繼巴岱之後，更徹底地使性從意識、法律和語言的約束和界限中跳脫出來，使之回復到它的自然狀態，並在其自然中充當生命創造活動的基本動力。

　　傅科發揚了尼采的觀點，認為人的生命，在本質上，是同意志和慾望一樣；而性和慾望，最典型地表現了生命的特徵：一旦存在，就要拚命消耗；因為只有在消耗

中，生命才獲得它的新生。所以，傅科贊同巴岱的看法：人的生命及其創造精神，只有在它的極度消耗中，在其面臨極限時，才能顯示它的真正本質。所以，在巴岱研究耗費的社會學著作中，巴岱頌揚了被傳統道德遣責的消耗行為。自我消耗、自我毀滅和自我摧毀乃是一切生命的基本存在形式（Bataille, G. 1949）。巴岱扭轉了傳統思想對於消耗的否定態度，實際上也是重新肯定了原始社會以消耗為榮以及對於消耗的積極態度。巴岱指出：宇宙中的太陽是靠不斷的自我消耗、自我毀滅和自我摧毀來維持其生命的運動，維持其自身的不斷更新！生命是靠死亡而不斷開闢其新生的道路的。換句話說，生命是在同死亡的不斷搏鬥中成長和更新的。真正的生命是對死亡無所畏懼的。生命不但不應畏懼死亡，反而必須積極地面對它，並在主動走向死亡的實際過程中，創造新的生命，擴大生命的力量。巴岱早在他的《論耗費的概念》一文中指出，推動人的生命頑強地生存下去，促使生命和整個人類社會不斷地繼往開來的最大動力，不是傳統道德所讚揚的「自我保存」或「謹慎勤儉」，而是豪邁地進行消耗活動，進行消費活動（Bataille, G. 1955b; 1957a; 1985）。

在巴岱的心目中，凡是傳統社會文化譏笑或諷刺為「可恥」或「可惡」的事情，凡是被傳統社會批判為不道德的事情，他都給以翻案，加以讚揚，試圖從中發現新的真理。他同尼采一樣，凡是傳統文化斥責為「浪費」或「無價值」的東西，都引起巴岱的濃厚興趣。他的這種性格和風格，也典型地體現在他的文學創作、評論和哲學思考之中。傅科將巴岱對於生命極限的探索同他本人對於生命逾越的冒險結合起來，作為對傳統思想和道德力量進行挑戰的主要方式。

如果說傅科在語言解構方面做出了特殊的貢獻，那麼，巴岱就是在這方面為他樹立了榜樣。自博德萊（Charles Baudelaire, 1821－1867）、馬拉美（Etienne, dit Stéphane Mallarmé, 1842－1898）和布朗索（Maurice Blancot, 1907－　）以後，在法國文學中，實際上已經形成一種批判語言和反語言的傳統；而且，這種批判語言的活動也構成為文學創新活動的一個重要組成部分。從那以後，法國文學、特別是詩歌創作領域以及整個「後現代」文化的發展，都是緊密地同語言批判相聯繫的。由博德萊等人所開創的語言批判，不只是在文學、特別是詩歌創作中的一種創新活動，而且也是尋求「後現代式」思考和批判的一個重要過程。傅科反覆說：「我閱讀尼采是因為巴岱；而我閱讀巴岱則是由於布朗索」（Foucault, M. 1994: IV, 437）。所以，博德萊等人對語言的批判，遠遠超出文學創新的範圍，不僅為理論上批判整個傳統語言累積了經驗，而

且也對後現代文化的重建具有深刻的啟發意義。這種對於語言的批判，不只是滿足於在語言本身範圍內進行，而且遠遠的超出語言符號系統的範圍，在語言同思想、行動、道德、權力、社會制度以及人的本性本身的緊密關係中，探索人的主體性及其與整個世界的關係，探索語言同現代人的歷史命運之間、同現代社會的一系列規範法制之間的奧祕。因此，對於語言的批判，也就成為對於整個社會、人的本質以及西方文化的徹底批判的主要通道。

　　喬治・巴岱是法國多才多藝的思想家和作家。他雖然不是真正的後現代主義者，但他確實是後現代主義的啟蒙思想家。喬治・巴岱的一生，通過對於語言文字的質疑和批判，始終都力圖以自己的思考、創作和寫作而不斷逾越人的生存界限。在他看來，只有在不斷試圖逾越人類生存界限的冒險過程中，才能體驗生命和創作的真正樂趣。他認為，人生的基本問題和創作的基本問題是一致的，而貫穿於其中的主導性問題是「性」、「惡」、「死亡」和「語言」的相互關係。人類創造語言文字，在喬治・巴岱看來，無非是為了把人類自身從「性」、「惡」和「死亡」的相互困擾中解脫出來（Bataille, G. 1944; 1945; 1947a; 1947b; 1947c; 1954[1943]）。但是，人類所經歷的遭遇，卻只能是普羅米修斯那樣的厄運。人生所經歷的，始終是滲透著「惡」的種種苦難；「惡」把人推到死亡邊緣。在這過程中，只有通過性慾的解放和語言文字的創造活動，才能使生命展現它的活動空間，才能抒解人的精神痛苦，滿足精神無限追求超越的本性，才有希望把人從苦難中解脫出來，衝破生存界限的限制；但是，巴岱和傅科都清醒地意識到：壓制著性慾及各種欲望的道德以及語言運用中的各種規則，時時約束著生命的擴張，以致使人不得不繼續和永遠生存在苦難中。正因為這樣，巴岱與他同時代的作家科洛索夫斯基（Pierre Klossowski, 1903-　　）、布朗索和莊・波蘭（Jean Paulhan, 1884-1968）等人一起，對沙德（Donatien Alphonse François, dit Marquis de Sade, 1740-1814）的怪異色情小說備加推崇。巴岱透過一系列獨居特色的作品，大膽地坦露情慾，大聲地歌頌性衝動中的幻覺和醉意，並對性和慾望奔向高潮的歷程給予詩歌般的頌揚。

　　從博德萊以後，直到巴岱為止，在許多現代性文學家那裡，已經在其文學著作中反覆顯示「情慾」的多面向意義。情慾和語言一起，構成為現代性作家旋轉其創作思想機器的兩大軸線。但正是由於巴岱兼具作家和思想家的品格，使他成為對情慾進行最深刻理論反思的作家。對於他來說，人的思想和行動的最後動力，不是意識，不是

理性，而是慾望（le désire），特別是慾望中的情慾（éros）。在人的創作和作出抉擇的時候，重要的決定性因素，與其是理性和意識，毋寧是慾望，特別是情慾。思想和意識的洪流是可以抵擋或延緩的；而慾望、特別是情慾的爆發，卻是阻擋不住的。不但如此，而且，慾望和情慾在其實現的過程中，比思想和意識更能有效地轉化成創造性的行動，甚至轉化成變革現實的巨大動力。在這個意義上說，情慾是最具有革命性的，是革命的主要動力。在長期的社會歷史發展中，當人們承受各種道德或政治制度的壓力而試圖反抗時，其真正的根源，其實是隱藏在內心深處的情慾。例如，一對情人可以為其愛情的自由而捨去一切，人們很容易理解這是由情慾所推動的。但許多革命行動，其表面可以聽得到、看得見的理由，往往是人們對於不合理的制度和社會條件的反抗，於是人們以為革命是人們反覆思想和理性抉擇的結果。然而，實際上，既使在這種情況下，最深的推動力量仍然是情慾，因為社會制度和社會條件之所以被認定為「不合理」，是由於這些制度和社會條件在關切到人的實際生活利益時，不能滿足人們在慾望上的需求。在日常生活中長期壓制慾望和情慾的累積性結果，才醞釀成思想和意識上的反思，才使意識和思想導向革命。所以，慾望和情慾是思想和意識背後的最後推動力量。

對於情慾的執著，使巴岱不論在創作還是在行動中，都讓情慾宣洩無遺，淋漓盡緻。早在 1928 年發表的《眼睛的故事》（Histoire de l'Oeil）中，他就把身體的情慾、性衝動同死亡聯繫在一起加以考察，引起羅蘭・巴特的高度重視。他本人身體力行，不但不掩飾或阻擋自己的情慾，反而主動引導或刺激之，使之成為其思想和行動的引領者，並在遇到各種困難或挫折時，讓情慾成為鬥爭的先鋒，成為披荊斬棘的前頭力量。當巴岱病重而生命垂危時，他不但不讓自己的情慾收斂，反而更變本加厲地縱慾，使自己在情慾的宣洩中體會情慾得不到滿足時的痛苦，也體驗生命臨危時情慾力量的極限及其逾越可能性。巴岱把性、情慾、暴力和死亡緊密地聯繫在一起，強調在它們的連接中可以體現生命的頑強性和創造性。為此，他特別地訴諸於身體的自戕或自我摧毀活動，主張在自我摧毀中體驗性、情慾、暴力和死亡之間的真正關係。在這方面，傅科的態度幾乎同巴岱完全一樣。巴岱是身患肺結核及性病而死的；傅科則是身患愛滋病而死。兩人臨死前，都以同樣的態度面對死亡和疾病。

巴岱和傅科兩人對於情慾和逾越的執著，近乎於拉康所說的「偏執狂」（para-noïa）。拉康曾經認為，人的「自我」，其實是建立在對於自欺欺人的虛幻的「鏡像」

的自信和自戀基礎上。既然自我的建構在人與世界的關係中扮演著非常重要的角色，那麼，人對自身的這種虛假的認同結構，也必定同時地影響著人對世界的認識過程。正因為這樣，人的一切知識的真正起源，乃是來自「自我」的不折不扣的虛幻認識。拉康為此將人類知識的基礎稱之為「偏執狂」。也就是說，人的知識的真正精神動力乃是一種「瘋狂」（Lacan, 1966）。傅科的朋友德勒茲同瓜達利（Félix Guatarri, 1930-1992）在拉康的上述觀點基礎上，進一步明確認為，人在本質上本來就是「精神分裂」（schizofrénie）（Deleuze/Guatarri, 1972a; 1972b）。傅科本人也同樣公開承認，他本人始終都是「瘋瘋癲癲」；而在撰寫《精神病的歷史》一書時，傅科所抱的基本態度就是「瘋狂」的態度。正是這樣的「精神分裂」和「瘋瘋癲癲」，才使他敢於向傳統挑戰，並以叛逆的方式寫出了「精神病的歷史」等充滿批判和創造精神的著作。

　　和巴岱一樣，傅科認為，情慾或色情並不是傳統道德所歪曲的那樣，並不直接同犯罪和「惡」劃成等號。恰恰相反。情慾或色情隱含著生命整個過程的全部奧祕；不僅生命本身靠「性」和情慾而獲得更新，獲得其時時存在的原動力和內外條件，而且，「性」和情慾具有引導生命走向死亡的本能，促使生命在趨向於死亡的過程中，不斷地體會到生命所隱含的「痛苦」，也體會到生命本身不斷地逾越經驗界限的必要性。所以，巴岱認為，性和情慾具有帶領生命進行自我滲透和自我反思的特殊能力（Bataille, 1928: 12）。傅科也同樣將情慾視為具創造性力量的生命因素，主張使情慾毫無掩飾地發洩出來，以豐富生命的內容。

　　死亡（la mort）就是通向可能性世界的唯一最具創造精神的通道。死亡是一種奇妙的荒謬，因為它不停地將可能性的世界開啟或關閉。巴岱說：「作為一種奇妙的荒誕性，死亡不斷地打開或關閉可能性的大門」（Bataille, G. 1954(1943): 11）。死亡同可能性世界的這種奇特關係，使死亡獲得了至高無上的價值，因為**對於人來說，可能性比一切現實性還珍貴無比；可能性的珍貴之處，就在於為人的自由開闢道路**。可能性的東西不能單靠思想或理性，因為可能性是最沒有規則、最沒有道理可言，但它同時又將會給人生提供預想不到的驚喜，甚至有可能開闢前所未有的光明通道。死亡對於人之所以如此不可理解，就是因為它是同可能性緊密連在一起。對於像死亡這樣屬於可能性的東西，只能靠同樣無規則的情慾和性的衝動去探索和體驗。正是巴岱的這種死亡觀點，給予傅科深刻的啟發，使傅科在其箸作和現實生活中，比任何一位同時

代的思想家都更重視死亡的經驗。

巴岱認為**情慾同死亡有緣**。情慾同死亡的緣份，不是情慾的罪惡，也不是人的不幸，而是相反，是人的幸福或福分。情慾是幸福的源泉，也是死亡的催命鬼，兩者互為陪伴，又互為推動。通過情慾，人們更深刻地看到幸福同死亡的辯證法；而兩者的辯證只有通過情慾作為其中介才能展現出來。

「性」同死亡是互為條件、又互相滲透。「『性』隱含著死亡。這不僅是因為通過『性』才能使新的『性』和新的生命產生出來，只有通過『性』才能取代死去的東西，而且還因為只有通過『性』，才能使不斷更新的生命過程運轉起來」（Ibid.）。通過「性」的遊戲，通過「性」的活動的漫延，各個孤立的「自我」才能遭到否定（Bataille, G. 1954[1943]; 1947a）。

傅科很喜愛巴岱所寫的《哈利路亞：狄亞奴斯入門》（L'Alleluiah, catéchisme de Dianus），因為這部著作典型地表現了作者體驗死亡的急切心情、對情慾的追求以及對超現實的期望的複雜心理（Bataille, G. 1947a）。

其實，對於超現實主義來說，關鍵的問題是人的理智已經不足於把握世界；必須重建人的精神，不僅以新的態度看待理性、感情、思想、意志，而且，重新考察人的身體及其各個器官，重新考慮人的身體同人的精神的相互關係。人在寫作中是否如同傳統創作原則所說的那樣，必定是理性指導一切，必定是頭腦主導身體？超現實主義作家兼詩人莊・哥克多（Jean Cocteau, 1889−1963）就說：「當我寫詩的時候，是我手上的筆，而不是我的思想帶領我寫作。我的手以一種連我自己都不知道的動作，在我頭腦還未清醒過來究竟是怎麼一回事的時候，就一口氣地寫出來一大篇東西」。

語言雖然約束人的精神追求，但正是在語言的限制中，傅科和巴岱一樣，發現了突破界限的希望。對於深受黑格爾辯證法思想影響的巴岱來說，任何限制都同時提供反限制的可能性。凡是在限制出現的地方，便包含衝破限制的希望。傅科在多次的談話中，都反覆強調巴岱有關「衝破限制」的觀點，認為這是思想家發現新事物的主要途徑。語言的限制只能顯示其本身能力的有限性，暴露其薄弱的環節。至於限制的程度以及突破限制的可能性，只有在反壓制和反限制的親自實踐中才能有所發現。與巴岱同時代的超現實主義作家和詩人們，正是通過他們在創作活動中的反語言實踐，為人們逾越生命界限提供了光輝的範例。他們為了超越語言的限制，突破各種禁忌而深入到語言的內部結構，試圖在語言本身的象徵性雙重結構中，探索逾越語言的可能

性。

巴岱的親密朋友、法國人類學家兼作家米歇・列里斯（Leiris, Michel, 1901–1990）曾經回憶說：巴岱的一生始終尋找生存的不可能性，因為他確信只有在不可能性中才能發現人的真正存在。為此，人只有在生活中不斷打破界限，逾越各種規則和制度，才能找到自己的本質。同時，巴岱還認為，唯有像酒神狄奧尼修斯那樣神昏顛倒，始終在上下之間昏醉來往，並不時地沈入兩端之中，才能從整體和虛無之間得到超脫。巴岱充分意識到現代性文化中所包含的人類心靈空虛，主張像尼采那樣對現代性文化展開全面的批判，而這個批判的一個核心就是對於基督教的批判。但批判現代性的動力，來自對於人性中一向被傳統道德汙化的「性」的慾望的揭露，就好像法國著名色情作家沙德所已經完成、但尚未徹底實現的批判那樣。

巴岱把創作等同於革命，等同於生命的發揚光大，等同於超人的自我擴張及其對世界和現實的宣戰。巴岱把創作同對於語言的批判直接地連接起來。所以，巴岱對於語言文字的批判，始終伴隨著他的多方面的創作活動。他認為，任何創作活動都是一種行動；而唯有行動才握有權力，才能展現權力。徹頭徹尾尼采主義者的聲色在此暴露無遺。作為一位作家，他首先是一位行動者，並不只是思想者或幻想者。他認為，對於人來說，最重要的行動就是文學創作。巴岱的這一思想，不僅影響了傅科，而且也影響著德里達等人。德里達在他的論文學的著作中，一再強調文學是一種行動。在文學中，行動，就意味著把人的思想、語言、幻想、情慾、探險、追求快樂、探索奧祕等等，推到極限！「在一切活動中，文學是最基本的；不然的話，它就什麼都不是」（Ibid.）。

文學之所以對於人的存在極端重要，是因為在文學中所表達的，首先是「惡」，特別是「惡」的最尖銳的形式，也就是「痛苦」。作為惡的最高形式，痛苦是一種佔據首要地位的價值。痛苦的極高價值就在於它集中表達了生命本身的奧祕。只有在痛苦中，尤其在極端的痛苦中，人才能真正嘗受到情慾本能的真正力量；人才能由此產生逾越有限經驗的意志。正因為這樣，文學活動的展開以及對於「惡」的揭示，將導致一種「超道德」的存在。文學的這種特性，又使它變成為一種「終於找到的童年」（l'enfance enfin retrouvée）。意思是說，通過文學創作，通過創作中喧鬧不停的語言的運用以及在喧鬧聲中表現的叛逆情緒，雖然也顯示文學是一種「惡」，但同時又呈現出文學的天真樸素的性格。作為「終於找到的童年」，文學又顯示出對於「惡」的

無能為力。在這種情況下，所有從事文學創作的人，必須在叛逆的暴力性僭越行動中證實自己的生存。

傅科在解構主體的時候，經常使用「內折」和「外折」、「在內部」和「在外部」的概念。這些概念其實是從巴岱那裡受到啟發的。巴岱的《內心經驗》這本書，試圖將傳統理論所區分的「內」與「外」在一個叛逆者的混沌世界中重新結合起來，並使之構成為探索生活奧祕的線索。他說：「理智的發展導致生活的乾凅，而反過來，它又進一步促使理智變得更加貧乏。除非我宣佈這樣的原則：『內心經驗本身就是權威』，我才走出這無能為力的狀態。這種理智曾經摧毀內心經驗的必要權威。所以，通過上述解決途徑，人才從他的可能性中重新獲得能力，但這並不是舊的、有限的可能性，而是可能性的最極端」（Bataille, G. 1954[1943]: 20）。

顯然，巴岱延續和發展尼采的反理性主義傳統，揭露理性主義對人的自身內心經驗的窒息，使人變成無能為力，變成盲目服從理性的奴隸。巴岱宣稱自身有可能憑藉自己的內心經驗進行自我決定。康德在他的論「啟蒙」的定義中反覆強調理性在自我決擇中的權威地位。他的宣言就是對於啟蒙理性的一種抗議，也是一種挑戰。對於理智而言，內心經驗是一種「異境」（étranger）。理智限定了人在自己身心內部的自我探險，也限定人向無盡的「可能性」進發的方向。

既然內心經驗的探險和開發不再遵循理性的規則，這種探險也只能「在內部」（dedans），在一種不受理性約束的領域內，從事反邏輯的自我滲透，並以一種醉醺醺的神昏顛倒的態度，不顧一切地任本能慾望去開路行事。巴岱認為這就是「使經驗本身活起來」的原則。它的基本口號就是「應該在經驗中生活」（il faut vivre l'expérience）（Ibid.: 21）。

被理性約束的經驗是死的。經驗只有「在內部」，作為動力，靠人自身的生命力量，才能活躍起來。活躍起來的經驗應該讓它自身無拘無束地發展。長期以來，西方理性主義傳統總是將經驗設定為發生於感性世界的「在外部」的活動，並將這種活動理性化。巴岱在人的內部找到了經驗的真正精神動力，並由此擺脫理性的約束。雖然擺脫了理性的內部經驗似乎變成為某種神祕化的力量，但是，正是這種經驗才恢復了它本身的自由自在性質。他說：「應該使經驗活起來；這種經驗如果從外部通過理智去考慮的話是不容易達到的。必須通過一系列特別的操作程式才能達到內心經驗，其中一部分是理智的，一部分是美學的而另一部分是道德的。通過這些綜合的特別操作

程式，把一切人們經驗到的問題重新加以考慮。這只能是「在內部」將內心經歷過的一切、直到某種類似鬼魂附身的狀態，……。然而，內心經驗所統一的也只是各種形式，其中包括美學的、理智的和道德的形式。而以往經驗的各種複雜的內容則混雜成一種奇特的狀態」（Ibid.）。

巴岱所提出的內心經驗，特別是他所提出的「在內部」的概念，後來成為了傅科從事之事考古學、道德系譜學和權力系譜學的一個重要出發點。傅科採用「在內部」的概念說明人的思想的本質無非就是人在內心經驗範圍內所進行的各種「折疊」活動，靠人的思想的「向內折」的思考形式，將外部世界的各種經驗主體化。傅科由此進一步揭露了西方傳統文化和各種道德的主體化過程的虛偽性。

傅科充分注意到：巴岱對於內心經驗的考察，最後也提升到認識論的層次加以分析。但是，他的認識論分析完全同傳統認識論的原則相反。傳統認識論總是把認識活動說成為主體對於客體的對立統一邏輯化過程。巴岱卻認為，內心經驗最終會導致對象與主體的混合，而這種主體是一種「非知識的主體」（sujet non-savoir），客體是「不認識的對象」（objet l'inconnu）。顯然，巴岱反對傳統西方理性主義過分擡高知識的地位，也不同意將知識僅僅歸結為主客體的二元統一；他認為，對人來說，能夠達到將「非知識的主體」同「不認識的對象」混雜起來，形成一種不受任何感性和理性原則約束的混亂狀態，才為人的生命的不斷自由重生和創造提供最有力的條件。他說：「『我自身』並不是同世界相脫離的主體，而是一個溝通的地方，也是主體與客體相混雜的地方」（Ibid.）。

巴岱在這裡已經深刻地觸及到人的主體性問題，而有關人的主體性問題，乃是整個後現代主義者所關懷的重點，也是他們深入批判和顛覆傳統西方文化和西方道德的出發點。傅科和一切後現代主義者一致認為，現代西方整個文化及其所辯護的西方社會制度，都是以確立人的主體性地位作為立足點。主體性（la subjectivité），在傳統文化看來，是確認人的自由價值、確立人的道德自律以及保障人在認識過程中的主體地位的基本前提。但是，在傅科和後現代主義者看來，傳統思想家正是有意掩蓋了人的主體性的真正實質，以便使所有的人成為「臣民」，成為社會和文化統治者的臣民。主體原詞 Subject 來自拉丁字 subjectum，意思是指「由底基能自我支援的那個東西」或「被歸屬者」。因此，原詞具有雙重涵義，即一方面表示類似「主體」的意思，另一方面表示「被歸屬者」，即表示「臣民」。Subject 本來就是一體兩面的：既

強調「主體」，又凸顯「臣屬者」；而傳統法制和整個傳統文化都是偏向於強調sub-ject 的「臣屬」一面，強調該概念所隱含的主要意圖和目的，即「隸屬於某一權威力量」或「從屬於某一統治者」。所以，傅科和巴岱都奮力解構和批判「主體」的真正意涵，揭露統治者歷來以人的主體性欺騙人民大眾的各種詭計及其相應策略。巴岱等人並不期望、也不稀罕使自己成為自己的「主體」，因為成為主體就意味著歸屬於統治者，就意味著順從傳統道德、法制及其統治，就意味著接受一切標榜著「自由」、「自律」、「理性」、「科學」、「正當」和「民主」的傳統標準和規範體系。正是為了解剖主體，巴岱一反傳統作家的創作思路，不斷地進行自我解剖，向傳統樹立為標準的道德主體和理性主體宣戰，揭露這種主體的虛幻性和非存在本質；同時他也試圖在向自身縱深掏空的時候，探索人的自我究竟有沒有極限？人有沒有能力在自我之中找到「真理」和「道德」的標準？或者，他乾脆否定這一切，不相信這一切；他超向相反的方向探索：如果人不應該有極限，那麼，怎樣才能超越或逾越極限？逾越極限的滋味是什麼？既然人不存在極限的問題，那麼，死亡也就沒有任何傳統文化所賦於的那種意義！他的一切探索和生命的自我探險，歸根究底，就是向傳統主體性挑戰，顛覆主體性這個傳統文化的基點。

所有這些，使傅科集中思考主體的解構和自我解體的問題，思考著人的「身分」以及向主體性的「正當性」進行挑戰的問題。由於傅科本身對於醫學和精神治療學的特殊興趣以及這類學科本身所固有的性質，使傅科由此進一步思考「醫學望診」和整個人文科學的性質的問題。他把對於人的身分的考察同對於自己的身分的反覆解構活動聯繫在一起，同他自己對於自身有限的經驗的分析聯繫在一起。

所以，傅科坦率地指出：「尼采、布朗索和巴岱，是在一九五〇年代初使我從大學教育的主流意識中，從黑格爾和現象學中解脫出來的一批作家」（Foucault, M. 1994: IV, 48）。如果說，巴岱成為了傅科走向徹底反叛道路的最重要的啟蒙者的話，那麼，布朗索（Maurice Blanchot, 1907－　）就是「在外面思想」（la pensèe de dehors）的思想模式的指引者。當傅科談到他的最重要的逾越個性時，總是不停地引述布朗索在這方面的論述及文學創作實踐。傅科為此引用布朗索的《非伴我行者》和《等候遺忘》兩篇文集的重要意義。他說：「在布朗索那裡，小說虛構比圖像更接近轉換、移動、中性的媒介以及圖像的間隙。……想像的虛構既不在事物中，也不在人之中，而是在他們之間的那些似是而非的不可能性之中。……所以，想像的虛構，並非為了看到那

些不可見的東西，而是有助於發現：在可見的事物中，究竟包含著多少程度的不可見的不可見性（invisible l'invisibilitè du visible）」（Foucault, 1994: I, 524）。在布朗索的作品中所經常出現的各種「沒有地方的地方」、「封閉的空間」等等，都是隱含著非常豐富、並同時具有自我再生產能力的虛構本身，因為布朗索的虛構，就是在虛無中消失的自我虛無化。與這些虛構相類似，布朗索所使用的「外面的言語」（la parole du dehors），也堅持拒絕使用傳統語言和詞彙，但同時卻從它所嚮往的「外面」吸取它所需要的詞彙，以便建構它的叛逆性言語（Blanchot, 1942; 1948a; 1948b）。

在布朗索所使用的「外面的言語」中，既沒有結論，也沒有圖像，更沒有真理和它所反映的場域，也不需要任何「證據」，無需肯定和偽裝，同時還擺脫了一切中心，無所謂「部分」。但它不斷地重複在外面的空間中所流傳的各種言論，它永遠停留在它所說的事物之外，朝向那從來沒有接受過語言的純潔之光。正是這些返回到沒有結論和沒有起源的含混曖昧的空洞中的言語，構成了布朗索的小說中所描述的各種故事情節（Blanchot, 1951; 1953; 1955; 1957; 1962）。正因為如此，布朗索的作品中，始終不存在小說、敘述和批評的真正區別。正如布朗索所說：他所要講述的，正是那種既非人物，也不是虛構，更不是反思；同時，它們也不是已經說過的或將來要說的；而是在所有這些「之間」，在任何「內部」都找不到的一個奇異的空間中，在那裡，它隱藏著它所要表達的一切事物（Blanchot, 1962）。

布朗索在 1948 年所發表的《止於死亡》（L'Arret de mort）中明確地表示，所有的語詞，在自我增殖的同時，又不斷地否定它所說過的事情（Blanchot, M. 1948b）。一切真理始終都同時地在言詞之內和之外；真理是在其同言詞內外交接的關聯中顯示出來。言詞一方面意指和指謂，另一方面又同其所意指的內容保持一定的距離；言詞在表達的同時，又加以否定。

作為文學家和思想家，布朗索通過他所使用的語言，極其深刻而又巧妙地玩弄各種叛逆性的遊戲，以便在他的作品中，表達他對於現實社會、文化、語言以及創作方式的徹底否定態度。布朗索為傅科樹立了透過語言而改造語言、透過『異常的』語言表達而表達叛逆思想的榜樣。

通過他的導師岡格彥等人在知識史和精神治療學史方面的教育，使傅科更深刻地理解了佛洛依德和他的精神分析學，並通過佛洛依德的精神分析學，傅科又大量地閱讀福克納（William Harrison Faulkner, 1897–1962）、吉特（André Gide,

1869－1951）、熱內（Jean Genet, 1910－1986）和沙德的著作。這些作家和巴岱一樣，都在他們的有限經驗中，試圖發現生命的極限及其『逾越』的可能性，尋求無止境的自由。重要的是，所有這些作家，都在對於「性」和對於語言論述的經驗和分析中，實現他們的各種逾越的創作活動。傅科原來從精神分析學那裡所理解的有關「性」的方面的觀念，經過上述作家和文學家作品中對於「性」的別具一格的分析和描述，使傅科在「性」的觀念方面，遠遠地超越了一般的精神分析學的理解。

傅科從他們的著作中，看到了性同人的生命之間的密不可分關係，也看到了沙德等人從對於「性」的親身經驗的考察中，探索到生命中那些「不可能性」的關鍵點。也就是說，他們所考察的，是生命中表現在「性」的慾望和活動中的極限界限，探討在這些極限界限中，人的矛盾態度及其實際痛苦，探索自身可以忍受精神和慾望折磨的痛苦程度及其逾越的可能性和不可能性。性的活動及其慾望的各種表現形式，典型地體現了生命的特徵。1962 年，當傅科閱讀沙德和畢沙（François Marie Xavier Bichat, 1771－1802）的時候，進一步理解到：在某種意義上說，**性的極限就是生命本身的極限；性的能力及其可能展現程度，也就是生命的可能性領域**。因此，在性的活動範圍內探索生命的極限，具有重要意義。

傅科曾經注意觀察現代電影關於性慾主題的各種表現方法，而且也對此深感興趣。所以，當日本和法國的電影工作者聯合拍攝電影《感官世界》（Le monde du sens）的時候，傅科給以充分的肯定。傅科認為，正如這部電影所展示的那樣，性器官及其功能，性的慾望及其展現程度，都表現了生命活動的典型特徵。影片中男女主角，試圖把自己的性慾望及其實現，當成本身生命的自然流露，也當成他們自己生活的基本內容。因此，他們任其性的活動及其慾望，在最大限度的範圍內，赤裸裸地表演出來，並從中獲得一次又一次的滿足。一次的性滿足是不夠的；所以，影片男女主角相互引誘、相互鼓動和相互配合，使他們各自的性慾，在生命時空極限內，實現最大的滿足。但性的滿足欲望是無止盡的。從他們的性慾望的無止盡性質，人們看到了生命的無限伸縮可能性。傅科給予這部影片很高的評價，並認為：這部影片表現了文學創造對於生命擴展所具有的決定性意義。

這部日本電影只是表現了法國近代叛逆文學的一個傾向。在生命的所謂『臨界點』上，沙德等叛逆作家們，都很重視自己面臨死亡的經驗，並把死亡的經驗同性的經驗聯繫在一起加以考察。在他們看來，死亡並不神祕，也不可怕；死亡是生命的極

限，是生命中探索不可能性的最好場所，也是向虛無進行挑戰的最好機會。但性的慾望及其活動，正好成為他們考察生命極限和死亡界限的實驗場所。人只有通過對於死亡的體會，才能真正理解生命的意義。如果生命的意義脫離性的具體活動，就成為抽象的虛無。生命並非如同傳統西方思想家所說的那樣，具有什麼抽象的「意義」；如果有什麼「意義」的話，生命的珍貴之處，就在於向人不斷地顯示生命本身的極限性及其面臨不可能性時的那種矛盾和精神痛苦。在性的慾望達到極限、而又無法得到滿足的時候，正是表現出精神痛苦的關鍵時刻。它同死亡的臨界點是很類似的。這是類似煉獄一樣的自我掏空和自我虛無化過程，是最珍貴的反思機會，也是最有希望的創造時機。

「性」是同生命、死亡、社會生活以及權力運作密切相關的重要因素。沙德等人之所以對「性」如此感興趣，就是因為他們試圖通過性的領域去揭露整個社會的黑暗和腐敗。現代社會是人類歷史上最普遍地談論「性」的典型社會。性成為了統治者掌控整個社會的重要手段。現代社會在完成了科學技術的現代化之後，更是將「性」的因素當成社會文化及技術的基本構成因素，在它們的運作過程中，使「性」貫穿於整個社會文化生活的網絡中。

在叛逆文學作家的啟發下，傅科後來在性的方面所作的考察及批判活動，獲得了更廣闊的發展可能性。他在批判現代社會的性論述時，不斷地引用這些叛逆作家的經典論述，有助於傅科更深刻地理解現代社會同性的問題的關係。

6.向生命的極限挑戰

傅科多次談到他尊重依波利特等人的最重要原因，就是依波利特等人，不但教導他如何進行學術創造活動，而且還使他知道：只有不斷地向生命的極限挑戰，才能美化生活本身。所以，傅科的生存美學原則，還直接地繼承了依波利特等人的人生觀和世界觀的基本原則，並時時體現在他的生活態度、生活方式以及他對於社會運動的態度方面。

為了向生命的極限挑戰，傅科一生中，一再地試圖親自嘗試毒品，並一再地試圖自殺，多次地闖入生死線上，來回體驗生命的真正界限，以便探索生命的各種可能性。這就使他的生活中，對於毒品、死亡、音樂、旅遊及對於同性戀等事情，採取了與眾不同的特殊態度。

凡是傳統所禁止的事情，傅科就越要親臨實踐、體會和瞭解。首先，對於毒品的態度。由於毒品一向被列為「禁品」或「異常」的消費品，同時它又是醫學治療中非常重要的藥物，所以，傅科很早就對毒品及其文化史深感興趣。傅科說：他自己本來對西方毒品及毒品文化自十九世紀初以來的歷史很感興趣，因為「毒品在實際上直到二十世紀七〇年代，乃至於現在，都是非常重要的」（Foucault, 1994: IV, 606）。作為心理學家和精神治療學家，他比其他人更迫切地試圖瞭解生命的真諦，特別是精神生命活動的奧祕；同時，傅科本人的叛逆的生活態度，更促進他抱著好奇、探險和叛逆的三重心情，試圖親自嘗試毒品的真正滋味以及實驗它對於生命的意義。

正常的生命究竟能夠忍受多少程度的毒品？被正常法規所禁止的毒品，究竟在多大的程度內可算作是合理的？毒品是不是絕對地有害於生命？被列為「禁物」的毒品，是否也可以在一定程度上，對生命具有正面意義？如果說，沙特為了探索和親自試探幻覺和幻想的性質，也曾經在他的生活中嘗試過柯卡因之類的毒品（參見拙著《沙特傳》，1983 年，香港三聯書店版及臺北萬象出版社 1994 年修訂版）的話，那麼，傅科為了探索生命的界限以及生命承受毒品的可能性程度，也曾經一再地嘗試吸用各種毒品的實際感覺及其效果。

早在 1945 年傅科考入巴黎高等師範學院時，他就已經嘗試吸毒，並狂飲酒精。正因為這樣，當他成為阿圖塞的學生之後，阿圖塞曾經勸他戒毒和解毒（Foucualt, 1994: I, 17）。1949 年，傅科因勞累過度，曾經嘗試以酒精治療精神緊張和神經衰弱的效果。這是他第一次以自己的身體做實驗，調查以毒品進行精神治療的可能性。由於傅科多次吸毒和酒精中毒，1950 年 10 月曾經到醫院進行解毒和戒毒的治療。他父親得知傅科由於吸毒而住院治療，同他發生激烈爭吵。

在 1954 年傅科最初發表的《精神病與人格》（Maladie mentale et personnalite）的書中，他強調「真正的心理學，如同其他一切關於人的科學一樣，必須以引導人脫離異化作為基本目標」；同時，他還在該書草稿紙背後，寫出一段從未發表的關於尼采的短短閱讀筆記，提到夢幻（le rêve）、酒醉（l'ivresse）、失去理性（la déraison），是人的三種相類似的非常重要的生活經驗，也是深入瞭解人的生命的重要渠道，對於這三種生活經驗的具體分析，將有助於揭示人的精神活動的奧祕。在這方面，他很同意佛洛依德的觀點，認為人生只有「置慾望的真理於不顧」，才能擁有與眾不同的完美的精神狀態。所以，他也很讚賞尼采和詩人阿波里奈（Guillaume Apollinaire,

1880-1918）對於夢幻、酒醉和精神病所採取的自由態度。

傅科一生追求最大限度的快樂，但他認為，這樣的快樂是很難在日常生活中實現或經歷到；唯有在逾越中，在突破生命的極限中，在吸毒過程中，或在接近死亡時，甚至在死亡中，才能夠實現。所以，傅科多次試圖透過吸毒來嘗試最大限度的生命快感。他對加拿大記者斯蒂分‧李金（Stéphen Rigins）的一次談話中承認，他有吸毒的經驗，而其目的就是為了尋求真正的快感。他說：「我所說的真正快感，是如此深刻、如此強烈，以致它很有可能使我完全地淹沒於其中，使我再也生存不下去。那時，我將真正死去。我舉一個很簡單、很明顯的例子。有一次，我被撞倒在路上。我站起來後向前走。也許就在那兩秒的時間裡，我感受到我自己似乎正在死亡。這個時候，我真的感受到一種特別、特別強烈的快感。它使我在一刹那間，感受到最奇妙的時光。這是在夏天的一個傍晚，大約七點左右。太陽開始徐徐落入地平線。天空是如此美麗，一片蔚藍色。在這一天，所有這一切給我留下最美的回憶。實際上，也存在這樣的事實，即某些毒品對於我來說是非常重要的，因為它們使我有可能達到我尋求中的那種強烈到令人驚恐的快感，而沒有毒品、單靠我自己的能力是無法達到的」（Foucault, 1994: IV, 534）。

同樣在加拿大，傅科還在同巴拉格爾（B. Gallagher）和維爾遜（A. Wilson）的談話中，強調人的生活和生命的自由同身體快感、同吸毒快感之間的不可分割性。他說：「盡可能地使用我們的身體，將身體作為我們的多種多樣快感的可能源泉，在我看來，是一件非常重要的事情。例如，如果我們考慮快感的傳統建構過程時，我們馬上就可以發現：身體的快感，或者肉體的快感，始終都是飲料、食物和性。在這方面，在我看來，似乎成為我們對於身體和對於快感的理解的一個不可逾越的界限。我覺得，正是在對待毒品的問題上，人們強制性地限定了我們的自由，並把我們禁止在一定的範圍內。我認為毒品應該成為我們的文化的一個構成部分。……並將毒品當成快感的一種源泉。我們必須研究毒品。我們應該製造好的毒品（nous devons fabriquer de **bonnes** drogues），使它成為一種特別強烈的快感的源泉。」（Foucault, 1994: IV, 738）。傅科認為，傳統道德和法制對於吸毒現象的否定和反對，只是統治者階層為加強其控制力量所採取的措施。統治者本身從來都把自己置於道德和法制約束的範圍之外，他們對毒品所採取的社會措施，是他們進行其壓迫政策的藉口。傅科明確指出，「反毒品的鬥爭是加強社會鎮壓的藉口」（Foucault, 1994: II, 230）。

其次，要探索一種有助於自己「將主體從其自身中拔除出來的有限經驗」，就必須勇敢地、冒風險地親自體驗「生命的極限」，不斷領會「死亡」的實際意義，並在生活和死亡的邊界來回運動，反覆穿梭。傅科探索死亡的經驗，包括通過自殺和同性戀等實踐來體驗。根據傅科的同學莫里斯・炳格（Maurice Pinguet）和阿圖塞傳記作者牟利耶・布堂（Yann Moulier-Boutang）的瞭解，傅科在巴黎高等師範學院期間曾經兩次試圖自殺。傅科在巴黎高等師範學院時期的老朋友維納（Paul Veyne）談到傅科臨死前的生活態度時說：「在他的生命的最後幾年，當他研究斯多葛學派的時候，他對自殺想得很多。他說：『我還不打算去談論自殺；但如果我自殺，顯然是有充分理由的』。所以，我想，他的死，或多或少是帶有自殺性質的」（Veyne, 1993(1986)）。如前所述，傅科一向認為，真正的經驗是唯有在生命的邊界中冒險才能獲得。在人的一生中，會不斷地遇到各種具體的特殊經驗；所有的特殊經驗，特別是闖越生命界限的特殊經驗，都是有助於人自身，一再地重新認識自己、改造自身、變換原有的身分，有利於「將主體從其自身中拔除出來」，創建新的人生，改善自身的地位和性質，重新邁向新的生活目標。

本書將在專門章節中，更深入論述傅科對於「生命的極限」和「死亡」的理解及態度。在這裡，主要強調他一生經歷的特殊性及其生活態度的獨一無二性。所有這些，正是他之所以能夠不斷進行自我蛻變，一再更新研究目標和方向，不斷開闢新的思路的主要原因；也是他一生創建藝術美的個人生活模式和風格的基礎力量。

在巴黎師範學院期間，傅科的身體健康欠佳，特別是他的性功能發生障礙。他的身體和性功能方面的特殊表現，實際上已經隱含了他在生活、思想和感情領域的全面危機。當時的法國正處於戰後的過渡時期，一切新的思想潮流和生活方式，包括同性戀等，流行於社會中，但同時又受到傳統道德和思想的嚴厲抵制。所以，傅科的同性戀傾向，也使他感受到同整個社會風氣的不協調，造成他在精神上的痛苦。傅科本人一向正面地對待自己所遇到的性和感情方面的危機。他並不喜歡別人以「偏差」或「反常」的字眼來形容身體和性功能方面的差異性。他認為自己有權力尋找解決身體危機的方案。這和後來他專心研究精神病及其治療的問題有密切關係，也同他後來選擇同性戀（homosexualité）的性生活方式有關。在中學時代擔任過傅科的哲學補習老師的路易・吉拉特，在一篇回憶錄中說，他在 1947 年結婚時，邀請傅科參加婚禮，並開玩笑地對傅科說：「下一輪該你啦」！當時對異性戀有排斥傾向的傅科，不能忍

受路易‧吉拉特所開的「玩笑」，聽後很生氣地瞪了路易‧吉拉特一眼（Girard, 2001: 31）。實際上，從 1960 年起，傅科就同一位哲學系學生丹尼爾‧德斐特（Daniel Defert）產生了特殊的感情。在同德國記者維爾納‧斯洛德（Werner Schroeter）的談話中，傅科承認：他從 1963 年至他逝世為止，他一直同這位哲學系學生保持同性戀的關係（Foucault, 1994: IV, 251−260）。

自己的身體，特別是性的方面，究竟選擇什麼樣的逾越、冒險和節制方式，如何解決身體和性的方面的「危機」，對於傅科來說，是有關生命幸福和個人享樂自由的原則問題，也是使生活藝術化的關鍵，不能輕易向傳統規則妥協，也不容許他人干預。對於傅科來說，在維護自身，關懷自身的美學實踐技巧中，性和身體方面的自我調適以及滿足它們的慾望的途徑，是非常重要的一環。所以，關於性生活與身體的美化，構成為生存美學的重要組成部分。

什麼是「性」？怎樣對待它？傅科一向反對以同一格式和規則，特別是根據傳統標準去對待。性的傾向和特殊偏好，是同每個人的愛好、身體狀況以及實際經驗有密切關係，也是個人尋求生命快感和幸福的自由權利。不同的人，有不同的性的傾向和特徵，有不同的性欲發洩和滿足的方式。傅科認為這並不值得大驚小怪。如果試圖對於「性」（la sexualité）做出「科學上」或「道德上」的普遍定義，按照傅科的觀點，就將使性本身被人為地歪曲，是不利於人的生活和思想自由的。性和人的個性、人格和氣質一樣，是不可化約、不可界定、不可替換和不可歸納的。所以，他堅決反對以各種理由，把「性」加以區分和分類，也反對對「性」做出千篇一律的統一定義，哪怕是打著「科學」或「理性」的旗號。所以，福可很反感醫學上所界定的「真正的性」（le vrai sexe）。傅科很氣憤地說：性就是性，沒有什麼「真性」或「假性」！不需要人為地硬性規定「真正的性」，不需要以任何規範來限定人的性的傾向及慾望，醫學沒有權力把某些人的特殊的性結構及性傾向，定為「異常」（Foucault, 1994: IV, 116−117）。為此，傅科針對醫學上對待陰陽人、兩性人或男女同體（hermaphrodisme）的現象所採取的措施和制定的法規，嚴厲地加以批判，並同時系統地批判陳腐的傳統性觀念。人的生命是非常活躍和非常有創造性的生存能力，而性則是最集中和最敏感地體現生命的上述性質的因素。

傅科個人對於身體和性的慾望滿足的極度關懷，他所受到的教育背景，以及他對於整個西方社會制度體系的深刻洞察，使的最早研究興趣，轉向精神病與心理學領

域。1951 年傅科進入巴黎聖旦精神病治療院（hopital psychiatrique Sainte-Anne），專門研究精神病治療學和心理學。1952 年傅科又到法國北部里爾（Lille）市的里爾大學，擔任心理學助教。

鑑賞音樂是傅科實現生存美學的又一種活動形式。傅科早在幼年時期，就在家中受到很特殊的音樂教育，他母親為他請來鋼琴家庭教師，培訓他的音樂才能。到巴黎之後，傅科不放過任何機會加深他的音樂修養，總是在學習和研究之餘，欣賞和探討音樂，並同音樂家交往。他同音樂家梅西昂（Olivier Messiaen, 1908－1992）的學生餘姆貝克（Gilbert Humbert）交往甚密，經常同他一起鑑賞莫札特（Wolfgang Amadeus Mozart, 1756－1791）和艾靈頓（Duke Ellington, 1899－1974）的音樂作品。1951 年 6 月，傅科到巴黎北郊洛約蒙研究，認識了音樂家布列（Pierre Boulez, 1925－　）。布列告訴他，幾乎所有的著名音樂家，都兼有高深的文學造詣，並在創作上深受某一作家的影響。布列和傅科一樣很讚賞喬伊斯。在傅科看來，音樂和文學都需要以尼采的酒神精神進行創作。所以，傅科很快又結交了年青的天才音樂家巴拉格（Jean Barraqué,1928－1973）。傅科說：巴拉格是瘋子般的才子，他是當代音樂界中唯一有資格同布列平起平坐的優秀音樂家，同他在一起，使傅科又一次看到了由音樂所開闢的新世界；在這個世界中，傅科感覺到自己能幸運地消磨一切憂愁和精神上的痛苦。所以，音樂既是遁入美滿幻想世界、享盡自身設計的快樂時光的理想渠道，又是抗拒和脫離現實污濁世界的優雅手段。在同義大利記者卡魯索（P. Caruso）的一次談話中，傅科坦誠：「如同尼采一樣，音樂對於我，起著非常重要的作用」（Foucault, 1994: I, 601－620）。

傅科認為，美的生活，不應該靜如止水，不應局限於日常生活的慣常循環重複的圈子裡，而是應該如同江河大海那樣流動，並時時湧現驚濤海浪，歷經險象環生的漩渦。所以，傅科雖然擁有優裕的生活條件，也在法國學術界佔有無可懷疑的顯要地位，但他仍然幻想走出法國的環境，到世界各地旅遊和講學，在不同的地理社會環境中，以多種方式，體驗生活本身的飄忽不定性及其時空伸縮的可能性；他甚至試圖放棄在法蘭西學院的教職，移居國外，丟去那養尊處優的生活方式，更換生活和工作環境，在新的世界和新的人際關係中，開闢新的天地。傅科曾經說，僅僅是因為他的同性戀情人丹尼爾・德斐特堅持要在法國教學，才使傅科不得不長期放棄移居國外的心願。

　　為了一方面滿足他的同性戀情人留住於法國的要求，另一方面又能夠實現他本人不斷改變生活環境的需要，傅科盡力地來回國內外各地，一再地改變其生活方式，試圖經歷不同的生活世界，同不同的人接觸，嘗試發現各種新的問題。正當傅科完成他的第一篇著作《精神病與人格》的時候，他接受了宗教史專家杜美濟的建議和推薦，應徵成為法國駐瑞典烏巴乍拉（Uppsala）法國文化中心主任。這是他第一次較長期居住國外，並履行公務。他把身居北歐當成同整個歐洲文化界及知識界進行交流的良好時機，一方面親自觀察北歐各國的社會文化動向，另一方面又繼續保持同法國國內各界社會力量的聯繫。當時的瑞典，被公認為世界的福利國家的典範。傅科利用烏巴乍拉醫學圖書館的豐富藏書，加緊撰寫他的著作《瘋狂與非理性：古典時期瘋狂史》。傅科還藉此機會，向國外聽眾和讀者發表關於法國文學的學術演講，先後論述和分析沙德、熱內、沙杜柏里昂（François René de Chateaubriand, 1768－1848）及貝爾納諾（Georges Bernanos, 1888－1948）等重要作家的文學作品。

　　此後，傅科先後到波蘭、德國擔任類似於文化參贊的職務。同時，他也先後多次頻繁地到突尼斯、日本、巴西、美國或加拿大等國講學及發表演講。傅科同熱內一樣，喜愛旅遊，把遊蕩的生活當成自己進行創作的良好機會，也當成玩弄生活遊戲的實踐，同時他還把旅遊當成他同國外以及國際社會政治運動相聯繫的一種方式。不論到瑞典、波蘭、德國、日本、突尼斯、巴西、美國或加拿大，他都很關切和密切注視當地的社會、文化、經濟及政治形勢，參與當地的重大社會運動。例如，傅科在巴西支援民主派的反對黨；在美國，會見和支援同性戀團體及素食主義派別。當他從 1967 年至 1968 年逗留突尼斯時，他支援突尼斯學生對於中東戰爭的觀點，並向他們講解羅沙·盧森堡（Rosa Luxemburg, 1870－1919）、格瓦拉（Ernesto Guevara, dit Che, 1928－1967）以及美國黑豹黨的作品。

　　在他出國期間，他並沒有忘記法國國內的社會、文化及政治形勢。所以，每當他長期留住國外時，他總是要利用適當的機會返國，並頻繁地同國內關鍵人物交往。他在瑞典時期，就曾返回法國多次：1955 年他在巴黎會見了羅蘭·巴特，兩人一見如故，從此建立了深厚的友誼；1957 年返回巴黎時，在一間書店的書架上，發現了作家雷蒙·魯舍爾的作品。1968 年 5 月，法國國內發生轟轟烈烈的學生及工人運動。傅科並沒有因為自己在突尼斯工作而置身度外。他尤其積極支援當時遭到政府迫害的巴黎溫森第八大學（Universite de Paris VIII, Vincennes）的師生。

創造和叛逆是生存美學的基本實踐

1. 以遊戲態度進行試探性研究

傅科在批判傳統文化的過程中，一再地強調樹立遊戲態度和貫徹遊戲策略的重要性。所以，同他的生活歷程一樣，傅科也在其創作中體現遊戲的精神和策略，使創作活動成為生活美學化的重要過程。

什麼是遊戲？如前所述，「遊戲」（jeu）這個詞，在法語中，含有遊戲、賭注、賭博、競爭、較量和「幹一場」的意思。遊戲是一種特殊的活動，同時也是對於活動本身的態度問題。作為一種特殊的活動，遊戲的特質就是在某種形式規則限定的範圍內，進行無規則的競賽活動，以便達到遊戲者的勝利。作為一種態度，遊戲關係到遊戲者對於遊戲規則的實際貫徹程度及其策略。所以，在遊戲中，往往體現了遊戲者自身的遊戲技藝以及他的實際遊戲經驗。

加達默（Hans-Georg Gadamer, 1900−2000）曾在他的《真理與方法》一書中探討了遊戲的性質，並指出遊戲作為活動形式，是以「來回運動」為基本特質的（Gadamer, 1986(1960)）。加達默還探討了遊戲中的技巧及其同遊戲者的實踐智慧的關係問題，但加達默並沒有進一步就遊戲中的策略進行深入分析，這也許因為他畢竟是典型的知識分子，書生氣十足，尚未注意到遊戲中的各種不可見和不可言說的實踐部分，特別是在策略方面同社會權力關係網之間所表現的具體複雜狀況。

傅科則明確地指出：進行遊戲是一種策略；進行遊戲實際上是策略競爭。而且，遊戲問題，實際上也是一種對待現代性的態度問題。正如傅科本人在談到現代性的創始人博德萊時所說，現代性本身就是一種態度問題。現代社會本身，作為一個法制化的民主社會，所有的法規和規範從表面和字面來看，都是經民主正當化程式建構和運作起來的『理性論述』。但在法規和規範的實際運作過程中，任何法規和規範，都包含字面形式和實踐運作、可見的程式和不可見的策略兩大面向；其中，以更細緻和更微觀的角度進行解析的話，還包含許多無法言說、不可言說和故意避免言說的層面，而最關鍵的因素，是權力和社會地位的實際較量狀況，最終決定法治和民主的貫徹程度及其實際效果。所以，就其實質而言，現代社會中的任何法規和規範，都是由實際掌握實權的統治者所掌控，並為他們的實際利益服務。如果說，在現代社會的各種法

制運作遊戲中，確實也存在著「遊戲規則」的話，那麼，這個遊戲規則，只是在其對遊戲參與者「人人平等」的幌子下，在社會生活的實際競爭中，一方面掩蓋了統治者等實力派在暗中籌措陰謀詭計和狡詐策略技倆的活動，使法規實踐中這些未被正面論述的不可見部分，取得『正當化』的地位；另一方面，所有明文規定的因素，其實際詮釋及其實施狀況，都由社會統治階級所決定，它們不折不扣地只是有利於掌握實權的階層，成為他們控制被統治階級的遊戲規則。也就是說，法規範圍內所規定的遊戲規則，只是用來宰制被統治者的手段，統治者卻可以由其實際權力的運用，利用法規的不可見部分進行各種黑暗的交易，並使法規中的不可見部分永遠不浮現出來，任統治者以其實權加以利用。在這種情況下，傅科認為，必須以實際的態度面對現代社會的各種遊戲規則和法規體系，使自身不淪落為遊戲規則的奴隸，反過來被它們所約束，使自身自斃於對遊戲規則的書生態度中，自斃於對遊戲策略的無知之中。

所以，傅科指出：遊戲活動勢必使遊戲本身面臨複雜的策略問題。在傅科那裡，策略完全是為了遊戲的目的而設計和使用的；因此，它首先包含了三方面的意義。首先，它是為達到一個目的而選擇使用的手段。也就是說，是為達到一個目標而實施採用的『合理性』。其次，策略始終是在同遊戲對手的競爭關係中決定、調整和運用的；所以，策略不可避免地包含了對於遊戲對手的實力、意圖、計謀以及其實施計畫的估計，也包含對手對自身狀況的掌握及估計的程度。在這個意義上說，策略實際上總是把對方掌握自身的狀況程度估計進去。第三，策略是為了解除遊戲對手的競爭手段，使對手在競爭中減少或失去戰鬥力。所以，策略在這個意義上說，就是為達到遊戲中的競爭的勝利的手段。總之，策略的上述三大意涵，勢必在遊戲競爭中交錯在一起，以便使競爭對手失去戰鬥的能力。策略也就在這種情況下，意味著取勝方案的抉擇（Foucault: 1994, IV: 241–243）。由此可見，沒有策略，就沒有實踐的邏輯，就沒有權力競爭的運作程式。策略乃是實踐和權力運作的靈魂所在。

但是，以上對於策略的理解，仍然停留在一般層面上。我們應該進一步就策略運用的具體條件，分析策略的更深意涵和性質。首先，關係到權力競爭關係中的策略。這種策略是為了使權力關係網絡及其相關的措施得以運作和維持下去。實際上，在權力運作及其相互關係中，策略扮演了非常重要的作用。如同遊戲本身那樣，策略也是應不同的具體環境和狀況而隨時發生變化。在這方面，傅科所採取的態度是開放的。他認為，遊戲不應該被遊戲規則本身所限制；相反，遊戲規則是遊戲者為其遊戲勝利

的需要而建構的；遊戲規則必須為遊戲本身的自由進行服務。所以，遊戲不應該僅僅是在遊戲規則範圍內進行；遊戲不應該成為受約束的封閉性的活動。遊戲越開放，遊戲者在其中的活動和創造自由就越多，他所可能開闢的新領域就越大。

遊戲策略還涉及到運用策略時的冒險態度問題。要敢於冒險和逾越。參與遊戲的快感還在於遊戲中的冒險態度以及歷經風險的刺激性。遊戲策略的貫徹要求遊戲者以酒醉的精神和態度對待遊戲中的勝負和來回運動，不計較競爭中的困難和艱苦，也不顧及鬥爭中的曲折性及其往返重複性。只要有可能取得勝利，就應該勇於冒險，並把冒險本身當成策略的一個表現場所。策略不是在平靜的和封閉的思考中想像出來的，而是在實踐和冒險的嘗試中逐漸形成其輪廓，並又在實踐中充實它的內容，填充和修改它的具體內涵。所以，策略的形成和運用，都是含有明顯的實踐性和戰鬥性。

傅科自己在其寫作中，始終不忘對於策略的思考和具體運用。為了要寫出一部關於「瘋子」的書，傅科說，必須首先使書本身成為「瘋狂」，使書的作者也變成「瘋子」。只有「發瘋」的作者和「瘋狂」的書，才能描述「瘋子」的真正的故事。

對於傅科來說，創作本身只是為了不斷地改變自己，使自己的生命不斷地獲得重生。因此，創作不應是死板和形式化，不應順從於外在的規則或聽從他人的旨意，也不應受到歷史先例的制約，而是順著個人自身思想自由的思路，依據生活美的展現過程的需要，進行大膽的和冒險的試探。許多人往往從傳統貫例，來分析傅科的著作，分析傅科的思路，試圖從中找出前後一貫的邏輯，但其結果都不免陷入一片迷茫之中，無法把握傅科思想的重點及其動向，甚至錯誤地認為傅科的理論觀點及其研究歷程前後矛盾。有的人試圖依據傳統邏輯，將傅科的思想重點加以歸納，其結果也發現他的思想呈現相當大程度的跳躍性和中斷性。為了避免讀者的誤解，傅科自己一再地承認他的思想及研究對象的變動性。在同義大利記者特龍巴多里（D. Trombadori）的交談中，他說：「我完全意識到，不論在我所感興趣的事物方面，還是在我所思考的問題方面，我都始終在變動著。我從來都沒有思考過同一個事物，主要原因是我把我的書，當成我的盡可能完滿的經驗。一種經驗，就是指某種有關人從其自身中走脫出來而發生變化的事物。假如我要求自己在我開始著手寫以前，就應該寫一部表達我所思考過的問題的一本書，那麼，我就永遠都沒有勇氣來完成它。我之所以要寫一本書，只是因為我還不能準確地知道該如何思考我所意慾如此思考的事物。因此，我所寫的書改變著我，也改變著我所思考的東西。每本書都改變著我在完成前一本書時所

思考過的東西。我是一位實驗者，而不是一位理論家（je suis un expérimentateur et non pas un théoricien）。我所說的理論家，是指那些或者通過演繹，或者通過分析的途徑而建構一個一般的體系的人，而且，他們往往對於不同的領域都始終採用同一種方式。我的情況不是這樣。我是一位實驗者，指的是我是為了改變我自己，為了使自己不再像以前那樣思考著同一個事物而寫作」（Foucault, M. 1994: IV, 41-42）。同樣的，傅科還強調：當他寫一本書時，他不但不知道最後他將怎樣想，而且，他也甚至不知道他將採用什麼方法去寫（Ibid.）。他認為，他所寫的書，都是探索性的書（livres d'exploration）和方法性的書（livres de méthode）（Ibid.）。書是在寫作和創作的過程中寫成的。想到那兒，就寫到那兒；寫到那兒，又把思想本身引導到新的境界；其結果，往往是在寫作過程中，思想本身和寫作方法，也不斷發生新的變化。甚至連書名本身也由於寫作過程的轉變而同書本的內容產生距離；傅科為此承認：他的有些書名，根本已經同書本的內容不相符合。但他寧願保留原有的書名，因為對他來說，書名是否合適，已經不是很重要的事情。只要書寫出來了，他也就心滿意足了（Foucault, 1994: IV, 704）。對於這些在寫作中出現的變化，就連傅科自己也無法預料。自由創造式的寫作的結果，往往是為新的思路開闢更多的可能性，使思想創作變得越來越多元化和多向化。越是自由地思考，越使思想本身得到解脫和獲得開放，並同時地向各個微觀結構的深度鑽研。這表明：傅科進行寫作的目的，不是建構一種系統的理論體系，也不是遵循同一種方法。他所寫的書，一方面是為了探索，另一方面是為了開創一種新方法；而所有這一切，就是他的生存美學本身的一種實踐。

2. 以摺疊藝術的遊戲方式運用語言

為了美化自己的生活，使生活本身具有藝術美的價值，提升到生存美學所要求的境界，必須善於發現使自身發生變化、並不斷更動自身生活環境的具體社會條件。這是一種對自己的生存條件提出問題和發出懷疑的技巧和藝術。如前所述，傅科曾經將這種懷疑的藝術和技巧，稱為「成問題化」或「使之成為問題」（problématiser; problématisation）。這實際上也是一種與生存美學緊密相關的思考模式，也是生存美學的一種基本實踐。傅科指出：『成問題化』是他在法蘭西學院所從事的「思想體系研究工作」（recherche des systèmes de pensée）的基本任務，其目的，在於把握對自身的生存、所作所為以及生存的世界環境提出懷疑的條件（Foucault, 1994: IV, 544）。

傅科所提出的「成問題化」或「使之成為問題」（problématiser; probl-ématisation）的技巧，實際上早在古希臘時代，就已經成為當時一部分思想家的一種「生存藝術」（arts de l'existence）。古希臘的一部分思想家認為，「成問題化」是使自身生活提升到藝術境界的一種必要程式，是使自身生活實現藝術化的技藝，它首先關係到一系列反思的和自願的的實踐方式，以便在自身的行為過程中，尋求某種具有藝術美價值的特定風格和特定生活方式，並同時力求發現能夠體現自身生存風格的特定規則，以便不斷完成自身的自我改造和完善化，使自己的生活，在多種多樣真正自由的生活歷程中，變成為一種具有自身特質的藝術品（Ibid.: 545）。在瑞士巴塞爾大學任教的德國藝術史、文明史和美學史專家布格哈特（Jakob Burckhardt, 1818－1897）以及另一位文化史專家格林柏拉特（S. Greenblatt），都在傅科之前深入研究過上述與生存美學所倡導的生存藝術密切相關的「成問題化」程式。他們發現，早在文藝復興時期，「成問題化」的方式一直是人們實行生存藝術的主要途徑。

由此可見，首先，傅科所進行的各種懷疑，並不是不加選擇的無方向的否定；並不是絕對的懷疑一切。懷疑本身就是一種藝術，它的貫徹和實踐，必須伴隨和表現為複雜而機智的生活技藝；而且，懷疑和提出問題的範圍，首先就是自身生活於其中的社會文化條件。要把思想創造中的懷疑，同對於自身生活條件的懷疑聯繫在一起。也就是說，並不是什麼人都有能力進行藝術式的懷疑。這不但不同於笛卡兒所主張的理性主義的懷疑，而且也不同於無所創造的虛無主義。作為生活技藝的懷疑，就是首先明辨發生懷疑的條件，以便掌握懷疑的要點，抓住懷疑的要害和關鍵。

其次，傅科所說的懷疑及其「成問題化」的正確方式，並不限於字面上或停留在語言論述層面，而是同一系列行動方式、策略、社會文化制度以及權力運作措施緊密結合的複雜實踐程式（Foucault, 1994: IV, 293; 544－545）。這種懷疑，既要同顛覆環繞著舊有生活條件的社會文化制度相聯繫，又要同促使自身生活藝術化、導致自身的自我反思及自我薰陶相結合。

正是透過這種「成問題化」的程式，傅科逐漸揭露了傳統的真理遊戲的各種詭計、策略和措施，以及與之相聯繫的整個社會文化制度的運作過程。傅科在談到他的「成問題化」程式的實施過程時，很激動地說：他自己就是透過「成問題化」而逐漸遠離傳統的思考方式，並由此而使自身的生命年青化，並獲得一而再的新生。

第三，「成問題化」也是一種真理遊戲，其目的在於懷疑和顛覆原有的真理論

述，以新的真理論述取代之。在這種情況下，「成問題化」的目的，並不是要發現什麼『真理』，也不是單純揭露社會或它的意識形態，而是促使自身懂得自己所生活的社會條件及其運作機制，使自己瞭解自身應該怎樣才能夠恰當地思考問題，同時也使自身熟習和融會貫通關懷自身的實踐方式。傅科在其一生中所實行的考古學、系譜學和生存美學的研究和實踐本身，就是『成問題化』的典範。

第四，「成問題化」涉及到複雜的實施形式。傅科曾以相當大的篇幅論述和說明「成問題化的形式」（les formes de problématisation）。在西方文化史上，從古希臘、羅馬帝國、基督教倫理統治時期，到文藝復興，幾乎每個歷史階段都出現過不同形式的「成問題化」方式。所有這些「成問題化」的方式是同生存的藝術以及社會制度緊密相關的。

第五，「成問題化」是一種思想方式。傅科指出，思想同觀念不同，也不同於知識。傅科不同意把思想當成行動的內在指導力量，他也不認為思想會給予行動任何意義。在他看來，思想在本質上就是自由，它不應受到任何限制；而它開展活動的主要內容就是提出問題及其解決方法，分析各種面臨的困難及其性質。這就是所謂「成問題化」（Foucault, 1994: IV, 597）。為了實現思想的自由，思想總是從與它相關的行動向後倒退，同行動保持一定的距離，以便不受行動的影響而進行它自身的自由想像，反思它所思考的對象及問題。在這個意義上說，「成問題化」就是思想的工作（la problématisation comme un travail de la pensee）（Ibid.: 598）。思想一旦開展起來，它就可以創造各種真理遊戲的可能形式，使人成為知識的主體（Foucault, 1994: IV, 579）。經思想自由而建構的主體，可以在其活動中，選擇各種可能的方式，對各種面對的規則個法規，決定其採取的肯定或否定態度。由此，進一步使自身建構成一個社會主體（sujet social）、法律主體（sujet juridique）、倫理主體（sujet éthique）以及決定自己對自身的態度。正是在這個意義上說，思想不能單純地在理論範圍內進行分析，而是要在它同行動、人的作為舉止以及說話的關係中加以分析。換句話說，思想在一定條件下，也可以當成行動的形式（forme de l'action），但必須考慮到它勢必包含著關於真理的遊戲，意味著它可以自由決定如何面對各種規則和法規，也可以決定如何對待他人和自己（Foucault, 1994: IV, 579−580）（本書第十二章第六節將更集中探索生存美學中的思想藝術以及成問題化的技巧）。

思想自由的展開要靠語言的靈活運用。真正的作品，對於傅科來說，只有在非理

性的領域中，才能真正找到它自身的棲居場所；因此，也只有在無意識中運動的語言，才有資格成為作品的非理性創作動力（Foucault, 1994: I, 188）。傅科以語言的一再重複化（reduplication du langage）的特徵，作為自身進行思想創作和處理生活的榜樣。語言在其運用過程中，具有其自身的自律，不斷地進行自我再現和自我生產。傅科認為，語言的自我再現（autoreprésentation du langage），典型地體現了理想的思想創作和生活的模式（Foucault, 1994: I, 253）。語言的這種自我再現，在表面看來，似乎只是一種計謀和作弄人的哄騙遊戲，但實際上它掩蓋或故意背離語言同死亡之間所玩弄的遊戲關係：語言的自我再現，一方面不斷地重複它對死亡的表白，另一方面又背離死亡而展示自己，並以作品的形式昂然豎立。

3.在與歷史的對話中解構現實

從來不存在純粹的所謂「客觀」的歷史；歷史總是在語言中顯現，並通過某一主體的話語，隱含著未來的趨勢，又呈現在現實中。所以，歷史（histoire）是透過語言而同現實、同未來交織在一起的特殊論述體系。因此，讓歷史在現實中重新復活，從歷史事件的實際運作過程中釋放出它自身的能量，使之成為透視現實的銳利武器，並讓獲得了新生命的歷史，以其廣闊的時空視野，穿透被層層沙幕掩蓋的現實，進一步解構現實和透視未來。這就是傅科的考古學和系譜學的方法，也就是他研究和批判現實的藝術。所以，對於傅科來說，根本沒有傳統歷史學家所說的那種純粹過去了的歷史，有的只是由歷史學家所製造的歷史話語，以現時的表現形態，潛伏著未來的活生生的歷史。這種歷史是用語言說出和寫出的「話語中的歷史」，因而它只能是從屬於寫和說的主體及其存在脈絡，並在現實的權力和道德的交錯關係中被扭曲。因此，歷史絕不是連續展現、並以歷時表演的形式，呈現在我們面前。歷史乃是在現實中活動的話語力量，被各種社會文化關係脈絡所控制，成為現實社會文化境遇的組成因素。歷史，對於傅科來說，並非被埋葬了的過往遺物，而是隱含在現實深處的神祕力量，可以喚起思想和語言網絡的象徵性力量，參與到現實的各種權力競爭。正因為這樣，歷代統治階級總是利用歷史話語，控制時代發展的動向，以決定社會的未來狀況。

因此，傅科主張使歷史從話語體系中解脫出來，還原成它的實際結構，揭示其中隱含的權力鬥爭狀況，成為「診斷」和改造現實的批判手段。同時，还要讓歷史重新講述它自身被閹割的過程，展示它自身的本來面目，以利於社會大眾認清自身被宰制

的歷史原因。

　　為了使這種方法和研究藝術變得越來越熟練，傅科不惜一再地將現實折疊到歷史中，並不斷地又將歷史的脈絡展現在現實的社會結構中，讓歷史的活生生的被扭曲的圖景，重新呈現在當前的論述之中。在他的題為《必須保衛社會》的法蘭西學院演講中，傅科以大量篇幅，分析了西方的各種戰爭話語和歷史話語的相互重疊及相互轉換，以揭示當代歷史學為統治勢力服務的真正面目（Foucault, 1997）。

4.在作品中實踐和貫徹生存美學

　　傅科的思想發展是非常複雜的；這不僅是因為他所探索的領域包括了整個西方社會的根本問題，跨越了許多正常的學科界限，而且，還因為他本人始終都不願意使自己的思想，維持在固定不變的思考方向上，更不願意使自己陷入一種受外界力量限定的框框之中，同樣也不願意使自己套入自我限定的思路和方法之中。因此，他採取了極其特殊的研究方法，他所研究的論題隨著他的思想展開以及他所遇到的問題而經常發生變化；不論就其研究對象或領域而言，都是難以用通行於當代科學的分類方式加以分析。

　　傅科把寫作當成自身尋求樂趣、探索自由以及實現快樂的方式。「我必須強調，我並不是無條件地使我自己歸屬於我所寫過的書本之中；歸根究底，我寫作，是為了寫作的快樂罷了（au fond, j'ecris pour le plaisir d'écrire）」（Foucault, 1994: II, 645）。

　　傅科的作品是他的生存美學的直接產物。他說：「每當我試圖從事一種理論活動的時候，我總是從我自己的親身經驗出發，始終都是同環繞著我、並在我周圍發生的各種過程相關連的。這是因為我認為我是從我所看到的事物中認識事物，我是在我所遇到的制度中認識制度，我也是在同他人的關係中瞭解他人……正因為這樣，我的理論活動實際上也是我的自傳的某些片段構成的」（Foucault, M. 1981a）。從他最初寫作開始，傅科就試圖把他自己的生活風格及精神面貌，透過文字的表達形式，顯示在他的作品中。但是，他也很清楚：在作品的寫作中，他自身會不知不覺地超出他自己預先設想的範圍，成為他的另一個自身，並在寫作的過程中，又不斷地蛻變，使自己透過寫作，演變成像精神分裂的瘋子那樣，任憑狂風暴雨和驚濤駭浪，無所畏懼地向前探險；其結果，每次寫作，總是把他帶入新的境界，經歷多樣化的自我分裂過程。傅科反覆強調指出，他的書不同於一般的書的地方，就在於它們都是他個人經驗的總

結，也是西方現代人的生活經驗的總結。作為總結經驗的著作，它們的內容和方法，隨時都發生變化；不僅如此，而且，它們的功能，也正是為了促進作者和讀者，在寫作和閱讀的過程中，隨著書本內容的展開和顯示，導致必要的自我改變。傅科說：「人們在閱讀中，正如經驗本身在不斷改變一樣，也發生變化；透過這種變化，可以阻止使自身永遠是同樣不變的」（Foucault, 1994: IV, 47）。所以，傅科說，他的書不同於一般自稱是「真理的書」（un livre-vérité），他的書是真正的「經驗的書」（un livre-expérience）（Ibid.）。

作為一位思想家，傅科始終把他的作品當成生命本身。他說：「我們所完成的作品，並不是單純的事物，並不是一件物體，不是一種文本，不是財產，不是發明物，也不是一種制度；總之，作品不是留在我們身後的遺產，而是我們的生活和我們自己本身」（Foucault, 1994: IV, 615）。「我所寫的所有的書，至少是其中的一部分，沒有一本不同我的個人直接經驗相聯繫。我有過同精神病、同精神病治療學之間的複雜關係。我還有過同疾病和同死亡之間的某種關係。當我寫精神病診療所的誕生以及將死亡導入醫學知識的時候，也正是這些事物對我個人具有重要意義的時刻。對於監獄和對於性的問題，也是由於不同的原因，具有類似的狀況」（Foucault, 1994: IV, 46）。作品同自身生命的相互結合，也就是生命在作品中的延長和更新。如果說他的生命是不斷變動的話，那麼，他的作品在方法和內容方面的變動性本身，也就是他的生命特徵的表現。這使傅科的作品，如同他的生活那樣，不論在內容、形式和風格等各個方面，都顯示出極大的變動性、試探性和挑戰性。

傅科一向反對只是把作品當成文本的綜合結構。他說：「表面看來，談到作品，似乎它只是關係到由某一位專有名字所簽署的文本總體。但是，這個指稱並非單一的同質結構。也就是說，某一位作者的名字，並不一定以同樣方式，表示他以同樣名字所發表過的其他文本；而且，也不表示由他採用筆名所寫的其他作品；同樣也不同於在他死後所發現的其他草稿，或者，不同於其他只是由他潦草地、斷續地和片段地所記下的各種筆記、感想和隨感。所以，一部完整的作品或著作，實際上是由一系列難以確認和概括的理論性選擇過程所構成的」（Foucault, 1994: I, 703）。所以，「作品不能被當成是一個直接的統一體，也不能當成一種確定的單位，不能當成單質的單位」（Ibid.: 704）。在傅科的不同作品之間，差異性大於類似性和延續性，多質性大於單一性。只要仔細分析傅科的各種作品，就會發現：在不同時期所寫的作品，其內

容、形式和風格，都是不可通約的。

　　當然，作品會和生命一樣消亡。世界上並沒有不朽的作品，也不會存在具有永恆價值的作品。作品的珍貴之處，正是在於它是可死和必死的。作品的必死性，同生命的必死性一樣，將原本只能有限存在的作品和生命，反而透過其死亡而驟然地在虛空中再生；而且，這種在虛空中的再生，比原來實際生活在現實世界中的生命，更加有廣闊的展現和延續的可能性，因為作為虛空的死亡，就是一切可能性中最有希望和最有意義的一種可能性。所以，不論是對於自己的生命，還是對他的作品，傅科都看到了它們的死亡本質，並把它們的死亡當成一種最高的美，當成他所追求的最高目標。傅科同意瓦勒利所說：「只有當作品能呈現為不同於它的原作者所完成的那個模樣的時候，它才能留存下來」（une oeuvre dure en tant qu'elle est capable de paraître tout autre que son auteur l'avait faite）（Valéry, P. 1956）。傅科並不在乎他的作品在他死後的遭遇。作者總是要死的；其作品同樣也是要死的。正是由於作者及其作品之死，才為他和它的留存創造了條件。

　　嚴格地說，作品不屬於作者的主體本身。如果作者真的試圖以理性主義的原則確立自己的主體性，那麼，他所寫出的作品就會喪失其主動創造的風格。所以，傅科把寫作當成自己脫離自身主體性的最好機會和時機；他在作品中所表達的，正是他脫離「正常狀態」的人格時期的語言。那確實是「發瘋」的語言；但他所要的，就是這種類型的瘋言瘋語。為了突出他在作品中的語言的瘋狂性，傅科一再地說「唯有語言才能成為非理性（seul le langage peut être delirant）」；而且，他還特別強調指出：「在這裡，『發瘋』是現在分詞（delirant est ici un participe présent）」（Foucault, 1994: I, 703－705）。也就是說，只有語言的非理性，才是能夠在在實際的現實生活中展現其瘋狂威力的強大物質力量。

　　傅科在其作品中所尋求的，就是和生機勃勃的生命那樣的不確定性。傅科所寫的每一部作品，都是力圖在其變動中，顯示其生命力（Foucault, 1994: I, 208）。

　　傅科對於作品的獨特見解，使他在有生之年，傾全力寫作。他的作品，不限於已經發表的著作，而且，還包括大量的筆記、隨感錄、草稿、對話錄和演講稿。所以，傅科的作品，分為兩大類型。第一類是他的正式出版的研究著述；第二類是他在法蘭西學院的講演稿以及後來整理出來的各種訪問錄。他從 1970 年被正式選為法蘭西學院的講座教授之後，在 1970 年 12 月 2 日發表了就職演說，題名為「論述的秩序」

（L'ordre du discours）。此後，自 1971 年一月到他 1984 年六月去世為止，除了 1977 年他因休假而停課以外，每年都開設一門課，連續地講述他在法蘭西學院的課程主題：「思想體系的歷史」（histoire des systèmes de pensée）。這些講演錄，同傅科所正式出版的書籍相平行，是他的主要思想成果的重要構成部分。傅科生前，所有這些講演稿都沒有正式發表。他逝世之後，人們根據記錄和錄音，加以整理並出版。這些講演稿，由於在邊想邊講的過程中，面對在場的聽課者而說出來，表現了特有的優美而靈活的文風。

傅科現已發表的主要作品，包括：《精神病與人格》（Maladie mentale et person-nalité, 1954）、《瘋狂與非理性：古典時代精神病的歷史》（Folie et déraison. Histoire de la folie à l'âge classique, 1961）、《康德人類學的誕生及其結構》（Génèse et struc-ture de l'anthropologie de Kant, 1961）、《診療所的誕生：醫療望診的考古學》（Nais-sance de la clinique. Une archéologie du regard médical, 1963）、《雷蒙·魯全爾》（Ray-mond Roussel, 1963）、《語詞與事物：人文科學的考古學》（Les mots et les choses: Une archéologie des sciences humaines, 1966）、《知識考古學》（L'archéologie du savoir, 1969）、《論述的秩序》（L'ordre du discours, 1971）、《監視與懲罰：監獄的誕生》（Surveiller et punir. Naissance de la prison, 1975）、《性史第一卷：知識的意願》（Histoire de la sexualité, I: La volonté du savoir, 1976）、《性史第二卷：快感的運用》（Histoire de la sexualité, II: L'usage des plaisirs, 1984）及《性史第三卷：自身的關懷》（Histoire de la sexualité, III: Le souci de soi, 1984）。

在他逝世之後，他的學生和朋友將他生前來不及整理和發表的言論及著作收集成《言論與寫作集四卷本》（Dits et écrits, I-IV, 1994）。此外，在他去世後，傅科的親友還陸陸續續地出版他的各種短文和演講集，包括他在法蘭西學院的講稿《必須保衛社會》（Il faut défendre la société. Cours au Collège de France, 1976. 1997）、《異常者》（Les Anormaux. Cours au Collège de France, 1974−1975. 1999）、《主體的詮釋學》（Hermeneutique du sujet, Cours au Collège de France, 1981−1982. 2001）和《精神治療學的權力》（Le pouvoir psychiatrique: 1973−1974, 2003）等。除此之外，尚有《法蘭西學院講稿：知識的意願》（La volonte de savoir: 1970−1971）、《懲罰的理論與制度》（Theories et institutions penales: 1971−1972）、《懲治的社會》（La soci-ete punitive: 1972−1973）、《安全、領土及居民》（Securite, Territoire et Population:

1977-1978）、《生物政治的誕生》（La naissance de la biopolitique: 1978-1979）、
《論對於活人的統治》（Du gouvernement des vivants: 1979-1980）、《主體性與真
理》（Subjectivite et verite: 1980-1981）、《對於自身與他人的管制》（Le gouverne-
ment de soi et des autres: 1982-1983）、《對於自身和他人的管制：真理的勇氣》（Le
gouvernement de soi et des autres. le courage de la veritze: 1983-1984）等講稿，正在準
備排印中。

5.像生活一樣美麗的創作活動

　　從傅科上述著作所論述的題目以及他在法蘭西學院的講稿來看，他的創作及其思
路的變化，是從最初對現代社會中各種「不正常」現象的關懷，從分析當代知識論述
將人分割成「統治」與「被統治」兩大類型的策略入手，以精神病治療學及其醫療制
度為典範，集中解析現代社會制度建構的知識基礎及其論述的奧祕，然後逐漸把他的
研究重點，從知識的單純論述結構的範圍，擴大到「論述實踐」的領域，探索論述實
踐中，論述的形成及擴張同社會權力網絡的鬥爭的內在關係，並進一步揭示統治權力
的實際運作機制及其微觀結構的各個程式，特別對現代監獄這個最典型的規訓機構進
行解剖，揭露現代社會利用理性知識和法制相結合的手段，透過「科學的」和「合理
的」嚴密規訓體系，建構「主體性」的複雜策略，最後，通過對於性史和西方「自身
的技術」的歷史解構，再次從理論和實踐的層面，返回到現代知識所論證的「真理主
體」的建構過程及其實際程式。所有這一切，使傅科終於發現：「對自身的關懷」
（le souci de soi）這個自古希臘以來，一直作為西方社會文化及個體生活的實踐原則，
究竟如何逐漸地隨著基督教道德、現代倫理及社會制度的改革，特別是透過啟蒙運動
以來現代知識論述所玩弄的「真理遊戲」，變成為目前現代人「主體化」過程中，集
權力運作、知識運用和道德倫理控制於一身的、三位一體式的基本原則，使它成為
「我們自身的歷史存在論」及整個西方文化的關鍵問題。

　　如果我們將傅科的上述思索路徑及其變化，比作交響樂的演奏的話，那麼，傅科
的上述創作歷程，依據其思考重點及其風格的轉變，大致地可以劃分為四大樂章。

　　第一樂章是以精神病治療學及診療所的考古學研究為主（1946-1965），第二樂
章以人文科學知識論述解構及知識考古學研究為主調（1966-1970），第三樂章則集
中研究西方權力系譜學、社會規訓制度和監獄史的研究，展示知識論述及其實踐同權

力關係網絡的盤根錯結結構（1970－1975），第四樂章則從集中研究「自身的技術」（technique de soi）和「性」的問題入手，以身體、思想、行為、文化和權力的相互關聯為中心，以自身同他人的複雜社會文化關係的建構和運作為主軸，對西方人實行主體化和客體化的雙重過程，進行系譜學的歷史考察，深入探討所謂「我們自身的歷史存在論」（Ontologie historique de nous-même）的問題，探索「生存美學」（esthétique de l'existence）及其建構的可能性（1976－1984）。

傅科思考重點的不斷轉移及旋轉，如同交響樂的演奏一樣，變幻無窮，既有高低潮的迭進，又有迴旋和重複；伸縮曲折，委婉動聽。但傅科的交響樂又不同於一般的演奏，它既沒有固定主調，也沒有明確的目的和終點；其唯一試圖向我們傳達的資訊，就是要我們不斷地反身自問：我們現在的存在條件，究竟是如何在西方文化的歷史發展中，被建構和運作起來的？我們自身的現在這樣的狀況，究竟是經歷什麼樣的歷史過程而被建構的？西方人在實行其自身的主體化和客體化過程中，究竟積累了什麼樣的歷史經驗？西方人採用了什麼策略和程式，完成其自身的主體化和客體化？在這基礎上，我們應該以什麼條件反身自問：我們自身的現狀，究竟有沒有可能不這樣？換句話說，傅科所研究的是歷史，但他始終關懷的，卻是我們自身的『現在』（présent）。他試圖反思的基本問題，一直是我們自身的「不在的現在」，即被傳統的主體化歷史運作過程所扼殺、扭曲、篡改、限制和控制的「可能的現在」；這些屬於現實的「現在」之外的「我們自身的現在」，是「被丟失的現在」或「喪失掉的現在」（présent perdu），值得我們自身努力去爭取和創建。在這個意義上說，他的所謂「我們自身的歷史存在論」，也就是「我們的現在的歷史存在論」。總之，傅科試圖向我們傳達的資訊，就是不要使我們自身陶醉和滿足於這個所謂「科學」、「文明」、「民主」、「平等」和「合理」的現代社會中，不要滿足於我們自身的現狀，而是應該以「成問題化」（problématisation）的懷疑態度和冒險精神，以酒神的非理性想像力為動力，不斷地逾越現代法制和規範的界限，在現實世界的「外面」，努力尋找和創建我們自身的可能的生存條件。

真正具有藝術美的作品，是同死亡相關的作品。傳統藝術和美學，強調藝術美的永恆本質，試圖以「不朽」作為美的標準。但傅科的生存美學持有相反的觀點和準則。傅科始終認為，真正的美是在死亡中存在的。**美之所以美，不是由於它是永恆和不朽，而是由於它的必死性，由於它是永遠缺席。死亡和缺席不但使美成為唯一可貴**

的存在，而且也使美變成為可能性的範疇，使美成為自身具有不斷更新能力的創作生命體。正如傅科所說，文字與死亡有密切的「親屬關係」（la parenté de l'écriture à la mort）（Foucault, 1994: I, 793）。文字和各種符號及象徵的基本特點，就是它們始終以「不在」、「缺席」和「虛無」，作為其存在的首要前提。也就是說，文字、符號和象徵，是從「不在」、「缺席」和「虛無」出發，又以另一時空中的「不在」、「缺席」和「虛無」作為中介和媒介，轉化為新的「不在」、「缺席」和「虛無」。文字、符號和象徵的這種不在性和缺席性，使它們成為變化無窮的創作手段，也成為浪漫誘人的創作場域。人們可以在文字、符號和象徵的虛空中，憑想像的自由翱翔，從一個自由王國中，飛往另一個自由王國。在文字和符號的轉化中，不存在實際時空的限制。文字的死亡本質，使它能夠在變幻無窮的虛無中，脫離存在的侷限性，成為一種真正的不存在的存在。所以，傅科的創作過程，往往借用文字的死亡性，逾越傳統語言的限制，

　　傅科非常讚賞貝克特對於作品及其文字的態度。貝克特曾說：「誰在說話，並不重要；某人說『誰在說話不重要』，也並不重要」（Qu'importe qui parle, quelqu'un a dit qu'importe qui parle）；重要的是：(1)說了什麼；(2)為什麼和在什麼情況下說話；(3)說話的過程究竟捲入了什麼社會文化的因素；(4)說話的效果及其社會效應如何。傅科認為，貝克特的上述名言，表明他對作品的作者，很不在乎，抱一種無所謂的超然自若態度，同時也表現了貝克特等人對待文字作品的一種道德原則（Foucault, 1994: I, 792）。這種新的道德原則，呈現了傅科的生存美學的精神和風格。

導向生存美學的

真理遊戲

在傅科的學術生涯中，**真理遊戲**（jeu de vérité）**是達致生存美學的前奏曲，也是進行生存美學的系譜學研究的前提**。在傅科看來，真正的真理，不應該是那些用來約束人的主體性的近代知識體系，而是像尼采所說的那樣，是能夠給人帶來快樂的知識遊戲。根據傅科從七〇年代中期開始對西方性史（histoire de la sexualité）和「**自身的技術**」（technique de soi）的研究，早在古希臘和羅馬帝國前期時代，真理本來是作為尋求自身幸福和快樂的基本手段。尋求真理和達到快樂幸福以及實行道德倫理原則是一致的。在古代那個時候，旨在關懷自身的『自身的技術』，集中體現了尋求自身快樂的實踐智慧，把獲致真理和實現審美生存巧妙地結合在一起。但自從基督教道德和權力的基督教教士運作權力模式（modalité pastorale du pouvoir）佔據統治地位之後，原來用來實現審美生存的「自身的技術」，變成為建構和控制個人主體性的策略，使生存美學隨著『自身的技術』的變質，逐漸地失去原有的光輝。進入近現代階段以後，西方社會通過權力游戲和道德的策略以及極其奸詐的計謀運作，把人們引入由各種規範和法治所制定的「真理遊戲」（jeu de vérité）之中，使本來可以為人們帶來愉快的真理，越來越變成為各個社會統治勢力所控制的論述（discours）策略體系。所以，傅科所說的真理遊戲，就是一種披著理性和道德外衣的欺詐性圈套。真理遊戲的整個進程充滿著策略詭計的權術遊戲過程。自從近代社會推崇科學知識之後，真理遊戲尤其成為統治者控制整個社會各個成員的基本手段。

正因為這樣，只有首先經歷對真理遊戲的考古學和系譜學的批判，並深刻認識它的真蹄之後，才會發現貫穿於西方文化中的「自身的技術」及其變遷，乃是連接西方文化從古代向近代轉化的重要線索；而進行「自身的技術」的歷史系譜學和對於性史的研究，則是穿越「自身的技術」的演變過程進一步把握生存美學的必由之路。傅科一再地指出，他所關懷的中心問題，就是「我們自身」（nous-mêmes）。生存美學就是以「關懷自身」為核心，努力使人生變成審美過程的實踐智慧。更確切地說，傅科首先要揭示的，是『我們自身』的實際命運及其形成的社會歷史條件，然後，對造成我們自身現狀的知識論述及其與權力的交互運作策略進行系譜學的研究。在西方思想和文化中，「我們自身」的現狀、身分、社會地位、權利及義務等等，都決定於「我們自身」的主體性（subjectivité）。但是，人的主體性的建構及其運作，並不是由人自身能夠任意決定的；人的主體性的建構必須在一定社會文化條件下進行。正如傅科所說：「真理只有首先將主體自身的存在納入遊戲之中，才可能成為主體的真理」

（la vérité n'est donnée au sujet qu'à un prix qui met en jeu l'être même du sujet）（Foucault, 2001: 17）。人們總是試圖使自身成為真理的主體，確立自身的主體性，使真理成為他自身所掌握的客體；但這一切並不是單靠主體本身就可以決定的。傅科看到了圍繞人的主體性建構所緊密關聯的根本問題，那就是將人的主體本身捲入到一系列複雜的知識論述、權力和道德實踐的「真理遊戲」（jeu de vérité）。所以，「我的問題，始終都是關於主體與真理的關係；也就是說，主體究竟是如何進入某種真理遊戲之中」（Foucault, 1994: IV, 717）。傅科在追求和實現其創造與叛逆的雙重過程中，首先把研究重點集中在對當代西方人來說最關鍵的主體性與真理的關係問題上，因為在主體性的非常複雜的歷史形成過程中，主體與真理的相互關係，始終是一個決定性的主軸。正如傅科在 1980 至 1981 年度的法蘭西學院課程大綱中所指出，『獲致真理』（l'accès à la vérité）對當代西方人來說是如此重要，以致連西方人自身的身分及其生活的意義，都是由此決定（Foucault, 2001: 504）。在還沒有能力將自身從傳統力量的約束中解脫出來之前，談論自身的生活美是不可能的，也是沒有意義的。因此，傅科用其一生的絕大部分精力，研究主體性與真理的相互關係，從事知識考古學和權力及道德系譜學的批判活動，以便揭示主體性的奧祕，並由此走向『關懷自身』的生存美學。

　　所以，本書在本篇中，分別從三大章節，分析傅科所從事的真理遊戲批判活動：首先，釐清傅科所獨創的考古學和系譜學的真理遊戲批判活動的性質，接著，揭示真理遊戲同權力遊戲的關係，最後，以傅科在各個具體領域內所開展的「權力微觀批判」為典範，說明傅科導向生存美學研究的必然性。

第 2 章

批判真理遊戲的考古學和系譜學

在傅科的學術研究中，**考古學**（Archéologie）和**系譜學**（généalogie），既是他的主要研究方法，又是他的基本研究主題和主要領域，同時也是他的獨特研究風格的重要表現。所以，考古學和系譜學，生動地體現了傅科進行批判和創作的特徵和風格，實際上也是他的生存美學原則的準備階段的展現形態。如同傅科本人及其思想那樣，考古學和系譜學，在他的著作中的具體表現形態，伴隨其批判的方向、內容及領域的轉移而變化，採取了多樣的、機動靈活和隨機應變的形式，使考古學和系譜學在不同時期和不同論題中，呈現出不斷自我更新的生命存在形式，表現出豐富多彩的批判和創作樣態。傅科本人在晚期談及他的考古學、系譜學及真理遊戲同生存美學的相互關係時說：「我所研究過的，是三大傳統的問題。第一，既然科學知識和真理遊戲使我們同時地成為主體和客體，那麼，通過科學知識，我們同真理究竟保持什麼關係？我們同我們的文明中這些極端重要的『真理遊戲』之間，究竟是什麼關係？第二，我們同他人，通過那些稀奇古怪的策略和權力關係，究竟是什麼關係？第三，在真理、權力和自身之間，究竟是什麼關係？」（Foucault, 1994: IV, 782-783）。

既然從一開始傅科就確認他所要進行的研究，是不折不扣的遊戲活動，所以，考古學和系譜學也同樣顯示出它們的遊戲性。它們的遊戲性，就在於它們在實際運用中的靈活性、變動性、策略性和不確定性。我們會在傅科的各個歷史階段的著作中看到：考古學和系譜學，都被他非常靈活自如地加以運用，它們根本沒有傳統方法論和思想模式的那些形式化和僵化的特徵。正因為這樣，考古學和系譜學並沒有固定的公式和模式，也沒有確定不變的定義。我們只有首先把握傅科的徹底叛逆精神及其靈活機智的策略運用本領，才能真正理解他的考古學和系譜學。其次，如同傅科本人的思想和生活方式隨時會發生變化一樣，他的考古學和系譜學，也隨著他在不同時期的研

究任務及其實際狀況而表現出完全不同的形態。對於我們來說，關鍵就在於把握傅科的考古學和系譜學的基本精神；至於考古學和系譜學的不同表現形態及其在不同研究中的策略變化，都只能作為理解其基本精神的參考指標，並將它們的多種變化當成傅科的思想風格以及考古學和系譜學本身性質的直接表現。傅科本人始終都依據批判的需要，從不同的角度，以不同的方法，講述和表現考古學及系譜學的主要重點。

考古學和系譜學所表現的高度靈活性和戰鬥性，使許多人未能正確地把握其精神實質，也對傅科的研究成果和風格，產生了疑惑，甚至某些責難。這也促使傅科本人，針對人們對他所提出的不同問題，一再地對考古學和系譜學進行多種方式的說明。總之，恰正是考古學和系譜學本身的靈活和策略性質，使傅科本人在不同時期所做出的詮釋有所差異。這種差異性，一點也沒有改變考古學和系譜學的根本性質。只要從傅科的真理遊戲和生存美學原則出發，就不難理解其中的變異性和不確定性及其基本性質的內在關係。

傅科本人在晚期總結考古學和系譜學的意義時指出：它們既是方法，又是目的本身；同時，它們同樣又都是真理遊戲研究工作中的基本方法和策略。就兩者的實際運用次序及其程度而言，考古學，在他的研究前期運用得較多，後來，在研究知識與權力的交錯運用過程時，考古學經常同系譜學並用，而後期，則更多地以系譜學取代。傅科自己在談到考古學和系譜學在他的寫作生涯中的命運時說：他首先將考古學，運用於探討各種「真理遊戲」之間的相互關係，也就是探討各種所謂的「經驗科學」（sciences empiriques）的產生和散播條件及狀況。這就是傅科在其前期所探索的精神病治療學、心理學、語言學和人文科學等學科的歷史的狀況。接著，他將考古學和系譜學運用於研究真理遊戲同權力關係的複雜活動網絡之中，特別是以此探討實際的懲罰技巧（如監獄等）中的真理遊戲的狀況。同時，他還試圖通過關於「性」（la sexualité）的論述（les discours sexuels）的變化史的考查，集中地闡明權力與道德在建構主體性方面的基本策略。他為此指出：「系譜學可以有三個可能的研究領域。首先，是關於我們自身同真理的相互關係的歷史存在論；其次，是關於我們自身同權力的相互關係的歷史存在論，在這種關係中，我們將自身建構成為對他人採取行動的主體；第三，是關於我們自身同道德的相互關係的歷史存在論，以便使我們自身建構成為倫理的主體。因此，對於一種系譜學來說，有可能存在三大主軸，而這三大主軸都已經表現在我的《精神病的歷史》中，儘管採取了模糊的形式。接著，我又在《診療所得

誕生》和《知識考古學》中研究真理。我是在《懲罰與監視》中研究權力，並在《性史》中研究道德。所以，在關於性史的書中，核心的問題都是環繞著道德史」（Foucault, 1994: IV, 393）。然後，傅科又透過系譜學，研究自身與自身之間的關係中的真理遊戲，並在其同「有慾望的人的歷史」（histoire de l'homme de desir）的脈絡中，也就是在性史的探索中，研究自身是如何建構成為主體（Foucault, 1994: IV, 541）。

因此，傅科不願意把他的考古學當成一種「正常的學科」，而寧願稱之為一種「研究的領域」（un domaine de la recherche）（Foucault, 1994: I, 498）；這個「研究領域」的含糊性，將有利於傅科徹底脫離傳統理性主義和科學分類的約束，自由自在地以傳統社會及思想的要害問題作為攻擊目標，然後，以灑脫輕鬆的寫作風格，揭露現代知識論述與權力的複雜交錯關係及其迫使每個人在其法制面前就範的策略。也就是說，被稱為「一個研究的領域」的考古學，其主要目標，就是現代社會中所產生的某些特殊的知識論述的社會運作過程。考古學所要探討的，是這類知識同社會制度、機構、組織和具體實踐方式的複雜關係及其形成的歷史可能條件。傅科說，這樣的研究只能是對於我們自身的「地下層面」的分析（ce genre de recherche n'est possible que comme analyse de notre propre sous-sol）（Foucault, 1994: I, 500）。所以，它才不折不扣地和名符其實地被稱之為「挖掘地下歷史」的考古學工作。

傅科明確地指出，正是尼采和阿爾托（Antoine Artaud, 1896-1948），帶領他走上考古學分析的道路。這兩位思想家，從不相信傳統真理、歷史和道德的可靠性。因此，他們對真理、歷史和道德問題，主張進行徹底的解構，刨根挖底逾越各種禁忌，探索歷史被扭曲的真相。

由此可見，考古學和系譜學隨著傅科研究的展開方向及其在不同領域的深入，表現出不同的形式和內容。

對付真理遊戲的必要策略

1. 真理遊戲的基本意義

傅科所開展的知識考古學研究，實際上是以語詞遊戲的方式，探討生活於西方社會中的人所進行的各種「真理遊戲」（jeux de vérité），並在批判知識論述與各種權力運作的複雜關係中，揭示「真理遊戲」的實質。傅科說：「我一直力圖認識，人的

主體是怎樣玩真理遊戲的，不管這種真理遊戲是採取一種科學，或指涉一種科學模式，還是關係到各種制度和操控人的實踐方式。這是我在我的《語詞與事物》一書中所探討的主題，透過這個主題，我試圖觀察，人的主體是如何在科學論述中被界定為說話的、活著的和勞動的個人；我在法蘭西學院的課程中，進一步從其一般性的角度探索其中的問題」（Foucault, 1994: IV, 708-709）。由於知識的重要性，生活在西方社會中的人，實際上時時刻刻都面對各種各樣的「真理遊戲」；他們必須善於在這種遊戲中，一方面讓自己達到自身所追求的自由，並在適當場合中約束自己，以便恰當處理同他人的關係；另一方面，又要使自己能夠靈活地順應、並運用各種科學知識、制度和規則，實現自己的目的。正因為這樣，傅科指出：他所開展的研究工作，就是以考古學和系譜學的方式，揭示真理遊戲的真相，由此揭露社會統治者利用其權力和道德運作，玩弄各種策略，控制知識真理論述的形成過程、並宰制整個社會各個成員的主體化程式。

　　傅科的知識考古學和權力系譜學，就是要不斷地探討這些無所不在的真理遊戲的運作邏輯，以便使人從真理遊戲的圈套中走脫出來，獲得更大的思想和行動的自由。

　　傅科和尼采一樣，從來都不承認、甚至蔑視各種號稱「真理」的東西。在他的整個批判活動中，為了從根本上徹底顛覆西方傳統思想，傅科緊緊地抓住了貫穿於西方思想和文化中的核心，即真理問題。傅科認為，所謂真理，實際上並不是真的關係到「正確事物的發現」（la découverte des choses vraies），而是關於主體依據什麼樣的規則才能對某些事物說出真或假的問題（les règles selon lesquelles, à propos de certaines choses, ce qu'un sujet peut dire releve de la question du vrai ou du faux）（Foucault, 1994: III, 105）。在客觀的實際世界中，本來並不存在「真理」這個東西；它是在特定的社會歷史條件下，為了建構和維持一定的社會秩序而人為地規定出來的遊戲規則；依據這樣的真理規則，作為主體的每個人，以特定的方式，對自身和對他人說話和處事，過一種「正常」的或「合法」的生活。所以，真理，從本質上說，就是西方社會的主體性的基本規則，使每個人以它作判準，對自身進行自我規訓和自我薰陶，把自己訓練成為符合整個社會所需要的「主體」，同時，也以此衡量他人的「主體性」。長期以來，西方社會透過形塑符合特定規則的個人主體，建構起特定的社會秩序，試圖透過個人主體與社會秩序的和諧，建立一個「合理的」社會制度。

　　根據傅科的分析，要成為真正符合標準的主體，主要是使自己成為合格的「說話

的主體」、「勞動的主體」和「生活的主體」（Foucault, 1966）。在這三大方面的主
體中，「說話的主體」是根本性的。在西方文化史和思想史上，語言始終是佔據優勢
和首要地位的因素。柏拉圖，作為西方思想模式的奠基者，很早就論證了說話及「邏
格斯」的一致性，奠定了西方語音中心主義、邏輯中心主義和理性主義的基礎。從此
以後，在西方，要成為「正常的人」、「正當的人」或「有道德的人」，就首先必須
學會「正當地說話」，學會「按規矩說話」。

所以，真理遊戲的首要目標，就是訓練每個人學會以主體身分「正確地」說話。
用傅科本人的話來說，就是「關於主體依據什麼樣的規則才能對某些事物說出真或假
的問題」。所以，**真理就是對面臨的客體（包括他人和他物）說出正確的話語（判
斷）、而人為地編造出來的一系列遊戲規則系統；其用意，是規定每個人，一方面，
明確依據遊戲規則確定和認識自己的說話對象和認知對象，另一方面，同時也按照這
個遊戲規則，首先使自己成為一個有資格說出真判斷的認識主體。因此，所謂真理問
題，實際上，首先就是關於一個可能的的主體辨認和說出真理的遊戲規則；而其中的
關鍵，是真理同主體的相互關係。**正因為這樣，傅科的真理遊戲概念，主要是在他探
究真理與主體的相互關係時提出來的（Foucault, 1994: III, 105; IV,632-635;708-709;
707-719;724-725）。

2.傅科揭露真理遊戲的不同重點

為了揭示西方真理遊戲的實質，傅科在 1976 年以前，主要是環繞著通行於西方
社會的強制性實踐（des pratiques coercitives）和科學理論論述兩大方面的問題，進行
知識考古學、權力和道德系譜學的三重交叉批判活動。如前所述，在傅科看來，任何
現代知識論述（discours），都具有兩方面的結構、功能和機制，即一方面作為知識和
認知活動的成果，具有其自身的邏輯和特徵，另一方面作為在特定社會權力關係下產
生、形成和運作的論述體系，包含了特定的意志、實踐策略和操作規範。因此，現代
社會的知識論述，自然地又是強制性實踐的規範或法規。所以，強制性實踐和科學知
識論述，不但是相互交結的複雜關係，而且也是相互依靠和相互滲透的行動規範。在
『強制性實踐』方面，傅科集中地揭露了精神病治療和監獄關押活動中的主體化和客
體化策略（Foucault, 1961a; 1963a; 1972a; 1975; 2003）；而有關科學理論論述方面，
傅科則集中批判了以塑造「勞動的人」、「說話的人」和「活著的人」為基本目標的

政治經濟學、語言學和生物學三大學科的論述形式和策略（Foucault, 1966）。在上述強制性實踐和科學理論論述的批判中，傅科始終堅持從知識、權力和道德的三重交錯關係的觀點，揭示真理遊戲的真正內容。

但是，從 1976 年到 1984 年期間，傅科又進一步從「自身的實踐」或「自身的技術」的角度，將他自己以往對於真理遊戲的考古學和系譜學批判，提升到新的高度。也就是說，在 1976 年以前，傅科所探索的真理遊戲，是集中環繞精神病、說話、勞動、犯罪等課題，而 1976 年之後，則轉向「性」、慾望和自身的技術。正如傅科自己在他的《性史》第一卷所說，他在「性史」和「自身的實踐」的研究中所要集中探索的是「人類究竟通過什麼樣的真理遊戲而終於認識到自己是慾望的人」（à travers quels jeux de vérité l'être humain s'est reconnu comme homme de désir）；「每個人又通過什麼樣的實踐，將注意力轉向他們自身，……並招認自己就是慾望的主體」（s'avouer comme sujets de désir）。

傅科對於真理遊戲的批判方法和重點的轉變，意味著他在晚期的研究，更致力於探索西方人自身認識自己、關心自己和改造自己的過程和策略。用傅科自己的話來說，就是探索西方人究竟怎樣對自身的存在、生活、作為和思想以及對自己所生活的周在世界，進行一種「成問題化」（problématiser）的反思和自我實踐。這就表明，傅科是在經歷了一系列對於真理遊戲的批判之後，才更清楚地意識到從真理遊戲通向生存美學的必要性。

西方人對其自身的身分、社會地位以及主體化過程的認識和實踐，也就是說，對自身同他人、社會和自然的相互關係的模式的認識和建構，經歷了古代和近代兩大歷史時期的重大轉變。在兩大時期中，關鍵的問題或轉變的主軸，始終是自身同真理的關係。但在前後兩大時期，西方人自身同真理的關係表現為兩種根本不同的模式。根據傅科的研究，在古代，西方哲學家認為，每個人，在其自身經歷一番長期嚴謹而艱苦的自身薰陶和自我教化以前，在進行「自身的實踐」、並使自身的精神層面提升到崇高的審美境界以前，是沒有資格作為「主體」而同真理發生任何關係。與此相反，自笛卡兒之後的近代相反人，則認為人人都先天地或自然地可以作為主體而進入真理的王國。所以，傅科在其考古學和系譜學研究的前期，主要集中揭示近代真理遊戲過程中，權力和道德策略對於主體化的宰制；而在傅科研究性史和生存美學的後期，傅科的研究重點是古代的真理遊戲中的「自身的實踐」以及與此相關生存美學。

3.真理遊戲的宏觀及微觀結構

　　傅科對於真理遊戲的研究和分析，並沒有停留在宏觀的一般性層面上，而是進一步從局部和具體的微觀細節，更深入地揭示真理遊戲上演過程中的各個局部和段落結構及其多樣化的不同運作機制。從西方一般歷史和文化史的角度來看，真理遊戲是連續循環上演的大型歷史劇，是西方社會發展史的真正靈魂；但就真理遊戲的內容和形式而言，它在上演過程中，總是包含複雜的「子遊戲」或「次遊戲」，使它的上演，同時地穿插著無數驚心動魄的曲折劇情。傅科有時將這些不同的「子遊戲」稱為「地域性」或「局部性」遊戲（le jeu localisé ou le jeu partiel）。分析這些「子遊戲」的各個細節，揭露它們的運作規則，是分析整體真理遊戲宏觀運作機制的關鍵。傅科主張深入分析和揭示這些地域性和局部性「子遊戲」的微觀結構及其運作機制，以便更具體深入地瞭解真理遊戲的實質。

　　構成真理遊戲宏觀歷史劇的各個「子遊戲」和「次遊戲」，在不同的歷史時代是不同的。但這些子遊戲和次遊戲的性質及其基本內容，是有一定的類似性，並相互關聯。根據傅科的說法，在真理遊戲中所穿插的子遊戲和次遊戲，主要是「權力—規範（pouvoir-norme）遊戲」（Foucault, 1994: III, 75）、「權力—法律—真理三角（le triangle des pouvoir-droit-vérité）遊戲」（Foucault, 1994: III, 175）、「權力—真理—快感（pouvoir-vérité-plaisir）遊戲」（Foucault, 1994: III, 104）以及「權力—知識（pouvoir-savoir）遊戲」（Foucault, 1994: III, 160; 1994: IV, 717-719）等。傅科在不同時期，往往以不同的寫作風格和主題，深入分析這些子遊戲的內容和運作機制及其同整體真理遊戲的關係。由於精神治療學這門學科中的真理遊戲具有特別典型的意義，所以，傅科不但在六○年代反覆探討了精神治療學的論述特徵及其強制性實踐的策略（Foucault, 1961a; 1962; 1963a; 1963b），而且還在 1973 至 1974 年，在法蘭西學院的課程中，特地安排關於講授「精神治療學的權力」的專門題目，更深入地分析精神治療學這門典型的現代知識論述的權力機制。傅科特別指出，在《古典時期精神病的歷史》中，他只是揭露將精神病人從正常人社群排斥出去的「區分」（或「區隔」）機制，而且，當時的分析還侷限在十九世紀初以前的現代醫療制度的範圍內。但是，在 1973 至 1974 年的新講稿中，傅科進一步揭示了作為「權力／知識」雙重交叉結構的精神治療學及其實踐制度的建構過程。因此，傅科在 1973 至 1974 年的講稿中，具體

地分析了從畢奈爾（Philippe Pinel, 1745–1826）到沙柯（Jean-Martin Charcot, 1825–1893）的精神治療法規、制度、機構、監督以及懲治的策略。通過這場研究，傅科認為：精神治療學的形成，以其說是精神病研究知識的成長結果，不如說是現代社會一系列懲治、規訓、宰制以及控制的權力機構和制度得到進一步膨脹的標誌；對於「瘋子」的管束所需要的規範、制度、機構及相應的運作策略，只不過是整個現代社會規訓權力裝置（dispositifs du pouvoir disciplinaire）的一個重要實踐領域而已（Foucault, 2003）。傅科認為，研究真理遊戲也好，權力也好，知識也好，道德也好，都必須一方面從總體上揭露它們的遊戲性和虛假性，另一方面又要從它們的各個具體構成因素，從它們在各個地區、地域和層次的微觀部分中，分析它們的細微表現形態。正因為這樣，傅科揭露知識、權力和道德的性質時，總是一方面從大的面向揭示其實質，另一方面又結合精神病治療學、精神病診療所、監獄、性的具體領域，深入揭露它們的實際表現形態。正如傅科所一再指出的，權力、知識及真理遊戲的內在本質，只有在它們同各個實際活動的關係中，才能被徹底揭露出來。

4.真理遊戲中的主體化和客體化

真理（la vérité）和**主體**（le sujet）是西方思想和文化史上最主要的兩個概念，而且，也是建構整個西方傳統思想、理論和社會制度的基礎範疇。這兩個範疇及其相互關係，導演了整個西方社會史、文化史和思想史的進程，也決定了西方每個人在社會文化生活中的地位和命運。傅科尖銳地指出，整個西方傳統思想和文化，特別是自近代資產階級革命成功而建構起現代資本主義社會制度以來，實際上一直上演和玩弄這場環繞著真理與主體的相互關係的「真理遊戲」，以建構特定的知識為基礎，使每個人都不知不覺地被捲入、並被操縱，以致使每個人在一場又一場的真理遊戲中，一方面自以為自身取得了主體地位，相對於自己所面臨的客體對象，成為了說話、勞動和生活的主體，獲得了個人自由；另一方面又使得自己淪落成為自身和他人的客體，成為了知識、權力運作和道德倫理行為的對象。所以，真理遊戲的要害，就是把整個社會的人，都被趕入真理遊戲的漩渦之中，並使其中的每個人，在追求人為的、因而是虛假的真理的競爭和鬥爭的過程中，都誤認自己真的成為個人和社會的合理化進程的主體，殊不知自己也成為了認識、權力和道德的掠取和控制對象。在傅科看來，真理遊戲的主要策略，就是使參與到真理遊戲中的每個人，都在自我陶醉於自身的主體化

（subjectivation）的同時，都忽略了被自身與被他人宰制的過程，忽略了認識、權力和道德活動對於自身的客體化（objectivation）過程。

1982 年，魏斯曼（Denis Huisman）應法蘭西大學出版社之邀，負責主編《哲學家辭典》（Dictionnaire des philosophes）時，曾委託傅科的秘書弗朗斯瓦‧瓦爾德撰寫一篇論述傅科的短文。後來，實際上並不是弗朗斯瓦‧瓦爾德，而是由傅科本人撰寫這篇短文，並被編入了該辭典中。在這篇短文中，傅科以莫里斯‧弗洛朗斯（Maurice Florence）的筆名，概述了他自己的基本思想，強調他所關心的，是一種類似、但又不同於康德的「思想批判史」（histoire critique de la pensée）的研究工作，其基本目標是揭示「真理遊戲」。他說：他的思想批判史，不同於傳統的思想史和觀念史，主要是揭示：「作為一種可能的知識的建構因素，主體與客體的某種特定關係，究竟是在什麼條件下形成和發生變化？問題並不在於確定對於某種客體的關係的形式條件，也不在於分析在特定時刻內一般主體有可能認識已經在現實中存在的一個客體的經驗條件。問題是在於確定：對於一個主體而言，為了能夠成為這種或那種類型的知識的正當的主體（le sujet légitime），究竟應該從屬於什麼條件？它在實際生活或想像中，應該具有什麼樣的身分和地位？簡言之，就是要確定它的主體化的模式（mode de subjectivation）。……但問題同時也要確定：對於一個可能的認識而言，哪些事物以什麼樣的條件，才能成為客體？這些事物，又以什麼樣的『成問題化』（problématisation）的程式，才有可能成為認識的客體？……因此，問題也涉及到它的客體化的模式（mode d'objectivation），而這種客體化程式，如同主體化的程式，對於不同的知識，是完全不一樣的。……這個客體化和主體化並非相互獨立的；正是它們的相互發展以及它們的相互聯繫，才產生了真理遊戲」（Foucault, 1994: IV, 632）。這是傅科為真理遊戲所下的最清楚和最完整的定義。在這個完整的真理遊戲定義中，傅科強調遊戲中主體化與客體化過程的相互關聯性及其相互制約性。也就是說，真理遊戲中的主體化過程，是一點也離不開客體化過程；而主體化過程本身，同時又是一種客體化過程。

整個真理遊戲把社會中的每個人，依據他們在主體化和客體化過程中的實際地位和實力，分割成不同的社會階層和階級，遭受不同的社會命運。也正是這種真理遊戲，使現代社會中的「我們自身」，處在目前的充滿弔詭、矛盾和危機的「現狀」之中。關心、並不滿於「我們自身的現狀」的傅科，為了尋找「另類」的可能的現狀，

把揭示真理遊戲中的主體化和客體化過程，當成最重要的研究任務。

　　為了凸顯研究真理遊戲的必要性和重要性，傅科在 1984 年臨死前五個月同貝克等人（H. Becker, R. Fornet-Betancourt, A. Gomez-Mueller）的對話中，一再地從各個面向論述真理遊戲概念的內容、意義及其研究形態。

　　在這個基本思想的指導下，從二十世紀六〇年代到七〇年代，傅科說他一直堅持研究主體與真理遊戲的關係，先是研究在精神治療學和監獄中的強制性實踐（des pratiques coercitives），然後又研究在財富分析、語言學和生物學中的理論或科學形式，最後，他又在法蘭西學院的課程中，系統地探討在自身的實踐中的真理遊戲形式。「我的問題始終都是主體與真理的關係問題。我的問題曾經是這樣的：精神病是怎樣地，例如，從某一個特定時刻起，被人們當成了問題來研究？它們接著又如何根據一定數量的程式，被當成某種醫學診療的對象？那些瘋癲的主體，又怎樣依據醫學知識或模式，被置於真理遊戲之中？在做這種分析時，我發現：與差不多六〇年代初那個時期人們所習慣做的相反，不是簡單地談論意識形態，就可以弄清這些現象。事實上，將我引導到比意識形態問題更重要得多的權力機構問題的，就是實踐，主要是從十七世紀初開始發展起來的大規模關押瘋癲的主體的實踐；而且，也正是這個實踐，後來又成為把瘋癲的主體納入真理遊戲之中的基本條件。正因為這樣，才促使我提出知識與權力的問題（le problème savoir/pouvoir），雖然這個問題並非我的基本問題，但在我看來，它卻是一個用來分析主體與真理遊戲的關係的最正確的永久性工具（un instrument permanent）」（Foucault, 1994: IV, 717-719）。

　　由此可見，真理遊戲的核心，就是主體與這場遊戲的相互關係問題；而其中，最關鍵的，是知識與權力的相互關係。所以，不難理解，為什麼傅科的最初考古學研究，是從探討精神治療學中「知識與權力的關係」問題入手，集中揭露其中的主體化過程。

5. 探索真理遊戲的歷史方法

　　在西方，實現主體化和客體化的雙重過程，經歷了漫長的歷史準備與演變。雖然傅科所感興趣的，是當代社會中的主體化和客體化的整體運作及其在現實的社會生活中的具體微觀程式，但為了徹底揭示這個複雜的歷史過程，特別是它在當代社會的特殊表現形式，傅科仍然堅持進行徹底的歷史考察，並以特殊的方法確保他的歷史研究

的順利實現。換言之，這是一項複雜的歷史探索任務，它必須配備和執行一整套有效的歷史研究方法。考古學就是傅科從一開始所採納的一種歷史研究方法，而系譜學則是更接近尼采所理解的歷史批判方法。

就其理論和方法論意義而言，考古學和系譜學一樣，原本是屬於歷史的考察方法。而且，傅科本人既是哲學家和思想家，又是歷史學家。但他不是一般的和普通的哲學家和思想家，又不是嚴格意義的歷史學家。他的考古學和系譜學，完全不同於傳統的歷史研究方法。透過考古學和系譜學所考察的歷史過程，是重建歷史事件本身在某一個特定時段的「冒現」（émergence）或「噴發漲溢」（irruption）的過程。考古學和系譜學所感興趣的，是事件冒現過程中的整個關係網絡及其關聯機制，展現出冒現過程的自然面貌。為此，考古學和系譜學勢必將歷史切割成一個又一個具體的段落和片斷，然後全面地揭示該歷史階段中所發生的特定歷史事件，並以該歷史事件為中心，將一切與該歷史事件相關的關鍵因素和實際活動程式再現出來，使被揭示的事件重點，在其同當時一系列社會因素的關聯中活生生地顯露出來。

在他的《知識考古學》中，傅科曾經系統地說明他的考古學歷史研究方法同傳統歷史方法的區別。他強調：以往歷史學都把歷史當成連續的演變過程；不是向上的進步過程，就是下降的倒退趨勢，或者是重複的循環。還有的歷史學家把歷史看成有「規律」的事物總體，試圖把歷史學同自然科學等同起來，並把歷史設想成有「最終目標」或「目的」的完滿化自我實現過程。正因為這樣，傳統的歷史研究方法，總是千方百計地尋求某一個歷史事件的前因後果，總結其因果關係，甚至試圖找到其「最終根源」或所謂的「終極原因」以及「一般歷史規律」等等。所有這一切，顯然，是傳統形上學的思維模式在歷史研究中的表現。與所有這一切相反，傅科的考古學，只是注意發生歷史事件的當時實際狀況，集中分析歷史事件發生時的一切因素及其相互關係，並把它們當成動態的和相互關聯的網絡（Foucault, 1969）。在傅科看來，歷史並不是一個連續過程的整體結構，而是斷裂的、不連續的和中斷的各種事件的重疊和交錯。傅科指出：由於考古學和系譜學方法的出現，「舊有的歷史問題（例如，「在中斷的事件之間，究竟存在著什麼樣的聯繫？」），從今以後，被一系列困難的發問遊戲所代替：究竟應該以什麼樣的層面，將這些事件與那些事件之間割裂開來？對於各個事件，應該採用什麼類型的歷史分期標準？究竟以什麼樣的關係去描述這些一個一個的事件？（Foucault, 1994: I, 697）。因此，歷史研究的對象，不是一般的歷史連

續過程，也不是抽象的歷史「總體性」，同樣也不是從歷史實際過程中歸納化約而得出的「因果性」；而是各個歷史事件本身以及這些歷史事件中的關係網絡，並從這些關係網絡中，探索出關鍵的基本因素之間的內在關係，如權力、知識及道德之間的交錯穿插運作過程。他認為，只有把事件當成某一個特定歷史階段或時刻的活生生的關係網絡，才能徹底揭示歷史事件的本來面目，並將歷史還原到它的原來的實際關係中加以分析。任何歷史事件的「冒現」，都是如此盤根錯結地連成一體而突然呈現出來。因此，問題並不在於分析歷史事件發生的前後因果的連續性整體，而在於分析該歷史事件發生時的全部相關因素的共時性相互關係結構及其活動張力網。所以，考古學往往集中描述事件發生時的「冒現」和「噴發漲溢」過程，而對追述和分析事件發生的「根源」不感興趣。傅科把那種追求歷史根源的作法，統統歸結為形上學的「謊言」。

6.真理「內史」與真理「外史」的相互關係

在談到真理的歷史時，傅科區分了兩種不同的真理史：一種是真理的「內史」（histoire interne de la vérité），另一種是真理的「外史」（histoire externe, extérieure, de la vérité）。所謂真理的內史，指的是真理依據其本身的協調規則進行不斷修正的過程；正是在這種真理內史的基礎上，傳統科學史才得以建構起來。與此不同的，是真理外史，它是指在知識真理體系之外的社會中所進行的各種真理遊戲規則的演變史。透過這些遊戲規則，真理才得以在我們的社會中存在、並發生其效用和影響；最明顯的，就是影響著傅科所說的那種「主體化」和「客體化」的過程（Foucault, 1994: II, 540-541）。

傅科所進行的考古學和系譜學批判活動，就是要全面探討真理內史和真理外史，並將它們當成一個整體來進行研究。也就是說，全面揭示傳統的真理內史的遊戲規則，同時也靈活地以傅科自己所設計的真理外史的遊戲規則，對西方思想和文化史上所實現的主體化過程及其策略，進行考古學和系譜學的解構，揭露主體化過程中的權術遊戲性質。

7.尼采歷史觀的貫徹

傅科在論述他的歷史觀時，更直接地把它同尼采的歷史觀聯繫在一起。正如傅科

所指出的，尼采的歷史觀在三個主要方面直接地同柏拉圖的傳統歷史觀相對立。首先，對尼采來說，歷史不是像柏拉圖所標榜的那樣，是在回憶和認識中發生的，而是用來消遣、諷刺和摧毀現實的最好途徑。因此，**系譜學的歷史批判，就是以嘉年華（carnaral）的形式，通過不斷重演各種使用假面具的化裝舞會，將一切偉大的歷史時間，共時地再現出來。系譜學就是嘉年華的狂歡舞會本身。**其次，歷史並不是連續的和傳統的展現過程，而是人們的同一性和標準身分的自我切割和自我摧毀手段。傅科認為，我們並不需要通過歷史的描述，來確認我們的真正身分，因為我們並不需要什麼身分；身分只能給我們套上枷鎖，只能使我們失去真正的人身自由。傅科所希望的，是通過系譜學的批判，把我們自身從傳統所賦予的「正當」身分中解脫出來，使我們成為不受任何約束的自身的主人。第三，歷史不是認識發展的過程，而是真理的犧牲品和破壞者（Foucault, 1994: II, 152-156）。傅科所進行的上述真理史研究方式，就是繼承尼采的歷史研究方法。尼采在探討西方知識史和真理史時，帶諷刺性和批判性地說：「真理誕生的那一天」就是人類歷史上「最帶欺騙性的時刻」（Nietzsche, 1975[1870-1873]: 277）。為了顛覆傳統的知識史和真理史，傅科以上述真理內外史相結合的歷史研究方法，試圖揭示各種所謂真理的虛假性和欺騙性。總之，傅科的系譜學批判，進一步發展了尼采的歷史觀，「將歷史的過往歷程，拖到審判臺面前，用利刃將它的根源切割掉，消除傳統的崇拜，以便將人解放出來，使人真正地找到他自己所希望的認識的根基」（Foucault, 1994: II, 156）。

傅科在談到他的知識考古學、道德系譜學和權力系譜學的時候，特別強調他所探索的「起源」（origine）的性質。他指出，在系譜學中所探索的歷史事件的「起源」，絕不是傳統形上學所堅持的概念。「起源」實際上不只是關係到各種社會事物和現象的「源」，更重要的，是關係到這個「源」如何「起」的問題。他和尼采一樣認為，「起源」是一種「冒現」和「突現」，是一種特殊的事件。這就是他的考古學和系譜學所一向強調的重要問題。把「源」不僅同它的「起」關連起來，而且進一步重點地探討「源」的「起」的具體生動過程，也就是重點地探討「源」的動態起勢過程；把「源」不當成一個純粹靜態的源頭的存在及其結構，而是「源」本身如何在活生生的力量關係網絡中形成、並由此導致一種新的社會生命體的運作。所以，傅科的考古學和系譜學，並不是為了上溯到源頭、然後又從源頭敘述出連續不斷的時間發展系列，而是重點地探索各種社會事件的「源」本身是如何「起」、又如何由「源」的

「起」而導致整個事件的「起動」。不僅如此，而且傅科還將各種社會事件的起源，不歸結為某個特定的、固定不變的歷史結構，而是在不同社會歷史階段中，依據不同力量關係網絡呈現的「斷裂性」（la rupture）的不斷重構過程。

對於傅科來說，正如對於尼采一樣，系譜學在探討社會事件的演變過程時，特別注意到身體（le corps）與歷史的相互交錯及相互滲透。長期以來，理性主義和基督教倫理都將身體視為非理性和非道德的各種因素的儲存所和發源地，因此，真正的歷史研究也把身體排除在外。但傅科認為，任何社會歷史事件的出現和實際影響，都離不開身體這個最重要的場所。身體是任何歷史事件發生所必不可少的場域。當權力試圖控制和駕馭整個社會的資源、人力和組織的時候，它首先所要征服的，就是身體。身體是個人與社會、與自然、與世界發生關係的最重要的中介場域，是連接個人自我同整個社會的必要環節，也是把個人自身同知識論述、權力運作以及社會道德連接在一起的關鍵鏈條，同時又是社會權力競爭中所要直接控制的對象。身體又是個人自身及整個社會的生命再生產的中心支柱和基礎。

因此，系譜學應該能夠揭示：人的身體實際上就是作為社會歷史事件發生的場所而在歷史上演變的。一切社會歷史事件都離不開同人的身體的相互穿梭和相互關連。人的身體本身脫離社會歷史過程而存在；相反，人的身體始終成為社會歷史事件的發生場域。因此，通過系譜學的研究，終將發現：人的身體在歷史上的各種不同的遭遇，就是各種社會歷史事件的見證；在人的身體上面，留下了各種社會歷史事件的縮影和痕跡。身體成為了不折不扣的社會歷史事件的烙印（Foucault, M. 1994: II, 142-143）。在人的身體上面，在人的身體的慾望、感情、挫折…等等的遭遇中，人們可以形象地看到歷史的運作過程及其效果。所以，系譜學作為對於各種重大的社會事件的歷史研究，不是單純地描述過去的歷史過程，不是回溯歷史，也不是確定歷史起源本身，而是在分析社會事件之成為社會事件的整個來龍去脈的時候，同時揭示歷史和身體之間相互滲透和相互轉化，揭示歷史如何滲透到人的身體而逐漸地肢節著和粉碎了身體，把身體侵佔，加以殖民化，使身體扭曲和變形，使身體分化成各種遊戲的工具和對象，成為各種滿足社會歷史需要的手段。正因為這樣，身體成為了系譜學的一個特別重要的研究領域，而傅科的知識考古學與權力及道德系譜學的研究，最終也勢必導致對於身體和性的探索，導致對於性的論述的歷史的探索。在身體與歷史的結合中，當代社會所出現的各種關於性的論述，成為了揭示知識、權力、道德三者相互

結合和相互滲透的最典型的場所。在性的論述中，知識成為了解剖、研究、控制身體的有力手段，而身體則成為知識的對象和客體。同樣的，身體也在關於性的論述中，成為了權力控制、宰制、監視和規訓的對象，而權力則成為宰制身體的可怕力量；與此同時，身體成為道德規訓的對象，成為自身自我壓抑和自我摧殘的對象。系譜學的研究在關於性的論述的分析中，可以說達到了新的深刻程度。所以，傅科最後又把系譜學歸結為關於身體的系譜學以及「關於性的科學」的系譜學（Foucault, M. 1994: III, 104-105）。

8.歷史與政治的批判活動

傅科還認為，歷史和歷史研究以及從事歷史研究的歷史學家，都是同政治、同政治活動密切相關的（Foucualt, M. 1994. Vol. II: 643）。根本就不存在脫離政治的歷史研究。歷史研究如同其他知識的研究一樣，都是緊密地同權力及社會政治力量的較量趨勢相聯繫，只是其聯繫方式和具體途徑，採取了許多曲折和反思的形式罷了。如前所述，既然考古學和系譜學都強調對於歷史事件冒現過程的自然描述，那麼，作為各個歷史階段重要操作力量的政治活動，也就必定成為考古學和系譜學的歷史研究的重要對象。

所以，傅科在許多地方一再地強調，**知識考古學，是一種「本質上歷史的和政治的活動**（une activité essentiellement historico-politique）」（Foucault, 1994: II, 643）。儘管傅科的知識考古學的基本觀念及其貫徹過程，在其研究的不同階段有不同的特點，但其基本精神和基本原則，無非就是對知識進行歷史的和政治的交叉研究，以便把西方知識的形構和擴展過程，納入近代西方社會政治制度的實際運作活動中。

傅科認為，在考察知識的形構和擴展過程時，歷史和政治是相互利用的。他說：「在我看來，歷史可以為政治活動服務，而政治活動反過來也可以為歷史服務，只要歷史學家的任務是在於揭露人的行為舉止、社會條件、生活方式和權力關係的基礎和連續性」（Ibid.）。以歷史和政治的相互交叉、又相互利用的關係為基礎所建構的知識考古學，就是要揭露在人們心中所流傳下來的各種定型的傳統觀念、行為方式和規範的形成和鞏固過程同知識論述的擴散的密切關係，揭露它們的實際歷史效果及其在當代的效用，揭露它們在當代生活條件下的實際運作方式；同時，還要揭露它們同實際的政權體系在權力運作和道德操縱方面的相互配合的狀況。

　　所以，對於傅科來說，知識考古學所要完成的，第一，揭示歷史上所發生過的那些政治事件何以如此持續隱秘地滲透到我們自身之中。第二，在探討上述歷史事件的形成過程的基礎上，揭示這些論述事件隱秘地持續滲透到我們身上的有效性和功利性，同時也揭示這些有效性和功利性對於我們當前實際狀況的實際影響，揭示它們如何實際地繼續影響著我們當前生活的經濟活動領域。第三，揭示具體的政權體系同這些基本的持續隱秘力量之間所保持的實際聯繫（Ibid.: 643-644）。從知識考古學的上述目標來看，傅科並不打算隱蔽他的研究目的；他甚至進一步更直接地說，他的知識考古學不是為了單純地重建過去與現在之間的似是而非的關係，而是為當前的實際鬥爭活動服務，為了實現一種政治和歷史的企圖（une tentative historico-politique），是為了更好地確定當前的實際鬥爭策略的戰術鬥爭目標。所以，**知識考古學又是「一種批判的機器」**（une machine critique），這部批判的機器，時時處處揭示權力關係的問題，也是一部賦有解放功能的機器（une machine qui a une fonction libératrice）（Ibid.: 644）。

　　作為一種歷史的和政治的批判機器，知識考古學並不是單純為了寫出這樣或那樣的書本和文章，也不歸結為說出什麼樣的結論性話語。傅科指出，考古學是理論和實踐相結合的活動。因此，反過來，為了實現它的基本目標，它當然可以採取書本、文章、談話、論述的形式，就像它也可以採取譜寫一首音樂曲子、描繪一幅圖畫以及進行一種政治活動一樣。總之，只要符合考古學的上述方法原則，只要使它表現為真正的歷史和政治的批判活動，它可以不拘形式和手段（Ibid.）。

　　總之，**傅科的系譜學，是以「交響樂伴奏演出的嘉年華」形式而活靈活現地重演的歷史本身**（l'histoire comme carnaval concerté）（Foucault, M. 1994: II, 153），其目的在於揭露社會歷史發展中，權力、道德同知識之間，在現實關係網絡中的相互穿梭和相互滲透及其在主體性建構中所實行的基本策略。正因為考古學和系譜學都是某種特殊的歷史探究方法，所以，傅科又把他的考古學和系譜學的研究主題，稱為「關於我們自身的歷史存在論」（Foucault, 1994: IV, 571-575）。而從另一個角度來看，考古學和系譜學的歷史研究，主要是注重於揭露和分析與各個歷史事件相關的歷史檔案。正因為這樣，傅科又強調：他的考古學和系譜學，是一種描述檔案的歷史方法，是對於以檔案形式而存在的歷史的研究（Foucault, 1994: I, 595）。

　　歷史，包括知識史，並不是如同傳統歷史學家所標榜的那樣，似乎與提出歷史論

述的歷史學家無關的「客觀的歷史過程」的「敘述」結果。**歷史，對於傅科來說，無**
非就是生活於特定社會文化條件下的歷史學家同整個社會的各種力量進行權力運作所
產生出來的一種論述體系罷了。而作為論述的歷史，同其他論述一樣，是必須在「考
古學」和「系譜學」的批判過程中，才能真正揭示其社會功能。因此，在知識的上述
歷史研究中，傅科特別注意知識的形成和擴散同社會政治制度的建構及其正當化過程
的密切關係，特別是注意到知識領域中的科學論述的創造者同社會政治活動領域中控
制政治權力及其運作程式的統治者之間的密切關係，並把這種密切關係，具體地體現
於兩者間在知識論述擴散和權力運作的策略方面的相互勾結。所以，研究知識論述的
過程，就是揭示現代社會運用知識論述塑造主體性的過程，就是揭露社會統治階級利
用知識論述宰制和操縱整個社會權力結構的過程。

　　從《古典時期的精神病的歷史》的寫作開始，傅科就全面地運用他所創造的考古
學歷史研究方法。在當時，至少直到 1970 年為止，傅科都把考古學當成唯一最有效
的歷史研究方法。到了六〇年代末和七〇年代初，傅科進一步意識到考古學同尼采所
提倡的系譜學方法的一致性。所以，傅科在 1970 年所寫的《尼采、系譜學和歷史》
一文中，明確強調他的考古學實際上就是一種系譜學研究方法（Foucault, 1994: II,
136-139）；兩者都是某種特殊的歷史研究方法。從那以後，傅科就把系譜學與考古學
並用，並逐漸地重用系譜學。七〇年代末，傅科在他的一次談話中更明確地宣稱：考
古學是他早期經常使用的概念，後來已經不再使用了。八〇年代初，當傅科總結他所
運用過的研究方法時指出，就整體而言，考古學是他用以揭示我們自身的現狀的有效
方法，系譜學，就其揭露現代知識與社會權力運作的內在交錯關係而言，則是研究的
目的；兩者都是進行歷史研究的互為補充的手段和策略。傅科的說明，再次表現了考
古學和系譜學在他的學術生涯中的重要意義。

　　傅科在他的考古學和系譜學研究中所提出的歷史問題，使我們不得不重新反思歷
史學的最基本問題。面對歷史，我們究竟應該如何發揮記憶能力？我們應該如何從紀
念歷史事件中獲得應有的教訓？如何正確地處理歷史與現實的關係？尼采為了批判傳
統歷史觀，曾經強調「忘卻」的重要性。他認為，人們應該學會「忘卻」，而不應該
像柏拉圖那樣過多地強調「記憶」。尼采曾經認為，傳統思想家正是濫用「記憶」，
以便達到約束人們循規蹈矩的目的。但是，現代文明的發展又走向另一個極端，以致
現代人只強調「忘卻」，不再重視任何歷史教訓，無視人類文明本身的精華，導致社

會秩序的紊亂和責任心的徹底喪失。面對現代文明的爆炸性發展，值得思想家和歷史學家認真反思的，正是如何正確對待「記憶」和「忘卻」的相互關係。李克爾在這方面的思考是深刻而有意義的。他說：「令人憂慮的是，人們往往陷入種種精神困擾，以致不是在這個問題上過多地留下記憶，就是在那個問題上過多地忘卻了什麼，導致人們濫用記憶和忘卻本身，卻對那些真正值得紀念的重要事件，保持莫明其妙的緘默和毫無興趣」（Ricoeur, 2000）。傅科所提出的歷史研究態度，確實為我們敲起了歷史的警鐘。面對歷史和現實，既不要濫用記憶，過多地回憶那些歷史的傷痕，使自身無法從歷史的陷阱中脫身；也不要過多地忘卻，忽略歷史的必要教訓。

從康德的考古學到尼采的系譜學

　　「考古學」原來是由康德首先使用到哲學領域的。康德在他的發表於 1790 年的《判斷力批判》的〈目的論判斷功能批判〉的部分中，試圖系統地將考古學搬用到哲學中。在這部書的第 80 節中，康德探討「自然考古學家」的任務。他指出，當說明一件作為自然目的的事物時，自然界的機械原則必須從屬於目的論的原則。自然考古學家的這一任務，是康德在討論目的論判斷功能的方法論時提出來的；而它又是在探討「目的論判斷功能的辯證法」（參看康德《判斷力批判》第 69 至 78 節）之後提出來的。按照康德的說法，自然考古學的任務，就是根據一切已經認識到或假設的自然機械論的原則，使屬於自然大家庭的一切生物，按照它們從起源到演變的各個過程的蹤跡，原原本本地呈現出來。所以，自然考古學的基本要求，就是將機械論原則和目的論結合起來，以便說明一切自然事物之所以存在的自然目的。康德要求自然考古學必須嚴格遵照反思的原則，闡明一切自然事物都是以其目的論起源為基礎而發展的（Kant, 1902: Bd. V）。同樣地，康德寫於 1793 年、而發表在 1804 年的一篇題為〈德國形上學自萊布尼茲和沃爾夫之後的實際進步究竟是什麼？〉的論文中，使用了「考古學」的概念。康德說：「哲學的一種哲學史，它本身之所以可能，並不是由於歷史的和經驗的，而是因為理性的，也就是說，是由於先天的。這是因為它所呈現的理性事實，並不是借助於歷史的敘述，而是來自作為哲學考古學的人類理性的本質本身」（Kant, 1942, XX: 341）。傅科認為，康德使用「考古學」概念，是為了以它指謂「某種特定思想形式之成為必然性的歷史（l'histoire de ce qui rend necéssaire une certaine forme de pensée）」（Foucault, 1994: II, 221）。康德的考古學概念，不管是前一種，還

是後一種，都強調其與形上學本體論的緊密關係，而且還把它歸結為人類理性的「先天」本性的一部分。傅科在使用這個概念時，明顯地從根本上改造了原有的內涵和性質。

　　系譜學（généalogie）是尼采在其對於傳統道德進行徹底批判時所採用的方法。尼采在辭去巴塞爾大學教授職務八年之後（1887），發表過《道德系譜學》；接著，他又接連發表《反基督》和《瓦格納事件》等重要著作，將其對於西方傳統基督教道德的批判更深入和更徹底地進行。他對於社會道德的不滿，使他的病情迅速惡化，致使他於 1889 年患精神分裂症，並於次年去世。尼采的《道德系譜學》是他臨死前最重要的著作，可以說就是他未竟大作《權力意志：對一切價值的重估》的「序言」。值得注意的是，尼采完全不同於傳統西方道德論原則，反對以理性作為道德規範和原則的基礎，主張以人性中最自然的感情、慾望、心理，甚至病理因素，結合社會和自然環境的具體條件，探索和揭示道德的原始動力及其基礎。而且，尼采對於道德的歷史研究，並不是像傳統形上學那樣去尋求道德的「終極根源」或「始基」，也不是尋求建構道德基礎的超歷史的「永恆價值」或理想的「意義」。尼采所要探索的，是道德之與人的實際生活需要密不可分的自然原因。為此，他揭露了一切傳統思想，特別是基督教，關於道德「合理性」的神話。尼采對於道德的上述系譜學研究，直接地啟發了傅科的道德系譜學和權力系譜學。

　　傅科在講到他的研究方式和策略的時候，曾經直截了當地指出：「我在這些年來所從事的研究，是相互緊密相連的，它並不打算形成一個連貫的系統，也沒有連續性。這是片斷性的研究，最後沒有一個終點，也沒有要進一步繼續做到事情。這是散佈式的研究，甚至是非常重複，經常走回頭路，返回原來的題目和原來的概念」（Foucault, 1997: 5）。正因為這樣，傅科所從事的各項研究，包括他對於精神治療學、監獄、性史等領域的研究，都明顯地呈現出片斷性、重複性、分散性、變動性和無目的性的特徵。這一切，就是系譜學的典範。正如傅科本人所說：「所有這一切，就是踏步走，一點也不向前走。這一切，都是重複的，相互之間毫無關聯。就其實質而言，它就是不停地說同一件事情；甚至也可能什麼也沒有說。這些都相互交錯，雜亂無章，幾乎無法解碼，根本就沒有組織。簡言之，就像人們所說，它是沒完沒了，沒有終結」（Ibid.）。傅科更明確地說：「走到那裡去，並不重要；重要的是，這項研究並不導向任何地方；總之，它並不走向一個確定不變的方向」（Ibid.）。

　　所以，傅科的系譜學，既不是研究系統的知識，同樣也不是尋求權力或道德的「終極根源」或「永恆價值」，而是以重複、分散和反覆無常的策略，把權力和道德，當成一系列鬥爭著的社會力量之間相互拉扯和緊張鬥爭的結果，同時，揭示它們是為這些社會力量的相互拉扯過程服務、並被利用的各種歷史事件的產物（Foucault, M. 1994: II, 140）。正如傅科所說：「系譜學需要歷史，是為了對『起源』的幻影進行詛咒驅魔，就像好的哲學家需要醫生來驅趕心靈的幻影一樣」（Ibid.）。一切關於「起源」的說法，都是靠理性主義者所杜撰出來的因果關係或因果範疇，以及一系列人為設計出來的計謀而「論證」出來的。傳統的各種「起源說」，好像孫悟空頭上的「緊箍咒」一樣，長期以來套在人們頭上，約束著自由思考的進行。所以，傅科寧願以系譜學的突發「冒現」（émergence）概念代替傳統形上學和自然科學的「起源」（origine; Ursprung）。「冒現」一詞，來自尼采所使用的「Entstehung」和「Herkunft」的概念，同時帶有「源起」、「浮現」、「顯露」、「發射」等意思，強調事物總體的驟然呈現，表示各種事物產生的事件性及其整體盤根錯結性。這種整體性，意味著不論在事件整體的「始祖」（la souche）或「來源」（la provenance）方面，都是有其獨特性。傳統的思考方式將歷史事件的起源，僅僅注意到可化約性的因素，排除了一切偶然的、非理性的和不可理解的方面。因此，傳統形上學和自然科學的歸納和演繹方法，在探索歷史事件的源起的時候，或者是以其理想的「始基」當作「終極元素」，或者是以其邏輯法制所允許的範疇，歸納或演繹成一連串同類因素的因果系列，試圖透過邏輯推演偷偷地將歷史事件原有的各種不確定性、偶然性和不可理解性的因素排除在外。針對這種狀況，尼采在他的系譜學中，透過「Entstehung」和「Herkunft」兩個概念，玩弄了各種遊戲活動，以便揭露傳統思考方式的詭計。尼采在他的《快樂的知識》和《在善與惡之外》兩本書中指出，在「始祖」和「源起」的概念推演中，往往經常玩弄「種族」遊戲或「社會類型」的遊戲。但這種關於種族和社會類型的遊戲，並不一定真正地去尋求某個個人或情感的原初的特性；而是為了探索各種交錯複雜的因素，其中包括各種被傳統思想確定為「錯誤」、「非正統」和「不可理諭」的東西。傅科認為，一切「冒現」事件，都是某種力的狀況的產物（l'émergence se produit toujours dans un certain état des forces）（Foucault, 1994: II, 143）。由於冒現過程中始終伴隨著各種力的緊張鬥爭，所以，「冒現」往往是各種力的表現舞臺，是以「跳躍」（le bond）的形態表現出來的（Ibid.: 144）。因此，系譜學應該揭示在力

的交互緊張拉扯的時候所表現出來的各種鬥爭形式以及鬥爭的運動狀況。所以，「冒現」是為了呈現各種力的緊張關係，使之活生生地重演在原本的歷史舞臺上。

探究我們自身現狀的方法和策略

傅科進入巴黎高等師範學院之後，首先思考的基本問題，是整個西方人所處的社會文化條件的現況。他所關懷的，不是個人的出路，也不單純是個人生活的命運和研究興趣，而是關係到當代西方社會的基本現狀的關鍵問題。實際上，傅科不論在任何時候，都一再強調他對「我們自身的現狀」的貫注。用他自己後來所喜歡說的話來講，他要探討的，最主要的，是「我們自身」的思想、言說、生活方式以及行為模式，為什麼和怎樣成為現在這個樣子？「我們自身」的現狀為什麼非如此不可？是否有可能使我們自身處於另一種狀況？為什麼以另一種不同方式進行思想、生活和行為，就被人們指責為「異常」？我們自身的現狀是如何成為「合理的」秩序而如此穩定地「正常」運作？為了回答這些重要問題，他概括說，必須集中探索：「(1)實際運用的合理性的形成（formations des rationalités pratiques）；(2)人們運用於其自身行為（包括運用於自身和運用於他人的行為在內）的知識及技術的產生；(3)他們在力量關係和鬥爭的遊戲中的地位（leur place dans le jeu des rapports de forces et des luttes）」（Foucault, 1994: IV, 19）。他提出這些基本問題的出發點，是對現代西方社會的整個社會制度及文化狀況產生懷疑，表示不滿，同時感受到現存社會制度對於自身自由思想和行動的約束和干預。因此，他試圖揭示造成目前實際狀況的社會運作機制及其歷史條件，試圖尋求「我們自身是否可以不這樣」的「另類」方案。這是對所謂的「現代性」提出懷疑和產生不滿的叛逆態度，也是為「關懷自身」急切尋求「另類」思想和生活方式而喊出的強硬吶喊。他說：「我是從現實的狀況所提出的問題出發，因而才使我試圖從事系譜學的研究。系譜學，對於我來說，就是意味著我是從現在所提出的問題出發來做分析」（Foucault, 1994: IV, 674）。所以，用另一種方式來表達，傅科所探討的基本問題，就是揭示和批判西方的現代社會文化制度的產生及運作機制，重新描述和揭示：生活在現代社會中的「我們自身」之所以如此這般的歷史過程及其真正奧祕；用他晚期所用的概念來說，也就是探索「我們自身的歷史存在論」（l'ontologie historique de nous-mêmes）的根本性問題。所有這一切，就是傅科所說和他所堅持實行的考古學和系譜學。

顯然，傅科的考古學和系譜學的研究方向，直指「現代性」的核心和要害，是向當代西方社會制度及其文化體系發出的勇敢挑戰；其探索進程，有可能從根本上顛覆和摧毀當代西方社會的基本社會制度和文化體系。這是傅科自馬克思、尼采、佛洛依德之後，發揚巴岱和阿爾托等人的叛逆精神，對於佔統治地位的西方傳統思想、道德倫理以及社會制度的基礎，進行刨根究底的挖掘顛覆活動。就是在這種情況下，為了凸顯傅科自己的研究態度和方法的特徵，為了實現同以往一切傳統思想和方法的徹底「斷裂」，傅科將自己的這種繼承尼采的嶄新研究方法，稱為「考古學」（archéologie）和「系譜學」（généalogie）。

考古學和系譜學本來是不可分割的。傅科在其前期，由於重點在於揭示現代知識論述的奧祕，較多地使用考古學的概念；而在他的中期和後期，他把重點轉向滲透於知識與整個社會的權力問題，較多地使用系譜學的方法。其實，兩者都構成他的基本批判和解構方法，在實際運用中，由於側重點有所不同，才凸顯其中的一個方面。

考古學和系譜學，作為傅科研究和探討現代社會基本問題以及「我們自身」的現狀的主要方法，在傅科的實際研究活動中，呈現為非常複雜的形態和形式。在傅科的研究歷程中，知識考古學本身的具體內容和實行程式及其策略，也經歷不斷的變化，直到最後，他才在他的關於「我們自身的歷史存在論」的論述中，明確指出知識考古學的方法論意義。我們可以在傅科有關知識考古學的多種論述中，看出他的思想活動的特徵及其歷史軌跡，有助於全面瞭解傅科的基本精神。

總結自身主體化基本經驗的歷史存在論

正如我們在本章第一節第三小節所已經指出的，作為一位特殊的歷史學家，傅科始終把他的考古學和系譜學當成歷史批判的方法。**傅科的歷史批判（Critique historique），既不是重建以往的歷史，也不是描述歷史的發展過程，而是為改造我們自身的現狀尋求最好的出路，為創建我們自身的藝術式的生活方式和形成自身的美的生活風格鋪平道路。**

所以，對於傅科來說，關心我們自身的現狀，不僅同尋求多種可能的「另類」生活方式完全一致；而且，也同探討及總結我們自身生存的歷史經驗相一致。正如我們所看到的，傅科對自身生存經驗的總結是非常重視的。這不僅是因為傅科對生存經驗有獨特的看法，而且，還因為他認為只有堅持對自身生存經驗進行考古學和系譜學的

歷史研究，才能使我們自身真正擺脫現有的生存方式，將自己的生活，提升成為圍繞著「關懷自身」的、具有美的價值的自由生命運動，從而使我們真正成為能夠掌握自身生存的命運的人。傅科晚期所建構的生存美學，在某種意義上說，就是他總結自身與西方人的生活歷史經驗的最後成果。

我們在第一章第二節已經指出，傅科繼承尼采和巴岱等人的觀點，認為「經驗」是使自身從其歷史和現有狀況中「拔除出去」的唯一有效途徑。對於我們來說，總結自身的生存歷史經驗，是為了使自己不再成為原來的自身；換句話說，總結經驗是為了使自身進行不停頓的自我更新，是為了使舊有的自身在其不斷的死亡中獲得真正的新生。正因為這樣，傅科將他的所有的著作，都當成是關於西方人歷史經驗的系譜學總結，當成是自身進行自我改造和自我更新的書（Foucault, 1994: IV, 47）。

傅科指出，對於西方人來說，總結經驗，主要是總結「我們自身如何成為主體的」；更具體地說，也就是總結我們自身如何成為知識、權力運作以及道德行為的主體和客體。而從傅科的系譜學和生存美學的角度來看，總結自身的經驗，就是為了使自己徹底擺脫傳統思想約束、並使自身成為自己的生活的主人，成為「關懷自身」的生存美學的實踐者。因此，傅科認為，「主體」本來並不是一種「實體」，而只是形式；而且，這種作為形式的主體，是伴隨著西方社會各種社會制度的建構以及各種意識形態的運作，特別是現代社會中的知識論、道德論和權力統治形式的建構，而形成和鞏固起來。所以，他說：「主體並不是實體。它只是形式，而且，它根本不是、也始終不是等同於它本身」（Foucault, 1994: IV, 718）。

所以，傅科在知識考古學中所關心的重點，首先是西方人如何處理他們自己的基本經驗的主要方式。在他看來，在西方社會中，在古希臘和古羅馬時期，西方人的基本經驗，就是環繞著「關懷自身」，不斷總結自己對待自身以及對待他人的關係，這樣經驗，被稱為「自身的技術」（techniques de soi）。但從十七世紀以來，西方人理解和處理自己生活經驗的方式發生了根本的變化；而這個變化的特點，就是西方人把總結自己的生活經驗，看作是對某個對象領域進行認知的過程。就是在從事這種認知過程的時候，西方人一方面把握其認知的對象，另一方面又把其自身建構成具有固定和確定的身分地位的主體。在這裡，體現了西方文化中將認識論列為首位的特點，也顯示出西方現代知識論的真正的社會功能，即透過知識的生產與再生產，透過知識的傳播和教育，達到促使每個人實現主體化的過程。也正因為這樣，考察西方社會和文

化的一切活動，都脫離不開對於認知活動的解構。但是，對傅科而言，問題的關鍵就
在於：向來被看作是把握真理的「神聖」的「科學事業」的認知過程，實際上就是在
把握認知對象的性質和規律的同時，作為認知主體的人也旋即被賦予了特定的身分和
地位；或者說，作為認知主體的人，就是在認知過程中被納入到特定的社會關係網絡
之中，從而不知不覺地受到其認知過程所遭遇的各種相關社會勢力的宰治，使人自身
淪為特定社會權力關係中被操縱的因素，也使自己成為知識的對象。

　　在傅科看來，近代資本主義社會和文化，同歷史上各種不同類型的社會和文化制
度一樣，為了實現整個社會制度和文化制度的協調運作及其穩固，都需要把組成社會
基本成員的個人，通過知識論述的生產和再生產機器的運作，訓練成符合該社會正當
化標準的「主體」。也就是說，不管是什麼樣的社會和文化制度，知識論述培養和規
訓個人自身實現主體化的基本機制，就是在這些論述的建構和散播的過程中，知識、
道德和權力三大因素能夠巧妙地相互滲透和配合在一起。正因為這樣，傅科的整個研
究過程，始終都圍繞著知識考古學、權力系譜學和道德系譜學三大領域；而且，所有
的考察和探究，都是探討、並解構那些使西方人同時地建構成主體和客體的歷史過
程。但是，現代資本主義不同於傳統社會和文化制度的地方，就是把個人自由放在首
位，強調個人的主體性，更突出理性知識的作用和力量，強調社會法制和制度的系統
建設；因此，近現代知識往往以「理性」和「科學真理」的基本原則，更巧妙地掩飾
或「軟化」知識論述結構中的權力和道德諸因素的介入，掩飾知識本身總結自身主體
化歷史經驗的實質。

　　針對現代資本主義社會的特徵，傅科在對現代社會的「主體」進行解構時，反覆
地從各個不同的角度，將主體性問題的解構，同對於整個社會文化體系中各種關係網
絡的生命運動結合起來。他在對於主體性進行批判的時候，既考慮到社會統治力量的
明暗結合的操縱和宰制程式及其謀算運疇的變化多端的方略詭計，又對組成社會的各
個領域和各個社會成員的固有生存動力及其策略進行具體分析；他既注意到國家、中
央政權力量、社會整體、各個重要社會機構的強有力的整體性運作功能，又洞察到社
會各個角落、邊沿地區和領域、不同的個人及組成單元的角色、作用及其具體狀況。
所以，在不同的研究階段，他所注重的重點問題及其方法也有所不同：有時，他注重
於探討整體性的社會秩序及其基本運作機制，有時，他更注重於分析局部性和地區性
的權力運作特徵，以便使當代西方社會的各種所謂「合理」和「正當」的性質，無所

遁形地顯示其操縱個人主體的本來面目。

在六〇年代時期，在他的《語詞與事物》中，當傅科分析現代知識的基本模式和基本結構時，曾經突現近代三大類型知識體系：語言學、政治經濟學和生物學。這三大知識體系之所以重要，是因為資本主義社會注重理性和法制，把追求和創造財富當作一種社會道德，強調個人自由和人權，所以，資本主義社會所要培訓的個人主體，實際上就是：⑴懂得按照理性的語法邏輯原則說話；⑵懂得靠理性科學和法制精神進行勞動，創造和積累財富；⑶又能夠以自然科學知識調養和管理自己的生命的『主體』。這就是說，近現代資本主義的發展，為了滿足具有自由身分的個人追求和積累財富的需要，為了協調高度發展的個人自由同整個社會文化制度的矛盾，需要在「說話」、「勞動」和「生活」三大方面建構和訓練新型的「主體」。所以，近現代資本主義社會的發展過程，表面看來是充滿著理性、法制、自由、民主和科學的氣氛，每個人在自我形構和規訓自身成為符合資本主義社會標準的「說話主體」、「勞動主體」和「生活主體」的過程中，似乎都保持著自身的人性尊嚴和基本人權，似乎都享受著最普遍的和最公正的自由平等原則。但在傅科的人文科學考古學的解剖之後，這些「說話主體」、「勞動主體」和「生活主體」，都隨著話語論述建構和散播過程中的知識、道德和權力的相互勾結，而變成為「在沙灘上消失」的虛構的「人」（Foucault, M. 1994: IV, 398）。顯然，現代社會所重視的上述三大類型知識體系，是同培養符合現代社會標準的「說話主體」（le sujet parlant）、「勞動主體」（le sujet travaillant）和「生命主體」（le sujet vivant）的基本目標相一致的（Foucault, M. 1994: IV, 633）。但是，知識、權力和道德，又是現代社會的任何人，面對「自然」、「社會」和「個人自身」三大面向時，所首先必須正確處理的基本問題。所以，在批判現代知識論述建構主體性的基本策略時，傅科經常集中地指向現代知識論述的三大基本目標：塑造「作為認識主體的人」、「作為權力運作主體的人」和「作為道德活動主體的人」。研究以上三大知識的過程，也就是揭露現代人主體化的歷史過程，總結他們的主體化歷史經驗，揭示現代西方人自身，透過知識的生產和再生產而建構主體化的實際經驗。

後來，經歷一番研究和探索之後，傅科在《性史》（Histoire de la sexualité. 1984）序言中指出，他所考察的西方社會中的「性」的問題，是西方人社會生活中的一種特殊的歷史經驗。研究性史，就是「想要把某個知識領域、某種類型的規範性以及某種

對待自身的模式三者，當作相互關連的事物加以處理；這就是說，試圖解析近代西方社會是如何依據人的某種思想行為方式及其複雜經驗而建構起來的；在這種複雜的經驗中，一個知識的場域（連同其概念、理論以及各種學科）、一系列規則總體（這些規則區分著可允許的和被禁止的、自然的和異常的、正常的和病態的、端莊的和不端莊的等等）和個人對於他自身的關係的基本模式（通過這種模式他才能在他人中間自我認定為「性」的主體）相互連貫在一起」（Foucault, M. 1994. Vol. IV: 579）。由此可見，傅科之所以在晚期集中研究性史，就是因為西方人長期以來一直把性經驗當成他們的基本經驗。在西方人的性經驗中，隱含著他們對待自身、對待他人以及對待世界的基本經驗（Foucault, 1976 :21; 51; 109; 136）。

　　傅科在性史研究中所總結的，是他自七〇年代以後所做的一系列實際調查和研究的基本成果；其中，他重點地指出了三大基本問題：知識、規範體系及自身的技術。這三大方面的經驗，成為西方人在社會生活中的主要經驗形態，並以客觀的形式貫穿於西方現代社會的形成和發展過程中。人的主體化及其客體化的雙重過程，就是始終圍繞著知識、規範體系以及自身的技術三大方面。因此，傅科的考古學和系譜學研究，也始終抓住知識、規範體系及自身的技術的主題，分析其中知識論述、權力和道德之間的複雜依存關係。從七〇年代之後，由於他更集中探索了西方監獄制度及其歷史，探討了古希臘、基督教和羅馬拉丁文明中的「自身的技術」，使他對於主體形構中的內在和外在力量的配合及其運作狀態有了更深入的瞭解。他認為，主體形構中，一方面需要整個社會作為外在力量，對每個社會成員，從知識教育、權力運作和道德薰陶三大面向，進行強制性的「監視」、「懲罰」、「規訓」和宰制，另一方面自身還必須作為具有自由意向和創造能力的一種內在力量，也同樣從知識、權力和道德三大層面，進行自我規訓和自我約束，培訓自己實行某種「自身的技術」，貫徹「自身的實踐」，正確處理個人同自然、社會（他人）與個人本身的相互關係。到了七〇年代末和八〇年代初，傅科進一步確立了生存美學的研究方向，使他更明確地把「自身的技術」當成生存美學的核心問題，因而也把「關懷自身」當成我們自身的生活的真正經驗（Foucault, 1994 : IV, 213）。我們將在本書的最後一章更深入探討傅科的生存美學，並將在那裡，進一步指明：「自身的技術」（techmiques de soi）就是「關懷自身」的技巧和技藝，也就是生存美學的核心（Ibid.）。所以，最後，在傅科那裡，總結西方人的基本經驗，通過對於西方人在性的方面的歷史經驗的分析批判，實際上就

是探討生存美學的過程。

因此，傅科的自身歷史存在論，一方面就是要揭示作為現代社會主體的現代人，在社會歷史發展的一定階段，是如何運用現代知識、道德和權力的相互糾結，在使自身建構成現代主體的同時，又能將社會建構成現代的法治社會和規範化的社會。另一方面，總結自身經驗的意義，就在於獲得生存美學的結論，真正地學會把生活當成一種技藝，一種生存藝術，一種具有美的價值的實踐智慧。換句話說，傅科的自身的歷史存在論所探討的主題是「自身」、「知識」、「道德」和「權力」及其相互關係，從中展示主體形成過程中又如何使自身成為了客體，成為權力、知識、道德以及各種規範法制的管制對象；同時，我們自身的歷史存在論，也就是以生存美學的標準，總結西方人在自身的技術方面的經驗，總結西方人從古希臘開始就十分重視的「慾望快感」的歷史經驗，即傅科在他的《性史》中所總結的 aphrodisia（Foucault, 1994: IV, 215-218）。其實，西方社會的奧祕就在於成功地實現了上述歷史過程。在他看來，現代社會的問題，簡單的說，就是一方面，作為「自身」的人如何變成知識的主體、道德的主體和權力的主體；另一方面，變為主體的人又如何成為社會主體的規訓對象、並由此而被剝奪了其人性和個人自由。

傅科的「我們自身的歷史存在論」是在其研究過程中逐漸形成和完成的。隨著知識考古學研究的不斷深入，傅科分析的鋒芒越來越集中到知識與權力的關係上。從最早的精神治療學到六〇年代末在《語詞與事物》中對於人文科學考古學的研究，知識問題從來都無法與權力運作過程及其策略相脫離。正因為這樣，傅科在談到他的「我們自身歷史存在論」是「目的性」時，曾經明確地指出了「系譜學的批判」。

在對於近代社會和近代文化進行考古學和系譜學研究過程中，傅科不但越來越清醒地意識到研究和揭露知識、道德和權力的具體社會運用技巧的重要性，而且也逐漸地發現：無論任何社會和文化制度的建構，不只是單靠社會和文化制度系統從外部對於其社會成員的強制性控制、約束和規訓，而且還要通過社會成員個人，從其自身內部學會和實行某種自我約束、自我教育、自我控制和自我規訓，需要在具體操作過程中學會運用對於自身進行自我控制和自我規訓的技巧，並在實際的生活和社會文化活動中將這些「關於自身的技巧」逐漸熟練和靈活起來。這也就是說，傅科在這裡看到了：任何社會和文化制度的建構和鞏固過程，一方面是靠社會和文化整體及其各個組成部分之間相互關係的互動，特別是貫穿於其中的知識、道德和權力的力量的實際操

作，另一方面，還要靠社會中的每個成員盡可能對於自身進行一種同社會文化力量的
需求相協調的自我約束和自我訓練，特別是將貫穿於社會、並被社會所普遍接受的知
識、道德和權力因素，具體地落實到個人的「關於自身的技巧」的運用之中。這一
切，還涉及到傅科對於社會和文化制度的總觀點，因為在他看來，不論是社會和文化
制度總體結構，還是社會和文化中的任何一個具體構成部分，包括各個社會成員在
內，對於他們進行研究和探討的時候，都不能採用傳統西方思考模式和傳統方法，也
就是拒絕採用符合邏輯中心主義和理性中心主義的二元對立思考模式，也同時拒絕採
用傳統知識論中所慣用的主客體對立模式以及單向性的歷史直線演化論等等。在這種
情況下，研究權力、道德和知識等複雜的社會文化問題，探討監獄和監督的各種制度
問題，都要避免重演單向性的二元對立思考模式和簡單的化約主義；同樣也要避免各
種各樣變相的理性中心主義，避免將設會和文化及其各個組成部分設想成為由某一個
中心或「統治中心」所控制的固定制度結構。正如我們在權力系譜學研究中所看到
的，傅科不將權力看作是單由國家組織中心所決定、並單由國家統治中心向被統治者
發出的單向性力量關係網，他更傾向於將權力看作是社會各種力量的相互關係的緊張
對比結果，也傾向於將權力看作是廣泛和普遍地散佈在社會生活各個領域中的力量網
絡，甚至包括個人的日常生活中的肉體活動網絡。

《愉悅的運用：性史第二卷》和《對自身的關懷：性史第三卷》發表以後，傅科
在一九八四年四月在美國加利福尼亞柏克萊大學接見美國人類學家訪問時，曾經明白
地宣示，他當時的理論研究的重點，是關於「我們自身」的問題。他說：「我必須承
認，我所感興趣的，與其是『性』，倒不如是有關自身的技術及諸如此類的問題……
『性』是今人厭煩的」（Foucault, M. 1983: 229）。

傅科的解釋，突出了他的理論研究的重點，並在很大程度上解除了許多只從表面
看問題的人的迷惘。實際上，通觀傅科的著作，特別是七〇年代中期以後的著作，貫
穿於其中的中心論題，始終是關於「自身」的問題，並把「自身如何成為主體」的問
題同此前對於知識、道德和權力的研究連結在一起，使關於自身的問題，變成為研究
整個西方社會和文化「如何建構」和「如何可能」的總問題的一個重要部分。

從另一方面來說，傅科的考古學和系譜學研究，本來就是探討「現代性如何可
能」的問題；而這個問題，在傅科看來，又是同西方社會和文化如何可能、如何實際
運作以及如何發生其社會歷史效用等問題密切相關。關於「我們自身」的問題，是貫

穿西方傳統文化的重大問題。所以，關於『我們自身』的問題，也就是關於現代社會的歷史命運的問題，關於現代社會形成及實際運作的基本機制問題。正因為這樣，關於我們自身的問題的探討，實際上是同對於知識、道德和權力的實際操作技術問題的探討聯繫在一起的；或者，更確切地說，上述兩大類型的問題，都是尋求回答「西方社會和西方文化如何可能」和「現代性如何可能」的兩個相輔相成的探討途徑。沒有一個社會和文化制度，不是靠社會和文化整體範圍內各種因素之間的鬥爭和協調；但是，同樣的，也沒有任何一個社會和文化，不是靠組成和接受該社會和文化的個人，通過其自身向內和向外兩個方向的「文明化」和努力過程而存在和發展。正如傅科的親密朋友德勒茲所指出的，近代社會的個人，為了能使自身生活得好，就要不斷地進行某種「向內折」和「向外折」的思考活動（Deleuze, G. 1986; 1988; 1990）。「向內折」和「向外折」的思考活動，是每個社會成員處理其個人自身同社會的關係的一個必要條件。如前所述，傅科在其一生的後結構主義學術生涯中，前半段幾乎將研究重點放在社會範圍內的知識、道德和權力的實際操作過程，而後半段則是轉向研究個人自身向內和向外兩個方向的主體化過程。傅科越到晚期，越重視個人自身的問題，因為他認為「現代性如何可能」的問題，對於高度重視個人自由民主的現代性來說，如果沒有生活於社會中的個人自身根據整個社會的要求而實現主體化的話，是根本無法解決的，也是無從探討的。在現代性的建構過程中，知識通過論述形式而同道德和權力相互滲透，影響著現代主體的形成。翻閱現代性自文藝復興和啟蒙運動以來的歷史，可以看出現代主義的建構是在書寫文字同關於自身的敘述的相互關係中進行的。也就是說，現代性建構的過程凸顯了主體同社會文化制度中的象徵性體系的關係。但是，傅科在研究現代性如何建構的過程中，又進一步發現在西方的社會文化史上，對於自身的論述過程及其技巧，可以一直上述到古希臘和中世紀基督教教會統治時期。整個西方文化史始終所堆積成種種文字檔案的書寫論述文獻，都是以這樣或那樣的形式同關於自身的問題密切相關。也就是說，西方所有的書寫文化，不管談論什麼問題，也不管採取什麼樣的體裁，都是在敘述有關「自身」如何成為一個「人」，也就是成為一個主體化的人。不同的歷史時代和不同的文化背景，使自身成為主體化的人的問題，不論在知識、道德和權力關係的表達形式方面，還是就其與知識、道德和權力的正當化標準的相互關係方面，都有所不同。為此，傅科除了深入分析古希臘時期的自身主體化技術以外，還進一步大量分析基督教統治時期的自身主體化技術，將兩

者的不同歷史特徵和表現型態揭露和分析得淋漓盡致。

在西方文化史的探討中，長期以來之所以未能深入分析關於自身的問題，是因為傳統思想家和文化研究者大多數都將注意力轉向自身問題以外的知識、道德和權力等看得見的社會表面現象。而且，有關自身的各種技術，往往採取隱蔽的形式，掩蓋在大量看得見的生產技術和對於他人的管理技術之下。例如，就是在教育制度和機構中，人們首先看到的是如何教導他人去學習知識、順從道德和權力，而很少看到教育中對於支配和約束自身的方面。所以，一談到教育，人們就寧願把它歸類於統治和支配他人的技術，而不是歸類於統治和支配自身的技術。

實際上，任何社會，特別是西方社會，其制度和文化的建構及其運作，在很大程度上始終都同哈伯瑪斯所說的三種類型的技術的運用密切相關的（Habermas, J. 1991 [1968]; 1988[1963]; 1974[1968]）。這三種技術分別是關於生產的技術、關於意義或溝通的技術以及關於統治的技術。第一種技術使人們有可能生產、改變和支配各種事物；第二種技術使人們有可能使用和控制各種符號象徵系統；第三種技術使人們有可能決定每個人的行動方式、規定行動者某些行動目標或目的。但是，除了上述三大類型的技術以外，實際上還存在一種長期為人們所忽視的第四種類型的技術，這就是傅科所說的關於自身的技術。這第四類型的技術，在某種意義上說，比上述三種技術更加重要，因為它關係到組成社會的各個成員以及接納文化和發展文化的各個主體的思想和行動方式。具體地說，關於自身的技術，實際上使每個個人，有可能通過他們自身所採用的某種運作策略和技巧，去影響和支配他們自身的身體、心靈、思想、行為以及他們對於他人的態度等等。同時，關於自身的技術，也使每個個人有可能在操作上述過程的同時，實現其自身對自身的改造，以便達到其自身某種程度的完滿性、純潔性、幸福和超自然能力的境界。

傅科對於關於自身的技術非常重視，因為他認為它同統治的技術一樣，在西方文化的主體系譜學中具有特別重要的意義。傅科在七○年代集中研究監獄和監禁制度時，已經深刻地看到了關於自身的技術同統治的技術之間的緊密互動關係。在當時的研究中，在監獄和監控機構中所嚴格執行的「規訓」或「紀律」，其實際操作過程和具體程式，實際上都貫穿著關於統治的技術和自身的技術之間的互動。為了更深入地研究上述兩種類型的技術之間的互動關係，在七○年代傅科首先是側重於統治的技術，並從統治的技術出發探討它對於自身的技術的操作的影響。到了七○年代末和

八〇年代他本人逝世以前，傅科的研究重點轉向自身的技術，並從自身的技術出發探討它對統治的技術以及對於政權和道德運作的影響。綜合以上所述，關於自身的技術，就是從另一個角度所探討的知識論述、道德和權力運作的技術；而關於自身的技術的探討和關於知識論述、道德和權力運作的技術的探討，是對於西方社會和文化制度如何可能的同一探討方向的兩面。傅科在其一生的研究生涯中，雖然依據不同時期的研究重點而有不同的偏向，但總的說來，他很熟練地實現了從上述兩個方面對於西方現代性的雙向創造性研究。

總之，傅科的「我們自身的歷史存在論」，就是要探討西方社會如何實現「主體」的建構以及主體又同時成為知識、權力和道德行為的客體的過程。這個歷史過程顯示，整個的主體化過程，始終包含著主體對於其自身的自我觀察、自我分析、自我撕裂、自我分割、自我認識、自我摧殘、自我約束以及自我管制（Foucault, M. 1994: IV, 633-634）。所以，傅科對於論述的解構，對於知識考古學和權力道德系譜學的研究，都是同對於主體的解構相一致的：其目的，在於探索現代的西方人所實際經歷過的主體建構過程及其同各種論述的創建和擴散過程的內在關係，揭示發生於西方近現代歷史上，各種論述建構和擴散的歷史事件及其與實際社會文化條件的關係，以便徹底認清當代西方人所說的主體性，實際上只是各種論述建構和擴散的一系列歷史事件的產物；而在這些事件中，問題並不在於西方人自身所能夠意識到或認識到的各種事情，而在於當時當地整個社會文化的歷史條件以及在這些歷史條件下各種社會文化勢力的交錯複雜的運作過程及其策略。也就是說，西方人現在的所謂主體性，實際上不是像他們所想像的那樣，似乎可以為他們自己帶來什麼個人自由或基本權利，而是使他們不知不覺地成為現在這樣隨時隨地受到監視和宰制的生活狀況，成為現在這樣不得不按照特定規則和規範來說話、勞動、工作和生活的「主體」。正因為這樣，傅科才強調：所謂具有主體性的「人」，是由近現代人文社會科學通過其論述策略所杜撰出來的，它實際上是沒有實際生命的人，是已經死去的人（Foucault, M. 1966; 1994: IV, 75）。

當然，作為我們自身歷史存在論研究的考古學和系譜學，完全不同於傳統的形上學和本體論。正如傅科的歷史研究方法不同於傳統的歷史研究方法一樣，他的「我們自身歷史存在論」也是與傳統的本體論毫無共同之處。我們將在以下各個章節，進一步看到他的歷史存在論的「非超驗性」及其與批判方法、目的和策略的高度結合。

「在外面」的思考方式

傅科首先拒絕像康德那樣，給予考古學研究以一種先入為主的「意義」。同樣地，他也反對將考古學研究的主題，限定在一定範圍內，使它隸屬於形上學的一個組成部分。傅科認為，考古學的真正意義，既不是以一種本體論為基礎，也不是以一個認識或倫理主體為中心，更不是依據倫理學行動原則來決定。如前所述，對於知識論述體系的考古學研究，主要在於拒絕單純把知識體系當成「純科學」的理論範疇，拒絕將當代知識當成理性對於經驗的邏輯論證結果，拒絕只限於科學知識的狹隘領域去分析知識本身，而是把現代知識當成現代社會得以實際運作的動力主軸，將它重新置於其生產和擴散過程的本來狀況之中，揭示其原本的動力機制、整體性措施結構及其各個實踐程式的微觀策略。一句話，考古學試圖將現代知識同它的社會實踐過程及策略聯繫在一起加以考究。

考古學和系譜學之所以如此開展它們的批判活動，最重要的，是展現了它們的特種思考方式，一種稱之為「在外面」的思想方式（la pensée du dehors）（Foucault.M. 1994: I, 520-521）。就是在這個意義上說，傅科的考古學和系譜學，是一種反傳統的「在外面」的思想方式的表現形式。

傅科所遵循的「在外面」的思想，就是走出純意識的框架，到主體意識之外，根據實際的鬥爭和批判的需要，沿著語言遊戲的邏輯，任憑語言運用的運作軌跡，衝破一切約束和規範，進行自由自在的思想創造活動。

傅科在他的考古學和系譜學中所表現的「在外面」的思想方式，實際上也是繼承了尼采的傳統。如同尼采以反理性主義的特有思想方式開展他的系譜學那樣，傅科透過「在外面」的思想，顯示了他的叛逆的思想風格。

如前所述，傅科的考古學和系譜學，都是在真理遊戲的批判活動中展現出來的；而在真理遊戲中，最關鍵的，是主體性同真理遊戲的相互關係，尤其是主體建構過程中主體化同客體化的相互關係。所以，傅科的整個批判活動，其焦點，始終集中在對於主體性的解構。他的「在外面的思想」，它的矛頭，首先就是指向各種主體論；而傅科對於傳統主體論的批判是同對於各種論述的解構緊密地結合在一起的。傅科說：「語言的存在，對它自身而言，僅僅是在主體消失之後才出現」（Foucault, 1994: I, 521）。他認為，所謂「主體」，主要是靠各種論述體系及其運作而建構起來的。因

此，一旦建構「主體」的各種論述體系被解構，「主體」的整個意義就瓦解了；而立足於「主體」基礎上的「人」，也同樣消失無蹤。換句話說，傅科是在解構各種論述的過程中，同時對傳統主體論進行嚴厲的批判和顛覆；而他批判傳統主體論的整個過程，又都是圍繞著主體建構同論述製造、擴散及其實踐的密切關係來進行。

所以，傅科把這種從語言論述對主體進行解構的思考方式稱為在『外面的思考』，以便把它同傳統思想家們從思想意識內部，以主體為中心進行理性思考的模式對立起來。在傅科看來，對於主體的批判和對於語言的解構，是「在外面的思想」的基本原則。

因此，總的來說，作為一種「在外面」的思想，考古學和系譜學的批判方法，首先就是拒絕以主體為中心，不是單純在意識範圍內進行思考活動。傅科一向認為，語言的運作，本來就是在主體之外依據其本身的特有結構進行；所以，「在外面」的思想之所以必要，就是因為語言原本就是在意識的外面運作和活動。反過來，也只有通過語言的解構，才能徹底弄清「主體」的奧祕，因為只有通過對於語言的鑽研和解析，才能顯示「主體」對於語言的依賴性，才能真正揭示出語言的原本的存在本質與自身意識的同一性之間的絕對「不相容性」（incompatibilité peut-être sans recours entre l'apparition du langage en son être et la conscience de soi en son identité）。

由此可見，傅科同拉康一樣認為，必須先有語言及其運用，才談得上「主體」的問題；換句話說，「主體」的問題，是來自語言運用的過程及其結果。不是先有主體，才有思想和語言和思想；而是通過思想和語言的運用，才有可能建構主體。傅科透過「在外面的思想」的思考方式，顯示主體的產生及存在，並非決定於意識本身內部的所謂邏輯理性的「同一性」原則，而是要在意識之外的語言存在中才能解決。所以，在這個意義上說，傅科所提出的「外面的思想」，是一種解構主體的重要步驟，同時又是個人擺脫主體約束進行自由創造的思考模式。

在他的《語詞與事物》發表前夕，傅科在一封致友人的信中說：「哲學是從事診斷（diagnostique）的活動，而考古學是一種描述思想的方法（une méthode de description de penser）」（Foucault, 1994: I, 28）。這種描述思想活動的方法，同康德所主張的完全相反，不是將理性視為「先天的」能力，而是延續和發揚尼采、巴岱和阿爾托等人對於現代社會所採用的反理性主義的批判態度，在對於語言結構及其實際運用的解構活動中，盡可能發揮思想本身的自由，徹底擺脫主體對於思想的約束。在這方

面，法國現代作家阿爾托也早在第二次世界大戰期間，在其「殘酷戲劇」的創作中，進行了對語言結構的「討伐」，企圖使戲劇和各種文學創作，真正地擺脫語言規則的約束，使之得到徹底的解放（Artaud, 1947）。傅科在說明「在外面的思想」的意義時，把阿爾托同馬拉美、巴岱、布朗索和科洛索夫斯基等人在這方面所作的貢獻並列起來（Foucault, 1994: I, 522）；同傅科一樣渴求思想創作自由的德里達，也對於阿爾托的上述創作方式給予了充分的肯定，並多次地寫專論分析阿爾托的戲劇對於語言的破壞所造成的後果（Derrida, 1986）。

在尼采之後，是巴岱首先將這種反傳統的思考方式比喻成「在外面」的思考。傅科在其對於巴岱著作及其語言運用的研究中，發現巴岱運用「在外面的思想」的豐富成果，給予很高的評價。巴岱的運用在外面的思想的光輝範例，使傅科進一步看到了：思想一旦擺脫主體的約束，就可以將其自由創造的活動推到傳統的「極限」之外，開闢史無前例的創作視野。

在傅科的研究過程中，他始終靈活地區分內與外，並把兩者之間的界限和極限，從新的觀點和不斷試探的角度，進行多方面的逾越，使他的「在外面」的思想方式，比巴岱和尼采的反傳統思考模式，更有新的內容和意義。在傅科看來，內與外的關係及其相互之間的界限，如同「正常」與「異常」一樣，一向是傳統思想玩弄真理遊戲及權術遊戲的重要手段。歷代統治者總是希望所有的人，都以他們所規定的「正常」和「內」的界限，進行言說、思想和行動。所以，一切有關「正常」和「內」的規則和標準，都是由掌握實權的統治者，依據他們的實際需要和利益所制定出來的。在這種情況下，使自己的思想和行動限定在「正常」和「內」的範圍內，無非就是使自己順從於現有的統治秩序。具有強烈叛逆性格的傅科，絕不可能使自己就範於「正常」和「內」的標準及界限。所以，「在外面的思想」，實際上就是叛逆的思想，就是在道德、理性、正常和內部之外，拋棄一切現有的規定和原則，自由地想自身所想。

傅科本人在論述「在外面的思想」時，強調首先必須「在自身之外」（hors de soi），特別是在自身的自我意識之外，尋求思想意識和語言的奧祕，揭示主體形成的真正過程，使思想本身以及在思想過程中所產生的主體問題，從傳統理論所指定的「意識自身」回到它本身活動的地方，即返回到意識的外面，重新落腳在思想的「老家」，在思想原有的「虛無」中，在其「無法無天」、「無上無下」、「無外無內」的超時空中翱翔，在語言的實際運用的無限海洋中「游泳」。思想原本是在語言運用

中進行，並不是在意識自身內部，靠什麼「純粹意識」實現。在這一點上，傅科完全不同意胡塞爾現象學對於思想意識的基本觀點。只有首先使用語言，並在使用語言中逾越語言的規則，打破語言本身作為符號體系的各種約束，思想才能實現其以「虛無」（le néant）表達「虛無」的目的，意識也才能意識到自己的存在，才能形成傳統理論所說的那種「主體」。巴岱、布朗索、科洛索夫斯基和貝克特（Samuel Beckett, 1906-1989）等人，就是在這方面取得輝煌成果的天才作家們（Foucault, 1994: 518-539）。

為此，傅科將傳統那種從思想意識內部說明主體性及語言問題的思考模式，稱為「內部的思想」（la pensée de dedans）、「思想的思想」（la pensée de la pensée）或「哲學反思的內在性」（l'intériorité de réflexion philosophique），而把他和巴岱等人的新的思考模式稱為「外面的思想」。

從傅科所提出的「外面的思想」的思考模式，可以看到他在哲學理論方面的貢獻。傅科的「外面的思想」的思考模式，實際上就是對於傳統的觀念論或唯心主義的批判和顛覆。長期以來，西方哲學史上發生過的唯物主義和唯心主義之間的爭論和鬥爭，都是在主客觀二元對立模式的範圍內進行的。傅科跳出上述模式，從思想同語言的相互關係來分析觀念論的真正根源。

「在外面的思想」這一概念，原本來自古希臘五至六世紀的神祕主義作家「偽丹尼斯」（Pseudo-Denys）。後來，這種思考模式也一直在基督教的某些非正統思想家中流傳。但真正啟發傅科進行「外面的思考」的，是現代文學，特別是法國自沙德以來的文學。在沙德的文學作品中，只允許情慾的赤裸裸性來說話，讓傳統道德以及從屬於傳統道德的各種思想觀點都保持閉嘴緘默，並把它們徹底地從文學領域中驅逐出去。沙德以各種赤裸裸的情慾的發洩、流露和展現，讓情慾本身以其赤裸裸的自然狀態來「說話」，取代了傳統文學作品中那些情節人物扮演「說話主體」的角色。沙德所處的十八世紀至十九世紀初的時代，正是康德和黑格爾等人的談特談有意識的主體的思想的時候。傅科注意到在同一時期，德國詩人赫爾德林（Friedrich Hölderlin, 1770-1843）也宣稱「神的缺席」（l'absent du dieu），並同時宣佈「務必等待無限」的新觀念。因此，傅科將沙德和赫爾德林比做兩位最早發現「主體缺席」（l'absent du sujet）的偉大作家。傅科說：「人們可以毫不誇大地說，沙德和赫爾德林兩位作家，其一通過在赤裸裸的語言論述的無止盡的嘮叨，將情慾暴露在光天化日之下；其二則

發現神正是在語言的缺口中，正在逐漸地從它的消失狀態中迂迴；他們兩位為未來的世紀，為我們的思想，存放了關於外面的經驗的密碼」（Foucault, M. 1994: I, 522）。這就是說，沙德和赫爾德林都不約而同地發現了傳統語言王國中的「主體」和「神」的「缺席」，懂得自由的創造只有在「主體」和「神」之外才能真正實現。所以，他們兩人的思想就是最典型的「在外面的思想」。

沙德和赫爾德林的偉大思想，雖然在當時並沒有能夠真正地發揮它們的威力，但它們很快地，就在十九世紀下半葉，由尼采和博德萊以及馬拉美等作家，以更加明確的方式重新表達出來，使得文化的真正的「內在」奧祕，明亮地在語言這個「外面」的領域中閃閃發光。這個不斷揭示「思想主體」和「說話主體」的「外在性」的運動，在二十世紀，更是通過阿爾托、巴岱、布朗索和科洛索夫斯基等人的文學作品，以無可抵擋的趨勢延伸下來。所以，傳科說：「思想的思想，這個比哲學還廣闊得多的傳統，告訴我們說它已經將我們引導到最深的內在性之中；而話語的話語，則通過文學或別的可能的途徑，將我們引導到這個使說話的主體消失的外面」（Foucault, M. 1994: I, 520）。

當傳科在二十世紀五、六〇年代重新探索主體性與語言的關係問題時，傳科和他的同時代人都能夠充分接納和吸收現代法國文學在語言領域中的探險成果。傳科認為，只有從傳統思考模式的根本對立的方向來重新思考主體性和語言的問題，才能真正對主體性和語言本身的意義有客觀的瞭解。「語言的真正存在本身，只有在主體消失的情況下才能顯示出來」（Ibid.: 521）。對他來說，只有首先讓傳統思想所設計出來的「主體」請出去，不給「主體」維持以往那種喧賓奪主的地位，才能使語言的真正性質顯示出來。在這個意義上說，「主體」的存在及其各種論述，實在是掩蓋語言真相的「遮蔽物」。正如海德格所說，必須首先掀開各種「遮蔽物」，才能使存在本身赤裸裸地敞開其原身狀態，才能使「真理」本身顯示出來。

在外面的思想，也就是在道德之外，在尼采所說的「在善與惡之外」，進行自身的創造性思想探索活動。對於在外面的思想，傳科不但自己身體力行，而且還鼓勵青年學生也努力嘗試實行。他在二十世紀七〇年代初直接同一群青年學生進行座談，規勸他們不要做法制和道德的奴隸，要善於「在善與惡之外」（par-delà le bien et le mal），選擇自己的愛好和興趣，確定自己的生活理想（Foucault, 1994: II, 223-227）。

這樣一種思想診斷方法，首先被傳科本人全面地運用於他的成名作《瘋狂與非理

性：古典時期精神病的歷史》一書的研究工作中。在這本書中，傅科的考古學方法所描述的，是被傳統的理性所抹煞、壓抑和禁止的精神病人的思想及其語言；而他所要揭示的，是造成整個社會劃分為「正常」與「異常」的實際運作機制。他尖銳地指出：在所謂「正常」的人與「異常」的「瘋子」之間根本不存在「共同的語言」。從十八世紀末開始所建構的精神病醫學及其診療所，實際上向那些被剝奪了發言權利的「瘋子」們，強加一種未經與他們平等協商的強制性「隔離」法規，迫使他們被驅逐到正常的社會生活之外。這一切，不是單純靠精神治療學知識的力量，而是靠它同掌握整個社會權力的法制體系及其實際運作策略的緊密配合。這無異於由「正常人」和「理性」，依靠其實際權力和他們所規定的法制的力量，單方面地宣告同「異常」的「瘋子」的對話的「中斷」，剝奪他們說話的權利。所以，傅科所採用的考古學，不願意跟隨傳統理性主義的「科學」方法，去繼續編寫一個關於「理性」的精神治療學「科學」語言的歷史，而寧願創作一種有關瘋子們的「沉默」的考古學（Foucault, 1994: I, 160）。這樣的考古學所要揭示的，是被「正常」的理性所掩蓋和埋沒的那些瘋子們的「非理性的語言」。在這個意義上說，**傅科的考古學，也就是一種挖掘被理性所淹沒的「地下語言」，讓這些長期被冷落、蔑視和忽略的「沉默的語言」，能夠重新說出他們自己的話，因而也是對於理性語言地下的非理性語言的挖掘和開拓工作。**

由此可見，考古學的研究方法，在某種意義上說，是對於傳統的理性主義思考模式的抗議和揭露。考古學和系譜學都試圖反理性主義之道，對現代社會運作過程中那些長期被掩飾的歷史奧祕進行「挖掘」和展示，並與理性主義所主張的一系列邏輯歸納演繹方法唱「反調」，也同傳統的歷史主義相反，專門揭露理性主義思考方式的險惡用意。如同傅科自己在談到他的「監視與懲罰」一書的寫作目的時所說：「首先必須明確我在這本書所要做的事情。我並不想直接寫一部批判性的書，如果人們把批判理解為對於現有監獄制度的不當性的告發的話。我也不打算寫一部關於監獄制度史的著作，也就是說，不打算講述十九世紀以來懲罰制度和監獄的運作狀況。我試圖提出另一種問題，也就是揭露一種思想的體系和合理性的形式（découvrir le système de pensée, la forme de rationalité）；以這種思考方式為基礎，從十八世紀以來，產生了這樣的觀念，認為監獄是一個社會中用來懲罰犯法行為的最好手段，也是最有效和最合理的手段之一」（Foucault, 1994: IV, 636-637）。**傅科很明確地指出，他寫監獄史的目的，是為了以系譜學的方法，揭露號稱「合理」的傳統思想方法同懲罰制度之間的內**

在密切關係。

　　在傅科的各種研究中，他始終都很重視對於傳統思考方式的批判，並把這種批判放置在首要地位，因為在他看來，任何舊有的制度和組織的建構及其順利運作，往往受惠於論證這些制度和組織的正當性的「合理思考方式」。整個理性主義理論和方法，之所以能夠長期地被歷代西方統治階級所肯定和採用，就是它們都以「合理性」作為口實，有利於統治階級『論證』它們所執行的制度的「合理性」。就以監獄制度而言，傅科強調：現有監獄制度之所以能夠長期實行，是因為統治者始終藉口監獄制度的「合理性」，並在不得不進行改革時，也以同樣的「合理性」為理由，將監獄制度改造得越來越遠離原初所標榜的「合理」目的（Ibid.: 636-639）。考古學和系譜學的重要性，恰恰就在於它們不但在根本原則上同傳統理性主義對立，而且，在實際運用中，也不斷揭露理性主義方法同現存各種制度及其運作之間的內在關係。

考古學探究的切入點：現代知識論述

1. 研究論述的多種取向

　　在傅科以前，存在主義者海德格早在《存在與時間》（Sein und Zeit. 1927）一書中，說明語言是生存之道，「語言是存在之家」。語言一旦被說出或被寫出，也就是說，語言一旦變成為「論述」，它就是一種「存在」，一種與這個世界上的其他一切「存在」具有同樣性質的「存在」。作為一種「存在」，變成為「論述」的語言，就具有生存的力量，具有自身的運作邏輯，具有某種自律（Heidegger, M. 1927）。按照海德格的看法，語言論述，作為一種存在，如同其他存在一樣，是靠其自身的生命力而自我存在出來的。語言是自己說出自己的。

　　同樣地，受存在主義和結構主義深刻影響的符號論者羅蘭·巴特，在 1977 年 1 月就任法蘭西學院院士時，一針見血地說：「語言既不是反革命的，也不是進步的；因為它原本是法西斯的（La langue n'est ni réactionnaire, ni progressiste: elle est tout simplement faciste）」（Calvet, L. J. 1990: 261）。當羅蘭·巴特說語言是「法西斯」的，他是要強調：說出來和寫出來的語言，具有客觀而強大的實際力量，甚至具有「專制」的性質；它由不得說話者和聽話者的主觀意願，總是如同暴力那樣，強制性地迫使聽話者接受、並加以貫徹執行。在這個意義上說，語言論述可以成為不折不扣

的「語言暴力」，只不過它是一種象徵性暴力而已。不要小看象徵性暴力的威力，它實際上可以發揮出類似法西斯的專制力量。但語言本身，並不是內在的具有「反革命」或「進步」的傾向；語言就是語言，它並沒有偏向或立場。語言只有在被使用的時候，當它在特定場合，在特定社會文化力量的控制下，變成為語言論述時，才可以立即變成為「法西斯」。變成為「論述」的語言，還因為同說話或寫字的那個「人」相聯繫，同「論述」在其中發生的社會歷史環境相聯繫，而變得更加複雜，變成為社會文化力量進行爭鬥的中介手段。

德國當代詮釋學家加達默也指出，論述本身就是一種「功效歷史」（Wirkungsgeschichte），它包含著某種「功效歷史意識」（wirkungsgeschichtliches Bewusstsein），是可以在歷史特定場域中產生強大的實際功效。加達默在其著作《真理與方法》（Wahrheit und Methode. Grundzüge einer philosophischen Hermeneutik. 1960）一書中，深刻地分析了在特定歷史中的人與歷史本身的不可分割的關係。在他看來，在特定歷史中的人不可避免地「分享」著該歷史的精神及其意識。在「話」中，已經蘊含了產生「話」的該歷史中所包含的一切因素。也就是說，「論述」凝縮著其相關的歷史中的一切隱含的因素；它是其相關歷史的象徵和化身。所以，語言論述具有客觀的歷史功效（Gadamer, H. J. 1960）。

同樣地，法國思想家李克爾（Paul Ricoeur, 1913-　）根據當代詮釋學原理及研究成果，也深刻地指出：「論述」是某人、在某一環境（情況）下、就（或根據）某事、向某人、為某事而說（或寫）出的「話」。作為「事件」，它是由非常複雜的因素組成的（Ricoeur, P. 1986: 111-112）。

由此可見，傅科關於論述的上述觀點，也不過是總結和發展了從二十世紀四○年代到六○年代的存在主義、詮釋學、符號論、分析哲學和結構主義對於語言的研究成果。傅科的主要貢獻，是把論述完全地同產生和推廣論述的社會關係和社會力量聯繫在一起，特別是同社會中的權力關係網絡的運作相連繫，並把它看作是揭示當代社會文化和道德的重要領域。

從上述傅科的知識論述理論，也可以看出：傅科的整個語言論述理論雖然深受結構主義的影響，把語言當成某種結構；但是，他不同於結構主義者，並不把語言結構當成「死」的或固定不變的形式，而是將語言放在活生生的力量鬥爭的社會文化場域中加以分析。正是這一點，使他能夠從結構主義出發而遠遠地超越了結構主義。

顯然，傅科並不完全相同於海德格、羅蘭・巴特、加達默和李克爾。海德格基本
上是哲學家，他對於話語和論述的研究，僅限在哲學的層面上。所以，海德格主要批
判傳統形上學對於話語和論述的忽略和歪曲，並從他的存在哲學和現象學方法出發，
探討個人的「此在」（Dasein）與話語的內在關係。羅蘭・巴特的主要興趣是以符號
論的觀點和方法，分析各種論述的社會文化意義。李克爾則是從英美分析語言哲學，
特別是席爾勒（John Searle, 1932－　）的「言語行動論」（Theory of Speech-Acts）出
發，結合當代詮釋學的研究成果，分析言說和論述的「事件」性質。加達默也主要是
詮釋學家，更多地從詮釋學角度，分析言說和論述的歷史事件意義。

2.作為事件的論述

如果說，傅科的考古學和系譜學研究是以解析論述（le discours）作為基本手段的
話，那麼，他所要探索的基本論述形式，首先就是現代知識論述。現代知識就是最典
型的論述體系。在當代知識論述體系中，典型地體現了傅科所說的那種知識與權力、
道德以及整個社會力量緊張網絡的相互關係，也隱藏著揭示當代社會一切奧祕的關
鍵，有利於徹底瞭解我們之所以成為我們現在這個樣子的主要原因及其社會歷史基
礎。因此，當傅科最初使用考古學的方法的時候，他對於論述的解構，就是從知識論
述的解構開始。

什麼是論述？正如我們所一再指出的，論述儘管是由語句所構成，但它並不是一
種單純的語言現象，也不是語言表達形式結構的問題。論述之所以重要，首先就在於
它是一種「**事件**」（événement; event）。**作為一種事件，任何論述，都是在特定社會
歷史條件下發生、形成、發展、傳播、演變和發生功效。論述的事件性，使它同整個
社會和文化生活及其命運緊密地聯繫在一起，也使論述成為影響著整個社會文化運作
的重要因素。**在近五十多年的西方人文社會科學發展史上，論述的問題越來越成為學
術界研究活動的注意中心。

傅科在就任法蘭西學院院士終身教授職務時所發表的演說「論述的秩序」（L'ord-
re du discours. 1971 In Foucault, M. 1972），明確地指出：在任何社會中，任何說話和
論述規則，實際上就是強加於社會的某種「禁令」；也就是說，透過語言表達形式所
表現的各種說話和論述規則，實際上就是對於說話和做事的各種「限制」，即向人們
發出某種「禁令」，在教導人們怎樣說話的時候，實際上禁止人們說和做某些話和某

些事。在任何社會中，以普遍適用於整個社會的普通語法形式所表現的說話規則，實際上已經隱含了該社會所通行的某些普遍的禁令（Foucault, M. 1972）。「我懷疑某些數量的哲學論題是否符合這種限制和排除的規則、甚至鞏固它。如果它們符合這些規則，首先是通過提出某個理想的真理，作為一個論述的法則，並提出某種內在的合理性，作為他們的行為的規則。同樣地，他們伴隨著某些認知的倫理，承諾真理只是為了真理本身以及為了思考真理的那種強大力量」（Foucault, M. 1971: 227）。因此，在傅科看來，任何時代都存在著為取得統治地位的思想家和哲學家所公認和核准的論述方式，同時這些論述方式，又起著禁止和否定與之不同的論述方式的作用。正是在這樣的情況下，論述的普遍進行和知識的再生產，就自然地朝著符合這些論述方式、因而符合原本已經取得正當地位的思想的方向發展。傅科明確地說：「我認為，在每一種社會中，論述的生產，是由一定數量的程式操作者所控制、選擇、組織和再分配的；這些操縱者的作用，是保護他們的權力、並防止他們的危險，幸運地處理各種事件，避開其沈重的物質負擔。在像我們這樣的社會中，我們大家都知道**排除的規則**（règles d'exclusion; the rules of exclusion）。這些最明顯和最熟悉的排除規則，都涉及到那些被禁止的事物。我們大家都非常清楚，我們並不是可以自由的說任何事，而當我們在某時或某地高興的時候，我們並不能夠隨便地直接說什麼。總之，最後，並不是所有的人都可以隨便說什麼事。我們存在三種類型的禁令，包括涵蓋客觀事物、符合周圍環境的禮儀以及說某一個特殊的主題的特權。所有這些禁令相互關連和相互鞏固，並相互補充，構成為一個持續地可以不斷修正的複雜的網絡」（Ibid.: 216）。所以，傅科又認為：「論述就是我們對於事物的一種暴力；或者，在所有的事件中，論述就是我們強加於這些事件上的一種實踐」（Ibid.: 229）。他甚至說，由於生活在充滿語言暴力的社會中，人們幾乎都染上了「語言恐懼症」（logothodia）（Ibid.）。

因此，傅科明確地指出：「論述」是一種「事件」（le discours est un événement）；論述並不是如語法書上所說的那樣，只是遵循語法規則的普通的語句。他說：「必須將論述看作是一系列的事件，看作是政治事件：通過這些政治事件，它運載著政權、並由政權又反過來控制著論述本身」（Foucault, M. 1994: Vol. III, 465）。

3.論述實踐的社會性和歷史性

作為事件的論述，實際上還包括**論述實踐**（pratiques discursives）及其貫徹**策略**

（stratégie）和**程式**（procédure）。而論述實踐的貫徹策略和程式，就更遠遠地超出知識的理論體系本身的範圍，因而也就更加牽涉到社會文化的各種複雜因素和力量。

　　所謂論述實踐，指的是以論述為基礎而進行的各種社會活動，既包括論述本身的貫徹過程，也包括在論述貫徹過程中一切相關的社會文化力量的緊張關係，它表現出論述本身的強大社會文化力量，特別是論述本身所隱含的潛在性權力。任何論述從根本上說都具有實踐性和權力性。在這方面最典型的表現就是精神治療學的論述。精神治療學論述的這種性質，使傅科在法蘭西學院的 1973 至 1974 年的講稿《精神治療學的權力》（Le pouvoir psychiatrique: 1973-1974）中，將精神治療學這門學科稱為「權力知識」（pouvoir-savoir）（Foucault, 2003）。在這個意義上說，**精神治療學的誕生並非單純是關於精神病的知識的發展結果，而且，更重要的是，它是近代社會懲治精神病人的規訓制度完備化的直接產物。**

　　傅科是從分析各個具體的知識領域中的論述實踐形式出發，進一步探討論述實踐的複雜性質及表現形態。具體地說，傅科所探討的論述實踐，包括：(1)各種醫學知識的論述實踐，例如，精神病診療學的診療實踐，精神病診療所對於精神病人的隔離、強制性管制以及進行精神上的控制等活動；(2)監視技術的運用以及它在現代監獄中的實際使用，體現了現代各種權力集團控制和運用所謂「合理」的知識，來統治社會上一部分人的實際活動及其策略；(3)關於性的論述實踐，主要體現在社會人口政策和對個人性生活的干預兩大方面。

　　所以，傅科說：「論述實踐，並不是純粹的和簡單地只包含論述的製做形式。論述實踐的實際體現，表現在一系列技術和技巧（ensembles techniques）中，表現在各種機關制度及其運作中，也表現在行為舉止的模式中，知識傳播和擴散的各種類型中，同時也表現在強制性地維持它和推廣它的教育制度中」（Foucault, 1994: II, 241）。

4.論述及其實踐的匿名性

　　論述及其實踐是客觀地發生作用的社會事件和歷史過程。但是，作為事件的論述，並不同於一般的歷史事件，它的首要特徵，就是它的**匿名性**（l'anonymat）。

　　「缺席就是論述的首要位置」（l'absence est le lieu premier du discours）（Foucault, 1994: I, 790-791）。這就是說，任何論述實際上都沒有留下其真正作者的姓名。

論述的實踐過程並不以任何知識的原發明者或作者的個人意願而轉移。正是在這裡，顯示出傅科所說的「作者已死」（la mort de l'auteur）和「論述的匿名性」（l'anonymat du discours）的重要意義。

任何論述，不論在其製作過程中，還是在其實際運用過程中，都遠遠地超出其原作者的個人智慧的力量，受到了整個社會和文化的客觀因素的影響和決定。所以，傅科特別強調論述的匿名性以及「作者已死」的觀點，認為對於任何論述及其實踐過程來說，其原作者實際上並不重要。任何時代的社會，在其決定選擇、審查、傳播和再生產知識論述的時候，從來不會首先聽取論述作者的主觀意見，也不會考慮其原作者的個人意願。

由此可見，傅科關於「作者已死」和「論述的匿名性」的論點，並不只是談論文學藝術作品的作者，而且也涉及到論述實踐的問題。我們將在第四章第四節討論性論述（le discours sexuel）的時候，進一步深入分析論述及其實踐的「匿名性」問題。

5.論述實踐的複雜性

對於論述實踐的解析，是傅科的考古學和系譜學對知識論述進行批判和解構的重要方面。傅科指出：論述實踐（la pratique discursive）是由一系列複雜地相互關聯的因素所構成的系統性（systèmaticité）；但這種系統性既不是邏輯類型，也不是語言類型（Foucault, 1994: II, 240）。論述實踐所涉及的，是以下三大層面：(1)對於對象場域的切割過程；(2)認識主體的正當化程式；(3)確定論述概念及理論標準化的規範體系。這就是說，論述實踐關係到論述對象的區分和分割，而這意味著論述實踐包括對於其對象的區隔和等級劃分，同時，論述實踐還與主體的正當化密切相關，它本身就是對於主體自身身分的確認和正當化論證。最後，論述實踐還包含制定一系列規範標準，即為論述自身的正當化程式提供進行自我證成所必要的準則。所有這三大方面，都還需要同時制定一系列進行必要的篩選和排除所要遵守的遊戲規則。除此之外，論述實踐往往還涉及到比單一學科領域更為寬廣的多學科複雜交錯的場域，因為任何學科的論述實踐，都從來不僅限在其本身的學科範圍內，而是要超出其單一學科的範圍，在同其他各種相關學科的關係中，進一步同社會文化因素相關連。例如，精神病治療學的論述實踐，就要同一般醫學、社會學、法學、哲學、心理學、管理學等學科相交錯，同時又要同社會政治和經濟的力量相結合。傅科強調指出，所有這些對於論述實

踐的解析，都需要採用考古學的方法（Ibid.: 242）。

　　論述實踐在上述各個方面的表現，實際上可以概括地分為兩大面向：第一面向是指論述實踐中所必須貫徹的排除和禁止原則；第二面向是指論述實踐過程中所規定的各種嚴格的限制原則。就第一面向而言，任何論述的形成和傳播，都首先在其相關領域方面受到嚴格限制。例如關於性論述和政治論述，都被嚴格地限定在特定的領域。統治階級對性論述和政治論述的涉及範圍及領域，作出非常嚴格的規定和審查。對於不符合統治階級利益的論述及其作者，進行嚴格的、甚至是殘酷的排除措施，千方百計給予封殺和消除。就第二面向而言，任何論述的詮釋都受到特定的詮釋原則的限制，而其作者的地位也被嚴格確定。如此等等。

　　論述實踐之所以是複雜的，歸根結底，是由於它緊密地同權力運作機制及其系統聯繫在一起。任何論述，離開了權力裝置（le dispositif de pouvoir）及其系統的支援和支持，是無法發揮其實際功效的（Foucault, 2003: 14-15）

　　為了強調論述事件的複雜性，傅科特別指出，論述的事件性是很奇特的；這種奇特的事件，完全不同於其他的一般歷史事件，具有其特質：「首先，因為它一方面同某種寫作姿態和同講話的各個程式相聯繫，但另一方面它又向其自身開闢一種新的存在，這一存在將它引向記憶的場域，或者引向草稿、書籍以及其他各種類型的記錄形式。其次，它本身和其他事件一樣是獨一無二的，但它又為它本身的重複、變更和重生，提供各種可能性。最後，它一方面同引起它發生的特定狀態和環境相聯繫，同它所產生的後果相聯繫，另一方面，又以另一種完全不同的模式，同時與它以前和它以後的各種言說相聯繫」（Foucault, 1994: I, 707）。這是就論述作為事件的複雜性所做的概略分析，但它仍然未能完全描述論述事件的極端複雜性質。正因為這樣，傅科不斷反覆在不同場合，從各個角度說明論述事件的複雜性質。

　　在法蘭西學院1972至1974年度的講演錄中，傅科專門針對精神治療學論述實踐的複雜性進行分析。他特別就論述同權力裝置（le dispositif de pouvoir）的密切關係，突出了論述實踐的神祕性（Foucault, 2003: 15）。這就是說，論述實踐具有同權力一樣的神祕性質。

　　既然「論述」是在特定環境中，由社會中佔據一定社會文化地位的一個或一群特定的人（說或寫的主體），就一個或幾個特定的問題，為特定的目的，採取特定的形式、手段和策略而向特定的對象，說或寫出的「話語」，論述就總是包含著形成、產

生和擴散的歷史過程，包含著相關的認知過程，包含著相關的社會關係，也包含著特定的思想形式，特別是包含著環繞著它的一系列社會力量及其相互爭鬥與勾結。換句話說，論述是在特定社會文化歷史條件下，由某些人根據具體的社會目的，使用特別的手段和策略所製造出來；它們被創造出來，是用來為特定的實踐服務的。所以，論述從來都不是孤立的語言力量，而是關係到一系列社會文化網絡中個各種力量，是活生生的力量競爭和緊張關係，是靠特定的策略和權術來實現的。當傅科將知識歸結為論述時，他所分析的重點，就是知識在特定社會文化環境中的產生機制及蘊含於其中的複雜社會鬥爭，特別是捲入於這些鬥爭中的一系列社會文化力量的較量過程及其策略計謀手段。

傅科對於知識論述的實踐的解析，儘管沒有窮盡現代社會中知識論述在其實踐方面的狀況，但畢竟可以典型地顯示知識論述的實踐的性質，並進一步揭示了知識論述的社會意義。傅科對於知識論述的實踐的分析，從根本上揭示了論述同權力以及道德之間的內在交結關係，呈現出論述本身的社會性、歷史性及其複雜性。

6.論述實踐的策略和程式

為了深入分析和揭露論述的實踐的施實過程的複雜性、策略性及其奸詐性，傅科更具體地反覆分析論述實踐過程的各種不同程式（procédure）。知識論述的實踐所體現的各種程式，更具體地展示了知識的意願的複雜內容。

儘管論述實踐的程式是多方面的和多種多樣的，但總的說來，可以將論述實踐的程式分為兩大類：一類是用以向外排除的程式，另一類是用以在社會內部將人限定在被監視範圍內的程式。將精神病人、罪犯及各種不符合社會「公認」標準和違反法制的「不正常」者（les anormaux），強制性地排除在社會之外，就是屬於第一類的程式。第二類的內部限定程式，又分為兩種範疇，其中一種是針對違法分子和「不正常分子」，另一種是針對社會成員的大部分「正常」人。對於違法分子和「不正常分子」，限定的方式是關押、管制和剝奪權利的強制手段，使用暴力，將他們限定在監獄、拘留所等；而針對社會成員的大部分「正常」人，其限定的方式是『和平的』和「文明的」，要求他們：即使在「正常社會」內，也必須按規定的規範、模式或法規來說話、做事和行動。顯然，所謂在社會內部採取限定性措施，是以不同的限定方式，分別對付兩種不同類型的人：一種是將違法和不正常的人，強制性地關押在特定

範圍內，不許他們越出特定範圍，實行嚴格監視和懲罰措施；這是用以對付社會的「敵人」的暴力手段。第二種是對整個社會的各個成員，實行全面的監視和規訓。例如，將青少年管制在學校和教育機關之內，要求他們嚴格地遵守校內規則。由此看來，那些「不正常分子」，實際上遭受了雙重限制：他們既被強力排除出去，又在社會範圍內被強制性地關押在監獄和精神病治療所等懲罰性的機構中，從而受到了論述實踐的雙重程式的限定。

知識論述的實踐的貫徹程式所表現的上述兩大方面，可以進一步看出真理遊戲的排除性質，也更具體地揭示了知識的意願的強制性和暴力性。

7.集中解析論述噴發漲溢過程

不同於海德格、加達默、李克爾和羅蘭・巴特等人，在作為知識考古學基本概念的「論述事件」（l'événement discursif）中，傅科所注意的，是論述同社會、政治、經濟和文化的複雜關係。他認為沒有必要像傳統知識史研究那樣，試圖去尋求知識產生的「根源」或「原因」，因為那些因素都是很「遙遠」的事情，也是說不清楚；尋求這些本來無法弄清楚的事情，無疑是試圖以傳統形上學所杜撰出來的「本源」或「始基」之類的抽象謊言，來搪塞輿論和社會大眾；因此，這也就等於使論述事件陷於模糊不清的狀態，以便掩蓋其本來面目。他指出：必須集中抓住論述事件發生的那一時刻和那一段歷史階段，就像集中觀察火山爆發時的狀況一樣；因為正是在這個歷史的關鍵時刻，知識論述事件的最主要性質及其產生機制，都呈現無遺，並典型地表現出來，徹底曝露在光天化日之下。因此，考古學要揭示論述在其噴發漲溢（émergence）時所伴隨發生的一切因素，集中觀察和分析在論述噴發漲溢的那一剎那或瞬間，同樣觀察和分析它們在擴散時的時段，以便發現摻雜於其中的各種複雜因素及其活動狀況，闡明發生於那段時刻中的知識論述的結構，其重複、變化、轉化等等程式和策略，描述這些論述被載入書本中的細微過程和整體性宏觀面向（Foucault, 1994: I, 704-705）。

同時，傅科還細緻地從各個方面說明論述事件的分析面向及綜合面向。首先，傅科將知識論述事件當成「論述事實的純描述」（description pure des faits du discours）對象。在這裡，論述事件暫時地被當成分析對象，因此，它從它的整體社會結構中切割出去。但是，這種暫時的切割，也不同於論述的語言學分析方法，因為它所注重

的，不是作為語言表達單位的論述結構和形式，而是論述的這種或那種方式究竟為什麼在這個、而不是另一時刻出現？為什麼在這個時刻只出現這樣的論述，而不是別的形式的論述？

其次，傅科還指出，他的考古學也不同於對思想的一般歷史分析。論述的一般思想分析，同它的考古學分析相比，都是比喻或寓言式的，而論述的考古學方法，則重點在於揭示論述產生同它的歷史言說之間的內在關係。

論述，不管是作為純論述，還是作為論述事件，都是很複雜的。以上對於「論述事實的純描述」，只是論述事件分析的一個很不重要的方面。對於傅科來說，更重要的，是把論述當成歷史事件，揭示它的奧祕。關於這一方面，傅科強調考古學所要做的事情是很多的（Foucault, 1994: I, 705-708）。

8.論述的不同類型

傅科所批判的論述，無非分為三大類型：第一，以知識形態所表現的論述體系；這些論述體系往往打著「真理」的旗號，標榜「中立」和「客觀」，在整個社會領域中擴散和傳播開來。第二，政治家或政治學家所說或寫出的「話語」或「文本」，或者各種與政治相關的話語和文本。這些政治性話語或論述，往往以「社會正義」或「共識」的名義，設法騙取社會大眾的信任，進而千方百計實現其制度化、法制化或規則化的程序，使之採取「正當化」的「合理」過程，成為社會秩序的維持依據，成為統治者賴以建立其統治的正當理由。因此，政治論述不只是包括政治家所說的話語，而且，更重要的，是包括已經被正當化、制度化和法制化的社會社會制度；換句話說，這些社會制度無非就是「被制度化的論述」本身。第三，人們日常生活中所說的各種話語。社會大眾在日常生活中所通用的各種日常語言的應用，實際上也是論述的一種，因為它們不只是作為人們表達日常生活需要而流通，而且也是為了進行日常生活中的競爭和協調，自然地蘊含著論述所固有的那種複雜的力量緊張關係。上述三大這類的論述，儘管有所區別，但都具有同一基本性質；而且，它們的存在和功效，是在三者的相互結合和相互滲透過程中實現的。因此不能將它們當中的任何一個孤立起來。

正如我們一再指出的，傅科對於現代知識的解構，並非單純滿足於對其形式結構及其語言層面的批判，而是主要從它的論述模式、策略、實踐方式及其與社會文化的

各種因素的相互聯繫等方面，進行全面的解析和批判；而且，這種批判是在考古學與系譜學兩種方法與策略緊密結合的情況下進行的。

9.啟蒙以來的知識論述的性質

　　從啟蒙時代以來，由於啟蒙思想家對於現代知識的推崇以及整個近現代社會對於知識的極端重視，在近代社會的建構和發展過程中，知識已經成為最重要的社會力量而在社會生活中佔據決定性的地位。正如本書第一章第一節所已經指出的，知識問題在西方思想史上的決定性地位，使各個最重要的思想家反覆地探索了西方知識的基本特徵及其社會歷史作用。作為傅科的學術導師的岡格彥就是發揚了自胡塞爾以來的知識史研究傳統，並試圖結合尼采的方法，重新尋求西方知識的奧祕。所以，傅科認為，將近代社會同古代社會加以區分的主要界標，就是近代科學知識的建構及其在社會中的廣泛運用。現代科學知識並非單純是科學研究的成果，而是整個現代社會的社會文化條件及其實際需要所決定的。

　　傅科曾經深刻地揭露現代「知識論」的實質。他說：「知識論乃是對一些論述的描述（la discription de ces discours）；這些論述是在一個特定時刻的社會中，一方面作為科學的論述（comme discours scientifiques）而發生作用，另一方面又同時被制度化（ont été institutionnalisés）」（Foucault, M. 1994, Vol. II: 28）。近代知識體系，不但在其建構和運用過程中受到整個社會，特別是社會的統治階級的支援，而且，還在該社會進行正當化和制度化的過程中，進一步被全面地加以貫徹執行，成為制度化和正當化的主要思想基礎和精神力量。因此，揭示近代西方知識的建構和擴散過程，實際上就是分析西方近代社會運作的精神動力基礎，同時也是揭示近現代社會運用這些知識論述進行制度化和正當化的過程和程式。這樣一來，對於知識論述的解析，就不會停留在直接製造和生產知識的科學家的圈子裡以及單純的文化層面，而是把這些科學家和知識分子，同整個社會力量網絡聯繫起來；同時，還要進一步考慮到科學家們從事知識生產的社會動機及其條件，使知識論述的形成及其擴散過程，成為整個社會制度運作機制的一個重要組成部分。

　　顯然，現代知識的重要性，對於傅科來說，並不是在於現代知識具有「真理性」、「正當性」及「功利性」，而是在於：近代知識作為西方社會建構的一個重要精神支柱，一方面，其建構過程，表現和迎合了特定社會制度中掌握特權的階層的特

殊需要，表現了這些特權階層努力造就一批生產知識的菁英份子的過程；另一方面，也表現了被篩選和組織起來的近代知識份子階層，迎合社會中特定階層利益的需要、而成為一個重要的社會力量的歷史過程。傅科認為，「在任何一種社會中，各種知識，各種哲學觀念，各種日常生活的意見，以及各種制度，商業的和警察的實際活動，各種社會習俗和道德意識，都歸屬於這個社會的那種內含的知識。這樣一種知識，從根本上是不同於人們在各種科學書籍中、在各種哲學理論中和在宗教的證成過程中所看到的科學知識。但是，這種知識卻在某一特定時刻裡，使得某種理論、某種觀點和某種實際活動有可能出現」（Foucault, M. 1994: Vol. I: 498）。因此，所謂知識，並不是傳統所說的那種「真理體系」，它也不是思想的真正成果，而是玩弄各種「真理遊戲」（Jeux de vérité）的社會力量的化身和集合體。這些真理遊戲，決定和造成一系列建構主體和客體的相互關係的思想活動。（Foucault, M. 1994: IV, 631-632）。

10.知識論述與主體化過程

對於西方社會的各個不同時代來說，主體和客體的建構是緊密地同當時當地的社會歷史條件相聯繫；也就是說，究竟要建構什麼樣的主體和客體以及它們之間的相互關係如何，……等等，所有這些，實際上就是各種可能的知識的基本構成內容及其基本任務。換句話說，任何知識，都是根據社會的需要和具體條件，試圖塑造和形構特定類型的「主體」以及與這個主體相適應的「客體」。正是在這個意義上說，現代知識所要實現的基本目標，就是確定「主體化」的模式（le mode de subjectivation）（Ibid.）。

傅科充分意識到近現代知識的重要社會意義，他甚至認為，現代西方人之所以變成現在這個樣子，之所以以現在這樣的方式進行思考、行為、生活…等等，實際上就是近現代知識擴散、運作和宰制的結果。所以，傅科還特別強調，他的知識考古學是專門探討知識主體的歷史形成過程。他說：「我使用『知識』（le savoir）這個詞以便同『認識』（la connaissance）加以區別。對於知識，我的研究目標，是認識主體遭受他自己所認知的知識的改變的過程，或者，是在認知主體的認識活動中他所受到的改造過程。正是通過這種過程，才有可能同時改變主體和建構客體。所以，所謂認識，就是能夠使可認知的對象多樣化，使它們的可理智性展示出來，能夠理解它們的

合理性，並同時又能夠認識主體本身固定化。……因此，使用『考古學』這個觀念，正是為了重新把握一種認知的建構，也就是在其歷史的根源中，在使這種認知成為可能的知識運動過程中，重新把握一個固定的主體和一個對象領域之間的關係」（Ibid. Vol. IV: 57）。知識考古學就是為了揭示知識形構過程中，認識主體及其客體雙方面的建構方式：任何知識的建構，並非單純是創造這些知識的科學家的主觀設計的結果，而是關係到整個社會的各個個人的主體性及其客體性的建構及其運作過程。

知識論述的建構過程，就是當時當地特定社會的各個個人的主體化和客體化雙重過程共時進行的縮影。正如傅科所說，知識考古學要重現知識本身在其形成過程中的主客分化和對立的實際狀況；正是在主客體及其相互關係的建構過程中，隱含著極其激烈而複雜的力量鬥爭。知識論述作為一種歷史事件，集中地顯示著社會中各種力量之間的競爭過程及其結果；因此，它同時也是一種把整個社會加以統一、又加以分割和區隔的過程。這種伴隨知識論述形成過程的區隔化，不只是在知識的對象領域內發生，也就是說，並不只是涉及到對於認知對象的區隔，而且，也滲透到知識論述的製造者和接受者的行列之中，把知識論述製造者和接受者本身，也加以區隔化，並由此實現其本身的主體化和客觀化過程。所以，傅科認為，知識論述形成過程的特點，正是將知識論述的生產主體本身也加以改造，使他們自己也成為他們所製造和生產出來的知識論述的宰割對象。

由此可見，知識論述的形成和製造，是一種雙重分割的過程，即同時地進行對於主體和對於其客體的分割和確認，同時完成對於知識對象及其認識主體的身分的確認和正當化。傅科的知識考古學和權力系譜學，就是要揭示所有這些過程及其實質。

西方整個近現代社會的發展史，就是使每個人既成為知識的主體，又同時使主體本身變成為知識的對象的過程。自文藝復興和啟蒙運動以來，近現代知識一直是作為整個資本主義現代社會實現合理化和正當化的精神支柱。在上述主體化的過程中，知識充當了最關鍵的角色；也就是說，現代知識保障、並直接推動現代社會各個社會成員的主體化和客體化的過程，使各個社會成員不僅實現其自身的主體化，成為具有自由意識的公民主體，而且，也依據社會在價值觀、道德觀和其他文化觀方面的整合需要，使自身成為法制、知識體系以及各種規範的約束對象和客體。近現代知識的這種社會功能及其實現過程，在很大程度上，取決於構成知識結構體系的各種論述所內含的強大精神力量，也取決於論述中帶有某種神祕性質的精神力量同論述語言結構方面

及其運用的特殊邏輯的結合狀況，同時也取決於論述建構和傳播中同論述以外的社會文化力量的結合狀況，特別是同社會文化領域中的權力和道德因素的結合方式及其程度。在這方面傅科曾經多次地進行分析和重申，強調進行這種分析的複雜性和高難度（Foucault, 1994: I, 705-707; III, 299）。

如前所述，構成知識體系的各種話語論述，雖然表面看來都是帶有經驗驗證過、並因而帶有客觀真理性的符號系統，但實際上卻同時具備形塑認識主體和認識客體的強大力量；組成知識的各種論述，從社會和文化的觀點來看，實際上是知識產生過程中的特定社會歷史力量的相互關係的象徵性表現，是一種社會和文化的複雜力量對比關係的曲折反射。從這個意義上說，構成近現代知識的各種論述方式及其散播過程中的策略，實際上是隱含在論述中的各種社會文化力量進行較量的產物和結果；同時，反過來，論述形構和散播過程所採取的基本結構及其策略，又深刻地影響到與知識形構共時存在的各種社會文化力量，影響到它們之間的相互關係，甚至在很大程度上，對於現實的社會文化力量，實現著一種區隔化的社會功能。更嚴重的是，傅科進一步發現：由各種論述內部各種因素相互緊張關係所產生的論述力量及其策略表演，又在很大程度上，在其完成社會力量區隔化的同時，實現了這種區隔化本身的正當化程式（légitimation）。知識論述的上述特徵，使近現代社會的各種統治力量，都競相爭奪對於知識形構、生產、再生產和散播過程中的宰制權和壟斷權。

11.知識論述與現代社會制度的內在關係

近代知識在西方社會建構中的特殊地位，使傅科從一開始從事社會文化研究，就以其獨創的批判態度和方法，集中地研究了近代知識同社會制度相互關連的歷史。因此，對於傅科來說，在分析現代知識的形成和發展歷史時，主要不是去分析和說明它們的『真理性』及其價值，而是把它們當作一種特殊的論述體系，強調它們在形成、建構和擴散的過程中同整個社會的實際運作的關係。這就是他在六〇年代初期所說的知識考古學及其後的系譜學方法。

以傅科的考古學基本觀點和方法來看，現代知識的根本問題，不是像傳統知識論和知識史研究所做的那樣，只是探討它的純科學體系及其概念的相互關係，也不是這些科學知識的理論同人們實際經驗的相互關係及其邏輯歸納問題，同樣也不是採用傳統的理性主義和經驗主義的方法所能解決的。傅科認為，在他以前，研究西方現代知

識的歷史及其性質，已經有很多哲學家和思想家撰寫出大量的著作。但所有這些思想家及其著作，都迴避或掩飾了問題的要害。他要做的，是把西方現代知識同整個西方現代社會的運作及其基本實踐方式聯繫在一起，同現代社會的各種法規、法制及規範的形成、運作及貫徹實施過程聯繫起來，同政治權力將整個社會劃分為「正常」與「異常」兩大社會集團的策略及其實踐結合起來，同當代社會中被賦予法制正當化功能的社會機構、組織、制度及其運作策略聯繫起來，揭示其中號稱「合理」、「正當」或「標準化」的主要知識論述的生產和散播過程及其程式，揭露它們所玩弄的「真理遊戲」的策略和詭計及其實踐的真相。

其實，傅科的考古學批判方式，並不打算在揭露了傳統知識論述的真理遊戲之後，為其自身提出新的真理體系來做替代品。傅科同尼采一樣，根本否認現代社會中的真理的存在；他和尼采一樣，認為一切號稱『真理』的論述，都是欺騙性和虛偽性的結合體，不值得我們去效法和追求。而考古學和系譜學，無非就是理論與實踐相結合的一種嶄新的批判活動；它所要建構的，是為我們自己關懷自身的生存方式，尋求和開創新的廣闊可能性。

12. 對於論述的考古學和系譜學研究

由此也可以看出，傅科不同於比他早些時候出現的沙特；他所批判的重點和目的，不是關於現代人的主體自由，而是現代論述（le discours）、特別是知識論述和各種關於「性」的論述（le discours sexuel）對於人的自由的扭曲問題。他認為，這是西方社會和文化，特別是現代資本主義社會中各種社會制度、法制、道德規範以及知識體系，之所以能夠有效地維持和操作現存社會秩序及為當代社會統治階級服務的關鍵問題。由於沙特處於不同於傅科的時代，更多地受到傳統的主體意識哲學的影響，使他首先關心個人的自由問題，而且，是從較為抽象的意識層面進行探討。傅科則是從不滿現代人的現狀出發，集中思考現實的當代社會文化生活中，有關各種知識論述與實際的人的生活密切相關的重大問題，諸如，(1)當代社會利用知識論述，將整個社會的人群劃分為「正常」和「異常」的基本原因及社會文化條件；(2)知識如何成為整個社會運作的關鍵力量；成為法制建構、權力運作以及道德實踐的精神支柱；(3)社會文化制度和組織中的權力分配與再分配的機制及其與知識、道德論述的關係；(4)現代社會究竟採用什麼樣的策略，使得「性」的論述成為如此氾濫的社會文化力量，控制著

人們的衣食住行的所有領域，使「性」一方面成為統治者駕馭社會大眾的宰制力量，另一方面又成為知識、權力和道德塑造人的「主體性」的有效中介因素；(5)現代社會究竟靠什麼方法和策略，使得整個社會變成為全方位敞開的監視和規訓系統；各種論述是如何轉化為統治和宰制的實踐？(6)現代社會的人，從什麼時候開始，以及通過什麼樣的社會文化機制，一方面心甘情願地進行自我規訓，另一方面又遭受整個社會統治力量的強制性規訓和宰制。……如此等等。這一切，在傅科看來，最關鍵的，是現代社會中的知識論述的製作、貫徹及其實踐的策略。總之，傅科把現存一切社會文化問題的症結，全部地歸結到「語言論述」（le discours linguistique）以及各種論述的實踐（des pratiques discursives）。

從文藝復興和啟蒙運動以來，知識固然是現代社會得以建立、並由此獲得發展的重要動力，但現代知識之所以具有如此巨大的威力，能驅動成千成萬的現代人按照現代知識的模式進行思考和行動，就是因為現代知識具備著獨一無二的論述結構；憑藉著這些論述結構和模式，它將知識的學習、傳授和擴散過程，同社會成員個人的主體化過程相結合，同個人的思想、行動和生活的方式相結合，同個人的自身自律化相結合，同整個社會的制度化及正當化相結合，以致於現代社會的每個社會成員，都自覺或不自覺地捲入現代知識論述的形成和擴散的漩渦，並在這股受到統治者嚴密宰制和控制的強大權力和道德力量的社會文化漩渦中，每個人都產生一種身不由己的自我約束和自我規訓的動力，自以為自身在追求知識的過程中，完成了自身的主體化，實現了個人自由，但到頭來卻使自身淪為被統治者耍弄的「順民」。傅科認為，要徹底揭示現代知識的奧祕，就必須解析它的論述模式和結構及其產生的社會機制，揭露其論述的性質和詭辯多樣的策略手段，以及它們的實踐的具體策略和技巧。

所以，傅科從一開始，正如我們在前面所一再指出的，是著手研究和探討現代社會中的最典型的知識領域，即精神治療學的論述體系的建構及其實踐的歷史。然後，他進一步全面研究知識論述同社會文化的其他論述的相互關係及其社會實踐，探討它們同整個現代社會制度的建構及其運作的相互關係，並在二十世紀七○年代中期開始，又更具體地研究監獄制度及其運作策略，探討現代知識論述同監獄制度的密切關係，最後，他又研究有關「性」的論述的歷史及其社會實踐的過程。

由此可見，傅科的考古學和系譜學，始終都抓住「論述」的問題，並將論述放在具體的社會文化環境中加以分析，將論述當成一種活生生的歷史事件直接地展現出

來，揭露現代論述成為貫穿整個社會生命運作的關鍵力量的奧祕。當然，傅科也承認，即使論述成為了他揭穿一切傳統思想和社會制度運作機制的奧祕的鑰匙，但它本身也不神祕：「論述，儘管它存在，但在一切語言之外，它是沉默的；而在一切存在之外，它是虛無的（au-delà de tout langage, silence, au-delà de tout être, néant）」（Foucault, M. 1994: I, 521）。換句話說，論述之所以有力量，之所以成為強大的社會實力，就是因為它同語言的實際運用以及同社會存在的複雜關係。只要運用考古學和系譜學的批判方法和策略，論述的一切複雜性質就暴露無遺。

所以，很明顯，傅科所探討的論述，既不是語言學和語法學所談及的抽象語句或一般性話語，也不是單純停留在抽象和一般層面的理論體系，而是具體地同現代社會的社會文化制度及現代人的實際思想和生活方式緊密相聯繫的那些論述體系及其實踐。他要通過對於這些論述的解構，對整個西方社會，特別是近現代西方社會進行徹底的解剖，洞察其維持和運作的奧祕，揭示其歷史起因及其現實宰制力量的基礎，同時分析生活於其中的西方人，之所以能夠在這些論述的監視和宰制下，一代又一代地，一方面進行自我主體化，另一方面又遭受其全面的控制。

透過對於知識論述的解析，傅科全面地批判了當代西方社會的社會制度及其與知識論述、權力和道德運作過程的聯繫，試圖由此揭示導致「我們自身」目前處於不自由狀態的根本原因，同時也揭露當代西方社會在各個層面、各個領域的根本問題。

考古學是研究檔案的學問

傅科總結知識考古學的基本內容時說：「我使用『考古學』這個詞主要有兩個或三個理由。首先是因為只有使用考古學這個語詞，才能玩這場（對現代知識進行解構的）遊戲。在希臘語中，『考古學』的基本詞根 Arche 包含著『始基』、『開始』的意思。在法語中，我們也有 archive 這個詞，是『檔案』的意思；它同時又表示論述事件被記錄和被概括的那種形式。所以，『考古學』這個詞表示一種研究型態，它試圖把論述的事件（des événements discoursifs）概述成它們在檔案中的那種記錄形式。我使用這個概念的另一個理由，關係到我所堅持的研究目標。我力圖從整體方面重建某種歷史場域，從它的政治的、經濟的和性的所有方面來重建。我的重點是尋求有利於分析建構論述過程的那些問題。因此，我的工作計畫就是歷史學家的工作，但主要是為了發現為什麼以及如何在那些論述事件之間建構起關係。我做這個工作，其目的

是為了瞭解我們現在之所以如此這般的原因。我的研究重點是集中在我們現在何以如此，我們的社會究竟是什麼。我想，在我們的社會中，在我們現在的這個樣態中，會存在著一種很深的歷史維度和視域；而在這個歷史空間中，那些只是在近幾個世紀中所發生的論述事件是非常重要的。我們不可避免地同論述事件發生牽連。在某種意義上說，我們無非就是在近幾個世紀、幾個月，或幾個星期以來所說過的話的結果」（Foucault, M. 1994: Vol. III: 468-469）。

傅科在 1967 年談論撰寫歷史的方法時說，又一次談到他的考古學研究同檔案的關係：「我的目標不是語言，而是檔案，也就是說，是論述的連續積累的存在。我所理解的考古學，既不同地質學（作為對地下物的分析），也不同系譜學（作為對始初及其後果的描述）相關，它是在檔案的模式中分析論述的方法」（Foucault, 1994: I, 595）。

由此可見，傅科對於知識這種論述性事件是如何以檔案形式被記錄和被概括的歷史過程甚感興趣。所以，傅科又將其考古學稱為「對於檔案的描述」（Foucault, 1994: I, 786）。

作為檔案的形式而留存下來的知識論述事件，表現了現代知識形成和傳播的重要特點。傅科指出，西方社會只有進入到十九世紀的時候，才有可能運用已經充分發展的科學技術，發明了「檔案」和「圖書館」這兩種「停滯的語言」（langage stagnant）的文獻儲存形式。所以，檔案是近代社會的產物，也是近代社會的一個象徵。相對於十九世紀以前西方人所說的「作品」（Opus）而言，檔案這種「停滯的語言」，顯然只是「內部使用」的「封閉的語言文獻」（Foucault, 1994: I, 429）。西方人發明檔案，其目的是將已經發生的各種歷史事件，納入一種以共時形式而留存的有限範圍之內。正因為這樣，傅科也說：所謂檔案，實際上就是被封閉在一個地方的歷史時間（Foucault, 1994: IV, 759）。透過檔案及其儲存，本來活生生地呈現為多維度的具體而複雜的歷史事件，以共時的形式，被概括成沒有血肉、沒有具體關係網絡結構的死亡文獻。檔案的實質，由此可見一斑。

傅科指出，十九世紀以前，西方人使用的「作品」概念，包括了已經公開出版的著作在內的所有作品，其中還包括片斷草稿、文箋、書信以及死後發表的文本。現在絕大多數人都承認，歷史文集的大部分已經散失。傅科強調，不同於檔案的地方，「作品」是「外向性」的語言，至少它是像商品一樣採用「一種消費的形式」。所

以，「作品」屬於「流通的語言」（langage circulant）（Foucault, 1994: I, 429）。檔案完全喪失了「作品」的開放性、公開性和流通性，成為了不折不扣的被少數特權集團所控制、管轄和壟斷的文字工具。

正是在知識論述的檔案累積、選擇、分類和儲存的過程中，知識作為一種社會文化權力的組成部分，作為某一個歷史時期整個社會的制度和機構網絡的支撐點，其生命和靈魂被抽乾和被剝離而被列入檔案架和封閉在檔案袋中。正因為這樣，知識的現代檔案形式，表現了當時當地社會力量對比及其分佈網絡的實際狀況，也是這種狀況的運作的產物。

作為檔案的形式而留存下來的論述性知識，表現了現代知識形成和傳播的重要特點。各種檔案的基本特點，就是它們的層次性、類別性、限制性和規範性。檔案以其層次性、類別性、限制性和規範性的形式，實際上就把檔案中的各個被記錄的內容，加以分門別類地區分開來，並依照製造和管理檔案的人的意圖，對於檔案的內容進行神祕化、區隔化和正當化的程式。

檔案在人類文化史上的出現，意味著一切過往的歷史的重組和改造，意味著歷史被納入到新的秩序中，特別是意味著歷史透過現代技術的干預和改造而成為非歷史的人造技術結構。在現代科學技術的加工和掩飾下，檔案以其「客觀呈現」的形式，在人們神不知鬼不覺的情況下，偷偷地對歷史進行人為的篡改。尤其帶有諷刺意味的，是任何檔案都一定採取分類的方式，將檔案自身的內容進行自我分割，或按時間順序，或按性質，或按其內容的重要性程度，或按其秘密的程度，進行排列組合，呈現為檔案本身的階層性和類別性。檔案的這種特點，典型地顯示了整個社會結構的階層性、類別性及區別性。所以，檔案的形式本身表現了社會階層化和區別化的特徵。

檔案的形成及其結構是由特定的社會力量關係所決定的。作為檔案的知識論述，它們為什麼在形成中，採取如此這般的形式，又為什麼是由某些特定的人群去從事論述的製作，為什麼在製做中會導致它們所預定的效果，……所有這一切，都是表現了論述事件發生過程中的複雜力量關係網絡及其生命運動，也表現了它們的實際社會效果。所以，知識考古學就是要像檔案那樣，把知識論述形成過程中的那種活生生的力量緊張關係重新顯示出來。

為了開展考古學的研究，必須盡可能收集及分析特定歷史時期的所有相關檔案。在考古學研究中所使用的檔案，傅科認為，已經不是「檔」（document），而是成為

一種歷史事件的見證，作為「紀念碑」（monument）而呈現出來。所以，「嚴格地說，考古學就是關於這種檔案的科學（archéologie est, au sens strict, la science de cette archive）」（Foucault, 1994: I, 499）。

因此，在傅科的考古學中的檔案，已經改變了它的原有性質。正如傅科所說：「我所說的檔案，不是由某一個文明所保存的文本整體，也不是人們從那些文明的浩劫中所能夠拯救出來的遺跡的總體，而是一系列規則的遊戲；這種遊戲決定了文化中的各種陳述的出現或消失、它們的更改或取消以及它們作為事件和事物的弔詭性的存在。在檔案的整個因素中對論述的實際狀況進行分析，就是一點也不把它們當成『文件』，而是把它們當成『紀念碑』。這種研究，既同一切地質學的隱喻無關，也一點都與尋求根源的研究無關，同時也並不試圖尋求什麼始基。這樣的研究，根據詞源學的遊戲規則，可以稱之為考古學」（Foucault, 1994: I, 708）。

權力系譜學與知識考古學的關係

知識固然成為現代社會維持和運作的中心支柱，但知識本身並不是孤立存在和發生作用。如前所述，知識一方面綜合著整個社會各種力量相互緊張鬥爭的結果，另一方面它本身又必須在同社會其他各種實際力量的配合下，才能存在和發展，才能發揮它的社會功能。在近代社會一系列號稱為「科學」的知識的形成過程中，特定語言論述的建構和散播過程，都是受制於特定社會權力網絡；同樣地，特定社會歷史階段的權力網絡的建構和運作，同時又在很大程度上依賴於科學知識語言論述的形構和擴散策略，依賴於科學知識語言論述同權力網絡運作之間的相互協調和相互促進。正是由於這樣的認識過程以及知識同權力之間的相互滲透，現代人在使自身建構成認知主體的同時，實際上也變成了各種知識語言論述散播策略的從屬性因素，成為知識本身的對象，成為權力運作的對象。

由於知識同權力運作之間存在著密切的內在關係，所以，知識考古學從根本上說，就是同權力和道德的系譜學緊密相聯繫；任何知識論述，不管是它的創建、形成、建構和擴散過程，都離不開權力和道德的力量。1975 年當傅科到美國與洛杉磯大學同學生進行討論時，他明確地指出：作為「論述」的知識是緊密地同權力聯繫在一起的。換句話說，沒有脫離權力運作的純學術的知識論述體系；不但知識論述的產生和散佈需要靠權力的運作，而且，知識作為論述本身，就是權力的一種表現。反過

來，任何權力，特別是近代社會以來的權力，由於近代社會本身的性質所決定，其運作也都離不開知識，離不開知識論述的參與和介入。人類社會中的任何時代，都沒有過權力與知識各自獨立存在、互不相干的時候，更何況在啟蒙運動之後所建立的近代社會中。所以，傅科說：「我不打算在『論述』背後尋找某種像權力的東西，也不打算在論述背後尋找它的權力源泉。……在我所採用的分析中，並不處理說話的主體（le sujet parlant）問題，而是探究在權力所滲透的策略運作系統中，論述究竟扮演一種什麼樣的角色；而且，論述的這種角色，又如何使權力能夠運作起來。因此，權力並不在論述之外。權力既不是論述的源泉，也不是它的根源。權力是透過論述而運作的某種東西，因為論述本身就是權力關係中的一個策略因素。難道這還不清楚嗎？」（Foucault, M. 1994, III: 465）。接著，傅科又重複強調，論述是在權力一般運作機制內部而操作的一個內在因素。所以，論述本身就構成權力及其運作的必不可少的組成要素。也正因為如此，如前所述，必須把論述當成一系列事件，當成政治事件，當成權力的一個成分；而通過論述這類事件，權力和整個政治活動，才有可能運作起來。

由此，我們已經清楚地看到：傅科對於知識論述的考古學研究，勢必導致對於權力的系譜學研究；同樣地，權力系譜學也不可避免地要利用知識考古學的研究成果，並同知識考古學一起，更全面地探究權力同知識之間的密切關係。這也就是為什麼，傅科在早期所取得的知識考古學研究的基礎上，會在六〇年代末和七〇年代初，進一步發展成為權力系譜學和道德系譜學的研究。更確切地說，所謂系譜學研究，根本不是把權力當成某種可以獨立存在的實體，也不打算探究權力的終極基礎和始因，而是要把知識當成權力運作的一個不可缺少的策略因素，深入揭示、並解構各種科學話語或知識論述同權力之間的相互滲透和相互勾結的關係。任何權力都不是孤立地進行和運作；特別是在現代社會中，一切權力的運作都不可避免地要同知識論述相結合。對於現代社會中的權力運作，如果脫離知識論述的因素，就無異於掩飾現代權力的宰制、控制和規訓功能。正是在這個意義上說，作為一位社會哲學家，傅科在觀察社會的時侯，主要地把注意力放在促使整個社會不斷運作的權力系統及其同社會其他因素的複雜關係。

在傅科看來，**社會基本上是一個不斷變動的權力系統**。所以，他在談到《性史》（Histoire de la sexualité. Tome. I. 1976; Tome. II et III. 1984）的意義的時候說：「對我來說，我的作品的主要點是重新思考和建構關於權力的理論（Pour moi l'essentiel du travail, c'est une réélaboration de la théorie du pouvoir）」（Foucault, M. 1994: III, 231）。

與權力系譜學平行進行的，是道德系譜學。它不是描述道德的歷史形成和發展過程，因為道德本身本來就是人們根據權力鬥爭的需要而虛構出來的。透過道德的論述，歷代統治階級試圖加強他們對於整個社會的控制，並監督社會成員實現他們所企盼的「主體化」和「客體化」過程。所以，傅科的道德系譜學是對於道德主體的歷史批判。它所揭示的，是道德行為主體以及慾望主體的歷史建構中的各種鬥爭過程以及其中的社會力量的相互關係（Foucault, M. 1994: IV, 397）。

在傅科的權力系譜學和道德系譜學中，傅科主要從權力和道德的角度出發，探討各種知識論述同權力運作及其策略，同道德規範及其社會實踐的關係。所以，同知識考古學一樣，他的權力和道德系譜學，也是探討權力和道德同各種論述，特別是知識論述的緊密關係，探討權力和道德論述的制度化和規範化及其實際操作策略和技巧，探討這些論述策略和技巧對於現代社會的宰制過程及其運作機制的功能，尤其是探討現代社會中被禁忌化、規範化和制度化的「性論述」，並將性論述放在現代社會發展的脈絡中加以分析，指出性論述同權力、道德和知識論述的相互關係，揭示現代社會實現個人主體化的運作機制及其策略。也正是在這個意義上說，系譜學是一種「造反」的活動，一種顛覆現有知識論述及權力統治的研究工作。

傅科在其 1976 年 1 月 7 日的法蘭西學院課程演講中指出：「系譜學指的是使那些局部的、不連貫的、被貶低的、不合法的知識運作起來，去反對統一性的理論法庭；後者往往以正確認識的名義，以控制在幾個人手中的科學權力的名義，試圖過濾和篩選那些知識，對它們進行分級、整理。因此，系譜學不是導向一種更細緻或更正確的科學形式所進行的實證主義的回溯。系譜學，非常準確地說，就是反科學（les généalogies, ce sont très exactement des antisciences）。它並不要求對於無知或非知識的一種抒情式權利，它也不是拒絕知識，不是運用和說明尚未被知識捕獲的即刻經驗的魅力。它並不是指這些。它是指知識的造反（il s'agit de l'insurrection des savoirs）。但這種造反，並不是反對科學的內容、方法和概念，而是首先是為了反對集中化的權力效果；這個集中化權力，是同在像我們這樣的社會中組織起來的科學論述活動的制度及其運作緊密相關的。不管科學論述的這種制度化是在一所大學中體現出來，還是以更一般的形式，在一個教育機構中體現出來；也不管科學論述的這種制度化，體現在

理論商業網絡中，諸如在精神分析學所表現的那樣，還是在一種政治機構中，諸如像馬克思主義那樣；總之，在實際上究竟是那一種，並不重要。系譜學所引導的鬥爭，就是為了反對被當作是科學的論述的權力自身的效果」（Foucault, 1994: III, 165; 1997: 10）。一句話，系譜學就是反對科學論述的權力運作效果，特別是反對越來越高度集中化的現代統治機構對於知識論述的製造和再生產的壟斷。為此，權力系譜學將集中全力揭示知識同權力實際運作的緊密勾結關係，打碎兩者之間的「神聖同盟」。

　　傅科自己在他的法蘭西學院的講學活動中，就是以具體的實踐方式，典型地表現了知識系譜學的性質、特徵及其策略。他坦率地說，他的研究方式和批判程式，是片斷性、中斷性、重複性、無聯繫性、無系統性和無目的性（Foucault, 1997: 5）。通過這種知識的研究方式，一方面揭露了知識本身的同權力和道德之間的內在關係，另一方面又以實踐的具體形式揭示了系譜學的性質和特徵。

　　所以，**系譜學實際上就是一場反對科學論述權力的實際運作的理論和實踐**。它所要揭示的，就是科學論述在實際的社會生活中同整體社會權力的相互勾結及其權力運作策略。也正因為這樣，傅科直截了當地說，系譜學就是「一項解放歷史知識、並使其擺脫奴役的事業」，「也就是說它有能力對統一的、形式化的和科學的論述進行反抗和鬥爭」（Ibid.: 167）。系譜學之所以具有解放局部知識的能力，就是因為它始終貫穿著反對將知識等級化及其權力集中化，反對使各種具體的實際知識變成為受統治者統一掌控的權力系統的組成因素。系譜學在這個意義上說，又可以稱為一種分散的、片斷的、無序的和中斷的知識對於統一的科學知識的造反，而其實質就是使知識擺脫統一的統治權力機器的控制，還知識本來的面目。但是，要做到這一點，首先必須清楚地看到知識同權力之間的勾結的必然性及其複雜性，要對傳統各種號稱真理的知識進行顛覆和解構，指出它們隸屬於社會整體權力系統的實質。這樣一來，知識考古學和權力系譜學就很自然地連接在一起，互相滲透和互相補充，成為一個不可分割的社會歷史批判總活動的組成部分。所以，傅科又說，考古學和系譜學有其互通互補之處：「如果這是涉及到對於局部的、地域性的論述的分析方法自身而言（la méthode propre à l'analyse des discoursivités locales），也許人們可以稱之為考古學；至於系譜學，它是指局部的、地域性的論述從被從屬的知識體系中解脫出來的策略運作」（Ibid.）。

　　到了七〇年代時期，當傅科著手研究西方社會運作的基本機制時，整個西方社會

科學研究領域，發生了很大的變化。形勢的變化，使傅科不再堅持其早期對於精神治療學知識史的斷裂式研究方式，而是進一步加強了知識同道德和權力關係的研究和解剖，使他把知識考古學進一步同道德系譜學和權力系譜學結合起來，並以權力運作為核心，揭示權力同知識以及同道德的密切關係。這種研究，直接關係到對於權力本身的看法。權力到底是什麼？對於權力，是否可以繼續如同傳統研究方法那樣，首先提出「權力到底是什麼」？權力是如同各種東西那樣，可以被確定地界定下來嗎？世界上真有那麼一種實體的「東西」可以被稱為「權力」嗎？它可以如同其他事物那樣被單獨地當成人的研究對象嗎？傅科對於這些問題的回答都是否定性的。他認為，不能把權力當成一個東西或一個對象那樣加以研究，因為權力從來都不是像「東西」那樣而獨立存在。權力的問題，不是「它是什麼」的問題，而是「它怎樣運作」的問題。權力是只有在其運作中才存在的活動網絡，它的運作始終都是同知識、同道德、同社會上其他各種複雜因素緊密聯繫在一起。所以，研究權力必須把它放在社會的活生生的關係網絡中，必須將它當成運作中的複雜關係，一種不斷變動其運作策略、並隨時隨地相互拉扯的力的關係網絡。由於無法預設系譜學研究的結果及其實際操作過程，傅科寧願將系譜學研究當成某種「賭注」（l'enjeu），也就是某種具有冒險性質的探索遊戲。

目的、方法與策略的靈活結合

傅科採用考古學和系譜學是為了實現他對於現代社會的分析批判。從根本上說，他的考古學和系譜學乃是一種「批判的機器」（une machiine critique）（Foucault, 1994: II, 644-645）。當傅科將他的考古學和系譜學稱為「批判的機器」時，他顯然是將批判的內容、目標、目的、方法、戰術和策略，聯繫在一起。所以，傅科在談到他關於監獄的著作的寫作方法時，特別強調了採取靈活而有效的方法論的重要意義。他認為，由恰當的「策略」（stratégie）、「戰術」（tactique）和「目標」（objectif）等概念所組成的方法論，是保證批判與創作順利進行的基本條件（Foucault, 1994: IV, 19）。對於傅科來說，方法絕不僅僅是研究手段和研究工具，而是同研究的目的、過程以及同現代社會的整體問題密切相關。所以，要弄清考古學和系譜學的真正意義，就不能單純地將它們理解為傅科的研究方法而已，而是把它們同傅科研究的基本內容、主題、態度、風格及過程聯繫在一起，並使之與傳統的批判活動加以比較。為

此，傅科堅持將他的考古學和系譜學，放置在西方思想和文化的近代史框架內，並同
啟蒙運動以來所進行的各種批判加以比較。

在他的《什麼是啟蒙》專文中，傅科較為詳細地談到他的考古學和系譜學批判的
特徵。他說：他的考古學和系譜學，作為批判的方式，首先試圖對我們自身進行歷史
的分析，特別是將我們自身同啟蒙運動以來的歷史聯繫在一起，因為我們自身，在某
種意義上說，是由啟蒙運動決定的。整個西方文化及其基礎思想和理論，都是在啟蒙
運動時期奠定下來的。但是，這種歷史的分析，並不是進行歷史的回溯，更不是尋求
合理性的內在本質；而是跨越各種極限和限制，以便使我們自身不再成為傳統的「主
體」，而是成為能夠進行自決、具有高度自主性的我們自身。這就表明，傅科的考古
學和系譜學，除了作為研究方法而被使用以外，還緊密地同傅科研究的目的相連繫，
即將它們當成批判傳統主體論的工具，也當成改造我們自身、使我們成為自身的真正
主人的重要手段。

其次，這種批判並不打算過於簡單地將啟蒙精神同人文主義等同起來；它所追求
的，毋寧是由此而實現對於傳統人文主義的徹底批判（Foucault, 1994: IV, 573-574）。
顯然，傅科不打算讓他的考古學和系譜學同人文主義等同起來；與此相反，在傅科貫
徹其考古學和系譜學的過程中，經常同時地進行對人文主義及各種傳統論述的批判。

在這基礎上，傅科把他的考古學和系譜學批判進一步同傳統的形上學區分開來。
傅科指出，作為方法、策略和目的的高度結合，他的考古學和系譜學所要實現的，並
不是先驗的或超越的批判，並不是為了建構某種形上學體系。他說，他的批判的特
徵，就其目的性而言，是系譜學的；就其方法而言，是考古學的。考古學和系譜學的
結合，正是其批判方法與目的相結合所要求的。所以，考古學和系譜學的批判，是為
了將貫穿於我們思想、說話和行動過程中的各種論述，當成歷史事件進行徹底的批
判，並由此使我們自身變得更加自由（Ibid. 574）。

正因為考古學和系譜學的批判是為了達到真正的自由，所以，考古學和系譜學又
同時必須是實驗性和探索性的。作為實驗性和探索性的批判活動，考古學和系譜學將
展開一系列未定的和不確定的歷史考察，同時又進行對現實和實際世界的調查研究，
以便尋求開闢新可能性的適當場所和視野，使對於現實的改造活動能夠盡可能地實
現。傅科認為，考古學和系譜學，作為方法與目的的結合，在貫徹過程中，始終要考
慮到一般性同具體性、普遍性與局部性、理論與實踐的結合。所以，每當傅科開展其

考古學和系譜學研究，總是要堅持開展對於實證主義和抽象形上學的雙向鬥爭：一方面，他力圖使考古學和系譜學，同單純追求經驗實證調查的實證主義相區別；另一方面又要同傳統形上學及一切不切實際的哲學抽象活動區分開來。他說：「系譜學的批判活動，正如你們所看到的，一點也不意味著把理論的抽象統一性同事實的具體多樣性對立起來，同樣，也根本不是否定思辨的方法、並使之與任何科學主義以及嚴格的知識對立起來。所以，系譜學，並不是透過系譜學研究計畫而實現某種經驗主義；也不是通常意義上的實證主義」（Foucault, 1994: III, 165）。因此，他的考古學和系譜學，在實際批判中，一方面表現為對於具體知識領域、地區性和局部性問題（如精神分析學、精神病治療學、精神病治療實踐、語言學、監獄制度等）的深入批判，另一方面又不使這種批判墮入實證主義的陷阱；而是將普遍性和具體性結合起來，使考古學和系譜學的批判既達到其批判目的，又腳踏實地開展其活動。由此可見，考古學和系譜學的批判，總是從最具體的領域和最局部性的問題入手，非常重視實際的檔案和具體實例的調查；同時，它並不打算尋求最一般性和最普遍性的解決方案，就像傳統形上學所做過的那樣，幻想尋找能夠解決一切問題的「終極答案」。歸根結底，這是一種對於我們自身的自由命運的歷史性和實踐性的考察，是為我們自身的自由需求新的廣闊可能性的試探活動。它一方面拒絕進行抽象的形上學探討，所以要同最具體的局部經驗相連繫，要對長期被掩蓋的歷史事件進行最具體和最細微的調查研究，從大量的檔案材料中，發現那些有意被掩飾或被篡改的事件真相；但另一方面，它又不是局限於我們自身所熟習的幾個有限領域，而是盡可能在我們自身所力所能及的範圍內，將各種歷史的實踐經驗及現實的狀況結合起來，使批判活動充分顯示其遊戲和創造的特質。傅科明確地指出：「概括地說，考古學是對地區性論述的分析方法，而系譜學是揭示局部性論述的策略」（Foucault, 1994: III, 167）。接著，他又說：考古學是一種方法（méthod），而系譜學是進行批判戰鬥的戰術（tactique）（Ibid.）。

　　傅科強調，為了考慮到同時實現考古學和系譜學的方法和目的，他的批判必須充分利用最近二十年來的社會實踐經驗，特別是深刻分析在我們自身的生活方式、思想模式、權力關係、性的關係以及對待精神病方面所展現出來的各種具體經驗。如前所述，傅科所說的「經驗」，並不是經驗主義和實證主義所標榜的那種僅靠統計數據而歸納起來的片面資料。他所說的「經驗」，是要以歷史檔案為基礎，同時又能夠有助於我們自己找到擺脫現狀的出路。所以，傅科的考古學和系譜學批判，往往集中指向

現代資本主義社會的典型制度：現代自由主義（libéralisme moderne）。為此，傅科晚期曾向加利福尼亞大學提出合作研究計畫，其中，主要是針對二十世紀三〇年代以來的現代自由主義制度進行批判。後來，柏克萊大學與傅科合作研究的師生，針對1930年代後西方國家政府統治心態的變遷，曾在1984年給傅科寄來一份研究計畫。這份計畫表明：傅科很重視自第一次世界大戰以來，西方社會在社會生活、經濟計畫化及政治組織三大方面的重建過程，因為最切近的資本主義社會的各種改革，顯示了西方社會自啟蒙以來所建構的社會制度的特徵及其歷史變化的性質。而且，這些最切近於西方人現代生活及其現狀的社會歷史事件，是他分析批判「我們自身」及其歷史命運的現實基礎。

　　傅科在描述其考古學和系譜學批判的特質時，強調它們並不是只是在無秩序和無規則的條件下進行，而是同樣具有它的一般性（généralité）、系統性（systématicité）、同質性（homogénéité）和賭注性（enjeu）。

　　系譜學的歷史批判活動的一般性，指的是在現代史上，它所批判的主題，諸如理性與非理性、疾病與健康、罪行與法律的對立關係，一直不斷地循環式呈現出來。正因為這樣，系譜學將以「成問題化」的提問方式，對所有這些帶普遍性的問題進行歷史的考察。

　　系譜學的系統性，指的是它所批判的論述實踐，始終都圍繞著三大關係的範圍，即關於掌控者與他們所掌控的事物的關係，對他人的行動的關係以及對自身的關係。這三大關係領域，並不是相互割裂，而是相互關連。但系譜學的歷史批判，必須圍繞這三大主軸，並分析它們的各個相互區別的特殊性。

　　系譜學的同質性，指的是它所依據的參照領域的同質性，即關於西方人的所作所為以及他們的行動方式。

　　系譜學的賭注性就表現在「能力與權力的相互關係的弔詭性」（le paradoxe des rapports de la capacité et du pouvoir）。問題要回溯到啟蒙運動時期的許諾和基本口號：控制事物的技術能力的增長，與個人自由的提高，將是按比例地合諧地發展。但是，實際上，掌控事物的能力的增長，並不是如同預先所承諾的那樣合諧地發展。人們所看到的，是權力的關係形式，始終都貫穿、並干預各種技術發展的過程中。特別值得注意的是，為經濟目的服務的生產技術，調整社會關係的制度以及溝通的技術，都很緊密地同各種權力關係的運作結合在一起。各種各樣的關於控制個人及集體的規訓制

度，以國家權力的名義所實行的正常化程式以及控制社會人口等政策，都顯示了權力對於技術的干預，也顯示能力增長與權力關係增強的不協調性（Foucault, 1994: IV, 575-576）。

傅科對於系譜學的上述特性的描述，使我們更加清楚地看到，考古學和系譜學，歸根結底是一種態度：一種對於我們自身的現狀的態度，對於現代社會制度的態度，對於批判自身的態度，對於我們自身能否超越現代社會的限制的態度。正如傅科所說：「對於我們自身的批判的本體論，不能當成一種理論，一種學說，也不是一種累積起來的始終如一的知識體；而是一種態度，一種心態，一種哲學活動。根據這種態度，對於我們自身現狀的批判，一方面是對於強加於我們的各種限制的歷史分析，另一方面，它又要驗證超越這些限制的可能性」（Foucault, 1994: IV, 577）。

總結以上各個方面，傅科指出：「存在著三個系譜學研究的可能領域。首先是就我們同真理的關係而探討的我們自身的本體論；透過這一領域，我們把我們自身建構成認識的主體。其次，是就我們自身同權力場域的關係而探討的我們自身的歷史存在論；正是在這裡，我們將我們自身建構成對他人實行各種行動的主體。接著，是探討我們同道德的關係的我們自身的歷史存在論，由此使我們有可能成為倫理主體」（Foucault, 1994: IV, 618）。傅科還進一步明確指出：「由此可見，一種系譜學有三個可能的主軸。這三大主軸都在我的《精神病的歷史》一書中出現過，儘管採取了多少有點含混的形式。我是在我的《診療所的誕生》和《知識考古學》中探討真理的主軸。而我在《監視與懲罰》中展示了權力的主軸，在我的《性史》中展示了道德的主軸」（Ibid.）。

真理遊戲中的權力遊戲

傅科的權力論述的一般特徵

對於權術策略遊戲的分析批判，是傅科真理遊戲整個批判戰略活動的一個最重要組成部分，也是他個人的理論和生存實踐的主要內容。如同他自己所說：「當我研究權力的機制，我試圖研究的，是它們的特殊性；最令我奇怪的，是那種將其自身的規則強加於人的想法。我既沒有當一位指揮一切偉人的想法，也不承認法規的普遍性。相反，我所力求掌握的，是權力的實際實施機制（je m'attache à saisir des mécanismes d'exercice effectif de pouvoir）」（Foucault, 1994: IV, 92-92）。權力的策略性及其複雜性，使社會上實際運作的各種權力關係，都不存在一般性的「普遍規律」。傅科認為，在西方傳統的真理遊戲中，始終貫穿著各種權力的運作和力量競爭；而且，各種真理遊戲的真正目的，歸根結底，也是為了奪取、鞏固和擴大某個特定個人或社會集團的權力，並使他們對權力的實際操作發生真正效果。權力，如同英國文學家托爾肯（John Ronald Reuel Tolkien, 1892-1973）的作品《指環王》或《魔戒》（Le Seigneurs des annaeux, 1954-1956）所暗示的，權力既是無所不在地到處呈現的威力，又是使其持有者腐敗墮落的可怕力量。傅科在其系譜學研究中所要揭示的，是權力運作同知識論述及其實踐的密不可分的關係。傅科認為，權力始終都不是可以由某個人所獨自掌握的，也不是由某人發出的力量。權力既不屬於某個人，也不屬於某個集團。權力只是在其擴散、中轉、網絡、相互支持、潛力差異、移動等狀態中才存在。正是在這些相互差異的體系中，在人的社會關係網絡中，才能夠正確地分析權力，權力本身也才能真正地運作起來（Foucault, 2003: 6）。權力的運作、奪取和擴大，依靠著真理遊戲的開展及其實現過程，而真理遊戲又成為權力競爭的重要手段；兩者相互依賴、相互

交錯而連成一體。

　　關於權力問題的論述，在傅科的著作中，佔據著很重要的地位。但傅科的思想非常複雜，而且，他的著述種類和內容也很龐雜，他所探討的問題幾乎涉及到社會和人的思想的一切方面。就是在他的許多著作中，他不斷地討論了權力的問題。正如他自己所說：「對我來說，我的作品的主要點，是重新思考關於權力的理論」（Foucault, M. 1994: Vol. III, 231）。

　　因此，可以說，關於權力問題，傅科雖然沒有寫過專門著作，但他在不同的時候，總是試圖勾勒出一些關於權力及其運作的輪廓；他不知疲倦、甚至喋喋不休地闡述權力問題；但他並不計較建構這樣或那樣的關於權力的完整理論。我們可以看到，在他對精神病院、瘋狂、醫學、監獄、性和警察的大量歷史研究中，他所研究的，並非傳統知識所探討的重點，也不採用任何一種傳統方法。權力問題就是沿著全部這些問題一再地展開，並與這些問題連成為一個整體，成為內在於這些問題之中的主軸線。因此，傅科關於權力的論述，是散見於他的大量著作中，沒有一個嚴謹和統一的系統，也沒有貫穿於其中的始終一貫的邏輯原則。他自己也承認，他自己沒有一個關於權力的「大理論」，也沒有關於權力的「一般理論」。他說：「我沒有一般理論，我也沒有可以信賴的工具」（Foucault, M. 1994: Vol. III, 216; 402-404）。然而，他將權力貫穿於他的一切著作中加以論述的作法，正是表明他時時刻刻關懷著權力問題，並把權力看作是人類社會、特別是當代社會的最重要的問題。

　　他關於權力的觀點和理論是不斷變化和發展的，一方面隨著他自己基本思想的變化而變化，另一方面也隨著他在不同時期探討重點的轉變而轉變，同時也依據他所研究的具體權力關係的位置、區域和環境而變化。所以，他關於權力的觀點，如同他個人、他的思想一樣，不存在始終必須遵守的統一規定的規範或原則。

　　關於權力，他是在當代各種實際的社會和政治事件的壓力下，沿著權力本身內在發展的線索，不斷地更新對於權力的提問方式。而且，傅科每一次對於權力的提問，也免不了表現出循環反覆的遊戲運動方式；傅科，隨著自己獨特的步伐，直至其生命的最後時刻，不斷地重讀、重新定位和解釋自己做過的工作。這就是為什麼他總是避免提出關於權力的「一般理論」。

　　推動他集中研究權力的主要原因，除了因為權力本身本來就是西方社會和政治歷史中的關鍵因素以外，還由於在他生活的二十世紀五〇年代至七〇年代期間，全世界

到處都顯示出權力問題的突出地位。他在 1977 年 10 月 13 日同日本學者交談時指出，起碼有兩件重大事件與他特別關心權力問題有關：第一是當時普遍呈現法西斯勢力倡狂肆虐的現象，第二件是當時西方民主國家中到處出現權力氾濫和滲透的現象。傅科指出，透過這些重大事件，使「權力過度氾濫」的問題「赤裸裸地顯示出來」（le problème de l'excès du pouvoir paraissait dans sa nudité）（Foucault, M. 1994: Vol. III, 400-402）。直到 1982 年，傅科還強烈地意識到「法西斯現象」在西方的繼續發燒、瘋狂及惡魔化的趨勢，有增無減，而這是由於「他們在很大程度上利用了我們的政治合理性的觀念和程式」（ils ont, dans une large mesure, utilisé les idées et les procédés de notre rationalité politique）（Ibid.: Vol. IV, 224）。就是這樣，傅科在高度警覺、集中注意的觀察中，如同尼采那樣，緊緊「跟蹤偉大的政治」，把注意力集中到權力問題，尤其注意掩飾著法西斯現象的當代「政治合理性」。

值得指出的是：他的思想是在二十世紀七〇年代中期發生了重大變化。因此，他的權力理論也是在這個時期發生重大變化。他從 1976 年起，一方面在法蘭西學院的授課中，以《必須保衛社會》（Il faut défendre la société）為題，在權力問題上，集中探討三大論題：（甲）懲戒的權力（le pouvoir punitif）（通過像監獄那樣的懲罰機關的監視技術、規範性制裁和全方位環形敵視監督系統等）；（乙）生命權力（bio-pouvoir）（通過對於人口、生命和活人的管理控制）；（丙）政府統管術（gouvernementalité）（通過國家理性和警察裝置和技術）。另一方面，傅科開始著手撰寫他的《性史》三卷本，打算以「性的論述」為主軸，深入探討緊密圍繞權力運作而旋轉、並始終控制著西方人的「主體化」過程。

長期以來，在西方社會中，任何政權和法制，都是把主權問題列為首位。這樣的政權和法制結構，決定了權力、法制和真理之間相互關係的形式，也決定了真理依靠權力和法制而為權力和法制進行正當化論證的內容和基本形式。關於這點，傅科說：「當我們說西方社會中主權問題是法制問題的中心時，意指的是，論述和法的技術基本上是為了在政權內部解決統治的問題而運作的。換句話說，論述和法的技術的運作，都是為了在這種統治所在的地方，化約或掩飾兩大因素：一方面就是關於主權的正當化的權力，另一方面就是關於服從的法律方面的義務。因此，整個法制體系，歸根結底，就是為了排除由第三者進行統治的事實及其各種後果」（Foucault, M. 1994: Vol., III, 177）。

　　正因為如此，「在西方社會中，法制體系和法律審判場域始終是統治關係和多種形式的臣服計謀的永恆傳動裝置。因此，法制，在我看來，不應該從一個固定的正當性的角度去看，而是從促使正當性運作的臣服程式去看。所以，對我來說，問題是要把關於主權性和強制個人隸屬於這個主權性的服從的問題，變為短程的循環或甚至避免它。……我要在這個關於主權性和服從的問題（le problème de la souveraineté et de l'obeissance）上，凸顯出統治的問題和臣服的問題（le problème de la domination et de l'assujetissement）」（Foucault, M. 1994: Vol. III., 178）。

　　傅科認為，社會、法律和國家，都是由無止盡的戰爭狀態及其相關力量所決定的。他嚴厲地批判傳統的自然法理論，強調：「首先，理所當然，戰爭決定了國家的誕生：權利、和平和法律是從戰場的血腥和泥濘中誕生。但是，在這裡，不應當把戰爭理解為哲學家和法學家想像的理想戰爭和對抗；它與理論上的某種原始性無關。法律不是在最初牧羊人常去的泉水旁從自然中誕生。法律降生自實實在在的戰鬥、勝利、屠殺和掠奪；它們都有自己確實發生的時間和令人恐怖的英雄。法律生自焚燒的城市和被蹂躪的土地：它的誕生伴隨著偉大的無辜者在太陽昇起時的呻吟。社會、法律和國家並不是戰爭的休止，或者是對勝利決定性的認可。法律不是和解，因為在法律之下，戰爭仍然在一切權力機制、甚至最常規的權力機制中咆哮。戰爭是制度和秩序的發動機；和平，在它的最小的齒輪裡也發出了戰爭的隆隆聲。」（Foucault, M. 1997: 40）。權力必須在「一切人反對一切人的鬥爭」中加以理解，但是，這個表面上是霍布斯式的論斷，不應當產生錯覺，因為在傅科看來，權力本身，在事實上，就是在「一切人反對一切人的鬥爭」中，在各種各樣的、斷斷續續的、無可預料的、異質的、複雜的、地區性的、散佈的和無所不在的各種領域和時空中，施展、並延續其功能。這同霍布斯所說的那種「以統治的整體事實和戰爭的二元對立邏輯」是根本不相容或根本不同的。

　　傅科在《性史》第一卷中說：「從權力關係根源上說，也就是統治者與被統治者之間的關係而言，不存在全面徹底的二元對立。二元對立絕不可作為普遍模式；社會機體由高至低、由大而小，並非每個層面都存在這種二元對立。相反，人們必須認識到那些形成、並作用於各生產組織、家庭、具體集團和機構的多重力量關係是造成瀰漫於整個社會機體的分裂的廣泛影響的基礎。這些多重力量關係形成了一條共同的力量戰線來消除局部對立，並把它們聯繫在一起。可以肯定，它們還對各種力量關係進

行重新分配、重新排列，使它們互相協調、秩序井然，並溶合在一起」（Foucault, M. 1976: 124）。

在實際生活中，權力不是孤立存在和單獨發展，而是同「論述」（Discourse），特別是語言論述、知識論述、道德論述緊密相合的象徵性力量，構成一股貫穿於社會文化生活各個領域的複雜力量交織關係：也正是權力、知識、道德的三重交錯網絡，才導致「知識考古學」、「道德系譜學」、「權力系譜學」三者，以「論述」為中心展開雙向共時的循環旋轉。

因此，對於傅科來說，揭露權力和論述的辯證關係，揭露西方權力結構的特徵及其主權統治的制度，不是像傳統政治哲學和傳統思想家那樣，把重點放在冠冕堂皇的權威性的哲學論述，諸如皇家禦用知識份子的政權論和有關民主自由的各種高度理性化和高度邏輯化的哲學論述。所有這些傳統的論述在說明權力結構和權力運作的時候，總是千方百計地論證其客觀性、真理性、正義性和正當性。而且，這些傳統論述也總是以中央主權統治結構的完滿性和抽象性，去論證這些統治結構的客觀性。與此相反，傅科有意識地撇開傳統中央政權的理想結構和傳統權威政治哲學的論述模式，把重點轉向所有政權制度系統和統治機器的末端和極限之處，把重點指向赤裸裸暴露權力的骯髒性質的地方政權以及被人們忽略的「粗俗」領域，諸如精神病治療院和監獄等。為什麼呢？因為正是在這個末端和極限或邊緣之處，暴露了任何統治結構和權力運作系統設法要加以掩蓋的所有弊端，也暴露統治與服從的關係的真面目。也就是說，正是在那裡，徹底地暴露了統治結構和權力運作系統中最陰險、最狡猾、最殘酷和最赤裸的本質。

為此，從七○年代開始，傅科將其研究西方社會中知識論述和權力的關係的重點，轉向研究監獄、懲罰、規訓以及地方政權和邊緣地區權力機構的運作狀況。傅科認為，在這些邊緣地區和遠離中央政權的領域，權力結構及其統治機器的運作方式，具有非常明顯和典型的特徵，足以暴露西方社會長期以來被官方論述和權威性政治哲學所掩飾的權力運作的性質。傅科指出，在這些領域，政權運作同知識論述的相互關係，一方面表現出政權制度化、法制化和真理科學化的特徵，另一方面卻表現出時時刻刻不斷違法、逾越法規和任意濫用權力的特徵。正是在這些地區，徹底暴露了現代社會權力運作的所謂「法制性」的虛偽本質。這種現代社會的一體兩面的特徵，顯示其弔詭性，但它正是西方所謂合理和科學的法制的真正性質。同樣在這裡也顯示出西

方知識論述和權力運作相互關係十分弔詭的性質。

　　針對現代社會權力運作的複雜性，傅科認為，要徹底弄清當代知識論述，特別是人文科學和社會科學知識論述同權力運作的相互關係，必須從其相互矛盾和相互排斥的兩方面進行分析：一方面，集中分析典型的傳統權力論述的邏輯結構和理性主義的特色，分析它們如何「客觀地」和「公正地」建構起主權至上的權力論述體系（這些典型的權力論述系統，表現在從十六世紀到十九世紀末各種政治哲學體系和在此一時期內各個西方主要民主國家的憲法藍本）；另一方面，集中分析各種有關監督、規訓、審查和紀律執行等具體方面的論述，從主權的策略化和制度化的各個細節，從貫徹主權的每一個紀律化和監督網絡的管道的各個微細血管部分，從執行紀律和監督的各種具體論述，分析上述至高無上的主權在具體統治過程和政權運作程式中的實際表現（這些具體的有關規訓和監督等論述，主要表現在各個監獄、監管所、教養所、診療所和精神病院的各種法規和制度的論述中，也表現在精神病學等相關學科的理論論述及其實際規定的論述中，尤其表現在這些法制執行機構的檔案記錄中）。

　　關於權力對於知識論述的生產和擴大的影響方面，也同樣必須相應地考慮到相互矛盾的兩個層面。第一個層面是，整體國家機器和整個統治階級的利益同整個知識界和理論界的相互關係。在這個層面上，兩者的關係往往採用非常迂迴、非常模糊和非常抽象的形式，特別是在十七世紀以後的近代社會，兩者往往採取普遍化和標準化的形式，至多採用最一般的意識形態性質。在第二個層面上，對於權力運作的各個具體程式和策略運用方面，權力對於論述的干預就更為直接和更為緊迫。在這點上，當各個地方權力機構，特別是各個地方法院，具體審理各個法律案件的時候，或者，當各個監管所和精神療養院等具體法規執行機構審查和判定具體犯罪或病患的時候，權力對於論述的干預就較為直接和露骨。

　　所以，傅科說：「主權和規訓，主權的法制和規訓化的機制，是我們社會中政權的基本運作機制兩項絕對的構成因素」（Ibid.: 189）。

　　由於論述往往採取知識和真理的形式，所以，當論述為權力而建構和散播的時候，在主權方面的論述更便於以抽象和客觀的形式表達出來，而在規訓方面的具體論述則更接近命令式形式，則以帶強制性的規則、法規、規定、政策和策略形式表現出來。因此，在分析論述為政權服務的性質時，應該盡可能選擇那些有關法規、政策和策略的各種論述，因為這些論述同時具有客觀真理性和強制規定性兩方面的特點。傅

科在分析論述的權力性質的時候，正是選擇了具有規定性的精神治療學論述和具有強制規訓性質的監獄規則的論述等方面。隨著知識考古學研究的不斷深入，傅科分析的鋒芒越來越集中到知識與權力的關係上。

為了強調真理遊戲與權力運作之間的緊密關係，傅科在談到西方各國對於「性」（la sexualité）的基本態度時指出：環繞「性」而建構的知識論述及道德規範，沒有一個不是在權力運作的條件下實現的；而各種有關性的論述，又都是為權力的運作和操縱策略服務。從「性」的論述與權力運作的實際密切關係，可以典型地看到：旨在建構主體性的真理遊戲，是在同權力遊戲相互交錯的過程中進行的（Foucault, 1994: III, 105）。也正因為這樣，如前所述，傅科將他的知識考古學當成一種批判方法（la méthod de critique），而把他的系譜學當成批判的目的性（la finalité de critique）（參見本書第二章第九節）。在傅科的整個考古學和系譜學批判活動中，對於權力的分析批判幾乎占據相當大的部分；也就是說，不管是對於知識論述的分析，還是對於傳統主體論的批判，他都注意到權力關係及其運作的重要性，集中了大量的精力對權力運作的複雜過程及程式進行分析和探討。在這個意義上說，對於權力的分析批判成為了傅科考古學和系譜學研究的重點和主要內容。但是，傅科對於權力的批判，從根本上說，同傳統意義上的權力研究活動毫無共同之處。所以，他本人一再地宣稱：他並不只是關心權力問題；他甚至說，權力並不是他的主要研究方向。他這樣說，是為了消除人們對他的考古學和系譜學研究的誤解。傅科試圖向人們顯示：他研究權力，並不是為了分析權力本身，不是為了研究權力而研究權力，不是把權力當成一種孤立的社會現象，也不是由於他只是對權力感興趣。正如我們一再地所強調的，傅科所真正關心的，是『我們自身』的現狀及實際的命運；因此，他的考古學和系譜學研究的目的，是對我們自身的現狀進行歷史存在論的批判，以便使我們自身，真正明瞭造成目前狀況的社會條件及其歷史過程，從而也找到擺脫現狀的出路。分析批判權力，只是他關心我們自身基本現狀的一個必要研究步驟。傅科一再地向訪問他的人說明：他重點地批判權力，不是因為對權力有什麼特殊愛好；而是因為他要批判的現代社會本身，從其實際運作的知識論述主軸到它的各個面向，都始終貫穿著權力的力量網絡及其對於社會整體的全面控制。而且，權力網絡在其運作的過程中，始終玩弄非常複雜的策略和計謀。正因為這樣，傅科才在其研究活動中，沒有忽略權力問題；使他從精神病治療學的知識考古學研究開始，直到最後研究性史，都把對於權力網絡的運作當

成首要考察對象。所以，當紐約《時代週刊》把他稱為「法國的權力哲學家」時，他明確地說：「我更加感興趣的，並不是權力，而是主體性的歷史」。顯然，傅科不希望人們把他當成專門研究權力的「專家」，因為這將導致一種誤解，似乎除了權力問題以外，他對別的問題毫無興趣；或者，似乎當代社會中唯一重要的問題就是權力，似乎權力如同自然界的實物那樣，可以孤立地存在，可以被當成科學活動的一個實體性的研究對象。

由此可見，傅科對於權力的分析批判，是他的考古學和系譜學研究的重要組成部分，也是理解他的理論和實踐的關鍵所在；但是，所有這一切，都必須放置在傅科整個分析批判活動的整體範圍內，必須同現代社會本身的權力網絡的運作過程、策略及其在各個不同具體領域和地區的實際表現形態聯繫在一起，必須同現代社會的知識論述、主體形構以及各種社會制度的性質及其運作聯繫在一起。

在社會力量的緊張關係中探討權力

權力是在社會中產生和運作的；而社會又是靠權力來維持和發展。權力同社會之間的相互緊密關聯，不但使兩者共生和共存，而且也使它們在不斷的運動中進一步相互滲透、相互推動和相互促進，導致兩者在互動中進一步複雜化。既然權力是在社會中存在、並同社會整體扭結在一起，相互滲透，所以，社會越發展，權力結構及其運作邏輯，也越來越複雜化。西方社會發展到十八世紀以後，資本主義社會的法制化、理性化、技術化和符號化，又使權力本身的結構及其運作邏輯，滲透著新的複雜因素，造成現代社會權力關係網絡的特殊性質。這種複雜化的趨勢，一方面導致權力向社會各個領域的滲透，不但使社會各個領域的任何運作，而且，連個體的生活及其私人領域，也都無法脫離權力的宰制，另一方面也使權力本身更緊密地同社會文化各個因素連接在一起，使權力的任何運作都同樣離不開社會文化因素的參與。權力的上述複雜性質以及當代社會的快速分化，也使社會各個領域的權力，有可能進一步自律化，具有自我生產和自我參照的能力。同時，隨著社會文化的發展，權力也變得日益神祕化（包括符號化、象徵化和異化）。這就說明：權力一方面有可能成為某種宰制性的社會力量；但另一方面，權力還具有社會性、文化性、普及性、語言性、內在性和公眾性的特徵。

權力的這些特點，歸根究底，源自其人性本質。也就是說，權力之充斥於社會生

活中及其無所不在性，是緊密地同它的人性本質相關的。但是，人的本性並非抽象。權力同人的本性的緊密關係，必須具體地結合人的身體及日常生活活動去理解。關於這一點，尼采的權力意志論及其權力系譜學研究，提供了深刻的啟示。在尼采的影響下，佛洛依德也在其精神分析學理論中研究了權力，並以尼采權力系譜學的方法，探討了人的慾望本性對於權力產生、發展及其運作的關係。傅科生活在當代社會中，比尼采和佛洛依德更清楚地看到權力同現實的人的生活以及同人的身體慾望之間的內在關係。對於尼采、佛洛依德和傅科來說，人的本性無非就是直接表現在普通的慾望中的各種需求本身，因此，研究權力同人的本性的關係，就應從人的性慾以及同性慾相關的各種論述等方面進行分析。

權力同人的內在關係，使權力的產生和發展始終同人的主體性問題相關。在這方面，長期以來，人們很少關注權力的內在基礎；也就是說，很少去觀察和分析權力的慾望、意志、情感、旨趣、愛好、心理等基礎。如前所述，尼采及其後繼者傅科等人，在探討權力同性的論述的內在關係時，也進一步同主體化問題聯繫在一起。

當然，權力的上述精神內在因素，也不可能脫離其存在的社會文化條件。換句話說，權力的內在因素也始終同其存在和運作的外在社會文化條件相關聯。因此，在探索權力的上述精神內在因素時，如同探索其外在社會文化因素一樣，都不能單獨地、孤立地和靜止地進行。傅科認為，人的任何精神內在因素，從來都是在同其社會文化條件的緊密關係中發生作用和發生影響。

權力作為無所不在的社會力量，滲透於社會生活的各個方面，表現出權力作為社會力量關係網絡，不但可以成為統治的力量，也同樣可以成為社會大眾相互協調和相互制衡的力量；不但可以成為消極性的破壞力量，又可以成為積極的生產性和創造性力量。同時，權力既要靠各種中介因素而發揮其作用，但其自身又常常也成為社會和文化等各種複雜因素的中介。也就是說，權力既在「中介化」中發生作用，又在社會整體他物的複雜運作中「被中介化」。在這裡，權力同語言的複雜關係是非常重要的。因此，權力的社會功能及其社會意義，必須針對其在社會生活中的地位及其同社會力量的關係來判斷和給予評價。

如前所述，傅科的權力系譜學雖然是要研究權力的實際運作過程及其策略，但它並不是單純地把權力當作唯一的或主要的研究對象，也不是單純地探索『權力是什麼』這樣一個問題。也就是說，傅科的權力系譜學，並不打算把權力從現代社會的整

體結構中孤立起來，也不準備將權力當成自成體系的實體結構，同樣不將各種類型和各個不同領域的權力，當成可以各自獨立存在的單個權力系列，把它們從權力關係網絡中分割出去而對它們進行抽象的探討。

所以，當傅科說，權力從來都不是獨立存在的實體時，他是強調：㈠權力不是可以脫離社會的其他力量而孤立運作；權力始終都同社會的其他因素、力量和關係網絡緊密相結合，相互關連；「權力關係植根於社會網絡的總體中」（Les relations de pouvoir s'enracinent dans l'ensemble du réseau social）（Foucalt, 1994: IV, 240）。反過來，現代社會的任何因素及關係網絡，也從來沒有脫離過權力關係而存在；㈡權力本身只能在權力關係的網絡中存在和運作；而所謂「權力關係」，指的是各種權力之間的競爭和鬥爭。社會各個領域中的權力鬥爭，不過是各種複雜的權力關係網絡的一個組成部分和表現形態。傅科明確指出：當我們對權力的運作過程進行分析時，「其分析的對象和目標，是各種權力關係（des relations de pouvoir），而不是一個權力」（Foucault, 1994: IV, 235）。1973 年 5 月，傅科在里約熱內盧天主教大學有關「真理與法律形式」的學術研討會上，系統地論述了他的權力理論，明確指出：「我絕對不願意將權力同鎮壓等同起來。為什麼？首先，這是因為我並不認為在一個社會中會只存在著一個權力；相反，我認為，在一個社會的不同層面上，總是存在著大量的、並非常多樣的權力關係；在這些關係中，有些權力依賴於另一些權力，而又有一些權力是同另一些權力相對立的。非常不同的權力關係是在制度和機構系統的內部實現的。例如，在性的關係中，就存在著權力關係，而如果把這些權力關係說成為階級權力關係的投射的話，那就未免太簡單化了。從嚴格意義的政治觀點來看，在某些西方國家中，政治權力是由某些個人或社會群體所掌握和執行，但這些人並沒有掌握經濟權力。這些權力關係，從各個層面來看，都是非常靈活的，以致於我們無法談論一個權力，而只能描述權力關係而已。這顯然是一項非常困難的任務，需要經歷相當長的研究程式才能完成。我們可以從精神治療學的角度、從社會和家庭的角度來研究權力關係。這些權力關係是多樣的，所以，不能把權力關係界定為『壓迫』。不能把一切都歸結為『權力鎮壓』這麼一句話。這是不正確的。權力並不鎮壓。至少有兩大理由。第一，因為權力來自於慾望，至少對某些人來說是這樣。我們可以拿出許多例子說明，權力是性原慾的衝動經濟學（une économie libidinale），具有權力的性慾動力基礎。所有這些證明權力並非只是鎮壓。第二，權力可以創建。在昨天的研討會上，我

曾經試圖指出，像權力關係和充公沒收等事物，可以產生出某種非常奇妙的事物，例如像轉化成『調查』的知識那樣的事物，它可以為人們提供知識。簡言之，我不同意將權力歸結為一個單個事物的簡單化分析。」（Foucault, 1994: II, 642）。

同時，「權力的運作，並非只是在相關者之間、在個人或集體之間的一種關係，而是某些人對於另一些人的行動模式」（Ibid.: 235-236）。權力的特徵就在於：它不只是人際間的靜態關係，而是一些人對於另一些人的行動模式；它必須在各種權力的關係網絡中存在才能實際運作。只要談到權力，就勢必牽涉到權力關係網絡，就涉及到各種權力之間的力量競爭和鬥爭；權力關係並不是抽象和靜止不動的，而是在鬥爭的行動中形成和存在。所以，傅科將權力歸結為人與人之間的「行動模式」，指的是相互鬥爭和競爭的行動模式。沒有行動，沒有實際的人與人之間的鬥爭行動關係，就無所謂權力。正如傅科所說：「權力只能在行動中存在」（le pouvoir n'existe qu'en acte）（Foucault, 1994: IV, 236）。「這也就是說，權力並不屬於協商同意的類型，權力本身並不意味著放棄某種自由，也不意味著權力的讓渡，同樣也不是所有的人對於某些代表給予的權力委託。當然，這並不否認，協商同意也可以是維持權力關係的一個條件，或者，這也不否認，權力關係本身可以是先前的同意的一個成果；但無論如何，權力在本質上並不是某種協商同意的表現形態」（Foucault, 1994: IV, 236）。在權力的實際運作中，主要不是靠相互之間的退讓或讓步，也不是靠相互之間的協商；主要是靠鬥爭行動過程及計謀的運用。

正因為權力的運作在當代社會中扮演了關鍵的角色，就更有必要將它放在整個社會的複雜網絡中，將它當成貫穿社會一切領域的交錯重疊的力量。同時，也必須將任何類型或領域的權力，放在同其他權力關係的網絡中去分析。

根據傅科的權力系譜學，權力作為社會生活中的現實力量，是一種活生生的「力」的關係網絡，是社會各個階級和各個階層的實際力量相互進行緊張拉扯及鬥爭的活生生的體現。傅科指出：「權力在本質上是一種力的關係」（le pouvoir est essentiellement un rapport de force）（Foucault, 1994: III, 87）；權力是在各種關係的現實較量中，由於各關係中的各因素間的張力消長而形成，又隨著各因素間的不斷競爭而發生變化，並由此而對整個社會生活發生重要影響。

因此，權力既不是屬於統治者單方面的，不是由統治者單方面所組成和維持，也不是由統治者這個唯一的中心而向整個社會單方向地發出的；而是由統治與被統治、

中央與地方、個人與個人、群體與群體、各個領域和各個地區的社會共同體之間的多
方向而又多質的競爭力量的相互關係所組成。

　　就權力的存在形式而言，它始終都是以兩個因素以上的相互關係所組成的網絡結
構。因此，傳統權力觀的單一中心論或單向論，特別是將這種單一中心歸結為統治者
的觀點，實際上是違背權力本身的實際存在方式。權力固然離不開統治行動，但統治
並不是單純由統治者所決定的力量關係。任何社會中的統治關係，都不是單純由統治
者一個因素或單方面的力量所組成的，而是由統治者和被統治者的相互關係及其相互
鬥爭、相互拉扯的過程和效果所決定。即使是在統治者和被統治者雙方內部，也不是
單一的力量或因素所組成；統治者和被統治者的內部，仍然存在著多種關係和各種力
量，而且，這些關係和力量，始終都處於不協調和不平衡狀態。因此，事實上，任何
社會的權力關係，總是包含統治者一方的多種內在因素同被統治者另一方的多種內在
因素所組成的力量關係複合體。權力，就是在這樣的複合體中存在，並不斷發生變
化。

　　面對權力的這種極其複雜的狀況，由於無法預設系譜學研究的結果及其實際操作
過程，傳科寧願將系譜學研究當成某種「賭注」（l'enjeu），也就是某種具有冒險性
質的探索遊戲。因此，系譜學，嚴格地說，如同考古學那樣，並不存在固定的模式，
也沒有固定不變的對象和研究領域。權力系譜學並不以總結權力運作規律作為主要目
標，它是隨著系譜學批判的實際需要，在社會的各個領域和各國層面進行綜合性探
索。就其性質而言，權力系譜學可以說就是遊走式的賭注性批判活動。

權力關係網絡的複雜性及其賭注性

　　正因為權力是在力的緊張關係中存在和運作，所以，任何權力關係都是靠其自身
的遊戲方式而發生效力。傳科指出，正如語言是在遊戲中運作一樣，權力也是以權力
關係中的遊戲活動來維持它的生命力。「權力關係也是在遊戲中運作；正是這種權力
遊戲（des jeux de pouvoir），必須以戰術和策略，規則和偶然性，以及從賭注和目標
的角度，加以研究」（Foucault, 1994: III, 542）。

　　權力遊戲的進行，是由權力關係網絡的複雜性和緊張性本身所決定的。如前所
述，權力關係網絡是由各種力量之間的緊張拉扯所構成的；這種力量之間的緊張拉扯
關係，在本質上就是各種鬥爭過程的表現形式和存在方式。權力關係網絡中的任何一

方，都是以擴張和增強本身的權能，削弱或消滅其他對手作為基本目標。因此，他們所採取的鬥爭方式，往往是以戰爭為主要模式，「兵不厭詐」，盡可能地使用最靈活和最狡猾的策略和戰術。權力鬥爭的緊張性、殘酷性和無止盡性，使投入鬥爭中的各個因素，往往無法實現自我控制，不知不覺地捲入整個鬥爭遊戲的運動中。權力遊戲網絡中的各個組成因素，固然各自有其本身的「主體性」，也就是說，它們各自仍然具有自身的獨立性和主動性，但相對於權力遊戲的整體而言，各個組成因素的這種獨立性和主動性，歸根結底是要從屬於遊戲整體的運動生命，在很大程度上受到權力遊戲整體運作邏輯的牽制。權力遊戲網絡，作為一個遊戲的整體單位，具有其本身的獨立生命。這就是遊戲整體的無意識性、盲目性和不確定性。換句話說，權力遊戲，作為一個整體，一旦實現其運作，便具有其自身的運作邏輯；而且，權力遊戲本身也賦有自律性，在很大程度上，它是權力遊戲中的各個主體之間的力量較量的結果，不是其中的任何單個主體所能控制的。所以，權力遊戲整體，就其整體運動邏輯而言，可以脫離遊戲中的各個主體而自行運作。在這種情況下，構成權力關係網絡的各個因素，作為具有生命力的「點」或「力的位勢」，已經不是靜態的穩定結構，而是淹沒在各個力點的增強和減弱的雙重趨勢所造成的關係網絡中，升降沉浮，漂蕩不定。各個力點之間，始終維持相互競爭和鬥爭的關係，其中的每一個點，都是各自以增強自身和削弱對方作為其基本目標，不甘心使自身處於被動或被制約的地位，致使相互之間的關係，經常出現「你死我活」或「你弱我強」的不平衡傾向；而且，各個力點之間的關係，也自然地從屬於整個權力遊戲的總體，被遊戲整體的運作邏輯所左右。這就意味著：捲入權力遊戲中的各個因素，一旦鬆懈其戰鬥力，就有被其他力點征服或被消滅的危險。各個力點，如果真的要維持其意想中的地位的話，就必須盡其全力投入鬥爭；不然，就會被整個權力遊戲的殘酷性所淘汰而「出局」。在權力關係網絡的運作過程中，如果會出現某種平衡狀態的話，那也只是一種暫時現象。

在現實生活中，大量的事實已經證明：被捲入權力遊戲網絡中的各個個人或社會單位，在維持其自身的獨立性和主動性的同時，往往無法擺脫權力鬥爭遊戲的全局的控制。以選舉活動為例。參加選戰的各個候選人，一旦進入選舉活動，除了一方面要充分考慮自身的力量及其積極性，還要考慮到選舉全局的複雜性及客觀性，必須承認選舉全局中經常可能出現一系列無法預測的事情。投入選戰的每個候選人，除非自己失去信心，不想再留在選戰遊戲中，否則，就必須全力以赴，甚至要考慮到背水而

戰，義無反顧。每個候選人必須充分意識到：在權力競爭中，經常出現許多非個人力量可以控制的因素，甚至還要考慮到各種風險的存在。這些非個人因素和各種風險，就是源自權力遊戲網絡整體的複雜性以及其中鬥爭的殘酷性和客觀性。

權力遊戲網絡中，相互之間的鬥爭所造成的力量消長趨勢，其具體變化軌跡，並非由各個力量點單方面的「慾望」、「意志」或行動計畫所能決定的；其實，權力關係網絡中的力量消長趨勢的實際軌跡，是由各個力量點之間的客觀拉扯過程所決定的。如前所述，權力遊戲一旦開展，它本身就形成一個遊戲整體，其中的任何一方，不但不能預測其他力點的位勢及其消長狀況，而且，甚至也不能完全控制自身的力量變化趨勢。這就造成整個權力關係網絡的極端不平衡性、不穩定性和不可預測性。因此，權力關係網絡的力量消長趨勢的實際軌跡，在本質上是偶然的、無法預測的、瞬時即變和不確定的。所以，總的說來，對於權力關係網絡上的各個力量點來說，整個權力關係網絡的變化過程及其實際軌跡，是充滿陷阱和危險的「賭注」局面。

借用德國社會系統理論專家魯曼（Niklas Luhmann, 1927-1998）的概念，這種狀況可以稱之為充滿「雙重偶然性」（Double contingencies）的世界（關於魯曼社會系統理論，請參閱拙著《當代社會理論》第二卷及《魯曼社會系統理論及現代性》，臺北，五南出版社）。傅科在論述權力關係網絡的複雜性及其走向的不可預測性時，並未注意到魯曼的社會系統理論的研究成果。所以，傅科並沒有採納魯曼的社會系統理論關於社會系統的複雜性的論述。但客觀地說，魯曼社會系統理論對於社會系統的極端複雜性進行了恰當的分析，並指出：社會系統的極端複雜性，使社會系統內各個行動者及其行動軌跡，都具有明顯的雙重偶然性（Luhmann, 1987）。

其實，權力關係網絡的性質，同魯曼所說的社會系統的極端複雜性相類似。魯曼在這方面的研究成果，有助於理解傅科的權力系譜學。總的來說，至少，魯曼的研究成果，可以為瞭解傅科權力系譜學提供兩方面的啟示。第一方面是魯曼關於社會系統的雙重偶然性的論述，第二方面是魯曼所使用的方法論。

魯曼的社會系統理論，始終貫穿著這樣一種新的原則，這就是：任何組織的運作過程和任何系統的適應性，歸根結底，都依賴於其環境中各種難以預見和無法控制的偶然性因素的活動以及該系統對於這些偶然性因素的『簡單化』程式。權力關係網絡中的各個力的因素，也具有類似社會系統及其環境之間相互關係的特徵，即具有極端複雜性，隱含著不可預測的雙重偶然性。如果說，社會系統及其環境所造成的各種複

雜的偶然性因素，為系統本身的運作帶來許多變數，同時也提供許多潛在的解決方案，提供可能的演變方向以及可能的風險前景，那麼，在權力網絡中，權力關係的不平衡性和複雜鬥爭局面，也使該網絡的各個力點的位勢及其變化走向，呈現為極度變幻性；同時，這種局面，也使各個鬥爭對手，一方面隱含著各種潛在的危險和危機，另一方面又包含著取得勝利的可能性。面對這些複雜狀況，權力關係網絡本身，作為一個由其自身各個因素所構成的生命體，它所主要考量的，是其自身的繼續維持及其自我更新的可能性。權力關係網絡中的任何一個力量因素，相當於社會系統中的各個行動者，它們都是力圖以最大限度的增長趨勢，來對付系統中的其他力量的威脅和競爭；同樣，它們也擔憂權力關係網絡之外的社會環境諸因素對於權力競爭前景的影響。所以，權力關係網絡中的各個因素，除了發揮它們自己的積極性和主動性，盡可能發展其本身的權力能量及其策略戰術以外，它們還要時時刻刻面對難以預測的力量消長關係，準備應付權力關係網絡的變化趨勢的含糊性和風險性。

在方法論方面，魯曼認為，由於社會文化組織的高度複雜性，對於系統的分析，不能局限於傳統自然科學的邏輯，不能沿用從個別到一般、或從一般到個別的歸納或演繹方法，更不能單純地滿足於應用單向邏輯推理的方式。這就是說，在極其複雜的系統運作中，往往出現多成分的變化因素，存在多方面的演變和發展的可能性。在系統的運作中，系統不只是作為一種現成的事物或單位而運動，不僅具有向上或向下的變化可能性，而且也作為一個具有自我生產和自我調節能力的生命統一體。社會生活及其環境的高度複雜性，使社會系統在其運作中不可能始終遵循固定不變的規則，而是受到多重變化的偶然因素的影響，產生多種可能性和偶然性。這種偶然性的交錯性及變動性，又使社會系統不得不考慮到其自身的自律可能性。所有這一切導致社會研究的複雜性以及它的應變靈活性。正因為這樣，在談到社會系統的演化問題時，魯曼所強調的，是系統本身由複雜的功能運作所產生的「可能性」。在魯曼看來，任何系統之轉化為其他系統，並不是由於系統作為系統而產生出來的；也就是說，不是由於系統的穩定架構所決定的，而是系統內的自我生產和自我參照的功能的分化結果。權力關係網絡也是這樣。它們的運作及其分化，都決定於權力關係各個因素的相互參照。因此，權力關係網絡究竟將如何轉化和演化，它究竟朝向什麼方向演化，以及它將演化成什麼樣的新系統，所有這些問題，都是決定於該網絡內相互自我參照的功能的運作的可能性。

　　實際上，在談到系統內諸功能的分化時，魯曼已經反覆強調系統內各功能運作的極端複雜性；這種極端複雜性，使得任何社會系統所表現出來的「秩序」，帶有相當大程度的不穩定性。他說：「任何一個具有較高價值的秩序，往往通過較少的可能性來維持其穩定性」（Luhmann, N. 1970: 76）。權力關係網絡，由於其高度自律的自我生產和自我參照性，使它們的功能運作呈現高度複雜和高度變化的狀態；在這種情況下，它們的系統結構的穩定性是很少可能維持的。現代社會既然屬於高度分化的功能運作系統，它們的演化趨勢，就只能採取越來越快的變化節奏；而且其變化方向及其未來形式是越來越不可預測。

　　所以，權力關係網絡只能以其所涵蓋的各種可能性來自我標示。換句話說，「權力關係網絡的高度複雜性」的外延和內涵，等同於「一切可能性的總和」。自我參照並不只是因素之間的相互比較和相互關聯，而且還是一種不停的運作過程，也是一種區分過程、辨認過程、變動過程和生產過程。

　　由此可見，權力關係網絡在本質上就是可能性的世界。權力鬥爭的可能性，決定了政治鬥爭的可能性。正是在這個意義上說，政治學就是關於可能性的科學。而且，權力關係網絡，也如同社會系統一樣，其各個內在因素之間的鬥爭是同其相互參照的過程相平行的。同樣地，這也是以可能性為基礎所進行的一種區分過程、辨認過程、變動過程和自我生產過程。

　　總的來講，權力關係網絡的存在和運作，是以遊戲模式作為其典範。但在現實社會生活中，權力關係網絡有不同的層級和不同領域，因此也有不同的結構和運作模式。所以，權力遊戲有各種表現形態，也呈現在社會生活的各個層面和領域；其表現形式多種多樣，複雜而多變；其運作策略（stratégie）和鬥爭戰術（tactique des luttes），詭異多端，真真假假。傅科認為，為了分析批判權力遊戲，可以從各個角度，並採用各種方法和策略。

　　從大的方面來講，各個社會的權力關係網絡，首先是指國家級的權力關係網絡及其遊戲模式。傅科把這類權力遊戲，稱為「國家與公民、國與國之間的大型的權力遊戲」（le grand jeu de l'Etat avec les citoyens ou avec les autres Etats）（Foucault, 1994: III, 542）。國家級的權力遊戲是權力遊戲中最複雜和最具有典型意義的一種。

　　與此同時，還有整體社會的經濟領域的權力遊戲，也有文化層面的權力遊戲模式。在這些大的面向的權力遊戲模式之下，還存在許多屬於不同領域和各個層面的具

體權力遊戲模式。因此，對於權力遊戲模式的分析批判，必須同時地考慮到大的面向和具體層面的權力遊戲，並注意到它們的不同結構及特徵。只有深入分析這些不同類型的權力遊戲模式，才能全面瞭解權力遊戲的真正功能、策略、目的及其同真理遊戲的內在關係。

傅科本人，根據他的能力、興趣，以及他對於現代社會權力遊戲的看法，在他的研究活動的進度中，首先把國家範圍內的大型的權力遊戲，放在一邊，而寧願將分析批判的精力，更多地集中在某些不被傳統研究所重視的有限範圍內，諸如環繞精神病、醫學、疾病、病人身體、懲罰行為、監獄和性的論述領域中的權力遊戲。正是在這些具體的權力遊戲中，顯示出權力遊戲同真理遊戲之間的同一性、交錯性和相互依存性。

傅科在談到他對於權力遊戲的分析批判程式時說：這些屬於邊沿領域和地區的權力遊戲，長期以來一直不被人們重視，因而也成為社會統治階級長期奴役其統治對象的重要方面（Foucault, 1994: III, 542-544）。傅科本人認為，正是由於這些原因，這些具體領域的權力遊戲，更深刻地觸及大多數普通人的實際利益，它們是造成現代社會各種大量的人間悲劇的溫床。傅科說：「所有這一切，都深深地觸及我們現代人的生活、情感及憂慮」（Foucault, 1994: III, 543）。所以，傅科強調：這些被掩蓋和忽視的權力遊戲，直接關係到大多數人的生與死、幸福與痛苦，關係到他們的日常生活的大量問題，必須給予優先分析和研究。

此外，這些屬於邊沿地位的權力遊戲，作為一種邊陲性和遠離中心的權力遊戲，更深刻地揭露了權力鬥爭本身的醜惡性質。傅科在分析這些權力遊戲時，特意地強調它們對於揭露當代社會權力遊戲殘酷性質的重要意義。本書將在第四章分別集中探索傅科在這些不同具體領域的權力遊戲的研究狀況。

從 1976 年起，傅科才把他研究權力遊戲的重點，轉向國家及政府問題。傅科在這方面的觀點，本書將在後面一些章節集中研究和分析。他在 1976 年度的法蘭西學院的課程中，已經明確地將他研究權力的重點轉向國家。他當時以《必須保衛社會》為題，強調必須更深入地分析權力關係的內容及其策略，為此，必須放棄以「自然法」為基礎所提出的「主權法律模式」（le modèle juridique de la souveraineté）。接著，傅科在 1977 年的法蘭西學院課程中，進一步提出「政府統管術」（gouvernementalité）的新概念（Foucault, 1994: III, 635），將精力更具體地集中在國家權力遊戲的

特徵分析上。

在對於國家權力遊戲的分析批判中，傅科首先反對自然法理論家所提出的「主權論」和「自然權利論」。權力既不是自然存在的，也不是源自最原初的人類生存狀態，同樣也不是決定於某個「主體」。傅科認為，為了分析和揭露權力遊戲的殘酷性和不可調和性，不能抽象地設想「最原初」或「最理想」的權力關係或「主體」（Foucault, 1994: III, 124-125）。

權力遊戲的性質並不是靠抽象的假設或設想就可以弄清楚的。自然法思想家們的權力理論，是以傳統本體論和形上學的基本原則為基礎，試圖尋找權力遊戲的「終極」根源和抽象本質。他們這樣做，是為了迴避現實的實際問題，為現代社會的權力遊戲的殘酷性、緊張性和無止盡性進行百般掩飾。

對以霍布斯為代表的傳統權力觀的批判

為了正確理解傅科的權力系譜學，首先必須從它對於傳統權力觀的批判開始。

在西方近代社會思想史上，英國的霍布斯（Thomas Hobbes, 1588-1679）可說是近代權力理論的開創者與奠定者。他根據十六世紀西方社會的根本變化和總結中世紀西方政治生活的歷史經驗，尤其是總結和發展了文藝復興時代由義大利的馬基維利（Niccolo Machiavelli, 1469-1527）所提出的權力觀，發表了重要著作《利維坦》（Leviathan. 1651）。傅科指出，他所要批判的政權問題，與霍布斯在《利維坦》所論述的完全相對立（Foucault, M. 1994: III, 179; 184）。

霍布斯在《利維坦》中，首先是以機械論的觀點出發，把人和社會當成一部由許多零件所構成的機器。接著他又引用物質運動的規則去分析人和社會，包括分析人和社會的精神和文化生活。因此，在霍布斯看來，社會無非是為數眾多的個人的機械地聚合的總體，而國家就是靠強制性的力量和規則，把所有這些個人凝聚成一個共同體。國家要具有強制性的凝聚力量，在霍布斯看來，就必須具有「主權」。這樣一來，「主權」就是國家機器的靈魂，也就是他所說的「利維坦」的核心力量。如果說主權是國家和社會的靈魂的話，那麼一個一個的公民就不過是被靈魂操縱的個別肉體罷了。

顯然，霍布斯研究權力的出發點，就是預設國家必須要有至高無上的主權，必須要有統攝整個共同體的強制性中心力量，才能把許許多多分散的個人凝聚起來，並依

據各種法規和規範組成為社會。霍布斯在分析國家和社會的時候，首先把主權和代表主權的最高統治者放在首位，並把它作為社會和國家存在的基本前提，也作為社會和國家的生命力的基本來源。在傅科看來，霍布斯的機械論國家觀和權力觀是繼承了中世紀王權至上的國家觀，其目的是為了建立一個君主專制的政權。

為了深入批判以霍布斯為代表的近代傳統權力觀，傅科的權力系譜學把批判的範圍上溯到中世紀的封建君主制的權力觀。傅科指出：「這個關於主權的法律政治理論，起自中世紀；它來自對於古羅馬法的修正，同時它也是圍繞著君主政權問題而建構」（Ibid.: 184）。

霍布斯等人在建構近代國家理論和權力理論的時候，之所以參考和繼承封建君王的主權論，是因為資產階級也需要把近代國家建構成一個以主權為中心的強大行政管理組織體系。只是到了十七和十八世紀，為建構民主議會制的需要，洛克（John Locke, 1632-1704）和法國啟蒙思想家盧梭（Jean-Jacques Rousseau, 1712-1778）等人，才對上述君王主權至上的國家理論和羅馬法做了部分的修改。但是，即使是在這個時刻，洛克和盧梭等人對國家和政權機構的設計，重點仍然是關於資產階級國家的政府機構的主權（souveraineté）的建構及其與社會公民基本權利的相互關係問題。

在政治學和政治哲學的觀念史上，對於「權力」這樣一個關鍵性的概念，一直存在著激烈的爭論。按照呂克斯（Steven Lukes）的綜合性研究，到二十世紀七〇年代末為止，理論界存在著三種權力觀：單向度權力觀（the one-dimensional view of power）、雙向度權力觀（the two-dimensional view of power）、三向度權力觀（the three-dimensional view of power）（Lukes, S. 1974: 27）。

根據單向度權力觀的代表人物達爾（R. Dahl）的說法，所謂「權力」，主要體現在某個主體能夠促使另一個主體去作一件原本不會去作的事情（Dahl, R. 1957: 290）。為此，單向度權力觀的思想家們，在分析權力的時候，將焦點集中在決策制訂情境中的關鍵議題；而在決策制訂情境中，佔優勢的一方，就是行使權力的主體，處於劣勢的一方，則是受到不利影響的權力對象（Dahl, R. 1958: 466）。這種單向度權力觀顯然只看到權力行使過程中的行為效果，並把權力的大小直接表現在行為者的行為性質和形式上。

雙向度權力觀是針對單向度權力觀而提出的觀點，雖然仍強調權力行使過程中可觀察到的行為關係，但不滿足於僅探討外顯的行為現象，而是進一步深入追尋內隱的

因素。所以，雙向度權力觀除了分析和探討行為者之間的某些外顯衝突以外，還深入研究權力結構中那些不明顯的「壓制面」（Bachrach and Baratz, 1970: 6-8）。

至於三向度權力觀，充分地考慮到權力行使過程中極其複雜的社會和文化面的因素，充分考慮到權力是集體力量和社會安排的一個「函數」。這就避免了單向度和雙向度權力觀侷限於個體間的決策和行為層面分析權力的片面性。同時，三向度權力觀還把權力的分析從實際衝突延伸到實際衝突的消弭（Lukes, S. 1979: 270-271）。決定著三向度權力觀同前兩種權力觀區別的關鍵概念是「利益」。三向度權力觀的代表人物呂克斯指出，單向度權力觀採用了自由主義的利益觀念，雙向度權力觀採用改革主義的利益觀念，而三向度權力觀則採取「激進的利益觀念」（radical conception of interests），並以「實際利益」（real interest）詮釋「利益」。

綜觀上述傳統權力觀的演變過程，我們可以看出：對於權力分析，雖然經歷了從表面到內部，從單向度到三向度，從行為過程到行為表現前後的複雜過程，包括與行為相關的非外顯的內隱因素，但是，始終未能將權力從行為關係擴展到整個社會的複雜關係網絡，尤其未能將權力看作是活生生的多種「力」的競爭消長過程。在這方面，傳統權力觀僅僅將權力限制在政治活動的領域之中。**傅科分析權力觀的貢獻，正是在於將權力從政治領域擴展到整個社會生活的實際網絡中，尤其是集中分析權力同政治領域之外的知識論述、道德活動和人的主觀精神活動的複雜關係**（Prus, R. 1999）。**而且，傅科還意識到：權力問題並非是純粹的理論問題，而是同實際的宰制權的競爭、同競爭過程中的策略運用密切相關**（Dean, M. 1999）。

所以，在傅科看來，在研究權力問題時，不能如同傳統社會觀那樣，從抽象的權力概念或定義出發，而是從權力的實際活動及其不斷變化的策略，從權力在實際生活中的運作過程及其程式出發。他在多次的演講和文章中，一再地批判以霍布斯為代表的傳統權力觀。他認為：「必須從《利維坦》的模式中解放出來，因為這是個人造的人的模式，是製造出來、而又單一的自動化機器，它試圖囊括了一切現實的個人，又試圖把實際的公民當成它的實體，卻把統治主權當成它的靈魂。必須在《利維坦》的模式以外，在法律的統治權和國家制度劃定的領域之外，研究權力；重要的是要從統治的技術和戰術出發進行分析」（Foucault, M. 1994, III: 184）。

如前所述，傳統權力觀簡單地把權力歸結為社會或國家的統治者的主權，把它看作是某種禁止或防止別人去做某些事的外力，把權力簡單地同鎮壓相連接，因而把權

力看作是一種單純否定性的力量。其實，權力是一種遠比這類簡單連接更為複雜的力量對比關係網，是同權力運作時所發生的各種社會、文化和政治因素等密切相關、並相互交錯的關係總和，尤其同權力運作策略的活生生產生和實施過程相關連。

其次，傅科從來都沒有單純地就權力來論權力，從來都不是把權力當作一個孤立的社會現象去分析，也從來都不是把權力同其他社會因素割裂開來、以傳統式的化約方式去分析。

再次，傅科也反對將權力當成某種可以經協商或一定的讓步就形成、並穩定下來的統治關係網絡。他為此極力反對傳統的社會契約論和協商共識論。權力只能在力量關係網絡的實際存在中被運作，因而也只能在不斷的鬥爭中存在，並為此而時時改變其力量關係狀況。

由於權力系譜學關係到一系列非常複雜的問題，也需要進行非常複雜的探討過程，所以，傅科本人的權力系譜學探討過程及其方法，也是經歷一番曲折的探索過程。這種曲折的探討過程，正是說明瞭傅科上述所說的系譜學的『賭注』性質，也說明系譜學如同考古學一樣，在傅科那裡，是隨著其研究的具體需要和深入而不斷變動。

現代權力運作的基本功能

傅科的權力系譜學不打算抽象地探討權力的運作功能，而是針對十八世紀以來的現代社會的權力實際運作狀況，具體地分析當代權力運作的功能。在批判傳統權力觀時，傅科曾經明確地指出它的社會歷史條件，強調它是從中世紀封建國王統治主權的模式出發，並根據文藝復興至十七世紀為止的原初資產階級議會民主國家的模式所設計出來的權力概念。但傅科認為，經歷兩個多世紀的實踐和演變之後，所有這一切都已經過時，不再使用於當代社會權力運作的狀況。

所以，傅科針對十八世紀及十九世紀後現代社會的轉變狀況，結合目前政治制度中的權力運作模式，進一步分析了權力運作的基本功能。他認為，從十八世紀和十九世紀以後，西方社會發生了巨大變化，使權力運作模式也同樣發生根本轉變。他說：「在十七世紀和十八世紀，出現了一些非常重要的現象，或者，應該說，這是一些新的發明。主要是指：㈠具有特別程式的新權力機制（nouvelle mécanique de pouvoir）；㈡全新的權力工具；㈢與主權關係絕對不相容的、根本不同的權力機器。這種全新的

權力機制，首先不是針對土地和它的產品，而是針對身體及其所做所為；這是一種可以從身體中抽出勞動與抽出時間的權力機制，而不是單純抽出財產或財富。這種類型的權力機制，不是透過國家體制推行間斷的租稅或定期勞役，而是進行連續的監視」（Foucault, 1994: IV, 185-186）。傅科曾經將現代國家的權力機制稱為「**規訓的權力**」（le pouvoir disciplianire），把它同中世紀的權力機制區別開來。現代國家的權力機制，更多地將注意力集中在社會的每個個體成員，試圖竭盡全力控制和宰制每位個體。隨現代社會的產生而發展的精神治療學的權力（le pouvoir psychiatrique），就是一個典型；傅科把類似於精神治療學權力的各種現代權力，稱為實行個體化程式的權力（le pouvoir comme processus d'individualisation）（Foucault, 2003: 17; 46-48; 56-57; 372）。傅科曾經將這種新型的權力機制也稱為**個人化的權力**（le pouvoir individuali-sateur），因為它除了關懷主權以外，更重要的，是將重點集中在管理、統轄和監視每一個公民的問題上，力圖以最新的理性方式，最有效的方法，抽取每位勞動公民的身體及勞動時間；就其方法和手段而言，這種類型的權力主要透過法制、制度和各種管理和監視手段，指導、引導和控制每個公民的所作所為（Foucault, 1994: IV, 186）。所以，在法蘭西學院 1973 至 1974 年度的講演錄《精神治療學的權力》中，傅科更明確地指出：**個體化的規訓的權力，就是「佔據個人的時間、生命以及身體的權力」**（le pouvoir disciplinaire comme occupation du temps, de la vie et du corps de l'individu）（Foucault, 2003: 48-49; 53; 70-71; 73; 143; 215; 369; 371）。

　　當然，傅科並不否認，主權理論仍然作為現代社會的重要意識形態，並繼續在法制方面影響著整個現代社會的政權制度及其運作；不過，主權理論只是在理論上和意識形態方面起重要作用，而在更重要的權力運作策略和戰術的制定方面，起決定性作用的，是理性主義的計謀，特別是採用最新的科學技術和運用各種規範。

　　因此，現代權力運作的主要功能在於㈠引導進行權力鬥爭的行為，開展有利於權力鬥爭策略的各種必要的行為，或者，將行為順著策略和戰術的需要全面進行；㈡掌控各種可能性的發生，使之朝著有利於權力鬥爭取得勝利的方向發展（Foucault, 1994: VI, 237）。

　　傅科在探討現代社會權力功能時，特別注意到：現代權力的功能變得越來越多樣化和不規則化。權力以各種可能性，被用於社會生活的各個方面。，致使權力濫用的現象越來越嚴重。但與此同時，濫用權力的方式卻變得越來越狡猾。現代科學技術和

『科學管理』的手段,被廣泛地運用到權力的運作過程中,使被權力管轄的對象在被宰制的同時,也產生許多自以為得到自由的幻相。

傅科還特別注意到:法律固然試圖無孔不入,但現代社會為了更嚴格和更細膩地控制每個社會成員,並不只是訴諸法律,而且還更多地直接靠規範(norme)的力量,因為各種規範比法律更加具體和方便地發生效力。規範不同於法律的地方,就在於它的高度靈活性、策略性和戰術性。如果說動用法律會影響到全局,需要更多的程式,需要經過更多的法制程式的審核,更可能受到廣大民眾的監督的話,那麼,規範的制定和執行,就只要掌管局部主權的官員的個人簽署就可以實現。所以,以規範的名義,由各個局部或地區的負責人發佈的命令,就可以更使掌握局部或地區主權的人,實行其獨裁或極權主義的政策。如前所述,傅科發現在現代社會中,這種「法西斯」現象日益嚴重化,使權力問題更有必要透過新的方式,重新加以研究。

權力運作的不同模式

在傅科的早期研究中,主要是在六○年代末以前,他趨向於將傳統權力分析模式,歸結為「契約壓迫模式」(le schéma contrat-oppression),而把他自己所傾向主張的,稱為「戰爭鎮壓模式」(le schéma guerre-répression)或「鬥爭鎮壓模式」(le schéma lutte-répression)。由於傳統權力分析模式基本上是從法律角度探討權力的,所以,傅科也稱之為「法律模式」(le schéma juridique);而上述戰爭鎮壓模式,又可以稱之為權力的「統治鎮壓模式」(le schéma domination-répression)。

在 1976 年 1 月至 3 月的法蘭西學院的講稿中,傅科特別集中闡述了他的權力統治鎮壓模式的內容。他首先明確地將權力放在活生生的權力關係中,並以歷史學家布連維利耶(Henri de Boulainvilliers, 1658-1722)和戰爭學家克勞塞維奇(Karl von Clausewitz, 1780-1831)的種族征服史及殖民史的豐富資料,揭示出權力關係中相互鬥爭的戰爭性質。傅科分析了兩種特定的權力運作形式:規訓的權力(le pouvoir disci-plinaire)和生命權力(bio-pouvoir);前者是以監控技術和懲罰制度,集中針對人的身體進行宰制和鎮壓;後者則針對居民人口、生活及活人(les vivants)進行全面統治。

根據傅科的分析及調查,在西方社會歷史上,為了爭奪和維持權力統治,始終開展著無止盡的殘酷戰爭:國內戰爭和對外戰爭。戰爭成為了權力網路運作的基本形

式。為此，傅科得出了兩個非常重要的結論。其一是關於政治與戰爭的相互關係，強調政治鬥爭中的權力爭奪，只不過是權力網路中的殘酷戰爭的一種形式。因此，他批判並顛倒了克勞塞維奇關於「戰爭是政治的繼續」的著名論斷，並以「政治是戰爭的繼續」的結論，取代了克勞塞維奇的名言。第二，傅科強調現代國家政權的種族主義（racisme）性質，並揭露資本主義社會的發展是以殘酷的殖民戰爭為前提的歷史事實（Foucault, 1997: 57-74）。傅科指出，西方權力鬥爭的上述戰爭性質，導致十九世紀和二十世紀各種類型「國家種族主義」（racismes d'État）及德國納粹（nazie）的法西斯（fascisme）政權的誕生和猖獗（Ibid.: 71-72）。

但到了七〇年代中期之後，傅科進一步明確了權力系譜學策略的性質和方法。他此時主張不再以「戰爭鎮壓模式」或「鬥爭鎮壓模式」來確定他本身的權力系譜學的特色。他認為，「戰爭」、「鬥爭」或「鎮壓」的概念，都實際上把權力的運作，只歸結為鎮壓的機制，歸結為某種「好戰式」的活動。長期以來，傅科通過他對於精神治療學的研究，早已對類似「壓抑」或「鎮壓」的概念表示懷疑。他認為「壓抑」或「鎮壓」，都只強調一方主動、並佔據統治權，而把另一方當成被動和消極。這種說法會簡單地將複雜的權力關係網絡，歸結為主動者或統治者單方面的單向性力量擴張。因而，他認為這種說法忽略了權力運作過程中多向性和多元性的因素的複雜反應及其交錯功能。而且，這種說法，也很容易將權力運作歸結為導向一個穩定結果的暫時性鬥爭，某種導向建立契約效果的單向力量運作。實際上，權力並非如此。權力系譜學也不打算將權力運作描述成如此簡單的狀況。

因此，在傅科所有關於權力問題的論述中，那怕是集中分析權力的時候，都是把權力放在它同其他社會因素的關連網絡中，並把這種權力網路，理解為不斷變化和更新的活生生的有機生命體。與此同時，當傅科論述其他社會問題的時候，特別是當他分析近代社會最重要的知識、道德和社會制度問題的時候，他又不可避免地大談特談權力。

在傅科看來，權力是社會的基本生命線和動力，因此，權力構成了社會最基本的構成因素。權力，作為社會的基本動力和運作力量，是同社會本身的產生和存在密切相關，是無所不在、並無時無刻地發生作用。實際上，權力與人、文化和社會密不可分；所以，只要有人的存在、有文化的存在、有社會的存在，就勢必有權力的存在與運作。在這一點上，傅科與傳統社會思想家不同，他不願意把權力抽象化、概念化、

神祕化和神聖化。為此，傅科嚴厲批判傳統哲學和各種社會思想對於權力的掩飾和扭曲。

為了深入分析西方社會中的權力運作模式，傅科從二十世紀七〇年代中期開始，系統地研究了西方社會史上權力運作模式的變化情況。他發現，由於基督教在整個中世紀時期扮演了非常重要的角色，所以，在中世紀時期，西方人建構了「**基督教教士權力模式**」（le pouvoir pastoral），不但用之於其本土範圍內，而且也運用於其世界各地的殖民地統治（Foucault, M. 1994: III, 548-549）。這種「**基督教教士權力模式**」**具有非常典型的性質，是進一步研究權力運作邏輯的最好出發點。它的的主要特點，是將其統治的重點，從單純的佔有領土而轉向控制「羊群」即被統治者、被殖民者）；「教士」（統治者），既是「羊群」的導引者、教導者、管教者，又是懲罰者、持鞭者、規訓者，既是最高權威，又是「救世主」、「施恩者」。這種基督教模式，顯然把統治和規訓的重點放在「羊群」中的每個個體，試圖使其統治滲透到每一個被統治者身上**（Ibid.: 560-564）。

同時，基督教教士權力模式還特別強調：第一，其目的是保障將每個人從另一個世界中「拯救」（salut）出來。第二，它不只是發出命令和指令，而且，它還時刻準備為它所統治和引導的人們的生命和獲得拯救而做出犧牲。在這一點上，它不同於封建主權式的政權，因為後者只是要求它的被統治者做出犧牲，特別為保衛王權而犧牲。第三，它不只是關心被統治的共同體的命運，而且還特別關心其中的個人，對個人一生的生命歷程負責，關懷他們的每時每刻。第四，它的統治方式是以瞭解和掌握每個人的心靈深處的一切思想活動為基礎；它特別重視對每個被統治的個人的思想變化及其動向，並採取有效措施使被統治的個人，能夠心甘情願地坦率說出他們心中所想的一切。所以，基督教教士權力模式很重視對被統治者的意識及其思想的控制，善於關懷他們的精神生活，並設計出一整套適合的方法和技巧，以便正確有效地引導被統治者。由此可見，基督教教士權力模式是拯救式、奉獻式和個人化的權力運作模式，它延伸到被統治者的生活和生命歷程中，也直接連貫到真理的生產與再生產的過程，特別是聯繫到被統治者個人自身的真理性的問題（Foucault, 1994:IV, 229）。

到了資本主義時期，基督教模式被全盤繼承下來、並以新的科學、理性和民主的觀念加以改善，不僅成為西方各國國內統治，也成為其對外殖民統治的基本模式（Foucault, M. 1994: IV, 137-139; 229-232）。傅科指出：「近代國家權力是全面性和總體

性的權力形式，正因為這樣，它比以往任何時期的權力都具有更強得多的力量。在人類社會歷史上，甚至連中國古代社會在內，都找不到比另一種政權，能夠比西方近代國家權力更加強而有力；在西方的國家權力的政治結構之中，把對於個人的統治技術同對於整體的宰制程式，結合得如此複雜而巧妙！所有這一切，正是由於近代西方國家政權，整合了源自基督教制度的中世紀權力的古老技巧，並以新的政治權力形式，加以發展。我們就把基督教的權力運用技術稱為基督教教士權力模式」（Foucault, 1994: IV, 229）。更值得注意的，是當現代資產階級接過對社會的統治權時，他們比中世紀的教會更加懂得控制和宰制個人的重要性。因此，當現代政府試圖針對資本主義社會的個人自由進行全面的控制的時候，基督教教士權力模式也就自然地成為資本主義社會權力運作的一個基本手段。

通過對於權力系譜學的研究，傅科還發現：**西方的「社會」觀念在十八世紀發生了一個根本的轉變，而這個轉變，是同關於「統治」、「政府」和「警察」的觀念的改變相聯繫的。**具體的說，在十八世紀，近代資產階級通過實際的歷史經驗，充分地意識到「政府不應該只是管轄一個領土，不只是涉及一個領域，也不只是涉及其臣民，而是應該涉及一個複雜的複合體，而這個複合體是一個獨立的實體，具有它自己的法規和反應的機制，具有它自身的調整規則和其擾亂自身的可能性。這樣一種新的實體，就是社會」（Ibid.: 273）。人們一旦建立這樣一種新的社會觀念，就同時意識到控制這樣的社會的權力網絡及其形式的複雜性。在此基礎上，作為社會的統治者，那些掌握社會共同體的主權的統治集團，就清醒地估計到，單靠像警察那樣的監督力量和鎮壓部隊，是不可能完全控制這個社會。所以，從十八世紀開始，西方社會權力網絡的結構，特別是政府的統治機構同整個社會各個組成因素之間的關係，發生了重大的變化。近現代資本主義社會更巧妙地把當代權力的運作，徹底地滲透到全民身體和生活的整體及其各個部分，導致「**生物權力**」（Bio-pouvoir; Bio-Power）和「**解剖政治學**」（Anatomo-politique; Anatomo-Politics）的產生、增殖和氾濫。**生物權力集中用來對人的身體進行規訓**（les discipline du corps），**而解剖政治學則是用來調整居民和人口**（les régulations de la population）（Foucault, 1976: 183）。

在這種情況下，正如傅科本人所說：「**性成為了解剖政治學和生物政治學的交叉點**」。當代權力運作主要採取「性論述」的不斷擴散形式，並以「性論述」在整個社會的擴散作為權力滲透的主要手段。與此同時，由中世紀所繼承下來的基督教教士權

力模式，也成為了新型的生命政治對個人進行全面宰制的重要策略。

生命權力的誕生，意味著權力模式的又一次轉變。生命權力的重點，是作為生命個體的公民的身體，而其基本策略，是對身體進行規訓。所以，傅科又稱之為「規訓的權力」（le pouvoir disciplinaire）。傅科曾在較早時期稱之為「懲罰的權力」（le pouvoir punitif），但後來，他很快就發現：對身體進行懲罰的目的，並非為了消滅身體，而是相反，為了更多地開發、並佔有和控制身體的資源。為此，生命權力的目標是使身體變成「規訓化」，這是完全不同於中世紀時期的權力運作目標，因為中世紀的權力運作，是為了直接地掠奪被統治者的財物，不考慮開發和利用被統治者的身體及其勞動能力。這一切，毫無疑問，都是資本主義發展的不可缺少的因素（Foucault, 1976: 185）。

近代社會上述權力觀念和社會觀念的轉變，一方面使統治者不再滿足於對於其統治領地純空間方面的都市化設計和建構，也不滿足於在領地內警察系統的空間上的監視，而是遠遠超出都市系統的空間範圍和可以感知的警察系統，把權力的控制範圍擴展到更抽象和更普遍的生命時間結構中去，其中包括整體居民的生命活動和個體的生命歷程，也包括最普通的日常生活領域中的時間結構。

從十八世紀後有關性方面的政策和道德原則的建構和實行，正是在這樣的背景下加強了對於個人的控制。表面上，個人自由生活的空間範圍不受限制了，但個人所受到的控制和監視反而比以往更加不可承受，以致於社會越開放，人們的生命權力越受到控制，人的生活越不自由，社會的自殺率不斷提高。從這裡也可以看出，雖然，在古代和中世紀社會中，社會的統治權力可以任意地主宰人的生命，有決定個人生死的權力，但是，到了近代社會，統治者並沒有任意主宰人的生命的權力，統治者不需要動用像中世紀的屠夫那樣的暴力手段，而是靠更加複雜的、無形的、甚至在表面上是更自由的宰制管道，使被統治者的生命所承受的宰制壓力空前地加重。

傅科在《性史》第一卷中指出，「象徵性地表現在主權那裡的對於死的決定權，現在，通過對於身體的管理和對於生活的精細周到的關照，而被細膩地加以掩飾。在古典時代，各種各樣的規訓迅速地發展，其中包括學校、學院、拘留所和工場。因此，在政治實踐和經濟觀察的領域中，也出現了出生、延壽、公共衛生、居住條件和移民的問題。所以，多種多樣的統治技術，爆炸性地增加起來，以便達到對於身體的控制和對於居民人口的宰制。這樣一來，就開創了『生物權力的時代』（L'ère d'un bio-pouvoir）」（Foucault, M. 1976: 184）。傅科又說：「過去君主專制絕對的、戲劇性的、陰暗的權力，能夠置人於死地，而現在，由於針對人口，針對活著的人的生命權力，由於這個權力的新技術，出現了一種連續的、有學問的權力，它是『使人活』的權力。君主專制使人死或任其活著（faire mourir ou de laisser vivre）；而現在出現了我所說的進行調節的權力，它同君主權力相反，是使人活或把人推向死亡（faire vivre ou de rejeter dans la mort）。……現在，政權力越來越沒有權力使人死；而為了使人活，就越來越有權力干預生活的方式，干預『怎樣』生活，權力特別是在這個層面上進行干預。為了提高生命的價值，為了控制事故、偶然、缺陷，從這時起，死亡作為生命的結束，明顯是權力的結束、界限和終止。死亡處於權力的外部，它落入權力的範圍之外，對於死亡，只能普遍地從總體上、統計上進行控制。權力控制的不是死亡，而是死亡率。在這個意義上，死亡現在落入私人的以及更加私人的一邊是正常的。因此，在君主制中，死亡是君主絕對權力，它以一種明顯的方式放出光芒的點；現在相反，死亡是個人擺脫所有權力、重新回到自身，可以說退到最私人的部分。權力不再知道死亡。在嚴格意義上，權力任死亡自行其道」（Foucault, M. 1997: 233-234）。

　　同以上生命權力產生的同時，從十八世紀開始，西方國家建立了**兩種權力技術**，而且它們是相互重疊的。其中一個是圍繞**懲戒的技術**，展示規訓的強制力量，它主要是針對肉體，產生個人化的結果，它將個人肉體當作力量的焦點來操縱，它必須使個人肉體這個力量的物質單位，變得既有用、又很順從；另一個則是**調控人口的技術**，主要作用於生命，不是圍繞肉體，而是集中圍繞人口，圍繞生命的循環再生產過程，由此產生普遍控制大眾的效果，試圖控制已經活著和可能活著的大眾中所產生的一系列偶然事件，使之從總體上受到操縱，並由此試圖控制生命的循環再生產概率。這種技術的目標不是個人的規訓，而是通過總體的平衡，達到某種生理常數的穩定；這是就可能產生的內在危險所採取的整體安全措施」（Foucault, M. 1997: 234-235）。

　　這樣一來，**生命權力的運作包含了兩方面的目標：懲戒技術是為了規訓個人肉體，調節技術是為了控制整體人口的生命運轉**。前一目標要求建立一整套的懲治機構，而後一目標要求建構進行人口調整的生物學過程和國家系統，其中包括了現代的警察系統。懲戒和調整的兩大系統雖然是不同的，但又是相互連接的。把現代生命權力的兩大機制連接起來的，是『性』的問題的管制和調節。傅科說：「如果說『性』

是重要的，這有許多原因，但最主要的是：一方面它作為完全肉體的行為，揭示了經常性監視式的個人化懲戒控制……；另一方面，透過生殖效果，性進入大生物學過程、並產生後果，這個生物學過程不再與個人的肉體有關，而是與構成人口的這個複雜的要素和整體有關。**性，正好處於肉體和人口的十字路口。**因此，它揭示了懲戒，也揭示了調節」（Foucault, M. 1997: 236-237）。

生物權力模式是資本主義社會高度發展科學技術的產物（Foucault, 1976: 179-185）。生物權力作為資本主義發展所不可或缺的因素，它不僅表現為在生產機器中對於身體的控制，和在經濟發展過程中對於居民人口的調整，而且，這種生物權力還促使人口增長，在加強和提高人口的可利用性的同時，也增強他們的馴服性。對於資本主義社會的統治者來說，不僅要增強生產力，提高整個社會被統治者的知識和生產勞動的才能，延長他們的生命，而且也要有利於統治他們。所以，從十八世紀開始，除了加強作為政權制度的國家機器以外，還要發展解剖政治學和生物政治，把它們當作政權的技巧，以便控制社會體的各個層面，並有利於多種多樣的制度的運作。在這種情況下，各種制度也隨時成為了控制的組織力量。家庭就像軍隊一樣，學校就像警察一樣，而醫療網則成為了對於個體和群體的生命和健康進行監督的機構。同樣地，這些解剖政治學和生物政治也在經濟生產的過程中，在其運作中起作用，成為了經濟過程啟動和維持的重要力量。這些解剖政治學和生物政治同樣也成為了社會階層化和分層化的重要因素，作為各個階層和層級調整個人間關係的力量，以便保證統治的關係及其霸權的效果。解剖政治學和生物政治也促使人力資源的積累隸屬於資本，成為促使生產力的擴展以及促使利潤的分層分配的重要力量。對於活的、有生命的身體的投資，促使這種生命的不斷增值以及對於其力量的分配性的管理，就成為了權力運作的不可缺少的重要步驟。

權力系譜學的基本策略

在傅科的權力系譜學中，策略的概念是非常重要的。對於當代社會權力關係網絡的批判是否會取得有效的成果，關鍵在於採用什麼樣的批判策略。

在提出「什麼是策略」的問題以前，當然首先必須弄清為什麼要在討論權力問題時，將策略問題置於關鍵地位。傅科指出，策略在權力遊戲中之所以重要，是因為權力關係本身是在遊戲的不斷運動中存在和維持。所以，當傅科說明策略的基本內容

時，他同時也說明瞭遊戲的基本含義。他認為，策略的基本內容是同權力關係及其遊戲活動的特徵密切相關的。

在權力遊戲中，**策略**（Stratégie）首先是指為達到目的而選擇的手段，而在現代社會中，這就意味著選擇符合理性的手段（Foucault, 1994: IV, 241）。其次，策略是指權力遊戲中的各個對手之間，為了應付其對手的競爭策略和行動而設計出來的行動方式。在這個意義上說，策略是依據競爭對手的可能行動而產生的必要應付方法。第三，策略是指競爭過程中用以戰勝對手的各種程式的總和，其目標是達到遊戲鬥爭的勝利。所有上述三大方面，構成了策略在相互對立的戰爭或遊戲的場合下所表現出來的行動特徵，即為了削弱競爭對手的鬥爭力量、並使之處於無法繼續按其預定計畫而行動的失敗狀態。所以，總的來講，策略的真正目的，就是選擇獲取勝利目標的有效手段。

但是，策略的真正意涵，並不限於上述內容。它在很大程度上，還必須同權力關係及其遊戲本身的進展過程的實際狀況相連繫。正如策略的上述基本意涵所表達的，策略歸根結底是在權力關係中對付鬥爭對手的可能行為的最有效方法。在這裡，特別要注意權力遊戲中的各個對手的行動的可能性範圍和程度。在權力遊戲中的各個對手之間的競爭及其行動方向，在本質上是不確定的，是以「可能性」為基本範疇的行為類型。也就是說，權力遊戲中的相互競爭的活動和行為，基本上是屬於「可能的行為」的範疇。因此，從策略鬥爭的觀點來看，政治是最典型的「關於可能性的科學和藝術」。在政治的策略鬥爭中，幾乎沒有一個鬥爭者能夠完全預測自己和對手的未來行動。因此，任何一個競爭者，都必須將其任何對手的行動，當成一種「可能的」行動加以計算、並提出自己的應付謀略。任何鬥爭者都必須意識到權力遊戲中的各種策略的高度靈活性和不確定性。在這個意義上說，所有的策略都是可能的，因為所有的策略都是受到權力遊戲網絡的客觀邏輯的牽制，任何一方都無法控制其整體的走向，而只能以最小限度的『誤差』來制定其行動策略的可能性。傅科指出：「一切對立的策略都期望變成為權力關係，而一切權力關係都朝著取得勝利的方向發展」（Foucault, 1994: IV, 242）。所以，在權力關係和策略遊戲之間，存在著相互推動和相互滲透的現象，以致雙方都有可能在權力遊戲的活動中相互轉化和相互連接。這就如同足球比賽時的策略變化狀況那樣：雙方球員不但無法完全預測對方發出的球的方向，甚至也無法完全掌握自身一方所發出的球的運動方向。在緊張的足球比賽中，某位球員都無

法判定究竟哪一腳所踢出的球才是最恰當的；每一腳球，都可能導致勝利或失敗。只有到球賽結束時，才能判定整個比賽策略的成功程度。但是，在緊張的比賽中，某位球員，都應盡可能以自己的迅速而恰當的判斷，來決定自己的踢球策略。球賽的緊張性甚至無法使球員完全地以清醒的意識來斟酌其每一步的具體策略。如同在戰爭中一樣，球賽中的每一步的具體策略是在無意識中，依據球員本身的實際比賽經驗來決定。所以，策略本身也具有明顯的遊戲性。

權力系譜學在分析批判當代社會權力關係網絡時，針對當代社會權力關係網絡本身玩弄策略的特徵，採用了特殊的策略。傅科將他對付權術遊戲的策略，歸結為五個方面。第一，「不要在權力的中心，在可能是它們的普遍機制或整體效力的地方，分析權力的規則及其合法形式，相反，重要的是在權力的極限和最外端，在它的最後一條線上抓住權力，在那裡它變成毛細管的狀態。換句話說，在權力最地區性的、最局部的形式和制度中，抓住它、並對它進行研究。權力，尤其在那裡，突破了組織它和限制它的規則，在這些規則之外延伸，植入制度之中，並在技術中具體化，給自己提供介入的物質工具，甚至可能是暴力的」（Foucault, M. 1994: III, 178-179）。第二，「不要在意圖或決定的層面上分析權力，不要試圖從內部分析，不要提出諸如『誰擁有權力？』『擁有權力的人，他腦子裡想些什麼？』『他追求什麼？』而是相反，應當研究完全現實的實際運行中的權力意圖；也就是說，從權力的外部方面來研究權力」（Ibid.: 179）。第三，不要把權力當成統治整體的單質現象；權力應當是流動的東西，或當作只在鏈條上才能運轉的東西。「權力從未確定位置，它並不在某些人的手中，從不像財產或財富那樣被據為己有。權力運轉著。權力以網絡的形式運作；在這個網上，個人不僅在流動，而且他們總是既處於服從的地位，又同時運用權力。他們從來都不是權力惰性的或持續不斷的靶子，而是永遠在輪班。換句話說，權力通過個人運行，但並不隸屬於他們所有」（Ibid.: 180）。第四，「不應當對權力進行推演，從其中心出發，試圖去看它在下層延伸到何處，在什麼範圍內它被再生產，被重新帶到直至社會的最原子要素。我認為應當相反。要對權力做上升的分析，也就是說，從最細微的機制入手，它們有自己的歷史，自己的軌道，自己的技術和策略，然後再觀察越來越普遍的機制和整體統治形式怎樣對權力機制進行投資、殖民、利用、轉向、改變、移位、展開……等等。這些機制自成整體，可以說有其自身的專門技術。所以，不是整體統治直至底層使自己複數化並引起反應。我認為應當在最底層分

析權力現象、技術和程式運行的方法；當然還應指出這些程式如何移位元元、展開和
變形，但更應該指出它們怎樣被一些整體的現象投資和兼併，以及為什麼更普遍的權
力或經濟利益能夠鑽進這些既相對自治又無限細微的權力技術的遊戲之中」（Ibid.:
181）。第五，「龐大的權力機器會伴隨著意識型態的生產。例如，可能有教育的意
識型態，君主權力的意識型態，議會民主的意識型態，等等。但在底層，在權力網絡
所及之處，正在形成的，我不認為是意識型態。這是很少的。我認為更多的是知識形
成和積累的實際工具，這是些觀察的方法、記錄的技術和研究探索的程式，是些檢驗
的工具。也就是說，權力，當它在自己細微的機制中運轉時，如果沒有知識的形成、
組織和進入流通，或者，毋寧說沒有知識的工具，便不能成功，那麼，就不需要意識
型態的伴隨和建構」（Ibid.: 183-184）。

　　將上述權力系譜學研究規則加以概括，就是：「與其把對權力的研究指向統治權
的法律建築方面和國家機器方面以及伴隨它的意識型態方面，不如把對權力的分析，
引向統治方面（不是統治權），引向實際的操作者方面，奴役的形態方面，這種奴役
的局部系統的兼併和使用方面以及最終知識的裝置方面」（ibid.: 184）。

　　傅科把對於近代社會權力系譜、對於權力同社會其他因素的相互交錯、對於權力
同知識論述和道德建構的相互關連、對於權力結構及其中各組成因素的相互關係、對
於權力運作中各組成部分的不同功能、對於權力運作中的策略變化，都作了深入而具
體的分析。由於上述諸問題都必須分別地解析、而又相互關連，所以，在解讀傅科的
權力論述時，既要把握各個論述的具體內容，又不能把它們孤立起來，而是要同時考
慮到他的其他相關論述，融會貫通加以理解。

政府統管制度中的權術遊戲

　　正如本章第四節所指出，傅科對於真理遊戲及權力遊戲的論述，從 1977 年起，
將重點轉向了「政府統管術」（gouvernementalité）。「政府統管術」的概念，在傅
科的權力系譜學的批判活動中，具有非常重要的意義，它標誌著傅科對於現代社會的
批判矛頭，由原來對於邊沿地區和局部權力運作的研究，轉向現代社會的政治制度及
其實際的權力管控機制；另一方面，它也把傅科的權力系譜學研究直接地同他晚期所
探討的生存美學聯繫在一起。

　　「政府統管術」的法文原文 Gouvernementalité，是由傅科本人所發明創造出來

的。它實際上是由 Gouvernement（統治、管理、政府）及 mentalité（心態）兩個詞結合而成。所以，Gouvernementalité 也可以翻譯成「統治心態」。這個新概念的提出，顯示了傅科對於現代政權統治的獨特瞭解；它所強調的，是統治和權力爭奪過程中所實行的心術，即統治過程中的權術和權謀遊戲。

「政府統管術」或「統治心態」的概念，在七〇年代中期提出時，傅科正在集中力量研究規訓的權力（le pouvoir disciplinaire）及其對於被統治者的身體的規訓技術和策略。當時，傅科還以獨特的方式，研究了「國家理性」（la raison d'État）和「警察」（la police）的問題。所以，傅科通過「政府統管術」或「統治心態」的概念，實際上所要揭示的，就是西方國家中，自十六世紀以來所實行的「國家理性」和「警察」的統治策略和規訓技術；其重點是揭露當時國家政權所玩弄的**規訓權術遊戲**。

要充分瞭解 gouvernementalité 的真正意義，當然首先正確理解 gouvernement 的含意。Gouvernement 這個詞，含有多重意義。首先，它是指一般意義上的「政府」。傅科為此指出：「政府是指由機構制度及其實際活動所構成的整體，通過這些機構制度及其實際活動，把人引牽來、引牽去，從行政系統到教育等各個部門。正是政府的這個由程式、技術和方法所構成的整體，確保它們對人的牽引活動」（Foucault, 1994: IV, 93）。顯然，即使在使用「政府」的一般意義時，傅科也仍然注重於它的實際引導活動的技巧、程式及策略，注重於政府的具體管理技術。這是現代政府不同於歷史上的中世紀國家及早期資本主義政府機構的地方。

其次，傅科更多地使用 Gouvernement 的最廣泛意義，即強調現代政府實際活動中的一系列將「統治」（domination）、「管理」（gestion; administration）、「規訓」（discipline）、「引導」（conduire; direction）四大方面扭結在一起的的技巧和策略。早在中世紀末期，文藝復興的某些思想家們，在探討政府的統治方法時，就已經強調了統治的藝術性。當時的思想家們已經從最廣泛的意義上將 gouvernement 理解為「統治的藝術」（l'art de gouverner）。所以，當 1978 年傅科首次明確提出 Gouvernementalité 這個新概念時，他就從「統治的藝術」的角度，說明統治技巧、策略和計謀在統治過程中的決定性意義（Foucault, 1994: III, 635-657）。

所以，Gouvernement，在傅科的新字典裡，主要是為了顯示現代政治制度的三大重點，即主權（souveraineté）、規訓（discipline）和管理（gestion）的統一。傅科曾經將現代社會政府統治的主要目標歸結為「主權、規訓和管理的三角形」（un triangle de souveraineté-discipline-gestion）（Foucault, 1994: III, 654）。

接著，傅科在談及權力關係時指出：gouvernement一詞，「並不只是指政治結構（des structures politiques）和國家的管理（les gestion des Etats），而且還指對於個人或群體的行為的領導方式（la manière de diriger la conduite d'individu ou de groupes），例如管轄兒童、心靈、共同體、家庭及病人的所作所為。它不只是包括政治或經濟隸屬關係的構成性的和合法的形式，而且還包括或多或少經過深思熟慮而設計出來的行為模式（des modes d'actions），包括一切用以對付他人行為的可能性的行為模式。管轄，在這個意義上說，就是將他人的潛在行為，限定在一定的結構範圍內，使之在規定範圍內實施」（Foucault, 1994: IV, 237）。

在此基礎上，當論述「政府統管術」（gouvernementalité）的重要意義時，傅科使用 gouvernement 的最廣泛意義，並使之同貫穿於統治過程中的統治心態結合在一起，將政府機構體系同它的整個權力運作技術聯繫在一起，用以說明現代社會政府部門的權力濫用現象及其科學技術化的特徵。

現代國家及其政府機構所進行的政治統治，既然是在自由民主制的基礎上實現的，它就具有其獨特的性質和表現形式。這是一種對於他人行為和被統治者的行為的管轄方式，它遠比中世紀時期對於無個人自由的農奴的約束和統治，還複雜得多。所以，現代社會所指涉的「政府」，遠遠地超出傳統意義上的政府，其關鍵，就在於它不只是指涉統治與被統治的關係，而且還包含自由。傅科說：「現代權力只對『自由的臣民』（sujets libres）運作，而且是把他們當成自由的人」（Foucault, 1994: IV, 237）。現代權力只能存在於具有自由意志和自由權的個人之間所建構的權力關係網絡。在奴隸和奴隸主之間不存在權力關係。這也就是現代權力關係的複雜性和賭注性，顯然這是因為現代權力關係網絡是在充分自由的人之間的權力遊戲，在這場權力遊戲中，個人的自由始終是作為權力關係運作的一個必要條件而存在。因此，在現代政治的權力遊戲中，與其存在對抗，不如說存在相互挑釁和相互競爭；在權力遊戲中的各個自由人之間，最重要的，是他們相互進行激勵和相互爭奪：這是既相互競賽，又相互學習的平等關係。這種狀況使他們之間的關係，顯得比單純的對立還更複雜和更曲折。

最後，值得注意的是，傅科七〇年代中期開始，明顯地深入研究了「自身的技術」（technique de soi）和生存美學的論題。與此同時，傅科在法蘭西學院的課程和

研討會的主題，也集中轉向政府統治權術和「關懷自身」（souci de soi）的問題，而這兩個問題，前者屬於權力系譜學，後者則屬於生存美學。所以，正是在交錯研究權力系譜學和生存美學的時候，傅科一再地從「政府」、「管理」、「統治」和「引導」這四個方面，分析 gouvernement 的意義。

所以，gouvernement 一詞，傅科強調它所包含的四大方面的意義。第一，它指的是「統治」（domination），但是，這種統治不再是不平等的佔有被統治者，而是以「法律面前人人平等」的形式，利用、開發和宰制個人的身體，使之以其自身主體的自由權利，按照規定的法制和規範，進行合理的勞動和從事各種合法的行為。這顯然是特指近代資本主義社會法制化的政府（gouvernement）的統治模式。第二，它意味著規訓（discipline）、監督及監視（surveiller），對社會整體的居民和所有的個人，進行無休止的或全天候的監管。第三，它指的是管理（gestion），即利用科學技術的合理性進行最高效率的管轄，使被統治者的每個人，都能依據法制和規範的要求，將自身的最大能量發揮出來，為統治者所規定的目標服務。第四，它意味著引導和指引（conduire），即對被統治者的行為進行有效的指導，避免使用能夠引起被統治者反感的方式，千方百計採取他們所喜歡的方式，使他們在自願和愉快的情況下，接受政府的引導，將他們的所作所為，導入政府所期望的方向。

傅科在其授課提綱中強調，「主權與規訓，主權法與規訓的機制，是我們的社會中，權力一般機制的最重要的兩大構成部分」（Foucault, 1994: III, 189）。現代統治者所監視和統管的對像是所有的人：不管是有罪的，還是無罪的「良民」。只是針對對象的差異，統治者採取了不同的監視方式。但是，監視方式的不同，並不能消除監視行動本身的持續性及其無所不在性。所以，在談到邊沁（Jeremy Bentham, 1748-1832）的「全方位環形敞視監督系統」（Panoptique）時，傅科指出：現代政府所監視的對象，包括瘋子、病人、犯人、工人和小學生等，而監視的時空是全方位和全天候（Foucault, 1994: III, 191）。其實，傅科驚奇地發現：早在邊沁之前，在1751年的巴黎軍校規定條文中，就已經明確規定對於校內每一位學生的監視制度。根據這個制度，軍校內的每一位學生，都被分割在各個獨立的小房間內，遭受日日夜夜二十四小時的嚴格監視。所以，邊沁招認：是他的兄弟訪問了巴黎軍校之後，給他設計全方位環形敞視監督系統提供了最好的啟示。

值得注意的是，軍校的學生是現代社會的『菁英』的一個最重要的組成部分，他

們將是國家的「棟樑」，尤其是國家統治中屬於極端關鍵的軍隊的核心部分。但是，既使是這些未來的「菁英」，在現代社會中，也難免遭受日夜無休止的監管，並必須經歷這種監管的過程之後，他們才有「資格」成為統治階級的一部分。這就表明：現代社會的權力關係網絡，是透過一系列嚴格的監視和管轄的程式之後所建立起來的。如果說，上述社會菁英都難免遭受監視和規訓的話，那麼，最普通的老百姓就更無法倖免最嚴謹的監視和規訓。為此，傅科將邊沁所發明的上述全方位環形敵視監督系統稱為「權力的眼睛」（l'oeil du pouvoir）（Foucault, 1994, III, 190）。

在論述生存美學的時候，傅科給予 gouvernement 以新的意義。正如我們將在本書後半部集中論述傅科的生存美學時所要指出的，他的生存美學，主要尋求「自身」（le soi-même）同「他人」（des autres）之間的快樂親密關係，所以，藝術地實現對於「自身」和「他人」的管制和操控（gouvernement de soi et des autres），也是生存美學的重要論題（Foucault, 2001）。

由於以上原因，傅科所說的 gouvernement，如果翻譯成漢語來表達，還是『管控』更為適合，因為它包含了管轄、管理、控制、宰制、規訓、監視、監督、指導和引導等各種含義。

以上述「管控」概念為基礎，傅科在他的《安全、領土及居民》（Sécurité, territoire et population）的年度課程中，系統地提出「政府統管術」新概念。他明確指出：「我們生活在政府統管術的新時代」（Foucault, 1994: III, 656）；以「政府統管術」的概念為核心，開展對於現代社會權力遊戲的分析，是揭露現代社會的「統管居民的政府」（le gouvernement de la population）的本質的關鍵。傅科強調：現代社會的政府統管術，已經遠非中世紀時代的國王主權體系，也不是馬基維利（Nicolo Machiavelli, 1469-1527）所說的「王公主權」（la souveraineté de la principauté），而是完全新型的政府統管方式（Foucault, 1994: III, 635-657）。

政府統管術本來是十八世紀的政治家所提出來的。現代社會中，政府統管術的重構及重現，意味著現代國家建設的重點，就是使統管技術和技巧，實現真正的細膩化、微觀化和科技化，使當代政治鬥爭和政治管理，日益成為不可見的手腕和方法，滲透到每個人和每個社會基層單位元，達到全面控制社會整體的目的。

現代政府統管術是以現代政治學為基礎而建構起來的，它的基本精神是強調統管的技巧性和技術性：政府統管術的靈魂所在，就在於實踐一種統管的藝術（l'art de gouverner）。因此，它的重點就是統管過程中的策略和計謀遊戲；它實際上就是現代「國家理性」（Raison d'Etat）或「政治合理性」（la rationalité politique）的核心。現代國家正是依靠統管術的不斷更新而延續留存下來。

　　現代政治學對於政府統治概念的詮釋，集中在統治的藝術性，強調現代國家統治的基本精神，就是以合理性為手段，實現對於領土範圍內的全體居民的合理管理方式。在現代科學技術獲得重大發展之後，統治的關鍵，已經不是強制性的暴力形式，而是盡可能進行理性的管理。管理上升到重要地位。正因為這樣，傅科認為，西方國家的統管對象及其手段，在西方社會發展史的不同階段，是有很大區別：以主權為主的古代政權（ancien pouvoir de souveraineté），是以佔有土地及其財富為主要對象；從十六至十八世紀的古典時期的規訓為主的政權（pouvoir disciplinaire），是以統管被統治者個體的身體（le corps des individus）為主要對象；現代生命權力則是以統管居民的生命為主要對象。所以，現代西方國家的政權的基本功能，並不是執行一種『死的權利』（un droit de mort），而是執行其統管生命的權利（un controle de la vie）。

　　傅科在分析批判現代社會權力運作的特徵時，注意到它的特殊的三角結構模式：「主權、規訓制度、政府管轄」（souveraineté-discipline-gestion gouvernementale）。現代社會政府統管術的三角結構模式，是以其所屬的居民作為主要統管目標，而它所實行的運作機制是以一整套安全措施（dispositifs de sécurité）作為核心（Foucault, 1994: III, 654）。對於擁有財產自由權和行動自由的現代社會公民而言，維護他們的個人生命和財產的安全是最重要的。所以，現代社會的權力關係網絡的運作的最高目標，無非就是透過一系列保障安全的措施，達到對於整個社會居民的真正統治。

　　正因為這樣，傅科對政府統管術做了以下明確的「定義」。他說，政府統管術，首先是指一切圍繞著現代統治而產生和設計的制度、機構、程式、分析、思索、計謀、計策和策略，其目的在於保證政府統管系統，作為一種新型的特殊權力運作形式，能夠順利地對人口、居民、知識形構、政治、經濟以及保安技術等重要方面實行有效的控制和管理。其次，政府統管術就是旨在統管主權和規訓的力的趨勢、傾向（la tendance, la ligne de force），使這些力的關係的發展，朝著有利於靈活運用一切統治機器和開發各種必要的知識的目的。第三，政府統管術是自中世紀以來西方的國家機器，轉變成十六世紀後的「管理性國家」（Etat administratif）的演變結果（Foucault, 1994: III, 655）。因此，政府統管術包含著現代國家的政治、權術遊戲及其演

變歷史的總和，而其核心，是現代國家在實行其功能時所顯示的「權術性」和「管理性」。

現代社會的政府統管術是古代統管術的翻版，主要是吸取基督教權力運作模式，將統治的重點集中在被統治的個體身上。其次，現代政府統管術，就技術層面來說，主要參照「外交—軍事的技術」（technique diplomatico-militaire）的模式。第三，現代政府統管術還要靠警察（police）系統的存在及其擴展來維持。警察有兩項基本功能：維護法制和社會公共秩序。如果說，外交和軍隊是對外協調國與國正常關係的主要手段的話，那麼，警察就是在國內實現穩定統治的主要依靠力量。傅科認為，現代社會中國家的統管化，主要就是依靠上述三方面的因素和力量（Foucault, 1994: III, 657）。

值得注意的是，傅科所強調的「警察」，並非指國家機構中兼顧鎮壓和管制的暴力行政力量，而是一種屬於國家的統管藝術（une technique de gouvernement propre à l'Etat）（Foucault, 1994: IV, 153）。關於警察的這種特殊概念，主要是來自荷蘭著名政治家圖爾格（L. Turquet de Mayerne）的思想。圖爾格在 1611 年所發表的著作《貴族民主制的君主政體：由三種合法的共和形式所構成的政府》（La Monarchie aristod-émocratique, ou le gouvernement composé des trois formes de légitimes républiques. Paris: J. Berjon），詳細地論述了警察的重要性。傅科據此進一步說明瞭當代國家統管術的基本功能（Foucault, 1994: IV, 155-157）。

第 *4* 章

對權力遊戲的微觀批判

　　如前所述，傅科的考古學和系譜學對於知識和權力的雙重批判，總是從兩方面平行開展：一方面從總體和一般角度，揭露知識和權力之間以及同社會文化網絡的各個因素之間的相互交結的緊密依存關係，另一方面，又進一步結合知識和權力在社會文化生活中的各個領域和各個層面的具體表現，從微觀和局部的角度，詳細而深入地揭露它們的性質及運作機制。在傅科的各種論述中，絕沒有脫離具體的和局部的社會生活領域的抽象批判。所以，傅科對於知識論述及權力等一般問題的批判，始終是結合各個知識領域或具體實踐方式，例如結合精神治療學，或結合監獄和自身的技術以及各種性的論述。傅科將這些地區性和局部性的權力運作，稱為「**權力的微觀機體**」（la microphysique du pouvoir），而把他在各個具體領域的批判，稱為「**權力的微觀批判**」（une critique de la microphysique du pouvoir）。他認為，這種對於權力的微觀批判是非常重要的。權力的微觀結構及其運作，就好像微血管網絡系統對於維持生命實際運作的角色那樣，比宏觀權力結構更加重要，因為它們更具體和更直接地控制整個權力網絡，使權力的宰制功能全面地落實。傅科一再地強調：對於權力的批判，應該進一步落實到它的「末端」和邊陲地區，因為正是在那裡，呈現出權力運作的最骯髒、而又最厚顏無恥的特徵。一切對於知識和權力的批判，如果不具體地深入到這些微觀領域，將是徒勞無用的。各個知識論述體系中的真理遊戲，就是一般的權力遊戲實際應用的具體領域，也是現代社會權力遊戲的一個重要組成部分。

精神治療學的考古學

1. 精神病並非「異常」

　　精神病的普遍出現是現代社會的特有現象。精神病在現代社會中的爆炸性蔓延，悲劇性地反映了現代社會本身的內在危機，尤其是表現出現代社會制度對於人的精神生活和人性的毀滅性衝擊，同時也披露了西方文化精神心理層面的矛盾百出的性質。從思想和理論根源來看，精神病，或更直截了當地說，瘋狂，在十六世紀的普遍出現以及人們對於瘋狂的異常恐懼態度，其本身本來就是西方傳統理性主義和人文主義的內在矛盾的一種歷史表現。所以，精神病或「瘋狂」，成為了傅科從事考古學研究的第一個領域。傅科指出：唯有通過對於「瘋狂」的人的研究，才能徹底認識現代社會的人的真正面目。他說，瘋狂的人，是從人到真正的人的通道，是瞭解真正的人的必由之路（De *l'homme à l'homme vrai, le chemin passe par l'homme fou*）（Foucault, 1963a）。如果說，日常生活和普通社會一般領域的人的言行及其歷史，不過是人本身的基本實踐形式的話，那麼，瘋狂則是以極端方式所顯現出來的人性。不瞭解瘋狂，就不能深刻分析人的思想和精神生活。西方傳統理性主義和人文主義，早在古代和中世紀，就揭示了人的理性與瘋狂之間的互補性和共存性；而且，唯其如是，人才透徹地顯示出他本身的自然面目。傅科在這個領域中所取得的研究成果，後來成為了傅科的特殊的考古學研究的第一個典範。

　　傅科之所以首先選擇精神病作為其知識考古學研究的主題，從其個人學識基礎和生活經歷而言，是完全可以理解的。傅科及其導師岡格彥在精神分析學和精神病治療學（psychiatrie）方面的研究方向和豐富經驗，有利於傅科將其早期的知識考古學研究重點，集中指向精神病治療學及其診療史。傅科早在五○年代就對心理學和精神分析學產生濃厚的興趣，並對賓斯萬格（Ludwig Binswanger, 1881-1966）等人的心理學和精神分析學有專門的研究。賓斯萬格熟練地將佛洛依德精神分析學同存在主義結合起來，並以現象學的方法，首先深入分析了人的存在、語言與精神生活的內在關係，對現代社會精神病問題提出了卓越的見解（Binswanger, L. 1947a; 1947b）。賓斯萬格的心理學、精神分析學及精神治療學的基本理論，給予傅科深刻的影響，使他有可能對精神病的產生機制有充分的瞭解。傅科進入巴黎高等師範學院之後，他遇到了研究

知識史和精神分析學的專家岡格彥。

如前所述，岡格彥研究知識史所採用的方法和程式，完全不同於傳統。他從法國原有的知識史研究成果出發，發展了由葛瓦耶（Jean Cavaillés, 1903-1944）和巴舍拉（Gaston Bachelard, 1884-1962）等人在知識哲學和科學哲學方面的胡塞爾直覺主義方法，將尼采和結構主義結合在一起，主張徹底脫離主體哲學的影響，將研究重點，轉向科學語言論述結構的演變及其社會實踐的策略。

岡格彥的尼采主義觀點和方法，使他對西方知識史和精神分析學的發展過程，提出了一系列具有顛覆性的質疑。岡格彥認為，西方社會所探討和論證的「真理」，實際上是不存在的。他說：科學所理解的哲學真理論述，其本身並不能被說成是正確的或真的。所以，「真理的真理性是不存在的（Il n'y a pas de vérité de la vérité）」（Foucault, 1994: I, 452）。正是在岡格彥的指導下，傳科開展了對於精神病治療學史的深入研究。

而且，從傳科本人的歷史文化背景來看，他更有理由首先選擇精神治療學作為知識史研究的第一個領域。如前所述，他出生於法國西部具有悠久文化歷史傳統的布阿濟耶市（Poitiers）一個祖輩三代的醫生世家中。深厚的人文和醫學傳統的薰陶，使他在巴黎師範學院準備博士論文期間，對於精神分析學和精神治療學所固有的學術專業性和制度規範性雙重特徵深感興趣。在傳科的思想發展過程中，從他思想成熟的1961年起，便明顯地開創了一種「考古學」研究的方法，將知識史的分析和探索，從「表面」轉向「深層」，集中探索精神治療學的知識論述的特徵及其診療實踐的基本策略。

但他關心這個領域，並不只是因為他熱愛精神治療學這門學科；實際上，他對迄今為止的精神分析學和精神治療學是失望的。他認為，精神治療學從一開始建立，就是根據社會上的一部分人的利益需要，人為地將社會分割為兩大相互對立的範疇，並以傳統的理性主義為基礎，將它的治療對象精神病人，當作「非理性」（déraison）的典型，排除在社會之外，殘酷無情地視之為「異常」（anormal）（Foucault, 1999; 2003）。這就好像法國思想家巴斯卡（Blaise Pascal, 1623-1662）所說：「人們是如此地需要瘋狂起來，以致不惜通過一種非瘋狂的瘋狂來造成瘋狂」（Pascal, B. 1977 [1670]: #391, vol. I.: 242）。正因為這樣，精神治療學從一開始建立，就具有非常明顯的政治性質和暴力性質（Foucault, 2003）。傳科指出，精神治療學本身就是一種規訓

權力（pouvoir disciplinaire）（Ibid.: 3-21）。

　　根據英國精神分析學家庫伯（David Cooper, 1931-1986）所說，許多精神分裂症患者，是根據某些家庭和社會的利益、並受到家庭及社會的迫害而被強制地送進和關押在精神病院的（Cooper, D. 1970[1967]: 8）。原籍荷蘭的法國精神分析學家曼諾尼（Maud Mannoni, 1923-1998）也在他的著作《精神分析醫生和他的「瘋子」以及精神分析學》中指出：社會本身尋求種種方式試圖把一部分人排除在它的「正常生活圈子」之外，導致現代各種醫學機構不惜採用「科學技術」方式，將本來正常的一部分人，「診斷」為「精神分裂症患者」（Mannoni, M. 1970: 13-14）。

　　所以，「瘋子」並不「異常」；真正精神上有問題的，是那些將別人斥為「瘋子」，並以種種理由虐待他們的人們。傅科對精神治療學的興趣，毋寧在於他對傳統社會的不合理性的痛切批判態度，在於他對精神病人的深切同情，為他們的遭遇和不幸抱不平。長期以來，精神病人被當成異常者而被排除在社會之外，被關押在精神病治療院中，使他們失去行動和表達的自由，遭受非人的待遇。精神病人所正常表達的語言，也被當成「語無倫次」的「瘋話」而被禁止，以致精神病人只好在無止盡的「沉默」中渡過他們的悲慘的一生。他們沒有表達語言的權利，他們的一切都被忽略、被壓抑和被否定，使他們沒有自己的歷史，更沒有自己的作品。

　　但是，對於傅科來說，他對於瘋狂的研究，還有更深刻的理論上的根據。如前所述，傅科對傳統理性主義和人文主義，一向保持嚴厲的批判態度。意味深長的是，傅科在進行他的博士論文答辯時，就直截了當地說：「若要談論瘋狂，必須賦有詩人的才華」。的確，蘇格拉底曾經在《斐德羅篇》中一語道破詩人的奧祕：寫詩單憑技巧是不會成功的；玩弄修辭把戲，只是雕蟲小技。詩神謬斯所讚賞的，是具有詩性瘋狂的才子。沒有詩神般的瘋狂天賦，將永遠徘徊在詩人彙聚的神聖的巴爾納斯（Parnasse）山腳下。真正的詩人，曠達不羈，笑傲人間，蔑視世俗，秉承常人所缺失的瘋狂式智慧，傾吐胸中塊壘，落筆如神，震古爍今。

2.從文學和拉康的著作中獲得啟示

　　傅科認為，「瘋狂」（la folie），在真正成為精神病學到研究對象之前，早就是文學和文化創作的重要題材。如果說，推動傅科對精神病的歷史進行研究的動力來自他對於精神病人的關懷的話，那麼，赫爾德林、阿爾托、布朗索和魯舍爾等作家的文

學作品中所表現的「瘋狂語言」和「瘋狂故事」，就為傅科提供了批判的範例。這些作家在寫作中表現出驚人的偏執狂（paranoïaque）；其狂飆而熟練的寫作風格，怪異而犀利的語言，以及他們蔑視一切規範的作品本身，都顯示了他們對於文學事業及其文學理念的某種瘋狂般的執著和頑固態度。這些追隨尼采、杜思妥也夫斯基（Fyodor Dostoyevsky, 1821-1881）和卡夫卡（Franz Kafka, 1883-1924）的作家們的人格及其作品，顯示了「瘋狂」本身並非「異常」；相反，偏執狂和瘋狂，原本是人的一種正常的精神狀態，有助於將精神方面的精力集中在某一個特定的對象或領域；而且，事實證明：像尼采和卡夫卡那樣，越呈現出某種偏執狂，對某一種異常事物越表現其異乎尋常的執著性，越標新立異，越獨樹一幟，就越有創見，也就越表現出一種出類拔萃的才華和魅力，表現出令人驚異的堅強毅力。人類任何偉大的事業和科學的任何重大發明，無不是靠精神上的偏執狂作為動力。關於這一點，傅科的前輩拉康早已做了全面而深入的探討（Lacan, 1966）。

拉康認為，「瘋狂」並不稀奇，它原本是可以在人的語言的弔詭性及矛盾性中找到它的真正根源。拉康在為他的博士論文進行答辯時，曾經嚴肅地向他的考試委員大膽地陳述他的基本觀點：「瘋狂是人的思想的一個現象」（Lacan, 1966）。拉康指出，他的上述觀點實際上早在精神病醫生兼作家布隆岱（Claude Blondel, 1876-1939）的作品中表達出來。布隆岱以相當含糊的表達方式，暗示人的語言不過是複製現實體系的一種符號體系罷了，而所謂「現實」也只是所謂「健康」思想的協議結果。拉康後來根據他本人的進一步研究成果，提出了「現實、象徵、想像」三位一體而創造出人的生活世界的重要理論（參見拙著《後現代論》及《當代法國思想五十年》有關拉康的章節，臺北：五南出版社出版），就是在某種程度上得到了布隆岱上述模糊觀點的啟示。拉康從他的研究中得出了關於「瘋狂」的重要結論：「瘋狂決不是人的機體的脆弱性的一種偶然性表現，而是從人的本質中裂變出來的，它本身甚至是一種永遠潛在的缺點」。「瘋狂決不是對於自由的一種侮辱，而是自由的最忠實的夥伴，它像影子一樣追隨著自由的運動」。「假設沒有瘋狂，我們不僅不能理解人，而且，如果人的身上沒有瘋狂作為自由的一個界限而引導的話，那麼，人就將不成為人」。在某種意義上說，人人都是由「分裂的主體」所構成的。但是，這又並不意味著：所有的人都是瘋子；同樣也不意味著：所有想要成為瘋子的人，都肯定可以成為瘋子。拉康說：只有具備最健康強壯體魄的人，只有具備廣闊無限的想像力的人，只有幸運地在

其命相中含有成為瘋子的命運的人，才有資格最終成為瘋子。所以，瘋子不但不是
「異常」的人，而且還是最稀有的真正優秀的人（Lacan, 1966）。

傳科在拉康等人的研究的基礎上，採用他特殊的考古學和系譜學方法，立志為
「瘋狂」翻案和「正名」，同時徹底批判傳統理性主義和道德的基本原則。

意味深長的是，就在 1963 年傳科發表《精神病治療所的誕生》的同一年，傳科
還發表他的論魯舍爾的著作《雷蒙‧魯舍爾》；魯舍爾本人就是由精神病學醫生皮埃
爾‧惹聶（Pierre Janet, 1859-1947）治療的精神病人。這位精神「失常」的作家，在
文學創作中表現了驚人的才華，他所運用的怪誕離奇的語言，常被人們「誤認」為
「瘋子的話」，但恰恰這些語言，深刻地顯示出語言、思想和世界本身的荒謬性。

治療魯舍爾的皮埃爾‧惹聶，在其重要著作《從憂愁到精神恍惚》（De l'angoisse
à l'extase）中，記錄了魯舍爾的病情及其特殊精神狀態。皮埃爾‧惹聶認為，他所治
療的精神病人中，絕大多數是在文化和精神生活中經歷過多種特殊經驗的天才；他們
患有「精神病」，並不是在精神上「不正常」，而是因為他們在人格和情感方面具有
超出常人的特殊創造力量；「人格應該是自身情願、力圖尋求、並自身爭取達到的結
果；也就是說，人格是同個人自己的實際努力相適應的。因此，並不是所有的人格都
是完全符合其個人的理想目標，欠缺現象是很普通的，就像在我所治療的病人中所顯
示的那樣」（Janet, P. 1926-1928）。皮埃爾‧惹聶的精神病治療理論和經驗，強調人
的本質的行動性和實踐性；他認為，人的行動優先於人的認識和知識；而人的情感不
過是行動的調解因素。對人來說，精神動力是很重要的；心理因素的強弱，在很大程
度上可以決定人的整個狀態。傳科從皮埃爾‧惹聶以及魯舍爾等人的經驗中，進一步
確認了他所研究的精神病現象的社會文化性質。

3.瘋狂只存在於特定社會中

在 1961 年接見《世界報》記者莊‧皮埃爾‧韋伯（Jean-Pierre Weber）的時候，
傳科談到了他最初選擇精神病作為其主要研究對象的過程。他說：最初的時候，是作
家兼精神病科醫生莊‧德雷（Jean Delay, 1907-1987）將他引導到精神病領域。傳科自
己雖然並不是精神病醫生，但莊‧德雷的作品，使他第一次真正認識了精神病及其治
療的狀況，從而使他感到：精神病及其治療，並不是單純屬於醫學或醫療問題，也不
是單純的科學知識及其技術實踐的問題，而是某種由現代知識同社會制度以及社會機

構所共同決定的複雜權力運作網絡，它是由整個西方社會的社會制度及文化基本精神所決定的。「瘋狂」是這個社會所製造出來的。正如他同莊・皮埃爾・韋伯的對話錄的題目所示：「瘋狂只能存在於一種社會中」（la folie n'existe que dans une société）（Foucault, 1994: I, 167）。顯然，傅科將精神病，首先當成社會現象，尤其是社會中的權力運作問題來批判。

從生理層面來看，「瘋狂」是屬於精神正常的範圍之內，它在社會中的出現是屬於人類生活的正常現象。古代、甚至中世紀時代都沒有將瘋子或精神病者排除在社會之外，或把他們監禁起來。人類的社會生活，在某種程度上，需要有「瘋狂」現象來調節和補充，才能變成更加完整和更加豐富多彩。所以，在日常生活中，經常需要說些瘋言瘋語來調侃或消遣，就如同需要幽默和笑話一樣。實際上，在瘋狂與笑話、幽默、鬧劇、喜劇和各種玩笑之間，並不存在絕對的界限。在這個意義上說，只有具備一定的才能和智慧，才有資格「創造」笑話、幽默和瘋狂，也只有特殊的智慧，才能理解瘋狂。

精神病在社會中的產生，是存在著一定的社會基礎和社會根源。在人類社會形成以前，人的最早祖先如同其他動物一樣，生活在自然界中。當時的人，其生活和行動方式，都是採取天然的模式。以天然形式和模式而生存，就絕對不會產生精神病。動物界原本並不存在發瘋的現象。「瘋牛症」是現代社會的產物。任何瘋狂現象都是特定社會環境所造成。精神病的歷史以及大量的社會調查的事實已經証明：社會越發展，越是進入現代化的社會，瘋狂現象就越增加；精神病的現象是隨著現代社會的發展而膨脹蔓延，就如同自殺現象在現代社會裡越來越嚴重一樣。瘋狂和自殺是現代社會失業和社會不安定、不合理現象的共生物。

什麼是真正的精神病？庫伯指出：「精神分裂症乃是微觀的社會危機的一種狀態（une situation de crise microsociale），在這種狀態中，某些人的行動和經驗，被另一些人所傷害；而由於某種文化或微觀文化（主要是家庭）的原因，首先將這些人被選定、或被界定為『精神病患者』；然後，又根據某種專門的、然而又是非常專橫的程式手段，通過醫學或類似醫學的專家，確認為『精神分裂症患者』」（Copper, 1970 [1967]: 14）。維根斯坦也曾經詼諧地說：精神分裂症就是「我們的被語言引誘了的理智」（Wittgenstein, 1968[1953]）。

人不同於動物的地方，就是需要在一定的社會關係中生存；人的生活需要建構和

諧的社會關係。每個人都有生存的權利。為了生存得好，人與人之間需要相互讓步，相互提供必要的條件，進行必要的合作，使每個人都能在合理的範圍內，滿足其自身的需要。但現代社會的發展，一方面加劇社會分化的進程，另一方面又促使各種法制和規範越來越專業化，造成生活於其中的人們，越來越感受到人與人之間關係的日益緊張化。在現代社會迅速發展進程的壓迫下，每個人自身同他人之間的隔閡，正在令人恐怖地擴大。當隔閡的鴻溝達到無法填補的時候，就會產生各種類型的精神病：精神分裂、偏執狂、神經官能症、歇斯底里症等。其實，各種受虐待狂（maso-chisme），實際上就是那些被虐待的自身無限膨脹的產物。人們錯誤地將受虐待狂當成一種「性倒錯」（perversions sexuelles）。其實，許多受虐待狂的性功能都是正常的。他們的行為是受到整個社會虐待的結果。大量的醫學臨床經驗證明：受虐待狂是由極端憂慮所造成。他們當中的絕大多數都有過受反覆誣蔑和歧視的經歷（Daco, P. 1965: 413-414）。

　　本來，精神病的存在必須以特定的規範和標準作為評判的依據；而這些規範和標準都是在特定社會條件下形成、運作和發生效力。它們是依據佔統治地位的人們及其意識形態而人為地制定和推行的。因此，現代社會越發展，人為制定的規範就越多，對社會的牽制和宰制就越增強。傅科指出：「我們現在進入這樣一種類型的社會，在其中，法律的權力不是正在減少，而是越來越整合到更加一般化的權力之中，這種更一般化的權力就是規範」（Foucault, 1994: III, 75）。現代精神病治療學固然是醫學的一個分支，但它尤其是一種規範體系：它既受到法制和一般規範的約束，同時它本身又扮演規範的角色，規範著人的行為，也規範著精神病醫生及患者，規範著精神病的治療程式和方法（Foucault, 1999; 2003）。現代精神治療學的誕生，意味著法制同科學知識的進一步結合：一方面法制約束科學，科學反過來為法制的正當化服務；但另一方面，越來越多的科學知識本身也成為了法制和規範體系的一部分，以至於原有的法制與知識的分工和區分也越來越模糊起來。科學知識不但繼續扮演其理性論證和正當化的身分，而且知識本身，也直接成為規範的一部分。精神治療學就是這樣一種具有「知識／規範」雙重身分的典型學科。精神治療學作為現代法制和規範的一部分，專門把它所區分出來的社會一部分成員，定為它的管制對象，並由此將這部分社會成員排除在社會之外。其實，正如傅科所指出的，將一部分「瘋子」排除在社會之外，除了直接影響著「瘋子」的命運，而且，更重要的，是為了使在社會之內的「正常」

人，也受到某種「警告」，宣示法制及規範的「不可侵犯性」，使整個社會的人都畢恭畢敬地受法。

此外，對於精神病進行治療和處理的方式、方法及手段，也都是同特定社會歷史條件相連繫。從精神病治療學創立至今的兩百年的歷史中，精神病的治療方式、方法和技術手段，發生了很大的變化；但越變得科學化和技術化，精神病人所遭受的精神折磨就越重，對於他們的精神管制也越進一步增強。

4.精神病治療學與診療所的政治意義

傅科在 1969 年為申請成為法蘭西學院院士而起草的研究計畫中，談到他所寫的《瘋狂與非理性：古典時期的精神病的歷史》一書的意義。他說：精神病治療學是一種特殊的知識，是一種由一整套複雜的建制體系所環繞的知識。「這種知識的可見的主體（le corps visible），並不是科學的或理論的論述，也不是文學，而是一種日常的和受規則操作的實踐」（Foucault, 1994: I, 842-843）。在法蘭西學院 1973 至 1974 年度的講演錄《精神治療學的權力》中，傅科集中分析了精神治療學的權力性質（Foucault, 2003）。所以，傅科渴望探索，關於精神病的治療學，作為一種特殊的知識，究竟是根據什麼樣的社會文化條件建構和運作起來？（Foucault, 1994: I, 842）

正因為這樣，傅科開展其學術研究活動的第一階段，就把批判的矛頭，集中在較為具體的精神診療學知識論述及其實踐的問題，以便從現代社會的一門最具有典型意義的學科出發，探討現代社會是怎樣一方面建構自己的特殊知識論述體系，另一方面又借助於這門學科的建構過程，實現其將人進行「區隔」、對立和統治的策略，並由此實現社會所規定的「主體化」過程。顯然，傅科從一開始，就不是為了純粹的知識史研究興趣而探討精神治療學及其診療實踐的歷史，而是為了探討：現代社會為什麼以及怎樣通過像精神治療學這樣的「現代科學」，將社會上的人分割成「正常」和「異常」，實現醫學之外的社會區分化的功能；人們又是以什麼社會文化條件和手段完成對各個社會成員的分割和統治，完成社會各個成員的主體化過程，以保證社會統治秩序的穩定確立。正是在這裡，人們看到了現代知識論述同現代社會的建構過程的同步性及其相互依存性，也進一步具體地揭示權力運作的普遍性和複雜性，特別是有助於揭示權力運作策略的詭詐和狡黠性質。

根據傅科的探索結果，精神病治療學以及精神病治療所的形構和建構過程，充滿

了知識本身以外的社會權力鬥爭的複雜因素的牽制和操縱。精神病治療學的性質必須同精神病治療所制度的建構過程聯繫在一起加以考察。所以，在 1963 年發表的《精神病治療所的誕生》一書中，傅科補充了他在《古典時期的精神病的歷史》一書所得出的結論。他認為，「診療所」（clinique）一詞只不過表示西方醫療實踐經驗的一個新總結（Foucault, 1994: III, 409）。對於傅科來說，精神病治療所只是把「空間」、「語言」、「死亡」三個因素結合在一起的一種神祕遊戲場所（Foucault, 1963: V）。所謂「空間」，就是把精神病人集中在一個受嚴密監視和控制的空間中；所謂「語言」，指的是精神病醫生玩弄語詞遊戲，把本來正常的精神狀態說成為「瘋狂」；而所謂「死亡」，指的是整個精神病治療所的醫療制度及其實踐，是建立在對死者的屍體的解剖的基礎上。由於將「空間」、「語言」、「死亡」三者巧妙地結合在一起，使現代資產階級可以有理由說他們的精神病治療所制度是一種「實證的醫學」（médicine positive）的典型表現（Foucault, 1963: 200）。

傅科接著指出：這種實證的醫學制度，透過一系列機構和規範制度的建立，變成為具有政治意義的權力統治活動。診療所的誕生，意味著醫學治療在統治階級手中的壟斷地位的確立及其制度化（Foucault, 1963: 19; 1994: III, 47; 51; 1994: IV, 194）。在法國，是在十八世紀資產階級完成其革命之後才正式確立了一整套的醫療制度，而整個制度的核心，就是強調：醫生職業屬於「自由」和「受保護」的性質，並且，還強調醫生職業資格的雙重結構，即獲得國家承認的醫學院畢業文憑及具備最起碼的醫療臨床實踐的經驗。由於醫學知識具有明顯的規範性和制度性，有利於社會統治階級對於整個社會的控制，所以，國家透過對於全國醫學教育制度及機構的嚴格監督，實現了對醫療制度及其實踐的全面控制。在此基礎上，國家建構了由醫生和衛生健康方面的官員（officiers de santé）所組成的醫療正規隊伍，控制著全國的醫療實踐，並由此實現整個醫療監督制度。從此以後，醫療制度成為了國家監視和操縱全國百姓的最重要的手段和最有效的途徑，尤其是成為了現代生物權力實行全面統治的最得力的助手。

5.知識考古學的研究目的

傅科在一九六九發表《知識考古學》一書時，在導言中詳細而深刻地探討了與知識史、觀念史和科學史相關的一系列重大理論和方法問題（Foucault, M. 1969）。他

實際上是總結了自己從五〇年代開始所進行的西方知識史研究工作的基本觀點，並對傳統知識史、觀念史和科學史進行嚴厲的批判，為他所開創的知識考古學奠定基礎和開闢道路。

就在這個導言中，傅科強調指出：知識史研究的主要目標，不再是描述和總結傳統知識和思想的單線發展過程，也不再是尋求知識的最終基礎或終極價值，更不是像黑格爾那樣把知識史當成認識及思想邏輯的歷史發展的佐證，而是尋求知識形構中的「區分和界限的問題」（le problème de la division et de la limites），探索知識的「變革問題」（le problème de la transformation）。這樣一來，知識史的研究，不是尋求「真理」連續發展的規律，而是在知識的歷史形成過程中區分出知識和真理體系建構的「非連續性」、區別性及其散播策略。

為了擺脫傳統的精神病研究方法，傅科從法國宗教史家杜美濟（Georges Dumézil, 1898-1986）那裡，學到了結構分析的方法。他說：「正如杜美濟在神話研究中所做的那樣，透過『結構』觀念，我試圖發現精神病經驗及其治療的基本模式所採取的結構形式，同時，探討這些結構形式在不同的層面上的多樣變形」（Foucault, 1994: I, 168）。這是一種什麼樣的結構呢？傅科說，主要是進行社會隔離，也就是進行社會排除的基本結構（la structure de la segregation sociale, celle de l'exclusion）。採取這種隔離和排除的結構，使西方社會從中世紀以來，一直開展最基本的社會運作機制，把整個社會劃分為兩大相互對立的社會集團，而其中，那些被隔離和被排除的集團，就被認定為「異常」、「反常」和「反理性」，必須接受對他們進行隔離和排除的統治集團所制定的「正常化」規範和制度。

但是，傅科也指出，西方社會的上述隔離和排除結構，在不同的社會歷史階段，呈現為不同的變形樣態。傅科試圖透過對於這些基本結構的演變的研究，揭示它的性質及其社會功效。而在這方面，傅科的考古學和系譜學研究重點，始終都是現代知識的限制與排除功能、策略及程式。

6.知識的區隔和限定功能

尋求知識形構中的區分和界限以及探索重建知識基礎的變革問題，就意味著將知識當成社會區分和社會統治的一個主軸。正如柏維爾（M. Bevir）所指出的：傳統的知識研究總是以探索知識的認識論基礎為主，並將知識當成一種脫離政治統治行為的

認識活動的產物（Bevir, M. 1999）。歷來的知識研究從不重視知識與社會權力運作的關係，也不研究知識在社會區分、社會控制和維持社會統治秩序方面的作用，似乎追求和擴大知識只是為少數知識份子所專有的「神聖」的真理探索活動。傅科根據西方社會和文化的發展事實，看到了知識問題不只是屬於人的純粹認識活動，也不僅僅為了達到認識客觀對象的真理而已；而是一方面為各個歷史時代掌握權力的統治者所控制、並為統治者的權力運作服務；另一方面則為塑造、建構和界定不同的社會階層及其社會成員的身分、基本權利和生活方式服務，為他們的正當的思想和行為提供合法的標準。所以，在傅科看來，知識的形成和擴散，在本質上，是從屬於整個社會的權力運作及其再分配的過程。

所以，知識的形構過程，同時也是一種區分和限定的過程。通過知識的生產過程，知識不但進行了自我區分，劃定了知識與非知識之間的界限，劃定不同知識的領域及其在社會生活中的定位和等級，而且，社會作為知識生產的歷史場域，也區分了知識生產者和接受者、教育者和被教育者，區分了知識生產者共同體內部的各個類別和階層，因而也區分了社會的各個階層，界定了他們的不同的社會地位、角色及其社會身分，並規定著社會成員的思想和行動方式。

知識的區分功能是知識的首要功能，這也使它成為歷代統治階級爭奪控制的對象。知識的區分功能，不只是表現在知識體系形成之後，而且也直接地體現在知識本身的形成過程中。它實際上就是知識作為一種論述力量，對實際的社會秩序和各種實際的存在，進行「界定」、「定位」和「區分」的活動。任何知識都不只是滿足於語言文字方面的論述表達形式，而是要進一步介入社會的實際生活和實際運作，進行傅科所說的那種「論述的實踐」，實際地對社會的結構建構、階層劃分、領域區化以及人們行為標準的界定等等發生影響。這種區分和界定的活動，實際上就是為實現社會統治及其正當化奠定基礎。換句話說，知識在其生產和形成過程中的區分和界定功能，表現了知識論述的形成和擴散過程，決定著整個社會的各個階層及其成員的社會命運，也規定了他們必須以什麼樣的標準對自身和對社會做出界定，區分出什麼是「好」（善）和什麼是「壞」（惡）；那些是可以允許「說」和允許「做」的，那些則是不允許的。

統治階級正是藉助於知識論述的上述特徵，將整個社會區分為統治者和被統治者、正常和不正常、中心和邊沿、善與惡、上等和下等、優與劣等等。這種區分從根

本上說是有利於統治階級所進行的社會文化統治。這是因為無論什麼樣的歷史時代，統治階級總是把握著社會的權力和能源資源的大部分，他們憑借著手中掌握的實權，可以決定知識論述選擇什麼樣的「真理」標準和道德標準，也可以規定由什麼等級的人從事知識的生產和教育擴散工作。當然，傅科並不滿足於揭露知識同統治者權力運作之間的一般關係，而是深入分析在權力運作過程中，知識如何參與權力運作策略的制訂過程，並分析知識為統治關係制訂一系列規則、標準及規範的實際活動過程；同時還具體分析知識論述形成過程中對於社會大眾的主體自身的性質所產生的決定性影響。

正如傅科在《精神病和非理性：古典時期精神病的歷史》、《精神病和心理學》和《精神診療所的誕生：關於醫學望診的一種考古學》所指出的，精神治療學所表現的學術性和規範性的雙重特徵，典型地揭示了近代知識身兼「真理標準」和「實現區隔化」的雙重功能。自啟蒙運動以來，現代知識成功地扮演了「追求真理」和「實現社會區隔」的雙重角色。但傳統知識論往往竭盡全力掩蓋現代知識的後一種角色，使它被人們誤解為「真理」的化身。

對傅科來說，像精神治療學這樣的學問，其本身所具有的知識真理性，實際上是它作為一種知識論述所實現的一種策略產物；而其知識真理性及其客觀中立的認知標準化功能，歸根結底，是為了掩飾其上述功能，以便更好地發揮它的規範化、制度化、正當化和區隔化的社會功能。所以，相對於其他科學知識來說，精神治療學所具有的上述雙重功能和特徵，其規範化、制度化、正當化和區隔化的社會功能，是更加重要的（Foucault, M. 1961; 1962; 1963）。正因為這樣，傅科在其所撰寫的精神治療史著作中，其分析的重點是精神治療學的規範化、制度化、正當化和區隔化的社會功能。

7.知識模式的基本結構及其斷裂性

知識考古學，就其嚴格意義來說，就是一種對於知識的歷史形成過程的批判性探索。在西方的思想史上，曾經有過許多思想家探討過知識及知識史的問題，而且，其中也有一些思想家，試圖從知識同社會的關係方面揭露知識的權力實質。英國思想家培根在其偉大著作《新工具》中，就已經明確地指出「知識就是權力」。但是，總的說來，人們總是未能脫離傳統思想方法和理性主義的邏輯中心主義原則，往往過多地

強調知識的真理性、合理性、邏輯性及其正當性。也就是說，絕大多數思想家總是從肯定和積極的角度分析近代知識的意義。

　　傅科不同於傳統知識論及其他知識研究原則的地方，就是把知識當成與近代社會整體結構及其運作原則緊密相關的論述體系。如前所述，他首先將知識當成具有「歷史事件」意義的「論述」。為此，他首先清算傳統知識史研究的基本歷史觀，強調不同歷史時期的科學知識、知識模式及知識基本結構（Épistémè）的「獨特性」、「斷裂性」、「中斷性」或「不連續性」，因為產生和維護這些知識基本結構的社會歷史條件、社會結構及其相應的思想模式，都是極其不同的（Foucault, 1994:I,493-495; 676-679; II, 370-371; III, 300-301; IV, 582）。傅科指出：**所謂知識模式是指有關建構知識對象、主體及重要概念的規則系統**（une systèmaticité des règles de construction des objets, sujets et concepts）（Foucault, 1966: 13; 179）。

　　他之所以強調知識基本結構的「斷裂性」、「中斷性」或「不連續性」，正是為了凸顯知識同各個不同歷史時代的社會結構及人們不同思想模式之間的緊密關係。他認為，表現了整個社會各階層力量對比及其緊張關係的不同的社會結構，總是依據不同社會力量的利害關係及其緊張網絡的狀況，要求建構不同的知識基本模式；而不同的知識基本模式，也必定要求人們以不同的論述方式去表達和傳播這些知識體系。所以，知識模式、論述方式、思想模式及社會結構之間，存在著內在的極其緊密的相互制約關係。由於各個不同的時代的社會權力遊戲性質以及它們同知識論述的關係都是不相同的，所以，各個時代的知識模式也是不一樣的，因而，它們是相互斷裂的。揭示這個複雜關係及其實際運作過程，將有助於進一步揭示知識的真正本質，同時也揭示知識論述同人們的思想、行為、說話及各種作為的內在關係。

8.知識史研究的基本任務

　　總之，在傅科的知識及其歷史的研究中，他所關懷的重點，第一，就是知識是在什麼樣的社會統治關係和力量對比關係中、為維持特定的統治秩序的目的而形成的。第二，在知識形構的特定歷史基礎因素中，有什麼樣的特定社會力量關係網絡，促使一部分人從社會關係整體結構中分離出來而從事專業的知識生產與再生產的活動。這就涉及到知識形構、生產和再生產中，那些充當知識支配者的社會成員自身的自我分化和社會區分過程。傅科在探索知識生產與再生產問題時，非常重視知識生產者和支

配者的自我區分化和社會區分化過程，並把這一過程同整個社會的區分化過程以及對於區分化過程的權力控制問題連貫在一起加以考察。所以，知識問題已經超出認識活動的範圍、而直接成為社會區分化的問題，也成為與區分化密切相關的權力運作及其策略問題。第三，知識的生產和再生產關係到整個社會的統治秩序及其一系列規範。由於知識提供了各種有關客觀事物的認識和評判標準，所以，知識也就直接地為整個社會的規範體系提供一般性準則和基本原則，從而使知識直接和間接地參與整個社會規範的制訂過程，並在很大程度上決定著特定社會規範體系的評判標準及其基本運作規則。所以，傅科認為，知識不但告訴人們哪些事情做的正確或錯誤，而且也規定人們應該做或不應該做哪些事情；也就是說，知識實際上參與了社會的區分、並為各種活動作出各種限制。傅科在知識研究中，一再強調知識的各種界定，實際上具有雙重的社會功能：一方面為所謂正確或善的活動制訂判準，另一方面又為各種排除和否定性行為進行正當化論證。自文藝復興和啟蒙運動之後，由於西方社會的理性化和法治化過程，知識更加成為社會區分和社會統治的正當化論證基礎，也成為各種社會排除和社會分割的根據。第四，知識直接參與個人和群體的內化過程，特別是直接參與個人的主體化過程；而主體化過程同時也是個人的客體化過程，也就是使每個人自己成為知識的對象的過程。對於傅科來說，知識史研究的目的，是要揭示西方文化如何藉助於話語論述模式的不斷變化、而形構歷史發展和一切社會行動的主體（Foucault, M. 1969: 5-10）。在傅科看來，主體化問題，實際上就是個人實現社會標準化的過程，就是每個人參與整個社會的正當化的過程，同時又是社會對個人進行整合化的過程。任何社會都面臨如何處理「個人與社會」的關係問題。資本主義社會的基本特徵，就是將「個人與社會」的關係的解決歸結為個人的主體化問題。這是由資本主義社會的個人主義基礎及其法制化性質，由其對於個人自由的尊重所決定的。但對個人主體化的重視，並不意味著社會縱容個人恣意行為，而是強調社會整體中每個人對任何其他個人自由的同樣尊重。不同的社會歷史時代要求不同的個人主體化過程，因為不同社會歷史時代要求形塑不同的個人主體，依據不同歷史時代的特殊標準而造就不同的主體。所以，主體化不只是單方面地尊重個人自由、並以達到個人自律為主要目標，實際上它又同時要求個人以社會所確認的同一性標準實現內化，使每一個人都按照同一標準的社會規範將自身改造成獨立的個體。為了實現個人主體化的目標，各個歷史時代的統治者始終都是通過知識的形構、灌輸和擴張而影響個人的主體化過程，也就是

以知識中所提供的各種標準促使個人實現內化和社會化，促使個人成為符合社會標準的自律體。

當然，傅科充分意識到啟蒙運動後的現代社會主體化過程的特殊性，因此他集中探討知識對於近代和現代社會主體化過程的社會歷史意義。傅科認為，近現代社會中，知識對於建構符合近現代社會標準的主體起了最關鍵的作用。其實，知識對於主體化過程的上述社會功能，也就是知識和權力運作在現代社會發展中的相互關係的基本型態。

在知識史研究觀點和方法方面的根本變化，使傅科有可能藉助於對知識論述的解構，更深刻地揭示知識建構和發展對於人的主體化的決定性作用。所以，在傅科的最早的知識史研究著作《瘋狂的故事》中，他就已經明確地把他的知識史研究看作是「一種知識考古學」（Foucault, M. 1961a: 265）。而到了 1963 年，傅科又把他的《診療所的誕生》稱為「一種醫學望診的考古學」（une archéologie du regard médical）（Foucault, M. 1963a）。1966 年發表《語詞與事物》時，它的副標題就是「人文科學的考古學」（Foucualt, M. 1966）。即使到了 1976 年，當傅科著手撰寫《性史》第一卷時，他也很明確地說，這是一種「精神分析學的考古學」（une archéologie de la psychoanalyse）（Foucault, M. 1976）。很明顯，在傅科的最初的知識史研究中，就已經通過觀點和方法的徹底變革而襯托出其知識史研究的真正目標，這就是關於現代西方人如何在知識建構和發展中建立自身的主體地位的問題。傅科試圖通過這一研究徹底解構貫穿於傳統文化發展中的「主體化原則」，也就是集中批判作為傳統形上學和知識論中心概念的「主體」範疇。所以，在這個意義上說，傅科晚期所總結的「關於我們自身的歷史存在論」的基本論題，一方面就是批判和摧毀西方傳統文化中的「主體」概念的工程，另一方面，也是探索西方人自己陷入由知識、權力和道德所掌控的「主體化」歷史過程的一種解構程式。

*9.*精神病治療學中的真理遊戲

精神治療學作為一種權力手段和權力關係的鬥爭場域，不論是其建構還是其具體實施過程，都呈現出精神治療學本身的知識論述同權力策略運作之間的緊密協調，顯示出典型的真理遊戲的特徵。傅科將精神治療學的實踐過程，當成權力關係所協調和導演的控制過程（la pratique psychiatrique comme manipulation réglée et concertrée des rapports de pouvoir）（Foucault, 2003: 21）。正是基於這樣的性質，精神治療學領域才有可能進行符合於社會統治集團利益的真理遊戲。

精神治療學的論述，如同其他科學論述一樣，其真理性質，完全由其創建者和實施者依據權力關係的需要所決定。在談到精神治療學中的真理遊戲的性質時，傅科指出，人們所說的科學知識，包括精神治療學在內，都首先假定真理存在的普遍性。對於科學來說，「真理到處都存在，存在於一切人們可以提出真理的地方」（Foucault, 2003: 235）。換句話說，真理本身是人們根據其需要而提出和建構出來的，也是根據特定的需要而制定真理的標準以及它的正當化程式。真理究竟是怎樣的以及它究竟怎樣被發現，完全取決於人們的權力有限性程度以及我們所處的環境。在現代社會中，權力無所不在，真理也無所不在；權力網絡的範圍有所界限，真理的有效性也同樣有所界限。如果說權力不可能只是為某些人所壟斷，那麼，真理也同樣不可能只是為某些人所壟斷。在權力網絡所涉及的範圍內，權力關係中的任何一個方面的力量，都可能或多或少地提出他們的真理論述；只是其真理論述的性質及其內容，會隨人們在權力關係中的地位而有所不同。傅科認為，沒有理由剝奪某些人談論真理的權利（Ibid.: 235-236）。問題的關鍵，是在何種社會條件下，以何種權力關係討論真理問題。那些掌握實際權力的人，儘管他們可以隨時隨地宣佈他們自己是真理的判定者，但被他們宣佈為謬誤的人，也同樣可以隨時隨地聲稱自己是真理的擁有者。正是在這個意義上，傅科指出，在精神治療學領域中，既然精神治療醫生以及精神治療機構，掌握著一切有關治療和限制精神病患者的權力，宣稱他們是真理的掌握者，那麼，那些被治療的精神病患者，由於在權力關係網絡中佔據了劣勢地位，他們就自然地被宣佈為「反真理」。但是，依據真理遊戲的邏輯，精神病患者其實也可以宣稱真理是在他們一邊。精神治療醫生以及精神治療機構，只能從他們的權力地位理解他們的真理，他們無從理解和接受「瘋子」所提出的真理。「瘋子」果真提不出真理嗎？實際上，瘋子的語言之所以被宣佈為「胡言亂語」（déraison），不是因為他們違反了真理，而只是因為他們無法按照「科學」所要求的邏輯手段進行論證。傅科指出：在笛卡兒和「瘋子」之間，他們所說出來的謬誤的區別，並不在於有沒有「胡說八道」，而只是在於他們所處的權力地位及其論述所含有的正當性的特徵（Foucault, 2003: 130-131）。

通過對於精神治療學的微觀考古學研究，傅科進一步發現了現代真理遊戲的雙重

結構及其運作機制。傅科說：「關於精神治療學，我現在想要做的，就是揭示這種事件類型的真理（cette vérité du type de l'événement），如何在十九世紀，逐步地被一種真理的技術所掩蓋；或者，至少，在瘋狂的問題上，人們試圖將事件類型的真理技術，取代成另一種論證性的真理技術（technologie de la vérité démonstrative）」（Foucault, 2003: 239）。

　　傅科所說的事件類型的真理，指的是將真理看成一種歷史事件的觀點及其實踐。作為事件的真理，即事件式的真理，突出了真理形成和製造過程中的權力和道德關係的重要性。但到了十九世紀，只是靠權力和道德的介入，還不足於成功地發揮真理遊戲的社會功效，尤其是不足於有效宰制整個社會力量的運作。科學和技術的發展，要求將真理遊戲的策略，進一步神祕化、工具化和實證化。所以，十九世紀之後，西方社會中的真理遊戲更加複雜化，以雙重的社會文化力量，使科學家所制定的真理體系，有效地擴散到社會各個階層的權力關係網絡。在這種情況下，真理並不單靠權力和道德的強制性力量，而且，還要藉助於邏輯的和試驗的實證性措施。

　　因此，西方現代社會中，實際上存在雙重結構的真理類型，其中一種是「雷擊式」（vérité-foudre），另一種是「藍天式」（vérité-ciel）（Foucault, 2003: 236-238）；前者是事件式真理（vérité-événement），使不連續的、斷裂的、突發的、散播的和地區性；後者是實證式真理（vérité-démonstration），是連續的、不斷的、無所不在的和逐漸論證的。雷擊式真理或事件式真理，是相對古老的模式，它早已經存在於古希臘，其顯著特點，就是在一定地點、時刻、場合和環境，有掌握社會權力的『權威人士』，在一定地點，突然地被宣佈出來。所以，事件式真理又被稱為儀式真理（vérité-rituel）或權力關係真理（vérité-rapport de pouvoir）。藍天式真理或實證式真理，是隨現代科學技術的產生而出現的新模式；其顯著特點，就是利用現代科學技術的強大力量，強調科學技術掌握真理的普遍性，通過連續不斷的科學發現和探索過程，突顯科學技術的實證理性和實驗手段的準確性及功利性。所以，藍天式真理又被稱為「發現的真理」（vérité-découverte）、「方法的真理」（vérité-méthode）、「知識關係的真理」（vérité-rapport de connaissance）或「主客關係內的真理」（vérité à l'intérieur de rapport sujet-objet）（Foucault, 2003: 238）。根據當代社會統治的需要，藍天式真理正逐步把雷擊式真理推到背後，以便更有效地推行權力遊戲。但是，傅科認為，儘管藍天式真理試圖掩蓋、並取代雷擊式真理，從根本上說，藍天式真理無非

也是雷擊式真理的一個變種罷了（Ibid.）。

人文科學的考古學

1. 主體意識的語言論述模式

在精神治療學的考古學研究基礎上，傅科進一步對人文科學的一般論述進行更深入的探討。他在 1966 年所發表的《語詞與事物》一書是他的思想發展歷程上的一個里程碑。他在這本書中，對於各種不同時代的知識形構和權力實際運作及道德規範建構的三重複雜關係進行了深入的研究。他尤其探索現代社會形成以來，知識論述基本結構及其實踐策略的變化，揭露現代社會通過知識論述形構現代人的主體性的過程及其社會運作機制。

如果說，精神病治療學，作為自然科學和社會科學相結合的典範，在社會分工、區隔化及行為規範方面扮演了重要角色，並同整個社會的權力運作過程緊密結合，那麼，人文科學（sciences humaines）或關於人的科學（science de l'homme），作為專門管轄人的思想、說話方式以及行動禮儀的學科，在傅科看來，就更加同社會權力遊戲緊密結合在一起。所以，傅科為了揭示人文科學的知識基本結構及其思想模式，為了分析它對於西方人的思想方式和生活方式所發生的影響，在他的《語詞與事物》一書中進行了新的考古學研究。

人文科學在傅科的知識地圖中，被放置在「目的性哲學」（la philosophie de la fini-tude）與實證的政治經濟學、生物學和語法學之間的「虛空」地帶。關於人文科學的這種特殊的歷史地位，傅科是透過對於文藝復興以來近代知識結構的變遷過程來確定的。傅科詳細地考察了從十六世紀到十九世紀近四百年西方知識演變過程，在《語詞與事物》一書的最後章節，傅科終於得出一個足於震撼整個人文社會科學界的重要「結論」：「人的死亡」（la mort de l'homme）（Foucault, M. 1966: 398）。因此，傅科對於人文科學的考古學研究的真正目的，就是揭露近現代人文科學設計現代人主體性意識的策略，揭露近現代人文科學同社會權力運作的相互配合計謀及方法，揭露人文科學所造就的現代人主體性對於人性的扭曲。

近現代人文科學所造就的人的主體性，包含三個方面：首先它是指主體意識的形構及其運作的同一性原則；其次，它是指主體思想意識活動的語言論述表達模式，強

調語言論述表達的主體性結構同思想意識活動的主體性模式的同一性；再次，它是指主體行為，特別是勞動和日常生活行動模式，同思想意識主體性模式的同一性。通過上述三方面主體性模式的建構及其運作，現代人的主體性才有可能同現代社會的一系列制度、組織、法規和規範相適應，才能保證現代社會的正常運作的穩定進行。所以，現代人文科學實際上是塑造和宰制現代人主體性的知識論述系統；它在本質上是政治性的。

2.現代主體性的建構以及人本身的消失

傅科認為，知識語言論述的基本模式，從蘇格拉底和柏拉圖以來，一直被當成人的主體意識活動的話語運用表現。所以，分析語言論述的基本模式，實際上就是揭示人在思考中的主體化意識活動的基本結構。十六世紀之後，為適應資本主義現代社會的需要，人的主體化過程推動了知識論述模式的新轉變。這就引起現代知識論述基本模式的兩大革命過程，也造成了現代知識發展的兩次「斷裂」：第一次斷裂發生在十六世紀末和十七世紀初，形構了以普通語法、財富分析和自然史為基本典範的三大知識論述模式；第二次發生在十九世紀，建構了語言學、政治經濟學和生物學三大科學論述體系。而這一切，在傅科看來，實際上是環繞著現代資本主義社會主體的規訓和建構過程。上述兩大時期的三大類型知識論述結構，規訓、形構和宰制現代人逐步地變成為「說話的主體」、「勞動的主體」及「生活的主體」，也就是讓現代人通過知識論述的學習而將自身規訓成為符合現代資本主義社會的「標準」的「正常人」（Foucault, 1966: 262-313）。但是，傅科接著指出，隨著現代人文科學語言論述策略的運用，通過人文科學知識論述而形構的「說話主體」、「勞動主體」和「生活主體」，實際上也將自己納入整個現代社會規範和法制體系之中，因而也使現代人本身變成為現代社會各種法規和規範體系所約束的人。換句話說，現代主體性意味著現代人在整個社會法規體系中的歸併化和「標準化」；人的主體化過程導致了人的主體性自身的真正消失。所謂「主體化」和「主體性」，並不是人本身的自然本性的直接生存表現形態，而是現代社會制度所需要的標準化過程的歷史結果。由此可見，人文科學論述策略在宰制現代人的過程中具有決定性的意義。所以，在知識考古學批判的顯微鏡下，現代人的「說話主體」、「勞動主體」和「生活主體」，已經隨著知識論述結構的建構和散播過程，而在知識、權力和道德的相互勾結中，變成為「在沙灘上消失」

的虛構的人（Foucault, 1966: 398）。這個結論曾引起二十世紀六〇年代西方整個人文社會科學界的激烈理論爭論，也把傅科本人及其著作的威望推到當時學術界的最高峰，使他獲得世界性的盛譽。

3.現代知識論述模式與事物的秩序

傅科指出，從文藝復興以來，由於整個社會結構、人們思想模式以及權力鬥爭的重點的轉變，近代知識論述的基本模式，發生了兩次主要的變化。第一次是在十六世紀末到十七世紀初。第二次是在十九世紀。這兩個時期是資本主義社會發展史上具有決定性意義的兩大階段，資本主義通過這兩大階段，從原來的形成時期，變成為自由主義的民主法制社會。在十六世紀末到十七世紀初，由於從文藝復興到啟蒙運動前夕的社會生產及政治變革的需要，剛剛形成的西方近代科學知識，主要包括三大領域：普通語法、財富分析和自然史。到了十九世紀，隨著資本主義社會的生產和經濟以及政治的轉變，特別是由於權力遊戲性質和形式的變化，上述三大領域的知識，演變成為語言學、政治經濟學和生物學。上述環繞著語言、財富和生物的三大類型的知識或學問，在傅科看來，都是以特定的規則和限定方式建構起來的，但在不同歷史時代，這些規定著知識建構的基本規則有所不同：在文藝復興時期，知識的建構是以『類似』（la ressemblance）作為基本原則，在古典時代是以「再現」（la représentation）為基本原則，而在現代時期是以「歷史」（l'histoire）為基本原則。所以，在這個意義上說，《語詞與事物》的基本內容，就是探討西方人使用信號或符號結構（des structures des signes）標示事物「秩序」（l'ordre des choses）的不同歷史方法和模式（Foucault, 1994: I, 498）。

傅科對於近代知識史的上述分析批判，顛覆了傳統知識史的研究結論。按照傳統知識史的觀點，十八世紀至十九世紀的「古典時期」，是對於自然界進行徹底機械化的時代（l'âge de la mécanisation radicale de la nature），也是對於生物的數學化時代（la mathématisation du vivant）。但是，傅科的人文科學考古學的考察，顯示了古典時期其實是以安置事物秩序為主要目標。人們並不是以傳統知識史所重視的數學和幾何學，而是通過信號或符號的系統化的途徑，透過一種一般化的類型學（taxinomie générale）和事物的系統化的方法，依靠語法學、自然史和財富分析的知識研究，完成事物的秩序化。

　　傅科認為，近代知識的建構之所以集中環繞著關於語言、財富和生命三大主題，是因為近代社會的基本結構及其所主要關切的問題，主要是訓練和培養能夠按照標準化的要求進行理性地「說話」、「勞動」和「生活」的「主體」（Foucault, M. 1966: 262-320）。近代知識論述在上述不同歷史階段的兩次斷裂性變化，再一次表明：任何知識論述都是某種極其複雜的歷史事件的產物，而知識論述的首要社會功能，就是塑造和形構符合特定社會標準的「主體」；與此同時，知識論述無非就是現代人所面對的外在事物的「秩序」的符號表現形態。知識論述對於真理的追求及其論證，只是上述主體化基本功能的附屬性和次要的功能。傅科還進一步通過他的人文科學知識考古學，研究揭示了人的主體性問題的實質：人的主體性的建構過程，在近代時期，是以表面的個人自由的獲得作為一個不可避免的歷史代價，來掩蓋其中的權力爭奪實質，並由此達到逐漸剝奪個人自由、實行全面宰制的最終目的。所以，人文科學知識論述的基本模式及其歷史轉變，不過是一種權術遊戲的策略轉變的『科學』或『理論』的表現形式。

4.現代人只是論述遊戲的「皺褶」而已

　　西方知識基本結構的上述變遷，証明從文藝復興到啟蒙運動所提出的人文主義基本口號的虛假性和抽象性。傅科指出，在康德的目的性哲學中，由文藝復興時期以來所標榜的人的自由及其基本人權的訴求，統統被抽象化，在康德的超驗的形上學本體論和經驗主義的實證知識論中化為烏有。而在「人的科學」的另一端，政治經濟學、生物學和語法學卻以嚴格的「理性」標準和規範，千方百計地將「人」限定為「勞動主體」、「生活主體」和「說話主體」，使真正的人完全失去了自身的自由，成為知識本身的對象。傅科指出：「在十八世紀末以前，人並不存在」（avant la fin du XVIII siècle, l'homme n'existait pas）（Foucault, 1966: 319）；在文藝復興時代，「人」不過是類似性遊戲的一個皺褶而已（Ibid. : 38; 43）。在古典時期，當人們以「再現」或「表像」（représentation）作為基本原則而建構他們的知識時，人也只是知識的建構性再現遊戲的複製品罷了；人的本性無非就是「對於人自身的再現的一個摺疊而已」（un pli de la représentation sur elle-même）（Foucault, 1966: 320）。正是在這種情況下，傅科才得出「人的死亡」的結論。他說：人只剩下空洞的形象，就像那大海沙灘上的人形一樣，被海水沖洗得面目全非，並最終被淹沒得無影無縱；近代人文主義所

追求的「人」，終於在知識本身的發展和演變中，消失殆盡（Foucault, M. 1966: 398）。1975 年底，傅科接見義大利記者波俊卡（C. Bojunga）和洛波（R. Lobo）時，進一步明確地說：「現實的人當然存在，但重要的問題，是必須摧毀自十八世紀以來對人的本質所做的整個抽象的概括」（Foucault, 1994: II, 817）。

自從近現代「人文科學」建立以來，從方法論來說，它實際上也始終受到自然科學及其經驗主義和實證主義方法論的控制，以致於其本身既沒有明確的研究對象及研究領域，也沒有真正獨立的科學研究方法。所以，正如傅科所指出的，自詡以捍衛人的個人自由、價值和尊嚴的人文科學本身，實際上只是隸屬於語言學、經濟學和生物學的一種邊沿科學和「複製科學」：「與生物學、經濟學和語言科學聯繫起來看，人文科學並不缺乏確切性和嚴格性；它們就像複製科學，處於『後設認識論』的位置」；而作為其研究對象的「人」，實際上只是生物學、語言學和經濟學意義上的人，這種人，是按照生物學規則活動的生命單位，是按語言學規則說話的人，也是按經濟學原理而為社會創造財富的勞動的人，根本就不是實際的活生生的自由人（Foucault, M. 1975; 1976; 1984a; 1984b）。即使從十九世紀末精神分析學形成以來，人的命運也沒有改善多少，因為在精神分析學中的人，只是一種「分裂的人」和「被隔離的人」（Foucault, M. 1966; Deleuze, G. 1990）。

5.對人文主義的批判

其實，早在五〇年代，傅科就已經透過精神病或瘋狂的歷史探討，展開對近代人文主義的批判序幕。他的最早著作《精神病與人格》（Maladie mentale et personnalité, 1954）以及在博士論文基礎上所發表的《瘋狂與非理性：古典時代精神病的歷史》（Folie et déraison. Histoire de la folie à l'âge classique, 1961），都揭示了近代人文主義對於西方社會所出現的精神病或瘋狂問題的虛偽立場。接著，《診療所的誕生：醫療望診的考古學》（Naissance de la clinique. Une archéologie du regard médical, 1963）更具體地結合診療所制度的誕生，無情地鞭撻人文主義充當迫害精神病人的主凶的猙獰面目。傅科指出，人文主義對「瘋狂」不只是採取「禁閉」的暴力措施，而且還進一步使用科學技術成果，特別是生物學和醫學手段，從肉體和精神兩方面，進行殘酷的折磨摧殘。被稱為「人文主義王子」（le Prince des humanistes）的荷蘭思想家愛拉斯默（Desiderius Érasmus, 1467-1536），最早掀開了人文主義討伐「瘋子」的鬧劇序

幕。他以「瘋狂頌」（Éloge de la folie; Encomium Moriae; Laus Stultiae, 1509）為題所發表的著作，反諷地採用古代智者的辯証法和修辭術，淋漓盡致揶揄古代瘋狂的智者哲學家的「愚蠢」，其目的就是宣告近代人文主義的理性主義對於古代和中世紀理智原則的優越性，並試圖由此實現近代理性主義對於社會、文化和個人的全面統治（Érasmus, D.1966[1509]）。從愛拉斯默可以看出近代人文主義及其理性主義的弔詭性、矛盾性、歧義性、含糊性和二重性。愛拉斯默諷刺瘋子，卻又裝扮瘋子；他既揭示瘋狂的反理性，又宣稱唯有像他那樣的人文主義式瘋狂，才體現理性的真正特性。文藝復興時期以愛拉斯默為典範的人文主義，從一開始登上歷史舞臺，就樹立理性的大旗，自誇唯有他那樣的瘋狂，才有資格被稱為「真理」的立法者和護法者，並極盡其諷刺消遣之能事，欲置其他各種非人文主義思想和文化於死地而後快，試圖襯托出人文主義所讚賞的現代「理性的人」的標準楷模。傅科的上述著作正是為了揭示人文主義及其理性主義對人性本質的反叛。所以，可以說，傅科在早期所寫的《精神病與人格》和《瘋狂與非理性：古典時代精神病的歷史》，雖然其主題是有關瘋狂的歷史探究，但同時也是對於人文主義及其理性主義的全面批判的開始。

從 1966 年到 1970 年，傅科集中轉向論述解構和知識考古學研究。這是傅科在《語詞與事物》的發表之後所開展的新的創造和叛逆的雙重遊戲，其首要批判目標，就是對「人文主義」（humanisme）進行窮追猛打，並更直接地揭露人文主義的政治性質。傅科於 1966 年同瑪德蓮·莎普沙爾（Madelaine Chapsal）的對話中強調：「我們的確越出人文主義。正是在這個意義上說，我們的工作是一項政治工作，因為不管是東方還是西方政府，都以人文主義這個旗號販賣他們的商品」（Foucault, 1994: I, 516）。

顯然，傅科以人文科學考古學的研究成果為基礎，繼續開展他對於人文主義的全面批判。不過，這一次，傅科的批判矛頭，已經越出知識史的範圍，也不再停留在歷史的領域中，而是轉向現實政治鬥爭中的人文主義意識形態。他的批判，針對東方的馬克思主義者和西方的自由主義者。他認為，他們當中的任何人，不管是打著自由民主的旗號，還是以革命的名義，都實際上只是將人文主義當成權力鬥爭的一個空洞的口號，當成鬥爭的策略，卻避而不談實際的個人自由及尊嚴。

不論在理論上還是在實踐方面，傅科所開展的上述對於人文科學以及人文主義的考古學批判，在六○年代末曾經引起了激烈的爭論。在回顧這場爭論時，傅科對訪問

他的《文學雙週刊》（La Quinzaine littérraire）記者艾爾卡巴赫（Jean-Pierre Elkabb-
ach）說：「十九世紀是一個重要的世紀，在其中，人們發明瞭諸如微生物和電磁學
等非常重要的事物。而且，人們也在十九世紀發明瞭人文科學。發明人文科學，在表
面上是使人成為一門可能的知識的對象。這也就是把人變成為知識的對象。與此同
時，在十九世紀，人們還希望，並幻想一種救世的神話，以為這類關於人的知識，可
以使人透過從其異化現象的解放而獲得自由，也可以從他所不能控制的領域中獲得解
放，以致於使人史無前例地成為他自身的主人。這也就是說，人們把人變成為知識的
對象，是為了使他能夠變成為他自身的自由和存在的主體」（Foucault, 1994: I,
663）。

但是，為了避免對於他的批判的誤會，傅科進一步指出：「在尋找其根源時，人
的這種消失，並不意味著人文科學也即將消失。我並沒有這樣說。我是說，人文科學
將在另一個並非由人文主義所封閉或決定的視野之內發展。在哲學中，人並非作為知
識的對象，而是作為自由和生存的主體而消失。但是，作為主體的人，那種以其自身
意識和自身自由的主體的人，在本質上，就是上帝的另一種圖像。十九世紀的人，就
是神在人文主義中的化身。那時，曾經有過人的某種神學化過程。神降臨到地上，使
得十九世紀的人自身完成神學化。費爾巴哈曾經說，『應該在地球上收回那些曾經在
天國消耗掉的財寶』。他實際上把人曾經向上帝借用的財寶，放置在人的心中。但尼
采卻宣佈神的死亡，並同時宣告了十九世紀人們不停地幻想過的那種被神化的人的消
亡。然而，當尼采宣告『超人』的到來時，他所宣告的，實際上並不是一個更像神的
人的到來，而是一個永遠與上帝無關、也不再以神當成自身形象的真正的人的到來」
（Foucault, 1994: I, 664）。

顯然，傅科透過對於人文科學的考古學批判，他所要達到的目標，除了揭露傳統
人文科學及各種論述的真理和權力遊戲之外，還期望能夠實現尼采所早已提出的理
想，使人本身成為他自己命運的真正主人。

監獄及規訓制度的考古學和系譜學

1. 進一步探索論述實踐的問題

從二十世紀七〇年代起，傅科將研究精力轉向現代知識論述的實踐及其策略，主

要是探討現代知識論述同諸如現代監獄之類的機構、制度等社會統治和管理體系的具體建構過程相關聯的特定歷史實踐及其策略，同時也揭露知識論述在建構「自身的實踐」的基本模式以及貫徹「自身的技術」的過程中的關鍵地位，以便由此揭示知識論述的實踐在主體化歷史過程中的具體策略和程式（Foucault, M. 1975）。

傅科反覆強調，知識論述並不只是語言論述而已，而且，更重要的是它的實踐及其策略。西方知識論述在後一方面的實際表現，更進一步將它同社會統治階級的權力運作和道德說教的計謀聯繫在一起，從而更徹底地暴露了知識論述的真正性質。

所謂知識論述的實踐（pratiques discursives），並不只是指論述的形成過程及其製造模式，而且還包括論述製造、傳播和運用過程中，論述同社會制度、科學運用技術、運用者在其運用中的行動方式、論述傳播的管道和網絡、教育機構以及一系列複雜的社會文化措施等等因素。傅科認為，論述的實踐是比論述本身更為複雜的問題，更顯示了論述事件同權力等社會文化力量相互交結的詭詐性（Foucault, 1994: II, 241）。

傅科在 1970 至 1971 年的法蘭西學院講課提綱和研究計畫中，在說明他在這一時期所進行的研究的主要意圖時，詳細地指明了分析論述實踐問題的複雜性及其實際困難。他指出：在理論方面，主要是探討十九世紀之後所產生的某些特定的學科，諸如遺傳學之類，它的產生和發展，究竟如何一方面同特定的經濟與社會歷史條件緊密地聯繫在一起，另一方面又必須廣泛地吸收其他相關的科學，諸如化學、動植物生理學的成果。現代知識的許多領域，幾乎同遺傳學相類似，往往不是一門孤立的學科，作為一種純粹的知識性概念的單純堆積，而是要同社會文化條件，同制度、法制、規範以及各種社會運作機制系統聯繫在一起，同時又同其他相關的學科和技術聯繫在一起。而且，就這些知識本身的性質而言，它們也不只是純概念的邏輯推理系統，而是對於人們的實踐具有規範性、規定性、法規性、限制性和約束性的行動規則體系。為此，傅科準備從三大方面研究特定知識的性質及其社會文化特徵：(1)有關這些知識在整個社會文化系統中所佔據的地位及其真正性質；(2)這些科學論述的提煉和形成過程；(3)知識系統中的因果性關係。所有這些方面，只是探討論述實踐的主要層面；但僅僅是這些層面，就已經足見分析論述實踐的複雜性（Foucault, 1994: I, 844-846）。

2.對社會的統治和對個人的監控

探討和研究論述實踐及其同社會文化各種網絡的聯繫，就是揭露它們轉化成為社會和國家權力機構實行宰制和管控活動的實際過程。論述實踐的整個過程，在客觀上，達到了統治社會和控制個人的目的。在這一時期，傅科以更多的時間研究各種宰制、監視和控制自身的技巧。他在這一時期發表了一系列有關基督教教士的權力運用模式（la modalité pastorale du pouvoir）的言論和論文（Foucault, M. 1994: IV, 136-139）。他認為，基督教教士式的權力（le pouvoir pastoral）的運用模式，表面上似乎同國家機構的集中權力控制趨勢相對立，但實際上是對於它的一個最有效的補充和充實。基督教式權力的主要特徵，就是以控制被統治者的個人身體為主要目標，對他們實行最嚴謹和最具體細微的監視和規訓。在資本主義社會剛剛形成的時候，這種基督教式權力的運作，有利於國家對於每個公民的身體活動的宰制，也有利於發展資本主義的大型生產活動。監獄制度就是在這種情況下，作為監控大量的輕微犯罪分子和少數重型罪犯的重要手段。

如果說《語詞與事物》是針對西方的科學論述及其指導思想，那麼，《監視與懲罰》是為了揭露西方社會制度及其社會組織原則，為了更具體地揭示知識論述及其實踐對於社會制度的實際影響（Foucault, 1994: IV, 781）。

對於傅科來說，權力的運作並不只是同知識論述緊密相關，而且簡直就是知識論述的實踐活動。知識論述的實踐包括兩大方面：一方面是運用於社會統治，另一方面是運用於對個人自身的宰制；但對於整個社會的宰制和統治，歸根究底也是要落實到對於單個的個人的控制和規訓。尤其是到了資本主義社會的「規訓式的權力」和「生物權力的時代」，統治權力的運作目標，已經大大地不同於古代的主權式國家。傅科嚴格地區分資本主義發展的兩個不同階段：從十六世紀到十八世紀，是資本主義社會的古典時期，其權力運作的基本模式是借用基督教權力模式（le pouvoir pastoral），對被統治者的個人的身體，實行全面的規訓和監管。這是規訓式的權力（le pouvoir disciplianire）。從十八世紀以後，資本主義社會進入現代的生命權力的時代，其統管的主要對像是居民的生命，試圖掌控全體居民的身體生命活動，使之有利於國家權力的運作。這種生命權力的運作，實際上就是：㈠對於個人的規訓和懲戒以及㈡對於整個社會入口的調節和控制。這樣一種生命權力，是以古典時期的規訓式權力的運作為基

礎，將當時普遍地建立起來的監獄系統，逐漸地改造成為有利於控制居民生命活動的強大統治工具。現代社會的監獄，就是為了這個目的而設計和運作的（Foucault, M. 1997: 236-237）。所以，從七○年代起，傅科的研究重點集中到㈠自身的技術或自身的實踐；㈡對於監獄、懲治、監督、規訓和道德問題的研究上。傅科在 1975 年所發表的《監視與懲罰：監獄的誕生》（Surveiller et punir. Naissance de la prison. 1975）就是這一研究的重要成果。與此同時，傅科在法蘭西學院的講課主題就定為「自身的實踐」（la pratique de soi）。監獄也好，自身的技術也好，都是對個人進行懲戒、規訓和控制的最重要的途徑。

3. 以科學理性為主要手段的現代規訓社會

西方民主社會的實質究竟是什麼？是它的法治、自由、理性化的文明，還是它在全面嚴密控制個人方面的高度「科學化」和「理性化」的技術？傅科並不否認西方社會的法治、自由和理性化文明的性質。傅科明確指出：現代社會的規訓制度及其規訓機器系統，基本上是民主制的（Foucault, 1994: II, 722; III, 195; 1975: 223-225）。而且，所謂規訓，在現代社會中，就意味著權力運作的政治經濟學，它是在整個社會民主制的前提下實行的。但他更關心的，是這些法治、自由和理性化文明究竟如何建構起來的？它是以什麼代價、通過什麼過程和程式建構的？它的運作動力及其機制是什麼？它的產生和實際運作究竟如何扭曲了西方人的人性？最後，傅科尤其關心當代社會從十八世紀開始進行的徹底規訓化（la disciplinarisation des sociétés）過程的本質（Foucault, 1994: IV, 235）。他說：「在歐洲，從十八世紀開始的所謂社會的規訓化，並不是指組成社會的個人越來越變成馴服，也不是說他們全部都被集中到軍營、學校和監獄般的地方，而是指人們千方百計地在生產活動、溝通網絡及權力關係之間，尋求越來越有效的監控，即越來越理性化和經濟化的那種監控」（Ibid.）。傅科認為，以最「合理」和最「科學」的方法，對每個人進行規訓化，既進行全面普及的教育，又實行嚴格的法制管制下的懲罰，特別是通過自身的技術和監獄系統，兩大方面雙管齊下，使每個人既成為自身的主體的同時，又自由自在地成為個人和整個社會的控制對象，這才是西方社會的真正本質。傅科說：「我們的社會並不是遍佈景色的社會，而是監視訓誡的社會（notre société n'est pas celle du spectacle, mais celle de la surveillance）」（Foucault, M. 1975:218）。西方社會是一個不折不扣的「規訓化的社會」

（la société disciplinaire）。西方社會的整個自由民主制度的建構及其穩定運轉，是以實現對於全民的全面規訓作為其代價；西方的民主制，是在整個社會實行全天候全景觀時空全景監控（la surveillance panoptique）、致使每個人都置於嚴密監視下而無可逃遁的情況下所實行的。

傅科曾經將懲戒的社會（la société punitive）分成四大類型。第一種是將懲治對象加以放逐、流放、驅逐，將他們從他們原來生活的地方趕出去，剝奪他們的生活權利和一切財物。古希臘社會曾經是這樣的社會。第二種是提供補償的機會，強迫被懲治對象採用特定形式向統治者償付贖金。這實際上是以經濟上的手段抵償其罪行。古代德國社會曾經是這樣的。第三種是在罪犯身上烙印各種汙名，展現出實行鎮壓的權力對他們的身體及其活動的永久性統治。西方中世紀末期的社會就是這種類型。第四種是進行大規模關押的社會，而現代西方社會就屬於這一類型。傅科指出，資本主義社會的古典時期，作為一種從舊社會過渡到現代社會的新歷史階段，幾乎同時使用了上述四大懲治方式，以解決當時剛剛形成的資本主義社會的許多社會問題，以便鞏固新建立的社會秩序（Foucault, 1994: II, 456-457）。

所以，毫無疑問，古代的西方社會也曾經是一種規訓的社會，懲戒的社會。但在當時情況下，對於大多數被統治者，所採取和進行的規訓方式是極其野蠻、粗陋、愚蠢和強制性的。只有對於社會上少數的統治階級分子，這種規訓是採取耐心教育和文明的方式。在古希臘的奴隸制社會中，只有奴隸主才有條件受到充分的教育機會，以文明的方式進行教育和自我教育。在中世紀社會中，統治者是靠基督教教會的宗教方式，對全民進行監視和訓誡，同樣也是極其野蠻和愚蠢的。實行這種非文明的監視和規訓，不可能達到全面操縱的極致效果。

為了凸顯資本主義社會監獄制度的程式和策略的複雜性，傅科在其《監視與懲罰》一書中，例舉 1757 年對犯人達冕（Damien）所實行的磔刑，強調法國大革命以前所實行的刑法與近代社會懲罰監視制度的區別。犯人達冕在被磔刑前，還遭受各種殘酷的肉刑，包括對他身體施予火刑，在他的傷口上澆以熔融的鉛液等。到了十九世紀，監獄的狀況發生很大變化：犯人從早到晚嚴格地按時做事，就好像工廠和軍營中的工人和士兵那樣。監獄的一切似乎實行了「人道主義」的原則。

資本主義社會以其高度發達的生產力所生產出來的物質條件和科學技術，以其理性化的人文社會科學理論研究成果，通過對於人及其身體的科學知識，才創造了空前

未有的優越條件，有可能在其監獄中，實行「文明」的監視和監禁制度，並同時在整個社會實行全面的監視和規訓。在所有這些「文明」而「人道」的制度背後，掩蓋著另一個嚴酷的事實：實行最嚴禁、高效率和細膩的管制制度，使犯人和整個社會成員都在時間和空間兩方面受到全面控制（Foucault, 1975: 79）。所以，傅科的《監視與懲罰》一書的真正目的，「就是揭示現代心靈和一種新型的審判權力（un nouveau pouvoir de juger）之間的複雜交錯的歷史，揭示科學性與法制性相互交錯的實際複合體（l'actuel complexe scientifico-judiciaire）的系譜學，因為正是以它為基礎，現代懲罰的權力，完成其正當化的程式，接受其規則，擴大其實效，並掩飾其極度的殘暴性」（Foucault, 1975: 27）。

4.現代監獄產生的社會歷史條件

現代監獄制度是以古典時期的監獄為基礎發展出來的。但作為一種監獄制度，它並非西方傳統的懲治法典和刑法的自然發展產物，而是根據資本主義社會創建時期的新需要，依據刑法以外的其他理由建立起來的（Foucault, 1994: II, 464）。

在古典時期，資本主義社會剛剛形成，大量的農民破產而流入城市，造成整個國家居民結構的重大變化。流入城鎮的破產農民，除了一部分幸運地在新型的資本主義企業中找到工作而逐步變成為工人以外，有相當大數量的人，淪落成為失業者和無家可歸的流民。城市中出現了大量新的社會問題，其中最主要的是大量犯罪事件的產生。這些犯罪現象，多數屬於輕微或小型的罪過。當時的資本主義國家政權，解決這些社會問題的主要方法，就是利用法制和當時新型科學知識的研究成果，設置一系列管制流民、失業者和輕微犯罪者的機構組織：監獄、青少年教管所、精神病院、慈善機構及窮人收留所等。為此，傅科指出：「講得更清楚和更簡單一點，在西方十八世紀時期所發展的大規模監禁事件的機制，就是失業的問題，人們找不到工作。這些人，從一個國家移民到另一個國家，輾轉於社會的各個空間和地域。這些曾經由於宗教戰爭以及其後的三十年戰爭所解放出來的人們，貧窮的農民們，所有這些構成了一個浮動的居民層。由於擔憂的原因，才設立了全面的監禁制度，其中還包括了精神病人」（Foucault, 1994: III, 403）。

在分析和揭露現代監獄時，傅科採用了類似馬克思政治經濟學的方法。他認為，現代監獄是資本主義社會經濟高度發展的產物。他說：「資本主義經濟的成長要求特

殊的規訓權力模式（la croissance d'une économie capitaliste a appelé la modalité spécifique du pouvoir disciplinaire）」（Foucault, M. 1975: 223）。不僅資本主義的經濟發展利益，而且它的管理方式及原則，也成為現代監獄產生的社會條件。從十八世紀開始，西方國家的生產效率高速度地提升，不但生產出越來越豐富的產品，而且也提升了整個社會的生活水平，促使人口迅速增加。人口的增長又擴大了失業人口的範圍，使原有的流浪者數量迅速增加。近代社會造就了空前未有的失業大軍隊伍，也滋長了流動人口，並擴大流浪漢的隊伍。這些人不斷地成為資本主義社會實行「排除」政策（la politique d'exclusion）的主要對象。傅科指出，資本主義社會把流浪人口增加到史無前例的程度。不僅如此，而且，隨著人口的增加和都市化的進程，犯罪分子也增加和普遍化。就是在這種情況下，不僅有充分的物質和技術條件，而且也有迫切的需要，建構起現代監獄制度。在現代社會中，監獄及一系列規訓機構的社會功能，就是協調和調整因人口膨脹及生產機器發展而出現的社會不平衡狀態。

從政治上看，資本主義社會需要建立一個穩定的法制社會，所以，必須同時地建構足於有效管制和規訓流浪者、犯罪分子及各種所謂「危險分子」的監獄機構。而資本主義經濟的管理原則，也要求對整個社會的人口進行符合最大功效的政治經濟學管理制度，一種具有高效率的人口管理制度，這就是傅科所說的一種「身體的政治經濟學」（une économie politique du corps）（Ibid.: 30）。在這個意義上說，現代社會的政府就是貫徹這種身體的政治經濟學原則的政權機構，它是一種不折不扣的『政治經濟學的政權』形式。現代監獄制度只不過是資產階級的政治經濟學的政權對社會進行科學管理的一個形式罷了。按照身體的政治經濟學的原則，現代監獄並不是以消滅罪犯的身體為基本目的，而是透過對他們的關押和控制，將他們的身體『合理地』改造成為有利於社會生產發展的目的（Foucault, 1994: II, 297）。

面對人口的增加和失業者、流浪者的氾濫，權力機構必須執行一種高效率的管理原則，提高政治機構的管制威力，這就要求建立嚴格的記律和規訓制度（Foucault, 1994: II, 297）。建立在科學和最新技術基礎上的現代紀律系統和規訓制度，是現代國家用以調整、協調和統一管制整個社會人口爆炸、失業和流浪者氾濫的最有效的手段。所以，現代監獄制度是現代國家強化其權力的必然結果。傅科在他的《監視與懲罰》一書中指出：為了加強統治的力量，如同中世紀國家需要強化國王的國家機器一樣，現代國家也需要加強其監獄系統（Foucault, M. 1975: 312）。

　　按照盧梭等人的社會契約論原則，所有的公民都必須按照契約的精神，遵守法制。因此，任何犯法行為都是「背叛」契約的表現。由此出發，由法制規定所產生的政府，有理由將那些大大小小的犯法分子，當成「叛徒」來處理。正因為這樣，現代社會的政府視各種罪犯為「危害社會秩序」的主要禍水，盡一切法制力量實行對他們的懲罰。

5.以規訓「馴服的身體」為主要目標

　　《監視與懲罰》從一開始，就把分析的重點，指向對於身體的折磨、管制、規訓和刑罰的制度。傅科認為，現代監獄是現代國家意圖全面控制其社會成員的身體的產物。傅科指出：整個監獄史表明，被懲罰的身體，雖然不再被虐待，但卻被系統地監護和改造；身體的活動時間，被精細地安排好，絲毫不得有誤，就像在工廠中勞作的工人身體那樣，每分每妙都被設計好，由不得身體的主人去獨立支配；身體活動的時間，全部按照其被使用的目的而被精密測定和分配。所以，整個監獄史，也就是政治權力與身體的相互關係史（Foucault, 1994: II, 469）。

　　因此，所謂規訓，首先就是操作身體的政治技術（la discipline, c'est d'abord une technique politique des corps）（Foucault, 1994: II, 523; 617; 754-756; III, 231; 470; IV, 194; 1975: 16-21; 29-35）。現代國家雖然實行理性化，但仍然如同古代國家一樣，是以生產、訓練、培養和造就「**馴服的身體**」（le corps docile）為基本目標。歷代統治階級很清楚地意識到，只有首先控制被統治者的身體，才能進一步對他們進行全面的統治和控制。因此，為了使其被統治者溫馴地服從統治，首先要千方百計地宰制被統治者的身體，使他們的身體變得溫馴、聽話、百依百順、唯命是從。正因為這樣，他們的統治方式，幾乎都一致地以摧殘被統治者的身體為主要目標。正如傅科在論述尼采的權力系譜學時所指出的，任何權力運作都離不開對於身體的控制和宰制。但不同的歷史時代，統治者摧殘被統治者的身體的方式和策略並不一樣。現代監獄不同於古代社會那種以肉刑和身體酷刑為主的懲戒和規訓身體的機構。古代社會的監禁所或監獄只是用來殺害、摧殘或損傷被統治者的身體的場所。所以，如前所述，《監視與懲罰》從一開始，就描述發生於 1757 年的一個駭人聽聞的歷史事件：一位名叫達冕的罪犯被施以磔刑，然後把他的被撕裂的屍體殘骸，丟進火堆之中燒成灰燼。當時的統治者只是懂得以怎樣的殘酷方式，摧殘、折磨和殺害被統治者的身體，並不懂得如何

以盡可能「文明」和「理性」的方式使身體就範，以便將被規訓的身體和溫馴的身體，改造成為有利於權力運作的積極因素，並再為權力本身的運作效勞。可是，到了十九世紀，在完成了資產階級革命之後，在實行了資本主義社會的法制化和理性化之後，在整個社會流行著人文主義或人道主義思潮之後，在近代科學技術和現代知識取得輝煌成果之後，罪犯的身體再也不遭受同樣的酷刑，他們只是被日日夜夜地關押在一個足於身體生活最低限度要求的時間空間裡，被關押在監獄中。傅科諷刺地指出，這是「人文主義」的結果，是科學化和理性化的結果。由於近代人道主義思想的產生，罪犯還享有「人權」，享有法律上的「平等」待遇，不再遭受肉刑、摧殘和酷刑。但是，傅科指出，取代這些殘酷的刑罰和體罰的，是在時空方面對於他們的嚴密而精細的監視和控制。

傅科指出，與監獄出現的同時，在資本主義社會中，各種紀律化的組織機構相繼增加：不只是學校、軍隊、工廠，而且，連一般的民眾組織、商業機構以及號稱獻身於救濟活動的慈善機構，也採用高度組織化和嚴格科學管理化的紀律加以管制。這些紀律化的組織隨著資本主義的發展如雨後春筍般的產生，並不是偶然的；它們如同監獄一樣，既是資本主義政治、經濟和文化發展的需要，又是資本主義發展的產物。這些組織機構同資產階級的國家一起，全面地和更嚴密地控制了人們大眾，使老百姓分別地按照統治者的需要，受到不同程度的規訓，把他們的身體，改造成「歸順的身體，可以被使用的身體，可以被改造和被完善化的身體」（Foucault, 1975）。

現代的規訓，已經不是屬於集權專制的愚蠢而野蠻的統治行為，而是控制身體的「各種小詭計（petites ruses）、狡猾的管理、不可告人的經濟行為和看不出大小的強制行為的集合體」，一句話，就是「理性」的詭詐的表現（Foucault, 1975: 141）。所有這一切，傅科稱之為「權力物理學」（une physique du pouvoir）（Foucault, 1994: II, 469）。這種新型的權力物理學，是國家權力對身體實行監控的學問，是專門思考和實行對於身體各個部分的全面監控的新政治技術。傅科將權力物理學又細分為「**權力光學**」（optique du pouvoir）、「**權力力學**」（mécanique du pouvoir）、「**權力生理學**」（physiologie du pouvoir），它們分別針對身體的各個部分，實行不同的監控程式。

權力光學是一般化和經常性的監控器官（organe de surveillance généralisée et constante）。它的功能就是監視和觀察一切，並把監視到的資訊加以傳遞。屬於這一系統

的，有警察組織、檔案機構及全方位環形敵視監督系統。透過權力光學的運作，權力的眼睛（oeil du pouvoir）睜開到最大限度，並時時刻刻盯梢全社會的老百姓的動靜及行為。

權力力學是用以將個人的身體加以割離、關押或集中在一起，把身體關押和禁閉在特定地域內，最大限度地使用身體的能力，使身體活動為國家權力帶來最大限度的利益，對身體、生命、時間和能力，實行全面的規訓和監控制度。

權力生理學是制定一系列規範、準則和規則，以便將不符合要求的身體，排除出社會之外或置於社會邊沿地區，或者，透過「類似治療」及各種懲罰形式，對不符合規範的身體進行強制性的「矯正」措施（Foucault, 1994: II, 469）。

6. 現代社會就是一個大監獄

現代監獄是從十八世紀末開始出現的新監禁制度。實際上，它並不只是對於犯罪者的監禁所，它是對整個社會進行監視、訓誡和控制的典型場所和基本模式。經過細緻的歷史研究，傅科指出：自從現代監獄制度建立之後，西方各個主要國家的刑法和懲罰制度發生了很大的變化。這個變化的特點，就是整個懲罰制度從法律系統的懲罰程式，轉變成監視、監控和規訓系統。由於這個轉變，懲罰系統從立法和司法部門，被整合到高度集中化的國家機器之中。而且，與此同時，還發展了一系列相應的懲罰機構和制度，包括「準懲罰」和「非懲罰」的手段，也就是說，包括監獄以外的其他具有監控功能的社會機構，例如在歐洲相當流行的那種監護機構（des sociétés patronage），以便使受國家機器完全控制的新建立起來的整個監視、監控和規訓系統，能夠高效率地運轉起來，實行對於全民（除了監獄中的犯人以外，還有小型的犯罪分子、無家可歸的兒童、孤兒、學徒、中學生及工人等）的多類型的監控和規訓（Foucault, 1994: II, 465-466）。傅科進一步指出：歐洲在資產階級革命時期所完成的，是以國家機器取代原有的宗教團體的專制；這是典型的「監控的文明」（civilisation de la surveillance）的表現形態（Ibid.）。

首先，監獄並沒有把犯人當成「非人」，他們仍然還有「人格」；在監獄中，並不是一點自由民主都沒有。犯人享受著法律的「保護」，是以法律的規定遭受不同程度的懲罰；而且，他們還可以對受到的懲罰提出抗議，要求保障其基本權利。所以，監獄固然只是監禁少數犯罪分子，但它通過對於少數犯罪者的監禁，達到了對於整個

社會進行訓誡、鎮懾和訛詐的目的。正因為這樣，資產階級思想家和法學家羅希（P. L. Rossi）曾在十九世紀初全面肯定了新型的監獄制度：「監獄式的監禁是文明社會中的最好的懲罰途徑。它的實行是符合道德的，如果伴之於勞動的義務的話」（Rossi, P. L. 1829: 169）。

但是，對於傅科來說，「現代監獄的目的是為了培訓順從溫馴的個人（individus soumis）」（Foucault, 1975: 132）。因此，現代監獄就是整個現代社會的縮影。而且，現代社會的統治階級又將現代監獄的制度、形式、方法和程式，擴大到整個社會，使現代社會變成為「一般化的監獄」；也就是說，整個社會就是監獄的擴大形式，是監獄的延伸和效果。正如傅科所指出的，現代工廠、學校、軍營、醫院以及一切慈善機構（孤兒院、養老院、救濟所等），都類似於現代監獄（Foucault, M. 1975: 229）。整個現代社會就是一個大監獄，所有的人，只要生活在西方社會中，都同樣生活於這種大監獄之中；因為每個人都必須如同監獄中的犯人一樣，既受到嚴密的監視，又遭受無空不入的規訓和宰制。傅科把這種現代化的監視制度，稱為「無處不可見」，或「無所不在的可見性」（omnivisibilité）。人們生活在這個大監獄中，固然有他們的人權、自由和民主權，但時刻都必須承受社會法制、規範、原則、協議的監視和約束，無法逃脫國家權力所實行的宰制。甚至他們的私生活領域，也無法逃脫監控系統的「千里眼」和「順風耳」，脫離不了宏觀敵視與微觀窺視相結合的全面監視系統（Foucault, 2003: 50; 52; 77-79; 103-104; 179）。因此，傅科直接了當地說：「我們生活在一個由全方位環形敵視監督系統佔統治地位的社會中」（nous vivons dans une société où règne le panoptisme）（Foucault, 1994: II, 594）。

為了更深刻地揭示現代社會的監視和規訓的無所不在、無孔不入和無時無刻性質，傅科以現代監獄為模特兒，進行生動的分析和解剖。他指出，現代監獄的典型就是由英國政治經濟學家、哲學家、政治家、法學家和人口學家邊沁（Jeremy Bentham, 1748-1832）在1791年所設計和發明的「**環形全景監控監獄**」（Panopticon）的全面性時空監視結構。邊沁從「最大多數的個人的最大程度的幸福」的功利主義原則出發，根據「達到最大限度的效益性」的功效主義經濟管理原則，設計了環形全景監控監獄。利用這種監獄，監管人員可以在最有利的角度上，在任何時刻，都可以任意地和有效地對任何一個時空的罪犯，進行宏觀和微觀的監視和控制。

由於全方位環形敵視監督系統的實行，國家權力不再需要進行任何調查和查證，

就可以直接地進行監視和控制。國家權力時時刻刻，在未經調查和查實之前，就實行它的全方位環形敞視監督活動。

　　邊沁所發明的環形全景監控監獄表現了資本主義社會經濟、政治和科學文化的極高成果。在經濟上，由於生產的發展，可以提供充分的資金和經濟條件興建這一類型的監獄。在政治上，實行這種監獄管理制度，有利於統治者對每個罪犯進行嚴密的控制，把他們的身體規訓成為最溫順的身體。在科學上，每個環形全景監控監獄的建構，都必須以現代科學技術和管理科學的運用成果為基礎。

　　現代監獄是現代國家權力擴張和全面滲透的結果。傅科指出：整個規訓機器的運作本身，就是權力，就是國家政權運作的延伸。高度規訓化的現代國家，實際上凝聚了宗教和軍隊的監控功能，並使之發展和膨脹到最高限度。現代國家不但利用軍隊、工廠、學校和醫院等全控機構，同時也利用殖民地和奴隸買賣時期的高度規訓化的手段，達到進行全面統治的目的。現代國家不只是養育了大量的警察、軍隊和情治人員，而且，也培訓了素有紀律管教能力的教師和管理幹部，試圖對各個階層的人們進行規訓和管制。在現代社會中，「監獄類似於工廠、學校、軍營及醫院，而這些機構又反過來也類似於監獄」（Foucault, 1975: 229）。國家本身不一定直接介入規訓活動和程式；它只需要善於將整個社會的紀律化組織動員起來，就足於達到其全面統治的目的。

性論述及其實踐的真理遊戲

1. 性論述體制的三合一結構

　　從二十世紀七〇年代起，傅科的思想和理論創造活動，進入到成熟和高峰期。但這一時期，也是他感受到自己的有限生命時間的緊迫性的最緊張階段。傅科大量地閱讀福克納（William Harrison Faulkner, 1897-1962）、吉特（Andre Gide, 1869-1951）、熱內（Jean Genet, 1910-1986）和沙德的著作。這些作家和巴岱一樣，都在他們的有限經驗中，試圖發現生命的極限及其「逾越」的可能性，尋求無止境的自由。而且，重要的是，所有這些作家，都在對於「性」和對於語言論述的親身經驗和分析中，實現他們的各種逾越的創作活動。傅科原來從精神分析學那裡所理解的有關「性」的方面的觀念，經過上述作家和文學家作品中對於「性」的別具一格的分析和描述，使傅科

在「性」的觀念方面，發生了根本的變化，並從此遠遠地超越了一般的精神分析學的理解；其中最重要的，是對於「性壓抑」的不同看法。傅科對「性壓抑」概念的批判和否定，使他遠離佛洛依德的精神分析學和新馬克思主義，而再次顯示他的新尼采主義的特徵。

所以，他在這一時期，既大量閱讀和分析西方思想史和文化史的資料，又累積了成堆的思想研究和思索成果，使他急於整理和總結，卻又覺得時間不夠。這造成他寫作的過程經常交叉地進行，所接觸的問題也繁多而變化不定。但總的說來，他意識到必須對以往的一切分析批判工作，做一個較為清晰的總結。為了使自己的思索集中在他一向關懷的主體化（subjectivation）問題，他在最後階段的著作，集中地環繞著「性」、生命權力、國家權力、自身的技術（自身的實踐）和「自身的文化」，並在這基礎上，思考著「我們自身的歷史存在論」及生存美學（Faoucault, 1976; 1984a; 1984b; 2001）。所以，傅科對於「性」的研究，是他全面考察生命權力、國家權力、自身的技術（自身的實踐）、「自身的文化」、「我們自身的歷史存在論」以及生存美學的大型研究戰略的一個構成部分。性的問題必須放在這樣廣闊而深遠的視野中加以探討。正如他自己所說：「必須寫出一部性的歷史，它不受到那種「鎮壓的權力」（pouvoir-repression）和「審核的權力」（pouvoir-censure）的觀念的支配，而是以「教唆的權力」（pouvoir-incitation）和「認知的權力」（pouvoir-savoir）作為其指導性觀念；必須由此揭示那種使強制力、愉悅感和論述三合一的性的政治體制（le régime de coercition, de plaisir et de discours）；這種性論述體制，不是禁止性的，而是由上述三大因素所構成的性的論述複合體」（Foucault, 1994: III, 106）。由此可見，傅科進行性史研究的重點，是現代西方文化中的性論述體制，而這種特殊的性論述體制的重要特徵，就是「強制力、愉悅感（快感）和論述的三合一結構」。也就是說，性的論述，不是單純的言語行為，而是同強制性的權力運作、同知識所指導的權力體制緊密結合的控制體系。

傅科所研究的性論述體制中的「強制力」，實際上就是各種權力關係。在社會發展中的各種權力關係，像某種客觀的強大社會力量一樣，始終都不以人們的主觀意志為轉移，在社會文化活動的過程中，滲透到各個領域和各個社會成員，使它們和他們都以不同方式，被捲入到權力鬥爭之中，同時又在權力鬥爭中扮演特定的角色。如前所述，現代資本主義社會的統治技巧，可以利用一切最先進的科學技術的成果，致使

權力對於整個社會的控制，可以達到對每位個體性的社會成員，進行全面操縱的程度。由權力關係所主導的強制力，緊緊地抓住「性」這個最引人注目和最帶引誘力的論題，滲透到人們的社會生活的各個領域和各個層級，試圖利用權力關係所規定和所期望的性論述體系，進一步控制人的思想和行為。在性論述體制中的強制力，把社會各個成員，依據他們的各個不同的社會地位，捲入到權力運作的機制中，使他們成為政治、經濟、文化和教育等領域的權力鬥爭的參與者和犧牲品，同時也在這些鬥爭中發揮他們的社會影響。透過性論述同權力關係的遊戲，再一次看到了傅科所反覆強調的『論述－權力結構』的普遍性和一般性。正因為權力關係的因素深刻地影響著性論述的內容和形式，而且，性論述本身又對於權力關係的運作發生重要影響，所以，歷代統治階級，總是千方百計地操縱性論述的生產與再生產，並盡可能以性論述的形式，傳播他們的統治意願，強迫社會各個成員的精神狀態、心態和個性，都整合到統治階級所規定的「同一性」標準中。由權力關係所控制的強制力在性論述體制中的關鍵地位，也使各個時代的性論述內容和形式，在很大程度上，打下權力鬥爭的烙印和痕跡。

傅科在《性史》第一卷中指出：性論述同權力的相互關係，形成為一種遊戲式的「賭注」（l'enjeu）。「對於這場賭注所要進行的調查，與其朝向理論方面，不如朝向對權力的分析。也就是說，是為了更細緻地確定形成權力關係的各個特殊領域」（Foucault, 1976：109）。因此，「這部性的歷史，毋寧是關於權力與性論述之間的歷史關係的研究」（Ibid.：119）。實際上，歷史上沒有任何一種性論述是「中性」的；它們都是特定權力集團的特殊意願的表現。性論述本身，雖然其內容往往是談論「性」的問題，但這些談論「性」問題的論述，並非純粹為了性的目的，不是為了真正滿足人們的客觀的性的愉悅感，而是被製造和傳播這些性論述的權力集團的利益所決定。在各種性論述面前，人們不知不覺地將自己的性慾望，納入到由統治階級的意識形態所劃定的圈圈中，使人們原本自然的性慾望和愉悅感，被改造成為權力鬥爭的工具性因素，而表達性愉悅感的主體本身，卻喪失了自身的性愉悅感的選擇權和實行權。傅科試圖將性論述的內容和形式及其社會變遷過程，同權力關係的變化連接在一起，成為探索社會文化各個領域的權力鬥爭的基本決定性因素。

因此，可以說，在性史的探討中，傅科試圖透過性論述的社會化和整合化程式的分析，將他在以往所探索過的真理遊戲和權力遊戲進一步同「與自身的遊戲」聯繫在

一起，從而以歷史存在論的形式，概括和總結了他自己長期以來所研究的基本論題，即關於西方人究竟通過什麼樣的歷史過程和什麼樣的遊戲方式，使其自身變成為知識、權力和道德的主體？

當然，性論述的內容畢竟包含性慾的表示及其傾向性。所以，在性論述中難免具有慾望快感的成分。人的自然性本能，內在地產生、也不斷地產生自身的性慾望，並在其性慾望中表達其獨特的性快感的個人特徵。各種各樣的性論述，儘管不同程度地受到強制力的牽制和干預，但仍然要以各種形式，描述和表達不同的性慾望快感的多樣性，以便吸引更多的性論述接受者，被捲入到性論述運轉過程的遊戲中去。所以，性論述中的性愉悅感，包含著雙重的成分；其中，有一部分是來自社會接受者本身的性慾望本能和愉悅感，他們往往在接受不同的性論述時，以自身的性慾望快感的追求標準，去理解和詮釋性論述中所表達的性慾望快感。因此，在社會中流行的各種性論述，就成為了社會各個階層人士發洩和滿足其性慾望快感的渠道之一。這種狀況，有利於製造和傳播各種性論述的權力集團，使他們更容易以「科學」和「理性」的旗號，標榜其性論述體系的重要性，吸引更多的社會人士成為這些性論述的群眾基礎。性論述中的另一種成分的性慾望快感或愉悅感，則是由製造和傳播這些性論述的權力集團所人為規定成型的。這類性慾望快感，以論述本身的形式多樣性，將原來發自社會成員的自然性慾望快感，引入新的方向，並以新的人為標準加以改造和模造。製造和傳播這些性論述的人們，將他們所傾向的性慾望快感當成社會標準，透過他們所控制的教育和媒體機構，不斷地強加於社會大眾。這樣一來，社會大眾在接受其性論述時，就以統治階級所要求的道德標準和利益要求，將自身的性慾望快感和愉悅感，導入意識形態的規定中，使他們的整個社會行為也受到了改造和宰制。

所以，這些表現在性論述中的慾望快感，其本身，始終是脫離不開強制力的操縱和宰制。性論述、強制力和慾望快感是相互滲透和不可分割的。因此，在性論述中的慾望快感，實際上是操縱性論述的權力集團的意願和意志的表現。慾望快感是權力鬥爭的動力之一。在某種意義上說，慾望快感甚至是權力關係運作的基礎力量。

性論述作為一種具有特殊內容和形式的論述體系，也具有一般論述的特徵。但性的因素在社會生活中的關鍵地位，使性論述顯得比其他類型的論述更加具有強大力量，成為了最重要的社會事件。正如傅科所說：現代西方社會是人類歷史上最普遍地談論、製造、並散播性論述的社會，是性論述最氾濫的社會。然而，現代西方社會所

談論的性論述，採取了最理性、最科學和最民主的形式，使它比歷史上的任何社會，都成功地滲透到社會的各個層面和領域，成為真理遊戲、權力遊戲和道德遊戲（jeu de morale）中的核心力量。

為了揭示當代性論述的科學性、技術性、商業性和滲透性，傅科在關於生物權力和當代自身的技術的分析中，特別集中說明瞭當代生物權力利用性論述的策略（參看本書第三章第六節）。

傅科認為，當代社會是人類歷史上最重視性論述的社會，因而也成為性論述最氾濫和最普遍的社會。資本主義社會發明了新的人類慾望形式：性慾（Foucault, 1994: III, 102; 132; 316）。為了控制、引誘和規訓人們的愉悅感，統治者玩弄性的論述遊戲。對於人類在性的方面的愉悅感，權力機構的功能，並不只是限定、懲罰和規訓，而且還要進一步通過不斷地生產和再生產性論述過程，使各種各樣的性論述氾濫和普遍化，並使它們不斷地更換花樣，使之滲透到社會的各個領域和各個角落，成為所有的人不停地談論和爭論的主要課題，由此引誘和控制他們的整個生命歷程。傅科指出，在古典資本主義時代和十九世紀，西方社會實現了從血統象徵性（symbolique du sang）為主導而轉向性的科學分析（analytique de la sexualité）的時代（Foucault, 1976: 195）。如果說，在十八世紀資產階級只是將性的問題主要當成家庭和婚姻關係的基本問題，限定在家庭的範圍內，以便首先解決資產階級家庭的法制化問題的話，那麼，從十九世紀開始，資產階級就將性的問題，從法制的領域，擴大成為醫學、商業、文化和法律四方面共同「開發」和管理的「統治複合體」，還發明了一系列有關精神病患者、兒童、罪犯、同性戀者等的「性倒錯」（perverse）或「性異常」的新論述，使性的問題，以正常和異常兩種類型，真正成為統治者和被統治者雙方一再地「炒作」、並在社會中廣泛地同各種權力關係網進行相互滲透和相互牽連的主要因素。就這樣，在西方的歷史上，生物學史無前例地滲透到政治中去，成為了政治權力基本運作的主要「科學」依據（Foucault, 1976: 187）。

正是從這樣的基本立場出發，使傅科在晚期所進行的性史研究，成為了他的整個考古學和系譜學研究戰略和「自身的歷史存在論」的最重要的工程；同時，他對於性史的研究，也成為他引伸生存美學的理論渠道。

2.以性論述體制總結西方人基本生活經驗

傅科在《性史》序言中指出，他所考察的西方社會中的「性」的問題，是西方人社會生活中的一種特殊的歷史經驗。研究性史，就是「想要把某個知識領域、某種類型的規範性以及某種對待自身的模式三個方面，當作相互關連的事物加以處理；這就是說，試圖解析近代西方社會是如何依據人的某種思想行為方式及其複雜經驗而建構起來的；在這種複雜的經驗中，一個知識的場域（連同其概念、理論以及各種學科）、一系列規範總體（這些規範區分著可允許的和被禁止的、自然的和異常的、正常的和病態的、端莊的和不端莊的等等）及個人對於其自身的關係（rapport à soi）的基本模式（通過這種模式，自身才能在他人中間自我認定為「性」的主體）相互連貫在一起」（Foucault, M. 1994. Vol. IV: 579）。由此可見，西方人在性的方面所經歷和積累的生活經驗，構成為西方社會權力運作、知識論述以及道德原則之間，相互扭結及相關整合的一個重要基礎；透過性論述所表現的西方人的基本生活經驗，是直接同知識論述的形成過程，同權力關係運作過程，以及同道德論述的形成和發酵過程密切相關的。

傅科透過對於西方性史的研究，發現從古希臘時期，「性經驗」就對西方文化、思想和生活方式的形成和發展產生決定性影響。但是，在古希臘和羅馬時期，人們對於性的經驗的態度，完全不同於現代社會。在《性史》第二卷〈快感的運用〉中，傅科很重視希臘人在這方面的歷史經驗。古代希臘人認為，性的方面的慾望快感的滿足，是人在生活中獲得「愉悅」的最重要途徑。當時的希臘人，並沒有像現在那樣，把性論述及性經驗，同權力運作和道德規定連繫在一起。他們只是單純地將性論述及性經驗，當成他們表達和追求愉悅感的自然方式。所以，希臘人所說的「愉悅」（aphrodisia），實際上就是他們的實際生活中的一種「性經驗」。傅科說，在古希臘時期，儘管塞諾芬（Xenophon, 430/425-355 B.C.）、柏拉圖（Plato, 428-348 B.C.）和亞里斯多德（Aristotle, 384-322 B.C.）等人對於他們所說的「愉悅」或「性經驗」（aphrodisia），有不同的觀點和論述，但他們都一直地把它當作「關懷自身」的主要領域（Foucault, 1984a :45）。希臘人在「性」的方面的論述和實際活動以及由此所積累的歷史經驗，無疑是古希臘道德的實際基礎（Foucault 1984a : 47-62）。但是，傅科認為，古代具有重要意義的性經驗，從中世紀以後，受到了長期的歷史扭曲。正如他在《性

史》第一卷中所指出的，從基督教統治的羅馬時代，直到十八世紀，在相當長的時間內，西方人在性的方面的實際經驗，幾乎都被佔統治地位的意識形態論述（le discours idéologique）或科學論述（le discours scientifique）所掩飾或扭曲。近代社會建構之後，所有的性論述，基本上都可以在英國女王維多利亞（Victoria, 1819-1901）統治時期所確立的典範中，找到其必須遵循的基本規則。按照這個原則，性的問題一直是被精緻地「封閉」起來（Foucault, 1976: 9）。一切有關「性」的事務，都被嚴格地管制；唯有夫妻，才有資格和權利，在他們的臥房內，任意地談論或實踐「性」的事務（ibid.: 10）。統治者對性的事務的嚴格控制，恰正說明了性的問題同政治與社會整體的運作之間的神祕關係。

　　正如我們在前面所已經指出的，傅科對於性史的研究，就是對於他以往考古學和系譜學研究的一個全面總結，旨在揭示西方人基本生活經驗轉化成為性論述體制的實際過程，並試圖透過對「性論述體制」的批判，揭示整個西方社會和文化的權力、知識和道德的相互滲透及其對於整個社會的宰制策略。西方人是根據自己的基本生活經驗，來建構其知識遊戲、權力遊戲以及道德遊戲的基本策略，同樣也依據其基本生活經驗，建構和運作其社會制度和生活方式。顯然，傅科在總結西方人的生活基本經驗時，充分考慮到個人社會生活經驗同知識、權力和道德因素之間以及同整體社會制度之間的不可分割的內在關係。正如傅科本人在他的《性史》第二卷〈快感的運用〉一書中所指出的：西方人的所謂經驗，就是存在於一種文化中的生存基本形式，它始終都是在知識、權力與道德的領域之間交錯呈現和展開。因此，西方人的基本生活經驗，總是貫穿於知識真理、權力關係和道德之間的某種生存關連網絡（la corrélation）（Foucault, 1984a: 10）。所以，有時候，傅科又把西方人的經驗，說成為一種穿梭於真理遊戲、權力遊戲和道德遊戲（jeu de morale）之間的「歷史皺褶物」（pli histori-que）。

　　正因為這樣，傅科分析批判關於「性」的問題的出發點，就是把它當成西方人的一個基本生活經驗，當成以特殊的性論述體系所展現的經驗形式，藉此探索權力、知識和道德之間的相互關連，同時也揭示它們對個人生存經驗，特別是個人滿足性愉悅感方面的經驗，進行日益嚴格的控制的歷史過程。

　　但是，從傅科所實行的考古學和系譜學研究的結果得知，西方社會基本社會制度及其運作機制，知識真理遊戲、權力遊戲和道德遊戲的實行過程，無不是圍繞著主體

化和客體化的過程。所以，傅科指出，探索西方人基本生活經驗的性史研究，從另一方面來講，實際上也就是探索西方人實現主體化過程的基本經驗。因此，傅科在他的《性史》中又說：研究性史，實際上就是研究西方人如何將自身轉化成為主體的過程及其基本經驗。

由此可見，傅科研究性的問題，並不是為了研究性活動和性行為的發展史，也不是為了探索性的觀念的演變史，而是為了探討：西方人如何將他們在性的方面滿足慾望的經驗，變成為具有重大社會文化意義的論述體制，變成為有助於建構一種特殊的真理主體、權力主體和倫理主體的歷史過程。

傅科個人的考古學和系譜學研究已經顯示：在西方各國的文化中，「自身」實現主體化和客體化的過程，是貫穿於整個西方社會史和文化史的基本問題，也是關係到建構知識真理主體、權力主體和道德主體的關鍵，因而也是西方人社會經驗中的最基本內容和形式。

顯然，把「性」的問題當成西方人的一種特殊經驗加以歷史的考察，是傅科的考古學和系譜學研究的一個重要成果。在某種意義上說，傅科以往所進行的考古學和系譜學研究，都是探索西方人的基本生活經驗的特殊存在形式：他的精神病治療史的考古學，是關於精神病及其治療的歷史經驗的總結；他的監獄史考古學和系譜學，則是關於各種犯罪及對罪犯進行懲罰的經驗的總結；最後，他的性史系譜學，就是關於性的言說和行為的歷史經驗的總結。這些經驗，表面看來，似乎很不重要，甚至被傳統看成為「下等人」的粗俗、醜惡、卑劣、骯髒的生活經驗，但傅科認為，正是這些被傳統忽視的經驗，最能夠揭示西方社會和文化的本質。而且，也正是這些最普通的經驗，可以深刻揭示西方人是怎樣使「自身」變成為「主體」，同時也可以發現西方社會的知識真理遊戲、權力遊戲及道德遊戲是如何相互交接在一起。所以，傅科一反西方傳統的做法，寧願將上述所謂卑俗的經驗，當成西方人的基本生活經驗來考察。

正因為這樣，傅科在另一個地方講述性史的基本精神時指出：「將性的問題當成一種特殊的歷史經驗加以談論，這意味著實行對於具有慾望的主體的系譜學的研究活動，同時，它也意味著這項研究並不只是上溯到基督教的傳統，而且還要上溯到古代哲學」。

在集中研究性史以前，傅科早已在他的法蘭西學院課程中一再地引用古希臘的文獻，其中包括引用希臘法學研究資料、城邦管理經驗以及關於俄狄浦斯的故事等。但

他研究性史時所探索的古希臘文獻，卻遠遠超出上述範圍。傅科所重視的古代文獻，都較為集中地論述古代社會的生活方式和傳統，使他能夠從新的古代文獻中，找到西方人基本生活經驗的資料，尤其是在性的問題上。

傅科晚期的古希臘文獻研究，發現了一個最重要的事實，這就是當時的西方人，不論在生活方式，還是在思想模式上，都根本不同於現代的西方人。他認為，古希臘時期，人們還是把自身放在高於一切的優先地位。因此，當時的西方人的最基本的生活經驗，就是以自身為中心，選擇、決定、論說和實踐自身所喜歡的事情。在這方面，最集中地表現在他們處置和實踐自身性快感的經驗。傅科把古希臘人的這種生活智慧稱為「駕馭自身的快感愉悅」（la maîtrise des plaisirs de soi-même）（Foucault, 1984a）。傅科由此認為，古希臘人對於性快感愉悅的駕馭經驗，體現了自身實現主體化過程的最自由的模式，因而也是當代西方人總結自身經驗時應該加以注意的。我們將在本書的後一部分進一步探討古希臘人的這種生活經驗，以便由此探索傅科的生存美學思想的形成過程。但是，對傅科來說，古希臘人的上述生活經驗，有助於揭示西方人的主體化過程的曲折歷史，並也有利於揭示其真正面目和目的。

3.性論述中的「知識的意願」

在本書第二章第六節中，當我們分析傅科的論述理論時，已經談及論述實踐（des pratiques discursives）的問題。傅科在其性論述研究中所提出的**「知識的意願」**（la volonté du savoir），就是論述實踐的一個方面。知識的意願是知識論述實踐的內在動力；反過來，論述實踐是知識的意願的行動表現。La volonté du savoir，在傅科那裡，實際上包含雙重含意。一方面，它是指知識的原創造者以及與他同時代的人們，在其認知活動中所隱藏的意圖及研究目的，表現出其原作者最初的主觀意願；另一方面，它又是指某種認知活動所獲得的知識論述本身的隱含意願，這是指知識，作為認知活動的歷史過程及其結果，作為一種脫離了原作者而自律的存在，也如同其原作者那樣，有它本身的意願。只不過，知識的意願，比認知的意願更複雜，因為它所表示的，是一個以「中立」形式而存在的知識體系的客觀意向和目標，表現了該知識體系所處的社會歷史時代對於知識的基本要求，也凝結了知識形成和擴散過程中，當時當地的客觀社會歷史條件（物質的和精神的兩方面）對於知識論述的影響程度，它實際上是無法為任何個人所決定或操縱。因此，它往往採取更加隱諱的形式，隱藏在論述

之內，並同樣也以非常曲折的策略、戰術和程式等手段，在知識的實際存在和應用中，表達出來和施實開來（Foucault, 1976）。

在知識的意願中，表現了人及其產品的雙重性和矛盾性。生活在社會中的人，作為一個具有獨立人格和主觀意願的個人，總是在其活動中含有、表達和實行他本人所期望的的傾向性，表現了他的個人意圖、利益和愛好及生存心態等。任何一位從事科學創造活動的人，在其實際創造的過程中，在其選擇研究主題、取向、視野、資料和方法的時候，免不了有他個人的意圖和傾向性，也免不了在其知識體系中，投下他個人的個性、風格和特性的烙印。這就使科學家所創造的知識體系，帶有相當程度的個人意向性。傅科所說的「認知的意願」的第一個含意，就是包含這一方面的內容。但這一方面的意涵是非常有限的。創造者個人的意願在其產品中的份量和影響極其有限，同知識中所隱含的社會需要相比，甚至小到可忽略的程度。這是因為包括科學家在內的所有的人，畢竟生活在社會中。他們的個人意願在整個社會中所產生的影響的程度，還是決定於他們個人在社會中所佔據的地位以及社會對於他們的活動和產品的態度。也就是說，歸根結底，個人的力量總是小於社會的力量，而且，即使個人的力量再大，也是最終要靠社會來評價和公認。整個社會對於特定知識的評價過程，就是一場激烈的力量鬥爭。所以，對於特定知識的公認的結果，可以體現社會力量對比的狀況。在這個意義上說，社會所投入於知識中的影響，就是知識的意願的形成的基礎，它遠比知識原作者個人的意願，更對知識的形成、傳播和運用程度發生實際效用。所以，volonté du savoir 的第一個意涵，即認知的意願，終究亞於其第二個意涵，即知識的意願。

知識的意願，實際上也是從尼采的「權力意志」轉化而來的概念，它首先就表示知識創作中的權力意向。知識的意願之所以是複雜的，是因為它是緊密聯繫於整個社會及其實際運作過程。科學家所創造的作品和產品，不論在製做、推廣或應用過程中，都不是由創造者的個人意願所決定。在傅科專門探討「知識的意願」的法蘭西學院 1970 至 1971 年度課程計畫中，傅科探討了自古希臘時代至今的各個大哲學家對於知識的基本觀點，集中分析了柏拉圖（Plato, 427-347 B.C.）、亞里斯多德（Aristotle, 384-322 B.C.）、斯賓諾莎（Baruch Spinoza, 1632-1677）和叔本華（Arthur Schopenhauer, 1788-1860）直到尼采等人為止的各種論述形式。傅科尤其重視亞里斯多德和尼采兩位哲學家的態度，因為他們各自代表了兩種根本對立的傾向：前者試圖將知識

當成某種追求自然普遍性的「無關利益」的論述體系，掩飾知識論述內含的力量競爭和鬥爭的實質；而後者則針鋒相對地提出了四項原則：㈠外在性的原則（un principe d'extériorité）；㈡虛構的原則（un principe de fiction）；㈢擴散的原則（un principe de dispersion）；㈣事件的原則（un principe d'événement）。

在關於性的論述中，可以最典型地體現「知識的意願」的重要性和複雜性。傅科說：「在我們每個人與我們的性之間，西方展現了它對於真理的無止盡的需求」（Foucault, 1976: 102）。「我們把我們自己放置在性的信號中；但這是一種性的邏輯的信號，而不是一種來自身體的信號」（Ibid.）。傅科進一步指出，正是通過一系列二元對立的符號遊戲，諸如「身體-靈魂」、「肉體-精神」、「本能-理性」、「衝動-意識」等，西方不只是將性的問題與「合理性」成功地聯繫在一起，而且，也把我們的一切，包括我們自身、我們的身體、我們的靈魂、我們的個性以及我們的歷史，都放置在色欲和慾望的邏輯信號之下；總之，只要一涉及到「我們自己是誰」的問題，馬上就把性的邏輯信號，當作最有效和最普遍的關鍵鑰匙拿出來使用（Ibid: 102-103）。

探索關於性的邏輯信號，實際上意味著揭示關於性的知識的建構過程中的權力運作策略。但是，權力在性的知識的建構中的呈現及其真正意願，並不是直截了當和顯而易見的。正如傅科指出：其中玩弄了奸詐和曲折的賭注和遊戲權術（Ibid.: 108-120）。正因為這樣，傅科把西方性論述中的權術賭注和遊戲，稱為一種「性的裝置」（dispositif de sexualité）（Foucault, 1976: 99-174）。為了深入揭示性的論述中所隱藏的權力遊戲及其知識的意願，為了粉碎統治者所一貫操作使用的「性的裝置」，傅科追隨尼采的系譜學，展開了持續而重複的批判遊戲。

尼采對於知識的意願的分析批判，最典型地體現在他的《快樂的知識》（Die Fröliche Wissenschaft）一書中。在這本書中，尼采揭示了知識的真正性質。他認為：㈠各種知識無非就是某種「發明」，在它背後，隱含著根本不同於知識的東西：各種本能、衝動、慾望、恐懼以及奪取意願的遊戲。知識就是在上述因素之間的相互鬥爭的舞臺上產生出來的。㈡知識並不是上述因素之間的協調和愉快的均衡的結果，而是它們之間的相互憎恨、它們之間可疑的和暫時的妥協以及它們隨時準備撕毀的脆弱協議的基礎上建構起來的。知識並非一種永久性的功能，而是一個事件，或者是一系列事件。㈢知識始終都是用來服務的，是具有依賴性和帶有濃厚利益關係。當然，知識並不是為了它自身的利益，而是為那些佔據統治地位的力量的利益服務。㈣知識的所

謂「真理性」，是由它本身規定真假標準的最初的『偽造遊戲』（jeu d'une falsification permière）所製做出來的；而且，這種真理性也要靠偽造遊戲的不斷重複才能維持下來（Foucault, 1994: II, 240-245）。

傅科指出，早在亞里斯多德的《形上學》一書中，就體現了真理遊戲的鬥爭性和知識意願的暴力性。傅科在他的 1970 至 1971 年的法蘭西學院的課程中，從第一課開始，就揭露亞里斯多德《形上學》界定真理時所採取的程式和策略。他認為，亞里斯多德實際上玩弄了感覺（la sensation）和快感（le plaisir）的遊戲（Foucault, 1994: II, 242-243）。亞里斯多德的遊戲策略包括了如下四個方面：第一，建立感覺與快感的聯繫；第二，強調這種聯繫對於感覺所包含的生命功用性的獨立性；第三，確定快感的強度同感覺所提供的知識的數量之間的比率；第四，確立快感的真理與感覺的錯誤之間的不相容性。通過這些策略遊戲，亞里斯多德實際上偷偷地將他所不喜歡的那些知識排除出去，並同時向人們強加一種知識真理的標準，從而顯示了知識的意願的暴力性和強制性。

在《診療所的歷史》一書中，傅科明確地指出：法國大革命不但推翻了此前一切醫學論述的建構規則，而且，還制定了醫學機構中宣示及貫徹論述的新規則。從此，不僅一切醫學教育，而且，一切醫學實踐，全部由受到政府統一控制和審核的大學醫學院系統所壟斷。這就表明，在資產階級革命之後，由於採取法制化和理性化的手段，傅科在分析知識史過程中所揭露的上述論述實踐和知識的意願的暴力性，更形猖獗。傅科由此把論述實踐進一步理解為論述與現實的政治權力機構的合作關係及其在社會生活中的應用規則。

在性論述中的知識的意願，更典型地體現了它的強制性、暴力性和專橫性。各個時代的性論述的制定及傳播，並不是任何性論述作者的主觀意願所能決定的。知識的意願在政治論述和性論述中表現得比任何知識領域都更強烈和嚴謹。對於政治論述和性論述，社會和文化的條件，特別是特定的社會道德，總是提出這樣或那樣的限制性標準，從論述的內容到它的形式，進行極其嚴格的監督、審查及限制。這體現了論述實踐及論述中的知識的意願本身的社會性和歷史性。

4.知識對身體進行控制的意願

在他論述系譜學對於社會事件的「源起」的特殊說明中，傅科認為任何社會事件

的源起及其不斷的重構過程，歸根結底，都同「身體」密切相關。人類社會中，沒有任何一個歷史過程，哪怕是一個瞬間，是可以脫離人的身體的存在和運作的。同樣地，任何一個源起及其重構，任何一個社會歷史事件，都在身體上面留下烙印和標誌，因而身體的歷史形塑過程，實際上就是各種歷史事件的有形檔案庫，也是各種歷史事件的物質見證。他說：「身體，同樣地，一切與身體相關的食物、氣候、土壤等因素，都是源頭興起之所在。在身體上，人們可以發現過去的所有事件的烙印，正如一切慾望、罪惡和各種錯誤都由身體而生一樣。同樣地，所有的慾望、罪惡和錯誤及事件，都正是在身體中得到解決並突然地自我表現，但同樣地也在身體中得不到解決、並由此展開鬥爭，引起他們之間一個消滅另一個，然後又持續地展開他們之間不可克服的爭鬥」（Foucault, M. 1994, II: 142-143）。所以，傅科也說：「系譜學作為對於起源的分析，就是對於身體和歷史及其相互關係的解析。系譜學應該顯示：身體就是歷史的刻印體，而歷史就是在不斷地摧殘身體的過程中發展」（Ibid.: 143）。

　　身體是人之為人的奧祕所在。身體不僅是每個人的個性及其社會存在的奧祕之所在，也是社會和文化發生和發展的奧祕之所在。從一開始，傅科研究性的歷史的出發點，就是「將性當作是權力關係的一種特別濃縮的關節點」（Foucault, M. 1976: 136）。如果說，整個西方社會，特別是十八世紀之後的近現代西方社會，都是圍繞著知識、道德和權力的運作作為主要軸心的話，那麼，性的問題的至關重要性，正是在於它是由「權力、認知、慾望」所構成的社會文化制度賴以正常運作的支撐點之一。現代資產階級，比歷史上任何統治階級，都更加懂得權力和知識對於身體進行控制的必要性及其有效性。所以，只有到了現代社會的歷史階段，權力和知識對於身體的控制才顯得更加突出；而就其實效而言，現代知識對身體的控制，可以說，達到了史無前例的高效率程度。現代知識在性論述方面對身體的操作和控制，基本上是借助於現代科學和技術的研究成果。所以，不論在內容還是形式方面，現代性論述更加圓滑、細膩和理性化。

　　傅科從 1976 年起，集中研究和探討身體，特別是性的問題。他認為，身體和性，是貫穿於西方社會生活的認知、權力、慾望三大因素的關鍵場所。所以，他在 1976 年撰寫《性史》第一卷時，以「知識的意願」（la volonté du savoir）為副標題，實際上是要說明知識和真理並不是自然而然是自由的。知識和真理從來都是在權力的關係中被製造和被生產出來的（Foucault, M. 1976: 81）。知識和真理，是在身體，特別是

性，遭受權力和道德的雙重控制的條件下生產出來的。知識和真理，是在身體，特別是性的慾望快感的推動下產生出來的；它們又是為了進一步全面控制身體和性的活動，才被權力和道德力量所操縱和宰制。人的身體不只是生物學上的物質單位，而且，更重要的是一個具有社會生命和文化生命的基本單位。人的身體都是在特定的社會關係網絡和生活脈絡中存在和運動著，因此身體的有形的物質狀況及其活動方式，是在特定的社會文化條件下形成，也是在同樣的社會文化環境中不斷地變化和活動。所以，身體的各個部位的功能及其運作過程，都是在很大程度上受到社會文化環境的影響和限定，而其活動方式和行動效果也直接在社會文化環境中呈現出來。歷代統治階級，特別是資產階級，之所以集中控制關於性的知識論述的生產和再生產，就是因為他們意識到唯有通過對於性論述的操縱，才能有效地實現對整個社會所有的人的身體及其靈魂的控制，並由此實現對於他們的整個生命和生活歷程的控制（Foucault, 1976: 178-211）。統治者掌握和控制關於性的知識論述的生產和再生產，就意味著他們掌握了整個社會每個人的生殺大權。正是在這個意義上說，由十八世紀開始的生命權力（le bio-pouvoir）或生命政治（bio-politique），就是現代資產階級利用現代知識，尤其是生物學和醫學知識，進行權力爭奪和權術遊戲的典型表現。

傅科並不停留在一般性地探討身體和心靈、思想之間的相互關係，而是進一步探索不同歷史時代的社會制度和規範對於個人身體狀況及其活動方式的限定過程，探索在身體各部位功能的產生和滿足過程中個人身體同社會制度和規範之間的互動狀況，並通過對於身體各部位活動方式的社會規範化同個人主體化之間的相互關係。所以，各個時代的身體狀況及其活動方式，同時也就是個人同社會整體相互關係的一個縮影，而且也反過來牽動著社會和文化的維持和再生產過程（Foucault, M. 1976; 1984a; 1984b）。西方社會歷代不同的統治集團，都充分意識到社會個體成員的身體狀況及其活動方式同社會整體的命運的內在關係。因此，各代統治集團總是把社會制度和規範的建立和鞏固，同對於個人身體的控制和規訓結合在一起。這樣一來，身體成為了統治和規訓的首要目標。正因為這樣，身體各部位的生物和自然要求，究竟在多大程度上能夠在個人的社會文化生活中表現出來，在多大程度上能夠得到滿足，以及以何種方式和模式表現出來，所有這一切，都同當時當地的社會道德及其他規範密切相關；甚至可以說，所有這一切都在當時當地的社會規範系列的規定和限制之中，都是受到統治力量的宰制的。傅科從身體的最基本部位，例如消化系統和性器官系統的基

本運作過程，進一步深入說明維持個人生命所必須的食品要求及性慾是如何關係到整個社會制度的維持和運作的。個人身體的食物要求，在表面上似乎是屬於肉體生命的生理運作過程的。但在實際上，個人身體滿足食慾的標準和方式，都在很大程度上具有社會道德和文化意義。同樣地，身體各部位的活動方式，在不同的時代，都被嚴格地通過各種制度和儀式的規定而被社會化和文化象徵化。任何一個人，不能以任何純粹生理自然需要的藉口而任意滿足發自身體內部的慾望，也不能任意放縱個人身體各部位進行隨便任何方式的活動。

在西方歷史上，從古希臘到羅馬統治時代，對於個人身體的規訓始終是居於首位的事情。基督教教義和道德規範尤其重視對於身體的規訓，並將此項規訓話活動同心靈控制結合在一起嚴格進行。到了近現代時期，個人身體表面看來屬於私人生活領域，是個人自由掌握和控制的。但在實際上，近現代西方社會中對於個人身體的控制和支配，比古代社會採取更隱蔽和更嚴格的方式。更隱蔽的方式，指的是近現代社會給予個人身體活動更多的自由，容許每個人把各人身體當作自身所屬的私人財產，並得到法律上的正當保護。所以，近現代社會對於個人身體的支配和控制，是通過個人自由的理性化和法治化的曲折過程而實現的。社會對於個人身體的控制，已經不是採取赤裸裸的直接性肉體規訓的主要方式，而是讓每個人通過知識、道德和法治的訓練和學習過程，逐步使自身變成為「理智的」、「道德的」和「合法的」主體，讓自身肉體的慾望滿足和活動方式自律地符合整個社會的規範。更嚴格的方式，指的是近現代社會採取更有效率和更制度化的全控社會系統進一步控制每個人的身體的成長和活動方式。由於近現代社會實現高度制度化、組織化、管理化和法治化，在社會中生活的個人身體，不論在任何一個領域，甚至在各個角落，都無法逃脫受到控制、監視、支配和規訓的命運。具有典型意義的近現代監獄制度，當然最集中地和象徵性地表現了社會對於個人身體的監控模式。但是，在監獄之外的社會生活各個領域中，監獄系統的監控模式不但有效，而且更採取精緻而細膩的方式，對於個人身體實現了全面的控制。這種控制不只是要求身體的一舉一動規訓化，而且也對發生於私人領域中的身體任何一個動作進行非法的監控，甚至採取各種窺伺、竊聽和錄像等動作。在這個意義上說，近現代社會對於身體動作的監控已經伴隨著科學技術的發展而達到不擇手段和無所不用其極的程度，而且其實際效果也是空前未有的。所以，傅科指出：「從十八世紀開始，生命成為了權力的一個對象。生命和身體都成為了權力的對象。過去只

關心那些臣民，因為統治者可以從法律上的臣民身上獲取財富；當然也可以從他們那裡獲得他們的生命。但是現在權力更關心身體和人口。權力現代變得唯物主義的。它在主要方面已經不再是純法律上的。它必須去處理實際的事物，像身體和生命等等。從此生命連同身體就近入到權力的領域，這就是人類社會歷史上最重要的一項變革。而且，非常明顯，人們看到：從這個時候起，也就是從十八世紀開始，『性』成為了一項絕對重要的事物。這是因為從根本上說，『性』恰正成為了身體的個人規訓和居民人口的規範化之間的關鍵點。從這個時候起，正是通過『性』才實現了對於個人的監控……」（Foucault, M. 1994: IV, 194）。

傅科尤其集中分析各種有關性的科學論述對於成長中的青少年主體化過程的影響。他認為，從十八世紀開始，中小學教育中不僅直接干預青少年性成長和活動的教育部分，而且所有那些講授各種性以外的科學知識的學科，也間接地以不同的方式約束和限定青少年的性成長和性活動。因此，對於性的限定和標準化的教育及各種法制化的制度，在近現代的社會中，特別成為了掌握統治實權的社會集團控制社會中其他成員、特別是控制他們的身心發展的一個重要手段。

在為《性史》三大卷所起草的統一序言中，傅科指出：性的問題伴隨著一系列社會文化事件而發生變化。最值得注意的，是關於性的論述的實踐的複雜化過程，特別是它同人的主體化程序的密切關係。個人如何成為性的主體？這是傅科的一個研究重點。傅科認為，性的論述的實際運用，特別同以下三大方面的社會運作存在密切關係：第一，同各種知識的區隔和學科分工密切相關；第二，同社會上各種宗教的、法律的、教育的和醫學的規範制度的建構及完善化相關；第三，與個人行為、權利義務、愉悅快感、情感和各種精神生活的價值化過程的變動緊密相關。換句話說，性論述的建構、生產和擴散，是現代社會個人的主體身分的確立的基礎，是建構現代知識、權力和道德主體的一個重要內容（Foucault, 1994: IV, 539）。

由此可見，性論述中的知識的意願，並非只是性論述的原作者的個人性意願，而是主要由社會文化特定環境中的佔優勢的社會力量的意願的表現。這些佔優勢的社會集團的意願，表達了他們的社會地位的基本利益及其統治意願。知識論述中的意願，利用社會大眾對於性的強烈興趣，針對社會大眾性慾要求的特徵，在性論述中滲透了大量的意識形態因素，使社會大眾的性慾要求，能夠按照社會佔優勢集團的意願而展現出來。正如上一節所已經指出的，性論述中的性慾快感要求，是通過性論述的內容

和形式表達出來但性慾快感也往往同社會文化因素相結合，以特種形式，掩蓋性慾快感的內容，以便能在充滿規範和法制的社會中傳播開來。

5.當代性論述的特點

　　當代社會並不壓抑或壓制關於性的論述；恰恰相反，資產階級極力製造和推廣性的論述。傅科嚴厲批判新型的「馬克思主義的精神分析學」的主要代表人物馬庫色（Herbert Marcuse, 1898-1979）和萊斯（Wilhelm Reich, 1897-1957）的「性壓抑論」和「性解放論」。萊斯認為：十九世紀的西方社會建立了將性的言行全面規範化的「性壓抑制度」，而二十世紀則放鬆了性的方面的壓抑機制。但傅科指出，資產階級並不一般地壓制關於性的論述，而只是以一種新的「科學」的性論述取代封建貴族的「血統論」的性政策。資產階級的新的科學性論述的特徵，就是強調「精蟲」（sperme）和「性」的重要性。新型的性論述是建立在科學解剖學和生理學的基礎上。按照這樣的「科學」的性論述的說法，性並不神祕，而是由男人的精蟲及其性慾需要為基礎，是可以由解剖學和生理學確認的自然事實。在傅科以前，沙德雖然曾經嚴厲地抨擊新型的資產階級的性論述，但沙德仍然採用舊的血統論模式進行批判。傅科透過對於性論述歷史的考古學和系譜學研究，發現十九世紀初才在西方各國產生新的有關性的技術（une nouvelle technologie du sexe）（Foucault, 1976: 119）。這個新的性技術，並不像舊的封建社會那樣，強制性地要求基督教徒對自己的性慾展現狀況進行誠實的懺悔，而是以「性科學」（scientia sexualis）的論述為依據，把性的問題同生命和健康問題連接在一起（Foucault, 1976: 90-92）。在此基礎上，資產階級以保護居民身體健康和治療疾病為理由，對性的言行建構起史無前例的嚴謹法制，對全民實行性的方面的全面控制。資產階級的這種性政策，實際上是為了達到雙重目的：對於資產階級自己來說，是為了保護由法制所正當化的一夫一妻制家庭及其財產的繼承權；對於社會大眾來說，這是為了實行健康和疾病狀況的嚴厲控制和監視。當資產階級強調「精蟲」和性的密切關係時，就是要把遺傳關係放在首位，使財產繼承權置於科學的生理解剖的基礎上。就是根據這個需要，在十九世紀才建立了遺傳分析的科學及對婚姻進行從政治和醫學兩方面的雙重管理制度。為此，資產階級還建立了完整的法律體系和遺傳退化的理論，推行一種法醫制度，對兒童進行嚴格的監視和操控，以便保證資產階級的財產能一代一代地傳下去。在這種情況下，性既是身體的生命基礎，又是人種

和種族的生命基礎。就是這樣，從十九世紀開始，資產階級在推行其性政策的同時，也推行了一種建立在科學基礎上的種族主義政策：在國內，實行對全國居民的生命監控和管理，在國外，推行慘無人道的殖民戰爭，屠殺和征服非歐洲種族的居民。傅科指出，在這個時期，對兒童的性傾向進行系統的監視，對女人歇斯底里化（hystérisation du féminin）進行醫學和精神分析的檢查，對一般出生狀況實行監督，對精神錯亂症進行精神分析和監禁，等等，都是上述新型性論述的實踐表現。這一切，構成現代整個「規訓技術和規範化的程式系統」（Foucault, 1976: 193）。由此可見，傅科在談論現代社會的性論述時，始終沒有忘記新型的性論述的特殊內容以及它在社會中的政策化，同時也沒有忽視它同現代社會的監視規訓制度的內在聯繫。

傅科認為，現代社會是性論述氾濫的社會；它是比歷史上任何社會都更加注重「性」的社會。資產階級把性當成他們掌握、並壟斷權力、知識、道德以及整個社會資源的關鍵。資產階級使用一切必要的手段和方法，使性的論述不斷膨脹和擴大，不斷自我繁殖和自我重疊，以達到使用性論述來統治整個社會的目的（Foucault, 1976: 56-67; 87-98）。

對於當代社會來說，控制性論述的生產、再生產和擴張，實際上也就是社會統治集團將控制的魔爪滲透到各個角落的每個人身上的過程。當代社會權力網路的高度複雜化、重疊化、濃縮化和普遍化，使權力同知識和道德的相互勾結而實現對於個人的宰制過程，變成為越來越集中到個人身體和性活動上面。傅科在分析解剖政治學與生物政治學的過程中，強調人體的解剖政治學的主要目標就是對於人的身體、特別是他的性的規訓。而有關人口的生物政治學的主要目標，就是控制和調整人口的成長、健康及生命過程的各個階段，使每個人的生命成長過程，全面地納入到社會監控網絡之中。顯然，在傅科看來，生命和性已經成為了現代政治的一個主要目標，而性則是權力網絡滲透到個人身體和人類整體生命之中的一個重要渠道。隨著西方社會文化的發展，性的問題變得比心靈的問題更加重要得多。通過有關性的知識和道德規範，整個社會可以進一步有效地對生命本身進行權力的運作。總之，對於傅科來說，「性成為了解釋一切事物的關鍵」（Ibid.: 78）。

「現代資產階級的、資本主義的或工業的社會」發動了整個法制化和理性化的性論述的生產機器，並促使全民大談特談性的問題，強制性地要求人們「招認」（avouer）個人的性傾向和性需求，這實際上，就是以促使性論述科學化的藉口，達到其掌

握每個人隱私的目的。傅科指出：不同於東方的性藝術，西方的性論述的「招認」策略，是使那些說出有關性的真話的說話者本身，反過來受到控制。對招認出來的性論述進行精神分析和醫學分析，就是現代資產階級建構其特殊的真理論述的一個重要組成部分，也是現代社會統治階級宰制人民的一個重要策略。被提升為真理的精神分析和醫學的性論述，又進一步在其推廣中控制更多的群眾。「人們在公眾場合和私人場合招認其性傾向和特徵，向其家長，向其教育者，向其醫生，向其所愛的人，招認這一切。人們自身在其快感和受懲罰中招認，向其他人招認一切不該招認的事情。人們為此大寫特寫，寫出成批的書」（Foucault, 1976: 79）。

　　為了更徹底地揭示當代性論述與社會各種權力和道德因素之間的緊密結合，傅科特別強調當代性論述體制的多質性及其統治策略。傅科指出：性體制可以說成為一種「**性的裝置**」或「**性的統治措施**」（Dispositifs sexuel）；「它首先是一種絕對多質的因素的綜合體，包含著論述、制度、建築式的裝置、規則性的決定法規、行政措施、科學表述哲學、道德和慈善性的命題，簡言之，就是各種言說或非言說。這就是性的統治措施的各種組成因素。其次，所謂性的統治措施，也是為了特指在各種異質性因素之間的關連的性質。……總之，在這些組成因素之間，不管是言說的還是非言說的，都存在著某種變換位置和功能轉換的遊戲；而它們本身也可以是非常不相同。第三，所謂性的統治措施，我是指一種製作和形成過程，它可以在特定時刻內，應付緊急狀況。所以，這些措施發揮了統治策略的功能」（Foucault, 1994: III, 299）。在另一個地方，傅科又將「性的統治措施」說成為「調整權力、真理及快感之間的關係的方式」（Foucault, 1994: III, 104）。這樣一來，性變成為真正的政治權力進行統治活動的手段，資產階級原來大講特講的「性科學」，完全失去了它的真正意義，剩下的，卻是百分之百的政治手段、策略和計謀。「性成為最精緻和最理想的手段，也是最內在的措施，以致於政權可以利用它，在人們的身體上，任意地切割身體的物質因素，身體的力量，身體的能量，身體的感覺及其快感」（Foucault, 1976: 205）。也就是說，性真正地變成為一種最靈活和最有用的手段和工具，由統治者任其所需地用來進行對整個社會的控制、盤剝、監控和宰制。

　　傅科由此詼諧地指出：西方各國近幾個世紀以來，不像東方各國那樣，根本就不懂得性的藝術。西方各國只是以「**性的科學**」（science du sexe）為基礎，試圖建構權力、快感與真理的相互關係（Ibid.）。性在給予人的美感方面所呈現的一切，對於貪

褻權力利益的西方人來說,根本就毫無吸引力。如果說西方人有時也創作某些以性為主題的藝術的話,那也只是附屬於權力、商業和其他實用利益方面。傅科說,真正的性藝術只存在於東方,而不在西方。

當傅科以藝術的觀點來談論性的時候,他的思想實際上已經開始進入他的生存美學的範疇。我們將在本書的最後一章系統論述他對於性的藝術觀點和美學觀點。

關於我們自身的歷史存在論

如前所述,傅科的研究主題及其主要理論研究的興趣,始終都是隨著他本人的活躍的思路而變化,隨著當時當地社會文化條件及其實際的需要而變化。在傅科著手進行性史研究的過程中,這種涉及到他個人思路的變化,顯得更加突出。按照原來的性史寫作計畫,在完成了《知識的意願》之後,他本來還打算寫關於(1)肉體(la cha-ir),(2)兒童(les enfants),(3)女人(les femmes),(4)性錯亂(les pervers),(5)居民(la population)和種族(les races)以及(6)真理的權力(pouvoir de la vérité)等六本專書(Foucault, 1976: 79)。此後,傅科邊寫邊修正其計畫,只保留其中的一部分,例如:以《論兒童性慾》(On Infantile Sexuality)為題,1975 年在加利福尼亞大學的柏克萊分校所發表的學術演講,就是上述關於兒童的性問題的一個研究成果;而他在1977 年至 1978 年以及 1978 年至 1979 年在法蘭西學院的課程演講《安全、權力及居民》和《生命政治的誕生》,也是他原預定研究的一個計畫。但是,他研究性史的計畫畢竟有很大的修正。他原定計畫寫的幾本專書都沒有出版。1984 年,傅科宣佈將出版三本書,結果,他只出版了《快感的運用》和《對自身的關懷》;他本人在審定第三本書《肉體的招認》(Les aveux de la chair)以前,便離開了人世。

傅科在世時所出版的最後兩本書《快感的運用》和《對自身的關懷》,就基本內容而言,前者主要探討希臘文化,後者則集中分析羅馬社會,特別是有關倫理問題。因此這兩本書都已經遠遠超出性的範疇,主要探討圍繞著「自身的技術」的真理遊戲的過程。正如傅科本人在《性史》第二卷序言中所說,他的最後兩本書,是為了引導出有關真理歷史的某些重要問題。他所說的真理史的重要問題,主要是指人的主體性的建構的條件及其歷史。正是在這個意義上說,他在其生命的最後一段時間裡所探討的關於「自身的技術」的真理遊戲,實際上就是自康德以來傳統哲學所一直探討的「真理的形式本體論」(Ontologie formelle de la vérité)的延續(Foucault, 1994: IV,

813-814）。用另一種方式來說，他所要探索的，就是西方人究竟依靠什麼樣的真理遊戲，使現代西方人確認自己在本質上就是慾望的主體（Foucault, 1984a）。

正如本書所一再地強調的，關於人的主體性問題是西方思想和文化的最基本問題。傅科一生一直致力於探索和揭示西方人的主體性建構的奧祕，其目的無非是試圖發現西方現代社會之所以如此的根本原因，尋找西方人自身目前所處的現狀的歷史前提。

在他最後總結自己的學術生涯的時候，為了將他的基本思想加以總結、並前後一致地融會貫通，傅科談到了他的整個研究的重點，並把它歸結為「關於我們自身的歷史存在論」（l'ontologie historique de nous-mêmes）。所謂「關於我們自身的歷史存在論」，按照傅科的說法，是同上述「真理的形式本體論」完全相反，並不試圖建構某種具有普遍價值的形式上的結構體系，而是要對決定著西方社會現狀的最主要的論述類型進行考古學和系譜學的歷史研究，揭示出建構和擴散這些論述的一系列事件，對這些歷史事件進行歷史的批判（critique historique），以便揭示西方人自身究竟如何通過那些所經歷的事件，使自己成為現在這樣的主體模式，由此真正發現現代西方人所作所為、進行思想和說話的「主體性」的整個被建構和得到確認的過程（Foucault, M. 1994: IV, 574）。從傅科的基本觀點來看，這種關於我們自身的歷史存在論，實際上就是探討「我們自身如何通過排除某些他人，例如：通過排除犯罪的人和瘋子等的方式，間接地建構了我們自身的主體性」（Foucault, 1994: IV, 814）。換句話說，傅科提出的「關於我們自身的歷史存在論」，是要探討「我們自身是如何通過實行某種關於自身的倫理技術」，來直接地建構我們自身的主體性身分（comment constituons-nous directement notre identité par certaines techniques éthiques de soi）（Ibid.）。

他進一步明確地說：在這個意義上說，這種批判並不是超驗的，也不是為了能夠建構一種形上學的目的。關於我們自身的歷史存在論是一種歷史的批判；「這種批判，就其目的性而言，它是系譜學的；而就方法而言，它是考古學的（elle est généalogique dans sa finalité et archéologique dans sa méthode）」（Ibid.）。

傅科在這裡所總結的，是他自七〇年代以後所做的一系列實際調查和研究的基本成果。他在 1976 年之後，先是分析古希臘的文獻，主要是古希臘的實踐哲學和道德哲學部分，對於這些資料的研究結果，他集中在《快感的運用》一書中；接著，他集中分析古羅馬時期的道德哲學和倫理學基本資料，對流行於西方古代社會中的「自身

的技術」有了更深的瞭解。所有這些，使傅科在 1976 年至 1984 年期間，有可能實現在更高層面的考古學和系譜學研究，將他以往的研究提升到他所說的歷史存在論的新高度。

由於傅科晚期更集中探索了西方監獄制度及其歷史，探討了古希臘和羅馬拉丁文明中的「自身的技術」，使他對於西方人主體形構中的內在和外在力量的配合及其運作狀態有了更深入的瞭解。他認為，主體形構中，一方面需要整個社會作為外在力量，對每個社會成員，從知識教育、權力運作和道德薰陶三大面向，進行強制性的「監視」、「規訓」和宰制，另一方面，自身還必須作為具有自由意向和創造能力的一種內在力量，也同樣從知識、權力和道德三大層面，進行自我規訓和自我約束，培訓自己掌握和實踐某種「自身的技術」，以關懷自身為中心，正確處理自身對於自身的關係（rapport à soi-même），並在此基礎上，恰當處理自身同自然及社會（他人）的關係（rapport avec la nature et avec des autres）。

因此，對於現代社會的分析和考察，就是要揭示作為現代社會主體的現代人，在社會歷史發展的一定階段，是如何運用現代知識、道德和權力的相互滲透的關係，在使自身建構成現代主體的同時，又能將社會建構成現代的法治社會。換句話說，傅科的社會理論所探討的主題是「自身」、「知識」、「道德」及「權力」。在他看來，現代社會的問題，簡單地說，就是一方面，原來作為「自身」的人如何變成知識的主體、道德的主體和權力的主體；另一方面，變為主體的人又如何成為社會主體的規訓對象、並由此而被剝奪了其人性，喪失其個人自身的自由。

顯然，傅科在進行「關於我們自身的歷史存在論」的探討的時候，始終都圍繞著作為主體的我們自身的問題。所以，傅科對於知識論述和權力關係的解構，對於知識考古學和權力道德系譜學的研究，都是同對於主體的解構相一致的：其目的，在於探索現代的西方人所實際經歷過的主體建構過程及其同各種論述的創建和擴散過程的密切的內在關係，尤其揭示發生於西方近現代歷史上的各種論述建構和擴散的歷史事件及其與實際的社會文化條件的相互關係，以便徹底揭示當代西方人所說的「主體性」，實際上只是各種論述建構和擴散的一系列歷史事件的產物；而在這些事件中，問題並不在於西方人自身所能夠意識到或認識到的各種事情，而在於整個社會文化的歷史條件以及在這些歷史條件下各種社會文化勢力的交錯複雜的實際運作過程及其策略。也就是說，西方人現在的所謂主體性，實際上不是像他們所想像的那樣，似乎可

以為他們自己帶來什麼個人自由或基本權利，而是使他們不知不覺地成為現在這樣隨時隨地受到監視和宰制的生活狀況，成為現在這樣不得不按照特定規則和規範來說話、勞動、工作和生活的「主體」。正因為這樣，傅科才強調：**所謂具有主體性的「人」，是由近現代人文社會科學通過其論述策略所杜撰出來的，它實際上是沒有實際生命的人，是已經死去的人**（Foucault, M. 1966; 1994: IV, 75）。

　　所以，從另一個角度來說，傅科所提出的以考古學和系譜學為基礎的「關於我們自身的歷史存在論」，實際上是為了要在想像所可能允許的範圍內，設想出一種有可能擺脫西方現代主體性狀況的理想生存模式，這也就是後來他所說的「生存美學」（esthétique de l'existence）。傅科在《性史》第二卷中說：「要從古希臘的這些關於自身的技術中，找到某些可能性，使自身建構成為他的行為的主人，…使自己成為自身的機靈的和謹慎的引導者」（Foucault, 1984a: 156）。傅科所追求的「生存美學」，就是要建構一個充分自由的自身，真正地實現對於個人自身的關懷，不再考慮任何法律、規範或約束，拋棄傳統道德，使每個人，在同時考慮他人的快樂的情況下，實現自身的幸福快樂（Foucault, M. 1994: IV, 388; 732）。傅科認為，這樣的生存美學，同傳統的主體論所要求的，毫無共同之處；它是一種生存的藝術，是一種反思的、出自內心意願的、並充滿實踐智慧的生活風格。通過這樣的生活實踐，使每個人，不但都能夠由自身來為自己的行為和作為，做出自身所選擇的規定或規則，而且，也要求自身不斷地任自身的自由的需要，改變和改造自己以及自己的生活方式，以便使自身的生活方式，變成為具有某種美學價值、並達到一定美學標準的生活風格或具有特定藝術氣韻的藝術作品（Ibid. :545）。生活和生存本身就是藝術，就是風格的直接表現（Ibid. : 629）。應該讓生活和生存還原成為它本身的那種自然的樣子！就是在這樣的「關於我們自身的歷史存在論」的探討的基礎上，傅科晚期提出了自己的生存美學。

第 5 章

對現代社會的批判

　　傅科的整個著作都充滿著對於現代社會的批判精神。本書的前幾章，已經從最重要的方面，特別是從他的考古學和系譜學批判活動中，說明了他對於現代知識論述（le discours）（以精神病治療學和人文科學為典範）以及論述實踐（la pratique de discours）（以現代精神病治療所 [la clinique de psychiatrie] 制度和監獄 [le prison] 制度以及「性的統治措施」[les dispositifs sexuels] 為典範）的各種批判；透過這些批判，傅科深入而具體地批判了貫穿於西方社會中的權力關係及其對於整個社會及個人的宰制策略，全面地揭露了現代社會的社會制度、政治和文化的不合理性，揭示了作為現代社會核心的「主體性」問題的奧祕。更具體地說，傅科在他的精神病治療學批判中，已經深入揭露現代社會利用精神病治療學等現代「科學」論述，對整個社會進行「正常」和「異常」的區分的策略和程序，並深入分析了這些策略和程序導致社會各個階層之間產生對立和矛盾的歷史過程，以致使社會上少數統治階級，能夠利用這種區分，對社會各個成員進行肉體和精神方面的全面控制。傅科在批判現代知識論述實踐的時候，尤其揭露現代監獄制度在監控社會整體和個人兩方面所採用的「技術」的「理性化」及其高效率，尖銳地指出「現代社會就是一個典型的大監獄」。所有這些表明：傅科的批判的焦點，正是現代社會本身。本章試圖在上述分析的基礎上，針對幾個重要的具體問題，進一步深入分析傅科對現代社會的批判態度。

對啟蒙的批判

1. 啟蒙是現代社會一切矛盾的系譜學根源

十八世紀所發生的啟蒙運動（Aufklärung; Lumières; Enlightenment）奠定了歐洲現代文化的思想基石。從那以後，啟蒙的基本精神和基本原則，始終決定著西方各國的現代化進程。現代社會的一切矛盾和弔詭性，如果要追溯它們的「系譜學」根源的話，就必須從批判啟蒙開始。「兩百年來，歐洲一直保持它同啟蒙運動的複雜關係。這個關係始終不停地變化著，但從來沒有中斷過。用岡格彥的話來說，啟蒙運動就是我們的『最現實的過去』」（Foucault, 1994: IV, 37）。正因為這樣，對於傅科來說，啟蒙運動就是我們現在所面臨的一切事件的歷史溫床。歷史對於西方來說一向是非常重要的。傅科指出：「歷史成為了西方哲學的主要問題之一」（Foucault, 1994: IV, 766）。對啟蒙運動重新進行批判的重要意義，就在於進一步弄清我們目前所處的現狀的歷史真相，以便尋找解決當前矛盾的辦法。所以，對我們的現狀進行系譜學的歷史批判，就理所當然地要批判啟蒙運動，並在此基礎上，重新譜寫一個屬於我們自己的歷史。

傅科指出，從二十世紀下半葉以來，各種歷史事件一再地把西方人的命運同啟蒙運動聯繫在一起（Foucault, 1994: IV, 37）。人們可以清楚地看到，發生在當代社會中的各種危機和矛盾，其實是啟蒙運動的一個歷史結果。為了更具體地說明當代各種危機同啟蒙運動的內在關係，傅科從科學技術、革命運動以及殖民活動的歷史過程三大方面，分析了啟蒙運動與當代社會各種矛盾的內在關係。

首先，由啟蒙運動所推動的現代科學技術發明以及在此基礎上所建立的「科學和技術的合理性」（la rationalité scientifique et technique）的優勢力量，在當代生產力發展和政治決策的權力遊戲中，越來越扮演重要的角色。在某種意義上說，科學技術的合理性，就其實踐過程及其後果而言，實際上就是使現代西方人和整個世界陷入西方文化宰制過程的基本精神力量。本書在以上各章節，已經集中針對當代社會各種權力關係與真理遊戲之間的相互關係，揭示以科學技術為典型代表的「理性」力量，從肉體和精神兩方面，全面宰制現代人的主要策略和基本程式。

其次，歐洲現代革命史告訴我們：某種導向獨裁專制政權的革命運動，總是把其

自身的革命理念同啟蒙運動所鼓吹的科學理性主義聯繫在一起。啟蒙運動的思想家們認為，只要發展科學，掌握自然界的客觀規律，人類就有能力控制和改造自然，實現人類的解放。馬克思主義進一步把啟蒙運動的這種推崇科學的精神，擴大到社會和歷史領域，宣稱它所領導的革命階級，有能力認識和掌握社會和歷史規律，並使之運用到革命實踐中。馬克思逝世之後，各國共產黨總是以「遵循社會發展規律」和「推動社會進步」為口實，對其自身的革命政策及其實踐進行「正當化」的論證。從「第二國際」到列寧和史達林所控制的「第三國際」，經常強調其指導思想辯證唯物主義和歷史唯物主義的「科學性」、「客觀性」和「放之四海皆準」的普遍有效性。傅科尤其以史達林的集權統治為典型，說明啟蒙運動的基本理念所產生的負面後果。傅科指出，由啟蒙運動所鼓吹的科學精神，隨著現代社會的發展和演變，實際上已經變成為各種類型統治階級進行權力鬥爭的手段。

第三，啟蒙運動的影響，實際上並不限於歐洲的範圍，也並不是僅限於思想方面，而是深刻地影響到整個世界以及各個民族的命運。從十六世紀以來，每當西方殖民者征服世界各地的時候，他們總是訴諸於啟蒙所倡導的「理性」和「進步」，強制非西方各國民族，接受西方的社會、政治和文化制度。西方人每每將「反理性」和「落後」的罪名強加於被殖民統治的民族。第二次世界大戰之後，在殖民時代的終結時刻，在這個被稱為「後殖民」的時代（L'Ère Post-Coloniale; Post-Colonial Era），人們有理由發出疑問，西方人究竟以什麼名義，一再地宣稱他們的文化、科學、社會組織以及他們的合理性本身，都具有普遍的有效性？難道西方人不是憑借他們在經濟上的優勢地位和政治上的壟斷霸權而強行推行他們的文化嗎？在啟蒙運動經歷了兩百年之後，傅科認為有理由重新回到啟蒙運動，以便真正地探索西方人所標榜的理性和自由，是否真正具有人們所聲稱的那種「進步的」和「普遍的」價值（Foucault, 1994: III, 433）。

傅科透過對於以上三方面的探討，實際上對啟蒙運動的歷史結果，做出了否定性的結論。他直截了當地指出：由啟蒙所推廣的「理性，實際上就是獨裁專制的智慧」（Ibid.）。傅科在這裡所說的「獨裁專制的智慧」，指的是西方人在科學技術、社會革命和殖民戰爭中所表現的西方種族中心主義，或者「白人中心主義」。作為理性標準和典範的西方現代科學技術，對於全世界大部分地區的多元文化來說，意味著是一種統治世界的暴力，因為西方人正是靠他們的現代科學技術製造槍炮和各種「先進」

的武器，征服世界各地，建立起他們的政治、經濟和文化霸權。同時，西方人也是靠他們所建構的現代自由民主制度，將全世界由各個不同民族所創建的社會文化制度「掃進」歷史博物館。從此，西方的現代社會及其制度，成為各國革命運動興起的「正當性」根據。翻閱各國現代史，幾乎所有的革命運動，都以啟蒙運動所提出的原則作為其基本口號。

2.作為一個歷史事件的啟蒙

為了徹底弄清這些問題，仍然有必要回到啟蒙運動本身。

從歷史的實際狀況來看，啟蒙運動是發生於十八世紀的思想革命。最早的時候，是笛卡兒（René Descartes, 1596-1650）在十七世紀首先提出了通過理性反思，進行懷疑的現代哲學原則。笛卡兒堅信，人的理性，有能力引導人進行各種反思，並實現獨立自主的思想創造活動。笛卡兒強調，這種理性反思和創造活動的基礎，是對一切未經主體思索的事物進行「**懷疑**」（soupçonner）。懷疑本身就是思想和理性的基本功能。笛卡兒明確地提出了進行理性懷疑的四項原則，從而開創了現代哲學的理性主義路線。他在他的《論方法》（Le discours de la méthode, 1637）中指出，首先，在進行理性反思以前，絕不能盲目地將各種事物當成「真理」來接受。科學是從不可推翻的堅實可靠的「第一真理」（première vérité）出發的。如果確實存在真正可靠的「第一真理」的話，這個科學的基礎，必須是絕對無可懷疑的（doit être absolument indubitable）。所以，為了建構科學的這種可靠性和確實性前提，必須首先懷疑和放棄一切現存的觀點和意見。對人來說，進行懷疑的目的就是不再懷疑或無所懷疑。笛卡兒堅決地拒絕教條地依靠「權威」（autorité）的「指示」，反對盲目崇拜權威。他主張靠理性的懷疑和思考，來建構人的主體性（subjectivité），建構各種新型的科學知識體系。笛卡兒以數學，特別是幾何學為典範，強調從理性懷疑出發，首先建構無可懷疑的、最清晰明瞭和最簡單的真理基礎，然後一步一步地由簡到繁，順序漸進地進行分析、演繹推論和論證，直到認識最複雜的事物，得出最複雜的真理命題；如同幾何學的真理體系所顯示的那樣。因此，笛卡兒的立足點，是人的理性所賦予人的「直觀」（l'intuition）和演繹（déduction）能力；他相信理性的直觀，可以看穿和接受一切最簡單明瞭的事情。對人來說，除了理性直觀和合理的演繹推理以外，不需要任何外來的「權威」。

在笛卡兒之後，在法國，是哲學家拜勒（Pierre Bayle, 1647-1706）和方德奈爾（Bernard Le Bovier de Fontenelle, 1657-1757）進一步將理性的懷疑和反思精神發揚廣大，直接推動了啟蒙運動的興起。拜勒在 1682 年所發表的重要著作《關於 1680 年的彗星的多種思考》（Pensées diverses sur la comète de 1680），明顯地主張思想自由，反對各種宗教迷信，宣稱人有權選擇無神論（l'athéisme）。面對當時仍然掌控很大權力的教會，他巧妙地通過各種詮釋方法，推廣理性的反思精神。方德奈爾也在他的《死人的對話》（Dialogues des morts, 1683）和《關於世界的多樣性的談話》（Entretiens sur la pluralité des mondes, 1686）兩本書中，大膽地以理性主義的方式，詮釋自然界和宇宙的物體運動。

伏爾泰（François Marie Arouet, dit Voltaire, 1694-1778）就是在這兩位思想家的啟發下，與同時代的其他思想家一起，把啟蒙運動推向高潮。狄德羅（Denis Diderot, 1713-1784）、孟德斯鳩（Charles Louis Secondat Baron de Montesquieu, 1689-1755）、達蘭貝爾（Jean Le Rond D'Alembert, 1717-1783）、愛爾維修（Claude Adrien Helvetius, 1715-1771）、霍爾巴哈（Paul Henri Baron de Holbach, 1723-1789）、布豐（Georges Louis Leclerc, Comte de Buffon, 1707-1788）、盧梭（Jean-Jacques Rousseau, 1712-1778）等人，在啟蒙運動中都主張個人幸福和自由，強調理性對於人類生存和歷史發展的決定性意義。為了反對教會的「權威」，推廣理性的科學知識，狄德羅等人組織了由各個學科專家所組成的「百科全書派」（Encyclopédie），以他們所編輯出版的百科全書，宣揚理性知識改造自然和掌握自身命運的強大力量，宣稱人的理性有能力進行正確的判斷，建立自己的主體性和獨立自主性。

與此同時，在英國，繼培根（Francis Bacon, 1561-1626）、牛頓（Isaac Newton, 1642-1727）和洛克（John Locke, 1632-1704）之後，托蘭德（John Toland, 1670-1722）和休謨（David Hume, 1711-1776）以及蘇格蘭學派的其他思想家們，也同樣主張以科學知識的力量和個人自由，實行社會的改革。在英國的啟蒙運動中，生活在啟蒙運動第二時期的蘇格蘭學派的思想家們，扮演了非常重要的角色。他們是一群哲學家、科學家和工程技術專家，對現代知識和人的理性能力抱有堅定不移的信心。在蘇格蘭學派中，最箸名的，有社會學家亞當‧弗格森（Adam Ferguson, 1723-1816）、經濟學家亞當‧斯密（Adam Smith, 1723-1790）、考古學家詹姆斯‧弗格森（James Ferguson, 1808-1886）、近代編年史創始人威廉‧羅伯特森（William Robertson,）、文學家兼詩人沃爾特・司克特（Sir Walter Scott, 1771-1832）、建築學家羅伯特・亞當（Robert Adam, 1728-1792）和詹姆斯・亞當（James Adam, 1732-1794）兄弟、蒸汽機發明人瓦特（James Watt, 1736-1819）、哲學家弗蘭西斯・哈奇森（Farncis Hutcheson, 1694-1746）、大衛・休謨（David Hume, 1711-1776）、亨利・赫姆（Henry Home, Lord Kames, 1696-1782）、約翰・米拉（John Millar, 1735-1801）、托馬斯・黎德（Thomas Reid, 1710-1796）、杜格爾德・斯迪瓦德（Dugald Stewart, 1753-1828）等人。

在德國，是沃爾夫（Friedrich Auguste Wolf, 1759-1824）、萊辛（Gotthold Ephraim Lessing, 1729-1781）和康德（Immanuel Kant, 1724-1804）成為了啟蒙運動的主要思想代表人物。

所有這些啟蒙運動的思想家們，在長達一個世紀的思想爭論和理論創造的歷史時期內，都一致地以理性為主要原則，主張用現代科學知識，認識和研究自然界和社會生活的基本法則，推動西方社會的現代化進程，同時也確立和鞏固現代西方人的主體化和客體化的思想模式。

3.從「現在」看「啟蒙」

傅科在考察啟蒙運動的歷史意義的時候，充分估計到了它同當代西方社會各種矛盾的內在關係，為此，他特別強調從「現在」的角度，重新探討啟蒙的問題。換句話說，對於啟蒙運動的真正意義，在傅科看來，必須從它與「現在」的關係來評判。傅科為此提出了另一種思考方式。他說，關於什麼是啟蒙的問題，首先是關係到哲學意義上的「現在」（le présent）（Foucault, 1994: IV, 564）。什麼是「現在」？傳統上，人們往往採取三種方式來考慮「現在」的問題。第一種就是把「現在」隸屬於世界史上的某一特定時期。第二種是採取歷史詮釋學的方法，試圖對即將到來的重大事件的意義進行某種程度的預先解讀。第三種是把「現在」當成迎接未來新世界曙光的一個過渡期，就好像維柯（Giambattisto Vico, 1666-1744）在他的《歷史哲學原則》（Principi di una scienza nuova d'interno alla comune natura delle nazioni, 1725）所遵循的那樣。

同他的老師岡格彥一樣，在估計啟蒙的歷史意義時，傅科不是從傳統歷史主義的觀點和方法出發，而是以系譜學的批判觀點，首先把啟蒙同西方社會的現狀，聯繫在一起加以分析，使「啟蒙」不只是作為「過去了的歷史事件」，而是作為在現時活生

生地仍然現實地發生作用的歷史力量，全面估計「啟蒙」的真正意義。

他認為，如果從正面的角度來看問題，就發現啓蒙運動為我們開啓了對現實的懷疑態度和懷疑精神。人們往往過多地肯定啓蒙運動的歷史價值，卻看不到其價值恰恰就是為我們提供了懷疑現實的思考模式，為我們展現了「成問題化」（problématiser）的最初歷史形態（Foucault, 1994: IV, 571）。啟蒙運動之所以對西方社會產生深遠的影響，就在於啟蒙思想家們敢於以他們所期盼的方式，對社會進行懷疑性的批判。這就是「成問題化」批判模式的最早起源。啟蒙運動對當代社會的現狀所具有的重要意義，就是為我們有條件地懷疑現代社會提供了歷史的榜樣。啟蒙運動的思想家們的重要貢獻，正是他們敢於在當時的社會條件下，對他們所處的社會條件提出疑問，並進行無情的批判。傅科認為，繼承和發揚啟蒙運動的「成問題化」批判模式的關鍵，就在於正確處理三大問題：第一，正確處理與現狀的關係；第二，反思我們自身的歷史存在方式；第三，反身自問自己的主體性的自律狀況（Ibid.）。

其次，從現狀出發探索啟蒙的歷史意義，就是意味著不斷地更新我們自身的批判態度，對我們自身的歷史存在進行永不停息的批判（critique permanente de notre être historique）（Foucault, 1994: IV, 571）。

具體地說，對自身的歷史存在進行不停頓的批判，首先意味著重構我們的批判態度，使我們的批判態度，不只是侷限於內與外的「二者擇一」或「非此即彼」的傳統邏輯方式，而是敢於在限制的界限和邊界上遊走，敢於對各種「限制」進行挑戰和批判，逾越現有的各種人為的「邊界」和界限（Ibid. : 574）。

這種歷史批判態度，必須是一種實驗性和探索性的批判。不應該將自身的批判固定化、僵化和教條化。也就是說，要在批判中呈現我們自身的自由身分和自律性，使自身成為真正自律的存在。傅科認為，超越現有各種邊界和限制，不可能一勞永逸地完成；以自由的身分所進行的逾越，既然總是在特定情況下實現，就必須不斷重複地進行。必放棄一切關於一次就可以絕對完成的傳統批判觀點。真正的自由批判是一再地重複進行的事業。所以，嚴格地說，我們現在並沒有真正地達到「成熟」的程度。啟蒙並沒有使我們變成為「成熟」。我們所需要的，不是簡單地宣稱自己的「成熟性」，而是使自己成為不斷逾越界限、並不斷積累逾越的歷史經驗的真正自律的存在生命體。在這個意義上說，「一種關於現在的存在論」（une ontologie du présent），就是「我們自身的歷史存在論」，一種具有持久批判意義的「我們自身的存在論」

（une ontologie de nous-mêmes）（Foucault, 1994: IV, 687）。

4.康德的啟蒙觀批判

　　傅科對啟蒙所提出的上述原則，實際上是為他對康德的批判鋪平道路。康德雖然試圖肯定啟蒙的歷史意義，但康德在十八世紀末對「啟蒙」所進行的特殊界定，是從人本身的理性能力及其運用狀況出發。康德認為：啟蒙就是人從其自身所造成的不成熟性中解放出來（Aufklärung ist der Ausgang der Menschen aus seiner selbstverschultigen Unmündigkeit）。所謂不成熟性，指的是人自身沒有能力，在沒有別人指示的情況下，獨立使用自己的理智。顯然，這種不成熟性，是由人自身所造成的；因為這種無能，不是因為人沒有理智，而是由於人沒有決心和勇氣，在沒有別人指揮的情況下，獨立使用自己的理智。正因為這樣，啟蒙運動的基本口號就是：鼓起勇氣！勇敢地使用你自己的理智（Kant, 1977[1784]: 132）。

　　康德特別強調理智以及人們獨立使用自身理智的重要性，並把它當成人類是否成熟的基本標誌，當成啟蒙的基本歷史意義。所以，傅科認為，康德是根據人的意願（volonté）、權威（autorité）與使用理性（usage de la raison）的相互關係的變化狀況，給啟蒙運動下定義的。所以，在康德的「啟蒙」定義中，已經包含了他對於「人」的主觀看法，同時也隱含著他所處的那個時代的社會權力關係對於「人」的基本要求。但康德並沒有意識到他的個人看法同他所處的社會權力關係之間的關係，而是更多地強調了他的個人觀點的客觀有效性，強調啟蒙與人的理智本性的內在關係，以至在很大程度上掩蓋了當時的權力關係對於啟蒙運動及其宗旨的實際影響。康德的啟蒙定義顯然沒有跳出啟蒙本身的歷史界限，沒有真正抓住啟蒙的懷疑精神，卻誇大了啟蒙的理性主義原則，使理性反而掩蓋或扼殺了懷疑精神。

　　傅科指出，啟蒙並不一定要像康德那樣歸結為一種影響到整個人性總體的事件；它也不必歸結為只是屬於個人義務的事情。重要的問題是真正瞭解理性公共運用所必須的條件，並善於揭示個人順從狀態下各種認知過程的社會奧祕。因此，傅科主張將康德對於啟蒙的定義同康德的三大批判（純粹理性批判、實踐理性批判、判斷力批判）聯繫起來。「事實上，康德把啟蒙描述成為人類運用自己理性、而不盲目臣服於任何權威的歷史時刻；正是在這樣的時刻，批判是必要的，因為只有通過批判，才能明確理性運用的正當性條件，並由此明確哪些是可知的，什麼是應該做的，什麼是值

得期望的。理性的非法運用，將導致獨斷論（le dogmatisme）和他律（hétéronomie），並產生某種幻相（l'illusion）。另一方面，也只有當人們依據理性自身的原則而清楚地規定理性正當運用的原則的時候，理性的自主性才能得到保障。因此，在某個意義上說，批判是理性在啟蒙中成熟起來的入門指導書，而啟蒙則是批判的年代」（Foucault, 1994: IV, 567）。

從啟蒙以及康德對於啟蒙的上述定義的局限性，我們看到了理性主義會在什麼樣的條件下，把本來具有活潑創造力的事件，不知不覺地被篡改成為僅僅有利於現代佔統治地位的權勢力量的歷史「知識」的一部分。

5.啟蒙運動的「作者」已死

傅科與康德等人對啟蒙運動的不同看法，並不局限於啟蒙的定義上，而且，也涉及到許多更重要的問題上，還表現在他們對啟蒙運動思想家們的歷史評價上。啟蒙運動的時代特徵，使當時的思想家們繼續沿用古希臘以來的歷史觀和價值觀。傅科認為，儘管啟蒙運動思想家一再宣稱他們的思想和文化革命的徹底性，但他們仍然沒有徹底跳出傳統理性主義的路線和原則。啟蒙運動所提出的理性和人性的口號，充其量也只是傳統原則的翻版而已。他們所崇拜的英雄，是「創造歷史」、創造新的「人生意義」的偉人。在這個意義上說，啟蒙運動的哲學非常重視偉大事件的「作者」（l'auteur）。啟蒙運動思想家們的上述價值觀和歷史觀，至今仍然深刻地影響著人文社會科學的基本理論。康德對啟蒙運動的定義，正是顯示了自啟蒙以來所形成的傳統歷史觀的頑固性。

為了批判啟蒙運動的歷史觀和價值觀及其實際影響，傅科更多地從考古學和系譜學的批判立場，從語言應用和論述的角度，重新評判啟蒙運動所崇拜的「英雄」。傅科認為，不論是歷史事件還是文本的「作者」（l'auteur），對於事件和文本來說，歸根結底，都是無關緊要的。伏爾泰等人，之所以能夠成為啟蒙運動的英雄，主要不是因為個人的因素，而是當時社會權力關係的選擇和鬥爭結果。但啟蒙運動及其後的西方思想家們，並未擺脫傳統的思想和語言規則，他們把「作者」的「作品」（l'oeuvre）視為屬於作者個人的精神創造物，並將其神聖化，加以崇拜，使之成為某個偉人專有的個人固定產品，成為不再變動的歷史文物。

傅科認為，從論述的角度來看，任何論述體系的作者個人，之所以能夠被當時的

社會所選擇，成為特定論述的作者，是由當時的社會權力關係所決定的。另外，作者所賦予論述的意義以及論述所採取的形式，充其量也只能在社會歷史條件所容許的範圍內，在一定程度的限定下，才能發揮其真正的效用。事件或作品一經產生，就脫離作者個人的精神和生活條件，也脫離了產生它的歷史時代，成為了一種社會文化產物，並將其自身的生命，同它所處的時代精神聯繫在一起，變成為論述流傳環境中的一個組成部分，具有其自身自律的生命運動；而且，就其未來導向而言，這些論述將越來越遠離產生它的作者及其歷史時代，成為具有更多自律性力量的文化產品。

在本書第一章第四節，已經提到傅科的生存美學中的「作者已死」（la mort de l'auteur）的觀點，也提到了創作同死亡之間的內在關係。從傅科的論述理論來看，究竟由哪一個人說話或寫作，並不重要。重要的是，為什麼在當時當地的社會文化條件下，某人可以成為說話者和寫作者？為什麼這位說話者和寫作者，能夠「說」和「寫出」這樣、而不是那樣的「話語」？他們在說話和寫作的時候，同當時當地的社會權力網絡究竟保持什麼樣的關係？這些「話語」，在未來的歷史時代中，又究竟如何重新與不同的社會權力網絡相互聯繫而發揮新的歷史功能？傅科特別強調思想和文化發展的間斷性和中斷性，因為他特別重視不同歷史時代的異質權力網絡結構，也特別重視不同時代的特種社會運作機制及權術策略。各種論述一旦脫離作者，就與不同的權力網絡結構相交接，由不得原作者個人的意願和理性。在這個意義上說，論述在不同時代的命運，完全脫離原作者的意願，成為各個時代權力網絡緊張鬥爭的活生生因素，具有其自身的新的自律性。

所以，傅科同啟蒙運動思想家及其繼承人之間的爭論，實際上是試圖尋求「創造歷史的英雄」的傳統思想，同主張「匿名的作者」（auteur anonyme）的觀點之間的原則爭論。在這方面，傅科的「作者已死」的主張，再一次典型地顯示了他同傳統思想家們的分歧的實質。

對現代性的批判

在當代社會中，出現了多種號稱「現代性」（la modernité）的哲學、文學和藝術的思想流派。傅科並不一般地表示支援所有這些思想流派。而且，在一定程度上，傅科基本上是同他們保持一定距離。當有人問起什麼是**現代主義**（modernisme）或**後現代主義**（post-modernisme）時，傅科很不以為然，表示自己同他們並不走在一條路上

（Foucault, 1994: IV, 570）。

在上述對於啟蒙的批判分析中，傅科實際上已經在其論述中涉及到「現代性」的問題。對於現代性，傅科的基本態度是矛盾的和雙重的：他一方面肯定現代性在其最初階段的叛逆精神及其創造性，另一方面又嚴厲批判作為現代資本主義文化基本原則的現代性，指出它們在知識論述、權力操作及道德方面的限制性。

關於早期資本主義精神的現代性，傅科特別重視現代性文學的創始人博德萊（Charles Baudelaire, 1821-1867）的觀點。

波德萊早在十九世紀上半葉現代性萌芽狀態時，就為「現代性」的三種基本精神，提出他的看法。波德萊認為，所謂現代性，起碼包含三項基本內容。第一，就是與傳統斷裂以及創新的情感。第二，這是一種將「當下即是」的瞬時事件加以「英雄化」的態度。第三，現代性並不只是一種對於現實和對於「瞬時出現」的一種關係，而且必須將這種關係，具體地實現在自身的生命運動中，使自身也在其實際生活的一切過程中，始終貫徹著對於「瞬時出現」的事件的批判精神，保持一種不斷更新的特殊態度。

首先，所謂與傳統決裂以及敢於創新的情感，在博德萊看來，就是敢於在激烈變動的時代中，同傳統徹底決裂，並在決裂過程中呈現自身特殊的情感，顯示一種特有的生活風格。這種情感與風格，不但表現為對過去的一切，產生某種「不可忍受而精神失控、並處於酒醉昏迷狀態中」，而且，又是一種不斷更新、並敢於創造空前未有新事物的冒險精神。把「酒醉昏迷狀態」同「創造的冒險精神」相結合，就是現代性的首要標誌。博德萊自己曾經把這種「現代性的精神」稱為「曇花一現性」、「瞬時即變性」和「偶然突發性」（le transitoire, le fugitif, le contingent）（Baudelaire, C. 1976: tome II, 695）。博德萊自己在其文學和藝術創作的實踐中，貫徹了他所讚賞的現代性精神，為當時的同時代人樹立了榜樣。

他在創作《惡之花》（Les Fleurs du mal, 1857）一詩時，表現出同傳統決裂的徹底精神，不但敢於打破傳統詩歌創作的原則，而且，根本不拘束於傳統語言表達方式，也不顧傳統道德及社會規範，熱情謳歌那些被常人或統治者當成「瘋子」的叛逆者及其行為。他所寫的《惡之花》很快被列為「禁詩」。他在談到創作《惡之花》的心情時說，他寧願處於酒醉昏迷狀態，也不願意把自己強制性地裝成「正常」或「清醒」的「理性」模樣。同時，他直截了當地宣示一種大無畏的冒險精神，不怕被社會

譴責或被孤立。他認為，只有敢於冒險，才有可能摸索出創新的道路；要冒險，就難免孤獨。創新是要付出代價的，即使犧牲自己也在所不惜。據波德萊自己所說，他早在七歲時，就因母親再婚而感受到「一種命定永遠孤獨的情感」（sentiment de destinée éternellement solitaire）。所以，他寧願過著類似吉普賽人的流浪生活方式，也不要享受由貴族家庭所安排的富貴生活。他厭恨當時的社會，不願與之同流合污，逐漸產生並滋長憂鬱心情（spleen）。他的創作天才與傳統語言和規範之間的矛盾和衝突，加強了他的煩惱，為他的創作提供了強大的動力。

博德萊對於瞬間的執著，表現了他對於藝術和人生的獨特看法。自古以來，哲學家和藝術家幾乎都把精力集中到對於「永恆」的追索，並把永恆當成「美」的最高標準。因此，他們把「永恆」當成人生和藝術的最高意義和目標。這種態度實際上來自古代和中世紀，特別是基督教道德倫理思想，其中心在於強調某種建立在「過去」基礎上的「永恆」。這是一種保守的世界觀和歷史觀，其核心就是單向一線性的「時間觀」，認為時間和歷史是從原始點出發，經不同階段的發展和演化，逐步地從簡單和低級，導向更複雜和高級方向，最後將導致最完美的終極目標。基督教把這一切加以神聖化和世俗化，反覆論述人類歷史起於上帝創世的那一刻，經人世間罪惡和拯救的連續不同階段之後，將會使人最終返回永恆的天國，達到最高境界，致使西方人，從思想到日常行動，都無時無刻嚮往著達到最高目標，同「永恆」化為一體。傳統美學也因此將永恆當成美的最高標準。

博德萊一反傳統時間觀和歷史觀以及對於「永恆」的看法，強調一切都基於瞬間，一切都基於「當下即是」的那一刻；因此，出現在眼前的過渡性時刻是最珍貴和唯一的至寶，是人生的精華所在。脫離開瞬間，一切永恆都是虛假和毫無意義的。反過來，只有把握瞬間，才能達到永恆，因為現時出現的瞬間，才是有限的人生同不可見的永恆相接觸的中介性時間。這種瞬間是不可重複和不可取代的；瞬間的唯一性，使『永恆』現實地出現在人的生活之中。也正因為這樣，瞬間同時也成為未來的最可靠的歷史的見證和保證。現代性將時間凝縮的結果，使時間結構中的點點滴滴，都成為最珍貴和最豐富的時間單位。把握瞬間，就是創造永恆的基礎；真正的永恆只有在死亡中存在。

現代性對於瞬間的珍視，顯示了現代社會急劇變化的性質及其不斷變革的可能性。原來要在相當長時間流程內才能完成的事件，在現代社會中，只要短促的瞬間就

可以實現；反過來，原來被看作破碎而難以實現完整行動的瞬間，卻可以在現代社會中同時進行無限多的事件。時間的瞬間化反映了現代社會一切工作和活動的高效率，也表現了現代社會在點滴時間單位中完成各種事務的可能性。同時，時間的瞬間化也體現了現代社會的「爭朝夕」的精神，並把瞬間當成各種可能性出現的場域。現代社會的瞬間化，使現代人也將一切希望寄託在「瞬間」，把瞬間當成他們的生活觀和社會觀的根基。現代社會的流行文化的瞬時即逝性的基本結構，表明流行文化的確成為了現代社會精神的體現。

從積極的角度來說，現代性的這種精神，實際上也是把眼光導向未來。建立在現代瞬間觀的未來，不同於中世紀基督教的未來觀，因為基督教只是將未來當成不再運動的「永恆」，而現代性所主張的未來，則是由無限創造性的瞬間所構成。因此，這個未來並不是同死亡對立，而是包含在死亡之中。永恆的意義就在於它囊括了一切可能的未來；死亡就是未來的一切的堆積，也是未來永恆的象徵。如果說傳統時間觀所強調的是「過去」，那麼，現代性所集中寄望的是「未來」；但未來的一切，就決定於對於現在的把握。博德萊的這種現代性精神，還直接導致對於一切「流行」和「時尚」的追求風氣。眾所周知，流行和時尚的特點正是「瞬時即變」，並在無止盡的循環重複中發揚光大其生命的威力。後來，法蘭克福學派的本雅明（Walter Benjamin）發揮了博德萊的現代性精神，提出了「現時」（Jetztzeit）的重要美學、歷史學和哲學概念，強調只有在「現時」中才蘊含最完美的和「救世主」的時間。

在這裡，重要的還在於：作為一個現代的人，不應該只是承認和接受這場正在進行著的激烈變動，而是對這場運動採取某種態度。這是一種發自內心的、自願的、然而又是非常困難的態度，其目的不是要在當下即是的瞬間之外或背後，而是在當下即是的瞬間中，去把握某種永恆的東西。這就意味著，要在創作者所處的現實結構中，及時把握在其中所發生的各種多方面的變化，並將這些變化的因素以共時結構突顯出其自身的特徵。但這還不夠。將瞬時即變的事物，以共時結構表達出來，其目的並不是使之固定下來，而是抓住其變動的特性，使之永遠保持活生生的生命結構，呈現其「曇花一現性」、「瞬時即變性」和「偶然突發性」。換句話說，現代性並不想要追隨時代的變動流程，也不是被動地置身於流動著的歷史性結構，而是把一個一個共時存在的創造精神，納入其自身當下即是的活生生場面中。

其次，將當下即是的瞬時事件加以「英雄化」的態度，就是現代性的精神表現。

這種「英雄化」，既不同於古代和中世紀試圖將英雄永恆化和神聖化，也不同於啟蒙時代和浪漫主義時代試圖達到理念化的程度，而是某種帶諷刺性的態度。總之，「英雄化」，不是為了維持它，也不是為了永恆化；而是為了使之永遠處於「流浪活動狀態」。這是一種閒逛遊蕩者的心態和態度，只滿足於睜開眼睛，對於回憶中的一切，給予注意，並加以蒐集和欣賞。博德萊本人曾說：「他走著，跑著，並到處搜索。這位富有想像活動能力的孤獨者，確確實實地，穿越人群的沙漠，永遠流浪；他心目中具有比任何一位純粹流浪者更高傲得多的目的。這種目的，並不是滿足對於周遭世界的暫時歡樂，而是一種更加一般的目的。他所尋找的，就是我們可以稱之為『現代性』的那種東西。對他來說，重要的是尋求、並超脫在歷史中包裝著詩歌的那種模式」（Baudelaire, C. 1976: tome II, 693-694）。所以，表面看來，一位流浪者，不過是各種各樣的好奇心的代表者；他到處尋找陽光和光明，欣賞各種詩歌，當普通人陷入對於某種奇特的美的欣賞的時刻，他尋求那些能夠引起動物欲望旺盛的歡樂。

　　但是，在博德萊看來，一個真正的尋求現代性的流浪者，他所看到的是完全沈睡中的世界，而他自己卻面對這種世界，從事永遠不停息的創造活動。這種創造性活動，不是簡單地否定現實，而是在關於現實的真理和自由的運作之間進行一種高難度遊戲。在這種境界中，博德萊說，「自然的」事物變成為「比自然更自然的」事物，「美的」事物轉變成為「比美更美的」事物；而所有那些，負有某種激情的生命的特殊事物，也就像作者的靈魂那樣，閃爍著創造的智慧光亮。因此，在傅科看來，「博德萊所理解的現代性，是一種實際的活動。在這種活動中，對於現實的極端的注意，實際上總是面臨著尋求某種自由的實際活動。這樣的實際活動，既尊重實際，又大膽地強姦它」（Foucault, M. 1994, Vol: IV: 570）。

　　第三，對於博德萊來說，現代性也不只是對於現實和對於「瞬時出現」的一種關係形式，而是必須在其自身中完成和實現的那種關係的一個模式。在這種情況下，對於現代性的發自內心的態度，實際上也同不可迴避的某種禁慾主義相聯繫。要成為一個現代主義者，就不能滿足於將自身陷入正在進行中的時間流程，而是把自身當作進行某種複雜的和痛苦的創造過程的對象。所以，作為一個現代主義者，並不是單純要發現他自己，揭開他自己的奧祕，或者揭示隱藏著的真理。他只不過是不斷地創造他自身。為此目的，所謂現代性，並不是要把人從他自身中解脫出來，而是不斷地強制自己去完成創造自身的任務。

　　所有這一切，對於博德萊來說，都不可能在社會和政治制度現有條件的範圍內實現，而只能是在藝術領域中不斷地進行；在其中，對於現實的當下表現的諷刺性的英雄化過程，就是為了改造現實而同現實進行遊戲，也是某種對於自身進行禁慾主義的改造的艱苦活動。

　　博德萊在探討現代性的過程中發現了絕對美和相對美之間的辯證關係。他認為，美的成分包含兩種要素：一種是永恆的、不變的，但其份量很難確定；另一種是暫時的、瞬時即變的，猶如時代、風尚、道德、情慾等等。重要的是，沒有第二種因素，第一種因素就是抽象的和不可理解的，甚至也是難於被人所接受的。任何一種獨創的藝術作品，都難免受制於它發生的那一瞬間；正是通過這一瞬間，藝術品才不斷地滲透到現實性之中，使它永遠對於鑑賞它的人具有美感，滿足人們對於美的永無止盡的追求。

　　顯然，把現代性主要地當成一個從事創作的人面對「當下出現」的現實的態度，就意味著：善於對現實的「在場出現」進行反問，使之「成問題化」（**problématiser**）。換句話說，具有現代性的精神，就是使自身成為一個自律的主體，善於對「當下即是」的瞬時結構、對歷史的生存模式以及未來的存在方式，進行不斷的反問和重建。

　　傅科為此特別強調指出：要具備真正的現代性態度，並不在於使自身始終忠誠於啟蒙運動以來所奠定的各種基本原則，而是將自身面對上述原則的態度不斷地更新，並從中獲得再創造的動力。米歇・傅科把這種態度簡單地歸結為「對於我們的歷史存在的永不平息的批評（critique permanente de notre être historique）」（Ibid.: 571）。

　　博德萊及其後的傅科所持的上述對待現代性的態度，實際上一直持續地影響著現代社會的發展，也同時影響著現代社會每個成員的精神面貌及其心態。當代社會的各種流行文化就是在上述精神狀態下持續發展和漫延的。人們所追求的是「當下即是」和「瞬間」的快樂。藝術所追求的永恆美也只有在瞬間中才存在，並體現出它的珍貴性。

對現代政治的批判

1. 現代政治的一般特徵

傅科雖然不是政治學家，但他的思想和著作，經常關心、並深刻論述當代政治問題，也對當代政治學理論進行反覆的批判。他把當代政治學列為重要的知識論述體系之一，在對政治學論述進行考古學和系譜學批判時，揭露了政治學論述同社會權力關係的內在聯繫，尤其集中批判了當代政治學關於權力、策略、政府、正當化和自由民主的理論。而在傅科後期的生存美學中，傅科進一步把政治列為普通生活藝術的一個重要內容（參見本書第三篇第十三章生存美學部分）。

傅科在政治理論方面的特殊觀點，始終都是圍繞著現代社會的具體政治問題而提出來的。他從來不願意抽象地或一般地討論政治理論。而且，傅科所重視的，不是政治學的基本理論，而是現代政治活動的實際策略及其與權力關係網絡的運作機制。因此，他的政治理論的重點，是揭露現代政治的權術、策略、程式及具體技術。

傅科對當代政治學的重要貢獻，首先就是他的「生命政治」（bio-politique）及「解剖政治學」或「政治解剖學」（anatomo-politique; anatomie politique）的理論；同時，針對資本主義社會的特殊的權力運作模式，傅科也專門研究了新型的基督教教士模式及其運作過程中所採用的權力技術。本書在第三章第六節分析傅科所提出的權力運作模式時，已經較多地論述了他的生命政治理論和基督教教士權力運作模式。本節將集中分析它們同現代政治制度的關係。

傅科特別重視現代政治的權力技術和策略的特殊性。本書第三章第八節已經針對傅科所提出的「政府統管術」（Gouvernementalité）做了詳細的論述。「政府統管術」是現代資產階級權力鬥爭經驗的總結產物。它和整個資本主義政治制度一樣，有它的宏觀和微觀兩方面的雙重機制及目標。就宏觀結構及機制而言，「政府統管術」是一系列統治制度、機構、程式、計謀、政策、策略和技術的綜合體，它是用以保障佔統治地位的政府系統，能夠以各種各樣變換著的權力運作手段和形式，實現對於社會整體的人口、個人、知識論述、政治活動、經濟發展以及保安工作的全面控制和管理。因此，現代政府統管術將主權、規訓、宰制和管理靈活地抓在手中，既保障社會的穩定性，也操縱社會的演化方向。所以，傅科在揭露現代政治時，以相當多的筆墨，分

析和批判現代政府統管術的具體策略、程式和技術。

任何政治制度的產生和存在，同一定的權力技術（technique de pouvoir; technologie du pouvoir）和政治技術（technique politique）的靈活機智的貫徹執行密切相關。如果說政治制度離不開權力關係及鬥爭的話，那麼，最關鍵的，是離不開政治技術或權力運作技巧。沒有靈活熟練的政治技術和權力技術，任何政治制度的存在，都是不穩定的，也會經常陷入危機。政治技術是使政治制度維持下來、並正常運作的基本保證。資本主義政治制度之所以能夠迅速戰勝封建的中世紀政治制度、並穩固地維持下來，就是因為資本主義不僅帶來了宏觀整體性的『合理』的制度及其運作法制，而且，還因為資本主義非常重視制度和權力的微觀運作技巧和具體的技術程式。資本主義善於將理性化的過程，特別是現代知識和技術的研究成果，貫徹到政治及其他一切社會領域中，建構了歷史上從未有過的理性化的政治技術和權力技術。國家作為一個統治工具，當然不得不變成為越來越複雜的綜合體，也變得越來越神祕化和抽象化，但它的本質，實際上是很簡單的。現代國家的本質，在傅科看來，無非就是它的管理技術化。所謂現代國家的管理技術化，其關鍵，就是國家在管理技術方面所玩弄的計謀。現代國家在管理技術方面所玩弄的計謀，比古代國家更加狡猾，更加隱蔽（Foucault, 1994: III, 656）。

生命政治和解剖政治，既是宏觀的「合理的」政治制度，也是微觀的政治技術和策略程式的總和；生命政治是現代資本主義制度的核心和靈魂，它確保了資本主義社會整個權力關係網絡，以「性」為主軸，實現對個人和對整個社會的雙重控制。傅科指出，生命政治和解剖政治的產生及發展，是有它們的社會、經濟和文化基礎的。它是從十八世紀開始實行的；更確切地說，它主要針對由「活人」（des vivants）所構成的「人口」（population）這個總體，由現代政府實行一系列合理化的統治技巧和政治技術，以便解決和管理有關健康、衛生、出生率、死亡率、壽命統計、種族及其他與生命相關的事情（Foucault, 1994: III, 818；參見 Annuaire du Collège de France, 79ème année, pp.: 367）。從根本上說，生命政治是資本主義社會發展到它的關鍵時刻所創造出來的，它是關於掌控個人、人口群體和實行生命政治的權力技術。同時，生命政治的產生，也同資產階級掌握政權以來所積累的統治經驗，同它們圍繞政治制度所經歷的各種爭論，特別是同自由主義、社區主義、民族主義以及福利主義等爭論，有密切關係。就其實質而言，這場爭論的焦點，就是資本主義制度中的法制與個人自由的關

係問題。在這方面，發生於十九世紀的英國政治界的自由主義爭論具有典型意義。

什麼是自由主義？傅科不打算將它定義為一種理論和意識形態，而是把它當成一種實踐方式和政治技術。作為一種實踐方式，自由主義是資產階級追求最大限度功效的政治手段，它是以最少成本、達到最大限度經濟效果的政治實踐技巧。**自由主義是現代政府實行合理化統治的原則和方法**（principe et méthode de rationalisation de l'exercise du gouvernement）（Foucault, 1994: III, 819）。從自由主義的眼光來看，政府本身並非目的，而是獲取最大限度經濟功效的機器和技術。與此不同，在德國政治界所興起的「警政科學」（Polizeiwissenschaft）則更加注重國家理性。雙方的爭論，導致了生命政治及其一系列政治技術的產生和實行。

資本主義是一個由個人所組成、並維護個人自由的社會。對於資本主義社會來說，個人同整體社會的協調和配合，是以個人自由的發展為基礎的。在現代社會中，沒有真正的個人自由，就不會有整體社會的合理運作。因此，能否對社會上的極其複雜、並具有意志自由的個人，進行操縱和控制，是關係到資本主義制度生死存亡的關鍵。但是，對於個人的控制，也脫離不了對於人口群體的控制。所以，政府對個人（individu）和對人口（population）總體的控制是雙向共時進行的。「人口的發現，是同發現個人以及發現可規訓的身體同時進行的」（Foucault, 1994: IV, 193）。為了對整體性的人口和個體性的身體進行控制，資本主義在這一時期發明瞭解剖政治和生命政治。

正因為這樣，在建構資本主義制度的過程中，西方社會權力關係網絡中的各個權力結構，一方面圍繞著社會整體的控制和協調，另一方面又針對社會中的個人自由，進行不斷的緊張運作和調整。所以，現代政治權力的改革和演進，一方面朝著個人化的方向發展，另一方面也朝著集中化和中心化的目標而發生變化；現代國家的權力集中化和中心化，就是後一種傾向的結果。上述兩種傾向，同時並進，相互促進，以便達到鞏固現代社會權力關係網絡的正常運作的目的，同時也使資產階級的統治不斷地鞏固化和穩定化。

從十八世紀開始，隨著資本主義社會宏觀政治制度的初步建構和穩定化，權力關係網絡的運作，越來越把重點，轉向對個體、對個人的控制和規訓。道理是很清楚的。如前所述，資本主義社會是建立在個人自由的基礎上。整個社會的結構及其運作，都是離不開具有獨立的自由意志的個體的積極性及其配合。而且，現代社會中的

個人自由，比整體社會的宏觀制度，更加複雜，更加難以管理和控制。如果說，從啟蒙以來，整個社會都朝著合理化的方向發展的話，那麼，這種合理化的進程，也是以規訓個人作為其首要目標，以便使每位個體，一方面發揮他們的各自積極性和創造性，另一方面又能協調整體社會的法制和規範，自律地約束自己，同整體社會的發展及宏觀運作相配合。為此，對個人的規訓和宰制，成為了資本主義社會穩定發展的關鍵。

「在沒有把個人加以規訓之前，顯然不能把他們解放出來，不可能使他們獲得自由」（Foucault, 1994: IV, 92）。任何社會統治都是為了有效地達到控制個人的目的。但是，資本主義不同於以往社會的地方，就在於：在控制個人的同時，更注重於發揮個人自由的效率和功能；在資本主義制度容許的範圍內，個人具有無限的個人自由。資本主義制度的這個特徵，使資本主義政治制度把重點也放在對個人的規訓上，並把規訓個人的目的同承認個人自由相結合。在這方面，資本主義政治制度創造了一系列權力技術和策略。

所以，在政治方面，合理化的進程，也是以控制個人的政治技術（technique politique）的建構作為中心目標。針對資本主義社會政治制度的上述特徵，傅科說：「我所思索的，實際上，是針對個人的政權技術的發展問題」（Foucault, 1994: IV, 136）。正是在這樣的社會背景下，傅科同時地提出了以掌控個人為主旨的基督教教士權力運作模式及生命政治的兩個概念，以便突出現代資產階級政治策略和政權技術的特點。十八世紀之後，生命政治同現代權力的基督教教士運作模式（la modalité pastorale du pouvoir）雙管齊下，操縱、宰制和規訓每個個人。在這個意義上說，生命政治與基督教教士權力運作模式，同屬於「**個人化的權力**」（pouvoir individualisateur），其重點是規訓和**宰制**具有個人自由的個人。

生命政治在宰制和規訓個人方面，創造了一系列極其細膩而靈活的策略和技術。首先，生命政治針對個人在物質需要和精神心靈方面的無止盡的慾望，抓住『性』的因素所發出的極大迷惑性和引誘性的無限力量，製造和擴散不斷更新的性論述，使性論述成為瀰漫於整個社會的最主要的論述體系，控制著個人生命成長過程的每一個分分秒秒，把個人的生命活動，納入整個社會的宏觀和微觀的雙重運作過程。第二，生命政治所創造和操縱的性論述，是以現代科學理論為藍本，使各種各樣性論述都顯示科學理性的特徵。第三，生命政治的科學性論述，並不滿足於一般和抽象地談論性的

問題，而是針對各個人的具體需要和慾望，有分別向不同的個人推銷特殊的性論述，使每個人都能夠接受針對個人慾望的性論述。現代生命政治所擴散的這種性論述，具有現代生理學和解剖學的特徵，顯示出現代性論述體系的「解剖」性和分析性，發揮了它們對於個人慾望的控制和宰制功能。第四，生命政治的現代性論述，利用了現代邏輯學的分析綜合程式，以歸納和演繹為手段，達到了將具體與一般相結合的目的，有力地推銷了現代資產階級的人性論和人文主義，有利於通過人文主義的精神，把個人的性慾望、性需求和性理想等複雜傾向，同資本主義法制體系的運作相協調。

資本主義社會的民主制（la démocratie），在傅科看來，無非就是「在十八世紀發展起來的某種自由主義（un certain libéralisme）；它把極端強制性的技術運用得非常恰當，使之在一定程度上，成為了被允許的社會和經濟自由的基礎」（Foucault, 1994: IV, 92）。民主制的自由，並非絕對的個人自由；它實際上是以對於個人的強制性管制為前提，也就是以實行控制個人的特種政治技術為基礎，對個人進行規訓，使之將自身的自由限制在法制和規範所允許的範圍內。傅科將控制個人的現代政治技術，稱之為「統治個人的政治技術」（la technologie politique des individus）（Foucault, 1994: IV, 813）。

作為現代理性化的一個程式，上述統治個人的政治技術，又是同整個西方社會實行新型的「自身的技術」（technique de soi; Technologies of the Self）的進程緊密相關。或者，更確切地說，「統治個人的政治技術」是現代「自身的技術」的一個重要組成部分；它也是現代的「自身的技術」在政治領域的主要表現形式。

如前所述，傅科從來反對抽象地討論現代政治。他始終結合現代社會的特殊政治問題，探討現代政治制度的特徵，並深入批判現代政治學理論的抽象論述體系。與此同時，傅科也把現代政治問題同整個社會的基本矛盾結合在一起加以討論。所以，當傅科提出上述「統治個人的政治技術」的時候，也首先分析了它同當代社會新型的「自身的技術」的內在關係。

在 1982 年 10 月舉行於美國維爾蒙大學（Vermont University）的學術演講會上，傅科發表了題為「統治個人的政治技術」（The Political Technology of the Individuals）的論文（Hutton, P. H. and ali. 1988; Foucault, 1994: IV, 813-828）。在這篇論文中，傅科明確地從現代社會的「自身的技術」的特徵出發，探討和分析現代政治的根本問題。他認為，現代政治的明顯特徵，就在於超越了單純爭奪政治統治的鬥爭的範圍，

也不再是一種單純反對經濟剝削的鬥爭,而且,更重要的,還是反對對於個人身分的約束的鬥爭(les luttes politiques aujourd'hui n'étaient plus seulement des luttes contre les dominations politiques, plus seulement des luttes contre exploitations économiques, mais des luttes contre des assujetissements identitaires)(Foucault, 2001)。當代社會政治的這個特點,表明資本主義的發展,已經越來越把統治的重點,轉向對個人身分的檢查、監視、限制和掌控。

現代政治所採用的「統治個人的政治技術」,是貫穿於西方社會中的「自身的技術」當代變種。統治個人的政治技術,作為一種最典型的現代政治技術,其重點是管制構成社會基本成員的個人。但是,值得人們深思的,是這種特殊的現代政治技術,在論述其基本目標和基本任務時,並不直接強調對個人的管制,而是以非常「理性」的面目,採用最迷惑人的功利主義方法和手段,大談特談政府「關心個人健康」的問題。換句話說,以管制個人為中心目標的現代政治技術,其基本特點,就是以「關心個人」為主要手段,推行嚴格控制個人的政策。傅科以 1779 年在德國出版的《一個全面的醫療政策體系》(Frank, J. P. System einer vollständigen Medicinischen Polizey)為例,說明在十八世紀資產階級新政治技術的誕生及其特徵(Frank, J. P. 1780-1790)。傅科指出,通過這本書,我們可以看到:關心個人的生命,成為了這個時代現代國家的一個首要任務(Foucault, 1994: IV, 815)。但是,富有諷刺意味的是,正當資產階級高唱「保護個人健康」的口號、並實行這種政策的時候,各個主要的資本主義國家,為了發展它們的資本主義,不惜發動大規模的國內戰爭和世界大戰,驅使成千成萬的人民,在戰場上相互屠殺。正如傅科所說:在現代國家實行「保護個人健康」的政策的同一時期,法國大革命發爆發了。法國大革命是各資本主義國家發動大規模國內戰爭的重要信號,「它演出了動員國家軍隊進行大規模屠殺的悲劇」(Foucault, 1994: IV, 815)。與此相類似,在二十世紀四〇年代,正當英國經濟學家伯弗里茲(William Henry Beveridge, 1879-1963)提出他的社會公共保險計畫,並準備在 1941 年至 1942 年全面推行的時候,第二次世界大戰爆發了。資本主義國家不惜代價地再次演出了世界性慘絕人寰的大屠殺悲劇。傅科說:「在所有的大規模屠殺的歷史上,很難找到另一個實例,可以同第二次世界大戰相比較。可是,正是在這個時期,社會保護、公共健康和醫療救助政策剛剛付諸實行。也正是在這一時期,人們準備實行、或至少公佈了伯弗里茲的計畫。我們可以從這個巧合而概括出一個口號:『你們

進行大屠殺吧，反正我們保障你們會有一個長久而舒適的生命歷程』。總而言之，在資本主義國家中，生命保險和走向死亡是同時並進的」（Ibid.）。傅科認為，在資本主義社會中，人們可以舉出成千上萬的類似例子，表明毀滅性的殘酷屠殺過程與保護個人健康的政策，總是「成雙平行」。所有這一切，並不是偶然的。「這就是我們的政治理性中最重要的矛盾之一」（c'est l'une des antinomies centrales de notre raison politique）（Foucault, 1994: IV, 815）。傅科把這種現代的政治理性，稱為「死與生的遊戲」（le jeu de la mort et de la vie）（Foucault, 1994: IV, 816），它實際上是現代政治理性所玩弄的政治技術之一。

由於當代社會全面推行了社會保險和社會安全政策，把維護個人健康和實現全面的疾病保險，列為最重要的社會政策，傅科尤其集中而具體地分析批判了當代社會的保險和安全政策，並將它們當成現代政府針對居民和個人而玩弄的『死與生的遊戲』的一個顯著表現。

傅科早在 1976 年，就對現代醫療制度及其醫院組織系統的功能，進行了深入的分析批判。傅科認為，現代醫療制度雖然屬於醫療保健機構系統，但它在本質上是現代「**疾病政治**」（noso-politique）的重要組成部分（Foucault, 1994: III, 14-15; ）。十八世紀是西方政治制度發生根本變化的關鍵階段，而在這一時期，一系列醫療制度的創立及其完善化，構成為政治制度革新的關鍵。在這一時期所普遍出現的私人醫學（médecine privée）和公權力醫學（médecine publique）系統，是資本主義政治經濟發展的產物。資本主義的發展，需要使醫療事業同時採用私有制和公有制雙管齊下的制度。各種各樣醫學機構及其制度的創立，是當時的資產階級政府進行社會統治的一項普遍的策略（stratégie globale）。「毫無疑問，沒有一個社會不實行一種疾病政治」（Ibid.）。

法國及整個歐洲國家在十八世紀所出現的「**疾病政治**」，表明當時的政府，不僅把社會群體和居民的健康和疾病，當成最重要的政治經濟問題來看待，而且也以多種形式及多種機構組織的建制，保障國家能夠發揮它對於醫學系統的控制；在這個意義上說，疾病政治並不只是關係到醫學技術救助的問題，而是超越了醫學的範圍，構成為政治統治的一般性問題（Foucault, La politique de la santé au XVIIe siècle. In Institut de l'environnement, 1976, pp.: 11-21; Foucault, 1994: III, 13-27）。在新建構的醫學治療系統中，整個社會的群體和個人，都無例外地被納入社會控制的領域中。作為社會基

本存在單位的家庭及其成員，通過醫療社會化的渠道，也史無前例地隨著現代「疾病政治」的運作，而被納入社會控制（contrôle social）的圈子裡。從此以後，「醫學，作為健康的一般技術、為疾病服務以及治療的藝術，在十八世紀不停地發展和膨脹的行政機構和政權機器系統中，越來越佔據重要的地位」（Foucault, 1994: III, 23）。

1979 年，傅科的上述論十八世紀健康政策的論文再版時，他更明確地把政府的健康政策同掌管整體居民的社會控制的警政系統聯繫在一起加以探討。傅科認為，「十八世紀健康政策的出現，應該同更一般的社會進程聯繫起來，這就是當時的政權已經明確地將社會福利列為其主要目標」（Foucault, 1994: III, 729）。為此，傅科將當時的健康政策同警政系統的建立及運作，看作是現代國家理性統治和管理個人的最重要的政治技術。

2.對現代國家理性的批判

為了深入批判現代資本主義國家的性質及其政治技術，傅科特別集中地分析了**「國家理性」**（raison d'État）的問題。他認為，國家理性首先是一種統治藝術（un art de gouverner），是一系列符合特定規則的政治技術的總和。國家理性是在羅馬帝國衰落、各個新型的民族國家逐漸興起的時候產生出來的。在十六世紀末至十七世紀初，隨著資本主義的發展，國家統治的藝術，也不斷發生變化。國家理性雖然也包括國家統治機構與相關組織的建構及其管理，但更重要的，是強調貫穿於現代國家中的統治技術，特別是重視對人的管理藝術，將當代科學技術的特殊理性手段、計謀和策略，充分地運用於政權的操作。這些統治技術，同中世紀的封建統治方法根本不同，不是採取赤裸裸的強制性手段，也不再以神性原則作為其正當化的最後依據，而是盡可能以理性和技術，進行政治活動，以便使政治統治不再是僵硬的單純政治鬥爭，而是使之提升到「藝術」的境界，講究科學理性的技能個效率。資產階級在其統治的過程中，特別講究政治的藝術性。國家的統治作為一種藝術，並不是單純的暴力脅迫和直接的權力鬥爭，也不只是以實現對一個特定領土的絕對統治為基本目標，而是採用科學理性，進行細緻計算和反思，將經濟功效同人性論遊戲相結合，以不斷提升國家的生存力和國際競爭力為其宗旨的社會賭注。為了達到這一目的，資產階級政治不惜利用現代科學技術的一切最新成就，並同時借用藝術的方法。就其統治對象而言，國家理性主要的是針對不同的個人，尤其是針對他們的複雜多變的精神心理因素。

　　從十七世紀開始，當現代國家還處於最初的歷史階段時，在文藝復興時期積累了豐富政治經驗的義大利政治學家，就已經為國家理性制定了基本的定義。十六世紀的波德洛（Giovanni Botero, 1540-1617），在他的《論國家理性》（*Della ragione di Stato dieci libri*）的著作中，強調了國家理性的統治藝術性質。他說：「國家理性，就是對於國家建構、鞏固、留存及富強的方法，有充分瞭解」（Botero, 1583）。同樣地，另一位義大利思想家巴拉佐（G. A. Palazzo），也在他的著作《政府論述及真正的國家理性》（*Discorso del governo e della ragione vera di Stato*）中，凸顯國家理性同中世紀君主專制國家的根本區別。他說：「國家理性是一種方法或藝術，通過它，我們才有可能懂得進行有秩序的統治，並在共和國內維持和平」（Palazzo, 1606）。維護國家統一、完整性及其和平局面，乃是實現國家理性的基本目標。傅科還從德國思想家謝姆尼茲（B. P. von Chemnitz）的著作《論日爾曼羅馬帝國的國家理性》（Dissertatio de rationee Status in imperio nostro romano-germanico）那裡，找到同樣分證據，說明現代資產階級國家從其最初形態，就顯示它的理性特徵。謝姆尼茲說：「國家理性是非常必要的政治考慮，用以解決一切公眾問題，並做好協商和參謀工作，制定適當的計畫，其唯一目的，就是使國家得到維持、擴大和繁榮」（Chemnitz, B. P. von, 1647; Foucault, 1994: IV, 816）。

　　所以，**國家理性就是遵守一定規則的統治技藝**。為了保證這種政治技術的靈活性和功效性，不但要求它尊重傳統和習俗，而且，更主要的，是採用科學理性知識。顯然，這樣來理解的國家理性，是同馬基維利（Nocolo Machiavelli, 1469-1527）和基督教的政治理論不一樣的。現代國家理性既不強調神的旨意，也不依據貴族王公們的理智和策略，而是直接從國家本身的性質及其合理性中延伸出來的。

　　為了實現國家理性，現代政治特別強調實際的政治實踐（pratique politique）同政治知識（savoir politique）的正常合理關係。也就是說，政治實踐提供了豐富的統治經驗，並注意到實踐本身的藝術性及其不斷提升的必要性；而政治知識是以理性分析、總結和推理為基礎，根據歷史發展的進程以及社會的需要所生產出來的。政治實踐和政治知識的結合，使現代政治有可能不斷增強國家的實力，並保證現代國家能夠適應時代的變遷而日益興盛。現代政治學就是在這種情況下誕生、並發展起來的。在這個意義上說，現代政治學就是國家理性的一個重要組成部分，只不過它同國家保持著特定的距離，以便使它本身具有特殊的兩面性：它既是國家理性的理論基礎，又不直接

參與國家事務；既為國家服務，又不同國家相重合；既討論政治，又不同於一般政治實踐。政治學不是專為政治實踐辯護、為實際政策進行正當化論證的學問，它毋寧是對國家進行監督、諮詢、批評、揭發和指引的論述體系。正因為這樣，現代政治學可以被稱為「非政治的政治」。也就是說，現代政治學是政治的一部分，但它是以「非政治」的面目和理論內容，監督和批評現代政治的發展進程。作為國家的統治機構，政府應該針對自身的統治實踐，不斷地進行理性的反思。在這個意義上說，國家理性就是政府在其統治過程中對自身政治實踐的反覆總結、改進和創新。而政治學則是國家理性在理論上的概括。

在西方的政治思想史上，其實，早在柏拉圖時代，就規定了國家領導人的政治學素質及本分。柏拉圖的「國家篇」（Republic）明確規定：必須由非政治的哲學家領導整個國家事務。這也就是說，在國家範圍內領導他人的政治家，必須具備特殊的政治知識，必須站在高於一般具體的政治鬥爭的層面上，以高瞻遠矚的特殊智慧的眼光，將整個國家納入、並維持在穩定合理的秩序中。政治學並不討論統治人的法制，也不關注人性或神性原則，而是只關切國家本身的性質。真正的國家（l'État），是一種專為其自身而存在的社會共同體。法學家可以從法制的角度對它的存在的正當性進行討論，但政治學家卻不同於法學家，只是從國家的自然本質的角度，對國家的問題進行反思。

從關切國家本質的角度出發，政治學家所關心的第二個問題，就是維護國家強盛的管理藝術。自從現代國家誕生以後，討論國家管理藝術的政治算術（arithmétique politique）也自然而然地產生了。所謂政治算術，也可以稱為「政治統計學」（statistique politique），它實際上就是向政治家賦予政治技術和技能，使之善於進行合理的政治算計的現代知識體系。

國家理性的第二個特點，就是從國家與歷史的關係來思考國家問題（Foucault, 1994: IV, 819）。國家不是單純從法制，而是從它的興衰可能性的角度，探討它的內在力量強弱的兩種潛在趨勢。國家究竟朝著什麼方向發展，問題的關鍵，是政府實行什麼樣的政治統治藝術。國家必須不斷地增強它的實力，因為任何國家都存在於與其他國家競爭的歷史環境中。所以，任何國家的存在和發展，歸根結底，依賴於它的政府能否在有限的歷史時期內，實現國家內在力量的強盛，以便在國際實力競爭中獲勝。因此，國家理性同時也關係到政府同國家之間的合理關係，它要求政府能夠制

定、並執行一整套最合理的政策和策略，在最快的歷史時間內，將國家的實力提升和增強。

國家理性的第三個特點，就是「合理地」解決國家與個人的關係，盡可能地使生活於國家內部的每個人，都能夠為國家實力的增強做出貢獻。為此目的，國家必須針對個人的積極和消極的兩種傾向，實行恰當的政策和策略：在有的時候，國家要求個人維持健康，生活得愉快和長壽，進行有效的勞動，從事生產和消費；但有的時候，國家又要求個人做出犧牲，在必要時，為國家獻身而死（Foucault, 1994: IV, 819-820）。美國總統甘迺迪（John Fitzgerald Kennedy, 1917-963）上任時，針對蘇聯在航太科學方面的優勢，表示將在極短時間內，迅速增強美國的實力，保證使美國的宇宙飛船能夠成功地將人運往月球。為此，甘迺迪說：每個人都不應該時時考慮國家給了自己什麼，而是應該問問自己，究竟為國家做出了什麼貢獻。甘迺迪的話，正是體現了資本主義國家的「國家理性」處理個人與國家的關係的基本原則。正如傅科說：國家理性並不只是關心個人，也不是僅僅為了關心個人而關心個人；國家關心個人，毋寧是為了使個人有利於國家的強盛目的。在這種情況下，關心個人的結果，必須使得個人的作為、生活、死亡、活動以及一切個人行為等，都能夠為國家強盛的唯一目的服務。所以，國家所推行的健康政策和疾病保險制度，並不是如同西方國家所宣稱的那樣，完全是為了照顧和關心個人的健康，為了推行福利政策，而是為國家要求個人做出必要的犧牲準備託辭。

為了深入討論現代國家中的個人同國家之間的關係，不能不涉及到現代警政系統（la police）的建構及其運作的問題。現代警政系統是伴隨著現代國家理性的誕生而建立的。實際上它是現代國家理性處理個人與國家關係的重要行政管理中介和關鍵環節。

在本書第三章第八節論述現代「政府統管術」時，已經提到現代警政系統在統治過程中的主要功能。國家理性在討論現代國家的功能時，強調現代國家在實現對於社會及個人的雙重統治的過程中，必須行使積極和消極兩方面的功能。如果說，國家通過法制的力量對付國內敵人，以及通過軍隊對付國外敵人，是屬於國家的消極功能的話，那麼，國家通過警政系統，維護國內生產秩序，保障公民正常生活以及促進國家強盛繁榮，就屬於國家的積極功能（Foucault, 1994: IV, 825）。現代警政系統是資本主義社會政權建設的最重要成果之一，其目的在於全面實現政府對於個人的控制、管

理和規訓。在現代公民社會制度下，每位公民都具有強烈的個人自由意志，而且，他們對於國家的積極貢獻，也往往同他們對於國家的消極態度，同時地展現出來。在這種情況下，對現代公民社會所實行的政治統治，比以往任何時代都更複雜。作為現代國家的積極功能的主要保障機構，警政系統必須善於針對現代公民社會中每個公民的精神和思想的複雜變化，面對他們在生活中的各種慾望要求，進行合理的管理和嚴格的宰制。現代警政系統擔負起國家的最複雜的統治任務，必須善於將強硬的管制措施及揉和的教育手段結合在一起，使各種各樣在精神思想活動方面極其不穩定的公民個人，能夠在符合國家法制和規範的範圍內，自由自在地生活。

本書將在本章第三節論述現代社會制度時，進一步討論現代警政系統的問題。

3.政治與道德

關於政治與道德的關係，現代資產階級一方面繼承了古代希臘和中世紀基督教的某些原則，另一方面則更多地針對現代社會的實際需要以及資本主義社會本身的政治統治技術的技巧性和策略性，創造了一系列與國家理性相適應的道德規範和措施。傅科認為，現代道德的特徵，就是同現代生命政治相平行，實行一種以「性論述」（discours sexuels）為中心的新型道德原則。

在古希臘時期，傅科發現，並不實行嚴格的道德要求（austérité morale），也不存在普遍的苦行和苦修的倫理原則。在肉體和精神生活方面，某些類似的苦行生活方式，並不構成社會道德的基本要求，而只是通行的一般道德的補充性因素（Foucault, 1994: IV, 552-553）。更具體地說，古代希臘人，在其通行道德中，對於性的方面的嚴格要求，並不是最基本的方面。他們把性的方面的道德要求，更多地同當時多種多樣的哲學和宗教流派以及生活風格聯繫在一起。因此，希臘人在性的道德方面，與其是強制性地要求所有的人遵守同一規範，不如說建議人們根據自己的不同的生活風格和精神生活要求，有智慧地選擇自身的有節制的性生活方式。傅科認為，古希臘的性道德方面的嚴格要求，大多數是圍繞著四大論題而展現出來：肉體生活（la vie du corps）、婚姻制度（institution du mariage）、人與人之間的關係（relations entre hommes）及理智的生存方式（existence de sagesse）（Ibid.: 553）。值得注意的是，古希臘上述有關性方面的有關要求，是以多樣形式，以人們的自由思考為前提，同時又以達到身體和生活快樂為其基本宗旨。這些性方面的嚴格要求，還只是針對男人的生活

和思想風格，而不是對整個社會的兩性都有效的道德規範。所以，這些嚴格要求，並不是作為「禁律」，而是作為尋求精神生活豐富化和風格化的男人的討論題目，在當時的有教養的男人中傳播。指出這一點，是為了強調：西方有關性的道德原則，在歷史上曾經發生過重大的變化；而在資本主義社會建立以後，根據資產階級的政治統治的需要，在道德方面，統治者主要是創造了一系列新的性論述，修正和補充傳統的道德。

如前所述，資本主義社會是一個空前未有的性論述極其氾濫的社會。所以，資本主義社會特別創造了其特殊的道德規範體系，並將它們同資本主義社會的特殊的政治技術聯繫在一起。在這方面，性論述扮演了特別的角色。傅科在 1967 年同義大利記者卡魯索（P. Caruso）的對話中，強調資本主義社會中政治同道德的一致性以及性論述在其道德中的主要地位（Foucault, 1994: I, 616）。傅科指出：「在政治方面，實際上我認為，從今以後，道德是完完全全地被整合到政治中去；道德可以被歸結為政治本身，也就是說，道德等於政治」（Ibid.）。

如前所述，資產階級的政治，對人口、居民以及個人的生命的統治是非常重視的。正是為了實現對居民和個人的整體性和個體性的雙重統治，現代資本主義政治才縱恿和傳播關於性的科學論述和道德論述，使之成為其政治技術的最重要組成部分。資本主義社會的性道德，不同於中世紀的道德的地方，就是它與性的科學論述緊密地相結合，也因此使資產階級的性道德論述，塗上濃厚的科學理性的色彩。

一般說來，基督教在性的方面的道德論述，主要表現為三大基本內容。第一，基督教的性道德論述，強調一夫一妻制的神聖性。第二，基督教的性道德論述強調：一切性行為，只能為了一個目的，這就是生產。也就是說，基督教道德只允許人們為生孩子而發生性關係。第三，一切為尋求肉體快感的性行為，都是犯罪和墮落的誘因。因此，基督教是從否定和消極的角度談論性快感。

崇奉理性的資產階級道德，為了實現對居民和個人的控制，往往同『科學』的醫學、生理學、解剖學、衛生學和生物學的論述相結合，進行更為靈活和多樣的教育和引導方式。傅科認為，在性的方面的現代道德論述，同科學的性論述緊密地結合在一起，成為現代生命政治的不可分割的組成部分。

4.政治與法律

在傅科的理論體系中，法律的性質及其社會功能，是不能脫離它們同權力運作的複雜關係。在 1976 年的法蘭西學院的講稿中，傅科指出：他在 1970 至 1971 年之間，主要是探討權力「怎樣」運作的問題。研究權力「怎樣」運作，就是試圖在權力的兩大極限，即法律和真理之間，把握權力的運作機制：一方面，法律的法規嚴格地限制了權力；另一方面，權力所生產出來、並反過來引導權力的真理，也成為權力的另一個邊界。因此，很顯然，在社會的運作過程中，存在著「一個由權力、法律和真理構成的三角形」（triangle de pouvoir-droit-vérité）（Foucault, 1994: III, 175-189）。

在西方社會中，探討任何一個重要的社會問題，都不能脫離同權力和真理的相互關係；對於法律問題來說，它同權力和真理的關係就更加重要，這是因為近代西方社會是一個法制社會，而且，現代知識也成為整個社會所崇奉的論述體系。在這種情況下，法律、權力和真理構成了整個社會得以穩定正常運作的三大支柱。

在上述三角形結構的框架內，探討法律的性質及其運作機制，不只是意味著要深入分析法律同權力和真理之間的相反相成的雙重關係，而且，還意味著要同時分析權力和真理之間的相反相成的雙重相互關係及其對於法律的影響。這就是說，在上述三角形結構中的任何一項，不只是法律，而且，包括權力和真理在內，都不能單獨孤立地存在和運作；三角形中的任何一項，都必須在同其他兩項因素的相互關係中存在和運作。對於它們的考察，也是如此。所以，傅科說：「為了簡單的指出權力、法律和真理之間的關係的緊密程度和穩定性，而不僅僅是它們之間的相互關係機制，應當承認這樣的事實：權力迫使我們生產真理，而權力又為了它的運轉，急需知識真理；…從另一方面講，我們同樣地也不得不服從真理，在這個意義上，真理制訂法律；至少在某一個方面，是真理話語對於法律的制定，起著決定性的作用；真理自身傳播和推進權力的效力。總之，根據擁有權力的特殊效力的真理話語，我們被判決，被處罰，被歸類，被迫去完成某些任務，把自己獻給某種生活方式或某種死亡方式。這樣一來，就產生法律規則、權力機制、真理效力」（ibid.: 175-179）。

傅科是在探討知識考古學和權力系譜學的情況下提出權力、法律和真理的三角形結構的。從知識考古學和權力系譜學的角度來看，首先值得深入研究的問題，就是：「究竟是什麼樣的法律規則，促使權力能夠為生產真理論述而運作起來？」（Ibid.:

175）。這就表明，在傅科看來，關於法律的性質及其重要性，是在探索權力與知識真理論述的相互關係的情況下顯示出來的。在傅科看來，在權力和知識真理之間，法律扮演了非常關鍵的角色；權力在其運作中，之所以能夠同知識論述的生產和再生產緊密地結合起來，就是靠法律的力量。權力必須訴諸於法律，才能約束、並引導知識真理的生產和再生產，使知識論述的生產和再生產，有利於權力的運作和再分配。同樣地，知識真理論述之所以有助於權力的正常運作及其正當化（légitimation），就是靠法律本身的強制性力量。所以，法律同權力的緊密關係，成為了權力生產知識論述、並使知識論述反過來影響權力的一個關鍵。

　　但是，法律、權力、真理之間的相互關係，並不是抽象的。三者的相互關係的具體性和複雜性，首先就體現在其中任何兩項之間相互關係的中介性和反思性（réflexivité）：其中任何兩項之間的相互關係，都要通過第三項的介入來維持和運作。因此，權力與法律的相互關係的中介性和反思性，就體現在它們同知識真理論述之間的雙重關係；也就是說，權力同知識真理論述之間的相互關係，是靠法律作為其中介因素而維持和鞏固下來。如前所述，知識真理論述是當代西方社會中貫穿一切社會關係網絡的最重要軸心力量。因此，法律和權力，都必須以知識真理論述作為其中介因素，並通過它們同知識真理論述的複雜關係而運作。

　　為了弄清上述問題，必須首先瞭解傅科是如何看待法律（loi）的。如同他研究權力一樣，傅科不打算對法律做出明確的一般性定義。他不是首先探討「什麼是法律」，而是更多地從法律在社會生活中的實際運作狀況及其貫徹程式，探討法律的性質。他認為，要揭示法律的性質，不能停留在它的語詞論述上，不能單純分析它的法規條文，而是更應該集中分析它的執行程式和策略，更重點地研究它在典型的實際判例和審判過程中的具體表現。傅科在其多處論述中均一再強調：現代社會以法律和憲法條文裝飾一切，強調現代權力和法律以及真理之間的相互滲透和勾結。通過知識真理論證法律的正當性，並以真理的面目表現出來，用真理論述形式顯示法律的真理性，是當代社會一切法律的顯著特徵。但所有這一切，都還只是表面的現象。更重要的是，必須將現代法律置於其現實的運作中加以分析；同時，還必須將法律放在它同整個社會的實際關係中去考察，不能滿足於瞭解中央政權和中心地區的法律結構及其運作狀況，而是更應該注意邊沿地區和外省的法律結構及其運作狀況，因為只有在那些邊沿地區，才能充分表現出現代法制的虛偽性和不合理性，才能發現權力濫用的腐

敗狀態，才能看到法律屈從於權力的真正面目。

當談到現代社會的性質時，傅科說：「主權和規訓，主權的法治和規訓化的機制，是我們社會中，政權的基本運作機制的兩項絕對的構成因素（souveraineté et discipline, droit de la souveraineté et mécanique disciplinaire sont deux pièces absolument constitutives des mécanismes généraux de pouvoir dans notre société）」（Foucault, 1994: III, 189）。這就是說，現代社會雖然聲稱自己是法制社會，但在實際運作中，它並不是單純地依靠法制，而是千方百計地試圖在法制之外，借助於規訓（discipline）的實際效力，使權力直接地控制社會的各個領域。現代社會是靠法制與規訓進行雙重統治的社會。所以，就現代社會的實際狀況而言，不能對它的法制系統寄予太大的希望，更不能將其法制體系理想化和神聖化。傅科明確地指出：現代社會實際上是法制與規訓同時並重、雙管齊下的社會；而在大多數情況下，規訓的運作和干預，往往多於法制的運作。從傅科所調查的結果來看，現代法制社會在其發展過程中，有越來越違法的傾向，越來越在法制之外，訴諸於各種規範和規訓策略，去直接控制和宰制社會生活。正如本書在前面許多地方所已經指出的，近現代資產階級在建構其法制社會時，仍然免不了要在一定程度上繼承中世紀封建社會的基督教規訓模式，並依據當代社會嚴格控制個人的需要，將**權力的基督教**運作模式（modalité pastoral du pouvoir）加以理性化和完善化。因此，現代法制社會實際上已經將法制同規訓當成兩項相互補充的統治手段，甚至在一定程度上，將規訓列於優先地位。也就是說，儘管法制在表面上仍然約束規訓，但法制卻要為規訓的目的服務；在必要的時候，依據具體狀況，行政機構根據其實際的權力，可以在現有法律之外，可以跨越法律，直接地制定規訓的**規範**（norme），使現代規訓的規範和程式，在實際上遠遠地超出法制的範圍，在實際生活中發揮比法制更大的效力。這樣一來，規訓本來是隸屬於法制的；但現代社會對個人進行全面管制（contrôle général）和嚴格規訓（discipline sévère）的迫切需要，促使對於個人的約束規範和規訓，在法制體系之外膨脹起來；在某種意義上說，規範和規訓，越來越佔據高於法制的決定性地位。要理解這一現象，首先必須從現代政府行政部門濫用權力的現象入手。

因此，傅科在分析當代法律的性質時，首先不是從法律的書面條文及其體系，而是從現代政府行政機構及其官員的濫用權力現象出發，從法律屈從於權力的角度進行揭露。在這方面，中央政權機構往往採取更加狡猾、隱蔽和曲折的複雜方式；離中央

越遠的地區和部門，越露骨地顯示出來。為此，傅科建議從當代社會的非中心地區入手，詳細探索非中心地區（邊緣省份和地方機構）的權力運作及其法制結構，調查它們貫徹法制的實際狀況，實際瞭解那裡的規訓系統及其運作策略。通過非中央地區各政府部門濫用權力的腐敗狀況，可以進一步揭露當代社會法律的具體性質。

傅科尤其調查了監獄系統的法制和管理制度，瞭解那裡的法制貫徹的具體狀況，以便揭露現代行政和司法機構的腐敗及其實際的違法程度（Foucault, 1975）。

實際上，傅科認為，「過去君主專制絕對的、戲劇性的、陰暗的權力，能夠置人於死地，而現在，由於針對人口、針對著活著的人的生命權力，由於這個權力的新技術，出現了一種連續的、有學問的權力，它是『使人活』的權力。君主專制使人死，讓人活；而現在出現了我所說的調節的權力，它相反，要使人活，讓人死」（Foucault, M. 1997）。如前所述，傅科尤其是在二十世紀七〇年代之後反覆強調，西方各國政府權力機構從十八世紀開始，其權力運作機制發生了重大變化，主要是指近代國家權力一方面對個體和個人的身體實行懲戒、監視、規訓，另一方面對整個社會人口總體進行調節、協調、管制，以便達到社會整體的平衡運作。懲戒和調整兩大機制系統雖然是不同的，但又是相互連結的。這種狀況嚴重地影響了當代社會法律的實際性質，尤其深刻地揭示了當代社會法制的虛偽性。為了揭露現代社會濫用權力和違反法制的腐敗狀況，更全面地宰制個人和整個社會，傅科尤其強調現代社會在時空方面對於個人身體的控制的全方位性。傅科認為，現代監獄對人身的拘禁，並不只是為了實現對於人心的控制，而且，其重點正是實現對於個人身體的懲戒、管制和規訓，並通過對於身體的懲戒過程，造就出一種「聽話順從的身體」或馴服的身體（un corps docile），由此完成對於人的內心世界的控制和規訓。所以，現代社會不但沒有消除對於人身的懲戒和管訓，而且還由於生命權力的誕生和擴大，由於現代法制和規訓規範的相互結合，對於人的身體和精神心態，實現了比以往任何社會更有效得多的雙重懲戒和控制。

由此可見，現代規訓社會的產生不但沒有以管制取代法律，反而進一步使法律在社會生活的各個表面領域無限地擴張，為管制和規訓之橫行鋪路。如果認為傅科由於強調管制而否認現代社會法律的存在及其氾濫，那是絕對錯誤的。

總而言之，管訓不同於法律，但管訓離不開法律，也離不開法律的正當化，離不開法律作為真理論述的依據所發揮的實際效力。現代社會固然強化了對於個人身心和

整個社會的管訓，但絲毫沒有貶低或削弱法律的傾向。傅科所批判的，正是法律掩護下的管訓機制與技術的不斷膨脹。

傅科並沒有忽視對於現代社會憲法（la constitution）和法律（droit）的研究。在他的知識考古學、道德系譜學與權力系譜學的研究中，傅科不斷地指出當代國家權力機構制度化、法治化和真理科學化的過程及其特徵，同時也揭露當代國家本身時刻濫用權力，不斷違法，逾越法規，甚至踐踏憲法的特徵。傅科認為，西方當代社會法治化、濫用權力和時刻違法的普遍現象，正是當代社會一體兩面的特徵，具有明顯的弔詭性；而這種弔詭性也正是西方所謂合理和科學的法治的弔詭性本身。傅科說：「當我們說西方社會中主權問題是法治問題的中心時，意指的是，論述和法的技術是為了在政權內部解決統治的問題而運作的。換句話說，論述和法的技術的運作，都是為了在這種統治所在的地方，化約或掩飾兩大因素：一方面就是關於主權的正當化的權力，另一方面就是關於服從法律方面的義務。因此整個法治體系，歸根結底，就是為了排除由第三者進行統治的事實及其各種後果。正因為如此，在西方社會中，法治體系和法律審判場域，始終是統治關係和多種形式的臣服計謀的永恆傳動裝置」（Foucault, M. 1994: III, 177-178）。

傅科一貫主張具體地研究和批判當代社會的法律體系及其與權力和知識真理之間的關係。所以，他緊緊抓住監獄制度作為典型，深入批判當代法制與權力和知識真理的關係。

值得指出的是，傅科即使是在集中探討刑法及監獄問題的時候，也沒忘記揭露當代社會法治體系、憲法、各種具體法規的性質及其具體操作程式的詭異性。傅科在一九八四年的一次對話中，反覆糾正對於他研究監獄及刑法問題的各種誤解。當他談到《監視與懲罰》一書時，傅科說：「首先，在這本討論監獄的書中，我顯然不願意提出有關刑法的基礎問題。…我把有關刑法基礎的問題放在一邊不管，正是為了凸顯在我看來經常被歷史學家所忽略的那些問題，這也就是有關懲罰的手段以及它們的合理性問題。但這並不是說懲罰的基礎問題不重要」（Foucault, M. 1994: IV, 641）。對於法律和法治的問題，傅科一貫透過其與權力、知識和道德之間的複雜關係進行探討。同時，他也非常重視作為現代性核心問題的法治和政治合理性的問題。他指出：「我們現代的合理性的主要特徵，並不是國家的憲法，並不是這個作為最冷酷的、無情無義的魔鬼的憲法，也不是資產階級個人主義的飛躍發展。…我們的政治合理性的主要

特徵，在我看來，就是這樣的事實：所有的個人，都被整合到一個共同體或一個總體性的結果，導致永遠被推動的個體化同這個總體性之間的持續的相互關連。由此觀點看來，我們才可以理解為什麼權力與秩序的二律背反能夠容許現代政治的合理性」（ibid.: 827）。

如前所述，現代社會從十八世紀末和十九世紀初開始，就進入一種新型的規訓社會（la société displinaire）。這個規訓社會在法律方面的特點，就是明顯地呈現出弔詭和矛盾的現象：它一方面實行司法改革（la réforme judiciaire），另一方面又進行刑法制度的改革，而兩者之間，卻往往脫節和相互矛盾（Foucault, 1994: II, 589）。西方不同的國家在這方面的矛盾狀況，並不是完全一樣的。但總的來講，司法改革同刑法的改革是不相適應和不協調的。

根據十八世紀的法學家，例如：義大利的巴加里亞（Cesare Bonesana Beccaria, 1738-1794）、英國的邊沁和法國的布里索（Jacques Pierre Brissot, 1754-1793）等人的看法，犯罪完全不同於犯錯誤。犯錯誤只是違反道德、宗教和自然規則，而犯罪或違反刑法，則是違反社會契約以及由政府所規定的法制。犯罪是一種有害於社會的事；罪犯是整個社會的敵人。盧梭還曾經認為，罪犯就是破壞社會契約的人，他們是社會的內在的敵人。由於各種罪行都有害於社會，法制就必須制定一整套刑法，以便懲罰罪犯，將罪犯當作敵人，使之從社會中排除出去和隔離開來，或者將他們處以死刑，或者將他們流放出去，遠離社會，或者把他們集中禁閉於特定的監獄和改造機構，剝奪他們的正常的肉體和精神生活的權利，使他們在身體、精神等各個方面都過著完全不同於正常社會的生活，並以強迫勞動的方式，盡可能彌補他們的罪行所造成的損失。所有的刑法，在制定的時候，並不只是為了監督和宰制所有個人在實際上的所作所為，而且，更重要的，是還要進一步監督和宰制所有個人的可能作為。把所有個人的可能作為，全部納入被監督和被宰制的範圍內，就意味著：不僅要監督所有個人實際做的一切事情，而且也要監督一切沒有做、但有可能做出的事情。這就使刑法和法制所控制的範圍，從個人的實際的、現存的、過去的行為，進一步擴大到未來的、可能的事情。

所以，只能在政府法律規定的範圍內，界定犯罪的性質及其被懲罰的程度。也就是說，制定法制及刑法，是為了鞏固政府所統治的社會秩序；在法制、法律存在以前或以外，討論犯罪的性質是沒有意義的。刑法只能從它有利於社會的角度去理解（Foucault, 1994: II, 589-590）。

　　所以，傅科認為，所謂法律，就是一整套的法治體系，而所謂秩序無非就是一種行政管理系統，特別是國家所維持的管理體系。他嚴厲批判自十八世紀以來資產階級政治家和法學家試圖協調法律與秩序的各種努力，並把這種努力歸結為一種不可實現的虛幻夢想。他堅定地認為，法律與秩序的結合只能導致法律體系整合到國家秩序中去的結果（ibid.: 827-828）。

　　傅科總是把法律看做是整個社會權力機制建構的一個零件。他說，統治權和懲戒，統治權的法律、立法和懲戒機器，完全是我們社會中整體權力機制建構的兩個零件（Foucault, M. 1994: III, 179）。所謂法律，永遠都是統治權的法律，因為一切法律如果不停留在它們的口頭或書面的論述上，而是考慮到它們的實行及其各種具體程式的話，歸根結底，都是為了維持和鞏固一定的統治秩序。傅科認為，通常的法律理論，只是從個人與社會的相互關係，強調一切法律基本上都具有個人自願默認的契約性質。傅科的法律理論，在批判上述傳統法律理論時，並不否認法律除了為建構統治權服務以外，還承擔起協調整個社會以及協調個人間關係的功能。

　　有關憲法（la constitution）的問題，傅科的觀點凸顯了三個方面的特徵。第一，他把憲法歸結為一種法律上最高層次的論述體系，因此，必須把重點放在建構這個論述體系的具體策略之上，集中探討建構憲法這個論述體系時所彰顯的各種力量鬥爭的複雜關係。因此他認為憲法在實質上不屬於法律的範疇，而是更屬於力量的範疇；不屬於書寫的範疇，而更是屬於平衡的和協調的範疇。第二，作為整個社會各種社會力量權力鬥爭的一個權衡總機制，憲法所能表現出來的內容和形式，只能是抽象的和冠冕堂皇的。在這個意義上說，任何憲法都只能是自由民主的最一般、甚至是空洞的保證。第三，正如對於權力機制的分析必須從中央轉向邊緣地區和基層單位的毛細管網絡一樣，任何對於法治體系的分析，也應該從憲法轉向地區化、邊緣化、專業化和具體化的法規條文及其實施程式的研究，因為正是在這些具體而處於邊緣地區的法規及其實行的細微程式中，才顯現出憲法、這些法律體系與權力的腐敗性和無效性。

　　正如以上反覆強調的，傅科強調規訓的程式和技術（des procédures et des techniques de la discipline），同時也指出現代法律功能的科學化、專業化、理性化與現實化。所以，傅科說，與其賦予法律以權力表現的特權，不如對它實施的各種限制技術（les techniques de la limitation）進行定位。在這個意義上說，傅科對於監獄和懲戒的

深入研究，不是削弱或忽視法律；而是相反，是為了更深刻地揭示當代社會法律的特徵。

如同在創作中主張逾越（transgression）和置法規於不顧（négliger la loi）一樣，傅科對於現代法制和法規，基本上是採取忽視和蔑視的態度的。資本主義社會的法制既然具有上述兩面性和弔詭性，對於傅科來說，就只能對之採取雙重的態度：既在必要的時候遵守它，又要有勇氣逾越和蔑視它（Foucault, 1994: I, 525-534; 536-538）。

對於傅科來說，任何時候和任何社會，都不可能實現絕對的正義，「因為一種正義始終都必須對其自身進行自我批判，就好像一個社會必須靠它對其自身和對其制度進行不停的批判一樣」（Foucault, 1994: IV, 524）。

5.對現代種族主義的批判

傅科是在集中研究規訓權力（pouvoir disciplinaire）和生命權力（bio-pouvoir; pouvoir biologique）的時候提出種族主義（le racisme）的問題。他認為，上述兩種權力對於身體（le corps）和生命（la vie）的規訓、宰制和控制，勢必導致種族主義政策的產生和猖獗（Foucault, 1997）。

發生新時代形形色色種族戰爭的根本原因，在傅科看來，從理論和思想根源上說，就是西方社會文化制度中的主體性（subjectivité）原則；正是在這個原則中，滲透著根深蒂固的種族中心主義（Ethnocentrisme）思想。他指出：產生當代具有法西斯傾向的生命權力制度及其執行程式，本來就來自西方古代社會的主體性思考模式以及權力運轉的「基督教教士模式」（le pouvoir pastoral）。

傅科在研究西方性史的時候，就深刻地指出了西方文化的主體性原則及其與種族中心主義、以及西方文化的內在侵略性和擴張性特徵的密切關係。西方種族中心主義理論奠基人柏拉圖認為，凡希臘人，都以血統和感情聯結在一起，因而把非希臘人為「異族人」。只有希臘人與異族人之間的爭鬥，才叫做「戰爭」；而在希臘人和希臘人之間，即不同的希臘城邦之間的爭鬥，只能叫「紛爭」，不能叫「戰爭」。凡是希臘人，就不應當蹂躪和劫掠希臘人的土地，焚毀希臘人的房屋。他認為，應該將這點寫進「理想國」的法律中去（Plato, Republic: 469B-471D）。希臘人所確定的對「異族人」的「戰爭」政策及基本原則，後來也成為整個西方人開展對被稱為「他人」的「異族人」的種族戰爭的基本原則。

西方人不僅以自身種族的優越性為傲，而且也往往將本種族語言所創造的文化論述體系視為「典範」。當他們向外擴張、進行殖民或對外交流時，總是將西方文化論述體系當作真理的標準，要求作為「他人」的「異族人」，接受他們的文化論述體系，並以此「典範」，貫徹於異民族的文化和生活之中。

傅科指出：從「種族」概念到「民族」概念的轉變，標誌著西方種族主義已隨著近代資本主義的產生和發展而採取了新的理論和實踐形式；因此，從「種族」到「民族」的轉變，不但絲毫未能改變西方種族中心主義的實質及其全球霸權主義基本目標，而且，反而更顯示了西方種族中心主義同當代理性主義、同當代科學技術以及自由民主制的緊密複雜結合關係，使全球範圍內的種族問題也變得更複雜，並招致新的麻煩（Foucault, 1997: 57-74; 125-148; 193-200; 226-234）。

「**民族**」（Nation）一詞，本來就是近代資本主義社會文化發展的產物。在西方文化史上，原來只有「種族」（ethne）概念，表示一種作為自然和歷史統一體意義的人群共同體的基本單位。但隨著資本主義的出現，一種適應資本主義發展需要的意識型態，強調人和人群共同體，以個人自由為核心的「自律性」，才使原有被稱為「種族」的共同體，開始賦有「自律主體」（le sujet autonome）的性質，它也因而改變成為「民族」。傅科在分析和批判康德的「什麼是啟蒙」的實際意義時，就揭露了近現代理性主義所宣揚的「理性」、「自主」、「自律」的虛幻性（Foucault, M. 1994: Vol. IV, 679-682）。所以，伴隨「民族」概念的產生而形成的民族主義，從一開始就是資本主義的一種意識型態，它改變了原有種族主義的意涵，但也同時掩蓋著其中的新種族主義。被掩蓋於民族主義中的新種族主義，就是適合於資本主義全球發展需要的資本主義西方殖民主義及其全球霸權主義。

傅科在 1976 年 1 月至 3 月在法蘭西學院的系列演講中，結合西方近現代社會建構和發展的機制，特別是結合作為近現代西方社會和文化制度核心的權力、知識和道德三者之間的緊密內在關係，揭示了資產階級民族主義的西方種族中心主義實質。傅科指出：「相對於哲學家與法學家來說，從根本上和結構上處於邊緣的各種話語，例如古希臘時代的狡猾的雄辯家話語、中世紀的信徒的話語、戰爭和歷史的話語、狂熱的政治家的話語以及被剝奪財產的貴族話語等等，在十六世紀末和十七世紀中期非常確定的環境中，在西方開始了自己的、也許是一個新的歷程。從此以後，我認為它取得了相當大的發展，直至十九世紀末和二十世紀，它們的範圍擴張的很大很快。…辯

證法也作為矛盾和戰爭普遍的和歷史運動的話語，變成為作為哲學和法律的話語，在古老形式中復甦和置換過來。實際上，辯證法把鬥爭、戰爭和對抗，在邏輯或所謂矛盾的邏輯中編碼。辯證法把它們納入整體性的雙重程式，並建立了一種最終的、根本上無論如何也不能被推翻的合理性。最後，辯證法通過歷史，保證了普遍主體的建構，得到調和的真理建構和法律建構，在其間，所有的個體最終都有自己被安排好的位置。黑格爾的辯證法以及一切追隨者，都應當被理解為哲學和法律對作為社會戰爭話語的紀錄、宣告和活動的歷史政治化與進行殖民和專制的和平化。辯證法對這種歷史政治話語進行了殖民，後者在歐洲幾個世紀中，有時在閃光中，經常在陰暗裡，有時在博學中，有時在血泊裡，走過了它的道路」（Foucault, M. 1997: 52）。

傅科試圖從歐洲社會和文化的歷史變遷過程，來揭示作為歐洲文明建構基本力量的各種近現代理性主義和科學真理的話語論述，實際上掩飾著以西方種族主義為中心的文化霸權的建立過程。傅科把近現代文明的各種話語論述的建構和擴張，當成西方以其種族中心主義為原則所建構的近代資本主義世界秩序正當化的理論基礎。

為了進一步論證資本主義社會和文明的世界秩序建構過程是一種不停的種族戰爭，傅科特別集中分析了作為近代資本主義歷史分水嶺的十七世紀的狀況，特別集中分析了當時的英國革命前後以及法國路易十四統治末期的歷史話語結構。他說：「從十七世紀開始，認為戰爭構成為歷史絕無終止的經緯脈絡的基本觀點，以一種精確的形式表現出來：在秩序和和平下進行戰爭，使戰爭加工改造我們的社會，並把它分為二元的模式，這實際上就是種族戰爭。馬上，人們就發現了組成戰爭的可能性，以及保證其維持、繼續和發展的基本要素：人種的差異，語言的差異；力量、權力、能量和暴力的差異；原始性和野蠻性的差異；一個種族對於另一個種族的征服和奴役。社會實體正是建立在兩大種族之上。根據這種觀點，社會從頭到尾遍佈種族衝突。從十七世紀開始，它就作為人們研究社會戰爭的面目和機制的各種形式的模型而被提出來」（ibid.: 53）。整個近現代世界史，可以說就是由西方種族中心主義新全球霸權話語所編寫和規定出來的；而在這場以種族戰爭為基本內容的歷史論述體系中，西方人以其政治、經濟、文化和科學技術的優勢，論證了由他們所建構的新世界秩序的「正當性」（legitimité）。

早在古希臘城邦時期，希臘人就把說話和論述說成為「邏格斯」（logos），當成說話者理性的表達和展現。在這個意義上說，語音中心主義就是邏輯中心主義。整個

西方文化，從古希臘搖籃時期開始，當建構以人為主體的人文主義傳統的時候，就強調語音中心主義、邏輯中心主義和種族中心主義的基本原則的一致性。按照這個原則，人面對自然和整個客觀世界的主體地位以及人面對「他人」和整個社會的主體地位，都是以「說話的人」和「理性的人」的基本事實作為基礎和出發點（Derrida, J. 1998d）。說話的人和理性的人的一致性，確保了自栩「具有文明意識」的希臘人和整個西方人的「世界主人」身分；以便與被稱為「野蠻人」的「異族人」和「他者」相區別，同時又保障確立了希臘人和整個西方人在思想和一切行動中的主體性（Ibid.）。也就是說，說話的人，首先必須確立自己的主體地位；同時反過來，這個主體地位，又是靠說話的人在思想和認識活動方面的邏輯同一性及其理性原則為基礎而建立起來的。亞里斯多德就是按照希臘人的標準給予「人」下定義的。他認為，人不同於動物的地方，就是人是政治動物（zōon politikon）；而在人類共同體的一切必要的活動中，只有兩種活動才構成為政治性的：「行動」（praxis）和「言語」（lexus）。只有城邦的建立才為人提供了最好的生活和活動條件，使人終於成為完善的人：從事政治活動而形成為社會共同體（Aristotle, Ethica nicomachea.In Aristotle, 1981）。雅典等城邦的政治生活，就是以言語為中心，強調言語高於行動，強調一切政治事物必須透過具有理性力量的言說，而不是透過暴力行動來決定。真正的政治家同時也就是「雄辯家」；所以，修辭學（rhetoric）作為一種公開演講的技巧及辯證法（dialectic）作為一種哲學言語的技巧，就被亞里斯多德界定為說服的藝術（Aristotle, Rhetoric: 1354a12ff; 1355b26ff. In Aristotle, 1981）。亞里斯多德強調，那些「異族人」和「奴隸」都是 aneu logou 罷了，他們是不懂得以論證說服方式去說話行事的「野蠻人」。這樣一來，希臘城邦以外的所有人，奴隸和野蠻人，都是不懂得言語的真正意義、並沒有能力藉助於言語過政治生活的低等人；他們必須靠文明的、會按理性邏輯原則說話的希臘人和西方人的統治和教化，才能有資格成為真正的人。

所以，早在古希臘時代，希臘人就以他們本民族所使用的希臘語當成唯一「正當」的語言，並像柏拉圖那樣，把講非希臘語的異族，統統稱之為『不會說話的人』或「野蠻人」。正如艾柯（Umberto Eco）所考證的，「野蠻人」（barbarians）來自拉丁文 barbarous，其原意是指那些講話結結巴巴、語無倫次的人（Eco, U. et ali. 1992）。

希臘人和整個西方人，從此以人所使用的語言及其語音中心主義原則，作為鑑別

種族「優劣」差異的主要標準。首先是「你說什麼話，就是什麼種族」的原則；接著，「你說的話語是語音中心主義的結構，你就是優秀的西方人」的原則。兩個原則一前一後緊密相扣，不斷鞏固和擴大「說西方語言的種族」在世界上的統治地位。從古希臘到現代，這個原則不但並沒有因西方各國自由民主化及其理性主義的勝利而減弱，相反，它卻隨著西方政治、經濟、軍事及文化的優勢發展而在全球範圍內大行其道。以諾貝爾獎的頒發為例。雖然一方面它顯示西方國家在文化和國際事物中的「客觀中立地位」，另一方面也正好凸顯它們以語音中心主義為準則劃分或評定全世界文化優劣差異的西方種族中心主義原則。

　　接著，傅科指出，在基督教佔統治地位的中世紀社會中，權力運作的基督教教士模式，積累了豐富的歷史經驗。當近現代資產階級實行其統治時，他們繼承和發展了它，並以具有「科學技術」性質的「生命權力」容納了它的主要精神。在權力運作的基督教模式及現代生命權力之間，其共同點，就是重視對於人的個體和社會群體的生命的控制和監督。其間，一個關鍵點，正是強調優生學同法律理論的結合，以達到人種淨化和防止人種退化的目的（Foucault, M. 1994: III, 206; 325; 1997: 70-71）。傅科認為，在「遺傳知識」與「退化的精神病學」理論結合在一起的時候，「一種新的種族主義誕生了」（Foucault, M. 1994: I., 842-846）。在 1974 至 75 年關於「精神不正常的人」的授課中，傅科說：「你們看到精神病學為什麼完全可以，從退化這個概念出發，從這些遺傳的分析出發，連接上、或毋寧說導致產生種族主義」。所以，傅科指出：希特勒納粹分子們，其實也沒有做出比西方合法政府所做的種族主義政策更多的東西；他們所特別做的，只是把這個針對「異常人」的社會內部保衛手段的新種族主義，同十九世紀地方性的人種種族主義連接在一起。傅科在他的《必須保衛社會》的法蘭西學院演講集，深刻地揭露了西方近現代各國的權力政治運作同種族主義政策相交匯的宏觀和微觀機制及技術（Foucault, M. 1997）。

　　現代資本主義對於被統治者的生命和身體的宰制，不同於古代社會統治者所實行的方式。現代資本主義社會對生命和身體的重視，一方面立足於資本主義的生產規律，另一方面是建立在「科學」的「理性」論述基礎上。這些新的科學論述，從生物學、醫學、遺傳學、進化論和優生學等現代知識的理論觀點，為資本主義的種族主義政策辯護。但不論是資本主義生產規律，還是科學的理性論述，都首先要求被統治者的生命和身體能夠高效率地滿足生產發展的需要。這就意味著：必須提升生命和身體

的健康和文化水準，使生命和身體，適應資本主義生產的發展規模、程式、管理規範、技術要求、生產節奏和頻率以及消費指標等。所有這一切，最終都勢必導致某種對於「優良的」種族體質的需求，並在特定歷史階段內，實現對「優良種族」體質的標準化。傅科指出：種族主義是首先在實行「標準化」（normalisation）的國家中出現的。

傅科系統地探索了自十六世紀以來，西方資本主義發展的進程以及環繞著權力鬥爭所經歷的內外戰爭史。正是在這種研究中，傅科從權力鬥爭的戰爭邏輯，看到了規訓權力和生命權力對於統治者身體的殘酷迫害及宰制。「促使種族主義作為權力運作的基本機制而成為國家的核心動力的，正是生命權力的出現」（Foucault, 1997: 227）。正如本書第三章第六節所已經指出的，生命權力的誕生，使生物政治和解剖政治成為西方資本主義國家的主要政治形式。種族主義政策並不單純是西方政治家的政治理論發明，也並不只是西方知識分子的生物科學論述，而是同西方國家資本主義發展的性質緊密相聯繫的野蠻實踐活動，由權力鬥爭的你死我活的戰爭性質所決定的。

在當代出現普遍的全球化現象的時刻，傅科的上述觀點，具有現實的意義。在全球化時期中，美國等西方國家在第三世界各國的種族主義政策及種族戰爭實踐活動，進一步暴露了西方自由民主制的另一個鮮為人知的消極方面：如果說西方各國在國內實行的是自由民主制，那末，到異族人那裡，則繼續執行從西方古代開始、而到近現代時期則曲折委婉貫徹執行的種族戰爭政策。

至於發生在西方各國內部的階級戰爭和種族戰爭，同樣也並沒有因為自由民主制的建立和發展而有所收斂或減弱。傅科認為，在當代西方各國國內所推行的種族主義政策，已經越來越脫離與思想意識形態的關係，表現出思想自由的原則。他說：「現代種族主義的特殊性，以及造成這種特殊性的主要原因，並不是與心態、意識形態及權力的各種謊言相聯繫；它是與權力的技術、技巧及其計謀相聯繫。正因為這樣，才使我們遠離種族戰爭和歷史的邏輯，而把我們置於促使生命權力得以運作的機制中。因此，種族主義是同那種為了實行主權而急需利用種族，急需消除種族，以及急需種族的純化的國家運作機制有關」（Foucault, M. 1997: 230）。運用於現代監獄、精神治療所、看護院及其他各種全控機構的全天候和全方位的監視技術，就是種族主義的割離、監視、摧殘和迫害的基本手段的最新「科學翻版」及其在西方國內的實際運

用。這些進行種族迫害的權力技術的廣泛運用，使現代國家在行使其統治權時，能夠順利地藉助於「生命權力」而達到「種族清洗」或「種族滅絕」（génocide）的目的。

西方近代社會中生命權力的擴張，正是為種族主義在其國內的全面實施舖平道路。傅科指出：「**正是生命權力的出現成為了種族主義進入國家機構的機制**。正是在這時，種族主義作為權力的根本機制，在現代國家中發揮作用；國家的任何一種現代職能，在任何時候，在任何範圍內，在任何情況下，都離不開種族主義」（Foucault, M. 1997: 227）。

近現代生命權力的產生，一方面意味著以生物學、醫學和達爾文進化論為「科學」基礎的西方種族主義政策的轉變，另一方面也標誌著標榜「自由」、「民主」和「平等」的西方近現代社會制度的種族主義實質。現代種族主義究竟是什麼呢？為什麼自由民主的社會制度隱含、並掩蓋著種族主義的實質？傅科說：「首先，種族主義終於使權力在承擔其生命責任的領域內，引入斷裂和分割的手段；這是『應該活的人』和『應該死的人』之間的斷裂和分割。在人類的生物學連續體中，出現了種族、種族的區分和種族的等級；某些種族被認為是好的，而其他的則相反，被認為是低等的。這一切就成為了由權力負責掌控的生物學領域的分裂手段；於是，也成為在人口內部隔開不同集團的手段。簡單地說，這就是在生物學領域內建立生物學類型的區分。這就導致權力將人口當成可以分割成不同種族的混合體；更確切地說，就是把權力負責掌管的人們再分為次集團，即種族」（Ibid.）。

其次，種族主義保證了生命權力依據戰爭關係的邏輯而運作。戰爭關係的邏輯是：「如果你想活，你就要使人死，就要殺人」。這個邏輯正好符合生命權力的運作邏輯。他人和其他種族的死亡，不只是個人生命的勝利和擴大，而且也是劣等種族的死亡和消滅，也就是使優良種族的生命更加純潔、健康和繁榮。在這裡所重視的，不是軍事的、戰爭的和政治的關係，而是生物學的關係；在權力鬥爭和戰爭中所要消滅的，並非政治意義上的對手，而是生物學意義上的敵人。所以，種族主義也成為了實行「殺人的權力」的一個基本條件。對於國家政權來說，其屠殺的權力是靠種族主義來保證的。

這種轉變是近現代西方社會中各種各樣法西斯優生學理論、種族歧視和種族仇視觀點和政策，甚至是種族滅絕政策得以盛行和傳播的重要原因。

正因為這樣，不論是在國內，還是在國外，統治壓迫的過程是無休止的。傅科特

別指出,在和平環境下所維持的自由民主制,實際上是種族戰爭和階級鬥爭的結果。不論是種族戰爭還是階級鬥爭,都是資產階級歷史學家所概括出來的重要政治概念。法國十九世紀自由主義歷史學家梯耶爾(Louis Adolphe Thiers, 1797-1877)、梯耶里(Augustin Thierry, 1795-1856)和基佐(François Guizot, 1787-1874)等,總結了法國封建時代和資產階級革命時期的政治鬥爭的歷史經驗,強調西方近代歷史中種族戰爭和階級鬥爭的殘酷性。梯耶里在他的「諾曼底人征服英國的歷史」(Histoire de la com-quête de l'Angleterre par les Normands)中,描述了以種族戰爭為基本動力的西方歷史進程。他認為,一切歷史都是種族戰爭史(Thierry,A. 1825)。接著,他在《墨洛溫王朝史述》(Récits des temps mérovingiens)一書中,再次強調了種族戰爭在推進西方歷史過程中的決定性意義(Thierry, A. 1840)。

　　與梯耶里生活在同一時代的梯耶爾,也在他的《法國大革命史》(Histoire de la Révolution)和《執政府和帝國史》(Histoire du Consulat et de l'Empire)中,詳盡地描述了階級鬥爭和種族戰爭的殘酷性、持續性和反覆性(Thiers, L. A. 1823-1827; 1845-1862)。同樣地,基佐也在他的《代表制政府起源史》(Histoire des origines du gouvernement représentatif, 1821-1822)、《英國革命史》(Histoire de la révolution d'Angleterre, 1826-1827)、《歐洲文明史》(Histoire de civilisation en Europe, 1828)以及《法國文明史》(Histoire de la civilisation en France, 1830)等書中,重申了階級鬥爭和種族戰爭的歷史作用(Guizot, F. 1821-1822; 1826-1827; 1828; 1830)。

　　傅科根據上述資產階級歷史學家和政治家的「歷史論述」和「戰爭論述」,進一步說明了資本主義社會制度的種族主義歷史根源。近現代西方各國政府所貫徹的生命權力機制及程式,都是有利於種族主義的復興及其「科學式」的改裝和掩飾。所以,傅科一點也不懷疑當代各種法西斯勢力,並不是與西方種族中心主義絕緣的暫時性歷史偶然現象。

　　傅科在談到近現代生命權力的社會功能的時候,也特別強調它所隱含的法西斯性質。他認為,具有種族主義性質的生命權力實際上也是一種殺人的權力,一種在必要的時候殺害被列為「低等」種族的權力。由於生命權力的發明,在近現代時期,國家權力就有可能靈活地實行兩大功能:殺人的權力和使人活的權力。早在中世紀,如前所述,國家權力已經貫徹殺人原則:「如果你要生存,其他的人就必須死掉;你殺得越多,你就生活得越好」。但不同的是:在中世紀,國家的這種殺人權力,被封建專

制統治者同時地運用於其國內臣民和「異族人」；而近現代國家在貫徹其殺人權力時，往往是有條件的：一方面，在國內，它僅僅在必要時用之於「異常人」（即「瘋子」、「犯人」等），另一方面也是在必要時用之於「異族人」和「野蠻人」（即那些「低等」、「劣等」的種族）。所以，對於近現代國家權力來說，「他人的死亡，不僅僅在安全意義上意味個著個人生命的存在，而且，劣等種族、低等種族（或『退化』、變態種族）的死亡，也將使國家的整體生命成長得更加健康和更加純粹」（Ibid.：240）。

傅科明確地指出，資本主義國家的權力鬥爭，並非如同自然法理論家所聲稱的那樣，是由法律性的默契（合同或契約）所決定的，而是進行統治的戰爭性質所決定（Foucault, 1997: 17）。如同本書第三章第七節所指出的，傅科在晚期更加嚴厲地批判了傳統的權力理論，特別指出權力的法律模式（Schéma juridique du pouvoir）和契約壓迫模式（Schéma contart-oppression du pouvoir）的錯誤性質。按照權力的契約壓迫模式，政治權力是由於契約才實行對被統治者的壓迫。這種觀點將法律置於神聖的地位，並將法律的功能萬能化，以為權力以及權力鬥爭，總是遵循法律的規定或接受契約的約束。實際上，權力鬥爭不但是很殘酷無情，而且，也時時逾越法律的約束。權力鬥爭所遵循的規則，只有一個邏輯，那就是一切以權力的維持和擴大為轉移；沒有任何法律或規則，可以約束權力鬥爭的進程及其實際策略。權力鬥爭倒更像戰爭。『兵不厭詐』，講的就是戰爭的殘酷性、欺詐性、詭異性和無約束性。所以，根據權力的戰爭模式，政治權力對於被統治者所實行的壓迫，並非由於契約，而是某種統治關係的直接結果（Foucault, 1997: 17）。統治者在其法律和契約中，給予被統治者所許願和承諾的「和平」，是掩蓋他們進行殘酷權力鬥爭的事實的手段而已。傅科說，壓迫無非就是在虛假和平時期內所實行的戰爭狀態的一種持續形式罷了（Ibid.）。在假和平的年月中，統治者所維持的，是永久的權力戰爭所維繫下的暫時性的穩定秩序。

傅科認為，社會、法律和國家，都是由無止盡的戰爭狀態及其相關力量所決定的。「首先，理所當然，戰爭決定了國家的誕生：權利、和平和法律是在戰鬥的血腥和泥濘中誕生。但是，在這裡，不應當把戰爭理解為哲學家和法學家所想像的那種理想的戰鬥和對抗；它並不是某種理論上的原始性。法律不是在最初牧羊人常去的泉水旁，從自然中誕生。法律是從實實在在的戰鬥、勝利、屠殺和征服中誕生；這些戰

鬥、勝利、屠殺和征服，都有它們發生的日期和令人恐怖的英雄。法律生自焚燒的城市和被蹂躪的土地：它是伴隨著偉大的無辜者在太陽昇起時的呻吟而誕生的」（Foucault, 1997: 43）。接著，傅科還進一步指出：「但這一切並不意味著：社會、法律和國家就是這些戰爭的休止，或者是對勝利的永久性認可。法律不是和平化，因為在法律之下，戰爭繼續在一切權力機制、甚至最常規的權力機制中咆哮。正是戰爭構成為制度和秩序的動力；和平，在它的最小的齒輪裡，也發出了戰爭的隆隆聲。」（Ibid.）。

這就是說，必須透過和平的景象和穩定的秩序來解讀戰爭，揭示戰爭的真正秘密：戰爭，就是和平本身的密碼。所以，從十六世紀開始，在西方社會中，人們始終處於一些人反對另一些人的戰爭狀態中。戰爭瀰漫整個社會；每個人都不得不身處於某一個戰爭營壘中。

正因為這樣，權力必須在「一切人反對一切人的鬥爭」中加以理解。但是，這個表面上是霍布斯式的斷言不應當產生錯覺，因為在傅科看來，權力本身，在事實上，就是在「一切人反對一切人的鬥爭」中，在各種各樣的、斷斷續續的、無可預料的、異質的、複雜的、地區性的、散佈的和無所不在的各種領域和時空中施展、並延續其功能。這同霍布斯所說的那種「以統治的整體事實和戰爭的二元對立邏輯」是根本不相容或根本不同的。

傅科認為，西方種族中心主義的持續發展是同西方人關於權力運作原則及其歷史實踐緊密相關的。傅科在其研究權力、知識和道德的著作中，特別強調他研究權力問題的歷史時代背景中的種族戰爭因素的重要性。他在 1977 年 10 月 13 日同日本學者交談時指出，起碼有兩件重大事件與他特別關心權力問題有關：第一是當時世界各地普遍呈現法西斯勢力倡狂肆虐的現象，第二件是當時西方民主國家中到處出現權力氾濫和滲透的現象；種族主義和法西斯勢力，在西方各國中，有進一步擡頭和發展的趨勢。這些大事件使權力過度氾濫的問題赤裸裸地顯示出來（le problème de l'excès du pouvoir paraissait dans sa nudité）（Foucault, M. 1994: III, 400-402）。直到 1982 年，傅科還強烈地意識到：「法西斯現象」在西方的繼續發燒、瘋狂及惡魔化，有增無減，而這是由於「他們在很大程度上利用了我們的政治理性的觀念和程式」（ils ont, dans une large mesure, utilisé les idées et les procédés de notre rationalité politique）（Ibid.: IV, 224）。就是這樣，傅科在高度警覺、集中注意和興趣中，如同尼采那樣，緊緊「跟

蹤偉大的政治」，把注意力集中到種族主義、法西斯現象和權力氾濫的問題。重要的是，傅科所發現的當代法西斯危險，不管是在西方各國，還是在非歐地區，都是緊密地同西方當代文化以及自由民主制的權力運作機制有關係，同時也同西方國家的殖民戰爭及其一系列殖民政策緊密相聯繫。

關於第一方面的問題，傅科列舉了自二十世紀五〇年代以來發生在世界各地的獨裁極權專制事件：俄國、東歐、伊拉克、伊朗、拉美地區各國等，都呈現獨裁極權專制的權力統治形態；而在第三世界中，西方強權，包括美國、英國等「自由民主國家」，也都先後在韓國、越南、阿爾及利亞、伊拉克和海灣地區等，發動滅絕人性的侵略戰爭、殖民戰爭和種族戰爭。傅科認為，上述極權專制和西方強權的種族戰爭都屬於同一性質的法西斯事件。

傅科在其研究中還發現：西方的殖民主義及其種族主義政策，並不只是在非西方國家中傳播了西方的制度和技術，導致那些地區的殖民化，而且，也對西方各國本身發生『反射性』的效果。他說：「在十六世紀末，首次顯示出殖民化對於西方法律政治結構的某種返回的效果。千萬不要忘記，殖民化以及它的一系列技術、政治法律手段，都將歐洲的模式，搬運到其他大陸，但與此同時，殖民化也對西方的權力運作機制，對於西方權力的機構、制度和技術，產生了反饋的效果。一系列殖民地模式，搬回到西方國家中，使得西方也可以對其自身，實行同樣的事情，實行某種殖民化，或者一種內部的殖民化」（Foucault, 1997: 89）。西方國家在殖民運動時在國外所實行的法西斯政策和種族主義，也隨著殖民化效果的上述「返回」現象，正在西方國家中蔓延開來，造成西方各國內部發生一次又一次的政治與社會危機。

傅科指出；他的歷史研究的目標，就是「在歐洲內部實現的帝國主義殖民化（la colonisation impérialiste à l'intérieur de l'espace européen lui-mème）」（Foucault, 1994: III, 581）。傅科認為，運用於學校、軍隊和醫院中的統治方式，就是對內部的個人實行殖民化的典範。

發生在西方各國以外地區的上述法西斯現象，雖然直接產生於極權專制制度本身，但這些當代的極權專制之發生和橫行，在傅科看來，也是與西方種族中心主義有緊密關係；在這方面，西方種族中心主義逃脫不了其與極權專制制度的親緣關係。傅科直接地指出了作為共產國家極權專制理論基礎的馬克思學說本身，就是不折不扣的西方種族中心主義的變種。他認為，馬克思的理論形態和各種主張，同他所批判的資

本主義制度和文化之間，並無多大區別，因為馬克思也一樣強調主客體對立統一的辯證法原則，同樣隸屬於傳統形上學脈絡。而且，馬克思自己也一再強調：階級鬥爭理論並不是他的發明，而是來自法國歷史學家梯耶里、基佐等人（Foucault, 1997: 69; Marx/Engels, 1987: Bd. V, 75; 1989: Bd. VII, 129-132）。

同傅科的分析具有異曲同工之妙的，是後殖民思想家阿里夫・德里克（Arif Dirlik）對於當代全球化過程中西方種族主義的新策略的分析。他認為：「用來描述第三世界出身的知識份子的後殖民，應當同用來描述這種世界形勢的後殖民有所區別。在其後一種用法中，後殖民這個術語從政治上和方法論上把一種並沒有取消、而只是改頭換面的統治形式神祕化了。後殖民與霸權的共謀關係，在於後殖民主義轉移了對當代的政治、社會及文化統治形式的關注，並且模糊了它自身與全球資本主義這個發生條件的緊密關係；其實，不論在現象上顯得多麼支離破碎，這種全球資本主義依然是全球關係的結構原則」（Dirlik, A. 1994）。日本的後殖民思想家三好將夫（Masao Miyoshi）也認為，當代全球性的跨國公司無非是殖民主義在新的歷史條件下的延續形式；舊殖民主義需要國家、族群和種族的名義，而跨國公司則傾向於「非國家性」（Nationlessness），以便通過這種形式，使世界不同地區迅速陷於同質化的命運，並在必要時煽起種族主義來掩蓋隱藏在背後的經濟關係（Miyoshi, M. 1993: 726-732）。

因此，當代全球化的現象，一點也改變或掩蓋不了西方種族中心主義的實際運作。種族主義、種族歧視、種族鬥爭及種族戰爭，並不是孤立和偶然的社會歷史現象。它們在各國和全球範圍內的不斷發生及其多種表現形式，固然必須結合其所處的社會歷史條件，進行具體的分析和解決。但是，從當前發生在世界各地的種族問題來看，全球範圍內佔優勢、甚至佔統治地位的西方種族中心主義意識型態，是一個具有決定性意義的因素。後殖民主義思想家認為，目前世界的形勢已經迫使西方原有的種族中心主義，除了繼續以赤裸裸地暴力或干預形式，還以更複雜曲折的政治、經濟和文化的方式施展其實際影響。

對現代社會制度的批判

1. 當代社會權力關係的四方格結構

資本主義社會權力鬥爭的戰爭邏輯，使早期資產階級思想家霍布士等人，把整個

社會描繪成二元對立的結構（Foucault, 1997: 44）。但是，傅科在《性史》第一卷中說：「從權力關係根源上說，統治者與被統治者之間，並不存在全面徹底的二元對立。二元對立切不可作為普遍模式；社會機體由高至低、由大而小，並非每個層面都存在這種二元對立。相反，人們必須認識到那些形成、並作用於各生產組織、家庭、具體集團和機構的多重力量關係是造成彌漫於整個社會機體的分裂的廣泛影響的基礎。這些多重力量關係，形成了一條共同的力量戰線來消除局部對立，並把它們聯繫在一起。可以肯定，它們還對各種力量關係進行重新分配、重新排列，使它們互相協調、秩序井然，並溶合在一起」（Foucault, M. 1976: 124）。

　　如果從權力鬥爭的角度來看，傅科認為，**現代社會是由四方面的權力因素組合而成**：⑴**立法**（législation）；⑵**論述**（discours）；⑶**環繞著社會體主權**（la souverain-eté du corps social）**而建構的公法組織機構**（organisation du droit public）；⑷**根據每個人對國家主權而選派的代表團所組成的組織機構**。為了保證現代社會的正常運轉及其持續穩定性，圍繞著上述四方權力組織，又相應地建構起強有力的四方規訓網絡（quadrillage des disciplines），以便使上述四方權力組織能夠有效地發揮其權力功能，實現對於個人和整體社會的全面統治。現代社會權力運作策略的巧妙性，就在於上述兩種類型的四方結構網絡，一方面相互配合，使後者為前者服務，但另一方面又不使兩種四方結構相互混淆，使它們各自保持其獨立性（Foucault, 1994: III, 187）。

　　這就是說，近代社會制度的建構及其運作，是靠上述四方面的組織機構系統所實行的權力技術、規訓過程及其具體程式來保證的；四方面的組織機構系統之間，為了實現對於整個社會和個人的規訓及宰制，除了各自進行其有效的規訓方式以外，還相互配合和調整，以便全面地貫徹規訓的策略。在上述四方面的組織機構中，立法部門是以其立法的職能，完成對社會及個人的規訓目的。立法機構本來並不屬于政府行政系統，它的主要工作是為行政機構提供實行工作的法律依據。但現代社會的立法部門卻通過其立法功能，試圖更直接地實現對個人的規訓和宰制。立法部門在這一方面的表現，就好像行政部門試圖直接立法的作為那樣，顯示了現代社會法制及其實權的擴張性。古典的資本主義社會中試圖通過立法同行政的相互牽制來控制權力擴張的設想，在當代社會中已經逐漸喪失其實際效果。

　　在上述四方規訓網絡中，現代社會的論述體系彰顯出特別的社會功能，使論述本身具有社會機構和組織的效用。如前所述，論述是一種社會力量，也是一種相徵性權

力。當論述同上述其他三方的組織機構系統相互配合的時候，論述就扮演了非常重要和有效的角色；它實際上充當了其他三方之間相互關聯和協調的中介。在這個意義上說，論述是整個四方規訓網絡的靈魂。

公法組織是現代社會中執行法制的機構系統。但它越來越對於加強規訓活動發揮非常重要的功能。同樣的，作為公民的民意表達渠道，各個層級的民意代表機構，或者通過它們同立法機構、政府機構和公法組織的相互配合，或者它本身直接出面，也試圖千方百計地執行其規訓的功能。

因此，由上述四方面組織機構系統所構成的四方規訓網絡，越來越有效地將整個社會及個人，收攏在嚴格管制的社會制度中。在這種情況下，現代社會的自由民主制度及其相應的社會結構，同早期古典資本主義社會相比，已經發生根本變化。

2.警政系統與現代公民社會

在以上討論國家理性時，曾經提到現代警政系統（la police）的性質及其社會功能。為了深入分析現代警政系統的社會功能，傅科更深入地分析警政系統同現代公民社會（La société civile; Civil Society）的關係。

現代警政系統是與國家理性（la Raison d'État）同時產生和發展的政府行政部門；但它實際上又成為管理和控制現代公民社會的權力機構。警政系統與公民社會的上述不合理關係，是同警政系統在西方國家中的形成過程有密切關係。在十八世紀以前，警政系統被賦予很大的權力，幾乎成為了國家理性的集中代表機構。為了揭露現代警政系統對現代公民社會的控制策略，傅科以十七世紀思想家圖格・德・馬耶爾納（Louis Turquet de Mayerne）的著作《論貴族民主制的君主國家；兼論含有三種共和制合法形式的政府》（La Monarchie aristo-démocratique, ou le gouvernement composé des trois formes de légitimes républiques）作為藍本，進行分析批判。

在圖格・德・馬耶爾納的著作中，明顯地將警政工作當成政府統治全國居民的一種特殊藝術，以便由此盡可能地利用人口資源，促進國家的繁榮。警察的首要任務，就是維護公共秩序和道德。為此，圖格・德・馬耶爾納建議在政府中設立警政官員，專管人和財產兩大項目的事情。「警察工作的真正目標是人」（Turquet de Mayerne, 1611: I, 19）。「警察監督一切與人的幸福相關的事情」（Ibid.: Préface, II）。「警察監督一切關於社會協調的事情」（Ibid.: 2）。人的事務又分為積極事務和消極事務兩

類：人的積極事務包括對人的出生、培養、教育、工作、愛好、技能和職業訓練的管理；人的消極事務，指的是對於老人、寡婦、孤兒、窮人的管理，也包括對疾病、傳染病、瘟疫、災荒以及保險工作的管理和監督。對於公民的財產管理，則包括對商品和各種日用品的生產及流通的監管，不僅管理商業和市場，而且也監督和指導商品的製造，同時還管理公路、河流、公共設施機構以及國家領土內的一切空間。這樣一來，警政系統的活動範圍，實際上擴大到國家和公民社會的一切領域，包括國家機構的司法、財務和軍隊，同時也監控著公民的公共生活和私人生活領域，並將國家的一切功能和活動加以協調。

圖格・德・馬耶爾納的上述著作，既表達了當時的一些思想家們對於建構理想國家的烏托邦精神，也表現了管理國家機構的嚴格規則，同時還試圖顯示現代國家管理的科學性、普遍性、藝術性和全面性。圖格・德・馬耶爾納將這四方面的因素巧妙地結合在一起，把警政系統當成國家管理的「一種藝術手段」，對警政系統的合理性、技巧性和策略性進行論述。

顯然，在最早論述警政系統的西方政治著作中，警政系統作為國家理性的重要表現，也是將政治統治變成為一種政治技術和藝術的關鍵環節。警政系統既然囊括了國家理性的最基本面向，它就必須以最高效率實現國家對社會整體和個人的全面統治。為此，警政系統的工作和活動，不只是確保完成國家的統治功能，而且，必須使被統治的臣民，一方面心甘情願地承受來自國家的一切命令和需求，另一方面還能主動地為國家奉獻自己的一切。這就要求警政系統成為政治藝術的典範。警政系統的功能，使國家有可能對一個由個人自由所建構的新型公民社會進行合理的統治，同時也保證使被統治的個人，能夠自由地生活，尤其保障他們的個人財產。但是，警政系統的上述職能，也顯示了近代國家干預公民私人生活及個人自由的企圖心，使剛剛形成的近代公民社會從一開始就同國家理性發生嚴重的衝突。

雖然十七世紀警政系統具有完全不同於當代警察的特殊意義，但當時警政系統對於整個社會及個人生活的控制程度及策略，卻隱含了近代國家同公民社會之間的全部矛盾。

在十八世紀以前，西方公民社會既是資產階級國家的社會基礎，也是獨立於國家的市民階層的集合體。從十五世紀開始，隨著資本主義的形成，公民社會成為了介於國家與市民階層的中間環節。對國家而言，公民社會反映了市民階層的基本利益和呼

聲，也監督國家的合理性和正當性；對屬於中產階級的個體性的市民而言，公民社會成為了他們等共同體中各個成員之間進行對話、討論和協調的場所，同時也成為他們同國家和政權機構發生緊密聯繫的基本紐帶。

關於公民社會的觀念，本來有它自身的漫長的歷史；而且，就其本身的嚴格意義而言，也存在多種版本和論述模式。在當代的理論爭論中，公民社會的觀念特別被重新討論起來，用來強調公民社會同國家至上的觀念的對立（Cohen/Arato, 1992; Gellner, 1996; Hall, 1995）。對傅科而言，他之所以關心公民社會，並不是為了尋求某種特定的定義。傅科更關心，毋寧是公民社會本身的自由討論及其監督國家的功能。所以，他對早期警政系統的擴權存在形式及其運作，深表關切。

公民社會是從舊的封建專制社會脫胎而來的，但在西方文明歷史上，它的前身就是古希臘的城邦社會（la cité; polis; politeia; politia）。就公民社會的詞源而言，發人深省的地方，恰正在於：從一開始，作為公民社會的最早起源，「城邦」（polis）就意味著具有一個特定社會秩序的共同體。所以，在城邦政治的發展過程中，就導致建構維持公共社會秩序的機構的必要性；後期專門維持社會公共秩序的警察機構（police），就是在這種情況下應運而生。

但是，就其真正意義而言，公民社會所強調的，是以具有自由意志的個人的特殊利益及其活動作為基礎的社會共同體；它尤其突出該共同體中，由個人自由參與和互動的社會團體的多樣性，以便保證市民共同體內各個個別成員之間的溝通、對話、協商和交流，形成他們之間的自由關係。這些多樣的社會團體，也成為具有溝通和報道功能的公眾輿論（Public opinion）的組織傳播渠道。在早期階段，各種由市民自由參與的社會團體，積極地傳播、溝通、組織市民的自由觀念和意見，同時傳播、傳遞和討論各種最新的新聞消息、科學研究成果以及知識理論。通過這些功能，由市民參與的社會團體，積極主動地交流市民間的意見、輿論和消息，有效地監督國家的權力運作。

健康的公民社會，為了保證同國家之間的溝通和監督關係，大致包含三大層次的**組織團體**：第一層次是一般民間協會和團體，包括由具有自由意志的個人所組成的**各種沙龍、基金會和協會**；第二層次是媒體機構；第三層次是政黨和各種政治性團體，包括**各種政黨及其外圍群眾組織**。

由於公民社會的成分及其結構的多樣性、交錯性及多元性，公民社會內部顯然存

在交叉而重疊的複雜關係，同時也存在多方向和多種類的力量關係。就公民社會中個人關係的性質而言，基本上存在「**公共領域**」和「**私人領域**」兩大類結構。這兩類結構，既有區別，又有聯繫和交叉重疊。也就是說，在公民社會中的公共領域與私人領域之間，既有明顯的界限，又有交叉和重疊的地方，以致很難將兩者嚴格地加以分割和對立起來。

公民社會中的組織和團體，具有不同功能和形式。一般地說，它們的功能的發揮，以「從下到上」、「從上向下」和「水平雙向」等三大模式，連接國家同公民社會的關係。「從下到上」就是一方面向國家反映公民社會的利益、需求和呼聲，另一方面又監督國家權力的運作；「從上到下」就是向公民社會溝通國家政府的各種決定、政策和運作狀況，使公民社會及時瞭解國家的各種活動；「水平雙向」就是在公民社會內部做好公民之間的溝通，並按照不同的形式和管道，將公民各個階層組織起來，使公民社會建設成為一個有效的社會共同體。哈伯瑪斯在論述公民社會時，雖然注意到公民社會同國家、公共領域與私人領域之間的區別及其相互關係的複雜性，但仍然有簡單化和絕對化的傾向（Habermas, 1964）。

按照最早的公民社會理論家的看法，公民社會是一種個人主義的社會（individualist society）、商業社會（commercial society）和生產社會（productive society）；同它以前的軍事專制的和好戰的古代社會相比，它是和平主義的社會（pacifist society），是主張以和平的非暴力方式處理公共問題的社會（Hume, 1994; Ferguson, 1995; Kant, 1991; Holmes, 1984）。

正因為這樣，現代公民社會是以商業和工業的發展為基礎，而公民社會中的個人，基本上將其精力貢獻給生產力和商業的發展事業，以便由此積累財產和資金。公民所主要關心的，就是財富的增長。顯然，公民無法奉獻他們的主要時間和精力，去直接參與、思考和策劃政治活動。這就造成公民社會本身的矛盾，也使公民社會必須採取組織和溝通的方式維持自己的存在。也就是說，它一方面關懷個人利益和財富，使人們耗費大量時間和精力從事商業和經濟活動，不能直接參與和管理政治事業；另一方面，又希望政治本身能夠為個人的利益和財富的增長服務，使政治制度和政治策略，都有利於個人利益與財富的增長。如果說，公民個人的基本關懷就是財富的增長，如果說從事生產活動已經耗費了公民個人的大量時間，那麼，他們又應該採取什麼樣的形式和途徑，來監督和管理政治？公民只好吸收古典的共和國形式，以推選公

民代表的途徑，實現他們對於政治的監督和管理。現代公民社會選擇民主共和國形式，實際上已經隱含了現代民主國家濫用權力的危險。所以，康德在談到公民社會的時候指出：「民主制（democracy），就其真正意義而言，必定是一種專制政治（despotism），因為它建構起一個行政權力機構，使得全體公民有可能從事決策；但是，這一決策，是在未取得個人直接同意的情況下做出的，其結果，它可能是環繞著個人意見，或者是對抗個人意見。在這種情況下，決策是在沒有全民參與的條件下由全民實現的。這也就意味著：所謂『公意』（General will）是同其自身，也就是同自由相矛盾的」（Kant, 1991: 101）。提出「公意」概念的盧梭（Jean-Jacques Rousseau, 1712-1778）自己也認為，實現真正的公民民主是非常困難的（Roussaeu, 1992 [1762]）。比盧梭稍晚一些時間的孔史宕（Constant, Benjamin Constant de Rebecque, 1767-1830）則認為，必須區分古代與現代民主的不同性質（Constant, 1818-1820），才能真正瞭解公民社會的性質及其功能。孔史宕強調，在古代，雖然城邦的市民能夠直接參與政治管理，但他們的民主和自由是受制於城邦整體。城邦市民的個人信念是同城邦全體市民的信念一致的。在這個意義上說，城邦市民並不擁有私人領域（private sphere）。現代市民則只能採取間接民主的方式，通過他們所選出的民意代表，參與國家的管理，因為一方面現代公民社會是比古代城邦更大得多的共同體，另一方面它的一般成員必須集中精力從事經濟和商業，他們沒有充分的時間參與公共事務（public affairs）（Constant, 1829）。

現代民主國家的性質，決定了公民社會同現代國家之間的矛盾及其永久衝突性。正因為這樣，公民社會中個人及其社會團體的存在，成為了公民社會監督國家理性的最有效途徑，也成為協調公民社會與國家之間的矛盾的中間環節。但是，現代國家的發展趨勢，卻正好壓抑和削弱著公民社會的監督功能。傅科所描述的警政系統，就是國家對抗和削弱公民社會功能的主要手段。

傅科指出，由多樣社會團體所組成的公民社會，有助於對抗和削弱專制和集權的國家，並有效地監督國家的權力界限及其使用範圍。集權的國家機器，總是千方百計地將公民社會中的個人加以「原子化」，使個人變成為至高無上的國家機器的一個零件而已。公民社會的存在，通過它的多樣而獨立自主的社會團體，監督國家的權力，同時又將個人的積極性和主動性組織起來，使個人的力量有效地發揮出來。

到了十八世紀，警察的社會功能隨著公民社會及現代國家機器的發展而進一步發

生新的變化。監督生活於公民社會中的個人，越來越成為警察的主要任務。警察要時刻監督公民的生老病死狀況和心態變化，瞭解他們職業能力、道德心、以及對法制的態度。如前所述，早期的政治學家嚴格區分了國家的積極和消極功能，並把嚴格意義上的「政治」（la politique）理解為國家的消極功能，把「政治」理解為對付國內外敵人的事務，而把「警察」（la police）理解為國家的積極功能的主要表現，因為警察的任務，就是保證公民社會中的新事物的產生和成長，維護公民社會的正常秩序，加強國家的實力。當時的政治學家認為，如果說政治是靠法制和一系列禁令以及強制性力量，來維護國家的統一和安全的話，那麼，警察主要是靠它的管理技巧和特殊技術，以積極的手段和方法，來保證現代公民社會中的個人的幸福生活及其自由行動。正是為了維護公民社會的個人幸福和自由，警察必須干預個人的一切事物，尤其是他們的生活。顯然，近代警政系統的創立和發展，是同近代生命政治的產生和發展相平行的。警政系統和生命政治，以理性的名義，使現代公民社會的個人生活和自由受到了嚴格的管制。而值得注意的是，近代警政系統是以保障個人自由和維護社會正常秩序的名義，將公民社會中的私人生活和個人自由，神不知鬼不覺的手段，納入它管轄的範圍。

傅科研究上述警政系統的職能及其策略，正是為了更深入地揭示當代社會中國家對於公民社會私人生活領域的粗暴干預的歷史根源。所以，現代國家理性，無非就是以現代某種類型的知識為手段、不斷增加國家權能的現代「合理化」的政府（Foucault, 1994: IV, 153）。

3.以規範遊戲實行規訓的當代社會

如前所述，現代社會是典型的法制社會，其法制系統不但越來越嚴密，而且，法制本身也不斷地分化和擴增，造成法規在整個社會中的無限伸展；但與此同時，現代社會又是一個規訓社會和懲罰的社會。也就是說，現代社會雖然是法制化的社會，但它還實行嚴厲的規訓和懲罰手段，因為法制的制定本來就是為了達到懲罰和規訓的目的；而隨著現代政治及國家現代化進程的加速發展，當代社會尤其越來越明顯地進行層層規範化（normalisation），以種種執行規訓功能的規範（norme），不但獨立於法制而產生、並自律化，而且，規範還進一步取代法律，並越來越將規範和規訓，置於法制之上，使名目繁多的規範，在法律和法制的系統之外繁殖和橫行；反過來，法制

逐漸為規訓服務，而實行規訓功能的規範，發展成為與法制相平行的另一系統，成為各個政府行政部門及其權力機構無限擴權和濫用權力的方便渠道。在這種情況下，法制的存在和貫徹，越來越停留在表面上，甚至只是成為裝飾法制化社會的點綴形式（Foucault, 1994: II, 695-697; III, 75-76; 213-214; 373-374; IV, 380; 539; 662-663; 775）。

在法國當代社會中，法律的制定及其執行，本來是由獨立於政府及其各個行政機構的立法和司法部門的事情；而且，根據憲法規定，立法和司法部門有權力監督政府對法律的執行狀況。但是，現在的政府往往以執行法制為名，在其行事的過程中，自行制定一系列法規、法令和規範，為其擴權和濫用權力大開方便之門。這就使政府各個部門，有可能根據其「工作需要」而不斷發佈各種規範和法令，導致國家各級領導和主管人員，掌握越來越大的實權，對個人和社會整體的控制也越來越嚴密。傅科為此指出：「我們現在正邁向一種新的社會類型中，在這樣的社會裡，法律的權力並沒有衰退，而是正逐步整合到更一般的權力體系之中，即整合到規範的權力之中」（Foucault, 1994: III, 75）。「我們基本上變成為一個靠規範調解的社會（nous devenons une société essentiellement articulé sur la norme）」，「規範成為分割個人的基本標準」（Ibid.）。

現代規訓社會是從十八世紀開始形成的；它的產生及其延伸存在，是中世紀基督教權力規訓模式在新的社會條件下的繼續。如前所述，現代社會是法制社會，它的規訓化顯然不能原封不動地搬用基督教權力的規訓模式。傅科指出，現代規訓以及進行規訓的各種規範的特徵，就在於它們不同於中世紀的野蠻規訓方式，採用了最新的科學技術成果，採取理性的權力技術和策略對身體進行全面的監視和宰制。如前所述，傅科曾經將這種新的規訓權力，稱為「生命權力」（bio-pouvoir）。傅科說：「從十八世紀開始，一種關於人的身體的統治技術發展起來了」（Foucault, 1994: III, 516）。現代規範和紀律的氾濫，就是試圖控制身體的表現，它們是當代生命權力無限膨脹的結果。傅科指出：「生命權力發展的另一個結果，就是以損害法制體系為代價而膨脹起來的規範遊戲（le jeu de la norme）」（Foucault, 1994: 1976: 189）。傅科在監獄史研究中所揭露的全方位環形敵視監督系統（環形全景監控監獄）（panoptique）以及各種現代全控組織機構（如軍營、學校、養老院、醫院、收養所等），就是現代整個社會的縮影。在這種全控組織機構中，人們實行規範化的規訓，任何一個人的一舉一動和一言一行，他們的身體和精神活動，都被納入規範的標準化程式之中，並受到嚴

屬的監控手段的宰制。在這種情況下，法制只是為規訓開路和進行正當化的手段而已（Foucault, 1997: 34-35; 53; 225-228）。正如傅科所說：「法律的理論，就其實質而言，只認準個人和社會；這些個人是參與法制契約、並受契約約束的人，而社會則是由自願的契約和其中組成的個人所形成的社會體」（Foucault, 1997: 218）。也就是說，法制原本就是以約束個人和社會體為主旨。因此，規範在現代社會的氾濫及其淩駕於法制之上的趨勢，是資本主義社會法制的原本性質所決定的。

值得注意的是，現代社會的規訓是以各種論述的形式，特別以知識理性論述的方式提出來的。正如本書在分析知識論述的性質時所已經指出的，論述具有象徵性權力的性質，而且，它們還作為種種規範的實際功能，在整個社會中散播。傅科指出：規訓作為紀律和嚴謹的規範形式，在論述的散播過程中發生作用（Foucault, 1997: 34）。在某種意義上說，論述就是規範，而且是嚴格進行規訓的規範。

現代社會的規範化（la noramalisation de la société）促使整個社會完成兩方面的規範化：一方面是規訓的規範化，另一方面是協調的規範化；兩者相互交叉，保障生命權力有可能順利地實現對生命體、生命過程以及生命活動的控制和協調。

4.非法行為在現代社會的普遍化

任何社會都存在各種各樣的非法作為和非法事物（illégalisme）；但每種社會有其自身不同的和特殊的非法事物。資本主義社會雖然號稱「法制化」，但同任何其他社會一樣，也存在著各種非法活動、非法作為和非法事物；而且，這些非法事物是資產階級本身的實際利益所需要的（Foucault, 1994: II, 435）。法制的資本主義社會中，法制及其合法性，往往需要與它相對立的非法事物的存在，作為它的陪襯物，作為它的共存物，才能真正發揮現代法制的功能和實際效用。不僅如此，而且，資產階級的實際利益，也使它自身必須在合法性的掩蓋下，進行各種類型有限度的非法活動和行為，並容許非法事物的存在。

在現代社會中，傅科尤其區分了兩種不同的非法活動：一種是資產階級的非法活動（un illégalisme de la bourgeoisie），另一種是一般人民大眾的非法活動（un illégalisme populaire）。資產階級不但需要實行它自身的非法活動，而且，也在一定程度上容許、並確實需要人民的非法活動的存在。兩者的並存實際上有利於資產階級的社會統治。例如：資本主義社會中「黑社會」的存在，美國黑手黨及其他類似的非

法組織和非法活動,都是資產階級所容許和縱容的。

但是,資產階級所需要和容許的人民的非法活動,是有限度的。資產階級在容許人民的非法活動的同時,又千方百計地以各種法律和規範,限制和約束人民的非法活動,並以強有力的法律和規範,懲治和規訓人民大眾的非法活動。傅科認為,資產階級在這方面的懲治和規訓活動,乃是現代社會各種法規、法律和規範逐漸完備化和強化的真正基礎(Ibid. : 436)。

早在資本主義社會形成時期,資產階級就善於利用人民對於舊政權的不滿,一方面主張實行全社會的法制改革,為資產階級法制的建構及確立,奠定穩固的社會基礎;另一方面,資產階級也借此機會,同時鼓勵人民的反法主張和活動,為其自身實行非法活動和擴大其非法性,進行掩飾(Foucault, 1994: II, 435-437)。

5.以醫院為主要模式而建構的現代福利社會

現代醫療制度和健康政策,是現代國家理性(la raison d'État)的一個重要表現,也是現代規訓權力(Pouvoir disciplinaire)和生命政治(bio-pouvoir)全面宰制個人及社會整體的重要手段。本書在上一節論述國家理性時,曾經討論了現代醫療制度和健康保險的問題。現在,在這一小節中,主要是從現代國家的社會政策,特別是福利政策方面,進一步分析現代社會的規訓化和宰制化的特徵。傅科認為,現代社會的醫院系統及其醫療制度,乃是現代政治的一個重要方面。現代醫學具有明顯的政治性質。

現代社會之所以特別重視醫療制度的社會意義,就是因為它是唯一有效地將知識論述與權力運作策略巧妙結合的理性化制度。在談到現代精神治療學的時候,傅科曾經讚揚原籍匈牙利的美國精神分析學家薩茲(Thomas Szasz, 1920-)所提出的批判原則。薩茲同英國精神分析學家萊昂(Ronald David Laing, 1927-1989)和庫伯(David Cooper, 1931-1986)一樣,嚴厲批判現代精神分析學對於人的本性的扭曲。傅科說:「薩茲認為,『醫學已成為現代的宗教』。我把這句話稍微改一改。在我看來,從中世紀到古典時代,宗教連同它的命令、它的法庭以及它的判決,曾經法律那樣發生作用。現在,我認為,與其說現代社會是以法制和規範,不如說是以宗教式的醫學取代中世紀社會」(Foucault, 1994: III, 76)。現代醫療制度及其機構系統,是資產階級建構資本主義社會的組織產物,也是他們實行生命政治,推行對個人和人口整體進行規訓式的宰制策略的一個必要程式。傅科通過對於現代醫院史的研究發現:從十八世紀

之後，醫學在現代社會的行政管理和權力機器運作系統中，佔據著越來越重要的地位（Foucault, 1994: III, 23）。在現代知識史上，瑞典醫生、生物學家和自然科學家林耐（Carl von Linné, 1707-1778）最早提出了按「種類」的等級原則，將一切生物加以區分的方法。很快地，資本主義社會將上述自然科學分類原則運用於整個社會中。從此，生物學和醫學成為現代社會統治者對被統治者進行區隔和等級分類的「科學」基礎（Foucault, 1994: III, 517）。通過醫院制度在近兩百年來的貫徹和實驗，歐美資本主義國家全面實行了完善的醫療社會保險制和社會安全制（sécurité sociale），而法國和北歐各國，尤其將醫療社會保險制衡社會安全制，列為管制社會和個人的最基本的社會制度。正是通過這種實行分門別類的基本方法而建構的醫療制度，規訓權力和生命政治，才有可能對被統治者的生命全程進行嚴密的宰制、規訓和監視。

　傅科曾經系統地研究現代醫療制度的歷史及其與權力運作的相互關係。他認為，醫療制度並非單純的醫學組織機構系統的問題，而是進行權力鬥爭和社會宰制的一個層面。醫院既是資本主義社會本身的縮影，也是資產階級進行社會改革及權力運作的實驗場所（Foucault, 1994: III, 735-736）。

　醫療制度的上述社會意義和基本功能，使統治者選擇了它，作為對整個社會完成全面宰制和規訓的關鍵組織手段。正是在這種情況下，現代社會正加速走向醫院式的模式（modèle hospitalier）轉化。現代社會的醫院模式化，是現代國家越來越緊密地同現代知識發展相協調的必然結果，也是國家隨經濟發展而進一步控制整個社會生命過程的需要。「在十九世紀和二十世紀上半葉，由於政治知識同經濟發展的緊密相結合，導致了經濟的突飛猛進。隨著經濟的發展，人們也發現經濟的發展對個人生命產生了消極的影響……現在，世界正在朝向醫院的模式發展，而政府扮演進行治療的角色。政府主管的任務，就是依據醫療矯形外科的程式，促使個人逐步適應發展的進程。例如，在法國，在政府分配的廉租屋系統中，政府強制性地要求居住者維持一定的生活水準，不管他們的收入是否足夠。所以，現在，在法國，政府的社會救濟工作人員，實際上充當了這類家庭的財務管理者。醫療診治是一種鎮壓形式。現在的精神治療醫生，就是有實權的人，他可以決定什麼人是『正常』，什麼人是『瘋子』」（Foucault, 1994：II: 433）。「整個世界就是一個大型的收容所和救濟院，政府官員就是『心理學家』，而人民就是『病人』。犯罪學家、精神治療學家以及其他各種專門研究和治療人的精神心態的專家們，一天一天地越來越變成頭面人物。正因為這

樣，政權正在取得一種新的治療功能」（Foucault, 1994: II, 434）。由此可見，政府正以醫院為模式，不但從組織上改造整個社會，而且，也以醫療診治者的身分，對個人和社會整體，從事「診治」和「治療」的工作，並由此對整個社會和個人，進行「診斷」（diagnostique），將人們劃分為「正常」和「異常」，實行名符其實的區隔和分類，實現對生命的全面的管制。

社會的上述醫院模式化，在生命權力實現全面統治的西方國家中，更進一步體現在對於生命過程及生命體的宰制。這首先表現在一系列社會保險制（le système d'assurance sociale）和社會安全制（le système de la sécurité sociale）的建構和貫徹（Foucault, 1997: 219-223）。失業保險（assurance de chômage）、疾病醫療保險（assurance de maladie）、機車駕駛保險、家庭火險、養老保險以及其他各種名目繁多的個人或集體保險措施，充斥於現代社會中。政府充當了社會安全和社會保險制度的推銷者和監督者，以便實現生命權力對生命的全面控制。

6. 現代社會空間結構及其性質的轉變

現代生產的發展以及現代規訓權力和生命權力的形成，改變了社會空間的性質及其結構，同時也改變人們的時空觀。傅科認為，在中世紀社會中，由於基督教世界觀和人生觀的影響，人們普遍地以循環的歷史觀，看待社會及實際生活，很重視時間的「過去、現在、將來」的線性單向結構及其循環性。基督教時空觀在理論上的典型表達形式，就是奧古斯丁（Aurelius Augustinus, Saint Augustin, 354-430）在其《上帝之城》（De civitate dei）一書中所論述的模式。奧古斯丁強調：以基督教「創世說」為基礎的時間觀，就是把人類歷史看作是由「創世」、「沉淪」、「救贖」三大階段所構成的單向線性系列。空間不過是時間的延續和外在表現，所以，空間只是附屬於時間的因素。康德雖然生活在啟蒙時期，當他試圖依據現代科學，特別是數學的成果而探索時間的奧祕時，他仍然未能徹底跳出中世紀傳統時間觀的約束，主張把時間當成「先天的內直觀的存在形式」，而把空間當成「先天的外直觀形式」（Kant, 1994 [1781]）。傅科為此批判現代歷史哲學，並指出：「歷史哲學將事件封閉在時間的循環中，它的錯誤是語法性的；歷史哲學用『未來』和『過去』描繪出『現在』的輪廓」（Foucault, 1994: II, 83）。

所以，傅科認為，傳統社會基本上優先重視時間，把時間當成生命的基本存在形

式。直到當代現象學出現，其重要代表人物，如海德格等人，仍然把時間當成人的生命存在的基本形式（Heidegger, M. 1986[1927]）。但傅科認為，資本主義社會開闢了無限廣闊的空間，因而比時間更加重視空間，並使之具體化為「場地」（l'emplace-ment），變為生命的自由生存權的基本範圍。「我們這個時代就是一個空間的時代。我們正處於一個共時代時代，一個並置重疊的時代，一個近遠相對、由一個邊界到另一個邊界的時代，一個散播的時代」（Foucault, 1994: IV, 752）。這個時代的特徵，就是不再以生命生存時間的長短，而是以佔有空間大小及其內在密度，作為衡量和區分社會地位及個人聲譽的基本指標。

空間在現代社會中的重要地位，使現代人甚至在做夢的時候，也期望自己能夠佔有儘可能大的空間。現代人所追求的理想空間，就是顯示自己資本和權力的空間，顯示自己佔有和排擠他人生活空間的權能。賓斯萬格在分析夢幻的重要意義時曾經說：「空間是我的權限的見證」（轉引自 Foucault, 1994: I, 102）。傅科指出：「空間構成了我們共同體生活的基本形式；空間在權力運作中是非常基本的東西」（Foucault, 1994: IV, 282）。

在我們這個時代，對於創作者來說，空間的重要意義，還在於向文字和書寫提供了廣闊的展現圖景，也為權慾野心勃勃的人們，提供擴大權力的想像可能性。在現代社會中，一切權力爭奪和利益競爭，都是建立在狂野的征服籌畫的基礎上。現代的權力競爭的主角們，都是具有文字書寫能力的知識分子。他們最善於透過文字書寫遊戲，籌畫他們的權力擴大遠景。文字書寫遊戲需要空間，就如同生命的存在需要空間一樣。為了擴大權力範圍及其影響的程度，人們利用文字書寫遊戲，儘可能使用間隔、延伸距離、重複、散播、間斷和碎片化的形式，不斷延伸和蔓延實際的空間。現代文學中最傑出的作家們在這方面的創作成果，為權力競爭者透過擴大空間增強其權力範圍提供最好的範例（Foucault, 1994: I, 100-104; 172-175; 197-200; 233-242; 250-261; 407-412; 642-646; II, 123-124; 676-677; 681-684; III, 190-197）。

所以，更確切地說，資產階級所重視的空間，不是抽象的「空洞洞」的一般空間；他們更感興趣的，毋寧是可以給他們帶來利益和權力的空間。這樣的空間，就是場地（Foucault, 1994: IV, 754）。

場地不同於空間的地方，就在於它的有限性、具體性及其私人性。資產階級固然很重視生活和工作效率，並以時間作為基本計算單位，統計效率的高低，並總是力圖

在單位時間內，獲得最高限度的利潤，以最大限度的高效率，使資本增值。但資產階級又是最講求實際利益，將實用利益列於首位。因此，對於崇拜實用主義（le pragmatisme）的資產階級來說，任何資本和利潤，歸根結底，都首先必須體現在實實在在的佔有權和控制權方面；而佔有權則直接體現為他們所能夠控制的場地的維度結構，也直接表現在他們的實權所能施展的範圍。所以，資產階級的一切權力爭奪，首先就表現在對於權力展現空間的爭奪上；這個權力展現空間，就是「場地」。空間是一般性的，場地才是實實在在的和具體的；空間是無限的和中性的，而場地是有限的、有邊界的和有所屬的。因此，場地是直接同個人資本和利益相關聯，直接關係到個人的生死存亡，直接關係到個人的權力狀況，也直接關係到個人的社會地位。就是因為這樣，資產階級不願泛泛地談論空間，而是寧願更重視場地。

隨著現代社會的發展，場地（l'emplacement）日益替代空間（l'espace）。這首先是因為場地是權力鬥爭的陣地，而其分佈狀況及其結構是權力鬥爭的結果。

場地的擴大、膨脹及惡性重疊化，把越來越多的個人排除（l'exclusion）到社會的邊沿。這些被排除的人，絕大多數是社會各領域中所進行的殘酷權力鬥爭的真正受害者和犧牲品。所以，現代社會就是一種靠場地的擴大而不斷實現空間上的分割和排除的社會。傅科指出：「以上所有的分析，主要關係到『在內部的空間』（l'espace du dedans）。而現在，我要特別論述的，是『在外面的空間』（l'espace du dehors）。我們所生活於其中的空間，在我們之外使我們被吸引的那個空間，在那裡，我們的生命、我們的時間和我們的歷史，都受到腐蝕的空間，在那裡，我們自己受到折磨和被衝擊的空間，其本身實際上是一個異質的空間（un espace hétérogène）。換句話說，我們並非生活在某種虛空之中，似乎我們可以在那裡放置個人和事物。我們並不是生活在一種可以閃爍出燦爛光芒的虛空中。我們是生活在一個用各種關係所構成的整體內，而它是由相互間不可化約和絕對不相重疊的場地所決定的」（Foucault, 1994: IV, 754-755）。

從資產階級制定法制以來，由個人佔據的私有財產，就被標示為生命自由的主要保障，成為法制保障的主要對象。為了滿足其無止盡的權力意願，資產階級從此首先盡全力擴大私有財產，因而也千方百計擴大「場地」的範圍。因此，場地，並不只是指具有空間形式的某塊土地，而且，更重要的，是能夠展現和彰顯權力的基本條件，是個人生命及其存亡的最基本條件。

　　所以，佔領空間，首先就意味著在其所佔有的場地中，實施其權力的管轄能力，也就是在其場地範圍內，實現最大限度的控制權和宰制權，使生活在他們所屬的場地中的人們，感受到其權力控制的效果，不得不承認和接受統治的秩序。場地的私有性，使它不單成為現代社會標示社會地位的重要標記，成為每個人佔據私有財產及其權力影響範圍的重要指標，而且，也使場地本身，成為個人間相互不可取代和不可侵犯的私有財產。

　　資產階級所追求的這種場地的最好實例，就是本書以上各節所論述的現代醫院機構。以現代醫院為典範的全控機構，就是「場地」的最好表現形態；在其有限的空間結構中，一切人都受到控制，都必須嚴格地遵守一定的活動紀律和說話規則，實行特定的生活方式，並隨時隨地受到嚴厲的監視和操縱。如前所述，傅科在研究醫院史時指出：從十八世紀開始，統治者特別重視醫院制度和機構的改革，以便透過醫院系統的空間特殊結構，對被統治者實行全面的控制。醫院機構的空間結構，展現了「場地」在當代社會中，對於掌握和擴展權力的決定性戰略意義（Foucault, 1994: III, 25-28）。所以，以醫院、軍營和學校為例，我們就可以典型地看到為什麼資產階級如此重視具有特殊結構的場地！

　　場地的絕對重要性，使現代都市的建築結構越來越多樣化和重疊化。**都市建築一向成為西方資本主義社會生活的中心舞臺**（Foucault, 1994: III, 192）。研究現代資本主義社會的西方著名社會學家，不論是埃利亞斯和維伯倫，還是宋巴特、齊默爾、布勞岱爾以及布爾迪厄等人，都一致認為，現代資本主義的發展，均同近代都市的奢侈生活方式以及都市文化（Urban Culture）的興起密切相關（Elias, N. 1978[1939]; 1982 [1939]; 1983[1969]; Sombart, W. 1900; 1902; 1967[1913]; Simmel, G. 1904; 1905; 1909b; Veblen, T. B. 1899; Braudel, F. 1967-1979; 1981[1979]）。當資本主義剛剛在中世紀社會內部初露其萌芽的時候，生活在大都市中的新興資產階級，為了建立他們在社會中的顯赫地位，也是為了同這些舊社會統治階級競爭，就已經開始將都市的建築，當成他們顯示其權力意志和特殊社會身分的標誌。由於當時新興的資產階級集中在都市，所以，他們的實際影響及其擴大，往往是從都市到鄉村以及更遙遠的地方。

　　資本主義作為一種社會制度而建立的時候，擁有政治、經濟和文化各方面優勢力量的資產階級，建構起以都市為中心的民族國家和世界殖民地統治網。一切最先進和最有效率的政治、經濟和文化機構，都設置在都市之內。現代都市幾乎成為各個國家

和世界各地的文化中心，不僅設有足夠的先進設備和機構，而且也集中了最有創造力的文化人和藝術家以及各種人才資源，同時壟斷了一切最重要和最新的資訊，有利於都市在文化生產方面，實現對於本國其他邊陲地區以及對於世界各地的控制。如果說，在中世紀時，統治者是由當時作為權力中心的宮廷社會（The Court Society）開始，進行其炫耀權力的奢華建築的話，那麼，到了資本主義社會階段，顯示資產階級權力的建築模式，就是以資產階級集中的現代大都會為中心。現代社會資產階級對於場地的爭奪，也集中在都市建築方面。

所以，在探討現代空間及場地的特點時，傅科非常重視現代都市建築。都市建築並不能只從字面意義來理解，它並不是單純指都市中的建築群而已；而是指一系列與都市建築相關的一整套制度、機構、網絡、組織、人力資源、生活方式、都市精神及其他實際力量所組成的權力網絡系統。它具有廣泛多元的表現形式，以都市的時空結構為基本基地，建構起一種由特定時空、有形和物質硬體結構為其基本框架，同時又以其內在的無形軟體象徵性體系以及一整套由特殊生活方式所表現的氣氛環境，作為它的強有力的精神靈魂，從而形成為龐大而複雜的文化系統。現代都市文化是一種非常活躍、富有生命力並具有自我更新和自我擴大能力的文化力量。同時，它又兼有侵略性、滲透性、擴張性、誘惑性和伸縮性。它要通過由都市發射出去的交通、媒體和資訊網絡，像章魚一樣，把它的觸角伸到一切可能的領域，並無止盡地延伸出去。而且，這並不是單向平面放射網，而是既有輸出、又有輸入；既有發出、又有回籠的無窮交錯循環網絡，使它自身既能控制和掌握整個世界，又能將世界各地的一切物質和精神營養，再集中回收、消化和加工，不斷吸取整個世界的物質和精神創造成果，使都市變成越來越雄厚、強大、壯盛和多智多藝的政治、經濟、文化和生活中心。這種在資本主義發展過程中形成和不斷鞏固下來的都市建築中心結構，會在資本主義擴大再生產中，繼續以惡性循環的流程發展下去，使整個世界變成為由紐約、東京、倫敦、羅馬、巴黎、法蘭克福等西方大都會為中心的全球化結構。

現代資產階級的權力擴展，首先必須以都市建築文化作為其實際支柱和基礎。因此，資產階級權力意志的表現形態，首先呈現為都市的特殊建築空間架構，並由它作為硬體裝備，建構起遠遠超出硬體網絡結構的龐大都市權力關係網絡系統。因此，建築文化是現代社會權力關係網絡系統的基本骨架，它在都市空間中占據主導地位，為都市生活及其在整個世界中所發揮出來的實際力量，提供基本的實體空間和基地，體

現出各個都市在物質經濟、科學技術、文化及生活氣質等方面的狀況。如前所述，在整個資本主義社會發展的過程中，現代都市始終都是政治、經濟和文化的中心。可以這樣說：資本主義現代化的進程，就是使世界時空結構改變成以都市為中心的資本主義制度的過程。現代都市是資本主義制度的統治中心，一切最先進和最有效的技術力量及其成果，都集中在都市。因此，現代都市建築集中了最重要的政府行政管理中心、商業中心、工業生產中心、科學園區、文化和娛樂中心以及居民居住社區。它們是由呈現多元建築藝術的不同建築群所構成的。這些建築往往包括政府機構建築群、廣場、公園、經濟金融機構、商業建築、街道、橋樑、交通網、地上地下建築、娛樂場所及居住建築等。當然，現代都市已經不再是平面或一般的立體建築空間，而是現代和後現代夢幻式立體的多維度空間，表達出比現實空間豐富得多的虛擬而變幻的慾望世界和權力擴展圖景；由此，都市建築並不只是幾何圖形式的傳統空間結構，而且還呈現多樣化色彩聲響及其他各種象徵性因素司組成的空間，綜合著過去、現在和未來的可能性奇幻生活圖景。對於這樣的都市建築景象和特殊結構，博德萊和本雅明等人，早在他們的藝術評論和美學著作中，就已經進行形象的描述和深入的理論探討。

都市建築空間所表現的，是由空間形式及其相互關係的象徵意義。建築通過其形體表現而將其中所隱含的功能和技術轉化為一種建築藝術。都市建築隨著資本主義社會的發展，採取了越來越多的不同的和極不穩定的表現形式，也因其不同的文化背景而呈現多樣化，各自選用不同的表現方式和特殊的建築語言，因而形成了不同的風格。空間組合不只是現代高科技物質性建築材料的綜合表演及其經濟實力的體現，也是都市建築美學理念及其象徵性意義的流露。都市建築以現代和後現代超傳統建築要素和組件為構成手段，以其特殊的空間結構語言，表達出都市資產階級對於其居民及其周圍世界的權力統治意願和慾望。因此，都市建築並非單純是一種表達物質經濟實力、具有實用價值的技術產品，而且也是具有審美功能的造型藝術作品。都市建築所隱含的美學價值既來自它的實用的、可以看得見和可以感受到的社會內容，而且也來自其造型的各種表現形態。都市建築美往往體現在三大層次上：環境美感、造型美感和象徵美感。環境美感是都市建築給人的第一個、也是最初的美學感受，它向人們提供整體性的非理性意蘊感受，通過環境設計所造成的氣氛，向身臨其境的人提供建築審美的最初層次，表達某種壯麗、雅致、飛動、博大、小巧或協合的感性印象。造型美感是建築美感的核心部分，它是由若干可以被人感知的建築形式、式樣及其邏輯內

涵等因素所構成的。在建築造型中，形式美是最具有決定意義的。至於象徵美感是建築藝術所追求的深層境界，以便通過象徵所發揮出來的強大感染力，取得有形空間所不能完全表達出來的審美效應。

十九世紀俄國社會哲學家兼美學家赫爾芩（Aleksandr Herzen, 1812-1870）說：「沒有一種藝術比建築學更接近神祕主義的了：它是抽象的、幾何學的、無聲響的、非音樂的、冷靜的東西，它的生命就在於象徵、形象、含蓄和隱喻」（《赫爾芩全集》：〈回憶及沈思〉）。作為一種藝術的都市建築文化，以建築藝術的神祕力量，向整個資本主義世界生產、發射、傳播和集中最重要的資訊和資訊，實現這些現代都市對於各個地區和領域的統治和控制。其實，被都市建築藝術感染的人們，首當其衝的，不是遠離都市的邊陲地區居民，而是都會市民本身。這些生活在都市建築中的市民，不只是在他們進行職業活動、上班或執行公務時，而且也在他們返回家室、而同他們的家人共過家庭生活的時候，也跳不出都市建築的牢籠。都市建築如同如來佛魔掌一般，將都市市民全部限制在建築時空中。因此，都市建築所造成的各種氣氛和氣息，時時刻刻伴隨著都市市民的全部生活歷程。都市建築有時豐富了都市市民的生活，提升他們的生活情趣，同時，它卻壓壓抑了他們的生活需求，隔絕他們之間的聯繫，使他們之間成為各自孤立的「個體」。被都市建築所管轄、薰染和「異化」的都市市民，只有當假期和休閒時刻到來的時候，才有機會走出都市建築的有限空間。這就造成了都市市民的休假和休閒狂。他們最理想的休閒去處，就是離開都市最遠的山區、鄉間和海岸。假期從都市衝出的市民度假潮，就是都市建築文化所造成的一個惡果。不僅如此。生活在都市建築「叢林」中的都市市民，為了避免都市建築的精神壓迫，也在都市內掀起抵抗都市建築的浪潮。他們把他們的汽車當成他們的第二居所，或甚至成為他們的個人人格的延伸。他們以步行、騎腳踏車以及廣泛種植樹木等行動，試圖抵制和抵銷都市建築所造成的「污染」氣氛。有的人，還寧願鑽進自己的汽車裡，在道路中狂跑或飆車，也使他們感到比關在都市建築中還舒服。所以，資本主義社會中流行起來的飆車、以車兜風的風氣，實際上就是都市建築文化的一個「副產品」。至於遠離都市建築的鄉間居民和邊陲住民，並不會因為他們之遠離都市而倖免都市建築文化所造成的精神傷害。

現代社會對於空間和場地的極端重視，還有它的歷史淵源。傅科指出：「空間本身，在西方，有它自身的歷史。忽視空間同時間之間的這種命定的交錯關係是不可能

的。為了描述空間的歷史，可以說，早在中世紀時代，就已經存在著一個由各個地方所組成的等級交錯的地域共同體（un ensemble hierarchies de lieux）：神聖的地域和世俗的地域；有設防的、被保護的地域及開放的、無設防的地域；都市的地域和農村的地域。這一切是關係到人們的實際生活的空間。對於宇宙論而言，存在著與天國地域相對立的超天國地域；而天國地域又同地面地域相對立。此外，還有些地域是曾經存在過某些事物，但後來，這些事物被強制性地搬移出去，而與此相對立的另一些地域，則存在著某些事物，而且，它們的存在是符合自然的。就是這些分等級的、相對立的以及相互交錯的地域系列，大致可以稱之為中世紀的空間，這是地域化的空間」（Foucault, 1994: IV, 753）。但是，傅科指出，隨著西方社會的變遷，隨著資本主義社會的出現和產生，隨著伽利略（Galileo Galilei, dit Galilée, 1564-1642）的物理學科學新理論的誕生，中世紀的上述地域化的空間變成為開放的空間。在傅科看來，伽利略新的空間觀的重要性，並不在於強調宇宙空間的地球中心論，而是在於發現一個無限開放的空間。從此以後，廣袤性或具有一定維度的空間結構（l'étendue），就取代了地域化（localisation）。具有廣袤性和一定維度的空間觀念，是近代科學論述的產物。它在相當長時間裡，曾經指導著資本主義社會的全部社會生活進程，並作為現代社會法制和規訓權力運作的基本原則。隨著資本主義社會的進一步發展，這種以廣袤性和特定維度作為衡量標準的空間概念，逐漸地喪失了意義。現代市場經濟、激烈殘酷的權力競爭以及科學技術發展的新趨勢，要求人們改變他們的空間概念。資本主義越發展，權力競爭越激烈。空間顯得越來越擁擠和有限，交錯重疊的新事物加速產生，生命權力和科學規訓的宰制程度越來越嚴密。在這種情況下，「場地」取代了空間。傅科說：「場地是由各個點或因素之間的相鄰關係所決定。嚴格地說，人們可以把場地說成為系列（des séries）、樹林（des arbres）或柵欄（des treillis）」（Foucault, 1994: IV, 753）。

　　促使空間轉變為場地的原因，還有科學技術方面的因素。現代資訊科學的發展，電腦知識及其廣泛運用，獨具風騷的數位技術的普遍性，都加速提升了場地在整個現代社會權力競爭中的決定性意義，也因此賦予場地比空間更加珍貴的獨一無二價值。

　　場地的無以倫比的價值，並不只是顯示在它對於生命活動地域的重要性，而且，更是在於它對於顯示個人在其鄰近人際關係中的實際狀況及其地位。場地直接地顯示每個人在同他的相關人際中的地位，顯示他的溝通和隸屬關係的具體特點。所以，在

現代社會中，決定一個人的社會地位的，是他的場地佔有關係。

總之，從空間到「場地」的上述歷史轉變，顯示空間成為了權力爭奪的主要戰場（Foucault, 1994: IV, 282）。在當代資本主義社會中，場地就是權力的象徵；場地越大，就意味著權力越大，因為場地就是資本的直接表現。

對現代媒體及大眾傳播的批判

對於現代媒體及大眾傳播系統的批判，是當代法國後結構主義、解構主義和後現代主義的一個重要論題。幾乎所有當代著名的法國思想家，諸如德里達、波德里亞（Jean Baudrillard, 1929- ）、布爾迪厄、李歐塔（Jean-François Lyotard, 1924-1998）和傅科等人，都一致地關切現代媒體（media）及大眾傳播（communication）系統的問題；而且，他們也都幾乎一致地譴責和批判政府與各種霸權勢力對媒體的控制和壟斷，批判當代媒體及大眾傳播系統的商業性、壟斷性、功利性和非自律性。

傅科等人首先看到了現代媒體及大眾傳播系統同古典時期市民社會（la société civile）中的媒體及大眾傳播的根本差異，對當代媒體及大眾傳播系統的社會功能表示質疑，甚至失望和憤慨。傅科尤其嚴厲批判當代媒體與大眾傳播系統同權力網絡之間的相互結合。他認為，當代媒體幾乎失去了嚴格意義的公民社會媒體所承擔的責任；為此，傅科把當代媒體的所作所為，稱之為一種同「權力遊戲」（jeu de pouvoir）相交結的「溝通的遊戲」（jeu des communications）（Foucault, 1994: IV, 235）。

接著，傅科也和其他當代法國解構主義和後現代主義思想家一樣，指出現代社會的重大變遷及媒體大眾傳播系統的墮落。傅科指出，現代社會已經不是古典的公民社會。在古典社會中存在過充當國家與公民社會之間的調解者和中介因素的媒體體系，但已隨著現代資本主義的發展而發生根本變化。因此，我們所說的媒體，已經不是傳統的媒體，而是當代最氾濫和最有效力的那些媒體機構及其數碼化和密碼化的資訊。而在今天，這樣的媒體，首先就是電視、廣告和電子網路。它們取代了原來以文字為主要手段的報紙新聞系統的統治地位。隨著電子網路的出現及其氾濫，人類確實已經進入到「數位世界」（le monde digital; Digital World）的新時代。在當前的數位世界中，最有效和最橫行的媒體，就是電視和電子網路。以電視和電子網路為主的當代媒體系統，不論從結構和功能方面，還是從它們同國家與權力機構的關係而言，都已經不同於古典時期的媒體系統。

其次，傅科明確地將媒體與大眾傳播系統，放置在當代權力關係網絡之中，並從它們在整個社會權力關係網絡中的地位及其實際功能，分析和批判現代媒體的性質。傅科認為，現代媒體已經直接成為社會權力網絡的一個重要構成部分，它本身就是一種權力系統，並同整個社會的權力網絡保持不可分割的關係。所以，現代媒體的運作，既從屬於權力網絡的內在鬥爭邏輯，也從屬於政治權力的鬥爭利益及其走向，而且，還直接為權力鬥爭的需要，特別是為政治、經濟及各種壟斷勢力的利益服務。傅科指出：「客觀能力的發揮及其實效，在最基本的因素的範圍內，涉及到溝通關係（des rapports de communications）；它們還直接同權力關係保持緊密關係」（Foucault, 1994: IV, 233）。傅科在這裡所說的「客觀能力」，指的是權力網絡以及媒體對社會所發生的客觀影響的程度。

由於現代社會結構的急劇變化以及科學技術的發展，現代媒體已經成為當代社會整體結構的一個重要組成部分，而且，由於它的社會地位的提升，使權力網絡非常重視媒體的社會功能，以致使兩者進一步緊密地相互交錯，構成為普遍地宰制整個社會的強大力量。傅科指出，現代媒體同當代權力關係網絡之間形成了一個全面的社會控制網。與此同時，當代媒體和大眾傳播事業的性質的轉變，使它們也成為統治者所掌控的象徵性暴力（La violence symbolique）的主要工具。傅科在多次的抗議活動中，曾同大多數社會群眾一起，反對媒體對社會生活的扭曲，也揭露現代媒體為統治者製造象徵性暴力的墮落行為。

傅科等人指出，當代媒體在全世界的發展及其技術化、壟斷化和高度組織制度化，使媒體的觸角伸到各個角落。媒體的上述特徵，使它很難保持傳統媒體原有的單一專業化及其自律性（autonomie）。在當代西方文化和生活方式全球化（mondialisation; globalization）的過程中，高度科技化、數位化和網絡化的媒體系統，包括新聞、廣告、出版、廣播等，特別是電視和電子網路系統，簡直成為了稱霸和橫行社會的某種權勢力量。因此，人們甚至可以說：「電視就是世界」；「世界就是電視」。或者說，世界就是媒體，就是資訊；資訊和媒體及其所散播的論述，就是世界。如此等等。

在這種情況下，對於媒體及其同商業、技術、權力和意識型態的關係的研究，幾乎是屬於同一個範疇。在當代社會中，商業、媒體、技術、權力和意識型態，是緊密結合在一起的；而媒體則成為以上各種因素相結合及其綜合運作的中介。英國社會批

判理論家湯普遜指出：「我們現在生活在一個由象徵形式的廣泛流通扮演重要、並日益增長其角色的世界之中。在所有的社會中，語言表達、姿態、行動、藝術作品等所構成的象徵形式生產和交換，始終是社會生活的普遍特徵。但是，在早期近代歐洲資本主義發展的促進下，隨著現代社會的出現，象徵和信號的性質及其循環擴展的程度，已經採取新的形式，並在數量上大大地增加了。同制度上朝向有利於資本積累的改進相平行，技術手段也得到了根本的改造，使得象徵形式的生產、再生產和周轉，能夠以空前未有的程度展開。這些被稱為大眾傳播的發展，尤其是受到電子符碼化技術以及象徵形式傳播技術的大幅度改善而膨脹起來」（Thompson, J. 1990: 1）。

二十世紀下半葉權力關係網絡運作模式的變更及其魔術式效果，是同電話、電視、出版以及電腦網路等媒體溝通事業的爆炸性發展有密切關係的。隨著世界經濟和文化的全球化（mondialisation; globalization），電視、電影、出版等媒體本身也實現了全球化，使得媒體及其論述在全世界的傳播和推銷，更加變本加厲。在這種情況下，社會大眾的日常生活也實現了全球化，任何時間和空間的間隔及距離，都不能限制全球社會大眾日常生活的全面相互影響。而在全球化過程發展的同時，全球各地也越來越本地化、本土化和在地化。全球媒體在全球化過程中，扮演了特別重要的角色。科學技術的成就使各個國家的媒體網絡，有可能興建全球化的衛星通訊系統，將全球各個地方連成一體。媒體網路的全球化使媒體傳播的內容實現了空前未有的國際化。不只是新聞內容，而且還包括各種節目及廣告，也實現國際化。電視等媒體網路由此建構了它們的國際化聽眾、觀眾和受眾。其次，通過全球化的媒體網路，任何國家和地區都可以毫無困難地接受國際節目。第三，媒體的全球化也導致媒體網路資本和所有權的國際化。幾乎所有的大型媒體網路都屬於跨國財團系統。媒體網路的全球化，使媒體同權力網絡的相互關係，超越了國界，變成為全球範圍內的綜合宰制力量。

當代媒體的發展及其社會影響力，已經足於說明：媒體的發展程度在很大程度上，可以決定現代社會的發展程度，也可以顯示權力鬥爭的走向及其緊張關係。

首先，如果我們以媒體發展程度為標準，可以將現代社會分為兩大歷史時期：第一時期是「前資訊時期」，第二時期是「資訊時期」。前資訊時期相當於前消費社會，也就是從古典資本主義社會到第二次世界大戰以前的西方社會。資訊時期就是我們所說的消費社會階段，是晚期資本主義時代的西方社會。在前資訊時期，西方社會

的媒體以印刷傳播系統為主，主要以報紙、出版業和廣播電台所構成的網絡。到了資訊時期，主要以電視為中心，整個社會充斥著和傳播著難以計數和不斷更新的圖像（images）和資訊（information）。正如費舍通（M. Featherstone）所說，這是以圖像和資訊充斥整個日常生活的現代社會的特徵，在那裡，纏擾整個日常生活、並以強大效率運作的媒體網絡，傳播著無止盡更新的符號和圖像，迫使社會大眾接受（Featherstone, M. 1991: 67）。

廣告與媒體不只是權力運作的聯繫和傳播中介渠道，而且也是它的統治者發佈各種意識形態理論及其具體論述的溫床和增生環節，同時也是權力關係網絡在其流變過程中，上下起落和不斷更新的基礎條件和指示器。權力關係網絡同廣告與媒體之間，幾乎構成了某種互為依賴、互為寄生和互相促進的交織關係。

「權力論述及其所控制的意識形態的傳播，在很大程度上是媒體製造出來的」。這一句話在目前這個時代一點也不誇大。當代媒體之所以如此「萬能」，是因為它借助於當代社會權力操作和科學技術的威力，已經變成為徹頭徹尾的「訊息」的代名詞。正如麥克魯漢（Marshall McLuhan, 1911-1980）所說：「媒體就是訊息」（the media is the message）（McLuhan, 1964）。媒體之「萬能」，是立足於當代資訊社會的整體結構及其特徵，同時也依賴於它同權力關係網絡之間的緊密關係。當代科學技術的威力加強與商業、政治和整個文化力量的結合，使媒體系統建構了強大的硬體和軟體網絡，並使之成為無時無刻存在和運作於整個社會之中。當代媒體的無所不在，使它反過來成為權力鬥爭及其策略運作的工具，也使它成為當代社會生活的中心。美國研究電視等媒體文化的專家阿倫指出：「關於同電視究竟有什麼樣的關係，這確實是值得思考和研究的；而它之所以重要，是因為電視已經以如此多種多樣的方式，在如此多的不同地方，介入到如此眾多人民的日常生活中去。現在，全世界各個地方，一天之內，共有 35 億小時的時間是用來觀看電視的。但不論其他任何地方，都沒有像美國這樣，電視成為了日常生活的一個不可分割的組成部分。全美國有九千二百萬個家庭平均每家擁有一台電視，也就是說，佔總人口百分之九十八的人都看電視；其中，又有百分之七十的家庭平均每家擁有一台以上的電視。這些美國家庭所擁有的電視比電話還多。這些家庭平均每天開電視七小時以上。大約在晚上七點到十一點之間，不同族群、社會和經濟群體的美國人，都在有電視放演的地方消磨他們的大部分時間」（Allen, 1992: 1）。

在接受電視節目的成千成萬觀眾和聽眾之中，有相當大部分人是完全被動的。也就是說，面對當代電視的「連續轟炸」，他們永遠是乖順的接受者。這些幾乎絕對被動的電視受眾，大體可以分為兩大類：第一類是經長期艱苦勞動和工作的折磨、找不到別的休閒出路、而又缺乏知識或懶於思考的人們，這些人屬於社會廣大下層工人和一般民眾中的一大部分。他們往往在工作之餘和日常生活的相當大部分時間內，是留在家中觀看電視。第二類是兒童和未成年的青少年。這些青少年缺乏辨別能力，同時又在課後受困於家庭之中。正如研究電視的專家伯金漢（Buckingham）所指出的：「兒童同電視的關係是典型地屬於『單向因果過程』（typically regarded as a one-way process of cause-and effect）。在這種情況下，兒童成為了電視的最典型的純然無力的犧牲品」（Buckingham, D. 1993: vii）。

傅科指出，為了真正揭示現代社會各種權力的性質及其運作的策略，必須由權力關係（relation de pouvoir）、溝通關係（rapports de communication）及客觀能力（capacités objectives）三大方面進行探索。各種權力的性質，是在它們同其他權力的區分中，在它們對其實施對象的操作效果中，顯示出來的。因此，在當代社會中，首先必須區分出權力的實施對象以及它們對於對象的操作能力。當權力對其對象實施影響的時候，或者是直接靠其自身的威力，或者是靠它所使用的中介手段。正是在權力實施的過程中，顯示出不同的權力操作個人及社會團體的能力及其策略。溝通和媒體系統之所以重要，就在於它們充當了權力關係同其運作客觀能力及實際效果之間的中介。不論是談論法制的權力，制度或機構的權力，還是意識形態的權力，都必須在它們同其實施對象的關係中加以考查。就是因為這樣，媒體和溝通傳播系統，在當代權力網絡的運作中，扮演了非常重要的角色，因為媒體始終是當代權力網絡對其統治對象之間實施實際客觀影響的必要中介手段。現代社會的複雜性，決定了各種權力實施過程的中介性、反思性和曲折性。現代媒體和傳播系統就是在這種情況下，參與了現代社會權力網絡的實際運作，並直接成為了它們的核心部分。

當然，不能簡單地混淆權力關係與溝通關係。傅科認為，所謂溝通，指的是利用一種語言，通過各種信號系統或者通過一系列象徵性的中介因素，向權力統治對象，傳遞資訊和情報，以便實現權力宰制，並達到權力運作的策略鬥爭目的（Foucault, 1994: IV, 233）。但是，權力關係、溝通關係及其客觀能力之間，畢竟存在著緊密的相互關係，以致使它們三者之間，構成為相互依存和相互滲透的整體。在這個意義上

說，溝通和媒體系統就是權力關係網絡的一個重要組成部分。傅科指出，在由以上三者所構成的整體中，首先有各種事物、有目的性的技術、勞動、工作以及現實的改造等不同領域；其次，又有信號、溝通以及意義製作和相互流通等不同領域；第三，還有各種宰制手段的統治和控制，也還有各種不平等性以及人對人的影響等因素。上述三大方面，始終都是相互滲透、相互交接和相互影響，不但影響著權力關係網絡的運作，還影響著溝通和媒體系統的存在及其效果。當代媒體憑借它所製造和發出的各種信號，對整個社會和所有的個人實行宰制和規訓；這是一個不折不扣的『監視與信號系統』（le système Surveillance-Signes）。傅科指出：「整個世界就是由一個靜悄悄的監視和信號系統建構起來的。……牆壁、天花板等等，到處都長著眼睛。…周圍的一切，只有信號而已；幾乎沒有一個信號是正常的言語」（Foucault, 1994: I, 183）。

　　媒體功能的實現及其擴展，還要靠媒體活動過程中所應用的策略及其具體形式。傅科充分估計到當代媒體的特殊結構及其特殊運作策略（Foucault, 1994: IV, 233-234）。媒體所應用的策略包括「高頻率說話」（parle à voix haute）、「連續轟炸」、「不惜重複」、「製造幻影」和「塑造偶像」等。這些策略的貫徹，使監獄中的犯人以及社會大眾、商店顧客等，成為媒體的主要獵取、規訓和征服的對象。在今天的社會中，人們可以一天不吃飯、不睡覺，卻無法一天不接受廣告，無法迴避電視節目和媒體的騷擾。不但在社會中如此，而且，在各個公司、車間、機關等具體單位，也通過媒體的信號系統，對人們進行各種各樣無止盡的騷擾（harcèlement），直至人們精神疲憊不堪、神經衰弱、麻木不仁和無能為力，迫使人們就範或任其擺佈。

　　媒體所使用的這些特殊策略，在很大程度上是同媒體所製造的信號系統的特徵緊密相連繫。媒體系統所採用的特殊符號結構及其特殊運作規則，使它們不折不扣地成為富有控制效率的象徵性權力。這種由媒體所釋放的特殊符號結構，一旦投入運作過程，就形成為比一般權力更巧妙的權力形式。所以，不但媒體本身，連同其資源和訊息，變成為權力的一種形式，而且，它們的運作過程及其程式，也構成為當代權力網絡的組成部分。

　　傅科嚴厲批判哈伯瑪斯（Jürgen Habermas, 1929- ）的溝通理論，強調指出哈伯瑪斯忽略了溝通同權力網絡之間的緊密關係。因此，哈伯瑪斯將「統治」（domination）、溝通（communication）和有目的的行動（action téléologique）混淆起來，並錯誤地把它們歸結為三種「超越性」。

溝通和媒體系統之內諸因素之間的相互關係，以及溝通和媒體系統同權力關係網絡之間的相互關係，構成為多種「**溝通遊戲**」（jeu des communications）與「**權力遊戲**」（jeu des pouvoirs），也造成溝通遊戲與權力遊戲之間的緊密關係（Foucault,1994: IV, 233-235）。

溝通遊戲是溝通與媒體系統內部諸因素之間及其同權力關係之間的力量緊張關係的基本表現。由於溝通和媒體系統內部諸因素之間以及同權力關係網絡之間，包含著非常複雜而多樣的成分，而且，它們之間又呈現為非常複雜的動態趨勢，就使得溝通遊戲成為多變不定的狀態。傅科意識到溝通和媒體系統諸因素的複雜性，強調溝通遊戲之不確定性和多向變化性。通過遊戲的實現及其效果，決定於溝通遊戲中諸力量所採用的策略和計策，決定於溝通和媒體所使用的現代技術及其實際程式的效率。在溝通遊戲中，必須充分考慮到溝通和媒體系統本身以及它們的讀者、聽眾和各種形式的受眾的因素，同時考慮到這些因素之間的變化可能性。

溝通遊戲與權力遊戲之間的協調及其配合，構成為規訓和紀律的實施過程的必要環節（Foucault, 1994: IV, 235）。在現代社會的規訓和紀律的實施過程中，溝通同權力之間相互結合，形成對於整個社會及個人的宰制的有力槓桿。

隨著當代媒體脈絡及其運作的產生，社會中也同時出現了一種前所未有的「媒體文化」（Media Culture）。這種媒體文化的產生，不但改變了媒體本身的性質，而且也改變了傳統文學和藝術的性質，使政治和經濟的權力網絡對於媒體的宰制，提供了廣闊的可能性。由於當代電視的盛行及氾濫，當代社會的文化已經變成為地地道道的『媒體文化』。現代媒體文化，並不是傳統市民社會中的媒體，而是深受商業和政治權力干預及操縱的統治手段。不能再繼續使用傳統的傳播理論和基本觀點，因為傳統的傳播理論總是認為，傳播過程只是關係到一種傳播生產者同傳播接受者之間的單線單向因果關係。當代社會傳播媒體脈絡的出現及其特殊運作形式，使媒體既不再如同傳統功能主義者所宣稱的那樣，是所謂「不偏不倚」的單純傳遞資訊和文化的「客觀中立」通道。由於媒體成為了政治、經濟和文化生產統治勢力所壟斷、並成為它們控制整個社會的單向統治手段，統治者試圖進一步使媒體成為他們統治社會的單向意識形態工具。但傅科也同時意識到：當代社會媒體脈絡及其運作原則的更新，使媒體的性質及其效果，有可能成為在媒體傳播中相互交流和相互滲透的傳播者及接受者之間，進行雙向互動的通道。而且，由於深入分析了媒體向公眾傳播新聞和娛樂的具體

過程，進一步揭示了媒體傳播過程中，傳播者和接受者雙方的互動及其相互滲透的狀況，由此發現了社會各個階層在其接受媒體傳播時的共同的和相異的特點。

傅科指出，在現代社會中，科學技術的發展及其與權力之間的相互滲透關係，促使媒體文化及文化創造本身，都全面實現了技術化、符碼化、複製化和程式化。同時，伴隨著科學技術的發展而無空不入的新型管理技術，也滲透到媒體和文學藝術領域，將最崇高和最複雜的文學藝術創造活動，納入可控制、可複製和可重複的技術程式，以致使原有的媒體活動及文學藝術創造活動，被技術、工具、儀表和人工智慧所侵佔，造成了媒體及文學藝術事業的空前「虧空」和危機，也使整個社會生活，在失去傳統媒體的創作可能性的狀況中，成為了技術及符碼的遊戲活動的對象和工具，失去了社會生活的自然生命。同傅科一樣，李歐塔指出：「科學技術機器對文化領域的滲透，一點也不意味著在精神中的知識、敏感性、寬容和自由的增強。加強這些手段並不增強精神本身，如同啟蒙運動所期望的那樣。我們所正在做的，毋寧是相反的經驗：新蒙昧、新文盲、語言的貧乏、新的貧窮，以及透過媒體進行無情改造的意見，一種奉獻給赤貧的精神，一種被荒廢了的靈魂；所有這些，也就是本雅明和阿多諾所不斷重點指出的那些東西」（Lyotard, 1988a: 75）。

當代媒體的上述社會功能，在很大程度上取決於當代媒體所傳播的資訊的資訊符號性質。所以，傅科在分析當代媒體的性質時，還進一步探索當代資訊符號的特點及其特殊的傳播特徵。

當代媒體所傳播的資訊和資訊，基本上是由一系列人為的符號、符碼和象徵所構成的。借助於當代科學技術，特別是人工智慧的特徵，當代媒體所傳播的資訊和資訊，具有明顯的穿透大眾心理的功能。

針對當代媒體傳播的特徵，有一種觀點認為，媒體所傳播的一切，是它們「架構」出來的。為了深入探討媒體的這種特殊社會功能，近來媒體研究對於媒體文化的「構架新聞」（Framed News）模式進行了專門的分析。一種最重要的觀點認為：媒體在傳送現實資訊的同時也對現實進行了詮釋（Campbell, 1987; Molotch/Lester, 1974）。各個報刊和電視機構，當它們編輯新聞時，首先考慮採取何種報導形式才能最大限度地影響新聞接受者領會其新聞的效果。為此，它們將設計某種最有影響力的「架構」（Frame）去報導和傳播其新聞內容。這種報導和傳播實際上就是新聞機構對於它們所製造出來的新聞故事的一種詮釋。為了達到最大效果，新聞機構通過捨棄

或排除某些新聞、而選擇某些新聞事故或事件,作為它們編撰新聞故事的基礎。接著,它們對於選擇出來的新聞故事進行編排、文字上的修飾、技術上的安排以及策略上的謀算,採取一定的敘述形式,以特定的視野、觀察角度及傳播方向,將加工出來的「新聞」強加於接受者。在這種情況下,那些屬於爭執、衝突、暴力和危險的部分,往往受到了最大的重視,甚至給予盡可能的誇大和渲染。這就不難理解,為什麼台灣的電視新聞中,所謂「社會新聞」佔很大比例,而「社會新聞」的主要部分則是有關兇殺、自殺、暴力、縱火、黑社會、打鬥、強暴、火災、車禍、婚外情、通姦以及其他類似的事件。

在現代社會中,靠現代技術加工及其程式化,整個文化活動及其產品,都逐漸地喪失其原有的「氛圍」,變成了技術的附屬品。正如本雅明在《技術複製時代的藝術作品》(Das Kunstwerk im Zeitalter seiner technischen Reproduzierbarkeit)一文中所說:「這是一種在科學技術高度發達的社會階段中產生的特殊文化」(Benjamin, W. 1968[1935])。當資本主義文化還停留在以發展生產力為中心的古典資本主義經濟發展階段,當知識還仍然用來單純地征服自然的時候,也就是說,當資本主義尚未進入晚期階段時,媒體及藝術,都仍然可以作為一種獨立的創作力量而避免經濟和科學知識的干預,還保持其相當大的自律性。但是,現代社會卻逐步削弱、甚至試圖消除媒體及文學藝術創作的自律。現代社會整體在結構和權力網絡方面的根本變化,促使媒體的上述非自律化的傾向,得到進一步的發展。

傅科、李歐塔和布爾迪厄等人還認為,由於媒體文化的主導地位,使當代文學藝術的性質發生很大變化。如同攝影正在取代繪畫一樣,新聞取代了文學創作。同時,在社會上成名的作家和文學家,已經不是那些傳統的專業作家,而是同媒體有緊密關係的流行文學家或藝術家。布爾迪厄指出:最近幾次獲得諾貝爾文學獎的人,往往是受到媒體歌頌和傳揚的文人;而那些精細耕耘,投注心血,全力進行文學藝術創作的人,卻被冷落(Bourdieu, P. 1996)。

在權力運作的過程中,權力關係網絡同商業系統之間,進一步加強了相互間的聯繫,而它們之間的結合,最主要是通過媒體系統的溝通和傳播及其策略。

當代商業、媒體和權力網絡的相互依賴,還借助於特定的文化形式。由於當代社會的文化生活具有明顯的社會性和群眾性,權力、商業和媒體之間的相互結合,往往以現代文化作為中介,特別依賴於最富有群眾性的流行文化。流行文化,作為一種採

　　取象徵符號結構的文化體系，同其他文化一樣，其本身就具有一種無形的、然而又是相當強大的象徵性權力。首先，流行文化之成為流行，就已經表明它本身的威力。一種文化能夠被多數群眾所接受，為他們所擁護和採用，其本身就表明了其中所隱含的威力，同時，由於它成為了廣大群眾所接受的文化，它也就分享了群眾作為社會力量的威力，它就由此而具有強大的象徵性權力。其次，流行文化在群眾中的廣泛影響，也使它隱含著某種正當性。群眾對它的擁護和接受，表明群眾對它的認同和確認，而這是社會正當性的重要基礎。流行文化在群眾中的流行傳播，又同社會統治勢力對它的重視和認可不無關係。它之流行傳播，本來是群眾本身接受和統治者有意推廣的結果。但不論是前者還是後者，都是一種社會文化現象取得正當性的先決條件。

　　當流行文化成為了社會的強大力量時，它就滲透著意識型態的影響，特別是滲透著其生產者和推銷者所擁護的那些意識形態的精神力量和思想威力，而且，它本身也自然地成為意識型態在社會上發揮作用的一個重要中介。從這個意義上說，流行文化同意識形態的關係是雙重的：它既是滲透著意識形態，包含著意識形態的性質，同時，它也是各種意識形態發揮其功能的某種中介。權力網絡正是利用了流行文化及媒體的意識形態性質，通過媒體和流行文化的結合，大力推銷權力網絡所生產的意識形態。對於從屬於特定權力網絡的某些意識型態而言，透過流行文化而掩蓋其意識型態性質，甚至是一種不可避免的策略。

　　伯明罕學派特別重視流行文化的意識形態性質及其特點。正如詹姆士‧嘉里（James Carey）所說：「英國文化研究簡直就是意識形態研究的一種方式。他們在研究中總是試圖將文化納入意識形態之中」（Carey, J. 1989: 97）。當然，關於意識形態問題也並不是輕而易舉地可以解決的，它本身還包含著許多值得爭論的因素。從馬克思到現代的葛蘭西和阿爾圖塞，雖然都先後提出關於意識形態的理論，但都多多少少還存在著一些理論上的盲點或缺點（Bennett, T. 1992; Harris, D. 1992; Philo, G. 1990）。

　　葛蘭西在談到統治階級的文化霸權時，特別強調控制文化，特別是掌握文化中的意識形態生產和傳播權力對於統治階級的重要意義。因此，葛蘭西鼓勵被壓迫的社會階級，以其人之道反治其人之身，將意識形態問題當成對抗統治階級控制的理論戰場，並提出了利用大眾文化作為武器進行鬥爭的策略。在這種情況下，有一部分文化研究者根據葛蘭西的上述文化霸權理論，主張將群眾享用流行文化產品時所產生的「愉悅」快感，當成抗拒統治階級意識形態控制的一種精神力量。

霍爾在其〈意識形態的再發現：媒體研究中返回「壓迫」的傾向〉一文中，曾經簡單地概述英國文化研究歷史中的三個階段（1920 年到 1940 年，1940 年到 1960 年，1960 年到二十世紀末），並認為，在第二階段，佔統治地位的理論觀點是美國的行為主義社會學觀點，只有到了第三階段，才逐漸地被一種選擇性的批判觀點所取代。霍爾指出，關鍵性的轉變就是意識形態概念的廣泛應用。霍爾認為，只有通過意識形態理論，才能將媒體中的傳播功能問題同整個社會聯繫在一起，從而更深刻地揭示了問題的本質（Hall, S. 1982）。在對於文化的意識形態研究中，文化研究者發現：媒體在其傳播資訊的過程中，總是向其受眾（觀眾或聽眾）灌輸特定的「形勢」定義（the definition of the situation），並從其形勢定義出發，向其受眾灌輸媒體所主張的意識形態範本。霍爾將此稱為「媒體所建造的現實」（the construction of "the real" through the media）（Hall, S. 1982: 64）。群眾總是被動地接受媒體的「形勢」定義和「現實」概念。就在這些有關「形勢」和「現實」的定義中，已經滲透了媒體的控制者所支援的意識形態。媒體往往推銷它們所建構的新聞架構。在宣傳和推銷流行文化產品時，媒體同樣也向消費者灌輸各種各樣的「形勢」、「現實」和「流行」的定義，並使消費者產生各種各樣的錯覺，以為「現實」、「形勢」和「流行」就是實際的、客觀的那些現實、形勢和流行。媒體利用它的「反覆狂轟濫炸」策略，不惜重複地推銷同一個口號和定義，強迫社會大眾在他們出現的任何地方都必須接受這些資訊。

在現代社會中，國家同流行文化保持著非常複雜而微妙的關係。這些關係還特別與國家同市民社會的相互關係問題相關連。為了在較短的篇幅中，能集中分析最重要的關鍵問題，這裡要特別把焦點集中到以下兩大問題：(1)國家通過政治論述的流行化而同商品流行化相配合或相協調的機制；(2)國家通過對於媒體的控制而加緊利用媒體這個管道，同時又通過媒體同商業的複雜關係而間接地和曲折地控制流行文化的消費活動。

當代國家機器基本上是繼續尊重市民社會的運作的，儘管在十六世紀以來國家同市民社會的相互關係已經發生很大的變化。但是，事實證明：近代國家對於市民社會的控制已經日益加強，而包括媒體在內的市民社會整體結構，也已經逐漸削弱其監督國家的職能；反過來，國家對市民社會的滲透，則是利用越來越多的制度性力量，在不受到太多的阻力的情況下，逐漸地帶有「正當化」的性質。這樣一來，國家很容易通過市民社會、特別是其中的媒體系統，灌輸和擴大有利於國家的各種「論述」（Discourse; le discours）。傅科指出，各種各樣的論述都滲透著意識形態的內容。當它們通過媒體和流行文化而散佈到社會大眾時，這些論述中所包含的意識形態便輕而易舉地征服了群眾，並成為群眾追求流行文化產品的日常生活實踐的一部分。

作為一種論述的流行文化，其本身就含有意識形態的性質。如前所述，所謂「論述」就是各種帶有主題的目的性論說、話語或論談，它們是在特定社會文化條件下，在一定社會情境下，根據製造論述的主體的實際利益或需要，就社會文化的某些事物或問題，針對其選擇性的對象的特點而說出來的結構性話語。因此，在論述中，就已經濃縮著製造論述的主體的意識形態。論述當然以話語、語句結構和論證體系的方式表現出來。但是，論述的散播和成效過程，卻要緊密結合特定社會文化條件，採取滲透到各種社會文化事件中的途徑，以曲折、反思和象徵性的手段，盡可能掩蓋其意識形態目的和內容，以便使論述在各種巧妙的掩飾下，在其同其他事件和事物相結合的過程中，靜悄悄地發揮其宰制性威力。流行文化在群眾中的流行本身，為統治者利用流行文化灌輸其論述製造了最好的條件。

總之，流行文化在一定程度上，是媒體製造出來的，也是媒體傳播開來的，又是媒體封殺和再製造出來的。也就是說，媒體可以在不同程度上決定流行文化的命運。它可以製造、決定和擴大流行文化的社會影響，也可以縮小或消除流行文化的影響，甚至可以終止某種流行文化的傳播。媒體對於流行文化的上述控制，使當代社會佔統治地位的社會勢力更採取有效的手段展開其意識形態的攻勢，實現以往傳統社會中所不能完成的意識形態控制效果。

媒體對於流行文化中的意識形態加工和滲透，是同商業、政治和文化領域中的菁英階層及其代表人物的曲折介入緊密相關的。由於流行文化在很大程度上表現為消費性的商品和鑑賞對象，使人們在消費和鑑賞的時候，往往只是被它的光怪陸離的感性外表所迷惑，被它的外形的誘惑性結構所吸引，將他們精神和思想的注意力傾注於流行文化的物質性質和感性特點，從而有效地掩蓋了它的意識形態性質，「忘記」了它作為一種特殊的文化產品所包含的意識形態力量。正是流行文化產品的這個特點，有利於隱蔽於其中的意識形態的活動。也就是說，正當人們玩賞和消費流行文化的時候，它的內在固有的意識形態，便以無形和不知不覺的方式宣洩出來，直入消費者的心態和內在世界。歷來的意識形態製造者，為了發揮其功效，他們最注意的，就是使接受者「誤認」和「無視」意識形態產品中的意識形態成分。為此，傳統的意識形態

製造者，傾其全部力量，磨鈍其產品的意識形態的鋒芒，使它披上「客觀」、「中立」和「超脫」的外衣，賦予一種「一般性」的性質，似乎它「代表」整個社會利益，對於各個社會階級均表現「不偏不倚」的立場。正如馬克思在其《德意志意識形態》一書中所指出的，統治階級總是將其只代表本階級利益的意識形態加以抽象化，讓它帶上「普遍代表社會利益」的外貌（Marx, K. 1845）。在這方面，知識分子的理論加工是非常重要的。當代法國社會學家布爾迪厄也指出：為了推銷其意識形態，並使其統治正當化，統治階級總是使用迂迴曲折的循環論證的手法，盡可能請距離本社會最遙遠的、因而是最被人們忽視的社會力量和「權威」進行論證，盡力造成一種「誤認」，使社會大眾接受其意識形態和正當化程式。例如，當拿破崙為其登基加冕進行正當化時，他設法請當時被人們認為最脫離政治領域的羅馬教皇，使他的登基加冕塗上「神聖」和「公正」的色彩（Bourdieu, P. 1979）。面對當代社會廣大社會大眾教育程度的提升和文化的普及，當代統治階級試圖改變其意識形態的推銷策略，而流行文化就是這樣迎應了這種需要。

在探討消費文化與媒體、廣告、商業、國家權力以及消費者心態的相互關係的基礎上，我們可以進一步深入研究和分析消費文化同意識形態的複雜關係。從以上各個章節可以看到：第一，當代社會的消費文化是超出常規的自然和社會消費的需要而被人為地擴展和膨脹起來的。第二，消費活動本身並不是正常的商品經濟交換活動的自然結果，而是由社會上佔有一定政治、經濟和文化勢力的社會階層所刺激和製造出來的。第三，消費者本身及其消費「需求」也是消費文化總過程所製造出來的。正如埃文早在 1976 年就已經觀察到的：正是跨國公司大財團所建構起來的市場結構及其同媒體和廣告系統的勾結，將社會大眾「培養」成「消費者」（Ewen, S. 1976）。由此可見，當代消費社會的特點就在於：它不但可以製造出人們自然社會生活中所不需要的產品，而且，還進一步有能力「生產出」消費活動本身，並同時也「培養」它所需要的「消費者大眾」。為了「培養」這種消費者大眾，顯然必須向他們灌輸消費意識，並使這種消費意識隨時適應消費文化的發展。

霍爾在談到流行文化的意識形態性質時說：流行文化產品的製造和推銷過程，實際上是其生產者、推銷者和控制者在產品中「結碼」、「定碼」或「密碼化」（encoding）的過程，但同時也是在他們的精巧操縱下，使消費者和接受者「讀碼」、「解碼」和「化碼」（decoding）的過程（Hall,S. 1980c）。霍爾認為，整個流行文化產品

的製造和推銷過程，並不是純粹的商業消費活動，而是在其過程中製造、注入、灌輸和宣傳經密碼化的特種意識形態的過程，因為流行文化的製造和推銷過程是一種經媒體控制和加工的意識形態教育過程。

當代消費的製作過程，如前所述，當代社會中的消費已經不是古典資本主義社會階段的消費活動，既不屬於一般商品經濟生產總過程，也不是一般意義上的消費，而是在晚期資本主義社會階段所產生和膨脹起來的特殊社會文化現象。這是一種超經濟領域的總體性社會文化活動，因而也自然地包含著滲透於文化生產和再生產過程中的意識形態生產的問題。所謂「意識形態時代的終結」是一種虛幻的口號，並不符合消費社會的實際情況。消費文化的氾濫，不是「意識形態的終結」，而是「消費文化意識形態的開始」。意識形態的生產始終伴隨著一切文化的生產過程，同樣也包含在消費文化的生產過程之中。當代消費性質的轉變，意味著意識形態生產，不論是它的具體內容和表現形式，還是它在社會傳播的方式，都發生了根本變化。

當代消費社會中的意識形態生產、傳播和再生產，雖然在一定程度上延續了古典資本主義社會的一般形式，但其性質、內容、表現方式，都採取越來越隱蔽及越來越曲折複雜化的途徑，並採取了非常特殊的手段和策略。

首先，當代消費文化意識形態的生產者和製造者，已經遠遠超出傳統的知識分子和思想家的範圍，包括了商人、企業管理人員、科學技術人員、藝術家、廣告業者、新聞記者及報刊編輯等。這些人的介入，使意識形態的性質模糊化，也使廣大消費大眾減少了警覺性。

其次，當代消費文化意識形態的生產過程，已經不再是停留在傳統的文化思想領域，而是更多地透過商業交換、媒體傳播、藝術表演、消費活動及日常生活方式的手段，在社會生活的廣闊領域中，以不知不覺的方式進行。

再次，就傳播途徑而言，正如克蘭所說：從清一色的印刷媒體向印刷媒體同傳播媒體相結合的轉變，深刻地影響了意識形態內容的廣泛傳播（Crane, D. 1992）。當代傳播媒體巧妙地以視聽結合的圖形和肢體表演的方式，將消費文化的意識形態傳播開來。美國社會學家拉札斯費爾特（Paul Felix Lazarsfeld, 1901-1976）早在 1944 年就已經提出「意見領袖」（opinion leaders）說法，強調社會生活領域中總是存在少數具有影響力的人，可以在投票行為和大眾傳播的二級流程中的發揮他們的功能。當代消費社會由媒體和消費文化生產者所製造出來的各種「偶像式」人物，包括明星等在內，

實際上比上述「意見領袖」還更能發揮消費文化意識形態的傳播功能。

第四，就意識形態的性質而言，正如專門研究消費文化的專家懷特（White）所指出，當代意識形態不再是單純受經濟因素所決定。由於當代社會結構的變化，使社會變成為由既相互衝突、又有共同利益的不同社會群體所組成，而這些利益不能完全歸結為經濟利益。各個社會群體或社會機構都是各自獨立的，它們所主張和生產出來的意識形態也有所不同，甚至完全對立。這就使當代社會的意識形態形成了多元化的形態。同樣地，媒體廣泛傳播的各種資訊也不能完全解釋成為經濟利益的表現（White, M. 1989）。

第五，就消費文化意識形態的表現形式而言，是多種多樣和多元化；其形式多半採取生動活潑的藝術美和生活美的方式，也更多地透過身體和性的美的表現形態，使其中所隱含的意識形態被「柔化」和「美化」及「藝術化」，從而能夠在消費者思想解放和思想放鬆的情況下受到影響。

凡此種種，說明消費文化的意識形態已經在很大程度上失去原來意識形態的性質和形式。如果繼續以舊的古典意識形態定義及理論觀點來分析當代消費文化的意識形態的話，不但不能揭露其性質，而且，還可能有意無意地掩蓋它的意識形態本性。

但是，也有人認為，當代社會的意識形態功能畢竟是非常有限的，因為一方面傳播意識形態的媒體的功能本身是有限的，另一方面當代社會的個人或群體都或多或少具有一定的獨立性，具有選擇的自由。但是，持有這種主張的人，忽略了這樣的事實：在人們進行選擇以前，選擇的範圍就已經被消費文化的製造者和傳播者所限定。所以，不管進行什麼樣的自由選擇，永遠都跳不出消費文化生產者和傳播者所限定的範圍之外。

在流行文化的生產和製造中，如同我們在以上各個相關章節所指出的，媒體的性質已經完全不同於早期媒體。最大的不同點，就在於媒體本身已經在相當大程度上失去自律。流行文化的生產過程，是一個包括媒體系統在內的極其複雜的鎖鏈。然而，流行文化的商業性不可避免地使流行文化生產過程中的媒體喪失自律性。這是因為流行文化中的媒體，不論是它的組成成員，還是它的運作過程和方向，都必須為流行文化的商業性服務；流行文化生產過程中所參與的媒體不得不隸屬於流行文化的商業生產和發展的需要。

當代媒體自律的喪失並不只是指媒體機構已經被大型文化工業企業所壟斷，也不

單純是指媒體組織機構幾乎為少數財團所佔有的事實，而且，還包括整個媒體製作內容、形式和程式方面的受控制程度。我們在前面各章節中已經揭示：西方各重要媒體機構，幾乎都是由大財團所佔有；而且，這些財團有日益相互併吞的趨勢，以致掌握大型媒體機構的財團的數量，有日益減少的趨勢。二十世紀末所發生的西方原有大型媒體系統組織的大調整及其相互合併的事實，已經有力地證明瞭這一狀況。在全球性的大型媒體機構系統，越來越為少數大型財團所佔有和控制的情況下，媒體原有的自律就更少得可憐。媒體的相互歸併及其壟斷化，表明掌握和控制媒體系統，符合少數大型財團的物質經濟利益和它們的意識形態要求。至於媒體自身的自律以及媒體專業工作者的專業利益和專業規格，都成為從屬於上述壟斷者和操縱者的利益和意識形態的犧牲品。

有人也許認為：雖然媒體機構系統由少數財團所佔有和控制，但在媒體機構中工作的媒體專業人員畢竟還保持他們自身的自律。媒體專業工作者在工作中的自律是毫無疑問的；問題是這種自律究竟能夠保持到什麼程度？它究竟能否在媒體製作過程中發揮其功能？媒體專業工作者能否在媒體工作中發揮傳統媒體專業工作者的職業良心，充當市民社會公眾利益的代言人而監督國家和公權力機構？如此等等，都必須結合當代媒體組織機構的管理程式進行具體分析。

在媒體機構組織幾乎受到大型財團壟斷和控制的情況下，首先，媒體工作人員的成分就受到了財團的嚴密控制：大型財團按照它們的標準選擇媒體人才。

其次，被選入的媒體人才，他們在媒體機構中的工作內容、方式及其動向，都嚴密地受到媒體機構上層主管的控制和監督。根據多方面的調查，發現在絕大多數媒體機構中，從事媒體專業工作的的專家和藝術家們都受到媒體機構高層主管人員的嚴厲監督。這種監督並不只限於組織關係和組織活動方面，而且還直接關係到專業工作本身的內容和形式的決策和選擇。根據坎特爾的調查資料，電視連戲劇的內容、表演技巧及形式等方面，在具體交給導演執導之前，都要受到媒體機構上層主管的直接干預和檢查。即使這些上層主管並沒有足夠的專業知識的訓練和專業經驗，他們也要憑藉他們的身分監督和決定電視連續劇的創作和演出過程（Cantor, 1971）。

福克納在訪問電影音樂專業作曲家的時候，發現他們的專業工作自主權經常受到威脅和限制。對於製片商投資意圖有充分領會的製片監督人，儘管缺乏專業的音樂知識，仍然試圖千方百計干預電影伴奏樂曲的創作，使電影音樂作曲家無法充分發揮他

們的專業知識和創意。這些作曲家抱怨自己猶如被雇用的幫工一樣，完全失去專業創作的自由，也幾乎埋沒了他們的特殊技藝，似乎完全為了生存而掙紮。有些作曲家不得不改變自己的作曲內容和風格，勉強地符合被上層認定的那些所謂走紅的流行曲的模式（Faulkner, R. 1983）。

在大型壟斷財團所控制的媒體機構中，為了儘可能減少或甚至完全抵銷專業媒體人員的創作和工作的自律，幾乎採用一系列制度性的組織措施，建立一整套嚴密的組織把關等級系統，使媒體工作過程完全納入受控制的軌道中去。克蘭在其著作《文化生產：媒體與都市藝術》中指出，為了加強對於整個媒體系統的控制，西方大型媒體機構都制定了非常嚴謹的組織把關程式。她說：各種文化產品必須通過多階段的層層等級把關，才能最後完成並被推銷出去（Crane, D. 1992）。這一類多階段系統的把關組織典型地表現在電視媒體的節目製作和播放過程。首先是節目文本的審查和選擇，同時還涉及到節目製作、導演和實際表演的各個主要角色的選擇與審查。在節目決策作出之後，總是要經過多次試拍，並在試拍過程中，不僅要一再地受到把關組織各級主管的審查，而且還要從媒體機構之外聘請與節目相關的機構單位進行再次預審，特別是要請與節目資助密切相關的單位提出審查意見。在這過程中，導演和演員作為專業藝術人才，幾乎完全失去對於節目的決定權。即使是在節目決策完成之後，在拍攝和放演的過程中，節目的內容和形式仍然受到重重限制和監督，特別是受到節目效果調查統計的限制，隨時都有可能改變節目內容，甚至決定節目的整個命運。

傳統的媒體場域是交錯地運作於文化和社會場域之中。因此，媒體一方面具有文化場域的運作自律，另一方面又作為社會場域的一部分而遵循著社會場域的運作邏輯。

流行文化中的媒體之所以同時隸屬於文化和社會場域，是因為組成當代媒體的整體及其各個部分，一方面作為文化機構而存在，另一方面又作為附屬於社會場域和經濟場域的一部分而運作於社會之中。流行文化中的媒體系統，就其專業性質而言，都是屬於文化場域。但是，它們不同於純文化專業系統，例如明顯地不同於藝術場域，因為媒體在它的文化身分之外，又要作為社會公共輿論的場所而隸屬於社會場域，另一方面還要作為經濟場域而隸屬於商業系統。而且，在當代媒體系統中，其各個組成部分距離或介入社會場域和經濟場域的程度也很不一樣。屬於新聞出版傳播系統的媒體，例如電視、報刊雜誌及出版業等，比媒體中的廣告系統更直接同社會公共領域相

關連，它們是以社會場域中的公共領域和公共輿論的身分而介入社會場域的；而屬於廣告系統的媒體則比新聞傳播媒體更接近商業和經濟場域，它們的公共領域和公共輿論身分一般都比新聞出版傳播媒體更弱些。但是，不管新聞出版傳播媒體還是廣告媒體，作為屬於文化場域的一部分，都責無旁貸地負有監督和維持公共領域和公共輿論的客觀性和中立性的責任。正是由於這一點，它們的社會責任總的說來，都比純文化場域的各個單位更重要。純文化場域的專業工作者，由於遠離於社會場域，他們專心於在他們自己的獨立創作領域中進行專業活動，因此，他們可以相當大地脫離社會場域和經濟場域，顯示出文化場域的自律性及其專業工作的客觀性。也正因為這樣，純文化場域的專業文化工作者可以以他們的更大的自律性進行創造，可以在很大程度上置社會利益於不顧，只是單純地追求他們專業工作的興趣和愛好。但媒體工作者則不同。既然他們分屬於社會場域、經濟場域和文化場域，他們又要保持其自律性，又要維持和發揮他們的專業職責，充當社會公共領域和公共輿論的代言人的身分，還要正確地處理他們同商業經濟的關係，處理他們同他們的「老闆」的實際關係。

在早期資本主義社會階段，傳統媒體作為文化場域的一部分，充分地顯示出它的自律性。這種文化實踐的自律性，使它同社會上的其他實踐活動區分開來。作為文化活動，媒體工作者的實踐是以他們的專業愛好與專業性質為基本指導原則。而作為文化愛好活動，它是一種對於美的鑑賞活動，因此它具有著康德所說的那種「無目的的合目的性」的性質。很明顯地，作為文化活動的媒體文化實踐，不同於其他社會實踐的地方，就在於它的「無利益性」或「無關利益性」（disinterestedness）。它所追求的是擺脫一切實際利益的專業樂趣火專業旨趣；根據康德的說法，這是一種高於一般認知活動、倫理活動及其他社會活動的最精緻而又最複雜的人類實踐。在這種文化實踐中，由於它同一般社會實踐之間保持著一定的距離，並明顯地同社會實際利益和經濟利益的爭奪活動相區隔，所以，它不但可以典型地表現出其中主客觀雙重因素的複雜互動，而且也看到文化場域內外一系列「有形」和「無形」、「在場」和「缺席」等因素之間的力的緊張關係網。文化實踐的這種特殊性，使得文化場域與其他場域區隔開來，在遠遠擺脫社會實際經濟利益與政治權力直接介入的同時，它又透過一種布爾迪厄稱之為『系統性的轉換』（systematic inversion）的程式，形成了其自我運作的邏輯，高度地體現了文化場域相對於其他場域的自律性。布爾迪厄所說的文化場域的『系統的轉換』，指的是文化場域自身依據其運作邏輯，在其場域範圍內，由場域活

動的主體和客體之間的複雜雙重互動，在盡可能擺脫其他場域干預的情況下，就其自身的運作目標和運作準則，進行自我審察和自我調整，在其內部各種力量進行緊張對立競爭之後，完成其自我改革，獨立於其他場域，特別是獨立於權力和經濟場域而自律運作。文化場域的這種自我轉換，必須靠文化場域內部文化專業工作者的努力，特別是發揮他們自身的反思精神，不屈從於政治和經濟場域的干預，顯示出他們的專業工作的獨立性和自主性。這樣才能保證文化場域專業工作的高質量和高品質。

在文化實踐和文化鑑賞能力的探討上，布爾迪厄認為，「任何的藝術知覺牽涉到意識的或無意識的解碼（deciphering）運作」（Bourdieu, P. 1993: 215）。一件物品是否有藝術價值，不只在於此物品的表現形式為何，而更是決定於該藝術品所經歷和遭遇到的社會文化歷史脈絡及鑑賞者鑑賞能力的高低。任何一項藝術作品在被生產出來的過程中，必然牽涉到產品的密碼化（coding）過程。文化產品的生產者透過某種特殊的邏輯，通過某種同自己的「生存心態」（Habitus）密切相關而擁有的密碼系統，在生產的過程中，將產品結碼化和密碼化，使產品本身不只是成為一種物質性的有形存在，更包含了生產者所賦予的意義叢結（complex），隱含著產品生產者心態、品格、風格、愛好及受教育歷程等因素的縮影。鑑賞者必須擁有某種解碼能力，同時必須具備充分的鑑賞時間，才能夠適當地和分層次地理解產品的藝術價值。文化工作者的自律性的真正價值，也正是體現在他們所創造的文化產品中的密碼結構，而這是需要消費者和鑑賞者經歷相當大時間和擁有相當大文化資本才能完成的。文化工作者的這種自律性保證了流行文化產品的文化價值，使它們有可能在一定範圍內，抵制來自政治和經濟的干預，排除商業的經濟利益，維持文化產品的自身價值。

在談到將文化場域的結構時，布爾迪厄將它劃分為兩個次場域：大量商業生產的場域以及限制性生產的場域。前者將文化產品視為商品而連結到市場性的運作中，而後者透過許多策略，象徵性地試圖將前者排除在文化場域中（Bourdieu, P. 1993: 38-40）。流行文化的生產過程實際上就屬於布爾迪厄所說的第一類型的文化次場域，而流行文化生產過程中的媒體則也屬於這一類。由於它們同商業之間的緊密關係，使它們無法完全保持文化場域應有的自律性，而它們的社會監督職責也受到很大的限制。

生存美學及其

實踐藝術

第 6 章

生存美學的形成及其基礎

生存美學在傅科思想中的重要地位

從傅科的新尼采主義的權力系譜學到生存美學的轉變是很自然的。首先，同尼采一樣，傅科把藝術當成權力意志的一個重要表現。對尼采來說，「世界就好象一件自我生育的藝術品」（Die Welt als ein sich selbstgebärendes Kunstwerk）（Nietzsche, F. 1980: 495; 1980[1887-1889]: 796）。尼采之所以如此重視悲劇，就是為了給人生尋找一種純粹審美的價值。如果說尼采早已對宗教、哲學和科學失去信心，並直截了當地稱之為「人生的頹廢形式」的話，那麼，他所肯定的，只是藝術而已。傅科也是如此。傅科同尼采一樣認為：只有靠審美的人生態度反對倫理的和科學的功利態度，生活本身才有意義。所以，傅科在經歷了對於道德、權力和知識的批判之後，才有可能在審美的生活態度中，找到他所期望的真正生存出路。其次，通過對於真理遊戲的考察和批判，傅科進一步明確地否定了傳統知識、道德和文化的意義，認為只有通過生存美學的重建及其實踐，才有可能為現代人提供生活的新希望和樂趣。

就字面而言，「生存美學」這個概念，在傅科的著作中，最早出現在他在法蘭西學院 1982 年關於「主體的詮釋學」（herméneutique du sujet）的課程中。他在這一年的課程中所探討的問題，實際上是作為西方傳統主體理論基礎的「**自身的文化**」（la culture de soi）。傅科在其教學大綱中指出，自身的文化是西方整個文化傳統中最關鍵的部分，它關係到西方思想史上最重要的根本問題，同時也是掌握生存美學的基礎。實際上，在他的《性史》第三卷，傅科就已經很明確地在第二章中集中探討了自身的文化，並同樣明確地提出了生存美學的核心問題（Foucault, 1984b: 51-86）。

接著，在同德雷夫斯（H. Dreyfus）與拉畢諾（P. Rabinow）在 1983 年的一次關

於倫理學系譜學（généalogie de l'éthique）的談話中，針對兩位訪問者提出的問題，傅科談到了他所撰寫的《性史》同生存美學的內在關係。這篇對話錄，被收集在德雷夫斯與拉畢諾合編的題名為《關於倫理學的系譜學：正在進行中的著作梗概》的一本書（On the Genealogy of Ethics: An Overview of Work in Progress）中。在傅科去世之後，這部分也被編入傅科的《談話與寫作集》（Foucault, Dits et Érits. 1994）的第四卷。德雷夫斯與拉畢諾在訪問傅科時，詢問傅科，在 1976 年出版《性史》第一卷之後，他是否繼續認為「性」的問題構成他所思考的整個問題的核心？傅科的回答是發人深思的：「我必須承認，比起性的問題，我更加對『關懷自身』及其他相關的問題感興趣。…性的問題是令人厭煩的」（Foucault, 1994:IV, 383）。這是傅科對他多年來探索「自身的技術」的一次總結：他明確地闡明「關懷自身」原則的重要性，並在此基礎上提出了生存美學。正是在從事性史和自身的技術的研究中，傅科從瑞士歷史學家、藝術史和文化史專家布格哈特（Jakob Burckhardt, 1818-1897）對於古希臘和文藝復興文化的研究成果中，延伸出「生存美學」（l'esthétique de l'existence）概念，強調自古希臘以來，一直存在著「一種努力使生活藝術化」的實踐智慧，而貫穿其中的關鍵思想，就是「人們可以使自己的生活變成為一部藝術作品的觀念」（l'idée que l'on peut faire de sa vie une oeuvre d'art）（Foucault, 1994 : IV, 410; 630）；傅科為此指出，**生存美學的核心，就是「關懷自身」**。因此，傅科的生存美學，就是把審美創造當成人生的首要內容，以關懷自身為核心，將自己的生活當成一部藝術品，通過思想、情感、生活風格、語言表達和運用的藝術化，使生存變成為一種不斷逾越、創造和充滿快感的審美享受過程。正因為這樣，傅科的生存美學也是從西方傳統的自身的技術中演變而來的。

作為生存美學的核心思想，「關懷自身」這個重要觀念，從古希臘產生以來，一直影響著整個西方文化以及西方人實際生活的發展；只有在中世紀時期，它被「權力的基督教教士運作模式」所壓抑而中斷，但在文藝復興之後，正如布格哈特所指出的，它又伴隨古希臘文化傳統的再發現而重新出現。由此可見，傅科是通過對「性」及其歷史的研究，通過對於主體性及其同真理的關係的系譜學研究，才發現了古代以「關懷自身」為核心的生存美學逐漸被「主體性」原則所替代的歷史過程，使他更深刻地意識到主體和真理問題同「關懷自身」之間的內在緊密關係。

在 1984 年發表的一篇同馮塔納（A. Fontana）的對話錄，進一步明確地以「一種

生存美學」為題，概括了他本人的新研究論題（Foucault, 1994: IV, 730-735）。傅科認為，古代希臘和羅馬人，基本上把道德實踐當成個人自由的生存風格的探索和完善化過程（Ibid: 731）。如果說，古代人和傅科本人也關心主體問題的話，那麼，他們所關懷的，不是建構能夠普遍地有效的權力、知識和道德的主體，而是有助於自身自由地選擇和實現審美的快感（Ibid.: 733）。

簡而言之，直到在七〇年代末，傅科的研究中心，才更清楚地從主體性與真理的相互關係轉向以「關懷自身」為核心的生存美學問題；而到了八〇年代初，傅科的生存美學就圍繞他所探討的「自身的技術」（technique de soi）問題而完整地表述在他在法蘭西學院的最後三年的講稿：《主體的詮釋學》（Hermeneutique du sujet, Cours au Collège de France, 1981-1982. 2001）、《對於自身與他人的管制》（Le gouverne-ment de soi et des autres: 1982-1983）及《對於自身和他人的管制：真理的勇氣》（Le gouvernement de soi et des autres. le courage de la veritze: 1983-1984）。

但是，正如本書從一開始就已經明確指出的，在傅科那裡，生存美學並不是純粹的理論問題，而是傅科本人的生活實踐、他的基本生活觀以及他的創造性研究活動的自然發展結果和理論總結。在本書第一章中，我們已經從傅科的經歷、生活風格、言行舉止、語言表達、創作特色、感情流露、待人接物的態度、思想模式以及藝術鑑賞等各個方面，說明他一貫堅持和貫徹的生活原則。這些生活原則，實際上就是生存美學的實踐表現。他早已把自己的思想創造、日常生活態度、社會實踐及藝術鑑賞，統一地理解為他自身的生存美的實踐方式。對他來說，美學首先是自身的生存實踐，一種貫穿於身體與思想精神兩方面的生活風格，一種以「關懷自身」為中心的生活態度（attitude）和生活技藝（technique de vie）。美學的重要意義，就在於有利於指導人們將自身的生存活動轉變成為具有藝術價值的「生存美」。只有懂得生活，使生活過得有智慧和有氣質，才能明白什麼是生存美學。當德國電影導演維爾納・斯洛德（Werner Schroeter, 1945-）問及傅科本人的生活方式時，傅科用四個字來概括：「足智多謀」（Foucault, 1994: IV, 254）。傅科所謂理想的生活，就是充滿生活智慧的生存美。

人們可以依各種標準和角度，分析和說明人之所以不同於動物的特徵。人有理性，會創造及使用語言進行溝通、說話和勞動，過社會和文化生活，……等等。但是，在傅科看來，人之為人的基本特點，就在於審美地生存。理性、語言、勞動、科

學、技術及各種文化，都是在實現審美生存的前提下所產生和發展出來的。沒有生存美學，一切人類創造物，終究都會成為功利性和工具性的。以往一切哲學及文化體系，都忽略了古代希臘和羅馬的生存美學傳統；而在片面強調科學技術的當代文化中，尤其忽視審美生存的價值。正是在這樣的生活條件下，傅科將其研究的重點轉向了生存美學，並賦予生存美學以最高的地位。

所以，傅科的生存美學，從一開始，就已經體現在傅科本人的生活實踐和生存風格上。人的身體和人的生活，本來就是人類在長期的歷史發展中，在持久的勞動和文化創造中，塑造出來的文化產品，特別是一種特殊的藝術作品，是美的最理想的典範。但是，在現實生活中，不同的人的身體和生活，實際上，其文化價值和美的意義是非常不一樣的。這就是說，並不是所有的人及其生活，都有資格被稱為美的典範，因為人的身體及其生活，如同其他各種文化產品一樣，是需要美化、加工、陶冶、訓練、塑造、教育、歷史薰陶和反覆錘煉的。所以，真正的美的身體和生活，必須時時經歷人自身的經營加工和精心雕塑。傅科的生存美學，就是身體和生活的美化的經驗的總結，也是使身體和生活進一步美化的指導原則。

傅科從來堅持主張使生活和生存本身，實現真正的美化；但對他來說，生活的美化，並不意味著使生活抽象地昇華或超驗化，而是在生活中貫徹一種生存的智慧，一種實踐智慧（phronesis）。生活得有智慧，就是自然而豁達地對己待人，恰當地審時度人，以禮節和理智，藝術地和含蓄地回應『他人』（autres）：在充滿矛盾和艱困的實際生活中，在充滿著『他人』環繞、糾纏和交往的世界中，圓融通達，自由自在地從容協調自身與與他人的關係。

傅科對於生存美學的探討，由於研究主題、內容、方法及寫作風格的轉變，曾經使人發生誤解，以為傅科開始發生思想轉變，似乎放棄了以往的研究方向。首先，由於生存美學更多地探索「關懷自身」的問題，使人們以為傅科脫離了他所一直批判的「主體性」論題。其次，如果從傅科所研究的資料範圍而言，人們也發現，他從近現代文獻轉向了古代資料；他在精神病治療學和監獄史的探討中，所引用和分析的資料，幾乎全部都是屬於文藝復興、十六世紀到十九世紀的作品，而他的生存美學所依據的，則主要是古希臘和羅馬的零散文獻（Gros, 1996: 91-92）。與此同時，傅科在生存美學的研究中，語言表達風格也不同於七〇年代中期以前，不再像以往那樣使用描述性的文風，而更多地顯示了詩歌和浪漫的格調。

其實，傅科的生存美學的提出，不但有它的思想基礎和理論根源，而且，也有它的社會歷史條件以及傅科本人性格、愛好等個人因素的影響。所以，本章將從生存美學的基本內容、貫徹策略、應用範圍、實行的可能性、主觀思想基礎、理論根源以及它的社會歷史條件等各個方面進行探討。

生存美學的形成基礎

1. 生存美學產生的社會文化條件

生存美學的提出，首先同傅科所處的社會文化條件及其生活環境有密切關係。傅科主要生活在二十世紀下半葉，而這個時期，西方社會不論在基本結構、生活方式、生活風格、思想模式、社會風氣以及文化條件來說，都完全不同於以往資本主義古典時期和第二次世界大戰以前的「現代資本主義社會」。這是一個急遽轉變和不確定的時代：新發明層出不窮，舊的規律、秩序、規範和制度，一再地受到挑戰和衝擊，不僅各種事物和文化產品的新舊更替週期大為縮短和頻率加快，而且，新舊事物之間的關係，既循環交錯，相互滲透，又各自獨立和自律，以致造成新舊界限模糊和重疊，形成文化領域史無前例的「混沌世界」（le monde du chaos）及「巴洛克式的單子社會」（la société baroque des monades）（Deleuze, 1986; 1990）。新發明一方面開闢了新的自由空間及人類行動的廣闊發展可能性，另一方面卻同時帶來更大的混亂和新的風險，把當代社會越來越快地推進到風險聚增、千變萬化和難以把握的多維度化的發展漩渦中，使當代社會成為多元化、多極化和多向化的生命共同體。科學，技術，藝術和各種文化領域，一再發生反覆無常的「非規律性」的變革，導致多樣化和週期性短促更替的當代「流行文化」在整個社會生活領域的猖獗和氾濫。一切文化，包括知識、科學、技術和藝術，都不知不覺地「流行化」和「生活化」。同時，這又是一個充分消費、遊戲、休閒、逍遙和遊牧的新時代。對當代社會文化結構和性質進行長期研究的呂克・費里指出：「關於當代藝術危機的觀念，應該被理解為文化本身世俗化（laïcisation）或人性化（humanisation）的漫長過程的終極階段」（Ferry, L. 2002: 7）。這就是說，不僅是藝術，而且，整個文化本身，在當代社會的發展漩渦中，實際上已經實現了整體性的世俗化和人性化的過程。藝術和文化，不再像古典社會那樣，同日常生活和人類實際行動保持確定的距離；而是如同前面所說的那樣，相互交

錯、又各自獨立地形成為混沌結構，並交互影響。如果就現代社會中占據重要地位的知識結構及其形式而言，那麼，傅科所處的這個時代，知識已經演變成為以數位體系為基礎的新發展階段。古典的知識論述以及理論形式，逐漸地被推擠到邊沿，代之而起的，是數位化、鍵盤化、符碼化和象徵性的知識。這些新型的知識的產生、無限增殖及其社會運用的結果，使二十世紀下半葉的西方社會的整個社會結構、心態結構、思想模式和生活方式，都發生根本變化。當代西方人的基本心態，雖然仍呈現為個人主義，但這已經不是建立在主體性意識結構基礎上的古典近代的個人主義，而是一種既消除主體性、又無須客體的個人主義。這樣的心態結構，連同上述整個社會文化的根本變化，引起美學模式和審美標準的徹底革命。美學本身及其在社會中的地位，發生了根本性的變革。如果說，在原始社會中，人們是以天然和樸素的方式，在其具體生活中貫徹著對於美的追求精神的話，那麼，在經歷漫長社會文化發展的歷程之後，當人類社會文化進化到嶄新的創造階段的時候，人們在高度發展的文化基礎上，又一次實現了生活、工作、思想、行動和藝術的結合，**使美學破天荒地第一次在人類歷史上，成為連接社會、文化、生活、思想和創作領域的連接橋樑和中間環節。**

　　所有這一切，最主要的原因，是現代社會的生活方式，已經隨著經濟和科學技術的蓬勃發展而轉化成為消費文化（la culture de consommation）的模式。現代消費文化的產生，促使整個社會生活方式，採取以消費為主的遊戲、享樂和無拘無束的藝術創作樣態。這是新昔尼克主義（néo-cynisme）漫天飛的社會，同時又是在生活中探索和鑒賞藝術美的社會。由於消費本身已經滲透了大量的文化因素，人們在消費中生活或在生活中消費，所以，消費本身也不再是僅限於經濟範疇之內，而是成為一種新型的文化和藝術範疇。對於這一代西方人來說，生活是一種藝術，是美的享受過程，也是美的創造過程。生活，因消費文化的介入和滲透而變成為審美生存過程。

　　消費性質的改變，使經濟和文化進一步同生活結合起來，使生活本身變成為文化的主要範疇。消費生活不但改變了生活本身，改變了生活方式和生活風格，而且，也改變了生活同思想、文化、藝術和行為模式的關係。現代消費生活被提升到藝術創造和藝術鑒賞的境界，充滿了品味競爭和美的鑑賞評判活動。對於美國社會消費文化生活方式有系統研究的伯內特（Bernett, J.）和布希（Bush, A）指出：在 1946 年與 1964 年間出生的美國新一代，有大約百分之五十是屬於「消費取向的佑畢（Yupie）」型人物。「佑畢型」人物，指的是他們的遊戲式生活觀和藝術型的生活風格。他們在精神

上，對生活抱玩耍和藝術鑑賞的態度。玩世不恭，無所謂，只要活得愉快，活得有品味，就可以無所他求。他們在美國的總人數，大約是三千萬之多（Burnett, J./ Bush, A. 1986）。這批人的多數有過富裕的童年，接受了較高的教育，然後，在七、八〇年代期間，成批地湧進競爭激烈的就業市場。這種生活經歷以及他們所處的社會環境，使他們培養起一種特殊的生活方式，並同時具有一系列獨特的生活品味和審美鑑賞能力，而當他們中的一部分，在不同組織中升上領導崗位或擔任主管工作之後，就會發揮他們所得的權力和影響力，將他們這一代的生活方式、品味和審美方式擴散開來。這就表明：當代社會的一個重要特點，就是消費充斥了一切領域，使生活本身成為了文化生活的一個重要部分，也因此使美學進入了生活。現代生活就是一種無止盡地追求美的生活方式。生活不但要過得舒適，而且，要過得有美感；美的鑑賞成為生活的一個重要組成部分。總之，生活消費化的結果，使當代西方人更加重視生活的風格化，並在他們的生存活動中，致力於生活風格的藝術化和美學化。

其次，消費文化的發展，促進了流行文化的興盛；流行文化的氾濫，推動了文化的大眾化和社會化，又促進了生活同藝術和美學的結合。這一切不僅改變了現代社會階級和階層結構的變化，也導致新型的生活和身體美學迅速普及開來。流行文化本身就是生活、藝術、美學的結合產物。因此，流行文化的發展成為生存美學的一個社會文化基礎。

流行文化在其發展中，根據它本身同社會大眾日常生活及其實踐活動的緊密結合，在吸收各種美學思潮的時候，也創立了自己的富有生命力的美學原則：生活美學、身體美學、滿足慾望快感的美學、關心自身的美學。

2.生存美學的多種樣態

面對西方社會的上述重大變化，從二十世紀八〇年代起，更多的社會理論家，在探討當代消費社會的生活方式、生活風格、思想模式和生存心態時，提出了各種各樣的類似於生存美學的生活美學原則。這些建立在觀察當代社會文化變遷基礎上而建構的新興美學和生活哲學，都同傅科的生存美學一樣，首先把關懷自身的生活，提升自己的生活品質以及在生活中尋求有文化品味的快樂，當成首要目標，都非常重視當代西方人生活風格和生活品味的美學價值。同時，這類新興美學都把當代藝術的大眾化和當代生活的藝術化的雙重運作過程，當成當代哲學、倫理學和美學進行徹底變革的

基礎，從而在美學的基本範疇、內容、對象和表現方式方面，都實現了前所未有的革命，導致當代生存美學的全面興盛。

法國社會學家和人類學家布爾迪厄（Pierre Bourdieu, 1930-2002）認為，美學不應該探討脫離生活實踐的抽象的美的概念，而是應該探索廣泛地表現在人民大眾生活實踐中的美學品味實踐及其在生活風格中的體現。一個人的品味是在他的生活風格和消費活動中顯現出來的。品味和生活風格一樣，都是在實際生活和實際活動中活生生地和形象地體現出來，是直接在行動和生活中，通過可以看得見的人們的實際生活風格和消費行為而具體地呈現出來。現代社會的發展狀況，使越來越多的人，將美的理念變成為生活中隨時呈現的生活風格。

布爾迪厄為了深入分析消費心態的複雜結構，提出了「生存心態」（Habitus）、「生活風格」（Le style de la vie）、「象徵性權力」（le pouvoir symbolique）、「資本」（le capital）、「心態結構」（la structure mentale）和「社會結構」（la structure sociale）等重要概念和範疇，因為在他看來，心態結構和生活的美學品味問題，始終都是同權力和社會地位等因素密切相關。因此，只有首先弄清這些重要概念和範疇及其相互關係，才能對他的消費心態和品味理論有所瞭解。

美學的生活化和實踐化，使美學判斷及其標準的分析，變得更加複雜化。這意味著：生存美學的基本概念及其表現形式，不再是單純屬於美學理論的抽象分析，而是呈現在具體生活風格、氣質和品味的多樣形態。美學從來沒有像今天那樣，變得日常生活化和風格化。與此同時，美的分析，還要求超出傳統美學的範圍，同生活實踐密切相關的各個領域的角度，實現多學科的綜合比較。為此，布爾迪厄在研究生活風格及其美學標準時，首先提出四種類型的「資本」（經濟資本、社會資本、文化資本和象徵性資本），作為他分析當代社會生活品味分化的出發點。他認為，美的標準及其實踐方式的根本轉變，是當代社會階級結構發生變化的結果：人們的社會階級地位，並不是單純依據經濟地位的差異，而是時常隨社會場域中的權力鬥爭、權力再分配過程以及生活風格類型的轉變而變化。而且，人們的社會階級結構及其生活品味的美學標準，也不單純決定於經濟因素和財產狀況，而是綜合經濟資本、社會資本、文化資本和象徵資本的掌握程度，決定於社會場域中權力鬥爭的過程和結局，還決定於鬥爭中的策略應用本領。所有資本的積累、總和和轉換，還需要由整個社會經正當化程式「認可」的「聖化」過程。這是一場反覆進行的「確認」、「否認」、「再確認」、

「品味認可」及「品味反認可」的權力鬥爭遊戲活動；在這當中，有時還需要經過反覆而曲折的認可和否認過程，經過將物質性財富轉化為象徵性資本的掩飾性方式，特別是通過將物質性資本加以掩飾的委婉而巧妙的象徵性轉化過程，來實現整個品味等級的確認和正當化。由此可見，品味的等級化及其正當化，是現代社會中激烈而又反覆的權力鬥爭的結果，也是在反覆的權力鬥爭中不斷再生產和再調整。布爾迪厄認為，在現代社會中，如同傳統社會那樣，統治階級的美學品味，往往成為全社會的正當化的品味。也就是說，統治階級的美學品味（le goût esthétique），總是冒充成為「最標準」的品味。但是，布爾迪厄強調：實際上，任何社會都不可能存在普遍有效的品味標準，而且，統治階級的美學品味，也不一定是最穩定的品味，更不是最好的品味。統治階級的品味只是眾多階級的品味中的一種類型罷了。同布爾迪厄一樣，美國流行文化研究專家甘斯（Herbert J. Gans）在其經驗調查中，發現美國社會中實際上存在著五大類型的品味等級。根據這樣的分類，他把整個社會分為五大「品味公眾」（taste publics）（Gans, H. J. 1985[1974]; 1985）。

布爾迪厄所說的「生存心態」（Habitus）是他的生活美學的一個重要概念；但它具有不同於傳統美學概念的內容。有人只是根據 Habitus 的拉丁文詞根，直接將它翻譯成「習性」或「習慣」。這是一種誤解。布爾迪厄反覆強調 habitus 的特殊意義。布爾迪厄首先指出與原來的拉丁詞根的根本區別，並明確拒絕將它理解為「習性」或「習慣」（Bourdieu, P. 1982）。根據布爾迪厄的說法，它是一種秉性系統（système des dispositions），它的特點就是跳出傳統的主客觀二元對立的思維模式，將主觀與客觀雙重因素，在其動態的雙向運動中結合起來，因此，它可以在行動和思想模式及其表達方式中，共時地轉化為實際的表現型態。而且，它是長期持續積累和形成的「密碼化」心態系統，又可以在行動和思想表達中經「解碼」過程而外化和客觀化。生存心態同生活風格、同消費活動的方式、同消費中的品味，有密切關係，這是因為生存心態從根本上說，既來自實際活動和思想過程，又回到實際活動和思想活動中去；它是在長期反覆實踐中形成、積累和鞏固，也是在長期反覆實踐中不斷有意識和無意識地外化為行動和思想本身（Bourdieu, P. 1979）。但生存心態既內在於思想過程和品味過程，又實際地外化於實際的品味活動，而當它外化於行動和生活時，它就轉化為一種既看得見、又含蓄的生活風格。因此，生存心態是既主動、又被動，在內化和外化共時雙向進行的過程中形成和表現出來。生存心態的這種結構及其實際轉化過

程，使布爾迪厄稱之為雙向共時互動的「雙重結構」（Double Structure），或者，它是一種「結構化的結構」（Structuring Structure）和「被結構化的結構」（Structured Structure）的共生體（Bourdieu, P. 1991: 104-106）。

布爾迪厄還強調，生存心態既是歷史經驗的產物，又是現實行動和實際生活的精神思想指導原則。所以，它是在雙向共時運作中，集歷史、現實和未來於同一結構中的密碼系統。對於每個人來說，由於其歷史和現實過程的不同，密碼化的過程也是迥然相異的。正是在這裡，體現了不同的人的文化資本、經濟資本、社會資本和象徵性資本的狀況，因為不同的人的社會地位和歷史經驗使他們的密碼化過程呈現出不同的特徵。品味和生活方式的不同，正好也體現人們的生存心態結構及其密碼化過程的不同。

個人的或集體的生活方式以及人們的品味（goût; Taste）狀況，在很大程度上決定於他們的社會經歷和社會關係網絡的特徵。所以，同生活方式和品味相聯繫的，是布爾迪厄的「社會場域」和「權力」等概念。顯然，生活方式和品味是同人們的家庭生活和學校教育過程密切相關，因為它們是在這樣的場合中不斷地被固定、改變和再生產。美學品味的再生產和實際狀況，是同社會權力網絡及其內在鬥爭狀況有關聯的。通常看來，品味的等級化在很大程度上決定於佔統治地位的優勢社會力量所作出的分配決定，由他們決定品味等級的高低秩序。而由他們所控制的學校及各種社會機構，也可以決定品味等級的標準。

所以，在布爾迪厄看來，品味也不限於傳統美學所說的藝術實踐活動和鑑賞活動，而是現代人實際活動中的最基本的心態表現，可以成為個人和他人社會地位及社會身分的評判依據。布爾迪厄在研究和調查現代社會各等級人群及個人的品味時，很重視他們在日常生活中的各種品味實踐的具體表現。布爾迪厄把食物偏好（la préférence）和餐桌禮儀方式等這些在別人看來極其瑣碎的事情，當成重要的美學品味調查的對象。

具有諷刺意味的是，在社會觀點和研究方法方面，都同傅科相對立的波德里亞（Jean Baudrillard, 1929-），在其關於當代消費文化的研究中，也深刻地揭示和批判了通行於現代消費社會的生存美學。波德里亞根據當代社會各種消費文化的出現及其流行，提出了徹底改造美學的口號，並認為：由於現代社會已經進入「消費社會」階段，人們的美學標準及其表現方式，從根本上已經顛覆了傳統美學的統治地位，也否

定了美學理論的基本形式和範疇（Baudrillard, 1968; 1970; 1972; 1973; 1976; 1977; 1979; 1981; 1985; 1986; 1987a; 1987b; 1990; 1995; 2000; 2001; 2003a; 2003b）。

波德里亞的「**反美學**」（Anti-Esthétique）或「社會符號論美學」（esthétique de la sémiologie sociale），不同於傅科的生存美學，但在許多方面，它又帶有傅科的生存美學的重要特點，只是更多地從符號、象徵及思想文化的相互關係的角度，來分析審美的問題。波德里亞的社會符號論美學，在基本上，把研究的主要對象，轉向大多數人的日常生活的實踐方式及其風格。

波德里亞首先從當代社會的整體結構變化出發，將生活和身體當成新的美學的基本範疇。他說，在當代消費社會中，由於人們的消費和生活方式發生了根本轉變，肉體（le corps; the Body）和性（le sexe; the Sex）扮演了新的角色。在整個社會生活和個人活動中，將生活、文化及藝術創造連接在一起的流行文化，是觀察新型生活美學基本範疇及其實踐的中介。流行文化的整個運作過程，體現了現代人對於身體和性的盲目崇拜。身體和性，作為流行文化的生產和再生產的運作杆槓，表現了在現代社會中流行的身體拜物教意識形態的擡頭及氾濫。身體拜物教使現代人盲目地被身體奴役（包括他人的身體和自己的身體在內），被身體和性所牽引和宰制，並在身體和性的遊戲中渾渾噩噩，試圖在身體和性的遊戲中，實現個人和群體的美學品味的競賽、調整與不斷更新。

所以，波德里亞認為，在當代消費社會中唯一成為最美、最珍貴和最光輝的物品，唯一具有最深不可測的意涵的物品，就是**人的肉體**（le corps humain）。在他看來，消費社會中，人們對於自己肉體的再發現，不只是在身體和性方面徹底解放的信號，而且也是現代美學對於傳統美學的挑戰與顛覆。通過人的身體和性的信號在整個社會中的無所不在的表演，特別是女性身體的無所不在性，通過它們在廣告、流行和大眾文化中的普遍存在和表演，通過一系列採取消費形式的個人衛生、塑身減肥、美容治療的崇拜活動，通過一系列對於男性健壯和女性美的廣告宣傳活動，以及通過一系列圍繞著這些活動所進行的各種現身秀和肉體表演，身體變成了儀式的客體（1970: 200）。這樣一來，身體代替了靈魂而起著道德和意識形態的功能，也成為美的鑑賞活動的中心對象。消費成為了當代社會的道德；它摧毀人類傳統文化的基礎，破壞西方傳統文化所追求的平衡和諧，破壞自希臘以來在神話與邏輯話語世界之間的平衡；同樣也使生活風格成為新的美學的主要範疇。

在這種情況下，在物體的符號系列中所表演的肉體，一方面把肉體當作是資本，當作崇拜物或消費的對象，另一方面又顛覆了傳統美學的基本評判標準。肉體被納入到物體的符號系列中去，不是因為肉體確實成為各種物體的符號系列中最珍貴的一種，而是由於肉體可以成為符號系列中最有潛力的資本和崇拜物。這樣一來，美的鑑賞也在符號系列的表演活動中，替代了原來神祕曲折的品味判斷程式，變成為符號化的生活風格的實際比賽場面。

在消費社會中運作的肉體，隨著肉體在展示過程中的聖化和祭獻過程，它不再是傳統神學所詛咒的那種生物學意義的「肉」所組成的；也不是在工業運作邏輯中作為勞動力的身體，而是成為自戀崇拜對象的最理想觀看客體，成為了社會策略和禮儀的一種因素，從而也成為了消費社會運作的兩項最重要的構成因素，即美（la beauté）和色欲（l'érotisme）。波德里亞指出：「肉體本身的美和色欲兩方面是不可分割和相互構成的，它們都密切地同當代社會中對待身體的新倫理相關連。但是，同時對於男人和女人有效的消費社會中的身體，區分為一個女性的極端和另一個男性的極端。這也就是所謂『女性美』和『男性美』……。但是，在這個新的倫理學的體系中，女性的模特兒始終具優先地位」（Ibid.: 205）。這樣一來，身體，變成了運作中的美（la beauté fonctionnelle）和運作中的色欲（l'érotisme fonctionnel）（Ibid.: 205-209）。肉體也就成為了運作中的價值符號，成為人們盲目追逐的對象，尤其成為在運作中被操作的對象和物品。身體的運作功能還在於：它直接成為了生產的策略，也成為了意識形態的策略。波德里亞說：「對於肉體的崇拜，並不與對靈魂的崇拜相矛盾。對肉體的崇拜只是取代了對靈魂的崇拜，並繼承了後者的意識形態功能」（Ibid.: 213）。消費社會中的肉體運作邏輯，表明肉體成為了一切對象化的最優先的支柱；就好像傳統社會中靈魂是優先的支柱一樣。因此，關於身體的運作的原則，也就成為了消費的倫理最主要的神祕因素。

身體和性在流行文化中的角色及其奇妙的功能，是有其複雜的內在和外在基礎。如前所述，身體和性本身，從人類社會和文化產生的第一天起，就具有奧妙的性質，既成為人類審美活動的主體和中心標準，也構成審美的主要對象。身體和性本身的內在性質及其同外在世界的複雜關係，使身體和性，有可能在消費社會中成為一切神祕化社會文化活動的重要工具和手段，也成為新型生活美學的出發點和立足點。

從現實的社會文化條件的變化，到各種現代和後現代的美學思潮的湧現，都表明

生存美學的產生及其典範轉換，是二十世紀人類社會文化發展的結果。

所以，生存美學本身是當代社會文化生活的產物；它的表現形式是非常複雜、多元、不確定和變動的。各種各樣的生存美學，實際上是現代人文化生活歷程與當代社會結構變動相互交錯的產物，又是各個創作生命體審美生存實踐的直接經驗總結。它的形成和發展，經歷了一段曲折而混亂的過程。當代生存美學同歷史上各種美學思想和理論一樣，不只是在其形成和演變的過程中，充滿著各種矛盾和含糊不確定的事件，而且在它的一系列重要美學觀點和原則方面，它同「現代性」美學及「後現代」的各種「反美學」的理論論述，實際上也很難找到明確的區分。提出類似於生存美學的整個理論家隊伍，實際上充滿著混亂的局面：其中不管是哪一個人，往往在理論上，表達出許多模稜兩可的概念和觀點，以致難以將他們當中的任何一個人確定地歸類於某一種範疇。在生存美學同現代性美學和後現代反美學之間的混雜性，表明它們之間的相互穿插性，但同時也表明它們都不同程度地隱含著內在矛盾和弔詭。但它們的共同特點，就是以不確定的概念和方法，以含糊不清的理論表述方式，以當代遊牧休閒生活方式為典範，呈現在當代美學理論舞臺上。而且，它們在實際生活中的影響，遠遠地超出它們在學術界和理論界的影響。

當代社會的生活方式，把生存，特別是身體和性的快感滿足，當成生活美和藝術美相結合的典範，因此，將它們列為生存美學的主要範疇。因此，第二次世界大戰以後，西方文學和藝術創作中，陸陸續續出現大量以描述生活和身體快感為主題的電影、小說和戲劇，將生活和身體感官的快感滿足，當成藝術美的完美理想境界。日本作家兼電影導演 Oshima Nagisa 在 1975 年製作完成的影片「感官世界」（L'Empire des sens, 1975），就是這種新型的生存美學的典型作品。儘管這部電影的演員全部都是日本人（由日本著名演員 Matsuda Eiko, Fuji Tatsuya, Nakajima Aio, Seri Meika, Abe Mariko Mitsubishi Tomi 等主演），但在拍攝時，主要靠法國電影界在財務和技術上的支援。Oshima Nagisa 在接受 Michael Henry 訪問時說，「為愛而死」這個主題，是貫穿電影始終的基本指導思想。「為愛而死」，對這位日本導演來說，就是以新的生存態度和生活風格，將肉體的情感、激情以及由性的快感衝動所產生出來的歡樂高潮，同寧靜肅穆的死亡精神結合起來，並在肉體性欲快感得到滿足的過程中，實現「死亡」同「愛」兩者的完滿交融合一。這就是人的生存美的最高境界。什麼是愛的高潮？唯有將生存中不斷流變的情慾快感提升到最高臨界，在臨近死亡的一霎時間中，才有可能

感受到情愛之美。電影的女主角 Sada Abe，寧願選擇「我死」（je meurs）這個唯一的時空維度，作為愛的高潮中所呈現的「心醉神迷」（l'extase）境界的表現場所。因此，並不是所有的人都可以達到生存美的這種極其稀少的頂峰狀態；除非決心將死亡同情慾快感結合起來，除非敢於冒最大的風險，就無法攀登上生存美的頂峰。

在 1978 年接受日本記者 Nemoto 和 Watanabe 的訪問時，傅科坦誠地說，他很推崇這部電影，並親自觀看了兩次。他說，印象最深刻的，是影片中所顯示的男女兩性關係（Foucault, 1994: III, 524）。對於傅科來說，性的問題之所以重要，是因為在性慾快感的滿足中，才能體現和達到生存美學所追求的「最大限度的快感」（le maximum du plaisir）（Ibid.: 527）。

流亡法國的捷克作家米蘭‧昆德拉（Milan Kundera, 1929- ）的作品《生命中不可承受之輕》（La legerté insoutenable de l'être, 1984），將生存中不可承受的「輕飄性」，當成生存美感的基本表現形態。

傅科對於文化藝術界的各種最新產品給予密切關注。他多次同法國、德國、義大利和日本等國的電影導演、演員、作家和劇作家交談，並深入討論文學藝術的美學問題。傅科在 1982 年同加拿大「身體政治」（Body Politic）雜誌記者賈拉格爾（B. Gallagher）和威爾森（A. Wilson）進行對話時說，性的問題構成了我們的生存方式的重要基礎。性，並非壞事，並不只是給人帶來厄運。相反，性是我們的行為和生活的不可或缺的基本因素，是我們的自由以及快樂幸福的主要源泉。「性創造了我們自身，性甚至是我們自身的創造物」。性，為我們帶來創造靈感和動力。性的活動和行為，為我們提升生存方式，為我們創建生存藝術提供廣闊的可能性。通過我們的身體，創建自身的生存美，達到生存美的最高境界，這是非常重要的事情（Foucault, 1994: IV, 735-746）。

所以，透過對社會生活、文學、藝術以及日常生活的細緻觀察，透過與文學藝術界的對話，傅科早在他正式提出生存美學之前，就已經在理論和實踐層面，為生存美學做了充分的準備。傅科的生存美學，不過是將已經普遍流行的當代生活藝術，以美學理論論述及概念的形式，加以提升和總結罷了。

同傅科一樣，維爾南、哈多和達維森等人也在同一時期，通過對於古代希臘羅馬思想的研究以及對於當代社會文化發展的總結，分別提出了生存美學的概念和原則（Davidson, A. I. 2001; Hadot, P. 1992; 1993; 1995; 1997; 1998a; 1998b; 1998c; 1999; 2001;

Vernant, J.-P. 1965; 1989; 1996）。

在主體性與真理的遊戲中探索生存美學

在傅科的整個思路中，生存美學，是繼知識考古學、權力系譜學和道德系譜學之後，在總結「主體性」（subjectivité）和真理（vérité）的相互關係的基礎上所提出來的。1982 年 10 月 25 日舉行於美國維爾蒙大學的研討會上，傅科很明確地指出了他後期所探討的自身的技術的論題與他前期所討論的真理遊戲的相互關係。傅科認為，西方人是從基督教道德佔統治地位之後，將原來盛行於古希臘羅馬的生存美學以及其中的「自身的技術」，改造成以基督教道德為基礎的主體性原則；而這樣一來，古代旨在美化自身生活的自身的技術，也轉變成為約束自己的主體性的真理遊戲的附屬方法（Foucault, 1994: IV, 804）。

在傅科的法蘭西學院課程的安排中，從 1970 到 1980 年，他先後論述了知識考古學、權力系譜學和道德系譜學的基本問題，探討了「知識的意願」（la volonté de savoir）、「懲罰理論及其制度」（théories et institutions pénales）、懲罰的社會（la société punitive）的性質、精神治療學與權力運作的相互關係以及生命權力和生命政治的宰制和規訓策略等。所有這些問題，在傅科看來，都可以歸結為對西方人的基本經驗的歷史考察，也同樣可以歸結為西方人的主體化模式及其各種主要的策略程式。傅科指出：他在後二十年期間所從事的研究，無非就是探索西方文化中實現主體化的各種不同模式（des différents modes de subjectivation de l'être humain dans notre culture）。他認為，在西方，存在著三大類型的主體化模式。第一類型是與科學知識相關連；更具體地說，指的是與語言學相關的「說話主體」，與政治經濟學相關的「勞動主體」，以及同生物學相關的「生命主體」。第二類型是同實現區分化和差異化相關的主體化，它實際上就是在「區分的實踐」（pratiques divisantes）中完成的主體化，也是與主體化並行的「主體的客體化」（l'objectivation du sujet）過程。在實現主體化和客體化的雙重過程中，一方面完成自身內部的區分化，另一方面是對他人進行區分。在這方面，「瘋子」與「正常人」、病人與健康者、「良民」與罪犯之間的區分，是具有典型意義。第三類型是在性的方面的主體化過程（Foucault, IV, 223）。所有這些，都是貫穿西方社會整個歷史以及控制西方人的思想、言論、行動、生活和文化的基本問題。

　　但是，傅科只是到八〇年代初，才清醒地意識到：要徹底揭露西方思想和文化的基礎和奧祕，必須全面地探討真理、權力和個人行為的相互關係；而他的以往研究活動，只偏重於真理和權力的相互關係問題，很少深入探討「個人行為」的問題（Foucault, 1994: IV, 697）。這就表明，傅科晚期看到了其自身研究工作的缺點和弱點，即很少探討個人行為以及與此相關的倫理學和實踐智慧的問題。在這種情況下，對於主體性和真理的研究，仍然未能解決我們自身的基本問題，也未能徹底揭示西方社會文化的真正奧祕。在傅科逝世前夕，在同德勒茲的兩位學生的對談中，他曾經對自己的上述研究弱點，進行反思和自我批評，強調有關個人行為和自身實踐的倫理學，是探索西方主體性和真理問題的一部分，也是「關懷自身」的生存美學所不可迴避的一個重要側面。他還說，生存美學所重視的生活風格，同樣也離不開「自身的倫理學」（l'éthique de soi）（Ibid.: 697-698）。由此可見，傅科的生存美學雖然以「關懷自身」和「滿足自身的慾望快感」為中心，但並不迴避與他人之間的倫理關係，也不打算放棄對於道德行為主體及其與「他人」的相互關係問題，只是它完全不同於傳統倫理學，是在嶄新的倫理學視野和景觀下，探索「關懷自身」與調整同「他人」的相互關係的各種可能性，使西方文化中的主體性問題能夠得到全面的澄清。

　　本書第二篇一開始論述真理遊戲與生存美學的關係時，就已經指出：西方人對於自身的主體性及其主體化程式，在其整個歷史發展中，存在兩種根本不同的模式，即古代和近代的模式。古代主體化模式的特徵，就是強調：每個人必須首先實現生存美學所要求的「關懷自身」的原則，通過一系列嚴謹的「自身的實踐」過程，將自身培訓成具有自我教育、自我陶冶以及善於正確對待他人的主體，然後，才談得上進一步進行認識和把握真理的過程。所以，古代人是把具有審美價值的「自身的實踐」放在首位，在此基礎上才進行探索真理的活動。正如傅科所指出的，即使是基督教的具有濃厚禁欲主義性質的自身的實踐，也同訓練自身成為真理的主體有密切關係。他曾經在 1982 年 3 月 10 日的法蘭西學院演講中說，「苦行」（askêsis; ascèse）這個詞，在古希臘羅馬時期，具有「建構真理與主體之間的聯繫」的意義和功能（Foucault, 2001: 355）。也就是說，在古代，為了能夠進入真理王國，為了能夠把握和理解真理，自身首先必須進行長期艱苦的自我節制和自我訓練，特別在精神和心靈深處進行反覆的反省和改造，使自身能夠確確實實地說出真理，講真話，履行符合真理原則的行為，然後，才談得上與他人討論真理，在社會共同體的範圍內，追求、並實行真理。正因

為這樣，古代的生存美學不但是使自身成為審美主體的原則，也是追求和掌握真理的必要條件。與此相反，近代的主體化模式，從笛卡兒以來，只是單純強調認識真理的至高無上地位，似乎每個人都自然地可以成為認識和掌握真理的主體。傅科對於生存美學的探索，就是在這樣兩種主體化模式的對比下進行的。

正是為了在「關懷自身」與「他人」關係網絡的交叉視野中，更深入探索主體性和真理的問題，傅科進一步提出生存美學。他的生存美學實際上是由「慾望的運用」（usage des plaisirs）、「真理的勇氣」（courage de vérité）和「關懷自身」（souci de soi）三大部分所構成，所以，它從根本上改變了傳統的主體性（subjectivité）與真理（vérité）的概念及其相互關係。

傅科在1980至1981年度為法蘭西學院講授的課程，被題名為「主體性與真理」（Subjectivité et vérité）。從此，傅科在重新探討主體性與真理的相互關係的基礎上，全面地論述了他的生存美學基本原則及其運用方式。他說：「在『主體性與真理』的一般標題下，進一步調查『自身的認識』（la connaissance de soi）的建構及其歷史。……顯然，這樣的研究，並不需要訴諸於任何一種關於心靈、情感或身體的哲學理論，也就是說，所有這些哲學理論都不能充當這項研究的主軸線。對我來說，進行這項研究，最有效的指導思想，就是所謂『自身的技巧』（techniques de soi）；它無疑曾經存在於一切文明之中。它包括一系列具體的程式（procédures），是在實現某些目的的過程中，用來確定、維持或改造個人的身分（identité）。而所有這一切，都仰賴於自身同對自身的控制關係或通過自身對自身的認識（des rapports de maîtrise de soi sur soi ou de connaissance de soi par soi）。總之，這意味著把『認識你自己』，這個在我們看來似乎標誌著我們的文明的律令，重新放置在更寬廣的視野中，並將它為更加清晰的脈絡服務。也就是說，我們自身究竟應該做什麼？對於自身應該從事什麼樣的操作？當實行一種行動、而行動的對象就是自身的時候，究竟應該怎樣進行『自我管理』（se gouverner）？……」（Foucault, 1994:IV, 213）。傅科的上述說明，進一步揭示了他所要研究的「自身的技巧」同「主體性與真理」的複雜關係，也澄清了作為生存美學核心的「關懷自身」的論題同主體性與真理問題的相互關係。

傅科在總結該年度的課程時，再次指出：他對於，他的《性史》第三卷〈對自身的關懷〉，就是對古希臘羅馬時期的「快感經驗」（l'expérience des plaisirs）的歷史探索的理論總結，也是對生存美學基本概念和理論的歷史探索。古代希臘人非常講究

滿足自身慾望快感的方式，把它當成一種具有審美價值的「生活技巧」、「生存技藝」和「生活風格」。對於古代希臘人、羅馬人以及傅科本人來說，生活技巧、生存技藝以及生活風格，都是環繞著「關懷自身」這個核心的。在這個意義上說，生存技藝和生活風格，就是「自身的技巧」（techniques de soi）；也就是說，只要能夠在實際生活中，藝術地操作「自身的技巧」，就意味著實現了生存美學的基本原則。

在生存美學的視野中，主體不再是局限在認識活動範圍內，而是以滿足自身慾望快感作為基本條件，在充分實現「關懷自身」的前提下，在同他人協調相互關係的過程中建立和鞏固起來。而且，主體性的建構和維持，在古希臘羅馬時代的原有意義上，主要是在掌握和靈活運用「自身的技巧」的過程中實現的。

傅科曾經在法蘭西學院 1982 年關於「主體的詮釋學」的課程的草稿中寫道：「在一定意義上說，一直貫穿著整個西方思想的主線，就是三大問題：第一，真理的入徑（l'accès a la verité）；第二，主體通過其自身範圍內的自我關懷，完成「自身對自身的遊戲」（la mise en jeu du sujet par lui-même dans le souci qu'il se fait de soi）；第三，對於自身的認識（la connaissance de soi）」（Foucault, 2001: 504）。

所謂真理的入徑，實際上就是探討如何獲致真理、以什麼方式和途徑達到真理的問題。這也就是傅科所強調的那種對待真理的反思態度，一種正確處理自身與真理的相互關係的技術，使自身能夠在各種社會條件下，透過反思的過程，對現存的真理，敢於提出質疑，對傳統的真理觀及其與權力運作的相互關係進行反思，使之「成問題化」（problématisation）。所以，在傅科那裡，對待真理的問題，就是運用思想自由，質疑和懷疑現有真理的形成及其擴散過程，使自身擺脫現存真理論述體系的約束，進入自由駕馭自身的遊戲境界。正是在這個意義上說，達致真理的過程，就是使原有的真理及其一切相關論述「成問題化」，同時也就是「自身的技巧」（technique de soi）的靈活而機智的運用過程。也就是說，對真理進行懷疑、並使之「成問題化」（la problématisation de la vérité）的過程，同樣也是培養、加強和考驗「真理的勇氣」（le courage de vérité）的過程，是一種「自身與自身的遊戲」的生存技術。在傅科以往的知識考古學中，認識和知識問題，是同主體的建構過程以及一系列權力運作策略的運用緊密相關。因此，他的知識考古學和權力系譜學，把重心放在對傳統主體論的批判以及對知識和權力的相互關係的揭露。所以，「真理的入徑」、「自身與自身的遊戲」以及「對於自身的認識」三大主題，同傅科晚期探討的生存美學，實際上保持

密切的內在關係。換言之,傅科所探討的生存美學,在 1980 至 1981 學年度的課程計畫中,是試圖在主體性與真理相互關係的框架內,尋求一種嶄新的充滿實踐智慧的「自身的技巧」,以便通過一種具有審美意義的生活技藝,巧妙而藝術地在調整「主體性」(subjectivité)與「掌控自身和他人」(gouvernement de soi et des autres)的複雜關係網絡中,實現生存美學的自由遊戲。

總之,關於如何對待真理的問題,始終是傅科進行考古學和系譜學研究的重點,也是檢驗和培養自身的「真理的勇氣」的過程,它關係到自己究竟應該怎樣生活的倫理問題,同時也是使自己活得符合生存美學原則的實踐智慧問題。

使主體在其自身生活和活動的範圍內,實現對自身的自我關懷,是生存美學的中心課體。對傅科來說,並沒有什麼固定不變的公式或統一的一般法則,能夠保證實現自己對自身的關懷。正是在這個意義上說,主體對待自身以及對待他人的生存活動,是藝術創作的過程,也是美的創造和鑒賞的過程:它絕不能囿於邏輯形式和規則的框架中,也不能禁錮在道德的規範之內。正因為生存美學是以達到自身的最高自由為宗旨,所以,它的內容、方法和實現程式,在本質上都是不確定和高度自由的。因此,生存美學,將自身對自身以及自身對他人的遊戲藝術,作為它的主要研究對象,它是創造自身生活的自由的生存風格(style de l'existence)和使生活變成為藝術(l'art de vivre)的實踐原則;它的形成和展現,決定於自身的實踐智慧和歷史經驗,決定於自身對於生活的審美判斷能力及其個人生活品味。

正如我們一再地指出的,遊戲活動本來就是原始人的自然生活狀態。在人類未進入權力鬥爭的社會以前,人們過著非常自由的遊戲生活。在這種自然的遊戲生活中,既能不受限制地實現自身的快感滿足,又同時自由地實現美的創造和鑒賞。因此,它是人們在同自身以及同他人的遊戲關係中,滿足自身快感的互動過程,也是在現實生活中進行藝術創造和不斷追求美的過程。由於每個人都是以對自身的關懷為宗旨,而且,對於美的理念的追求和鑒賞,原本就是無止盡的,所以,在關懷自身的過程中所進行的這種遊戲活動,就其時間表現形式而言,是永遠沒有終點的永恆循環運動,就像尼采所說的「永恆回歸」(retour éternel)那樣;就其空間表現形態而言,它是沒有中心、沒有固定方向和邊界的不斷伸縮沉浮。正是在這種對待自身的遊戲中,每個人實現對於自身的自由駕馭,又恰當對待他人,使自己真正成為自身生活、思想和行為的主體,又是進行自由藝術創造和美的塑造及鑒賞的主體。

第 7 章

生存美學的典範意義

西方美學的四大典範轉換

生存美學的出現，標誌著西方美學理論完成了又一次典範轉換。這場美學理論典範的轉換，是從二十世紀六、七〇年代開始，通過二十年左右的蛻變過程，歷經梅洛・龐蒂、阿多諾、德勒茲、布爾迪厄、波德里亞等關鍵人物的「準生存美學」過渡階段，至八〇年代傅科、哈多（Pierre Hadot, 1922-　）和達維森（Arnold I. Davidson）等人正式提出生存美學，才完成其轉換的過程。在這一期間，西方美學理論界，作為西方整個人文社會科學理論的一個組成部分，經歷了與人文社會科學的激烈論戰相平行的「批判和反批判」的理論交鋒：一方面是傳統的理論典範，另一方面是新興的「後現代主義」、「解構主義」和「結構主義」等「反主體性」和「反主客二元對立」的「反美學」（Anti-Esthétique）理論模式。傅科的生存美學，就是作為後一方面的新興美學的代表，呈現在八〇年代的美學論壇。早在六〇年代，法國著名的希臘文化專家維爾南，就已經明確地指出「精神修練」（l'exercise spirituel）的哲學意義（Vernant, J.-P. 1965: Tome I, 94）。法國的另一位希臘文化專家路易・熱內（Louis Gernet）也在他的書中，強調通行於古希臘人當中的一種生活技巧；這種生活技巧被稱為「精神修練」（Gernet, L. 1965: 252）。正如哈多後來所指出的，維爾南在他的書中，高度評價了古希臘原子論哲學家恩培多克勒的精神修練的概念；而路易・熱內則明確地將精神修練的意含界定為「一種集中精神的生活技巧」。因此，哈多認為，古希臘人以「精神修練」的概念，表示一種改造個人及改變自身的實踐活動；或者，表示一種回憶往事的技術（Hadot, 2001: 145）。法國思想家們是通過對於古代文化的研究，發掘出早已在古希臘文化中存在的生存美學。

　　顯然，這一場美學典範轉換，並不是偶然發生的，也不只是由傅科的生存美學單一地組成；它是從第二次世界大戰後的人文社會科學爭論及方法論變革發展而來的；而且，如前所述，它的產生和發展，脫離不開西方國家特定的歷史和社會文化條件。

　　粗略地說，西方美學經歷了古代、近代、現代和當代四次理論典範的轉換過程。最早的古希臘美學奠定了西方美學理論的基本框架及其基礎，創造了西方美學的第一個典範。古代美學典範的基本特徵，就在於把哲學本體論的審美分析同生活實踐中審美經驗的觀察體驗結合起來。但是，在當時情況下，作為一門獨立的學科，嚴格地說，美學還沒有系統地建構起來。當時的美學基本上從屬於哲學，所以，古代的美學實際上就是關於美的哲學理論。用柏拉圖在他的〈會飲篇〉的話來說，真正的美是永恆的，絕對的，單一的，但又是可以被具體分享的（Plato, Symposium. 211a-b）。在晚期探討「快感」（plaisir）的〈菲勒布篇〉（Philebus）中，柏拉圖不再像〈菲多篇〉那樣強調禁欲主義的道德精神，而是儘可能把理念與審美快感加以協調。他認為，真正的美，並不是單純靠它所產生的審美快感（plaisir esthéthique）來決定，而是更多地取決於由尺度（mesure）和比率（proportion）所構成的一種秩序理念（l'idée d'un ordre）。所謂美的藝術作品，就是以人的微觀感受形式所呈現的宏觀和諧秩序。所以，美感雖然產生於主觀的精神世界，但它是對於客觀和諧（harmonie）的美的秩序的鑒賞快感，是有其客觀標準（critère）。柏拉圖的學生在《詩學》（Poetica; Poétique）、《修辭學》（Rhetorica; Rhétirique）、《形上學》（Metaphysica; Métaphysique）和《尼克馬可倫理學》（Ethica Nicomachea; Éthique à Nicomaque）等著作中，改造了柏拉圖的美學思想，更深入而具體地探討了美學問題。亞里斯多德認為，美是由其各個組成部分所構成的一個活生生的有機整體（Poétique），它表現為勻稱、明確和有秩序的形式結構。因此，人們稱之為「美的整一觀」。亞里斯多德尤其深入探討了悲劇藝術，強調悲劇並不是對於已經發生的事情的模仿，而是對於可能或必然發生的事情的想像性模仿，因此，悲劇更顯示了藝術創造的超越本質（ibid.）。柏拉圖和亞里斯多德所探討的美的哲學理論，後來成為古代美學典範的標本，不但影響了新柏拉圖主義（Néoplatonisme）美學家普洛丁（Plotinos, 205-270），而且，也影響文藝復興和浪漫主義（romantisme）的美學：文藝復興人文主義（humansime）藝術和美學的代表人物菲奇諾（Marcilio Ficino, 1433-1499）、米開朗基羅（Michelangelo di Lodovico Buonarroti, 1475-1564）、杜柏萊（Joachim du Bellay, 1522-1560）和菲力

普‧希尼（Sir Philip Sidney, 1554-1586）等人，浪漫主義代表人物歌德（Johann Wolfgang von Goethe, 1749-1832）、赫爾德（Johann Gottlieb von Herder, 1744-1803）、席勒（Johann Christoph Friedrich von Schiller, 1759-1805）、施列格爾兄弟（August Wilhelm von Schlegel, 1767-1845; Friedrich von schlegel, 1772-1829）及雪萊（Percy Bysshe Shelley, 1792-1822）等人，都不同程度地吸收了柏拉圖和普洛丁的美學。在基督教佔統治地位的中世紀時期，神學對於肉體、感情和世俗世界的否定，導致和加速了古代美學典範的崩潰和消逝。

十四至十六世紀的文藝復興，推動了藝術和美學的人性化革命，為近代美學典範的產生奠定了基礎。十八世紀的啟蒙運動和浪漫主義，把近代美學典範推進到頂峰。鮑姆加登（Alexander Gottlieb Baumgarten, 1714-1762）總結西方文藝復興之後的藝術美創作經驗，使他在1750年發表的《美學》（Ästhetik）一書，成為近代美學理論的奠基性著作。從此，美學才真正脫離嚴格意義的哲學理論的範圍，成為獨立的新型學科。鮑姆加登以古希臘文Aestheticus命名美學，試圖強調審美的感性基礎。他顯然沒有明確地區分「感性」和「審美感」，為各種感覺主義的美學理論提供了一定的理由；但他畢竟很重視審美過程中的情感和想像的因素，強調美的具體性、形象性和個別性，推動了近代美學對於「個性」的深入研究。

其實，在鮑姆加登的新美學產生之前和之後，曾經先後出現過一批傑出的思想家，試圖挽救、重建、恢復、發揚和改造被基督教和近代哲學所篡改、扭曲和窒息的古代生存美學，其中包括蒙泰涅、斯梯納、叔本華、尼采、博德萊等人（Foucault, 2001: 240-241）。如前所述，布格哈特在其研究文藝復興文化的著作中，指出了生存美學在當時一部分思想家中的復興狀況。這也說明，生存美學儘管受到了長期的壓制，當它仍然保持相當強的生命力。

近代美學典範的創立，同近代個人主義意識形態有密切關係。總的來說，近代美學比古代美學更注重作者（l'auteur）個人的主觀才藝特徵，將審美主體的「品味」（le goût）和「天才」（le génie）當成審美的決定性因素，並以「共同感」（sensus communis）作為「中介」（médiation）概念，以「批判」（critique）為動力，明確地將「歷史」（l'histoire）引入美學，並同時肯定美的非理性本質（irrationalité du beau），以便通過人性中不同於理智的感性世界的自律（l'autonomie du sensible），重建人與神之間的新關係。

　　從十四到十八世紀中葉，近代美學典範在其發展中，受到當時哲學爭論的影響，發生過理性主義與經驗主義美學的劇烈爭論。法國作家、詩人兼美學家布阿洛（Despreaux Nicolas Boileau, 1636-1711），以笛卡兒的理性主義為指導，為沙貝爾（Claude Emmanuel Lhuillier Chapelle, 1626-1686）、莫里哀（Jean-Baptiste Poquelin Molière, 1622-1673）、拉封旦（Jean de La Fontaine, 1621-1695）及拉辛（Jean Racine, 1639-1699）等人的美學觀點辯護，通過他所撰寫的《詩歌藝術》（L'Art poétique, 1674）一書，總結了近代美學理性主義典範的創作經驗，使布阿洛獲得了「帕納斯山立法者」的光榮稱號，也使他成為新古典主義的傑出代表。這種理性主義美學後來被黑格爾的《美學》進一步典型化。與上述近代理性主義美學相對立，英國哲學家休謨在其《美學論文集》（Essais esthétiques）中，捍衛了經驗主義的美學原則，強調美的感官審美基礎，否認美的客觀性，並突出地論證了審美品味概念在美學中的核心地位。在此基礎上，康德在他的《判斷力批判》一書中，以「品味」（goût; taste）概念為核心，試圖調和並超越理性主義與經驗主義的對立，為浪漫主義藝術所崇奉的「天才」美學（Ästhetik des Genies）進行正當化的論證（Kant, 1995[1790]，因而成為了近代美學典範的標本。

　　現代美學是十九世紀中葉到二十世紀上半葉期間，在近代美學的基礎上發展起來的。在美學理論方面，尼采（Friedrich Nietzsche, 1844-1900）是這一時期最重要的代表人物。他一方面總結了近代美學和近代文學藝術創作的歷史經驗，另一方面又徹底批判和顛覆傳統哲學的基本原則，使他有可能為西方現代文學和藝術的「現代主義」（modernisme; Modernism）或「現代派」創作，提供最靈活和豐富的想像動力。現代美學不同於近代美學的最大特點，就是進一步重視主觀創造性的功能，使之發揮到最大的程度。如果說，近代美學只是強調創作主體的發現（découverte）能力，那麼，到了現代美學階段，則鼓勵作者的創造（invention）精神（Ferry, L. 2002:）。「發明」和「發現」相比，只是一字之差，但它所顯示的，是作者主觀創造精神超越和顛覆美的客觀標準的能力和可能性，突顯審美主體的主觀想像力量的決定性作用。在他們看來，美之所以能夠被創造，又會引起普遍的審美感受，並非如同古代美學所堅持的那樣，是由於某種客觀的審美標準的存在，而是由於審美主體本身，普遍具有創造發明的審美能力，並具有審美的共同感，有可能普遍地對創造發明出來的各種美的作品，產生不同程度和多元化的審美鑑賞反應。所以，現代美學認為，對於審美的創造

活動來說，所需要的，不是用來約束審美創造的美的客觀標準，而是相反，是創造者和鑑賞者的主觀想像的虛構能力，善於根據他們的個人品味的變化以及社會文化品味的變化趨勢，創造出作者及鑑賞者所響往期待的美的作品。

在尼采思想的驅動下，當代美學在摒棄客觀美的標準方面，走得更遠。按照尼采的觀點和風格，具有自由創造精神的個人，絲毫不需要受「主體」和「客體」的約束。在這些具有權力意志的藝術家面前，藝術無非是他們個人生存意志及權力意志的自由創造發明的成果。在創作過程中，關鍵的問題，是創作者本身，必須具備進行自由創造的權力意志。這是一種不斷突顯個人自身的獨特個性和風格的意志，而且，它還是不斷膨脹、並試圖無限擴大的權力意志，是具有無止盡創造欲望的權力意志。正是在當代美學典範的影響下，當代各種各樣的藝術創造和審美活動，都顯示出超越美醜二元對立的趨勢。

從上述西方美學典範的四次重要轉換的歷史過程中，可以看出：**主觀性與客觀性的相互關係問題，始終成為美學爭論的最關鍵的因素**。在古代美學典範中，關於美的客觀標準問題是首要的。近代美學典範，由於建立在近代個人主義的基礎上，特別強調美的創造的主體性，突顯了「**品味**」（goût; The Taste）和「**天才**」（génie; the Talent）的概念，試圖顯示藝術美作者個人的創造才能的決定性作用。現代美學更加重視美的主觀成分，把美當成主觀想像力的發明產物，而把審美的客觀標準問題徹底拋在一邊。當代美學典範在現代美學的基礎上，更進一步突出個人的獨特個性，尤其突顯創造者個人審美「風格」的絕對奇特性和唯一性，表現了藝術美在當代社會文化條件下的不確定性及其多種可能性的特徵。

因此，當代藝術創作中的美，已經純粹成為作者想像力的產品；而在鑑賞過程中，它則是鑑賞者個人品味的對象。在當代美學和生存美學中，個人品味和風格是沒有標準的，也不需要任何標準。個人品味和風格，無需任何根據，不需要說明其訴求的理由；它們本身就是美的根據和標準本身。正如巴特所說：「流行本身是自我界定的」（Barthes, R. 1994: 365）。顯然，在當代藝術美創作和鑑賞過程中佔有決定性意義的品味和風格，越來越遠離了客觀世界和美的對象本身，進一步表現當代美學對美的客觀標準問題的蔑視和厭煩；而且，當代審美作品的創造者，信奉「作者已死」的原則，堅信藝術美一旦被生產出來，作者可以不再對它「負責」，任憑觀賞和鑑賞者依據其個人品味和風格來判斷，任憑作品本身在被鑑賞中自生自滅或隨審美品味的變

遷而沉浮。關於這一點，本書前面所引的貝克特有關他的作品所說出的一句話，具有非常典型意義的。他把他的作品比作他的「孩子」，一旦離開了他，就可以自由自在地任其自身和它的鑑賞者的意願和喜好，成為各種各樣的美的存在物。在這種情況下，不論在創造還是在鑑賞過程中，重要的問題，實際上已經不是具有普遍客觀標準的美的問題，也不是「原作者」的主觀意圖，而是在藝術形式中所呈現和被鑑賞的作品風格。因此，不論對作者還是對鑑賞者來說，重要的，是突顯自身在作品中所可能呈現的永無止盡的創造風格及其絕對唯一性。同時，關鍵的問題，不是這個唯一性屬於誰，而是唯一性本身的特徵。傅科的生存美學之所以把「關懷自身」列為首位，正是為了以「自身」在其生存中的絕對獨特性，顯示自身風格之美的唯一性及其「永恆回歸」特徵。

生存美學的前身：「準生存美學」

1. 梅洛・龐蒂的身體生存美學

正如我們在前面已經指出的，生存美學作為一種新興的美學典範，它的出現並不是偶然的。在傅科的生存美學出現之前，梅洛・龐蒂從他的《身體生存現象學》（phénoménologie de l'existence corporelle）的理論體系出發，已經提出了「身體美學」（l'esthétique du corps）的概念。梅洛・龐蒂將黑格爾的辯証法、柏格森哲學同胡塞爾現象學相結合，強調感知（la perception）的中心地位以及回歸生活世界（le monde veçu）的必要性，反對訴諸於某種超越性的意識活動，以身體（le corps）與心靈（l'esprit）之間的辯証關係，描述「歷史何以可能」的問題。梅洛・龐蒂認為，人的存在及一切世界上的存在物，根本不是人的意識所決定的，也不是人的主體性所決定的，而是由生活世界中的身體與心靈之間的相互關係及其相互穿插所決定。早在 1938 年撰寫、並於 1942 年發表的《行為舉止的結構》（La structure du comportement）一書中，梅洛・龐蒂就以理解「意識」同「自然」的相互關係為主題，以現象學方法，從旁觀者的中立角度，批判心理學中的行為主義理論，重新界定和分析「行為舉止」（le comportement）概念。梅洛・龐蒂認為，行為的特性，不論就其反映面，還是就其高級層面，就在於它對「刺激」（stimulus）的有效性，並決定於它所隸屬的有機體先天固有的「意義」或「價值」；而這些意義或價值，與其是由外來的刺激，還不

如是由有機體本身所產生和構成。行為應該描述成一種類似於「形式」（la forme）的現象，是一種總體性的過程；其特徵不應該被說成為各個分離的局部的總和。梅洛·龐蒂反對將行為納入身體與精神的對立範疇之中。他強調說，形式之所以存在，就是因為它對意識有意義，而所謂意識，無非就是感知（la perception）的意識。「意義」是被感知的有機體的「屬性」（des attributes de l'organisme perçu）。在這裡，顯示了梅洛·龐蒂已經從「超越」的觀點，深入探討有關身體與心靈的關係，明顯地拒絕傳統的有關生命和精神研究的各種「實體論」（le substantialisme），並對於感知的意識（la conscience perceptive）深感興趣（Merleau-Ponty, M. 1945[1942]）。由此出發，梅洛·龐蒂認為，哲學無非就是「反覆學會觀看世界」（la philosophie consiste à raprendre à voir le monde）（Merleau-Ponty, M. 1945）。所有這些，都表明梅洛·龐蒂從一開始研究人的身體、情感、心靈和心理的問題，就從現象學的立場，拒絕傳統的二元對立模式，試圖在身體與心靈的交互關係中，在交互關係的視野中，探討人的身體、心靈、思想和行為的問題。梅洛·龐蒂以笛卡兒的哲學為例，強調有關主體與客體、文化與自然、精神與肉體的關係，並視之為存在論的基本問題（Merleau-Ponty, M. 1945[1942]:126-127）。

正是從身體生存現象學出發，梅洛·龐蒂建構了他的特有的身體美學。在他的《知覺現象學》一書中，梅洛·龐蒂以現象學的觀點，對「身體」（le corps）進行較為系統和深刻的描述。他認為，身體是有「在世存在」的真正向量標誌（le corps est le vecteur de l'être au monde）；而世界對於身體而言，並不是被身體「認識」，而是作為它的動機可能性的極限表現出來的（Merleau-Ponty, M. 1945）。在梅洛·龐蒂逝世前一年（1960 年）所寫的《眼睛與精神》（L' Œil et l'esprit）中，他說：「人的身體就存在於：當觀看者與可觀看事物之間、觸及者與被觸及的事物之間、一隻眼睛與另一隻眼睛之間、手與手之間發生相互交叉的時候；…」（Merleau-Ponty, M. 1964: 21）。

梅洛·龐蒂之所以集中研究「感知」或「知覺」，是因為它「是一切行為得以展開的基礎，是行為的前提」（Merleau-Ponty, M. 1945: IV）。從現象學的立場來看，知覺並不是關於世界的表像，也不是一種行為，不是有意識採取的立場。梅洛·龐蒂和柏格森一樣，認為知覺之所以珍貴，就是因為它是人在世界生活的親自體驗。梅洛·龐蒂在 1947 年發表於法國哲學會上的學術演說「知覺的優先地位及其哲學後果」

（Le primat de la perception et ses consequences philosophiques），再次強調知覺「是內在性和超越性的弔詭」（le paradoxe de l'immanence et de la transcendance）。在他的《知覺現象學》一書中，梅洛‧龐蒂說：「身體不能與自然物體比較，但可以同藝術作品作比較」（Merleau-Ponty, M. 1945: 177）。我們的身體具有直接感知自身的能力，並在直接感知中，判定自己所喜愛的部分及其結構，產生出人類所特有的美感。我們的身體本身，就是一個得天獨厚的藝術品，而且，它具有藝術生命，除了不斷進行藝術創造以外，它還時時刻刻需要以藝術鑒賞和美感享受，作為其生存的基本條件。

　　為了論證身體的美感能力及其藝術創造精神，梅洛‧龐蒂根據現象學的原理指出：作為具體形象的美，只能通過身體的感受，才能被人所感知和鑒賞。在任何一幅繪畫或一段樂曲中，觀念只能通過顏色和聲音的展現來傳遞。也就是說，一切美的鑒賞活動和藝術創造，都必須以身體的知覺為中介和基礎。在沒有看到過塞尚的畫之前，即在身體的視覺發揮其知覺功能之前，人們關於塞尚的藝術作品的分析，只容許我們在多個可能的塞尚之間進行選擇。只有靠身體對於繪畫的知覺，才給予我們進行鑒賞的決定權，並使我們有可能確認唯一存在的塞尚。因此，只有在身體關於繪畫的知覺中，對於塞尚繪畫的分析，才有完全的美的意義。同樣地，對於一首詩或一部小說的分析，也是如此。任何一首詩或一部小說，雖然它們是由語詞所構成的，但它們在本質上，乃是人的身體的一種生存變化及其感知而已。詩不同於一般的喊叫，因為喊叫是通過大自然來刺激身體。因此，喊叫的表現手段是貧乏的。詩歌並非如此。詩歌是通過語言，而且是通過一種經過加工錘鍊和反覆斟酌的特殊語言。當詩歌表達它的意義時，身體存在的感知變化，並不消失在詩被表達的時刻，而是在詩歌的結構中找到了它的永恆的歸宿。一部小說，一首詩，一幅畫，一段樂曲，都是個體，人們是不能區分其中所表達和被表達的部分，它們的意義只有通過一種直接聯繫才能被理解；當它們向四周傳播其意義時，它們並不離開其時間和空間位置的存在。正是在這個意義上說，我們的身體可以同藝術相比擬，也可以同藝術相溝通，實現人類的審美鑒賞活動。

　　在梅洛‧龐蒂看來，我們的身體是活生生的意義紐結。它不是一定數量的共變項的規律鎖鏈。具有運動能力或知覺能力的身體，不是「我思」的對象，而是趨向平衡的主觀意義的整體。有時，新的意義紐結形成了：我們以前的運動，湧入一種新的運

動實體，最初的視覺材料湧入一種新的感覺實體，我們的天生能力突然與一種更豐富的意義聯繫在一起。它們的出現，突然重建我們的平衡和滿足我們的盲目期待。所以，我們的身體不僅具有奇妙的審美能力，而且也富有創造藝術美的能力，為各種可能的美感展現廣闊的時空領域。身體創造美，同時也傳遞著美的訊息，感受著美的崇高而微妙的特質。

梅洛‧龐蒂還以人的眼睛的視覺為例，說明身體感受對於美的鑑賞的重要意義。人們在其實際生活中，往往首先靠眼睛視覺所提供的資訊，選擇自己的鑒賞對象，並在實際生活的過程中，靠眼睛視覺的對比和鑑賞效果，來決定對於各種對象的鑒賞判斷。

中國的莊子很早就揭示了觀看的審美意義。他的〈田子方篇〉有這麼一段精彩的敘述：「子路曰：吾子欲見溫伯雪子久矣，見之而不言，何邪？仲尼曰：若夫人者，目擊而道存矣，亦不可以容聲矣」。後來，唐成玄英疏云：「擊，動也。」接著，晉郭象注：「目裁往，意已達。」也就是說，眼光所達，「道」便顯身其中。這一切，講的就是有道之士，一望即知，無需借用言詞進行邏輯推斷；即使運用言詞推斷，也是「言不盡意」。審美的意境及其創作實踐，就是這樣的絕妙境界。後來，佛教傳入中國後，禪宗名僧東晉僧肇在其《涅槃無名論‧奏秦王表》中說：「陛下聖德不孤，獨與什公神契，目擊道存，快盡其中方寸」。南朝宋代劉義慶《世說新語‧栖逸篇》稱：「阮步兵（籍）嘯聞數百步。蘇門山中忽有真人樵伐者，…籍登嶺就之，其踞相對。籍商略終古，上陳黃農玄寂之道，下考三代聖德之美問之，仡然不應。復敘有為之教，栖神導氣之術以觀之，彼猶如前，凝矚不轉。籍因對之長嘯。良久乃笑曰：『可更作』。籍復嘯，意盡，退還半嶺許，聞上猶然有聲，如數部歌吹，林穀傳響。顧看，乃向人嘯也。」梁代的劉孝標注引晉戴逵撰《竹林七賢論》云：「觀其長嘯相和，亦近乎目擊道存矣。」戴逵顯然意指：對審美客體聲容舉止的瞬間直覺感知，既可大體把握對象人格美之所在。在日常生活中，往往只需要極短的瞬間，便可通過耳目感知，引發審美諸要素迅速運作而做出審美判斷，並由此在內心世界中做出各種複雜的情感反應。

審美並非理性的認識過程。它所進行的，是理性與非理性的一系列交錯性因素的直覺創造。在品鑑消費品的時候，始終是身體，特別是眼睛，在向我們自己說話，在向我們自己表現對象，並同時實現對於對象的品味結果。流行文化產品的製造者和推

銷者意識到眼睛的上述重要意義，所以，他們在設計產品和推銷產品的廣告中，集中力量製造各種有利於吸引眼睛視覺的形式，包括色彩變幻和形式遊戲在內。

2.阿多諾的悲劇生存美學

與梅洛・龐蒂幾乎同一個時期，阿多諾（Theodor Wissengrund Adorno, 1903-1969）在他的《最低限度的道德》（Minima Moralia, 1951）一書中，就已經試圖打破傳統美學的理論系統框架，極端重視各種「逃離概念網而走漏出來的異質性思想觀念」的片段性。他認為，並不是在嚴謹而形式化的邏輯框框中展現出來的思想觀念，而是那些不時地偶然逃脫邏輯約束力量而迸發出來的思想觀念片段，才是人的生命不斷追求自由的本質表現。阿多諾多次表示：那些呈破碎狀態的自由觀念所合成的大於總體的思想結構，才是比一個完整無缺的理論上的自由概念，更加珍貴、更加完美和更加真實。因此，他主張以非系統化的破碎形式，表達美的情操和理念；同時，他也主張使美學理論掙脫系統的理論框架，直接地表現藝術和生活中的美的點狀散播結構。

在晚年發表的《否定的辯證法》（Negative Dialektik, 1966）中，阿多諾不但在觀點和論證方法上，而且也在組織結構上，有意識地表現出對於傳統的主體性和整體性的否定。他那種反形上學、抵制任何終結和反對各種調和的基本精神，始終貫穿在他的否定的辯證法的論述過程中。在這本書中，阿多諾一方面顯示出不斷自我否定的自由生命力的不可抗拒性，表現出他對於各種「不可能性」（impossibilités）的堅定信念，表現出他對於死亡和永恆否定的期望，另一方面也表現出對於歷史和現實的哲學、美學以及一切理論思考的絕望，看穿了人類文明的悲劇特質。他認為，在哲學和理論領域中所遭遇到的一切絕望，只有在同藝術相遭遇的時候，才出現了虛幻的希望。同時，也恰正是在當代藝術和美學的自我否定中，阿多諾看到了人類文化從自我否定的歷史中所可能獲得的重建希望。因此，阿多諾的悲劇文化和悲劇生活觀，就其本質而言，是充滿希望和表達對自由的渴望而已；只是他所寄予希望的場域和方向，是藝術創造本身。阿多諾的悲劇生存美學再次肯定了古希臘悲劇創作的成果，表現了將悲劇置於喜劇之上的積極審美生存態度。

《美學理論》（Ästhetische Theorie, 1970）是阿多諾的最後著作，也是他對於美學舊典範進行最徹底批判的集中表現。他在這部著作中，表現出思想的高度自由和自

我矛盾，表現出自由思想展現過程中所可能採取的曲折而破碎不堪的途徑和形式，表現出思想自由對前後一貫的嚴密體系化形式的蔑視。

《美學理論》這本書當然是以探討藝術創作及其社會功能為中心。但是，正如康德在《判斷力批判》一書中通過探討藝術和美學問題而深刻地論述到人的自由本質一樣，阿多諾也通過藝術和對於美的反思，集中揭示人本身和人類社會的性質。阿多諾認為，唯有在藝術創造和對於美的追求中，才體現出人在思想情感方面的無止盡的超越性和絕對自由性。他在這部著作中，極力捍衛一種他稱之為「非審美化」的現代主義及其自我批判能力。在他看來，一種能夠自覺地揭露自身虛幻化的整體性要求的藝術，一種不斷地進行自我否定的藝術，總是比一種保持其虛幻假像的藝術，更具有否定現實的力量，更具有崇高的美的價值。

藝術在本質上是悲劇性的。這是因為所有的藝術，和人的生存一樣，都不可避免地要通過不停的自我否定而實現其超越性，實現其本身所追求的審美理念。自我否定就是自我摧毀、自我更新和自我掏空；它非經歷痛苦和煉獄生活不可。而且，在不斷自我超越和自我否定的過程中，藝術又何嘗不逐步地意識到追求完滿本身的虛幻性！但是，明知自我否定和自我超越的結果，必然導致虛幻的完滿性，藝術卻又固執地堅持在自我否定的道路上挺而走險。藝術的自我否定性，顯示了生存本身的偉大氣魄，它們（藝術和生存一起）有信心、也有能力在不斷自我否定中實現自身的自由目標。正是通過對其本身的虛幻性的不停反思，顯示出它們對於現實的批判的無限性。阿多諾認為，任何真正的生活和藝術及其所追求的美，都是自由的最高表現。但是，沒有一個真正的自由不是經過否定性的批判而實現的，其自由目標的絕對性和無限性，決定了它們所追求的自由的虛幻性。一切自由，都是以徹底的否定作為代價而顯示其虛幻化。這種虛幻化正如尼采所強調的，其本質絕不是虛無主義，而是創造希望的。因此，阿多諾明確地肯定藝術對於哲學的優越性，肯定藝術和美學具有高於哲學的自我否定力量。

阿多諾對於藝術和美學的讚揚，還隱含著他對藝術自我否定的非異化傾向的肯定。在阿多諾看來，同藝術相比，人類知識，特別是現代科學技術，過多地追求對於自然的征服，過多地追求主體性的實現。所有這一切，在真正的藝術創作中，是完全可以避免的。阿多諾對於藝術的讚美和期望，儘管包含著虛幻和悲觀的精神，但它像扔到茫茫大海中的瓶中信一樣，可以指望總有一天，會在未來出現的收信人那裡，獲

得心心相印的效果。

　　阿多諾通過深沉的美學思考，為二十世紀下半葉一系列「**反美學**」的新思潮的誕生，展現了在生活中進行自我否定的新美學的創造性魅力。正因為這樣，阿多諾的美學為傅科的生存美學給予重要的啟發。

3.海德格的此在詩性生存美學

　　在近五十年的西方哲學和思想史上，海德格（Martin Heidegger, 18891976）關於存在、語言和藝術的哲學論述，直接地啟發了傅科的生存美學的建構。傅科曾經反覆指出，海德格是對他產生深刻影響的一位現代思想家（Foucault, 2001: 182; 505-506）。海德格在給法國詩人和思想家勒奈・沙爾（René Char, 1907-1988）的信中說：「人是通過他『在那兒』而存在著。也就是說，是在『存在』的光照中存在。『在那兒』的這個存在，也只有這個存在，即『**此在**』（Dasein），才具有生存的基本特徵，顯示『存在』在真理中的那種銷魂神迷的敞露狀態」（Heidegger, 1978: 322-323）。海德格以畢生大量時間探索人的生存及其與真理的關係，並強調唯有通過藝術，通過人的「**此在**」詩性地審美生存，才真正有可能導向真理。真理的本質就在於超越和自由。只有追求自由的人，才有可能在其不斷的超越中達致真理，而此在的詩性生存乃是人的本真生存的最高典範。傅科認為，正是海德格對於人的「此在」生存方式的反傳統形上學的哲學探索，為人們開啟了通向真理的自由之路。傅科指出：「在二十世紀的最近幾年，幾乎很少有人提出真理問題。很少有人提出這樣的問題：什麼是主體和真理？真理的主體是什麼？說出真理的主體是什麼？....等等。我看只有拉康和海德格。就我個人而言，至少，正如你們所看到的，我是傾向於海德格，而且，正是從海德格出發，我嘗試思考了所有這些問題」（Foucault, 2001: 182）。

　　眾所周知，海德格從一開始從事哲學研究，就把存在以及「此在」（Dasein）的生存當成首要的探索目標。海德格並不追隨傳統思想家的路徑，反對將人的存在一般化，明確地說：「存在，作為哲學的基本課題，絕不是任何一個存在者的『種』」（Das Sein als Grundthema der Philosophie ist keine Gattung eines Seienden）（Heidegger, 1986[1927]: 38）。也就是說，他所要研究的「存在」，不是像亞里斯多德在他的《形上學》一書中所探討的、作為抽象的「種」而呈現的「存在」，而是以特殊的現象學方法，將存在（das Sein）直接理解為每個特殊的個人的「此在」生存的自我展示過

程。亞里斯多德在《形上學》中曾經說：形上學是研究「存在作為存在」的一門學問
（A science which investigates Being as Being）（Aristotle, Metaphysics, Book IV, 1-2. In
Aristotle 1981）。同亞里斯多德等人的傳統研究不同，海德格的存在論，集中研究了
作為特殊個人生存形態的「此在」（Dasein），即只關懷其自身的「在世存在」的生
存可能性的存在論。海德格為此指出：「由於『此在』在本質上總是它的可能性（weil
Dasein wesenhaft je seine Möklichkeit ist），所以，這個存在者可以在它的存在中選擇
自身，並獲得自身。但它也可以失去自身，或者，絕非獲得其自身，而是『貌似』獲
得自身」（Heidegger, 1986[1927]: 42）。由此可見，作為一種特殊的存在，人的生存
具有充分的自由可能性，它始終都是由「此在」自身，選擇和決定自身生存的狀態、
命運及其去向。人生是否能夠達到它的最高境界，決定於「此在」的在世生存中，能
否以詩人的生存方式，無止盡地超越其主體性的限制，通過自身實踐的反覆而曲折的
自我修養和淘冶過程，實現富有詩意的審美生存方式，將自身的在世存在，同在場出
席和不在場的無限缺席的世界萬物，融合為一體，不僅開闢從有限到無限的審美想像
場域，而且，也敞亮地創見和鑑賞到一切可能的無限壯麗世界。就此而言，生存美學
的核心概念「**關懷自身**」（souci de soi），已經在海德格的最早論述中得到闡明；而
且，海德格認為，「關懷自身」只能由存在者個人，面對世界所提供的具體生存狀
況，依據「此在」自身在存在過程中的抉擇和作為來決定。當「此在」被投身於世界
時，面對它所遭遇的世界，它總是免不了會產生沒完沒了的「煩」；「此在」永遠不
滿足於世界所展現的生活條件，也絕不應該屈從於它所照面遇到的現實世界的規定和
約束，而是積極地以它所選擇的在世存在方式，通過「此在」的現身情態、對於世界
的領會和詮釋，將其自身所籌畫的生存方式，從「能在」（seinkoennen）轉化成為
「此在」的真理存在方式（Heidegger, 1986[1927]: 53-55; 72-76; 134-154）。後期的海
德格，經歷了對語言、思想及存在的更深入考察之後，進一步明確地指出：唯有通過
詩性語言的引導而達致審美生存境界的「此在」生存方式，才最終展示了「此在」與
其在世的世界的相互照亮關係：「此在」，作為自身生存的澄明者，在其審美生存實
踐中，與其所共存的世界相互照亮，實現了人生在世的詩性生存積極方案。

　　因此，以「此在」（Dasein）方式而「在世生存」（Sein-in-der-Welt; Being-in-the-
World），這就是人的審美生存的首要特徵。人的在世生存，不是和一般動物的生存
那樣，任憑外在生活條件的限制和決定，而是依據「此在」的自由意願及其選擇方

式，實現「此在」自身最期望的生存方式。「此在」並不是隨隨便便地活著，而是盡
力實現審美的超越目標。這種生存方式，表現了「此在」追求最高自由的超越慾望，
尤其是滿足「此在」的詩性生存的最高審美要求。為此，海德格強調此在生存的三大
模式：「領悟」（Verständnis）、「**現身情態**」（Befindlichkeit）、「**言說**」
（Rede）。正是在領悟、現身情態和言說中，「此在」完成了他自身所追求和設定的
審美生存目標。

顯然，不論是領悟、現身情態還是言談，都直接地同語言本身相關。所以，海德
格說：「對語言和存在的思考，從很早開始，就規定了我的思想道路」（Heidegger,
1959: 93）。海德格首先把語言當成存在本身的「家」。他說：「語言是存在的家；
在它的寓所中，居住著人（Die Sprache ist das Haus des Seins; In ihrer Behausung wohnt
der Mensch）。思想者和詩人乃是這個家的守門人」（Heidegger, 1978: 317）。「語
言是存在自身的既澄明、又掩飾的到達」（Sprache ist lichtend-verbergende Ankunft des
Seins selbst）（Heidegger, 1978: 324）。語言因此成為了此在的在世生存的存在論基
礎，也是生存的可能性場域；它為生存本身提供最廣闊的實現場所，同時又為生存的
潛伏、隱蔽和敞開以及生存本身的沉淪、遮掩和澄明，創造了廣闊的可能性，從而，
使生存本身因語言的出現、而成為變化莫測和富有創造的自由生命的展現過程。在生
存延伸的一切地方，都需要語言作為其存在之道而開闢道路，並為其審美觀照、創造
和自由鑑賞，提供新的啟發性活力。海德格的語言觀在很大程度上，啟發了傅科對生
存美學的探討。

語言對於生存、特別是生存的自由超越性的絕對重要意義，不僅是因為語言具有
命名、表達（Ausdruck）和指謂的功能，而且，更重要的，還在於語言具有不斷地、
甚至無限地「召喚」（Anruf）的功能和性質。語言絕不是被動地聽候說話的主體的
擺布而召喚事物，而是以其本身的主動創造精神，召喚它所可能召喚的一切事物，包
括召喚使用語言的人在內，同時也召喚一切不在場的世界萬物。當人說話時，他作為
說話的主體，說出的話，充其量也只是語言所要說的一小部分的話，是語言的話中的
非本質部分。但是，人一旦說話，語言就自律地湧入它自身的生活世界，像泉水噴射
一樣，置說話者主體於不顧，憑藉語言同它所面臨的萬物及其相互關係網絡，任語言
本身的象徵性結構，以其自身的邏輯，使語言自身突然變為主體，言其所言，指其所
指。因此，在實質上，並不是人這個主體在說話，而是語言本身在不斷地說話，正如

海德格所說：「言說是語言的存在狀態，即其本體論基礎」（Heidegger, 1986[1927]: 37）。語言通過其自身的不斷說話而不斷召喚著人；就好像不停地思想的人，也註定要不斷地召喚語言一樣。這樣一來，語言本身的不斷召喚以及語言和人之間的相互召喚，就為人的無限自由超越性，提供了最好的條件和中介，也為審美生存的一再超越，拓展更廣闊的可能視野，開闢無限美好的前景。**如果「此在」能夠學會操用詩歌的語言，那麼，就會如海德格所預見的，從此踏上「詩性」生存之路，有希望進入審美生存的最高境界。**

海德格反對傳統意義上的美學，因為傳統美學始終把藝術當成一種外在於人的「此在」生存、並作為一個「對象」而存在的東西，就如同傳統形上學把「存在」當成外在的對象而存在一樣（Heidegger, 1972[1950]: 66）。海德格明確地說：「自從人們開始考查藝術和藝術家以來，就把這種考查稱為美學；美學把藝術作品當成對象，儘管是作為廣義的感性感受的對象。今天，人們又把這種感受稱為體驗。人們體驗藝術的方式應該可以導出關於藝術的本質的線索。這樣一來，體驗不僅成為藝術欣賞，而且也成為藝術創作的標準之源。因此一切都成為了體驗。但是，體驗也許不過是置藝術於死地的因素；儘管這種死亡進行得很慢，甚至可能需要好幾個世紀」（Ibid.）。由此可見，海德格並不是一般地推崇美學，而只是主張通過對於藝術的探索，像詩人那樣「詩性地」生存，以便由此真正地踏上真理之路，實現審美生存所追求的不斷超越的自由。

海德格和古希臘哲學家一樣，認為唯有詩人和哲學家，才是最有智慧的人，而且是最懂得審美生存的人。只有詩人和哲學家，才領悟到美的「真理本然存活形式的本質」（Heidegger, 1972[1950]: 44）。所以，海德格熱衷於希臘哲學與希臘藝術。如果說「藝術品是對於物的普遍本質的再現」（Ibid.: 26），「藝術品以其自身的方式敞開了存在者的存在」（Ibid.: 28），那麼，正是古希臘的優秀藝術品為我們提供了最好的典範。那巍峨壯觀的希臘神殿，在海德格看來就是最神奇的藝術品。神殿之絕妙，並不只是在於它的高超無比的設計、建築以及雕琢技藝，而是在於它確確實實開闢了無以倫比的神聖氣氛和神韻，將鑒賞者帶入光照明亮的神域，從而使神與人的關係活靈活現地「在場」顯現出來。在希臘神殿面前，一切代表著希臘傳統的歷史精神，猶如萬道金光，閃爍四射，典型地顯示了藝術品置人於「存在的光亮（真理）之中」的本質（1972[1956]: 25）。

　　所以，海德格不但不是籠統地反對美學，而且，他還竭力主張重建一種真正能夠引導生存達到真理殿堂的審美生存的美學。但是，海德格所主張的審美生存，並不是一般的審美生存，而是像詩人那樣，以不斷超越的最高審美目標，作為生存的自我超越基本方式，永遠不滿足於芸芸眾生似的流行文化的審美標準。海德格很清楚地意識到：審美超越是「此在」的「在世存在」的最理想的模式；唯有通過不斷超越的審美生存方式，此在才可以避免庸俗的生活方式，以其不斷創造性的自我生存方式，永不滿足地開闢新的審美自由視野，使此在的生存成為像詩人那樣，具有揭示歷史和現實的真理的審美意義。

　　海德格的審美生存美學，把詩人的「詩性生存」當成審美生存的最高典範。海德格在其分析語言、詩歌語言以及詩人赫爾德林（Fridrich Hölerlin, 1770-1843）、喬治・德拉克爾（Georg Trakl, 1887-1914）、里爾克（Rainer Maria Rilke, 1875-1926）及格爾奧格（Stefan George, 1868-1933）等人的論文中，不斷地揭示詩人的詩性語言的審美生存本體論的意涵。例如，海德格指出，格爾奧格在其最早詩集（L'Abécédaire）中，就已經淋漓盡致地顯示了詩人試圖以其詩歌開闢審美生存的慾望。海德格認為，詩歌的語言能夠純粹地探討語言本身之所思和所言，它保留和創新語言本身之言說。所以，此在生存的自我展示，將「能夠成為詩的言說的專門目標」（Heidegger, 1986 [1927]: 162）。詩歌語言的本質就是能夠使生存中的人留住在語言之中。存在是不能像事物那樣，作為對象而被設計出來，只能以自由創造的方式，通過最富有自由創造精神的詩歌語言的途徑，作為自由的餽贈（Schenkung）而在世界上生存。所以，海德格引用詩人赫爾德林的著名詩句：「留存下來的，乃是詩人的捐贈（stiften）」（Heidegger, 1944: 41）。詩歌語言是存在自身的語言與人的生存的語言之間的中間環節和結合產物。海德格甚至認為，詩歌是歷史的真正原因，而詩歌語言是歷史的人民的「原語言」（Ursprache）。因此，人若要真正地詩意地生存，「詩意地棲居於世界上」，就必須接受詩人的語言作為人生最珍貴的禮物，使自己由此而同神、同自然以及他人對話，也同歷史對話，將自身引入審美生存之境界。

　　總之，海德格是在傅科之前深入探索審美生存的重要思想家，他雖然沒有直接地使用「生存美學」的概念，但他關於存在、語言、藝術以及詩歌的深刻論述，已經成為傅科建構生存美學的重要思想基礎。

4.德勒茲的混沌生存美學

傅科的親密朋友德勒茲（Gilles Deleuze, 1925-1995）也和傅科一樣，極端重視美學的自我批判，並堅持主張在生活歷程中，在天然質樸的生存活動中，實現自身的美的理念。傅科曾經讚揚聖托瑪斯關於藝術的定義：「藝術，在它的領域中，應該模仿自然在自然界中的作為」（Foucault, 1994: IV, 151）。因此，德勒茲關於美的自然本質的概念，可以說就是生存美學的一個基本觀念。德勒茲根據一種「混沌哲學」（la philosophie du chaos）的基本原則，強調人類生存活動的天然藝術本質，並一再地堅持人類鑒賞能力及其藝術創造活動的自然基礎。德勒茲把藝術同哲學、宗教、科學並列在一起，當成人的本質性活動的產物。也就是說，他認為，人的生存在本質上是藝術性、哲學性、科學性和宗教性的結合。藝術和生活、和世界一樣，都是以渾沌（le chaos）的基本結構呈現出來（Deleuze, 1986; 1990）。正因為這樣，藝術、生活和世界，它們從本質上和基本結構方面，都是不可界定。對於藝術來說，不只是一般的藝術是不可界定的，而且，藝術中的各個領域及其具體形式，也是不可界定的。說一般的藝術是不可界定的，這是由於一方面藝術同生活、同世界都是一樣是渾沌的，是相互滲透的，另一方面是由於藝術本身的自由創作精神，也決定了藝術活動及其產品的不確定性。加利福尼亞著名後現代建築學家索里亞諾（Rafael Soriano）明確指出：「我們的建築藝術觀點，就是引導人們進入五里霧中」（our vision is befogged）（Tzonis, A. et ali. 1995: 11）。只有在混沌的「五里霧」中，才可能給予創作者進行積極探索和無限創造的條件。說藝術中的各個領域及其具體形式同樣都是不可界定的，是由於藝術創作各個領域，如繪畫、雕塑、舞蹈、音樂、戲劇、電影等，其本身都是呈現出渾沌不確定的結構，而且，它們之間往往需要通過相互滲透才能達到自我提升（Deleuze, 1983; 1985）。

德勒茲在談到傅科對於傳統文化和傳統藝術的批判時，特別強調：藝術和美，都是從人的最淳樸的生存方式產生出來的。從本質上說，哲學、藝術和美學，都和生活一樣，是自我革命和自我否定的；如果有一天，哲學、藝術和美學都宣稱自己達到了最完美的頂峰，那就意味著它們已經面臨死亡。因此，為了揭露傳統文化對於人和藝術的歪曲，傅科不惜從所謂「卑賤的人」（l'homme infame）開始談起。所謂「卑賤的人」，當然是指原初未受傳統文明道德約束的自然人，也是指那些抗拒傳統道德文

化約束的叛逆者：「瘋子」和各種被「正常社會」排除的人們，包括那些罪犯、妓女、失業者、流浪漢等。由於他們蔑視傳統道德，不受知識論述的約束，往往過著自由自在的生活，呈現出人類的最原始的生活方式，也體現出亦然自得的生活風格。為了揭示人和藝術的本質，揭露其本來面目，傅科首先向歪曲人和藝術的傳統權力系統挑戰，特別是向傳統權力系統所維護的傳統道德挑戰，不惜以「反道德」或「不道德」的身分，進行他所說的那種「知識考古學」和「權力和道德系譜學」以及「我們自身的歷史存在論」的批判方式，論述人及其文化（包括藝術）的不確定性和無規則性，也就是其渾沌性。德勒茲指出：「傅科為此長期地尋求和提供一種回答。這就是要逾越強力的界限，超越權力。而這就意味著展現權力，將權力按其自身運作的樣式呈現出來，而不是以一種權力干預另一些權力的那些方式，展現權力的運作結構。這就意味著展現權力運作中的那種「皺褶」（le pli）；而這種皺褶，在傅科看來，就是權力對其自身的一種關係（un rapport de la force avec soi），即權力自身的內在相互關係的不斷重疊和重複化，實現權力對其自身的關係的自我複製。正是通過這個途徑，傅科也找到了我們人自身抗拒權力，使我們超脫權力的控制、並返回到自然的生與死之中的基本生存方式。在傅科看來，古代的希臘人所發明的，無非就是這些。在這種情況下，就再也不是像知識中的那些被決定的形式，也不像現實權力關係所限定的那些規則；而是關係到隨時都可以由自身任意選擇的那些規則，這些永遠有選擇可能的規則產生、並決定著藝術作品的存在；而且，這些可變的供選擇的規則，同時又是倫理的和美學的，它們構成為人類生命的存在和風格的基本模式，甚至也成為作為生活一部分的各種自殺的一種模式。這就是尼采發現的那種藝術家權力意志的運作模式，也就是德勒茲所發明的「生活的多種可能性」（Deleuze, G. 1986; 1990: 134-135）。

　　德勒茲將他的類似於傅科的生存美學原則，不斷地貫徹於他的藝術研究中。在德勒茲關於電影、美術、文學以及美學的研究著作中，處處都顯示出他的生存美學原則。最後，當德勒茲面對醜陋的現實世界而絕望時，他坦然地選擇了他自身所喜愛的自殺方式，從而以他所喜愛的自殺方式，實現了他自身所追求的生存美學。

基本範疇的更新

1. 美、審美與品味

康德，作為近代美學典範的代表人物，曾經把**品味判斷力**（das Geschmacksurteil; Jugement du goût esthétique）歸屬於審美能力，並因此也將品味能力當成美學的主要研究對象（Kant, 1995[1790]: 57）。為此，康德為審美品味（品味判斷力）界定了四項標準：(1)從「質」（Qualität）的角度，品味判斷力是獨立於一切利益。他說：「愉悅作為品味判斷力的決定性因素，並不具有任何利益（Das Wohlgefallen, welches das Geschmacksurteil bestimmt, ist ohne alles Interesse）」（Ibid.: 58）。換句話說，對於一個對象或一個形象顯現形式，不憑任何利益標準、而單憑是否能引起愉悅感所進行的判斷力，就是品味判斷力（Ibid.: 67）。所以，所謂「美」，其首要標準，就是能夠不計較任何利益而能引起愉悅感的那種對象。(2)從「量」（Quantität）的角度，所謂「美」，就是「不涉及任何概念、卻又能呈現普遍的愉悅感的對象（Das Schöne ist das, was ohne Begrifft als Objekt eines allgemeinen Wohlgefallen gestellt wird）」（Ibid.: 67）。康德在這裡強調，美雖然是屬於一種主觀的愉悅感受，但它必須具有普遍性的品格；也就是說，它必須同時又能被許多人普遍地感受到。(3)從「關係」（Relation）的角度，「美」「是一個對象的合目的性的形式，但在感受它時，並不包含任何目的的觀念（Schönheit ist Form der Zweckmaßigkeit eines Gegenstandes, sofern sie ohne Vorstellung eines Zwecks an ihm wahrgenommen wird）」（Ibid.: 99）。所以，美是一種無目的的「合目的性」的形式。美既然是形式，康德就把它歸入先驗的原則。品味判斷力作為一種反思的判斷力，是一種自然的合目的性。「這個對於自然的先驗的合目的性概念（Dieser transscendentale Begriff einer Zweckmaßigkeit der Natur），既不是一個自然概念，也不是一個自由概念，因為它並不賦予對象（自然）以任何東西，而僅僅表現一種唯一的藝術（die einzige Art），就好像當我們反思自然諸對象的時候，必定感受到貫穿於其中的連貫著的經驗那樣。因此，它是一個判斷力的主觀原則（公設）（ein subjectives Prinzip [Maxime] der Urteilskraft）」（Ibid. : 34）。(4)從「模態」（Modalität）的角度，「美」是一種不涉及概念而必然令人愉悅的對象。審美品味判斷雖然不屬於認識領域，不需要概念建構，但它要求普遍性，即需要得到社會的普遍

承認和接受，具有普遍有效的可傳達性。在康德看來，品味判斷的這種性質，說明它並不只是可能性和現實性，而且，也是一種社會性和必然性。而在康德的範疇分類表中，「必然性」是屬於模態範疇的。但是，美感的這種必然性，並不是來自經驗；它只能屬於先驗性。康德把這種特殊的先驗性，稱為先驗的共通感。人的社會性決定了所有的人都會有共通感。審美品味無非是人類共同體中通行的「共同感的一種方式」（als einer Art von sunsus communis）（Ibid.: 172）。

　　但是，正如我們在前一節中所指出的，康德的美學近一百五十年來，連續遭受尼采、現代派、現象學派以及「準生存美學」的批判。同樣，在英美分析哲學的景觀下，康德的美學也因其抽象的形上學性質而被擱置一旁。這些分析美學（Esthétique analytique; Analytic Aesthetics）流派，過分相信科學分析方法的準確性，並以為審美活動及其效果，作為人的經驗活動的一部分，均可以通過數字統計方法計算和表達出來，因而否定美學理論在哲學、人類學和語言學方面進行理論探討的必要性。分析美學顯然忽略了審美的複雜人性基礎及其象徵性反思層面，看不到人的審美活動中所隱含的超越性，因而簡單地將審美歸結為可感知的經驗行為，並同科學認識活動相混淆。因此，傅科的生存美學所強調的審美的生活性和經驗性，在任何意義上都不能與分析美學的經驗主義觀點相混淆。

　　傅科的生存美學對於審美的生活性及其經驗性的重視，主要是從審美的生存本體論角度提出來的。將人的審美能力當成人類生存的基礎，意味著把審美列為人的第一超越性；也就是說，人作為具有超越本性的生存物，其超越方向、內容和性質，首先就表現在審美活動中。人的超越性，使人必定要通過哲學、科學、藝術和宗教等形態，在其生存中進行不斷地創造活動，以便滿足和完成超越的需要和慾望。但是，在哲學、科學、藝術和宗教的超越中，都無例外地貫穿著審美的超越。審美的超越高於和優越於哲學、科學、藝術和宗教的超越；審美超越是一切超越的靈魂和精髓。因而，審美的超越性始終指導、決定和落實哲學、科學、藝術和宗教的超越性。這就是傅科的生存美學不同於以往一切哲學和美學的地方。

　　其實，在上述的康德美學中，已經顯示了對審美判斷的本體論研究方向，而且，康德確實也試圖把審美當成人的生存本性的首要標誌。這主要表現在兩大方面：第一，康德試圖將審美判斷當成連接認識和倫理、純粹理性和實踐理性的中介，強調只有在審美的「統覺」（Apperception）中，人才有可能領悟到自然界的必然性同道德

自由之間的統一性（Kant, 1994[1781]; 1995[1790]）；第二，康德強調審美判斷的無目的性及無關利益性（Kant, 1995[1790]），試圖顯示審美的最高人性價值，以審美活動證實「人是目的自身」這個偉大命題。

傅科的生存美學在一定程度上吸收了康德美學的本體論研究貢獻，但傅科絲毫不接受康德的形上學假設，也不同意康德將哲學認識論、倫理學同美學區分開來的形上學方法。傅科更多地發展尼采的權力意志和生活美學，使生存美學直接地成為人的生活實踐的基本指導原則，將審美當成生存的最高目標和人的最高尊嚴，並在實踐中使審美真正成為生存的基本要素和基本內容。這樣一來，審美是人的好奇心的最原始動力和最核心內容，也是它的主要表現形態。如果說，亞里斯多德曾經將哲學界定為人之好奇的產物，那麼，傅科的生存美學就把哲學的好奇從屬於審美的好奇；同時還強調：審美的好奇本身，並不是以滿足追求知識真理為主要和最終目的，而是通過審美好奇達到好奇的自由。審美之好奇，沒有其他異於它本身的目的；審美就是生存的目的自身，因而，審美就是為了審美本身。人之好奇，其首要和最高目標，就是滿足審美快感。審美是人之為人的根本特徵。人作為好奇的特殊生存物和生命體，主要是通過審美好奇的不斷循環更替，實現其生存創新的自由；正是在這種無止盡的好奇循環更替中，人在其生存中，實現他永恆追求的審美自由，達到他的無止盡的快感滿足，並由此不斷發泄其對於絕對自由的追尋慾望。審美自由對於人的生存來說是如此地重要，以致於唯有通過它，人的生存本身才獲得至高無上的價值，而人自身也由此維護了其自身的不可讓與和不可轉讓的最高尊嚴。生命的本質就在於創新，而審美好奇就是創新的主要途徑。所以，傅科的生存美學的獨創性，就在於擴大了亞里斯多德的好奇內涵，並徹底改造了好奇心的本質，使原來傳統思想所理解的「好奇」，從進行哲學抽象思維的狹隘範圍內解放出來，變成為廣闊無際的審美生存的第一表現形態和基礎。在這個意義上說，所謂審美，就是人對於其無止盡的自由願望的的永不滿足的追尋和探索。正是由於審美自由的無止盡性質，才決定了人的求知和求善好奇的無止盡性。

顯然，審美自由目標的無止盡性，不可能在當場具體的審美快感中獲得滿足。正如尼采早在他的《悲劇的誕生》一書中所指出：「無論任何最明朗清晰的畫面，也不能使我們滿足，因為它好像掩蓋了什麼。正當一幅美麗畫面，以它的比喻式啟示，似乎促使我們扯碎帷幕，以揭示其神祕背景時，恰正是這輝煌鮮明的畫面，重又迷住我們的眼睛，阻止它更深入地觀看」（Nietzsche, 1982）。審美超越之所以高於認知和

倫理超越，就是因為它是生存的最高自由本身；審美所追求的最高自由，不會滿足和停留在科學知識對於自然規律性的認識水平上，也不會滿足於倫理行為同善的統一層次上。審美超越所追求的，是一種絕對自由，它遠遠地超出掌握必然性和達到道德善的那種自由；因而審美超越的自由是沒有界限、沒有最終目標，它也不可能在現實世界中得到滿足。正因為審美絕對自由不可能在現實中實現，所以，審美超越勢必無止盡地向無限的審美世界進行探索，哪怕這種探索隱含著無數的風險和悲劇。為此，審美超越不顧一切地超向它自身的審美目標迅跑，否棄一切規律性、規則性和常規性，置科學規律和道德規範於不顧，視日常生活循環為囚身之道，而以顛覆常規和破壞規律作為其追求的最美的快感。具體地說，在現實生活中，審美超越的目標，往往是從在場具體顯現的審美目標出發，通過自由想像，靠醉意朦朧的創作更新的途徑，實現從現實具體審美對象的解脫，過渡到對眼前不在場的新奇具體審美對象的追尋；而這個過程是在人之好奇本性的推動下，從一個層次發展或轉化到另一層次，從看得見的具體對象到看不見的具體審美對象的過渡，如此循環無窮無盡，直至走完生存的整個旅程。

因此，美並不僅限於傳統的藝術領域，而是發生在整個生存過程；美也不只是指審美主體同其審美對象的和諧統一，不是指主體審美活動的一次性快感滿足，而是指貫穿於人的生存始終的生活實踐本身。不僅不能將審美單純理解為藝術創造的獨有活動，同時也不能將審美當成某一位「主體」的特殊能力，因為任何將審美歸結為主體的說法，歸根結底還是從傳統的主體論或從主客二元對立的理論出發。須知，一旦將審美歸於主體的能力或活動，就勢必以主體約束審美，並終將葬送審美的絕對自由性質。審美的絕對自由性及其本身的無止盡超越性，是審美的生存本體論和自然本體論性質所決定的。美成為了人之為人的第一需要、基本要求、前提條件和基礎。正是審美的無限超越性，更集中地體現了人的生存不同於一般生物生存的特徵：人絕不是為生存而生存，也絕不是單純為滿足身體生物需要而生存，而是為了追求審美的絕對自由目標而生存。正是在這個最高生存目標的推動下，人才有可能在哲學、科學、藝術、生產勞動和宗教活動形式中，不斷進行一次又一次的超越。

在當代時尚和消費文化甚囂塵上的時代，「美」的範疇，不論就內容和形式以及標準等各個方面，都發生了根本變化。最值得注意的是，當代美學重新強調審美活動的生活基礎及其個人生活風格的創造發明價值。伴隨著新型消費文化以及各種時尚的

廣泛出現，當代美學往往結合實際的技術應用、生活風格、城市建築、工藝技巧以及媒體影像表現技巧等具體問題，探討審美在具體生活中的各種可能的性質，並因此而將康德所抽象探討的美學問題，更多地同實際生活中非常具體的品味（le goût; the Taste; der Geschmack）活動聯繫在一起。

　　如前所述，康德在其主要美學著作《判斷力批判》中，始終將「品味」和「審美」通用、並緊緊地聯繫在一起（Kant, Ibid.: 57-251）。「品味判斷就是審美判斷（das Geschmacksurteil ist ästhetisch）」；「在此，如果立足於其根基的話，品味的定義，就是：它乃是對於美的判斷能力（Die Definition des Geschmacks, welche hier zum Grunde gelegt wird, ist: daß er das Vermögen der Beurtheilung des Schönen sei）」（Ibid: 57）。康德在這方面是有道理的。著名畫家德拉瓜（Eugène Delacroix, 1798-1863）指出：「品味，也唯有品味，才比美更加稀有而珍貴。唯有品味，才有可能鑒別出美的所在；唯有品味，才能辨識具備創造天才的偉大藝術家」（Delacroix, 1942: 87）。「品味」並不只是舌頭上的味覺，而是對於美的對象的感性、知性、理性、感情、意志以及各種人性能力的綜合性複雜判斷活動，在這個意義上說，它固然應該成為審美的主要表現，而且，它也是人類生存的主要能力的體現。如果單純將品味限定在感性階段，那無疑將人的審美降低到動物感覺的程度；而且，也無疑使人自身喪失其尊嚴，因為眾所周知，幾乎所有的動物都有比人更敏感得多的味覺。其實，人之為人以及人之所以具有尊嚴，恰巧在於他能夠將品味提升到審美的層面，並賦予它以超越的特質。我們強調這一點，正是為了說明為什麼當代生存美學比歷史上任何傳統美學都把「品味」列為生存以及審美研究的最重要概念。生存美學之所以這樣做，不只是從理論和概念層次，而且，也從人類生存本體論以及當代審美實際活動的現實狀況出發。

　　生存美學所提出的新型審美觀點，同發生在現實生活中的審美標準和美的概念的變化是有密切關係的。生存美學提醒我們注意發生在我們周圍的生活中的審美活動。首先，當我們環視周圍環境，立即就可以發現我們的美的概念，已經隨著居住條件的變化而變化。當代建築美已經遠遠不是上半世紀的人們所設想的那樣，更不用說十九世紀的美的標準。所以，傅科非常重視當代建築美學的變化以及建築美的標準的不確定性。同時，他也很仔細地研究當代建築美變化同現代人的精神、品味心態以及整個生活風格的關係。

　　首先，傅科認為，現代建築美的問題，應該同人們空間概念的變化聯繫在一起加以觀察。他認為，現代社會是重視空間、甚至於將空間優先於時間的社會（Foucault, 1994: III, 515）。傅科曾說，同重視歷史和時間的十九世紀相比，我們這個時代是「空間的時代」（l'époque de l'espace）（Foucault, 1994: IV, 753）。針對現代人生活方式的轉變，整個建築美的展現，都是圍繞著「在內」（dedans）與「在外」（dehors）的空間遊戲進行（Ibid.: 754）。生活在自然舒適的居住環境裡，理所當然地成為生存美學探討的重要問題。

　　當代建築美學的特徵，正如健克（Charles Jencks）所說，就在於將建築本身，當成具有矛盾性及其雙重譯碼的語言論述（Jencks, 1987）。這種建築是對於現代建築的「超越」，所以，它也被稱為「後現代建築」。後現代建築的美，不同於現代建築的地方，就在於強調：美必須能夠喚起多種情感，滿足當今社會多種選擇的心理要求，力圖溝通傳統同現實的聯繫，形成既能表現歷史、又能體現時代風貌的多層次精神結構。所以，後現代建築的美，儘管嚴厲批判傳統的審美觀點，但它又含蓄地返回歷史傳統本身，在傳統內部反思和顛覆，使歷史傳統，在後現代建築的「變形」、「分裂」、「解體」、「折疊」、「刪節」、「省略」、「誇張」、「內外結構雙重性」和「非對稱」等設計策略的遊戲中，獲得新生和大放異彩。這種後現代的美，連接了職業性的建築專業藝術美同人民大眾實際生活中的通俗流行美，使美不再像現代建築所呈現的那樣，只顯示其崇高和超脫的一面，而是同滲透於現實生活中的美觀交融成一體。因此，後現代建築美，克服和超越了現代建築以「理性」和「純淨」為基礎所建構的「超驗美」，也糾正了現代建築美過於強調功效和經濟原則的弊病，從而也克服現代建築美走理性主義的極端，擺脫了原來的單調和枯燥無味的模式。正因為這樣，像羅伯特·溫丘里（Robert Venturi, 1925－　）、葛瑞（Frank Gehry）、甘德爾蘇納斯（Mario Gandelsonas）、莫爾頓（David Morton）、艾森曼（Peter Eisenman）、葛雷夫（Michael Graves）、赫茲德克（John Hejduk）、葛瓦茲密（Charles Gwathmey）及邁爾（Richard Meier）那樣的後現代建築學家，在其創作中，強調兼收並蓄、豐富多采和含混不清的模糊原則，主張矛盾百出、不確定、潛在性和象徵性的美，利用含蓄和寓言形式，儘可能在設計中，賦予有巨大伸縮性的皺褶式脈絡和迴旋餘地，反對明晰清澈和統一固定化。

　　同建築美的變化一樣，在當代傢俱設計美學中，往往追求功能結構科技化的機械

美特徵，強調傢俱具有功能創新的審美意義。因而，傢俱在現代生活中，不只是為身體的生活活動服務，而且，還是家庭空間中的陳設、放置、鑑賞和伸縮屈直的工具和中介，成為家庭空間美的創造來源之一。它們在家庭生活中，必須呈現升降、轉動、傾斜及移動的任意性及靈活性。同時，在設計時，還要以人體工學指標尺度，衡量傢俱形式結構的細微差異，以便達到傢俱功能與審美標準的多樣化的協調性。與此同時，還應用隱喻、象徵和借喻的方式，使傢俱內涵得以採取偶發性的手法，盡可能接近人民大眾習俗生活化的審美形式。在這方面，各種「反藝術」和「反設計」的思潮，也很順利地將「波普藝術」（Pop Art）引進傢俱設計中，以遊戲心態把傢俱的使用功能和工藝結構放在次要地位，只看重個性的心理感受對大眾習俗形式的擇取程度。於是，在傢俱設計中，便出現兒童積木遊戲的類似產品。不僅如此，而且，人們還模仿後現代建築的審美風格，任意使用廢舊物品作為傢俱材料，表現色彩的無規則的艷俗化，滿足精神上追求個性化的非和諧、非理性以及崇尚偏執的心態，甚至有意識地與普通的美的標準相對抗，試圖以醜為美、以俗排雅、以歪諷正，表現多種類型的孤獨、恐懼及憂愁的個人個性化的心情。總之，當代傢俱美學體現了複雜的矛盾心理在審美中的多樣可能性，顯示傢俱的機械性功能美及極端暴露的蓄意誇張的個性化審美意識的矛盾性結合，典型地體現了生存美學試圖表達的審美觀點。

當代傢俱美學的上述特徵，顯示生存美學有關人類審美標準的歷史性、時代性、變動性及其個性化和生活風格化的時代價值，也同時宣佈了康德及現代分析美學試圖追求「美」的統一標準及其「科學客觀性」同實際生活之間的分離。

顯然，試圖對美做出這樣或那樣的定義是徒勞的。審美是生活本身所要求的，應該隨生存的不確定變化而顯示出它的多姿多彩的本色。如同當代其他美學派別一樣，生存美學並不是簡單地否定「美」的範疇，而是反對傳統美學對美的僵化定義，顛覆原有的美醜二元對立的傳統範疇，代之於酒神式的醉迷顛狂的、不確定的美。美既不是經驗實體，也不是抽象不可感受；它既是人的生存的基本超越活動，又是這種最基本的生存活動的伴隨產品。生存美學對傳統美及審美觀念的顛覆，是為了從根本上改變人及其生存的概念，而它所要顯示的，是當代人對於絕對自由的渴望，對於自身創造精神的自負狂和偏執狂，對於自身作品的匿名性及其自我更新的絕對信念，對於作為他人的鑑賞者的自由鑑賞審美能力的期待。除此之外，別無他求。

在傅科的所有關於生存美學的論著中，從來沒有試圖對「美」做出抽象而固定的

定義。與此相反，在傅科的生存美學中，有的只是同具體生活方式、生活風格及個人舉止的「美」的論述。在傅科的字典裡，「美」、「審美」和「品味」具有同一個意義，指的是從生存本身獲得其自身的生命力和審美魅力。同時，美、審美和品味，都同時包括對美的創造和鑒賞兩方面，而三者是在生存審美活動的無止盡的創造遊戲中，相互關聯和相互推動。傅科在《主體的詮釋學》中，以大量篇幅敘述古希臘和羅馬時代的生存美學的審美觀點，但他從來沒有像蘇格拉底那樣，要求人們「端出」一個抽象的「一般美」（Plato, Menon）。傅科採用同蘇格拉底的一般化方式相反的途徑，具體地結合阿爾西比亞德（Alcibiade, 450-404 B.C.）、塞涅卡（Seneca, Lucius Annaeus [Sénèque], 4 B.C.-65）、艾畢克岱德（Épictète[Epiktetos], 50-125/130）和馬克·奧列爾（Marc Aurèle, 121-180）等人的說話、行動和舉止的表現形式，描述什麼是生存的美、審美和品味（Foucault, 2001: 34; 57; 273; 289; 330-332; 386）。

所以，同古典的作者相比，當代創作者更加輕鬆自然，消遙自在，從不把固定的美的定義放在心上；他們所嚮往的，是在創作和叛逆的遊戲中，做一個自由的王國的公民。因此，他們在創作之中，執意要掙脫的，無非就是「身上的鎖鏈」，而他們所追求的，卻是最大的自由和循環不斷的新生。

如前所述，美的事物不是靠理性認識或感性認識，而是主要靠審美感來把握。審美感並非神祕，但它也不是任憑任何人、在任何時候就可以順利地顯示和體驗到、並發生作用。審美，在本質上，正如尼采所說，必須同時具備做「夢」（Traum）與「醉」（Rausch）兩種精神狀態，將兩者渾然結合起來、並巧妙地以獨特風格呈現出來（Nietzsche, 1980: 21）。傳統美學一方面把審美感加以崇高化和超越化，另一方面又將「夢」和「醉」割裂、並同理智對立起來；所以，傳統美學往往只是推崇阿波羅太陽神式的夢幻功能，忽視酒神狄奧尼索斯式的狂醉狀態，試圖使藝術美的創作和鑒賞，統統納入道德規範和其他規則所通轄的範圍之內。如前所述，康德把審美能力納入「共同感」的一種藝術表現。但康德只滿足於指出審美的一種「先驗」的基礎，卻忽視了它的無意識根源，看不到審美同「醉」與「夢」之間的維妙維肖的內在聯繫。

實際上，美感的產生和審美功能，是在理性和感性之外，由某種難以言說的直觀或創作衝動來實現的。這種直觀可以採取多樣形式，並在現實生活的各種不同瞬間發生。康德曾經將人的直觀形式限定為空間和時間兩大類型；但在日常生活和創作實踐中，直觀可以比康德所分類的更複雜得多。而且，審美的直觀也並不限於現實的時空

形式；它往往以非標準的折疊交錯樣態，在超現實的多維度奇幻世界中展現出來。這就是尼采所說的夢境與醉意所構成的世界。真正的藝術家既不是靠理性，也不是單憑感情來創造和審美鑒賞；而是靠由夢和醉所混合而成的美感情趣和品味。按照尼采的說法，自然界就是最典型的夢醉結合的藝術品本身。只有天才和超人，才能像自然那樣，將夢與醉結合起來，使自己變成為最美的藝術品。「一方面，作為夢的形象世界，這一世界的完成，同個人的智力或藝術修養全然無關；另一方面，作為醉的現實，這一現實同樣不重視個人的因素，甚至蓄意毀掉個人，用一種神祕的統一感解脫個人」（Nietzsche, 1980: 25）。所以，美感是「自然的藝術衝動」（Kunsttriebe der Natur）。在太陽神和酒神之間，尼采更傾向於酒神，因為只有酒神的顛狂狀態，才是藝術創造的最強大的動力。只有在醉狂狀態中，藝術家才顯示「痛極生樂，發自肺腑的歡呼奪走哀音；樂極而惶恐驚呼，為悠悠千古之恨悲鳴」（Ibid.: 27）。夢境所啟示的，只是藝術美創造的起點；更美的幻景，必須靠醉狂，讓無意識和象徵性力量結合在一起，構成創作的衝動力量。只有在醉和夢相互混雜的心態中，美的創作意圖和審美本領才能達到「不喚自來」，並洶湧澎湃地呈現為藝術作品本身。在這種情況下，心在狂舞，血在沸騰，靈感排山倒海而來，情慾膨脹到極點，不能自製，上下顫抖，創作的思想、情感、意境，共時地傾瀉而出！這不但不是「理性」，也不是語言所能表白和描述的。

傅科的生存美學直接把審美的品味，納入無意識的生活遊戲境界，試圖使生活本身的無規則遊戲，成為審美的最高範例。所以，他在現實的生活中，時時處處尋找美的蹤跡和美的表演可能性。傅科認為，只要人關懷自身的生活，他就會通過其使用的語言和各種象徵性的手段，作為實現生存美的中介。生活本身必須通過語言和其他各種象徵性手段，才能提升到美的最高境界。由於語言的實踐遊戲是在無意識狀態下進行的，所以，生存美也只能通過無意識的表演才能實現。所謂無意識，並非脫離實踐，也不意味著脫離歷史；而是強調生存美的實踐，在很大程度上，決定於經驗中長期積累的經驗，決定於人們使用語言總結和重演本身歷史經驗的本領和藝術。

當代審美的無界定性及其多樣可能性，也直接同審美和生存品味的視野及基本結構變化密切相關。

審美過程是人面對其生活環境時所主動進行的一種創造活動，顯示人不是消極被動地聽任客觀世界的安排，而是依據自身所期望的快感滿足方式和個性的特殊偏好，

通過自己的經驗及品味標準，在改造世界中，做出自身的品味判斷，實現自身的特定
超越目標。

　　所以，審美品味作為人的生存的基本實踐，作為一種創造活動，並非靜態的固定
結構，也不是始終採用同一標準；它是充滿創造性和經歷曲折的實施過程，其間不僅
因時間地點及其具體對象的差異而有所變化，而且，也隨著這個實施過程的延伸，在
其不同的鑒賞和創造階段，表現為極其不同的表現方式和呈現程度。這就意味著品味
的實施過程，既同人們實際進行中的審美過程、審美態度、審美期待、審美注意以及
審美聯想等活生生的因素的複雜交錯演變，保持密切的關係，又同人們的歷史經驗和
未來的生存方向息息相關。

　　審美品味的呈現和實施過程，還遠遠超出創造者個人的視域，同審美活動的現實
與歷史場域的展現過程有密切關係。傅科強調品味的展現，在很大程度上，還取決於
自身與他人的交互關係網絡系統的狀況（Foucault, 2001: 122-123）。所以，審美品味
以及特殊風格的展現，總是在創作者、作品及其他鑒賞者所組成的三角形關係中延
伸，並同時隱含著各種變化的新可能性。傅科不僅注意自身審美品味的展現過程的曲
折性，而且也很關切審美實施過程中的他人所可能做出的各種審美期待。自身的審美
期待不是自我封閉的，而是在同周圍的他人的審美期待、審美注意以及審美品味的發
展和變化，相互交錯，互為關照。生存過程既然是一種不斷的創造過程，就始終充滿
著新生的審美期待，並因此帶動了一系列新生的審美聯想和審美慾望。

2.體現在創造藝術和作品中的風格

　　審美同生活的進一步結合，使美本身更多地體現在個人和作品的具體**風格**（le sty-
le）上；它是人和藝術品中能夠喚起美的愉悅感的微妙因素，由一系列可見和不可見
的奇特事物所構成。美的對象都是有生命的，就像審美本身也具有生命力一樣。美和
審美的生命力，一方面表現在形式上，另一方面又特別呈現在風格上；其實，美和審
美，作為人所特有的超越性，其風格比其形式更重要；或者說，風格比形式更表現美
的本質性。風格是活生生的精神氣質，如同「**氛圍**」（aura）、「意境」、「氣韻」
那樣，具有其自身獨立的生命力，同個人或藝術品的內在稟賦的美的結構，更緊密地
結合在一起；雖然它不可觸摸，但實實在在地蘊含於其中、又同時呈現在其存在形態
及其活動方式中。早在西元一世紀前半葉，《論崇高》（Traité du sublime），這篇長

期被人們誤解為屬於朗吉奴斯（Longinus, 213-273）的美學作品，已經就所謂的「崇高風格」（style sublime）的性質做出深刻的分析。根據這位天才的匿名作者的看法，產生美感的崇高風格，無非是莊嚴偉大的思想、強烈的激情、優美的藻飾技巧、雋永高雅的措辭以及卓越周密的感人佈局的綜合產物。《論崇高》指出：獨一無二的卓絕風格，乃是「一個偉大心靈的共鳴」（l'écho d'une grande âme），是富有創造性的精神所蘊育的神韻妙境，它絕不是殭化固定和任何可被模仿的格式所能重複的。所以，著名博物學家兼作家布豐（Georges Louis Leclerc Comte de Buffon, 1707-1788）說：「風格無非就是思想中的秩序和運動的表現」（Buffon, 1753）。歷史學家米謝勒（Jules Michelet, 1798-1874）也說「風格無非就是心靈的運動」（Michelet, 1860）。因此，風格只能靠反思的經驗、並通過沉澱了的無聲的歷史語言來顯現，只能靠一系列物體的和精神的因素的混雜運作來把握。正是在風格中，顯示美的對象呈現時，人的理性和感性能力的有限性以及人的肉體和精神生命的極端複雜性及其多元化的超越品格。這就是說，不論是理性或感性，對於風格之美，都無法孤立地單憑其自身的功能去把握。理性必須同感性以及同其他人性力量一起交錯運作，通過人的意識與無意識因素的微妙結合，通過情、欲、意、思、想像以及語言的共時互動，才能鑒賞美的對象及其特殊的風格。

在最早的拉丁詞源中，「風格」來自 stylus，表示一種可以用來寫字的尖狀工具。所以，最早的時候，「風格」主要是指書寫的特有氣質。後來，人們以更廣闊和更擴展的意義使用這個詞，用來表示思想、情感、行為舉止、說話、寫作以及藝術創作的特殊氣韻、格調和呈現方式。各種不同的人和藝術作品，各種不同的生活過程，各種不同的工作和創作，各種不同的言行和舉止，都可以顯示出不同的風格。風格是緊密同人及其藝術作品的內在生命力相關連的精神氣質，又是具體地呈現在現實的時空場域，並以不可抵禦的強大誘惑力，展現在它所延伸的生活世界中，深深地影響著所有與它相遭遇的人。

布爾迪厄針對當代社會和文化生活的特徵，以 Habitus 這個新的概念，表示「風格」的複雜性質及其強大象徵性力量。很多人只是從 Habitus 這個詞的表面意義去理解，很容易同原拉丁文 habitus 以及同其他學者，例如：埃利亞斯（Norbert Elias, 1897-1990）所用過的同一個 habitus 概念的意涵相混淆，以致將它誤譯成「習慣」、「慣習」、「習氣」等等。其實，布爾迪厄的 Habitus 的真正含義，是一種「生存心

態」，一種生活風格（style de vie）。布爾迪厄在多次的解釋中強調，即使就其拉丁原文來說，Habitus 也並不只是表示「習慣」；除此之外，更重要的，是描述人的儀表、穿著狀態以及「生存的樣態」（mode d'être）。Être 就是「存在」、「存有」、「生存」、「是」、「成為」的意思。某人之為某人，某物之為某物，某一狀態之為某一狀態，都由其當時當地所表現的基本樣態所決定。生存心態同一個人的緊密不可分關係，可以借用布豐的一句話：「風格簡直就是人本身」（style est l'homme même）（Buffon, 1753）。Habitus 的基本原意，正是要表示在當時當地規定著某人某物之為某人某物的那種「存在的樣態」。顯然，這是一種動態的精神生命的存在形態。不過，在古拉丁文中，這種樣態，還更多地停留在對於表面狀況的描述，尚未涉及深層的內在心態因素，更不是從動態和活生生的、內外相通的觀點來論述。布爾迪厄改造了這個拉丁原詞，賦予新的意義：它是一種貫穿行動者內外，既指導施為者（Agent）之行動過程，又顯示其行為風格和氣質；既綜合了他的歷史經驗和受教育的效果，具有歷史「前結構」（pré-structure）的性質，又在不同的行動場合下，不斷地即時創新；它既具有前後一貫的穩定性和持續性，又隨時隨地會在特定制約性社會條件（le conditionnement social spécifique）的影響下發生變化；它既表達行動者個人的個性和秉性，又滲透著他所屬的社會群體的階層性質；既可以在實證的經驗方法觀察下準確地把握，又以不確定的模糊特徵顯示出來；既同行動者的主觀意向和策劃相關，又以無意識的交響樂表演形式客觀地交錯縱橫於社會生活；既作為長期內在化的社會結構的結果、而以感情心理系統呈現出來，又同時在行動中不斷主動外在化、並不斷再生產和創造出新的社會結構；既是行動的動力及其客觀效果的精神支柱，也是思想、感情、風格、個性以及種種秉性形態，甚至語言表達風格和策略的基礎。總之，Habitus 不是由於長期行動過程而被動地累積構成的個人習慣、慣習或習氣，不是停留在行動者內心精神世界的單純心理因素，不是單一內在化過程的靜態成果。它是一種同時具「建構的結構」（structure structurant; structuring structure）和「被建構的結構」（structure structurée; structured structure）雙重性質和功能的「持續的和可轉換的秉性系統」（système de dispositions durables et transposables），是隨時隨地伴隨著人的生活和行動的生存心態和生活風格，是積歷史經驗與即時創造性於一體的「主動中的被動」和「被動中的主動」，是社會客觀制約性條件和行動者主觀的內在創造精神力量的綜合結果。將 Habitus 翻譯成「生存心態」，就是要強調它是伴隨著生活、行動的

始終，並同時實現個人內化和外化雙重過程，完成主觀和客觀、個人與社會兩方面雙向運動的相互滲透過程。在某種意義上說，生存心態實際上就是通過我們的行動而外在化的社會結構的『前結構』，同時它又是在我們的內心深層而結構化、並持續地影響著思想和行動的客觀社會結構的化身。在生存心態的概念中，典型地表現了布爾迪厄將主觀與客觀共時運作的複雜互動狀態加以活靈活現地呈現出來的嘗試，是他的「建構的結構主義」（structuralisme constructiviste）或「結構的建構主義」（constructivisme structuraliste）的理論的理論產物，也是布爾迪厄社會理論和生存美學的反思性和象徵性的集中表現。

傅科的生存美學實際上同布爾迪厄等人的上述研究成果平行發展，顯示了生存美學的風格範疇的時代特徵。傅科在研究古代生存美學的歷史經驗時，充分估計到「風格」概念的重要性，並把它當成生存美學的一個基本概念。傅科在談論生存美學所強調的「實踐智慧」（phronésis）時指出：風格是每個人的生活歷程及其經驗的結晶（Foucault, 2001）。因此，風格是非常個性化，它的不可替代性，就如同休謨說「品味無可爭辯」（Hume, 1757）和布爾迪厄說「品味具有排他性」（Bourdieu, 1979）一樣。從一位作家的風格中，可以掂量出他個人所經歷的生活經驗及其實踐智慧的深度。作為實踐智慧的風格，從另一個角度表現了風格的歷史性、經驗性、生命性、技巧性和實踐性。富有經驗和充滿智慧的生存過程及其呈現的方式，孕育和形成美不勝收的生存風格；同樣地，像傅科所反覆引述的阿爾西比亞德、塞涅卡、艾畢克岱德和馬克·奧列爾等人那樣，長年累月地在自身的說話、行動和舉止方面，特別注意生存風格的每一個細膩表現方式，將有助於個人生存美的穩固形成和闡揚（Foucault, 2001: 57; 289; 330-332; 386）。富有魅力的所謂秀外慧中和金相玉質，並非完全註定是與生俱來的，而是可以在生存中，不斷地在精神和肉體兩方面，勤奮實現「關懷自身」的原則的實踐結果。總之，對傅科來說，風格和生存之美緊密不可分，它是生存之美的最主要表現形式。

風格同人生經歷、經驗、實踐智慧以及語言運用藝術之間的內在關係，使風格本身具有複雜而細膩的結構，並有不同的表現方式和顯現層次。不僅不同的人，有不同的風格，而且，即使同一個人，在其不同時期和不同狀態，其個人風格的表現也千差萬別。因此，不能滿足於宏觀地觀察風格，而必須一再地反覆區分其中的最細微的差異，結合不同的環境和條件，使對於風格的分析，從一個層次再過渡到另一層次，以

致無窮無盡，儘可能將風格中的各種細微差異，以最具體和最恰當的語詞表達出來。只有這樣，才不至於扭曲風格的真正結構，才有可能把握它的脈搏的振動，才能體會它的生命氣息中所蘊藏的萬種風情。粗糙、平淡、庸俗、單調、乾枯、晦暗、乏味、癡呆、遲鈍、生硬等等，都是欠缺藝術性的風格的一般表現。當然，生活、說話、思想和行為的風格，絕對不能以單一和固定的標準來衡量。但對於風格的細微構成及其藝術性的程度，具有決定性意義的，是創造者生存過程中的節奏、頻率、運動性、獨特性、嚴謹性、反思性、歷史性以及實踐性，同時也是創作者的語言運用、經驗累計以及心神品藻修練的程度。

　　在中國古代美學文獻中，也曾經使用類似於「風格」的「氣韻」、「文氣」、「意境」等某些概念，強調藝術創造、生存、語言運用以及審美過程中的不同造詣及表現方式。劉勰在他的《文心雕龍》的〈明詩篇〉中說：「人稟七情，應物斯感，感物吟志，莫非自然」。在〈物色篇〉中，他又說：「情以物遷，詞以情發」。因此，他認為，「寫氣圖貌，既隨物而婉轉；屬采附聲，亦與心而徘徊」。劉勰在〈情采篇〉中還說：「心術既形，茲華乃瞻」；「繁采寡情，味之必厭」。因此，「文采所以飾言，而辨麗本於情性」；二者一經一緯，相得益彰。文章只有情采並茂，才能生動感人，富有鑒賞回味的深度。正因為這樣，在文風中所表現的情景合一，可以採取無限的不同方式，同時也呈現出不同作者的富有差異性的不同創作造詣。成功的文風，可以達到情景交融的程度，產生富有魅力的審美效果。著名詩人王國維認為，成功的文風，既可以「有我」，也可以「無我」：「有我之境，以我觀物，故物皆著我之色彩。無我之境，以物觀物，故不知何者為我，何者為物」。「無我之景，人唯於靜得之。有我之境，於由動之靜時得之。故一優美，一宏壯也」（王國維：《人間詞話》）。中國古代美學所使用的這些概念，雖然不同於現代西方美學中的「風格」概念，但仍然說明審美創造及鑒賞包含著同美的形式緊密相關的特殊氣質；而且，它確實是美和審美的一個基本成分。

　　風格的最大特徵，就是它以不可取代的具體性、個別性和唯一性，呈現審美的無限性和超越性。因此，它是抽象和具體、一般和個別、普遍和特殊的巧妙結合；但這裡所說的一切，並非屬於認識論範疇。阿蘭（Alain; Émile-Auguste Chartier, 1868-1951）為了表達風格的上述特徵，曾形象地說：「風格就是散文中的詩歌」（Alain, 1956）。它不像有形體那樣可以靠經驗感知出來，在這個意義上說，它是抽

象的。但它的抽象不同於思想或邏輯；它的抽象只是由於它本身所具備的特殊超越性所決定，指的是它存在於感性的形式之外。也就是說，它的抽象，只是就其與具體物體的形象區別而言才有意義。風格的上述抽象性，是它的特殊無限性的集中表現。伏爾泰在他的《哲學辭典》中指出：「幾乎所有被談論的事物，都比人們講話時所顯示出來的方式，更少地發生影響，因為幾乎所有的人，都有能力具備對於該事物的類似觀念。但表達方式和風格就完全不一樣。……風格可以使最共同的事物，變為極其特殊化，使最微弱的變為最強調，又使最複雜的變為最簡單的」（Voltaire, 1820-1822）。這就是說，風格不同於一般的事物，它具有難於模仿的特殊性，因此會產生極其強烈的不可取代的影響。評論家迪波德（Albert Thibaudet, 1874-1936）在評論福婁拜的寫作風格時說：「福婁拜是一位將自己封閉在房間裡，並將自己的全部生命轉化成文學，將自己的全部經驗轉化成風格的人」（Thibaudet, Flaubert: 1935[1922]: 71）。所以，「風格不只是人本身，而且，它簡直就是一個人，一個活生生的有形體的現實事物」（Ibid.: 207）。

傅科使用「風格」（style）這個概念，是為了強調人的實際生存展現過程中的藝術性、語言性、可能性、曲折性、層次性、區別性、變動性、潛在性、皺褶性、象徵性及其審美價值，同時，由於風格具有上述特徵，傅科試圖以「風格」的範疇，凸顯生存本身的個人特殊性，強調生存風格的生命力及其審美價值的唯一性、不可取代性及崇高價值。

美學的生活化、大眾化和實踐化

傅科的生存美學的提出，意味著美學理論及其基本概念的典範轉換。人的生存在本質上是審美的。審美是人生在世追求自由的出發點和原動力，同時也是自由本身的最高表現形式。沒有審美，人生在世就沒有意義。正是審美創造和鑒賞活動，將人生引入最自由的境界，使人擺脫了一切人間煩惱，享受著最高尚的審美愉悅快感。審美使人生變成富有詩意和多姿多彩；審美遠遠超出科學、宗教及哲學超越活動所可能開創的範圍，將人的生存擴大到最大的可能性領域。生存美學的典範轉換改變了人們對於自身生存意義的總看法，提升了人對自身生存的本體論認識；同時，生存美學的典範轉換還表明：不論就美學同人文科學各個學科及其整體的關係，還是就美學本身的理論構成、基本範疇和概念、實踐方式及其實際效用而言，都完全脫離了傳統美學的

框架，使美學完成前所未有的自我革命和自我更新。具體地說，這場美學革命，首先體現在它對於傳統美學的徹底顛覆。生存美學試圖改變原有美學的基本性質，使美學本身不再單純以研究藝術創造活動的審美意義作為其基本對象，而是把美學提升成為人的生存本體論和生存實踐原則，強調生存本身及其實踐的審美意義，將審美當成生存的最高目標和最高價值，使美學進一步成為高於認識論及其他研究人的基本性質的學科。美學界始終存在關於美學本身的定義及其基本性質的爭論。美學究竟是什麼？凡是強調美學是「研究美的學科」，是以「研究審美關係」作為其基本對象，是「有關審美經驗的價值論」，是「一種表現理論」，是「藝術哲學」或「原批評學」等等，都沒有看到審美的最高人性價值及其實踐意義，都忽視了人類生存的審美本體論意義及其實踐原則。生存美學結合了美學本身的發展史及其最新研究成果，把美學的人性意義更進一步同人的生存實踐本身結合起來。不僅如此，而且，生存美學也拒絕繼續沿用傳統的人性論和人本主義，提出了自己的審美生存論，強調生存是以「關懷自身」為中心，在巧妙處理「自身與他人」的關係的基礎上，實現個人快樂慾望的審美滿足，徹底地取代以往以「主體性」為中心的人性論。正如法國藝術社會學家弗朗卡斯特爾所說，長期以來，經典美學理論都是從主體性的形上學理論出發，強調人在世界上的主體優勢地位（Francastel, 1970: 156; 178; 183）。

在此基礎上，美學也就改變了它同其他學科的原有關係，同時也跨越了它同其相鄰學科的原有界限。在傳統理論的視野中，美學本來是屬於哲學的一個分支；而且，它也僅僅探討文學和藝術的審美經驗及其理論表現形態。傳統美學的相鄰學科，往往是文化藝術理論、修辭學、語言學、審美心理學及藝術社會學等。但生存美學跨越傳統的學科界限，成為自由流動於人文社會科學多學科和人類社會生活多領域之間的生活方式本身。這樣一來，生存美學不僅將美學與生活的原有聯繫進一步擴張和深化，使生活與美學在相互滲透的生存實踐中連成一體，同時也使美學及其相鄰學科相互滲透，並在某些方面，合為一體。

生存美學作為人類生存的本體論和探討生活技藝的學問，既研究生存的審美意義，也探索具體的生存審美技巧、方式和風格；同時，也不忽視對於文學和各種藝術形式，特別是語言和各種象徵性符號的審美研究，非常注意將語言和藝術的審美技巧直接地運用到生存實踐中，生存本身成為藝術創造的實際領域。

生存美學的上述革命，也使美學本身不再拘泥於理論的系統論述形式，而是採取

生活實踐的自然形態，在實踐智慧中，積累、斟酌、回味、改進和總結集中呈現在自身生活風格方面的藝術和審美方式；同時也把藝術和各種創作活動，當成生活的重要組成部分。

美學本來是最能夠呈現人性特徵的理論。康德曾把美學當成理論理性與實踐理性相結合的最高表現。康德特別強調美感中所包含的認識和道德因素，認為美是「真」與「善」的綜合判斷（Kant, 1995[1788]）。康德從肯定人類固有的審美能力出發，堅持認為，美學意義上的「美」以及審美感受，就其本質而言，不是來自天然的千姿百態和奇幻無比的美麗景象，而是更多地來自人的本性及其陶冶過程。康德為此將美感同感覺層面對外物的「舒適」（agréable）感受區分開來。他認為，美是一種滿意的感受（un sentiment de satisfaction），它不同於純粹感覺的舒適。所謂舒適，只是對某種感覺產生愉悅感，例如對玫瑰的香味感到愜意。但美是發生在內在精神方面，並不停留在感覺層面；例如，只有在閱讀詩歌時，才會產生美感。閱讀詩歌並不是純粹的感覺行為，而是在感覺之外又要進行思想、體會、反思、回味、緬懷、融會貫通、情感融化和昇華。顯然，舒適感帶有明顯的主觀性和個別性：對某人覺得舒適的，對另一個人就不一定有效。例如，張三喜歡玫瑰的味道，李四就不一定對玫瑰產生舒適感。然而，美是一種具普遍性和一般性的情感和秉性氣質，顯示為某種普遍性的滿意感。

所以，康德在他的《判斷力批判》中，強調品味判斷力是美學的（das Geschmack-surteil ist ästhetisch），它既含有普遍性的品格，又同個人的主觀愉悅感密切相關。因此，康德把品味置於「自然的感性領域與自由的超越性領域之間」，作為兩者之間的溝通橋樑而呈現在人的生活中。美學品味作為一種特殊的判斷力，是人所特有的審美能力，它既不同於尋求真理的理智，又不同於尋求善的實踐理性。在康德看來，審美判斷力不可能成為人的獨立功能，因為它既不能像理智那樣提供概念，也不能像理性那樣提供理念；它是在普遍與特殊之間尋求某種和諧關係的心理功能。但是，這種判斷力又不同於《純粹理性批判》中所說的「決定的判斷力」，而是一種「反思的判斷力」，它是一種審美的合目的性的判斷力。這種「合目的性」，恰恰同作為「目的自身」的人的本質自然相通，因而也顯示了審美的最高人性價值。

儘管康德很重視美學的人性基礎，但他畢竟又使美學從實際生活領域抽象出來，使美學最終升至超驗的「崇高」，成為少數天才藝術家所獨享的神祕天國。尼采為此

嚴厲地批判了傳統美學的基本原則。他曾經深刻地說：「沒有別的東西是美的，只有人是美的（Nichts ist Schön, nur der Mensch ist Schön）；全部美學就是立足於這一簡單素樸的道理的基礎上，它就是美學的第一真理」；「如果試圖離開人對人的興致樂趣去思考美，就會立刻失去根據和立足點（Wer es losgelöst von der Lust des Mensch am Mensch denken wollte, verlöre sofort Grund und Boden unter den Füßen）」（Nietzsche, 1980: 1001）。

傅科的生存美學，在尼采美學的基礎上，進一步提升了康德美學的人類學意義。正如傅科本人所指出，生存美學是由「慾望的運用」（usage des plaisirs）、「真理的勇氣」（courage de vérité）和「關懷自身」（souci de soi）三大部分所構成；而這三大部分，實際上從另一個角度，把生存美學同倫理學、哲學、人類學和認識論聯繫起來。傅科所要表達的人性，不是具有人類一般化意義的普遍特徵，而是沒有主體性和客體性的單子化的個人的獨特性。早在立體主義（le cubisme）美學產生的時候，其代表人物梅金格（J. Metzinger）就已經深刻地指出：「表現個人的時代終於到來。一位藝術家的價值，再也不是以他的藝術品所表現的這樣或那樣的形式類型來判斷，而是純粹依據他同其他藝術家的區別程度」（Metzinger, 1972: 60）。

美學典範的轉換，意味著人的審美能力及其標準，總是隨著社會歷史文化條件的變化而發生變化。人的本性既是抽象的，又是具體的。沒有始終不變的人性；也沒有固定不動的審美能力。人的本性決定了他永遠對美的追求；正如尼采所說，美是人的最高生活價值（Nietzsche, 1980: 40）。但在不同的社會文化條件下，審美的能力、方式、標準及其形式，一直在不斷地發生變化。實際生活是推動審美能力發生演變的最重要基礎。

在實際生活中所呈現的審美感，本來是非常活潑和富有變幻性。正因為這樣，以現實生活為典範而不斷創新的現代建築美學，也逐漸以無規則的「混沌」作為基本設計原則。美國建築學界著名雜誌《前進中的建築學》（Progressive Architecture）主編格雷頓（Thomas H. Creighton）指出：「建築專業，透過它們的最傑出的發言人，表示完全同意使建築學處於多樣設計取向的狀況中；這樣的多樣混雜狀況，實際上已經存在，我們可以用『混沌』（Chaos）這個詞來表示」（Alexander Tzonis et alii. 1995: 10）。「混沌」是生活本身的基本表現形態。現代社會生活的急劇轉變，導致混沌的生活世界本身的明朗化和典型化。現代美的不確定性和含混性，就是這種生活世界的

產物，也是生活在它之中的現代人所急需的。

生存美學所呈現和追求的美，就是具有特別區別性的個人生活風格和生活藝術。因此，嚴格地說，生存美學在其所追求的生活風格中，不但徹底地改變了美學的範疇和中心內容，而且，也在生活實踐的基礎上，實現了本體論、存在論、認識論、倫理學和美學本身的結合。

由於生存美學將實際生活本身當成美的實踐，因而使美學概念從原來相當抽象的理論王國中徹底解放出來，同時地推動了生活和美學的雙重革命：一方面使美學成為生活本身的一個重要內容，另一方面也把生活提升到文化和美學的層面，使人的生存提升為美的鑑賞和創造活動。也正因為這樣，生存美學反對任何使美學系統化的努力，主張將美學同生活實踐和關懷自身的技藝相結合，並使「生存」、「身體」，「慾望」、「快感」、「愉悅」等，成為了美學的主要範疇。美是生活的伴隨物；審美不同於人的認識活動、生產活動和科學實驗的地方，就在於它是以可能性的理想形態，呈現人的知情意在生活中同一切可能的世界的微妙結合模式。亞里斯多德曾經在他的《詩學》第九章中深刻地說：歷史學家描述已經發生的事情，而詩人則描述可能的事情。亞里斯多德至少已經看到了審美是人在生活中同世界的交流的產物。英國社會學家鮑曼（Zygmunt Bauman, 1925－　）早已發現現代社會文化概念轉變的必要性，提出了「文化作為實踐」的重要理論（Bauman, 1999）。文化基本上就是生活方式的轉化形態，也是生活的一個基本內容和形式。沒有生活，就沒有文化；失去了生活的內容和特色，文化就失去了生命力，只剩下它的空洞洞的軀殼或形式。美是文化的靈魂；沒有一種文化是不靠美的感受和實踐來維持它的生命力的。文化的建構和創新，總是以對於美的追求為基本動力。所以，歸根結底，人類創造文化的目的，就在於尋求美的理念及享受。人類創造文化，本來就是為了享受美感，提升自己的美的精神境界，同時也為了使自己的生活本身，不斷地朝著更美的高層次發展。美和生活之間存在著相互依賴和相互促進的密切關係。生活由於有了美，由於有了對於美的無限追求，而變得更加美麗和可愛。美本身也由於生活的強大生命力及其不斷改善和提升，而不斷變換其內容和形式，使美本身無止盡地向深度和廣度擴展，產生出絢麗多彩和具有無窮生命力的美的形象和感受能力。美不斷地在抽象和具體、理論與實踐的雙重領域中穿梭展現，使人類生活逶邐伸展，在新的時空結構中連連開拓新的境界，一再地更新重生，妙趣橫生，婉麗婀娜。

第 *8* 章

生存美學的核心：關懷自身

作為「自身的文化」的生存美學

傅科在探討生存美學的理論淵源時，所依據的歷史資料，並不是系統的傳統道德、美學或形上學文獻，而是被傳統文化所忽視的大量論述生活風格（style de vie）、生活技巧（techniques de vie）、生活的技藝（tekhné tou biou）、實踐智慧（Phronesis）以及生活的藝術（l'art de vivre）的零碎而又分散的古代「小型文獻」（littérature mineure）（Foucault, 1994: IV, 213-218）。

所有這些探討，連同傅科從七〇年代以來所集中研究的「自身的技術」，後來都構成為生存美學的重要內容。所以，生存美學也可以說就是古代的「自身的技術」的翻版和重生。

值得指出的是，在古希臘羅馬文獻中所談論的生活藝術、風格和技巧，幾乎都是環繞著關懷自身（**souci de soi**）的問題（Foucault, 2002: 473）。所以，上述一切環繞生活風格、藝術和技巧的資料，其中心議題，都是關懷自身：「自身的藝術」（l'art de soi）、「自身的實踐」（pratique de soi）、「自身的技術」（technologie du soi）、「自身的技巧」（technique de soi）、「自身的認識」（connaissance de soi）、「自身的教育」（formation de soi）、「自身的文化」（culture de soi）、「對自身的崇拜」（culte de soi）、「回歸自身」（retour à soi）、關於自身的政治（politique de soi）、「自身的倫理學」（éthique de soi）、「自身的美學」（esthétique de soi）「自身的書文」（écriture de soi）等等。這也就是說，在古希臘羅馬，人們是把生活藝術和生存美學歸結為「關懷自身的藝術」（l'art de souci de soi），它環繞著「同自身的關係」（rapport à soi）以及「自身同他人的關係」（rapports de soi avec des autres），試圖將生存活動本身，直接地理解成為人自身的審美超越活動的展現過程，從而將生活美化成為生活的藝術創作活動。關懷自身絕不是抽象的理論，而是非常實際和具體的生活實踐；它通過一系列技術、技巧、技藝、策略和程式，在個人實際生活中逐一地貫徹「關懷自身」的原則。所以，古希臘羅馬人稱之為「自身的實踐」、「自身的技術」和「自身的技巧」。傅科指出：自身的實踐是對自身進行「教育」（formation）、「糾正」（correction）和「解放」（Libération）的實踐過程（Foucault, 2001: 91-92）。也就是說，在自身的一生中實現生存美學的原則，是需要長期不停息的進行自我改造、自我糾正、自我薰陶和自我鍛鍊的過程。在「自身的實踐」、「自身的技術」和「自身的技巧」中所實施的具體策略和程式，包含著生活實踐中所積累的各種經驗，同時也隱含著個人智慧及實際生活能力的巧妙結合。所以，自身的實踐、自身的技巧和自身的技術，就是實現「關懷自身」這個生存美學的基本宗旨的實踐智慧，因而也是生存美學的重要構成部分。如果把上述各種關於關懷自身的理論、思想觀點及技術，加以概括，也可以稱之為「自身的文化」（la culture de soi）。因此，生存美學也就是古代關於自身的文化的一個最重要的組成部分，它是西方「自身的文化」形成和發展過程的一個珍貴產品。

　　傅科在考察古代自身的文化的過程中，發現古代人的文化概念與現代人的文化概念有很大的不同。現代人把文化理解為人類從自然界脫離出來的主要標誌；而且，現代人特別強調文化之理性基礎。這樣一來，文化就意味著人的思想和行為的理性化、規則化、主體化及其非自然化，也就是意味著人將自身納入他本身所創造和制定的規範體系之中。所以，文化越發展，對人的約束就越多和越嚴謹。人就越來越失去他的原本自然的自身，變成為受到種種約束的主體。可是，傅科在古代自身的文化中所看到的，是古代人的另一種概念的文化。對古希臘和羅馬人來說，文化不是用來約束人，而是用來使人更愜意地滿足自己的快感要求；文化也不是用來建構人的主體性，不是為了將人培育成認識的主體、道德的主體和勞動的主體，而是為了更好地實現對自身的關懷。自身（le soi），在古代的文化中，是一個獨立的生命體，是一切生存活動的中心，是決定生存方向和方式的中堅力量。自身在其生命活動中，只以它獨立的快樂需要和幸福欲望作為指導原則和出發點。自身是生命的靈魂和基礎，它自然地隨生活環境以及內在欲望的驅動而不斷發生變化。自身從來不知道什麼是它必須遵守的「標準」。正因為這樣，自身也是最自由的生命單位，又是最活躍和最靈活的創造源

泉。正是在對於性史的系譜學研究中，傅科進一步明確地發現古代關於性和自身快感的文化同現代文化的根本區別。古代希臘和羅馬並不把性的文化當成是對人的性生活和性行為的限制、抑制和控制的手段，而是探索滿足自身快感的審美生存智慧的總結。生存美學只有真正地以自身為中心，才能使審美生存實現它所追求的最大自由目標。

總之，傅科探討生活藝術和生存美學的過程，也就是發現生存美學的核心問題，即「關懷自身」的過程；傅科的生存美學，是在批判古代「關懷自身」和「自身的文化」以及「自身的技術」等歷史傳統的基礎上，結合尼采和傅科本人親身總結的實踐智慧及藝術式的生活風格，並總結傅科前期考古學和系譜學的批判研究成果的一個綜合產物。

實際上，對於古代歷史文獻中的「關懷自身」論題進行探索的過程，始終都是與傅科本人的「關懷自身」的實際經驗相結合。如前所述，傅科在一生中，很關切本身生活風格和生存技藝的培養和修練。為了養成特有的生活風格，他從思想、語言和身體等各個方面，嚴格地貫徹藝術式的自由創造精神，以尋求不斷提升的美感為宗旨。正因為這樣，生存美學也就是一種關懷自身的生活美學；或者，它就是關於關懷自身的「自身的技術」或「自身的實踐」的指導原則。簡言之，生存美學就是「自身的技術」，是關懷自身的藝術美學，是為了使自身的生存提升到愉悅快感境界的實踐智慧。

傅科在他的法蘭西學院 1981 年至 1982 年度的課程中，一再地指出：在古希臘的文獻中，關懷自身的論題，不論在理論上，還是在實踐方面，都佔據著非常重要的地位。傅科特別指出：「我要把上一學年（1980 至 1981 年度）已經提到的那個概念，即『關懷自身』（souci de soi-même）的概念，作為出發點。這個概念是非常複雜，不但內容豐富，而且，在古希臘的文獻中，經常出現，並在希臘文化生活中，持續了相當長的時間。我要花費好大力氣，才能恰當翻譯出它的意義。它的希臘原文是 epimeileia heautou。後來，拉丁文把它翻譯成 cura sui；這樣的翻譯，當然使它變成枯燥無味。Epimeleia heautou，就是『關懷自身』（souci de soi-même）、『關照自身』（s'occuper de soi-même）和『關心自身』（se préoccuper de soi-même）等等。你們也許以為，為了研究主體與真理的關係，選擇 epimeileia heautou，這個在哲學史料上很少被人們提及的概念，似乎有點弔詭或過分費心。是的，長期以來，一旦談及主體的

問題，幾乎每個人都知道，並一再重複說，有關主體，有關主體的認識，從一開始提出，就以另一個箴言作為基礎，即德爾菲神殿入口的門匾上的著名箴言：gnôthi seauton，也就是『認識你自己』……」（Foucault, 2001: 4）。「但是，對於這個『認識你自己』，我要簡略地進行說明，並引用某些歷史學家和考古學家的研究成果。總之，必須牢記：明白地概括、並記載和刻畫在德爾菲神殿上的『認識你自己』的箴言，毫無疑問，在最初的時候，並沒有後來人們所給予它的那些意義」（Ibid.: 4-6）。按照傅科的考證，並對照著名的歷史學家、考古學家和希臘文明史專家，特別是引證了德國學者羅歇爾（W. H. Roscher）和法國學者德弗拉達斯（J. Defradas）的著作，強調「認識你自己」，原本含有其他的主要意義；而且，它並不是單獨和孤立的口號，而是與「關懷自身」的原則密切相關。更具體地說，在古希臘祭祀阿波羅神的德爾斐神殿門匾上所寫的「認識你自己」的箴言，本來不是「自身的認識」的意思，也不是道德的基礎，同樣也不是實現同神的關係的一個條件（Ibid.: 5）。

羅歇爾於 1901 年發表在《語文學》雜誌的論文，詳細地論證了：銘刻在德爾菲神殿的箴言，其實並非只是「認識你自己」；它們是一組由密切相關的三句箴言構成，其中包括「別過分（恰如其分）」（mêden agan; rein de trop）、「保證」（egguê）、「認識你自己」（gnôthi seauton）。為了正確理解這些箴言，首先必須弄清楚它們的真正目的和要旨。這三句箴言是用來告誡來德爾菲神殿朝聖的人們，希望他們正確處理他們同神的關係，端正態度，明白自己應該如何對待神，應該對神說什麼話，懷抱什麼樣的心願。所以，第一句箴言「別過分」，就是警告拜神者：不要向神提出過多的問題，只應該以簡略的語詞，提出那些真正必要的問題。千萬要記住：你是來請求神指點的，不是漫無邊際地向神祈求任何你想要得到的東西。第二個箴言『保證』，就是勸告人們，千萬不要向神許願，也不要向神起誓某些事情。後來，當普魯塔克（Plutarque, 46/49-125）對這句箴言進行詮釋時，他說，所謂「保證」，就是警告朝聖者，假如你們違背同神達成的默契，將會遭遇厄運（eggua para d'ata; s'engager porte malheur）。正因為這樣，據普魯塔克說，這句箴言曾經使許多朝聖者從此畏首畏尾，不但不敢做壞事，甚至也不敢做某些正常的事情，例如：不敢結婚等。「認識你自己」的真正意思是說，當你求神示諭時，你自己要首先弄清楚你所要提出的問題；由於在神面前你必須盡可能簡略地、而不要過分地提出問題，你自己千萬要明白，你提出這些問題，究竟要知道什麼事情。

在羅歇爾之後，法國學者德弗拉達斯在他所發表的《德爾菲神殿佈道的論題》（Les thèmes de la propagande delphique, 1954）的書中，更清楚地論證：「認識你自己」這個箴言，同傳統哲學史後來所說的意思毫無共同之處。德弗拉達斯指出：德爾菲神殿的上述三句箴言，主要是告誡人們，在向神明禱告祈求時，千萬要謹慎真誠。箴言「別過分」（rien de trop），是告誡人們不但在期盼和請求方面，而且，在行動方面，都一定要節制和恰到好處，不要貪多。「保證」（cautions）是針對諮詢者所提出的警告，切忌做出過分的許諾。箴言「認識你自己」，是向人們發出的告誡：人不是神，是會死的；既不要過高估計自己的力量，也不要同萬能的神靈相對抗（Defradas, 1954: 268-283）。

正是在上述分析的基礎上，傅科進一步強調：「『關懷自身』確確實實是『認識你自己』這個律令的框架、地基和基礎」（l'epimeleia heautou[le souci de soi] est bien le cadre, le sol, le fondement à partir duquel se justifie l'impératif du 『connais-toi toi-même』）（Ibid.: 10）。不僅如此，而且，在古希臘羅馬文化中，「這個『關懷自身』的箴言，始終都是決定當時哲學態度的主要特徵的基本原則」（Ibid.: 11）。「但『關懷自身』並不僅僅成為嚴格意義的哲學生活的入門條件」，而且，「它也變成為一切理性行為以及一切符合道德理性原則的實際生活的最一般指導原則。『關懷自身』的影響，在整個希臘羅馬思想中，已經擴展成為真正的總體性文化現象」（Ibid.）。接著，傅科還說：「我還要再說一句：如果這個『關懷自身』的概念，從蘇格拉底開始就已經非常清楚而明顯地出現的話，那麼，它後來也確實一直延續到基督教出現前夕」（Ibid.）。

概括地說，從西元前五世紀到西元後五世紀始終通行於希臘羅馬社會的「關懷你自己」的原則，包含以下三方面的內容。第一，「關懷你自己」，是有關最一般生活態度的原則；它是觀察事物，在世界上安身立命，做出行動以及同他人保持關係的一般原則。換句話說，「關懷自身」是對待自身、對待他人以及對待世界的態度。

第二，關懷自身也是人生過程中對自身、世界、他人和歷史進行關注和觀看的某種形式（une certaine forme d'attention, de regard）。通過這樣一種觀看形式，人們將對外界和對他人的觀看，轉化為對自身的觀看。因此，關懷自身也是一種在自身內心世界中進行反思的方式。由於由外向內的觀看的轉化，人們才可以實現對於自身思想進程的監控和督導。在這個意義上說，關懷自身就是進行思想修養和沈思的過程。根據

傅科的考據，在古希臘，「關懷」（epimeleia）原本還有「沉思」（名詞meletê或動詞meletan）的意思（Foucault, 2001: 339-340）。羅馬人把它翻譯成拉丁名詞meditatio或動詞meditari。希臘字名詞meletê或動詞meletan很接近gumnazein，即「鍛練」、「操練」、「練習」或「訓練」的意思。就其更準確的意義而言，它意味著某種面對現實或針對事物的「考驗」、「驗證」或「見證」。但是，在同「關懷自身」接近的意義上，它意味著思想修養和反省。所以，在「關懷自身」的框架內所進行的思想修養，指的是進行思想方面的切磋、掂量、斟酌、拿捏或考量，以便盡可能地把握思想所思考的對象及其內涵得到澄清。這是一種驗證真假成分的多少及其準確比例的反思活動，同時也是驗證各種經驗的真假程度的反覆思量，是對各種經驗的體驗。例如，當希臘人和羅馬人進行對「死亡」的反思時，並不是指自己想像將要死亡，或設想自己今後可能死亡的狀況，而是指自身要設身處地細膩設想即將死亡的某人的心境及其感受。由此可見，希臘人所說的「思想修養」，不是指現代人所說的那種與「主體」相關的思想遊戲，而是關懷自身的一種方式，以便對各種事物和他人，能夠更精確地把握其真理。

　　第三，「關懷自身」還意味著行動本身，特別是指在自身範圍內所實施的行動；屬於這一類型的行動，指的是自身對自身、並由自身承擔責任的自我改造的行動。顯然，它們旨在淨化或純化自己（se purifier），通過自身對自身的淨化和改造，達到提升自身精神生命的質量、品格、風格、展現形式及境界的目的。

　　所以，「關懷你自己」（epimelei heautou; soucie-toi toi-même）的箴言，是最一般的生活原則；它實際上就是某種「生存方式」（manière d'être），一種態度（une attitude）和思考的形式（des formes de réflection），一種進行自我改造和自我修養的生活實踐，一種生活技巧和技術。所以，關懷自身既是一個概念（notion），也是實踐和行動（pratique et action），同時又是一整套的規則和方法（règles et méthodes）（Foucault, 2001: 32）。為此，傅科指出：自身的文化，在古代，是一整套關於人生和生活的價值體系，同時又是一系列關於自身生存的具體技巧、方法、策略及實踐程式。正如傅科所說：「我要在更一般的層面上說明自身的文化的問題。自身的文化實際上是一整套嚴密組織起來的價值體系，同時還包括與之相關的行為舉止方面的嚴格要求，以及其他相關的實踐技巧和理論」（Foucault, 2001: 174）。其中，關懷自身是人生進行自我教育、自我改造、自完善化及自我批評的軸心（souci de soi comme axe formateur et correcteur）（Foucault, 2001: 85-95）。

傅科反覆強調「自身」（le soi-même）在他的生存美學中的關鍵地位，一方面顯示傅科試圖以「自身」的嶄新意義取代傳統思想中的主體和主體性概念，同時另一方面也為了凸出「關懷自身」在生存美學中的核心地位。為此，傅科在許多著作和談話中說明了他的「自身」（soi）概念的重要意義（Foucault, 2001: 514; 514-515）。

傅科指出：為了理解自身和達到生活的美學目標，西方人採取了四大類型的技術：生產的技術、信號系統的技術、權力的技術以及自身的技術（Foucault, 1994: IV, 785）。上述四大類型的技術，雖然是各自獨立，並各自具有自身的特點，但它們之間是相互關聯的。在上述四大類型的技術中，通過自身的技術，人們可以使個人，依靠他自己的努力和他人的幫助，對自己的身體和靈魂、思想和行為以及生活模式，實行某種形式的操作程式，以便改造和淨化自己，達到某種類型的幸福、純潔、智慧、完滿以及不朽的狀態（Foucault, 1994: IV, 785）。因此，自身的技術的貫徹，不能不同上述其他三種類型的技術相關聯，它直接成為了生存美學的一個重要組成部分。

為了深入說明「自身的文化」的具體內容和技藝及其演變，傅科首先分析有關自身的文化的一個重要概念，即關於「拯救」（salut）的概念；它也是關懷自身的生存美學的一個重要概念。

傳統思想往往從消極方面理解「拯救」的意義。根據傳統思想，「拯救」概念之所以重要，就是因為它首先體現了人生歷程中經常遇到的「二元處境」：在生與死、善與惡、消亡與永恆、此岸世界與彼岸世界之間掙扎。生存和人生在世的過程始終充滿艱難險阻；人生的道路，就是反覆地和無時無刻地在生存和死亡的交錯過程中度過。為此，人不但要拯救自己，而且還要拯救他人；需要通過拯救的手段，以便完成從死亡到生存的過渡。其次，在傳統意義上，「拯救」概念始終都與某個事件的悲劇性相關。在基督教的傳統中，「拯救」尤其同人的「原罪」以及同一系列「犯錯誤」相關。據基督教教義，只有像耶穌基督這樣的救世主，只有懺悔，才能將人從原罪和苦難中拯救出來。最後，傳統思想把「拯救」同進行拯救的主體及其拯救他人的一系列活動聯繫在一起。所以，傳統思想總是把「拯救」歸屬於宗教範疇。

但是，傅科試圖改造傳統的「拯救」概念，使它成為生存美學的一個基本概念，並賦予它新的意義。

早在古希臘，「拯救」的動詞原是 sôzein，其名詞是 sôtêria；它們都隱含積極的

意義。首先，「拯救自身」（se sauver soi-même）主要是指自身必須能夠掌握自身的
命運，自身決定自身的一切言行，由自身選擇自己的生活方式和行動方向。也就是
說，自身必須完全獨立自主，不做他人的奴隸，不要依賴他人和外在事物，要使自己
跳脫出外人和外在世界的控制力，不屈從於外界的條件和外力，不受自身之外的各種
規範和法制的約束（Foucault, 2001: 177-178）。所以，「拯救自身」，就意味著也使
自己始終處於警惕狀態，清醒地意識到威脅著自身生存的各種危險，使自身的精神保
持主動的狀態，積極地維護自身的生存權利和自主權。在這種情況下，「拯救自身」
就是使自身時刻處於絕對自由狀態，置一切外在變化和外來干涉於不顧，坦然自若，
安若泰山：任憑風浪起，穩坐釣魚臺。不僅如此，而且，「拯救自身」還進一步意味
著：即使外界發生任何變動，出現任何壓力，也要使自己堅定不移地走自己的路，毫
不動搖地追求自身的幸福和快樂，並使自己不斷地享受由獨立自主所掙得的新自由，
讓自己伴隨著自身自由的擴大而日益幸福。

　　傅科在分析和探索「拯救自身」的積極意義時，並不滿足於這些，而是進一步指
出：「拯救自身」的原則，並不打算引導人們在現實的實際生活之外尋求自由，而是
相反，強調腳踏實地在自身的生活範圍內，依靠自己的信心、能力和創造性，創造自
己的幸福。傅科強調：拯救自身既然跳脫出宗教意義的範圍，它就始終把注意力放在
自身上面，把一切拯救自身的思想、行為和希望，都寄託在自身的生活之中。「拯救
自身除了自己生活本身的力量以外，並不訴諸於其他任何事物」。「拯救自身始終是
發生在生活的歷程中的一種行動，而其唯一的主導者就是主體自身」（Foucault, 2001:
177）。傅科在此特別重視「拯救自身」同基督教的救世的根本區別。傅科的用意，
無非就是講明：拯救自身歸根結底是自身的事，；一切都要靠自身，是自己救自己，
絕不要指望外界或彼岸的「奇蹟」或「恩施」，更不寄望於救世主（Ibid.）。

　　在此基礎上，傅科指出：拯救自身曾經是古希臘生存美學的重要組成部分，而在
伊比鳩魯的生存美學中，拯救自身意味著一方面使自己得到「無憂無慮」的恬靜自如
的生活（autarcie），另一方面使自己完全靠自己的能力和力量，不訴諸於外界，實現
自身的快樂幸福。傅科在此借用了「自給自足」（ataraxie）的概念，來說明上述自力
更生、自強不息的充滿自信的豪邁情操（Ibid.: 178）。但是，在古代生存美學中具有
重要意義的「拯救」概念，隨著基督教從三世紀開始在整個羅馬的擴張及上昇至統治
地位，發生了根本的變化，以致使生存美學和自身的文化，也逐漸讓位於基督教道

德，最終導致生存美學和自身的文化的完全變質和衰落。

總之，關懷自身的技術，並不是一種孤立的生活藝術和技巧，而是西方人追求生活愉悅和生存藝術的完整生活觀的核心部分。這種生活藝術在古希臘時期已經明確地形成，經中世紀中斷一段時期之後，又重新在文藝復興浴火重生，煥然一新。如前所述，瑞士歷史學家、文化史和藝術史專家布格哈特（Jakob Burckhardt, 1818-1897）曾經在他的著作中，概括了這種生存美學的基本原則。

布格哈特曾經是尼采和狄爾泰（Wilhelm Dilthey, 1833-1911）在巴塞爾大學的同事。他一生專攻古希臘文化史和文藝復興藝術史，他的重要著作《康斯坦丁大帝時代》（L'Époque de Constantin le Grand, 1853）、《西塞羅：古代藝術和義大利近代藝術導引》（Der Cicerone, 1855）、《義大利的文藝復興文化》（Die Kultur der Renaissance in Italien, 1860）、《希臘文化史》（Geschichte der griechischen Kultur, 1898-1902）及《世界通史探究》（Weltgeschichtliche Betractungen, 1905）等，不但在整個西方文化史研究領域中具有重要學術價值，而且，也對尼采及其後的尼采主義產生深刻的影響。尼采曾多次提及布格哈特的光輝著作及其天才思想，傅科也很讚賞布格哈特對於古希臘和文藝復興文化思想的研究成果（Foucault, 1994: IV, 410; 573; 630），並坦誠他的生存美學思想是直接受到布格哈特的啟發的（Foucault, 2001: 240）。布格哈特認為，每個歷史時代，都具有其自身的精神文明和思想風格。布格哈特對西方文化精神的衰落和頹廢深感憂慮。

傳統思想對「關懷自身」基本原則的扭曲

在古希臘，哲學家和一般人所關心的「主體」問題，首先就是自身的快樂和愉悅，是自身慾望的滿足和快感的實現程度。希臘人雖然很注重哲學思維，經常提出關於宇宙和世界的本體論和存在論的問題，因而也很重視對於知識的追求，但他們都更注重個人實踐智慧（phronesis），並把實踐智慧首先同慾望快感的滿足聯繫在一起。古希臘人把追求個人慾望快感滿足當成個人幸福的首要目標。如果說，希臘人在哲學、認識論、倫理學和美學等方面，都非常重視抽象的理論層面的話，那麼，他們所經常思考的問題，就是慾望滿足的實際經驗的深刻意義；在這個意義上說，他們所提出的本體論、知識論和道德論，都是對於關懷自身的生活智慧的理論總結。

在原有的意義上，如前所述，「認識你自己」只是實現「關懷自身」的一個條件

和一個方面（Foucault, 2001: 6；473）。當然，在傅科那裡，對於「自身的認識」（la connaissance de soi），是在同傳統觀念完全相反的意義上來理解的。傅科在「主體的詮釋學」的課程中，特別說明：近代哲學自從笛卡兒以後，關於認識和認知的主體問題，發生了根本的變化。原來在古希臘受到極端重視的「關懷自身」的論題，被「遺忘」和被消除，代之而起的，是「對自身的認識」（la connaissance de soi）的決定性地位。隨著知識和認識地位的提升，主體性與真理的相互關係也完全改變了（Foucault, 2001: 15-18）。

但是，傅科還指出，在笛卡兒以前，基督教對於關懷自身和「自身的文化」的原則，也進行了系統的篡改（Foucault, 2001: 173-175）。基督教引導世人貶低自身，試圖使人意識到屈從上帝的必要性，一方面誤導人們鄙視肉體快感和世俗生活，另一方面鼓勵人們將自身的幸福寄望於未來的「救世」和彼岸世界。因此，基督教把原來古希臘的自身的文化，改造成對於自身的肉體摧殘和對慾望的壓抑，並強調不斷地進行自我懺悔和與世隔絕地修身養性的必要性。正因為這樣，基督教所改造的自身的文化，在一定程度上，可以成為近代各種「自身的技術」的基礎和出發點。也正是在這一點上，基督教教士的權力運作模式，可以成為近現代資產階級的權力運作模式，特別是現代生命權力的借鑒（參見本書第二篇第三章第六節）。

在傅科的探討中，問題的關鍵始終是兩方面：首先涉及到什麼是主體；其次關係到主體的形成及其與「自身的實踐」（la pratique de soi）和「自身的技術」的關係；也就是說，究竟是主體的認識活動佔據首位，還是「自身的實踐」和「自身的技術」更具有決定性的意義。所有這一切，實際上牽涉到整個西方思想和文化的核心，即牽涉到主體的形成、知識以及權力的運作的相互關係，以及西方倫理道德的基本原則。正是在探索古希臘的「自身的文化」的過程中，傅科發現了近代思想同古代思想之間的根本差異；而這個差異之所以發生，主要是決定於西方思想發展中的兩次根本性轉折：第一次是基督教的轉折，第二次是以近代知識論（特別是真理論），改變和取代古代文化中佔據首要地位的「自身的文化」和「自身的實踐」。這兩次轉折改變了西方文化中的最關鍵的主要範疇的意涵，其中最主要的是關於主體性、真理和美的範疇。就是因為這個轉變，使原來對古代西方人具有重要意義的生存美學，逐漸地被淡化、消蝕和被遺忘，而佔據其核心的「關懷自身」的問題，則悄悄地被「認識你自己」所取代。

　　傅科在 1982 年 3 月 24 日法蘭西學院的課程中指出，在法國以致於整個西方國家，文化和哲學傳統上，不管是從柏拉圖、笛卡兒（René Descartes, 1596-1650）到胡塞爾，還是從柏拉圖、奧古斯丁到佛洛依德，向來都把認識自身（la connaissance de soi）和主體的問題列為優先思考和重視的基本問題（Foucault, 2001: 442-443）。

　　如果我們翻閱西方文化和思想的歷史，我們就可以明顯地看到：西方文化經歷羅馬天主教統治的中世紀時期之後，開始進入近代啟蒙運動（L'Âge des Lumières; The Age of Enlightenment）的時代。文化的轉折是以人、人的思想、世界對象（客體）的存在、社會以及語言的相互關係為軸心而展開和實現。作為近代文化和思想的開創者，笛卡兒最先明確扭轉對於上述重要關係的觀點。

　　如果說在古希臘思想家們所強調的是被經驗到的「個別」同被語言概括的「一般」的對立的話，那麼，從笛卡兒開始的近代西方思想所重視的是經驗與思維的對立。前一種對立是從「存在」的角度、而後一種對立則是從認識論的角度提出來的。兩種對立表現了思想模式的轉變，同時也呈現出西方人生活態度和生活理想的變化。

　　從笛卡兒開始的近代西方思想和西方文化的一個最重要的貢獻，就是把從古希臘以來所提出的人的主體化的目標進一步從認識論和社會實踐兩個層面真正地落實下來。西方思想和文化，是經歷了一段相當長而曲折的歷史實踐和付出了巨大的精神代價後，才有可能實現上述「認識論的轉折」（epistemological turn）。

　　當古希臘人激烈爭論「什麼是存在本身？」的時候，他們雖然也是關心人類自己的命運，因而關心自己周在世界的本質，但是，他們畢竟代表著人類童年和不成熟階段的樸素認識方式，尤其缺乏豐富的生活經驗。他們對於人類自己和世界各個局部組成部分缺乏深入的專門知識，以致使上述「什麼是存在本身？」的問題只能停留在一般性的形上學和本體論的抽象探究層面上。在這種情況下，「人的主體化」的問題只能停留在抽象的理念上。所以，從古希臘到文藝復興前夕，長達一千多年的歷史過程中，西方文化所提出的主體化的理念，實際上並沒有真正地在社會生活中實現。在這段時間，不論是政治制度和社會制度，還是作為指導原則的神學、哲學和佔統治地位的意識形態，都強調人從屬於和服從於最高的神的地位。因此，人的主體化仍然是一句空話。

　　這種狀況也表現在關於「存在」和語言的關係的形上學爭論上。從赫拉克利特（Herakleitos, 544-483 B.C.）和巴門尼德提出「存在」的問題以後，相當長的時間裡，

西方哲學和文化一直在激烈爭論「存在」、「思想」和「語言」的相互關係，目的在於探索：人作為「會說話的動物」，是如何通過語言從具體存在的個別對象中把握其一般的本質。在探索過程中，從蘇格拉底、柏拉圖到聖·奧古斯丁（Saint Augustin, 354-430）為代表的教父哲學（philosophy of Fathers），再到聖·托瑪斯·阿奎那（Saint Thomas Aquinas, 1225-1274）為代表的經院哲學，爭論的重點仍然是存在中的「個別」事物同語言的「一般」的關係。在此基礎上，他們爭論：第一，用語言表達出來的關於「存在」的概念究竟是不是存在本身？第二，人的思想能否通過語言，正確地認識作為對象的「存在」？第三，人的思想能否通過語言，正確地表達已被認識的「存在」？所有這些爭論，典型地表現在中世紀晚期經院哲學內部唯實論（realism）和唯名論（nominalism）之間的爭論上。唯名論和唯實論的爭論，圍繞著語詞與存在的關係，爭論著表達存在的語詞究竟是單純的「名」還是實際的「存在」。

這場爭論一方面表現了西方文化發展的一個重要特徵，也就是始終圍繞著「存在」和人的關係，而在「存在」和人之間則是靠「思想」和「語言」作為中介；另一方面，也表現了西方文化在未成熟階段的一個重要特徵，就是未能對人的實際勞動、認識和道德活動進行本體論的研究，忽略了經驗對於人的主體化地位的重要意義。從西方思想史上來看，柏拉圖所建構的理念世界以及理念世界對於現實世界的優先地位的基本原則，同中世紀天主教會所強調的神的世界對於人的世界的支配地位的原則是完全一致的，都是強調人的命運必須由超經驗的彼岸世界來決定。認識論的轉折的重要意義就是扭轉上述通行於古希臘和羅馬社會的舊原則，建立起由人自己，而不是人的實際生活世界之上或之外的彼岸世界的「理念」或「神」來決定人的命運，決定人在現實社會和生活世界中的行動原則。這一特徵明顯地影響西方思想對於語言的進一步研究，特別是未能從生活和經驗的角度深入研究語言的意義。

由笛卡兒所開創的西方近代哲學和文化以及「認識論的轉折」，充分意識到經驗對於人的生活和認識活動的基礎意義，也扭轉了對於語言的傳統本體論研究方式。

經驗同人的生活和認識活動之間的關係，實際上是互動的。這就是說，一方面隨著古希臘羅馬歷史發展所帶來的豐富生活經驗，為西方人擴大和提高自己的認識能力，為發展各種關於世界、社會和人自身的實際知識提供了越來越堅實的基礎，使西方人越來越意識到從事創造性的認識活動對於豎立人的主體地位的決定性意義，另一方面，自古希臘以來所奠定的邏輯中心主義和理性主義原則以及以此原則為基礎所發

展起來的認識能力，歷經一千多年對於世界、社會和人本身的宏觀總體觀察所累積的各種知識，又使西方人反過來更重視自己的歷史經驗，並不斷提高總結歷史經驗和生活經驗的能力。

正是在上述西方歷史上發生的經驗和認識的互動過程的基礎上，笛卡兒等人才提出將認識論提升到優先地位的新哲學原則。笛卡兒一方面重視歷史經驗，另一方面也重視自然科學的研究及其成果，使他對於長期以來爭論的身心關係、物質和精神的關係以及經驗和理性的相互關係提出了完全嶄新的原則。提出和解決關於身心關係、物質和精神的關係以及經驗和理性相互關係的問題，實際上是從本體論、方法論和認識論的最抽象的理論高度總結歷史和文化發展的經驗的嘗試。笛卡兒和他的同時代人，在擺脫了中世紀的天主教會的控制之後，有可能根據實際的歷史和科學經驗，去思考和建構解決上述各種關係的基本原則。笛卡兒所思考的重點，是作為認識主體的人，當他觀察和思考經驗對象及其本質的時候，如何保證觀察和思考的準確性和確實性。他已經意識到，人要確立自己對自己和對於整個世界的中心地位，當他面對自己和世界的時候，首先必須靠自己的理性，也就是一種超驗的原則，一種真正具有客觀標準、而又普遍有效的原則，來確定他自己的主體地位的確實性和準確性。因此，笛卡兒將「我思」（Cogito）作為認識自己和認識世界的出發點和基礎，並由此確立理性主義的認識論和方法論的基本原則。顯然，笛卡兒試圖為科學和認識提供一個絕對可靠形上學的正當理由，同時又試圖用同一個理由去論證信仰上帝的正當性。

從此以後，西方的哲學家和思想家的自我反思往往沿著「反思什麼」和「為什麼反思」兩大層次深入進行。

在第一層次上，主要是反思作為主體的自身究竟在尋求什麼樣的反思，也就是說，主體究竟反思著「什麼」，以「什麼」作為反思的目標、對象和基本內容。更具體地說，這一層次就是反思所思的「問題」。主體要反思，當然首先面臨反思「什麼」，或者，反思什麼「問題」。在第二層次上，主要是反思成為主體的自身究竟為了什麼目的和動機去反思，也就是說，要反思自身所反思的背後指導原則是否符合自身的良心和符合社會所公認的正義和道德規範。為什麼要反思，一方面觸及到反思者自身最內在的精神境界，關係到人自身當他退居到完全無人監控、因而需要絕對地靠其自身的自律來要求自己的時候的做人原則的問題；另一方面又涉及到反思者同他人、個人與群體、他人與他人間的關係的處理原則的問題。

　　上述兩大層次的反思，不僅具有認識論和方法論的意義，而且，具有本體論、道德論和美學的意義，顯示著西方文化傳統中所一貫追求、不斷堅持、並一再重建的「真」、「善」、「美」的人和社會的最高境界。

　　顯然，上述兩大問題，都深深地觸及人的本質和社會建構的基本原則。一個民族，當它總結經驗的時候，能夠從上述兩個層次進行反思，就在相當大程度上顯示了該民族的覺悟程度和文化成熟性。笛卡兒能夠在他的時代提出這個問題，就已經表明西方文化發展到了啟蒙時代的門檻前面。笛卡兒不但強調必須以「我思」為反思的前提，作為人的認識、道德活動和一切社會活動的出發點，而且，也認真而具體地確立了進行反思的基本指導原則。

　　傅科在其對於生存美學的探索中，試圖顛覆傳統思想史的論述體系及其基本範疇，重新撰寫一部西方思想發展史，重建主體性與真理的相互關係。傅科指出：「關懷自身與自身的技術的歷史，就是主體性的歷史的一個實現方式」（Foucault, 1994: IV, 214）。在此基礎上，傅科以生存美學為主軸，改變整個西方思想模式和倫理關係，建構一個關於「我們自身的歷史存在論」。

　　顯然，在傅科那裡，對於自身的認識（la connaissance de soi），是在同傳統觀念完全相反的意義上來理解的。傅科在「主體的詮釋學」的課程中，特別說明：近代哲學自從笛卡兒以後，關於認識和認知的主體問題，發生了根本的變化。原來在古希臘受到極端重視的「關懷自身」的論題，被「遺忘」和被消除，代之而起的，是「對自身的認識」（la connaissance de soi）的決定性地位。隨著知識和認識地位的提升，主體性與真理的相互關係也完全改變了（Foucault, 2001: 15-18）。

　　如前所述，傅科於 1976 年寫出《性史》第一卷《認知的慾望》，隨後又在法蘭西學院的課程中，連續探討社會統治、生物權力與主體性和真理的關係。所有這些都同「自身的文化」（la culture de soi），因而也同生存美學的基本問題緊密相關。

　　長期以來，傳統哲學，特別是近代認識論和科學理論，總是把人的認識和知識問題列在首位，並把人的認識活動同道德倫理實踐和藝術創造割裂開來。傳統哲學史或認識史反覆強調：人作為人，首先必須認識自然和認識世界，而認識自然和世界的目的，就是為了更好地統治自然界，使自然為人類服務。人是自然和世界的主人。所以，蘇格拉底的先驅，最早的智者普羅達哥拉斯（Prothagoras, 485-411 B.C.）說「人是萬物的尺度」（l'homme est la mesure de toutes choses）。柏拉圖雖然在〈狄埃泰特

篇〉（Le Théétète）的對話錄中批判了普羅達哥拉斯的上述論斷，但他卻以更為嚴謹的邏輯中心主義的主體論取代之，從而為笛卡兒近代哲學的主體論奠定了理論基礎。

根據傅科的研究和調查，不論從理論上還是從實際生活經驗來看，「關懷自身」都應該是西方文化的核心問題。在理論上，從柏拉圖的《對話錄》的〈蘇格拉底辯護篇〉（Apologie de Socrate）和〈阿爾西比亞德篇〉（Alcibiade）開始，就明確地把「認識你自己」放在「關懷自身」的更一般的框架之中（Foucault, 1994: IV, 213）。接著，在希臘化時期，傅科引述了當時的斯多葛學派及其他更多的資料，指明他們並沒有忽視「認識自身」的重要性，問題只是在於：斯多葛學派，如同古代其他思想家一樣，在討論「認識自身」的問題時，總是恰當地把它同「關懷自身」聯繫在一起。在此基礎上，斯多葛學派認為，必須在「關懷自身」的前提下瞭解「認識自身」的意義。實際上，斯多葛學派也把「認識自身」當做「關懷自身」的一個不可忽視的內容（Foucault, 2001: 301-302）。

關懷自身的不同模式

在西方思想史上，為了建構和不斷提升自身的技術，存在著三種類型的「考察自身」的方式。第一種是由笛卡兒所提出的。他認為必須在評估思想同現實的相適應性（évaluer la correspondance entre les pensées et la réalité）的基礎上，對自身進行考察。第二種是古羅馬斯多葛學派哲學家塞涅卡（Lucius Annaeus Sénèque, 4 B.C. - 65）所提出的。他主張考查在思想與規範之間的相適應性的程度。第三種方式是由基督教所提出的，主張考查掩蓋著的思想同靈魂的不純潔性之間的關係（le rapport entre une pensée cachée et une impureté de l'âme）（Foucault, 1994: IV, 810-812）。

自身的技術是從古希臘以來就存在的。但隨著西方社會的發展和演化，自身的技術也發生了各種變化。在古希臘時代，自身的技術是採取「認識自己本身」的公式表現出來的。但在當時，自身的技術仍然充分考慮到個人慾望的滿足，充分考慮到個人的快樂和幸福的目的，而且，在其實行過程中，也沒有像後來那樣的自我摧殘性的程式和方法。儘管如此，即使在古希臘時代，就已經顯示了自身的技術的性質：它是為了使自己既成為主體，又成為客體和對象，是一種自己管理自己的基本形式。所以，傅科一針見血地指出：希臘的「自身的技術」，實際上就是由自己來對付自己，以便使自己符合整個社會的需要。正因為這樣，傅科說，古希臘時期人們常以「認識你自

身」作為基本口號，但實際上，不如改為：「認識自己對自己應該做什麼」（Ibid.：213）。

　　作為「自身的技術」的核心部分，「關懷自身」包含的意義，從《阿爾西比亞德篇》可以看出，是作為個人的一種生活方式，要求所有的人，不只是統治者，而且也包括普通的公民，從精神生活和肉體生活兩方面，進行實際的自我薰陶和自我訓練的過程。傅科特別強調：在這裡，「關懷自身」已經不是單純屬於精神態度的問題，也已經遠遠超出認識活動的領域，不再屬於認識論的範疇，而是變成為生存的藝術或生活的技藝。為此，傅柯還特地從「關懷自身」的希臘辭源，來論證其實踐的意義。傅科指出：組成「關懷自身」的希臘原文 epimeleisthai heautou 中的 epimeleisthai，並不只是指精神方面的注意方式或思想態度，而是更多地指實際訓練和操作過程，因為它關係到其中的一組詞根 meletan, meletê, meletai 等。在古希臘，meletan 是經常與另一個動詞 gumnazein 聯繫在一起使用，帶有「自我訓練」的意思；而另一個詞根 meletai，指的是「操練」和「鍛煉」等，尤其是指軍事訓練、體育鍛煉和軍事操練。所以，epimeleisthai 並不只是指精神態度，而是更多地是指一種活動方式，一種嚴謹、持續、有規則的實踐方式，一種實行自我鍛造的生存技巧和生活藝術（Foucault, 2001：80-82）。接著，傅科從四個更具體的內容，說明「關懷自身」的複雜含義：第一，要認識到關懷自身的重要性，首先要樹立正確的認識觀點，要多對自己進行關照。換句話說，要首先認識到「認識自己」的重要性；要把「認識自己」列為一切認識活動的首位，因為「認識自己」就是「關懷自己」的一個關鍵環節。第二，要持續地實行一種「轉向自身」的運動和操作，隨時隨地將一切行為和思想注意力，引導到對自身的關懷。第三，要從醫療和治療的觀點，不斷對自身進行自我療養、治療和醫治。第四，要不斷注意進行自我控制、自我節制和自我協調，使自己成為自身的主人（Ibid.：83-84）。

　　在希臘化時代，即西元前二至一世紀左右，是關懷自身的黃金時代。關懷自身包含著新的意義。傅科注意到當時的希臘人，不再把「關懷自身」當成一種應付特定事件的權宜之計或適時辦法（kairos），也不再是人生各個關鍵轉折時刻中處理各種危機的實踐技巧（hôra），而是所有的人在其整個一生中所必須不斷進行自我訓練的生活技巧和「自身的實踐」（Foucault, 2001：84-90）。

　　當基督教同羅馬皇帝相結合實行嚴格的政教合一的中世紀統治形式之後，自身的

技術就發生了根本的變化；其中最重要的，就是自身的技術從此成為當時新型的「基督教權力模式」（le mode du pouvoir pastoral）的附屬品，成為基督教權力模式控制被統治者個人的基本手段。正如傅科所指出的，中世紀的自身的技術的特點，就是一切都通過宗教來決定；關於性的行為方式，尤其受到宗教法規的約束。基督教提出各種各樣的禁慾主義，並把身體的慾望說成為「罪惡的根源」。而且，基督教機構，主要是教堂和宗教裁判所，成為監督和執行上述法規的權力機構（Foucault, M. 1994: IV, 397; 409）。總之，受到基督教權力模式的影響，中世紀的自身的技術，是靠宗教神學的教條、教義、教規的約束，靠基督教「聖化」同「禁慾」、同肉體折磨相結合的方式進行。在修道院所實行的修道規則及其實踐方式，就是中世紀自身的技術的典範。

進入近代資本主義社會之後，資產階級所實行的自由民主的政治制度和法制制度以及對於理性的推崇，決定了自身的技術的「自律性」和「合理性」。所以，到了資本主義社會，自身的技術越來越採取「自身的藝術」（l'art de soi）的形式。

近現代社會的自身的技術，首先伴隨著生物權力（bio-pouvoir）的運作而發生根本變化。如前所述，現代生物權力把科學、教育、法制、監獄、警察、文化再生產以及道德的力量都動員起來，並加以高效率地利用，以便實現對於個人和整個社會的全面控制和宰制。因此，現代的自身的技術主要表現在學校教育、家庭、軍隊、監獄和各個組織機構對於個人的監視和懲罰的過程中。

除此之外，自從進入近代社會階段，自身的技術越來越採取文學和藝術創作的形式，以越來越象徵化的模式呈現出來。近代西方知識史上各種「真理遊戲」同自身的技術相結合的一個重要形式和策略，就是各種各樣特殊的「自述」、「自傳」及「自我懺悔」等文學作品的出現。傅科認為，在西方文化史上，只有到了近代階段，才出現了非常多樣而又非常令人感動的自傳型小說等等。之所以如此，是因為它構成近代社會統治權術的一個非常重要的組成部分；其目的在於通過這些自述型文本，通過文學和藝術的形象和生動形式，實現對於自身的規訓和自我約束。他認為，如果不把這些所謂的「關於我自身的文學」（la littérature dite『du moi』），種種日記、「對於自身的敘述」（récit de soi），……等等，置於特定的社會歷史條件下加以分析的話，如果不把這些文學作品同極其複雜的自我薰陶、自我教育和自我折磨的實際技術聯繫起來的話，我們是根本就無法真正理解這些充斥於書籍市場中的文學作品（Foucault,

M. 1994: IV, 408）。因此，近代社會的一個重要特點，就是整個社會造就了一個環境和氣氛，使那些文人、作家以及理論家們，特別喜歡使用文字敘述的形式，以象徵化的手段，進行自我教育和社會教育。這種新的寫作和表現形式，是同現代社會所發明和倡導的各種新型的「自身的技術」有密切關係。

傅科所發揚的，是希臘和羅馬時期的「自身的技術」；關鍵是其中對於生活及其風格的反思精神及其美學實踐原則。在傅科提出生存美學之前，生存美學的核心部分，即對於自身的關懷及其技巧，早已在古希臘時期被廣泛談論，甚至存在著許多行動的典範。為此，傅科詳盡地探討了古希臘時期自柏拉圖至希臘化時期各種形式的「自身的技術」或「自身的文化」。所以，在西方思想史上，關於自身的技術，最早的模式就是古希臘的模式；其中，又可以分成柏拉圖、斯多葛學派等。

傅科強調指出：希臘和羅馬的自身的技術的特徵，就在於實行反思的方式，對行為、思考真理以及實踐慾望快感抱著反思的態度（Foucault, 1994: IV, 668-669; 671-673;）。傅科還把這種對性、慾望快感和生活行為的反思態度理解為一種倫理，一種不同於基督教道德的實踐智慧。而貫穿於這種新道德的思想模式，就是不斷地對面對的真理和秩序以及各種規範提出質疑，以懷疑和創造相結合的方式，使通行於現實生活中的各種道德規範和法制成為問題，或使之成問題化（problématisation）。只有經過一系列建立於反思基礎上的質疑活動，才能真正實現上述具有自身風格和氣質的新倫理，而它的宗旨，就是達到對於自身的自由駕馭（la maîtrise de soi）。這正是傅科所說的生存美學的基本精神。

傅科指出：「實現對自身的自由駕馭就是一種具有特定風格的道德。…在這種倫理中，必須建構起各種行為規則，以確保實現對自身的自由駕馭。要實現對自身的自由駕馭，就必須能夠靈活地貫徹三項不同的原則。第一類原則是用來應付對身體的關係以及健康的問題。第二類是處理對女人和對組成同一家庭的妻子的關係。第三類是正確對待像少年人那樣的極其特殊的個人，因為他們將來會變成為自由的公民。在這三種領域中，對自身的自由駕馭採取了三種不同的形式」（Foucault, 1994: IV, 673）。

在古代時期，關懷自身的否定形式是奉承阿諛（flaterie），媚辭取容。掌權者總是千方百計地擴大其勢力，希望追隨他的人如蟻附羶。這一切，造成了對古代自身的技術的嚴重干擾和曲解。所以，在斯多葛學派的生存美學中，大量地出現對奉承阿諛態度的批判，以維護關懷自身原則的純潔性和倫理性。

傅科的知識考古學所要完成的工作，就是揭露在西方近現代社會發展過程中的各種「真理遊戲」的性質及其真正目的。如前所述，這種真理遊戲，無非就是將人的主體化過程同其被客體化的過程同一起來，使得主體本身既作為知識形成和擴散的主體，又同時成為知識的對象和客體。既然西方整個近現代社會的發展史，就是主體本身變成為知識對象的過程，那麼，在西方近現代社會的建構過程中，主體也就始終成為主體自身進行自我客體化的對象。這就涉及到主體化和客體化的雙重過程以及與之相適應的策略和程式的問題：一方面，主體自身在訓練自己成為主體的同時，也要努力使自身成為自己的知識的對象或客體；另一方面，在整個社會作為個人外在生活條件對於個人實現主體化的程式的同時，又要將每個人當成客體化的對象。正如傅科自己所說：主體化和客體化是緊密相關的兩個雙向同時進行的過程（Foucault, M. 1994: IV, 632）。正因為這樣，在西方近現代社會的創建和形成過程中，就呈現了自身自我規訓和社會進行監督性規訓兩方面的平行過程。用傅科自己的話來說，主體的建構過程，是同主體成為社會規範化和懲罰對象的過程同時平行進行的（Ibid.: 633）。

每個人都要成為知識、權力和道德主體，同時又要成為知識、權力和道德的客體和對象。所以，現代知識為此創建了非常巧妙的遊戲策略：使每個人在培養自己成為知識主體的同時，都能夠「自律」地進行自我規訓。這就是傅科所說的「自身的技術」（techniques de soi）。自身的技術是由一整套操作程式構成的，這些操作程式是借助於自身對於自身的控制關係或自身對自身的認識，實現對於各個人的規定、限制和管制，使他們形成固定的同一性和身分，並依據社會的不同需要而改變其同一性（Ibid.: 213）。所以，任何一個歷史時代的自身的技術，實際上就是當時當地的道德倫理原則的一個組成部分和實際表現。正如傅科所說：「我不認為道德的存在可以脫離一定數量的自身的技術及其實踐」（Foucault, M. 1994: IV, 671）。正是在這個意義上說，關於自身的技術的系譜學研究，也就是道德系譜學的一個組成部分。在各個歷史時代，自身的技術是統治者進行社會統治過程中所實行的「懲罰」和「規訓」的高度同一，又是使被統治者進行自我規訓同國家統治進行強制性懲治靈活地結合起來的策略。傅科指出，自身的技術往往是同政府機構實行對於人的統治以及對於客體的不同生產技術的管理聯繫在一起的（Ibid.: 409）。所以，自身的技術又是同監獄等強制性關押機構的存在和運作是同時存在、並互為補充的。

傅科以考古學和系譜學相結合的方式，對西方的自身的技術進行了歷史的探索，

並試圖從它的實際運作中，發現統治與權力、道德、知識之間的相互結合，揭露統治的各種技倆和計謀。通過對於自身的技術的歷史分析，又將進一步看出傅科所揭示的知識、權力和道德之間的緊密關係。傅科強調，只有到了近現代社會，隨著知識、權力和道德三大社會因素以各種新的「科學」形式結合起來，自身的技術才發展成為高度科學化、技術化和象徵化的程度。

為了揭示近代社會政權機構的統治形式的性質，必須同時地探究主體化與客體化的構成過程，必須同時深入分析自身的技術與對於客體的監視和管理形式（Foucault, M. 1994: IV, 409）。傅科認為，對於自身的技術的分析，之所以不同於對客體的管理制度的分析，就在於兩個原因：第一，自身的技術並不需要如同生產客體時所需要的那些物質條件，不需要物質性的工具或手段；它所採用的，毋寧是一些看不見的技術。也就是說，自身的技術是以隱蔽的形式進行。第二，自身的技術往往同管理其他人的技術、同統治他人的技術聯繫在一起。例如在教育系統中，引導他人是同管理自己聯繫在一起的。所有這些，顯然是同監獄等強制性關押機構有所不同。

從七〇年代開始，傅科把他在法蘭西學院的系列演講主題改為「自身的實踐」（une pratique de soi），與此同時，他也集中研究了監獄和規訓的問題。自身的實踐就是自身的技術，這是因為任何一種自身的技術，都是要在自身的實際生活和實際行動中加以貫徹；自身的技術純粹是自身的實踐的問題。所謂「自身的實踐」的問題，指的是自身如何自我約束而變成為符合社會標準的「主體」，而同時社會又如何從外部強制性地將一個一個獨立的「自身」規訓成社會統治者所規定的「主體」。自身的實踐所包含的上述兩大方面，是同時並行的歷史過程，也是西方社會文化發展的中心內容。

從《監視與懲罰：監獄的誕生》到《性史》第一卷《知識的意願》、《對自身的關心：性史第二卷》以及《快感的運用：性史第三卷》，傅科實際上一直不停地進行有關「自身的實踐」問題的考察。但正如上面所已經提到的，「自身的實踐」問題包含著更重要的另一方面，即「社會又如何從外部強制性地將一個一個獨立的自身，規訓成社會統治者所規定的主體」。這後一方面是更加重要的部分，也是以往歷史文化研究所一貫忽視的方面。

社會是如何將本來獨立的各個「自身」教化為符合社會需要的、具有自律的「主體」？傅科把這一問題歸結為規訓化問題。這個問題實際上已經在探討監獄問題時提

出來、並做了深入的研究。正如我們已經在關於監獄的部分所指出的，西方社會越發展，越朝向規訓化的方向；不但規訓化的程度越嚴密和越全面，而且規訓化的形式也越「理性化」、「科學化」、「精緻化」、「細膩化」和「制度化」。規訓化在西方社會的這種擴大化和深入化，使生活於西方社會中的任何一個人，都無時無刻和無所不在地受到監視、規訓和宰制；西方所實現的一切最大自由，實際上都是以規訓化的實現和完成作為基本前提，都是以實現最大限度的規訓化作為代價。在這個意義上說，西方的任何自由，都不過是規訓化的補償。這種在「自我規訓」和「被社會規訓」同時進行條件下所完成的自身主體化過程，也就是傅科所說的「自身歷史存在論」（the historical ontology of the self）的研究對象。

關懷自身與他人的關係

關懷自身，並不意味著要人們過一種自我封閉的生活，或者，像現代人所理解的那樣，只是以個人的「自我」為中心，實行唯我獨尊，損人利己的生活。在古希臘時代，城邦公民所實行的生活原則，是人人都在關懷自身的基礎上，巧妙地和藝術地處理與他人的關係；並由此出發，使自身的生活方式，能夠在充滿他人包圍的社會中順利實現。為此，以關懷自身為宗旨的生存美學，不但不能不顧與他人的關係問題，而且，還必須藝術地從理論和實踐兩個層面，深入探討「管理自身和管理他人」（gouvernement de soi et des autres）的複雜問題。正因為這樣，從 1982 年起至 1984 年，傅科在法蘭西學院的課程和研討會，都分別標題為「對於自身與他人的管制」（Le gouvernement de soi et des autres: 1982-1983）及「對於自身和他人的管制：真理的勇氣」（Le gouvernement de soi et des autres. le courage de la veritze: 1983-1984）。

同時，關懷自身既然與他人有密切關係，它就不能不涉及道德問題。所以，傅科在探討生存美學時，也把關懷自身的原則的貫徹，當成一種「慾望的倫理學」，一種與他人相關的道德行為。但是，正如傅科所說，他的倫理學嚴格地區分了道德規範和道德行為，因為他的倫理學不同於傳統道德，並不是通過規範來約束自身，而是探討能夠使自身獲得真正自由的道德行為（Foucault, 1994: IV, 393）。所以，在傅科的倫理學中，與他人的道德關係，首先是為了使自身得到儘可能的行動自由，其次，處理與他人的關係是作為關懷自身的藝術而呈現在實際生活之中。因此，審美地處理與他人的關係，也自然地符合個人自身的由衷慾望，也是自身的發自內心的一種快樂，同

時也是自身的最大自由。希羅多德（Herodotos, 484-425 B.C.）在討論不同政體形式時，引用當時平等理念的捍衛者奧塔內斯的話：「我既不想統治，也不想被統治」。這句話正是體現了希臘人對待他人的藝術的基本精神。關懷自身，藝術地對待他人，這就是真正的自由，也是審美生存的基本宗旨。

　　生存美學的實踐性和生活性，使它本身具有倫理學的性質。傅科在研究西方關於關懷自身的觀念史的過程中，已經發現了它同道德倫理思想的內在關係。關懷自身首先並不意味著將自身孤立起來，也並不意味著把自身同他人對立起來。其次，關懷自身也不意味著個人可以不顧一切地、毫無節制地發泄自身的私欲，更不是一種縱欲主義。傅科的生存美學，將自身生存的美化，同藝術地處理與他人的關係，緊密地結合起來。傅科認為，關懷自身的實踐，既是對自身慾望快感的關懷，同時也是對於自身慾望快感的自然節制；而且還是處置自身與他人關係的技藝。所以，關懷自身既是生存美學的核心，又是關於自身的倫理學（l'éthique de soi）。傅科在研究斯多葛學派的生存美學時發現，塞涅卡、馬克・奧列爾和普羅塔克等人在強調關懷自身的時候，總是一再地重申一種自然自在的態度以及實行一種「快樂的節制」的藝術。顯然，關懷自身的宗旨就是使自身實現自由的愉悅，使自身很自然地掌握滿足快感的分寸和方式。生存美學雖然強調生活的審美價值，但在任何時候都不能將生存美學理解為只是單純地追求美、快樂和放縱慾望。生存美學不是停留在普通人的美醜標準、而一般地講究美和漂亮，也不是像傳統美學那樣只是強調固定模式化的「一與多的和諧統一」，同樣也不是當代消費社會中流行的時尚文化所鼓吹的那種商業化的、含有濃厚急功近利特徵的「行樂」實踐，而是重視個人自身的精神思想境界和生活風格，強調自身的自然從容的生活態度和豪邁優雅的氣質，重視身心共同全面昇華超越的生活技藝。所以，生存美學所追求的生存美，是具有崇高審美價值和自由理念的審美實踐。生存美學的實踐，不會、也不應該同他人的愜意關係相對立；同時，審美的生存實踐是既有適當的節制、又不歸結為禁欲主義的審美快感自由。從古希臘時期就開始，生存美學總是很明確地從關懷自身出發，同時又強調關懷自身的自然性和藝術性，一方面使生活美化成為個人實現審美快感的過程，另一方面又指出慾望快感滿足的節制藝術，使慾望快感的滿足不淪落為庸俗的縱欲主義或只顧滿足個人肉欲的色情狂。正是從這個意義上說，生存美學也就是一種關於自身慾望的倫理學。

　　為什麼既要實現個人自身的慾望審美快感，又要講究實現快感的藝術和技巧？傅

科引用塞涅卡和穆索尼烏斯・呂福斯（Musonius Rufus）等人的生存美學論述時，特別注意到他們關於快感滿足與自我節制的自然關係的觀點（Foucault, 2001: 407-412）。穆索尼烏斯・呂福斯說，身體的實踐不應該脫離哲學思想練習；反過來，哲學實踐也不應忽視身體。固然，身體同精神和思想相比，歸根結底，是不重要的，因為它畢竟只是一個工具（instrument），一種為精神和思想審美境界的塑造而服務的工具，因此，身體的道德原則應該為生活的行為服務（les vertus du corps doivent bien se servir pour les actions de la vie）。但是，為了使生活行為本身變成為主動和積極的，為了使精神和思想的修養和陶冶能夠使自身稱心如意，就必須實行一種身體的倫理。根據這個身體的倫理，一個人必須關心身體本身，但應該讓身體也納入整體的「苦行的」（ascétique）生活實踐原則。也就是說，身體的節制、練習和「苦行」，必須與精神思想方面的節制、練習和「苦行」同時並進。在穆索尼烏斯・呂福斯的著作中，反覆強調身體和精神兩方面的節制和「苦行」的必要性、自然性和審美性。穆索尼烏斯・呂福斯指出：心靈與身體的雙重艱苦嚴格的訓練，具有兩大目標。第一，是訓練和增強勇氣（andrea; courage）。所謂勇氣，指的是抵禦外來事件對於身體和精神的干預，培養堅持不渝的頑強精神和生活風格；面對外來衝擊、險情、醜惡和不幸事件時，處驚不變，面不改色和輕鬆自如地處理各種困難和危機，。第二，打造、培養和加強自我節制的能力（sôphrosunê; la capacité à se modérer soi-même）。換句話說，前者是為了對付外來干預和困擾，後者是為了對付和處理自身內部的各種不安、困擾和驚慌失措，以便輕鬆自如地和坦然瀟灑地控制和駕馭自身的身體和精神兩方面。這種對自身的自我節制的生活方式和道德原則，本來早在柏拉圖那裡就已經闡明瞭。柏拉圖曾經用 egkrateia 這個希臘字表示「駕馭自身」（maîtrise de soi-même）。但柏拉圖只是在目的方面和穆索尼烏斯・呂福斯相同，但在性質上則完全不同。另外，穆索尼烏斯・呂福斯還很生動地指出：如果一個人只知道自己不應該被慾望快感所征服，而並不知道抵禦或攻擊慾望快感，那麼，他就不會真正懂得節制的藝術；同樣，如果一個人只知道應該熱愛平等，但並不知道迴避貪婪，那麼，他就不會真正懂得正義（Foucault, 2001: 417）。也就是說，如果只懂得滿足快感的快樂，而不懂得節制快感也是快樂的話，那麼，就不能算是真正懂得生存審美的愜意性。因此傅科曾經把生存美學稱為「**關於自身的倫理學**」（l'éthique de soi）（Foucault, 1994: IV, 697-698; 706-708）。

傅科的道德系譜學，本來就是探討作為倫理行為的主體的歷史形成過程。在這

裡，人的慾望是作為倫理問題而提出的（Foucault, 1994: IV, 397）。也許，有人以為，傳統倫理學也把慾望問題納入它的探討範圍。傅科認為，從慾望系譜學和慾望倫理學到生存美學，並沒有絕對的鴻溝；兩者是緊密相通的。但是，傅科的「關於自身的倫理學」，完全不同於傳統道德，它並非探討約束自身的規範，而是研究關懷自身的自身同他人的關係；如果說，傳統倫理學試圖用倫理學和道德規範來約束慾望，那麼，傅科的倫理學則是為了把慾望問題提升到審美的視域，使得審美實踐成為自身掌控慾望自由的快感滿足過程。關懷自身的過程，必須同時貫徹「傾聽」（écoute）他人的藝術（Foucault, 2001: 315-318）。傾聽他人本身是為了更好地關懷自身。所以，傅科關於自身的倫理學，是從關懷自身出發，又回歸到自身。

傅科指出，道德，就其廣義而言，包含著兩個面向。第一個面向，就是注重於探討道德規範及其實施規則，而另一個面向是傾向於倫理學的理論研究。根據第一個面向，人的主體化過程必須嚴格按照法規進行，使主體協調同法律的關係，達到主體言行同法制的一致性。根據第二個面向，主體化的過程主要是集中關切主體化的形式和「自身的技術」的形式（Foucault, 1984a: 37）。

在古希臘時期，從柏拉圖的〈共和國〉和〈法律〉兩篇對話錄來看，道德的意涵更多地強調它在生活風格方面的要求，很少提及道德規範所提出的行為模式，因而也並沒有過分地強調道德對於言行動約束性。也就是說，古希臘的哲學家還是更多地注重道德的風格和氣質，比後來的基督教道德較少教條化（Foucault, 1984a: 155）。所以，西方的道德在希臘時期，主要是注重於探討道德主體的生存美學實踐，更多地注意自身的道德修養和生活風格的美化，使自身首先關注於自身的生活技巧和實踐智慧，因而使自身有資格成為探索真理的主體。只是到了基督教文化興盛之後，道德就逐漸成為管束自身的規範，要求自身首先把自身管教成為禁欲主義的主體和墨守教規的主體。正因為這樣，傅科的道德系譜學也稱為慾望系譜學，將慾望當成倫理問題來探討（Foucault, 1994: IV, 397）；而在傅科的性史研究中，這一部分就是被題名為〈慾望的運用〉的《性史》第二卷。

對於傅科來說，研究和探討性的問題，最初是為了從社會文化總體及其與道德、權力的複雜關係出發，揭示身體和性的因素介入權力鬥爭的機制；接著，當傅科集中探討生存美學時，他才更明確地從審美生存的觀點，探討身體和性的藝術，使之成為整個生活藝術的一個重要組成部分（Foucault, 1994: IV, 384）。通過對於性的探討，

傅科試圖尋求建構一個真正關懷自身的主體的生存美學，以便實現以自身的最高自由為基礎的主體化過程，將自身陶冶成為善於駕馭自己的生存歷程的創造者。所以，性愛快感藝術和美學，其關鍵，不是單純地為了滿足於對自身慾望的詮釋（une herméneutique du désir），而是真正實現對自身的各種快感的掌控自由（une maitrise des plaisirs）。正是在這個意義上說，生存美學又是一種「快感愉悅的道德」（une morale de plaisir）（Foucault, 1994: IV, 388）。也正因為這樣，傅科對於同性戀（Homosexuel）、少年戀（l'amour des garcons）、異性戀等問題的觀察研究，都是在關於快感滿足的道德和倫理學的範疇範圍內進行（Foucault, 1994: IV, 388-389）。本來，傅科的道德系譜學，就是作為倫理問題的慾望的系譜學來開展的（Foucault, 1994: IV, 397）。

1983 年，在回答德雷弗斯等人的問題時，傅科指出：他的《性史》第二卷是一本關於道德的書，因為它試圖探索「我們今天是否還有可能建構一種有關慾望的倫理學，以便探討我們自身的行為及慾望快感滿足同他人的關係」，同時還要探討「他人的慾望快感，無需考慮法制、婚姻以及其他許多問題，是否可以包括在我們自身的快感之中」（Ibid.: 388）。由此可見，當傅科將慾望問題納入倫理學範圍之內時，他所說的，已經不是傳統意義上的道德，而是屬於關懷自身的生存美學的一部分，他稱之為「倫理學的系譜學」（la généalogie de l'éthique）；其研究領域，包含三大方面：(1)關於我們自身同真理的關係的歷史存在論，以便使我們建構成為知識的主體；(2)關於我們自身同權力的關係的歷史存在論，以便使我們建構成為對他人行動的主體；(3)關於我們自身同道德的關係的歷史存在論，以便使我們自身建構成為倫理施為者（agents éthiques）（1994: IV, 393）。

同時，傅科在 1981 年 1 月 28 日的法蘭西學院課程中也強調：在他的《性史》第二卷〈愉悅的運用〉一書中，已經很明確地集中論述了希臘人「關於達到慾望滿足的歷史經驗」（aphrodisia）的性質及其文化意義（Foucault, 1984a: 47-62）。Aphrodisia 的希臘原文，本來表示「經驗」或「歷史經驗」，特別是關於慾望滿足、愜意和愉悅的經驗（expérience des plaisirs）。希臘人關於滿足快感的經驗，襯托出當時西方人的特殊生活方式和生存美學，是建立在滿足自身的性及慾望快感的基礎上，並由此出發，他們建構自己在認知、道德倫理、美的鑒賞以及生存實踐中的主體性。傅科由此判斷：古希臘人關於性及慾望快感的歷史經驗的總結，就是古代道德的倫理學基礎

（les aphrodisia sont désignes comme la substance éthique de la morale antique）（Foucault, 2001: 21）。由此可見，古希臘人所理解的主體性及其與真理的相互關係，是建立在他們所嚮往和親自實踐的生存美學的基礎上。

　　傅科顯然通過他自己的道德系譜學以及生存美學的研究，將傳統的道德徹底改造成為一種以「關懷自身」為宗旨的「慾望倫理學」，並使之直接隸屬於他所建構的生存美學。在這種情況下，屬於生存美學的倫理學，只是為實現關懷自身的目的而建構起來，它雖然也討論自身與他人的關係，但它不再考慮法制和其他規範的約束，而是只探索一種有利於發揮自身的行動和慾望快感的自由的倫理學，因為傅科認為，真正的倫理學應該有助於人的自由，同時也應該是生存美學的一個領域。

　　在柏拉圖學派中，關於他人的問題，是同樹立自身的主體性的問題密切相關。在柏拉圖的對話中，傅科發現了三種類型的方案，作為正確處理自身與他人的相互關係的指導原則（Foucault, 2001: 123; 168-169）。

　　關懷自身同關懷他人的關係是通過一系列不停頓的「轉向自身」的技術來調整和協調的。關懷自身本身是不斷的轉向自身的過程。為了關懷自身，總必須關懷他人。但是，在關懷他人的時候，仍然要把注意力放在自身；這就是說，要時時注意「轉向自身」。歸根結底，關懷他人是為了完全實現關懷自身的目的。

關懷自身的宗旨是實現自身的自由

　　生存美學也就是自由的實踐。1984 年年初，傅科在他同貝克等人（H. Becker, R. Forner-Betancourt, A. Gomez-Müller）的對話中，直接地把關懷自身的生存美學當成倫理學，並說實現對於自身的關懷就是「自由的實踐」（l'éthique de souci de soi comme pratique de la liberté）（Foucault, 1994: IV, 708）。關懷自身同巧妙處置與他人的關係，本來是同一個「自身的技術」的兩大緊密不可分割的方面。關懷自身的實踐要成為一種自由的生活方式，就不能迴避與他人的關係。關鍵並不在於要不要關懷他人，而是如何藝術地解決這個帶有倫理道德意義的他人問題。

　　自由意味著自身成為了其自身生存的主人，或者說，自身成為自由掌控其慾望的審美實踐者。關懷自身並不是權宜之計，而是一輩子都要堅持、貫徹和不斷更新的過程。人生就好像在漫漫長途中駕船遠航一樣。要不斷地轉向，但又必須不斷地回歸到一定的方向。在生存美學中，生存的航向是指向自身的自由。

第 9 章

生存美學的理論淵源

近代關於美的概念，主要來自康德和黑格爾的美學。但是，生存美學的基本理論，主要是吸收了古希臘時期早已存在、並在基督教道德中繼續延伸的「**自身的技術**」（technologies de soi）。到了文藝復興時期，生存美學也隨著古希臘文化的重生和更新，在一部分思想家中間傳佈開來。德國文化史專家布克哈特（Jakob Burckhardt, 1818-1897）是第一位系統研究文藝復興時期生存美學的西方思想家。在這個意義上說，布克哈特是現代生存美學理論典範轉換過程的一位重要關鍵人物（Foucault, 1994: IV, 630）。

十九世紀中葉之後，當西方「現代性」和現代文化發展到新的轉折時刻，是尼采和一系列現代派作家們，首先改造和貫徹了生存美學的生活原則及藝術風格。

所以，正如傅科所一再地指出的，生存美學本來已經早在古希臘就存在，並被當時具有實踐智慧的人所履行貫徹，成為了當時有識之士尋求自身幸福生活方式的指導原則。這種生存美學的基本宗旨，就是為自身尋求生活的快樂和愉悅，達到人自身在肉體、情感和精神上的滿足和昇華，以便在現實社會生活中，實現自身在精神和肉體兩方面的自由幸福。在這個意義上說，生存美學不同於傳統美學的最主要的特徵，就在於它把審美重點，從藝術美的鑒賞，轉向人的生存方式和生活風格。傳統美學主要是探討藝術創作中的審美過程及審美經驗；它雖然也注意到人類生活同審美過程和審美經驗的關係，但並沒有把生活本身當成審美活動的主要場所及研究對象。

根據傅科的研究結果，西方人從西元前五世紀到西元五世紀期間，在將近一千多年的歷史發展過程中，始終都把「關懷自身」當作思考和生活的中心。但後來，隨著基督教道德倫理體系及生活方式的改造，再經過啟蒙運動近代理性主義和科學技術主義的薰染，它才逐漸地從西方人的生活方式和思想活動中被淡化、甚至被排除出去

（Foucault, 2001: 13）。

在古希臘，生存美學就是一種**實踐智慧**（phronesis），它就是美好的生活本身。當一個人能夠在其實際生活中，在他的各種具體活動中，自然地實現實踐智慧的時候，他的生活本身就展現和體現了生存美學的原則。如果說生存美學的核心是關懷自身的話，那麼，關懷自身的關鍵就是實踐智慧。生活得有智慧，就是生活在美的境界中。

所以，生存美學和實踐智慧一樣，它並不只是追求個人幸福的手段而已，它是最有實踐智慧的人的實際生活本身；在這個意義上說，生存美學不是手段，而是目的本身；是人作為一種特殊的生存物，將其自身的存在視為目的自身的自然豁達的生活藝術。

亞里斯多德吸收、並改造蘇格拉底和柏拉圖的實踐智慧概念，使它更接近後來傅科所採納的生存美學的意義。傅科在他的《性史》三大卷中，系統地考察了古希臘有識之士所履行的生存美學，認為它是同柏拉圖和亞里斯多德所說的實踐智慧有許多共同之處。同樣的，傅科在他的 1982 年度法蘭西學院的課程大綱中，也深入研究和分析柏拉圖到亞里斯多德的實踐智慧概念，把它同「自身的實踐」或「自身的技術」聯繫在一起。這樣的實踐智慧，是引導人們生存處世的生活藝術和技巧，它引導人恰當地發揮自身的能力，又恰當地利用各種科學知識，並正確把握知識運用的善的目的，使自己的生活達到盡可能完美的程度，同時以又以睿智和寬宏大度善待他人。對於一個人來說，達到實踐智慧並不容易，因為它所面對的，是最靈活、最複雜和最善於變通處世的人以及由人的生命活動而建構的生活世界。所以，實踐智慧要求人們不僅把握世界的一般規律和普遍性質，而且，尤其要求精通各種各樣個別的和具體的事物。為此，人們要累積豐富的經驗，善於總結和反思各種具體的經驗，並盡可能體驗那些超越普通生活極限之外的奇特而神祕的經驗。

生存美學在古希臘時期的興起，並不是偶然的。這首先同當時的社會文化生活環境及條件有密切關係；而且，生存美學實際上也是古希臘文化思想傳統的一個組成部分。早在古希臘的神話傳說和荷馬史詩時代，關懷自身的原則，就已經隨同古希臘人的生活方式、宗教禮儀及實際經驗的積累而形成，並不斷地流傳下來。

從西元前六世紀開始，希臘經濟發展迅速，政治上又創立了充滿民主共和精神的城邦制。在文化上，希臘哲學、藝術和自然科學也都取得了輝煌的成果。生活在西元

前六世紀的數學家畢達哥拉斯，曾經明確提出「關懷自身」的原則。與他同時代及其後的哲學家們，也在他們的著作中，以不同的形式探討了關懷自身的問題。

西元前五至三世紀，是希臘城邦政治及古典民主社會制度的黃金時代。政治、經濟、文化和社會生活的繁榮，使當時上層分子有閑暇豐裕的條件，創造、並享受一種優裕高尚的生活方式。從柏拉圖的《對話錄》和同期著名哲學家的著作中，可以看出當時希臘奴隸主階層的優裕自得的生活方式。這種生活方式的特徵，就是在物質、肉體及精神、文化兩方面的兼顧關照和協調平衡。人們不只是在實際生活中盡可能實現自身慾望快感的滿足，而且，還有相當多的時間和機會相互切磋和討論文化問題，試圖不斷地提升和美化現存的生活方式。古代生存美學就是在這種情況下產生和漫延開來。

但是，只有到了羅馬帝國統治希臘的時候，由於希臘城邦的衰落及悲觀主義、虛無主義和各種無政府主義思潮的氾濫，才促使關懷自身的原則發生新的變化，並迅速地演變成為人們的生活方式的指導原則。具體地說，大約西元前二世紀至一世紀，在政治上，正是由朱利亞和克勞丁統治的奧古斯特王朝（la dynastie augustéenne）到安東寧統治末期；在哲學上，正是從斯多葛學派氾濫及興盛的時代，也是基督教文化逐漸取代古希臘文化的轉折時期。這是關懷自身原則興盛的「黃金時代」（l'âge d'or du souci de soi）（Foucault, 2001: 79）。

蘇格拉底和柏拉圖

傅科在其研究中發現，早在西元前六世紀至五世紀左右，生存美學的基本原則就已經成為希臘著名哲學家們的論述主題（Foucault, 1994:IV, 353; 2001: 4-8）。這一發現表明：古希臘哲學家們不但對宇宙的生成、演化及其本質，對人的認識活動及其認識論意義，有廣泛而深刻的探討，而且，也對人生及倫理問題深為關心，對生活的藝術、生存美學和精神心靈方面的修煉及反省，深感興趣。

關懷自身的原則，作為人生的基本指導原則，在蘇格拉底和柏拉圖的思想和著作中，主要有兩種版本：一是在柏拉圖《對話錄》的〈蘇格拉底辯護篇〉（Apologies），另一篇是〈阿爾西比亞德篇〉（Alcibiade）。兩種版本只是在內容方面有一定程度的差異，但兩篇都很重視「關懷自身」的原則，並把它們置於「認識你自己」的原則之上。

　　要瞭解〈蘇格拉底辯護篇〉的基本觀點，必須首先大致瞭解蘇格拉底本人的生活經歷及其政治立場。蘇格拉底生活在五世紀至四世紀末，曾經求教於阿那克薩哥拉（Anaxagoras, 500-428B.C.）及其他「智者」，並對他們的思想觀點進行嚴厲的批判。這位哲學家自稱繼承了母親的「接產婆」技巧，只是他所從事的，並不是做人體的接產婆，而是「精神的接產婆」。蘇格拉底參加過征討柏狄德（Potidaia）的戰役，並在戰鬥中拯救了阿爾西比亞德（Alcibiade, 450-404 B.C.）。在「三十位執政官」專制統治雅典時期，蘇格拉底曾經勇敢地捍衛了受迫害的民主派人士沙拉敏（Léon de Sala-mine）的正當權利。據柏拉圖《對話錄》〈斐多篇〉（Phédon）說，正是為了培養自己的忍耐性格，蘇格拉底才決定娶一位能言善辯的悍婦珊狄帕（Xanthippe, 約西元前五世紀至四世紀）為妻。西元前 399 年，統治者安尼杜（Anytos, 西元前六世紀）、美利杜（Mélitos, 西元前六世紀）及李肯（Lycon, 西元前六世紀），藉口蘇格拉底犯有「毒害青年」之罪、而將蘇格拉底關進監獄時，他的學生們爭相探望，並在獄中繼續受教於蘇格拉底，而珊狄帕只會哭泣，令蘇格拉底討厭。為了顯示自己的正義立場及勇敢精神，使自己同學生的對話不受干擾，蘇格拉底臨死飲毒芹液前，決定休妻。對蘇格拉底來說，對他的學生阿爾西比亞德、斐多（Phédon, 西元前六世紀）和阿里斯狄波（Aristippe, 西元前六世紀左右）等人的教育，比他同妻子及家人的關係更重要，因為他們將身負領導雅典城邦民主政治的重任。這就是說，蘇格拉底以身作則，用實際行動，向他的學生表明：教育是從事良好的政治工作的前提；把教育放在首位，就是貫徹「關懷自身」原則的重要表現。意味深長的是，早在西元前 427 年，痛恨詭辯術的著名詩人和喜劇作家阿里斯多芬（Aristophane, 450-386 B.C.），就已經在他的《烏雲群》（Les Nuées, 423 B.C.）和其他劇本（如《馬》、《青蛙》、《馬蜂》等）中，以上述同樣罪名譴責蘇格拉底。但蘇格拉底的學生塞諾芬（Xénophone）和柏拉圖的〈蘇格拉底辯護篇〉，卻以大量事實證明蘇格拉底的清白和智慧，維護蘇格拉底的信譽。柏拉圖還在他的其他對話錄中，特別是〈克利杜篇〉（Criton）、〈斐多篇〉（Phédon）、〈會飲篇〉（Le Banquet）及〈狄埃泰特篇〉（Théétète）等著作中，稱頌蘇格拉底為「一代思想宗師」和「哲學之父」，讚揚他善於利用諷諭、「精神助產術」及提問藝術，引導思維活動的深入展開。

　　傅科指出：在柏拉圖《對話錄》〈蘇格拉底辯護篇〉中，蘇格拉底在審判他的法官面前，表現出「關懷自身的思想大師」的風範和氣質（Foucault, 1994: IV, 353-365;

2001: 473-485）。

就在這篇〈蘇格拉底辯護篇〉中，顯示蘇格拉底時時處處訊問和提醒人們：你們關心自己的財產、信譽和榮耀，但你們尤其要關注自身的德性與心靈，要特別關心自身精神美的的培養、薰陶及教育。蘇格拉底自認是天上之神委派到世間的智者，當仁不讓地充當一位告誡人們要「關懷自身」的思想家。他行走在街頭，同人們對話，不畏艱難和耐心地教育雅典市民，要求他們務必把「關懷自身」列為首要任務。對於蘇格拉底來說，弘揚「關懷自身」，沒有別的目的，其本身就是高於一切的目的本身。蘇格拉底說，只要他活著一天，只要他一息尚存，他就要堅持從事這一神聖的弘道任務。為了完成這一使命，他不求任何報償，也不計任何代價。蘇格拉底一生中，不追求高官厚祿，無意權尊勢重，不稀罕財富和其他物質利益，據他自己辯護說，他純粹就是為了完成神賦予他的使命，即喚醒雅典人，勸導人們「關懷自身」（Plato, 1920: 159, 31a）。

蘇格拉底一再地宣稱，只有依據「關懷自身」的原則，才能拯救和復興雅典民主制，才能使雅典城邦市民過著幸福繁榮的生活。關懷自身，就意味著關懷城邦的命運，關懷城邦的政權制度的合理性及其健康運作。關懷自身，就意味著雅典公民人人都是自己和城邦的主人；既關切自身的快感滿足，又同「他人」保持深切的友情。蘇格拉底宣稱，實現「關懷自身」的原則，比取得奧林匹克運動會的勝利還更重要，因為它關係到雅典的命運及整個雅典市民的幸福。在蘇格拉底看來，與其教育雅典人關懷自身的財產，不如教導他們關懷自身；與其教育雅典人關懷他們自己的物質財富及物質活動，不如教導他們關懷城邦本身的命運。蘇格拉底甚至還對法官們說，與其判他個人的罪，不如為蘇格拉底宣揚「關懷自身」原則而給予他合理的補償（Plato, Apologies, 1925:157-166）。顯然，在〈蘇格拉底辯護篇〉中，蘇格拉底本人就是「關懷自身」原則的化身和貫徹典範。

在柏拉圖的另一篇對話錄〈阿爾西比亞德篇〉（Alcibiade）中，關懷自身的原則以另一種更系統的形式，表現出來。關於〈阿爾西比亞德篇〉，在西方哲學史上，曾經就它的真實性問題爭論不休。最早的時候，是施萊爾馬赫（Friedrich Ernst Daniel Schleiermacher, 1768-1834），在十九世紀初，認為它並不是蘇格拉底或柏拉圖的原著，而是柏拉圖學園的某一位成員的作品。此後，也有一大批英美和德國學者否認它的真實性。只有法國學者，其中包括克魯亞瑟（M. Croiset）、羅賓（L. Robin）、哥

爾德斯密（V. Goldschmidt）及維爾（R. Weil）等人，都確認它是柏拉圖的《對話錄》的一個組成部分，並符合蘇格拉底的思想。近年來，又有一批法國學者，如布利森（L. Brisson）、布倫史維克（J. Brunschwig）及迪蘇（M. Dixsaut）等，再次質疑〈阿爾西比亞德篇〉的真實性。但法國著名哲學史家布拉多（Jean-François Pradeau）在其最近著作《阿爾西比亞德篇導引》中，以大量資料及分析，證實〈阿爾西比亞德篇〉的真實性，強調它符合蘇格拉底的思想（Pradeau, 1999:24-29; 219-220）。

　　〈阿爾西比亞德篇〉所探討的關懷自身原則，當然涉及到篇中的主人公阿爾西比亞德本人及其歷史。這篇對話錄的時代背景是西元前五世紀的古希臘。當時，雅典城內的顯貴阿爾克苗尼德（Alkmeônidai）家族，已經連續出現了著名政治家和軍事家阿爾西比亞德（Alcibiade, 450-404 B.C.）、克里斯甸（Clisthène, 西元前六世紀下半葉左右）和樸里克列（Périclès, 495-429 B.C.）等人。蘇格拉底，作為古希臘思想成熟時期的哲學家，作為雅典城邦民主制的鼓吹者和捍衛者，成為了阿爾西比亞德的老師。在他同阿爾西比亞德的討論對話中，蘇格拉底詳細地探討了「關懷自身」這個生存美學的核心問題。

　　傅科指出，在那個時代，「關懷自身」尚未作為重要信條而被希臘哲學家和知識分子所討論；這個原則只是作為一種傳統而流傳在希臘社會中。而在希臘的斯巴達克地區，「關懷自身」是作為顯示社會特權地位的象徵而流傳。所以，蘇格拉底在同阿爾西比亞德的對話中，首先把「關懷自身」當成斯巴達克傳統，並提醒阿爾西比亞德注意「關懷自身」原則的深遠意義。

　　蘇格拉底根據阿爾西比亞德的經歷特徵及其政治抱負，強調掌握和執行「關懷自身」原則的重要性。蘇格拉底根據荷馬史詩關於英雄阿奇力（Achille）的命運的傳說，要阿爾西比亞德在「過一種不光彩的生活」與「現在就死」之間，做出選擇。阿爾西比亞德毫不猶疑地回答說，如果他不能過一種比現在更光彩的生活，他寧願「現在就死」（Platon, 1920: 60-63）。阿爾西比亞德本來已經享有令人羨慕的顯貴生活，但他寧願「現在就死」，也不願意滿足於他已獲得的特權地位；他所嚮往的生活，就是獲得更大的榮耀，並掌握雅典政治實權，成為雅典的領袖。阿爾西比亞德的上述答覆，更加突出了他在政治上的雄心勃勃的野心及其堅毅的性格。顯然，蘇格拉底通過這對話，試圖引導阿爾西比亞德看出他自身的弱點，使他自己明白：作為一位稱職的賢慧的統治者，必須首先關懷城邦及其子民的命運，關懷他們的生活，並使城邦市民

自己也像他那樣，個個成為關懷自身的名副其實的雅典公民。蘇格拉底以循循善誘的方式，教導阿爾西比亞德必須首先以「關懷自身」的原則，作為自己生活、思想和教育的指導思想，首先關照自己的靈魂、心靈及精神方面的修養，關照自己的教育，以及關照自己的思想模式和生活風格的培養。

阿爾西比亞德的父親原屬於歐巴特立德（Eupatride）顯赫家族，不但擁有希臘半島東南端阿狄克地區的遼闊土地，而且直到西元前 594 年梭倫改革以前，還長期控制和壟斷過雅典政權。阿爾西比亞德的母親是斯巴達克貴族，也長期影響著斯巴達克政治生活的命運。在父母雙亡之後，阿爾西比亞德由他的叔叔撲里克列扶養長大。撲里克列本人是雅典大將軍珊狄普斯（Xanthippos, 西元前五世紀左右）的兒子，也是著名的哲學家阿那克薩哥拉（Anaxagoras, 500-428 B.C.）和芝諾（Zenon, 490-485 B.C.）的學生。因此，就阿爾西比亞德家族的特權勢力以及阿爾西比亞德個人的才智而言，他現在的生活狀況，已經足夠使他保持優裕舒適的生活。此外，阿爾西比亞德還有既健壯、又富有魅力的身體。據說，阿爾西比亞德的健美體魄曾經引起雅典人的普遍羨慕和稱讚。正因為這樣，阿爾西比亞德有很多崇拜者、追隨者和愛慕者。他有很多朋友，有廣泛而親密的社會關係網絡。儘管如此，阿爾西比亞德仍然不滿足，因為他有更高的理想和更大的野心，他要使自己成為雅典的統治者，並使自己獲得更多的權勢，使自己提升到更高的社會地位。就是針對這種狀況，蘇格拉底認為，有必要以神的名義，使阿爾西比亞德明白，如果要統治城邦，阿爾西比亞德就必須首先關懷自身，把注意力轉向自身，瞭解自己，認識自己。蘇格拉底指出，在瞭解自己之前，沒有資格談論政權問題，沒有資格進入政界。為此，蘇格拉底指出，阿爾西比亞德在奪取雅典政權、登上最高權力寶座的征途上，將面對兩種類型的對手。一種是城邦內的競爭對手，因為除了他以外，還有其他人也試圖統治雅典；另一種是城邦外的波斯和斯巴達克，它們都同雅典爭奪霸權。因此，蘇格拉底說，阿爾西比亞德至少在兩方面，面臨挑戰：一方面是財富，另一方面是教育程度及其質量。蘇格拉底對阿爾西比亞德說，在財富方面，你遠遠不如你的敵人波斯王；而在教育方面，你也不如你的對手斯巴達克。蘇格拉底說，斯巴達克的教育，很注重人的儀表體態及風格，還要求人們在心靈方面要寬宏豁達和深謀遠慮，培養大無畏的勇氣和堅毅沈著的忍耐心，獎勵青年人進行堅苦的訓練，鼓舞他們爭奪戰鬥的勝利。蘇格拉底還說，波斯的教育也同樣很成功，波斯人尤其重視對國王及年輕的王子的教育。據說在波斯，國王和每個王

子都配備了四位教授，一位專教智慧（sophia; la sagesse），第二位負責法制方面的正
義教育（dikaiosunê; la justice），第三位專教節制（sôphrosunê; tempérance）；第四位
負責勇氣（andreia; le courage）的培養。蘇格拉底指出，同波斯和斯巴達克相比，雅
典的教育制度以及阿爾西比亞德本人所受到的教育，都有待努力改善和提升。蘇格拉
底特別對阿爾西比亞德說，在你的父母雙亡之後，你是由你的義父和叔叔柏里克列來
教育；柏里克列雖然是強人，有很大的權勢，可是，柏里克列在教育方面，既不是專
家，又不懂發揮優秀的教育家的才能。正因為這樣，就連柏里克列的兩位親生兒子，
都沒有教好，更不用說阿爾西比亞德。而且，柏里克列只是委託一位叫卓比爾（Zopire
de Thrace）的家奴，負責管教阿爾西比亞德。蘇格拉底說，這位老奴隸根本沒有向阿
爾西比亞德教育任何有益的知識。因此，阿爾西比亞德必須接受更嚴謹的教育。蘇格
拉底警告阿爾西比亞德：為了成功進入政界，掌握雅典政權，領導雅典城邦戰勝內外
敵人，你，阿爾西比亞德，必須冷靜地反思，認真地思考，做各方面的比較，清醒地
意識到自己的弱點和今後的努力方向，特別注意在財富和教育方面所應該達到的目
標。蘇格拉底說，你，阿爾西比亞德必須首先認識你自己（gnôthi seauton）！蘇格拉
底在這裡明確地引用了德爾菲神殿門匾上的箴言：「認識你自己」。但是，值得注意
的是，蘇格拉底在引用德爾菲神殿的箴言時，他的真正用意，是為了讓阿爾西比亞德
反思自身，把注意力轉向自己（eis heauton epistrophein），首先實現對自己的身體、
靈魂、生活風格、教育以及工作能力的檢查和反省；在此基礎上，再同自己的敵人做
比較，以便瞭解自己的弱點，針對自身的弱點，進行自我改造和自我教育，採取必要
措施和巧妙的方法，克服自身的弱點，加強自身的實力。蘇格拉底接著指出，你的弱
點，並不只是在財富和教育方面不如敵手，而且，還在於你沒有能力以知識和技藝
（tekhnê）方面的優勢，來補償和彌補你的弱點。可是，知識和技藝，是唯一可以戰
勝你的敵手，壓倒你敵手的優點的決定性因素。由此可見，在蘇格拉底的「精神助產
術」中，已經很明確地強調了知識和技藝的重要性，表明蘇格拉底並不同意只是從理
論上，而且還要在實踐方面，提升人的知識能力。也就是說，知識並不只是抽象的概
念的堆砌，也不只是邏輯的結構，而是包含實踐的因素，包含知識形成過程中的經
驗，包含知識運用中的實際技巧、方法和風格。在這個意義上說，關懷自身，就是首
先瞭解自己認識自己的程度和能力，檢查自己對自身的知識。而在這方面，正如前面
一再地指出的，包含著理論和實踐之間的互相聯繫、又相互補充的關係。技藝和技

巧，是實踐面向的重要部分，而且也比理論層面更加艱難和更加複雜，因為它包含許多必須在實踐過程中才能體會和把握的因素。關懷自身，作為一種生活技藝，只有在實踐中，在實際生活中，才能真正把握和訓練。所以，蘇格拉底告誡阿爾西比亞德，要細心和堅定地觀察自己的各個方面，對自己的知識、經驗和生活閱歷，有清醒的認識，準確惦量、斟酌和拿捏自身的實力，並同自己的對手做比較，明確自己的努力方向。

總之，在柏拉圖的〈阿爾西比亞德篇〉對話錄中，關懷自身原則首先是緊密地同從事政治鬥爭和掌握政權的事業相聯繫；甚至可以說，關懷自身是掌握和運用政權的一個先決條件。凡是想要使自己成為統治者的人，首先必須對自己實行關懷自身的原則。所以，關懷自身，就意味著考察、檢查、反省和提升自己的掌握權力及運用權力的能力，瞭解自己的權力鬥爭策略和技巧的熟練性。其次，關懷自身意味著注重自身的教育，提升自身的教育水準，使自己通過教育過程，獲得盡可能多的知識，同時也進一步清醒地注意到自身的精神心靈方面的培訓和陶冶。所以，關懷自身，就是要關懷自己的教育程度及其內容，瞭解自己所受的教育的特點及其弱點，瞭解今後受教育的重點及方向。同時，關懷自身也意味著關懷整個教育事業，把教育當成正確處理自身與他人關係的要素。第三，關懷自身原則直接地與「認識你自己」的箴言相聯繫。關懷自身的首要步驟，就是認識自己，把認識的注意力轉向自身。因此，認識自己，就其原本意義而言，就是「關懷自身」的基本原則的直接表現，也是「關懷自身」原則的附屬內容。因此，即使在柏拉圖學派的時代，關懷自身並非首先從認識論的角度，也並非為了將「認識自己」列為生存的出發點；認識自身之所以重要，正是為了更好地實現關懷自身的原則。

但是，傅科並不否認，在柏拉圖學派同希臘化時代的昔尼克學派、伊比鳩魯學派和斯多葛學派之間，就關懷自身的問題，存在著很大的分歧。主要的分歧，就在於如何將關懷自身的原則，同追求真理的主體性的建構聯繫在一起。

除此之外，對於關懷自身的具體技術、技巧和程式，柏拉圖學派同希臘化時代的哲學家們也有很大的區別。由於柏拉圖學派屬於觀念論系統，所以，他們所強調的「自身的技術」和「自身的實踐」都嚴格地立足於對於自身心靈和靈魂的關照的基礎上。為此，柏拉圖學派總結了許多關照和維護靈魂以及修養心靈的具體方法和技術（Foucault, 2001: 49）。

　　總之，按照傅科的看法，柏拉圖學派的關懷自身原則，具有以下三大特點。第
一，柏拉圖學派認為，之所以要強調關懷自身，就是因為人是無知的；關懷自身正是
為了知道自己無知，而知道自己無知，是人生在世的最重要的知識。在〈阿爾西比亞
德篇〉中，蘇格拉底一再地提醒阿爾西比亞德：不論對於自己要進行統治的雅典公
民，還是對於自己的政敵而言，阿爾西比亞德都是很無知；他既不知道雅典人想什麼
和怎樣生活，也不知道他的那些政治對手究竟抱有什麼企圖，他們究竟準備怎樣進行
政治鬥爭。要害就在於：在同蘇格拉底對話的開端，阿爾西比亞德並不知道自己的無
知。無知本身已經很危險；不知道自己無知，對於試圖從事政治活動的人來說，就比
無知本身更有害。經蘇格拉底引導，阿爾西比亞德才終於知道自己的無知。所以，對
於自己的無知的無知以及發現自己的無知，都說明瞭關懷自身的重要性。第二，在柏
拉圖學派看來，一旦人們真正瞭解自己的無知，就必須毫不動搖地首先認識自己。因
此，柏拉圖學派把關照自身的實施過程，同認識自己的過程同一起來：關懷自身，首
先就是通過對於自身心靈的關懷而實現；關懷自身是為了更好地認識自身；而認識自
身就是關懷自身的最重要的內容。柏拉圖學派特別重視對於自身心靈和靈魂的關懷；
關於這一點，特別地同希臘化時代的思想家們相區別。柏拉圖學派為此強調：關懷自
身的心靈，正是為了關懷作為追求真理主體的靈魂，而這是同其他類型的關懷活動有
根本區別。在〈阿爾西比亞德篇〉中，蘇格拉底列舉了其他三種關懷自身的方式：醫
生、家長和情人們所表現的「關懷」。對於醫生來說，他們雖然很精通醫學，有能力
診斷和治療病人，但當醫生把自己的醫學技術用於他自身的時候，他並不一定就善於
關懷自身，因為醫生所擅長的，只是關心和治療病人的身體，而不是關懷自己的靈
魂。同樣，各個家庭的家長，他們很關心家中各個成員，但家長主要是從經濟管理的
角度，家長們所關懷的，是家庭的財產。所以，家長們的關懷，完全不同於關懷自身
的原則。至於情人們的關懷，也不同於關懷自身，因為情人所關心的，是情人的身體
和美貌。由此可見，柏拉圖學派特別重視對於自身心靈的關懷，把它當成關懷自身的
重點。第三，柏拉圖學派認為，認識自己，無非就是以自身的心靈把握自己的真正身
分，認清自己的真正本質。柏拉圖學派認為，連接關懷自身與認識自身的唯一橋樑，
就是「回憶」（la réminiscence）。也就是說，要在心靈中回憶心靈所發現的自身。只
有通過回憶中所發現的自己，自身才能真正把握它所看到的自己。由此可見，柏拉圖
學派把「回憶」當成心靈運動、認識自己、關懷自身、認識真理以及返回到自身本質

的總匯聚點和關鍵（Foucault, 2001: 49; 57; 244）。

伊比鳩魯學派

亞里斯多德在西元前 322 年的逝世，標誌著希臘社會發展到一個新的歷史階段。城邦制度以及與之相伴隨的城邦生活方式，從此成為過往的歷史。由亞里斯多德的學生馬其頓國王亞歷山大大帝（Alexandre le Grand [Alexandre III], 356-323 B.C.）所征服的國土，連接著歐亞非三大洲廣闊地帶。一種類似軍事專政的統一大帝國制度，幾乎完全改變了希臘的政治和生活的傳統形式。正如傅科所指出的，「從西元前三世紀，作為自治單位的城邦的衰落，已經成為眾所週知的事實。人們由此看到，原本將政治活動當作公民的一種職業的現象，不再存在了；許多人再也不去關心政治…」（Foucault, 1984b: 101）。接著，從西元前 146 年起，在西方剛剛倔起而迅速強盛起來的羅馬，以其銳不可擋的軍事和政治力量，橫掃了馬其頓和整個希臘地區，並把希臘劃為羅馬版圖內的地方性「行省」（provinces romaines），將古希臘城邦制度的最後一點痕跡，都淹沒在新興的羅馬文化的滔滔海浪中，使西方文化從此進入到新的歷史發展階段。在西方思想史上，從西元前 334 年亞歷山大大帝開始東侵，到西元前 30 年羅馬滅亡埃及、並建立起由奧古斯都大帝（Caius Julius Caesar Octavianus Augustus, 63 B.C.-14）所統治的羅馬帝國為止，西方學術界稱之為「希臘化時期」（Période hellénistique; Hellenistic period）。希臘的政治和經濟勢力衰落了，但希臘的文化價值卻留存下來，而且，同羅馬帝國的新型文化與制度結合起來，成為此後西方社會文化發展的核心力量和靈魂。德國歷史學家德洛依森（Johann Gustav Droysen, 1808-1884）第一次使用「希臘化時期」的歷史概念，目的在於強調希臘文化的重要意義及其對於此後西方社會文化歷史的深刻影響。研究古希臘羅馬時代的英國歷史學家羅斯多切夫教授（M. Rostovtzeff）指出：「所謂希臘化時期，指的是由亞歷山大大帝征服東方後而形成的世界；在那裡，儘管被征服的各國仍然保持其政治獨立性，但希臘人在這些國家中，在生活的各個領域內，始終扮演主導的角色。這也就是說，希臘化時期相當於從亞歷山大大帝到奧古斯都大帝的統治時期」（Rostovtzeff, M. 1976[1953]: v）。城邦的消失，改變了人們的心理狀態和社會風氣。原有城邦市民（公民）的自由權，讓位於對羅馬皇帝和中央集權統治力量的絕對服從，使原有生動活潑的市民自由爭論的思想風氣，變成為對現實生活的消極逃避態度，代之以各個人安身立命、明哲保身為

中心的倫理思考。顯然，希臘在政治、經濟和軍事方面儘管遭受毀滅性的失敗，但在思想和文化方面的優勢，仍然使希臘傳統在整個新興的羅馬文化體系中佔據重要地位。人們無力改變政治現實，又無法迴避充當被征服者的恥辱地位，使當時的思想家們，轉而傾心專注於對個人修身養性、追求幸福和道德倫理理念的思考，創立了各種類型的生存美學。傅科指出：西元一世紀至二世紀期間，哲學家們不再關心政治，轉而注意人生的「淨化」（cathartique）和「陶冶」問題。這是非常重要的轉折（Foucault, 2001: 171）。首先，從昔尼克學派、伊比鳩魯學派、斯多葛學派和新柏拉圖學派開始，哲學越來越探討「生活技藝」（tekhnê tou biou）問題，也就是探討生存的藝術、生存的反思程式以及生活的技巧（l'art d'existence; la procédure réfléchie d'existence; la technique de vie）（Ibid.）。接著，傅科還指出，隨著人們把生活的基本目標同自身等同起來，隨著人們越來越意識到「生活無非就是為了自身」，人們越來越把「生活的技藝」等同於「關懷自身的藝術」。人是為自身而活。這就是說，人是有尊嚴的；他的生命和生存，不應該為了別的任何事物。從那時起，哲學更集中探討了生活和生存的藝術、技巧、技藝和藝術，哲學家們提出了一系列類似的問題：「人必須怎樣生活，才算是過人所應該過的生活」？「什麼樣的知識才能使我學會過我所應該過的生活」？「我作為一個個人，作為一位公民，應該怎樣生活」？「怎樣的生活才是最恰當的生活方式」？隨著探討的深入展開，所有這些問題又進一步同下述問題結合起來：為了使自身成為它所應該有的樣子，為了使自身成為真正的自身，人們究竟應該怎樣生活？哲學越來越變成探討主體的生活方式的學問，促使主體學會自己管理自己，自己改造自己，使自身成為掌握生活和生存的藝術的主體。這就是「轉變自身」的學問（Ibid.: 171-172）。傅科在這裡所強調的，是關於關懷自身的原則對於西元一至三世紀為止的哲學研究的決定性影響。不僅如此，關懷自身的原則及其文化，也影響了當時的文學創作以及其他精神活動領域。正是在這種情況下，希臘化時期的哲學家們集中探討了關懷自身的問題，使之成為哲學爭論的一個新的中心。

　　在希臘化時期，原來的希臘經典哲學，在逐漸分崩瓦解的過程中，形成為伊比鳩魯學派（Épicurien; Epicurean）、斯多葛學派（les stoïciens; The Stoics）、懷疑學派（Sceptique; Sceptic）、折衷學派（Éclectique; Eclectic）以及雜家學派或調和學派（Syncrétique; Syncretist）。它們在許多方面，都試圖不同程度地繼承希臘早期的哲學理論，但它們的共同點，就是遠離抽象的本體論和認識論問題的探討，更多地朝向與

個人利益、個人幸福及日常生活相對密切的倫理原則和實際問題。傅科在其研究中，集中探討和論述了伊比鳩魯學派和斯多葛學派的生存美學觀點，以此為基礎，也涉及了與它們同時期的懷疑學派、折衷學派和調和學派的類似觀點。如前所述，這些派別的著作及其觀點，一向被傳統哲學所忽視。因此，傅科以尼采為榜樣，重新對那些被埋沒的生存美學因素進行「考古學」和「系譜學」的發掘。

首先，就生存美學的核心原則「關懷自身」而言，傅科發現了兩大變化：第一，在柏拉圖時期所探討的「關懷自身」的原則，到了希臘化時代已經進一步被普遍化，成為這一時期思想家們廣泛討論的重要問題，思想家們都圍繞個人生存的幸福和快樂而提出了不同類型的生存美學（Foucault, 2001: 79-82）。「關懷自身表現為普遍的原則（le soi se présente comme une valeur universelle）……所有這一切，使我們可以說：從希臘化時期開始，興起了一種『自身的文化』（une culture de soi）」（Ibid.：173）。第二，在柏拉圖那兒，關懷自身是為了關照「他人」（se souciait de soi parce qu'il fallait s'occuper des autres），為了更好地實現對他人的統治（Ibid.: 185）。這正是反映了柏拉圖時代哲學家關懷的重點就是管理好城邦。管理城邦，就是處理好人與人之間的關係，建構一個能夠為城邦公民接受的政治和經濟制度，像柏拉圖的〈國家篇〉（Republic）所要求的那樣，各個人，按照自身的社會地位和能力，堅守符合自身身分的職位。也正因為這樣，〈阿爾西比亞篇〉強調：凡是試圖參與政治管理的人，必須首先學會「關懷自身」；而「關懷自身」的主要目的，是為了統治他人，並實行良好的政治制度，使他人都能夠發揮其自身能力和智慧。但到了希臘化時期，既然城邦制度已經衰落，各個人不再關心政治，哲學家思考的重點便轉向個人自身的幸福。所以，在伊比鳩魯學派和希臘化時期的各個學派那裡，「關懷自身」並非首先為了關照他人，而是直接為了真正地關懷自身的幸福（Ibid.: 185）。柏拉圖時期同希臘化時期對於關懷自身原則的上述不同理解和貫徹方式，顯示兩個時期「關懷自身」原則的不同目的及其不同具體內容。第三，關懷自身並不只是生存中某個生活階段的事情，特別並不只是從年幼或少年時代過渡到成年的關鍵時刻所需要，而是人的一生，從小到大、到老直到死亡為止，時時刻刻都要實施的頭等大事。

伊比鳩魯學派（Épicurien）是產生於西元前四世紀到三世紀的古希臘哲學派別。這一學派的奠基者伊比鳩魯（Épicure, 341-270 B. C.），出生於薩摩斯（Samos）的一位雅典移民家庭；據說他父親尼奧克列斯（Néoclès）是學校教師，同時也是魔術師和

預言者。伊比鳩魯完成兵役以後，便在雅典購置一所被花園環繞著的庭院，創建一個完全獨立於柏拉圖學園派和亞里斯多德逍遙派的新哲學。

同伊比鳩魯的生存美學思想是以他的感覺主義（sensualisme）和享樂主義（hédonisme）觀點為基礎。伊比鳩魯的唯物主義哲學，將感覺（sensation）當成人的認識及其可靠性的基礎和前提。人的感覺是非理性的；它沒有記憶能力。所以，他認為建立在感情的基礎上的推論及回憶，都有可能導致錯誤。但是，要證實感覺的錯誤是不可能的；因為任何證實本身，也不得不依賴於感覺。感覺只能產生於人體感官的直接接觸。人的心靈及其活動實際上是隸屬於身體。因此，對人來說，一切肉體和精神方面的活動，都是以身體所產生的感情和感覺為基礎。一切快感和痛苦，歸根結底，都可以歸結為肉體方面的感覺。一切有關善與惡的道德問題，都必須靠快感（le plaisir）和痛苦（la douleur）來判斷；快樂的就是善的，痛苦的就是惡。所以，伊比鳩魯的倫理學也是建立在感情和感覺的基礎上。由此可見，伊比鳩魯把感情和感覺的快感當成人生幸福的最高原則。對他來說，失去快感，就無從談論生存美學。

面對一個失去政治理念的社會，伊比鳩魯明確主張尋求個人幸福。他認為，人應該過著無憂無慮（Ataraxie）的生活。但無憂無慮必須靠智慧，靠人在實踐中所積累的經驗以及人對於經驗的理解和消化，才能真正實現。伊比鳩魯認為，實現「無憂無慮」的生活方式，實際上包含著兩方面的內容：一方面消除一切煩惱，另一方面真正做到對自身的掌控，使自己成為自身命運的主人（Foucault, 2001: 178）。伊比鳩魯認為，愉悅快感（**plaisir**），是人的一種基本情態，是人的一生中所應該追求的最高目標。但是，使自己達到慾望快感的滿足，並不是為所欲為，而是要善於對追求慾望滿足的心情進行恰如其分的引導，並善於採用靈活的藝術和策略，使慾望滿足的過程，既符合自身的需要，又為他人所接受；這就是說，透過對於肉體和精神兩方面的一切行為的適當協調，使自身實現一種愉悅的情感狀態；同時，還要體諒他人的快感的滿足。為此，傅科進一步分析了伊比鳩魯的「友情」（amitié）概念（Foucault, 2002: 186-188）。傅科指出：「伊比鳩魯的友情概念，無非就是關懷自身的一種形式，但這種關懷自身並非從功利的方面來考慮」（Ibid.: 186）。這是一種具有審美價值的高尚情操，可以引導人達到心曠神怡的地步，不斷地提升自身的智慧和整個精神生命的價值。伊比鳩魯本人一向保持一種恬靜自得的節制生活方式，喜歡同自己的友人祥和地對話，時時展現他在理智上的智慧和敦厚的寬宏心胸。伊比鳩魯認為，實現慾望快感

的滿足是屬於實踐智慧的問題，首先應該藝術地對待自己的生存經驗，巧妙地總結生活中所遭遇到的各種問題，使自己增長智慧，熟練地處理極其複雜的人際關係；在同他人的交往過程中，學會選擇與自己志同道合和情感相通的人，學會使自身的快樂同相好的他人共用，達到自身與他人的親密相處，創建一個美好的生活環境。

所以，在伊比鳩魯看來，要懂得生活的藝術和掌握生存美學，必須首先使自己成為像哲學家那樣有智慧的人。他認為，只有哲學家，才能掌控自身，並恰當引導他人（Foucault, 2001: 130）。傅科指出：對於伊比鳩魯來說，關懷自身以及注意陶冶自身的心靈，是人在一生中必須學會掌握的頭等大事（Ibid.: 85）。據第歐根尼‧拉爾修記載，伊比鳩魯在致其友人美奈瑟的信（Lettre à Ménécée）中說，「在年輕的時候，當然應該毫不猶豫地進行哲學思考，而年老的時候，也不應該放棄哲學」；「對於關照自身的心靈，永遠都不存在過早或過遲的問題。那些說『現在還不到時候』，或說『現在已經沒有時間』進行哲學思考的人，實際上就是那些說『現在還不到時候』或『現在已經沒有時間』享福的人。因此，不論是年輕還是年老，都必須進行哲學思考。對於老人來說，進行哲學思考，就是透過記憶回顧過去，學會使自己享福並年輕化；對於年輕人來說，進行哲學思考，就是學會像老人那樣堅定和老練」（Diogenes Laertius, 1972）。傅科在引述伊比鳩魯致友人的這封信之後，特別強調：伊比鳩魯顯然把哲學思考等同於關照自身心靈及享福（Foucault, 1984b: 60; 2001: 85）。所以，在伊比鳩魯那裡，如同當時的其他哲學家那樣，把學會哲學地思考，當成訓練和掌握生存美學藝術的一個重要途徑。不懂得哲學，就不懂得生存美學，就不會享福。而且，伊比鳩魯還強調，對所有不同年齡的人，在其一生中，都必須堅持不解地學哲學。唯有如此，才有可能實現生存美學的原則。所以，傅科自己也在引述伊比鳩魯的原話時，進一步強調：學會掌握哲學，訓練哲學思考，對於所有欲意貫徹生存美學、以便使自己的生活成為具有審美意義的人來說，是至關重要，以致「在任何時候，不管年輕或年老，早晨或夜晚，在整個生活歷程中，都必須不停地關照和治療自身的心靈」（Foucault, 2001: 10）。

當然，學會哲學思考，對年輕人和對年老人來說，意義各有不同。對年輕人來說，學會哲學思考，就是意味著使自己儘可能充分地「做好準備跨入充滿艱難險阻的人世間」。「準備」，在古希臘，叫做 paraskheuê，意思是：在人的一生中，永遠都必須「未雨綢繆」；凡事都要「防患未然」。在這方面，就如同中國古人所總結的人

世智慧一樣：「君子以思患而豫防之」（《周易‧既濟》）；「事不當固爭，防患於未然」（《漢書‧外戚傳下》）。只有做好思想和精神準備，才能臨危不懼，坦然自處；才能使自己所關心的自身，永遠處於主動地位，不但不至於使自身時刻被動地處於受驚狀態而惶惶不可終日，而且，也使自身以進取精神不斷開闢新的自由境界。傅科認為，伊比鳩魯所提出的「準備原則」（paraskheuê），具有非常重要的意義。傅科說，這個原則告訴我們，在人生道路上，為了實現自身的幸福和快樂，必須隨時「裝備」（équipement）自身：隨時隨地使自己的主體和心靈，有足夠的和必要的裝備，對人生道路上所可能遭遇到的一切，對可能發生的各種事情，做好充分準備（Foucault, 2001: 230）。所謂「裝備」，指的是在思想和精神方面充實自己，儘可能事先掌握各種知識，時刻總結經驗，提早訓練本領和各種處事策略，具有清醒的危機意識，注意各方面的事態的發展進程，細心觀察周圍的一切，充分估計各種可能性的產生。有了充分裝備和準備，就會有信心和勇氣，就會有足夠的能力和策略，堅定不移地實現自己的目標。

伊比鳩魯認為，與上述「準備原則」（paraskheuê）相反，就是那些沒有哲學思考的手工業者和庸人的「狂妄自大」（paideia）。伊比鳩魯不希望他的門徒成為妄自尊大的庸人。

伊比鳩魯所提出的「準備原則」（paraskheuê），是生存美學的一個重要內容。傅科不只是在伊比鳩魯那裡找到依據，而且，也在斯多葛學派那裡得到了進一步的印證（參見下一小節）。

伊比鳩魯指出，對老人，哲學思考意味著掌握回憶的藝術，這是學會使自身的心靈實現年輕化的必要途徑，也是生存美學的一個內容。老人堅持進行哲學思考，是自身正確對待晚年生活和死亡威脅的重要問題。如何對待晚年和死亡的威脅，這本來是生存美學所探討的重要課題。本書將在最後一節集中探討生存美學的晚年觀和死亡觀。但在伊比鳩魯哲學中，經常把老人的哲學思考同回憶的技巧、同精神年輕化的實踐智慧聯繫在一起，因為伊比鳩魯認為，藝術地和富有智慧地回憶過去，就是巧妙地使自身從時間的流程中走脫出來。生活的時間流程是無情和殘酷的。如果人在其生存中不能擺脫時間流程的壓力，就會失去生活的信心，並因此充滿煩惱。伊比鳩魯建議老人置時間流程於不顧，多回想自己最快樂的時光，以青年時代的旺盛精力，補充衰老中的精神狀態。

伊比鳩魯同當時其他學派的哲學家一樣，把哲學思考也當成「治療」或「療法」（thérapie）。傅科指出，生存美學同醫學有密切關係。生存美學認為，為了度過美好的人生，不僅要學會生活的藝術，還要學會治療，掌握治療藝術和有效的療法；學會在必要時，恰當地進行自我治療，包括肉體、精神和心靈方面的治療。

早在蘇格拉底和柏拉圖時代，他們在強調關懷自身時，也已經提醒人們進行心靈治療和心神方面的自我照護。「治療」，源自希臘文 therapeutês 和 therapeuein。傅科在論述精神治療的哲學意義時，特別強調這是通行於古希臘時期的「自身的文化」的普遍表現；而且，進行心靈治療也構成為從蘇格拉底以來的希臘思想家的最基本的哲學態度（Foucault, 2001: 10-11）。但在伊比鳩魯那裡，心靈治療特別同醫學意義上的治療通用，強調它不管是在精神和心靈遭遇創傷的情況下，還是在日常生活中，都必須加以堅持的自我關照活動。

從伊比鳩魯開始，哲學的治療功能越來越顯示出來。人在其一生中，會不斷地受到各種打擊和損害。所以，美麗的人生需要不斷進行治療，使受到傷害的身體和精神兩方面，都隨時恢復健康狀態，並在康復過程中，在肉體和精神的結構和精力方面，都得到「充電」，補充新的能源得以更新，為進一步不停息地開創快樂的未來奠定牢固的基礎。生存美學本來具有糾正、補充、修理、療養和陶冶的意義。這就是說，生存美學，就其原有的意義來說，特別強調人生的快樂同人生的不停息的修養生息、自我治療和自我完善化的內在關係。人生從來不會是輕而易舉地實現其自身的完滿性；幸福從來不會從天而降。所以，人生的道路勢必在不斷修正、補充和治療中渡過。這種治療過程不應該是被動和消極的，而是必須由自身主動和富有創造性地實現自我治療。伊比鳩魯在一封信中說：「不應該假裝進行哲學思考，而是要真正嚴肅地進行哲學思考，因為我們並不需要表面的健康，而是需要真正的健康」（Epicure, 1972: 260-261）。傅科在引述這段話之後強調：要實實在在地進行哲學思考，也就是實實在在地進行心靈治療和自我更新（Foucault, 2001: 94）。

總之，伊比鳩魯強調：不論在任何時候，都要重視進行哲學思考，這是實現關懷自身的最重要的途徑。

作為一位哲學家，伊比鳩魯主張正確地認識自然世界；他認為，自然世界是由原子構成的。人只要依據自然的本來面貌去認識世界，就足於使自己的生活寧靜，實現怡然自得的自然生活。世界上的一切都是通過偶然性和必然性而運行的：偶然性使各

種事物相互遭遇，必然性使自然界有它自己的規律。正因為這樣，人的生活並不是由上帝所安排的，而是由偶然的快樂結合形成的。伊比鳩魯的無神論思想引起當時的宗教人士的激烈反對。同時，伊比鳩魯的唯物主義也使他非常重視生活與自然的和諧。伊比鳩魯認為，美好的生活和生存藝術，就是遵循一種符合自然的原則。真正的知識和道德，是尊重自然和順從自然規律。他說，道德的基礎是關於自然的知識；而真正的自然知識，是「生理學」（phusiologia），就是掌握自然的運作過程。這樣的生理學，由於完全尊重自然的本來面目，可以成為關懷自身的基礎，因而也是生存美學的基礎（Foucault, 2001: 228-229; Epicure, 1972: 259）。

伊比鳩魯的無神論思想使他對死亡無所畏懼。他認為，死亡就是肉體和精神的消失，如此而已，沒有什麼可怕的，也沒有什麼值得大驚小怪。這是他的生存美學的又一個重要組成部分。

伊比鳩魯學派的生存美學，雖然只是具備粗略的輪廓，還未能形成為完整而系統的成熟形式，但對於希臘化及其後的思想家和生存美學的發展前景，產生了深刻的影響。每當傅科引述斯多葛學派的生存美學時，他都經常同時指出伊比鳩魯對於塞涅卡及晚期斯多葛學派的生存美學的影響（Foucault, 2001: 229; 250; 338; 373; 475; 483; 502）。由此可見，伊比鳩魯在很大程度上，也可以算是希臘化時期生存美學的一位傑出開創者。

斯多葛學派

斯多葛學派從西元前四世紀開始形成，歷盡多代輾轉流傳，一直延伸到西元三世紀。如果說，在這以前，人們還關心城邦的民主管理政治事業，積極地把自身的利益同城邦共同體的繁榮聯繫在一起，那麼，當城邦崩潰，公民社會生活降質和退化，世俗世界變成為大一統的「總體化」社會的時候，人們所關懷的，再也不是可以由公民大眾所決定的優秀政體，而是個人的自由幸福和精神方面的內心修養。思想家們面對周在的無可奈何的「必然性世界」，普遍地將其注意力，轉向可以由自身決定的個人倫理生活。斯多葛學派就是在這種情況下，應運而生，並經世俗思想家及官方思想家的努力栽培和推廣，逐漸成為希臘化時期最有影響的思想派別之一；它對於自身的技術（technique de soi）和「自身的實踐」（pratique de soi）的重視和探討，在許多方面，進一步發展了古希臘關於「關懷自身」的原則，因而也為生存美學的理論寶庫增

添了豐富的新原料。傅科曾經把斯多葛學派對生存美學方面的貢獻，歸結為他們所總結的三大類型的自身的技術：寧靜地聆聽真理、冷靜地審查自身心靈以及全面地進行自我訓練（Foucault,1994: IV, 795-799）。傅科認為，斯多葛學派所創立和發揚的自身的技術，在西方思想和文化發展史上，具有決定性的意義，因為它一方面改造了古希臘時代的關懷自身的原則，使它成為人生歷程中時時必須加以實踐的普遍的審美生存原則，另一方面它又同後來的基督教的自身的技術相區別，進一步突顯了斯多葛學派在西方生存美學史上的特殊地位。

斯多葛學派的創立者是芝諾（Zenon de Citium, 335-264 B.C.）。據說，這位含有迦太基猶太血裔的哲學家，經過漫長的準備之後，在西元前四世紀末，在雅典「迴廊」（Στoà πoικιλη）創立了他的學園，作為傳播他的思想的研究基地。所以，斯多葛學派，又被人們稱為迴廊學派（le Portique[The Stoa]）。芝諾在他的學校裡，吸收並培養了一批優秀的學生，其中主要是柯列昂德（Cleanthe, 331-232 B.C.）和柯里西普（Chrysippe, 281-205 B.C.）。他們不僅撰寫了許多著作，具體討論生存美學的重要觀點，而且也以其自身的生活方式和獨特風格，實踐了斯多葛學派的生存美學基本原則。因此，柯列昂德和柯里西普就成為早期斯多葛學派研究生存美學的重要代表人物。

在此基礎上，折衷主義者潘耐修斯（Panaetius, 175-112 B.C.）和亞里斯多德主義者波埃修斯（Boëthus of Sidon, 大約西元前一世紀），把斯多葛主義哲學傳佈到羅馬。潘耐修斯的學生波西多尼烏斯（Posidonius, 135-51 B.C.）成功地在羅德斯發展了斯多葛學派的學說。羅馬皇帝西塞羅（Marcus Tullius Cicero, 106-43 B.C.）特地邀請波西多尼烏斯做他的諮政。據文德爾班（Wilhelm Windelband, 1848-1915）的研究，羅馬帝國時期，在官方的推動下，斯多葛學派的觀點幾乎成為了大眾化的道德哲學（Windelband, 1906[1899]: 305）。在羅馬帝國時期，最傑出的斯多葛學派思想家，包括克爾奴都斯（L. Annaeus Cornutus, 20-48）、穆索尼烏斯‧呂福斯（C. Musonius Rufus, 大約西元一世紀）、弗拉格斯（A. Persius Flaccus）、歐弗拉德斯（Euphratès de Tyr, 50?-108）、羅馬皇帝西塞羅（Marucs Tullius Ciceron, B.C. 106-43）、塞涅卡（Sénèque, Lucius Annaeus Seneca, 4 B.C.-65）、艾畢克岱德（Epictete, 50-125/130）、羅馬皇帝馬克‧奧列爾（Marcus Aurelius Antoninus, 120-180）、弗隆東（Marcus Cornelius Fronton, 100-166）以及艾里烏斯‧阿里斯梯德（Ælius Aristide）等人。他們也

是傅科研究生存美學的重要參照人物。

　　由此可見，斯多葛學派實際上分為前後兩大派別。前期的斯多葛學派是指「希臘化時期」的斯多葛學派，由於他們大約生活在西元前 334 年到西元前 30 年為止的歷史時代裡，他們的思想，更多地表現出厭世、懷疑和消極的成分。後期斯多葛學派，生活在羅馬帝國強盛的西元前一世紀到二世紀左右，所以，原來的懷疑主義和消極厭世傾向，已經逐漸減弱，更多地轉向對於富有創造性的人生哲學的探討，試圖形構一種有利於薰陶崇高思想風格和具有審美價值的生存美學。所以，晚期斯多葛學派的生存美學是傅科進行歷史探討的重點。

　　斯多葛學派有濃厚的自然主義傾向，他們期望返回自然，擺脫人世間的各種煩惱和爭鬥。根據著名哲學史料學家第歐根尼‧拉爾修（Diogenes Laertius, 大約西元三世紀）說：斯多葛學派不只是在本體論上是自然主義，而且，當他們看待社會生活和文化現象的時候，也經常儘可能地使之自然化。因此，他們「把哲學比做一個動物，把邏輯學當成骨骼與腱，自然哲學是肌肉的部分，倫理哲學是牠的靈魂。他們還把哲學比做雞蛋，稱邏輯學為蛋殼，倫理學為蛋白，自然哲學為蛋黃」。「他們說，動物的第一個愛好就是保護自己，因為自然一開始就使它自己對此有興趣，像克里西普在他的《論目的》第一篇所肯定的。他在那裡說，每一個動物的最珍貴的首要對象，就是它自身的存在，以及它對這個存在的意識」。斯多葛學派顯然認為，一切生命體，包括最原始的生物，都傾向於關心自己的生命和生活。關懷自身成為了一種自然本性。「芝諾第一個在他的《論人的本性》裡，主張主要的善就是認定按照自然而生活，按照德性而生活，因為只有自然才引導我們如此生活」。「斯多葛派說，正義是由於自然而存在的，並不是由於任何定義或原則，正如法律或正確理性那樣」（Laertius, D. 1972: VII, 1, 85-133）。

　　斯多葛學派很重視道德問題，主張激發人的內在自由，強調為人的生活智慧。但他們的道德努力是以實現美學上的滿足為前提。傅科在 1981 至 1982 年度的法蘭西學院課程中，用大量的篇幅，講述斯多葛學派的生存美學思想以及其中有關道德修養的原則（Foucault, 1994: IV, 384; 2002: 260-457）。在斯多葛派看來，要使人的生存達到美麗的境界，主要靠內心世界的精神修練和自我陶冶。斯多葛學派所主張的精神修練是很嚴謹和系統化，以致他們把它稱為一種「嚴格的艱苦訓練」或「苦行」（ascèse），有時也稱為「苦行的技術」（technique ascétique）（Foucault, 2001:

401）。但內心陶冶的過程，並不是閉門造車，躲藏在象牙之塔中；它與基督教所主張的修行，並不一樣。斯多葛學派的精神修練，之所以被稱為「苦行」，首先是指它的自然性質，強調它的儉苦樸素性質，它要求面對自身的實際生活問題，尋求可以獲得精神快樂的自然修性養身之道。在這方面，首先要重點處理的，仍然是「關懷自身」的問題；在此基礎上，掌握與他人相互關係的生活藝術，使自身的生存儘可能達到灑脫而怡然自得的恬靜愉悅狀態。

斯多葛學派對於個人身體和精神生活的關注，也使他們把哲學探討同醫學治療進一步聯繫在一起。古希臘時期，曾經存在過這樣的傳統，認為哲學對於人的思想和精神生活的意義，就如同醫療對於維護身體健康那樣重要；反過來，要真正掌握醫學知識，要真正醫治人的疾病，必須首先學習哲學。著名的古希臘醫生希波格拉特（Hippokratês, 460-377B.C.）曾經同著名哲學家德莫克利特（Dêmokritos, 460-370 B.C.）和高爾吉亞（Gorgias, 487-380 B.C.）一起反覆討論哲學和醫學問題。希波格拉特認為，醫生不懂得哲學，就無法治療人的疾病，因為醫生首先必須知道「什麼是人」。希波克拉特主張根據自然的法則，以自然療法為主，進行對人體的各種診斷和治療。傅科很重視希波克拉特的上述觀點，並認為：對於生存美學而言，關懷自身的原則及其實踐，都必須建立在哲學和醫學的基礎上（Foucault, 2001: 93-101）。蘇格拉底和柏拉圖也曾經多次將哲學比喻為醫療。斯多葛學派之所以將關懷自身當作醫學實踐，主要有三個理由。第一，關懷自身是自我治療、自我療傷、自我關懷和自我完善化的過程，就如同醫學不斷治療和關照病人那樣。第二，關懷自身不只是倫理原則，而且，更重要的，是一種生活實踐，是一套技術和技巧，如同醫療是技術和技巧那樣。第三，關懷自身要經歷人生的全部過程，不是一次完成，而是要在同各種疾病、缺欠、損傷、偏離和死亡威脅等人生不利因素進行反覆鬥爭的過程。因此，關懷自身是不斷使自己轉向自身（conversion à soi）以及使自己回歸自身（retour à soi）過程（Foucault, 2001: 237-238）。醫學治療具有不斷進行修復、休養和療傷的功能，而且也為達到此目的而提供了非常具體的技術。正是在這個意義上說，關懷自身同醫療相類似。

斯多葛學派所提出的眾生平等、世界主義及自然法思想，就如條條鎖鏈，將他們的獨善其身、自滿自足的個人修行哲學，與世界歷史的進程連接在一起。這些社會思想，顯然進一步發展了古希臘的社會思想，並使之在新的社會條件下，靈活地同羅馬

和基督教思想傳統結合在一起，形成為長達一千多年的西方社會思想的基礎；其中，最有深刻影響的，是羅馬法和基督教道德的思想。因此，可以說，正是借助於斯多葛學派思想家的理論加工和理論提升，才使希臘和基督教傳統中的重要組成部分，凝結成貫穿於西方社會生活中的兩條「硬性」和「軟性」軸線：法制思想和道德思想。法制思想之所以構成「硬性」鏈條，是因為它主要靠強制性的力量，在社會生活中具有「震懾」和「威逼」的功能；它和道德的軟性說教恰恰相反，但在實際生活中，兩者卻相互補充，共同為鞏固特定社會秩序服務。

在傅科所引證的斯多葛學派資料中，多次提到穆索尼烏斯・呂福斯（C. Musonius Rufus, 大約西元一世紀）。這位斯多葛主義者，非常重視生活和行動的藝術。文德爾班也說，穆索尼烏斯・呂福斯更多地獻身於美的的實際教育（confined himself more closely to the practical theaching of virtue）（Windelband, 1906[1899]: 306）。穆索尼烏斯・呂福斯認為，自身的實踐的首要前提，就是恰當地完成「返回自身」（retour à soi）或「轉向自身」（conversion à soi）的練習活動和學習過程，因為「關懷自身」也包含「認識自身」的內容。所謂『認識自身』，指的是理論和實踐兩方面的平行實施過程，並不是柏拉圖主義所強調的那種關於自身的知識（Foucault, 2001: 301-302）。

在斯多葛學派和其他古代思想家看來，「認識自身」，作為「轉向自身」和「返回自身」的修身養性活動，一方面關係到知識和學習的問題，另一方面，它又包含著理論知識和實踐知識兩部分。從蘇格拉底、柏拉圖到後期斯多葛學派的古代思想家認為，「認識自身」本來就意味著認識活動和學習（mathêsis）過程。希臘文 mathêsis 來自 mathanein，原意是「學習」和「理解」，因此，mathêsis 也意味著學習和不斷加深自我認識的過程。在古希臘，人們認為真正的科學知識是值得人們學習的認識對象，而且也具有教育自身的功能。所以，掌握科學知識，並不只是為了學到東西而去控制客體，更重要的，是為了認識自身和關懷自身，使自身學到關於掌控自身和關懷自身的本領，並在實踐活動中貫徹成為自身的自我完善化行動，將自身提升到更高的生活境界。正如蘇格拉底和柏拉圖一再地教導說，學習知識的根本目的，是提升自身的道德品格，是為了達到「至善」。如果把知識純粹當做手段或工具，當作單純控制和利用對象客體的目的，那就成為他們所批評的那種鼠目寸光的庸人。因此，真正的科學首先必須是感化教人和傳遞做人的道理。在這個意義上說，學習知識就是進行道

德訓練和良知薰陶。也因此，學習知識的過程，就包含了理論和實踐兩方面；而且，這一實踐，首先是指自身生活的實踐。

由此出發，斯多葛學派的穆索尼烏斯・呂福斯認為：認識自身和關懷自身的過程，首先是「自身對自身的實踐」，是不斷尋求達到「德性」標準的倫理操行；因此，它是一種帶有節制性的、嚴格艱苦的訓練的性質，穆索尼烏斯・呂福斯用希臘文 askêsis 來表示，以便強調自身對自身的操作實踐的自我節制性質。為了顯示這種自我操作實踐的練習和操練性質，如同以往古希臘傳統，穆索尼烏斯・呂福斯還將它們比喻成醫療臨床治療的實踐和音樂練習活動。所以，在斯多葛學派的生存美學中，還包含了醫學治療技術和音樂練習的實際操作程式，要求人們把掌握醫學治療方法和音樂練習，當作實現關懷自身和進行自我修養的一個重要內容。

在穆索尼烏斯・呂福斯的學生中，值得注意的，是歐弗拉德斯（Euphratès de Tyr, 50?-100?）。著名作家和修辭學家，被稱為「第二代智者」（la Seconde Sophistique）的傑出代表人物費洛斯特拉德（Philostrate, 170-245?），曾經貶指歐弗拉德斯為「言不由衷的共和派」和「奉承阿諛者」。當西元 70 年左右，羅馬皇帝維斯巴西安（Titus Flavius Vespasianus, dit Vespasien, 9-79）將哲學家們都趕出羅馬時，歐弗拉德斯和其他受迫害的哲學家們一起，被迫流亡國外。羅馬作家阿布列（Apulée, Lucius Apulelius Theseus, 125-170）在作品中，談到歐弗拉德斯的晚期生活，說他貫徹了斯多葛學派的養身修性哲學，善於保養身體，堅持「自然內在性」（l'immanence naturelle）的原則，又保持精神豁達而瀟灑，活到九十歲時，未經皇帝阿德里安（Publius Aelius Hadrianus, dit Hadrien, 76-138）批准，自殺而死。

傅科在法蘭西學院的講稿中，很重視歐弗拉德斯的生存美學思想。傅科說，羅馬拉丁作家普林尼（Caius Plinius Caecilius Secundus, 61-114）在他的許多作品中，談到了他同歐弗拉德斯等人的友情。普林尼在他《書信集》（Lettres）中說，當歐弗拉德斯在敘利亞流亡時，他們倆建立了深厚的友誼關係。所以，關於歐弗拉德斯的友誼觀點，成為傅科探討生存美學的一個重要內容。

人與人之間究竟應該建立什麼樣的友情？友誼意味著什麼？在斯多葛學派所貫徹的生活哲學和生存智慧中，如同伊比鳩魯學派一樣，友情和友誼具有特別重要的意義，因為它典型地表現了關懷自身以及「自身」與「他人」之間的關係的藝術。斯多葛學派既然追求一種以「關懷自身」為中心的美的生存方式和生活風格，就不可避免

地面對正確處理「自身」與「他人」的關係。所以，建立友誼和發展友情，成為了斯多葛學派的美的生存方式的關鍵。正如本書上一章討論自身與他人關係的小節所已經指出的，生存美學很重視自身與他人的和諧關係，並期望在以一種友情和友誼的藝術，使自身與他人的關係，也構成生存美的一個重要組成部分。

斯多葛學派所說的「友誼」和「友情」，具有完全不同於現代的意義。傅科在探討歐弗拉德斯的生存美學時，詳細論述了斯多葛學派對於友情的看法（Foucault, 2001: 146-150）。友情或友誼之所以重要，首先因為它是關懷自身的必要條件和一個因素。其次，友情和友誼是不斷地轉向自身的必由之路。每個人只有通過同他人的交往和建立友誼關係，才能真正認識自己和關懷自己。第三，友情和友誼構成為關懷自身過程中的中間環節，也是人生的曲折而漫長航程的中間站。

據普里尼透露，他同歐弗拉德斯是在他倆的青春歲月結成深厚友誼的。普里尼承認，他同歐弗拉德斯過從甚密，簡直到親密無間、親如手足的地步。傅科注意到普里尼在描寫他們的友誼時所使用的特殊用詞。普里尼讚揚歐弗拉德斯才華婉美，詞彩艷麗；他同歐弗拉德斯經常在一起看書研究和討論問題，而普里尼往往借此機會，以特有的鑒賞態度，仔細觀察歐弗拉德斯的堂堂儀表，英俊面容，瀟灑風度和君子舉止的每一個細節，表現他對歐弗拉德斯的至深友愛情感。這是當時的斯多葛學派友誼觀點典型表現。傅科指出，它同蘇格拉底對他的子弟的友情有所不同；不同之處在於：普里尼與歐弗拉德斯之間儘管親密無間，但未發生性愛關係，完全不同於蘇格拉底與他的子弟之間的同性戀（Foucault, 2001: 147）。

在晚期的斯多葛學派中，塞涅卡（Sènéque, Lucius Annaeus Seneca, 4 B.C.-65）是非常重要的代表人物；正是在對於他的著作的探討中，傅科論述了許多有關生存美學的問題。這位出生於西班牙柯爾都（Cordoue）的思想家和作家，充當羅馬皇帝尼祿（Niron）的顧問，常被人指責為偽君子，但在思想和寫作方面，他取得了千歲流芳的卓越成果。傅科在其有關「主體的詮釋學」學術演講中，反覆引用塞涅卡的信件及作品，並從塞涅卡的著作和思想，引申出傅科本人所恪受和貫徹的生存美學。

塞涅卡主張尋求精神安寧是最重要的。他認為，「肉體快樂是不足道的，要緊的是精神安寧」。他說：「斯多葛派的人全都相信這一點：要尊重自然。明智就意味著不違背自然，按照自然的規範進行自我修養。幸福的生活就是符合自己的本性的生活。但要做到這一點，必須精神健全，而且要經常保持健全；它必須堅強剛毅，有良

好的修養，堅定不拔，必須能夠適應情況，必須考慮到身體的需要，卻又不為擔心身體而過分憂慮。總之，它必須注意一切屬於身體方面的事情，卻並不給予任何事情以過大的價值；它應當享受幸運的恩賜，卻不為此當奴隸。…這樣就會得到一種持久的心靈安寧，一種自由，不為任何刺激和恐懼所動。要知道，肉體上的快樂是不足道的，短暫的，而且是非常有害的。不要這些東西，就得到一種有力的、愉快的提高，不可動搖，始終如一，安寧和睦，偉大和寬容相結合」（塞涅卡，《論幸福的生活》，III）（Seneca, De la vie heureuse. In Bréhier, E. 1962; De vita beata[Vom glückseligen Leben], in Seneca, 1971）。塞涅卡所堅持的，是一種怡情悅性的態度，凡事都要拿得起，放得下；不必過分計較，前顧後憂，而是要放得開，疏神達思，頤神養性。

為了顯示陶冶個人生活風格的重要性，塞涅卡首先對一種他稱之為「無所求」（Stultitia）的消極生活態度進行批判。傅科認為，塞涅卡所批評的，是一種不關心自身的品格的庸人態度。「無所求」是永無定見，隨時易意，無所追求，沒有固定主見，也沒有確定的生活方式和生活風格（Foucault, 2001: 126-129）。再也沒有比這種「無所求」更有害於自身的了。

關懷自身要求對自身的生存風格進行嚴格的訓練和教化，要在一言一行中注意堅持自我檢查和自我提升。同時，也需要使自身的生命歷程不斷地充實起來，讓生命的整個過程，而不是生命的某一個階段，都充滿著有利於心靈自我陶冶的豐富經驗。塞涅卡在談到對自身的精神和思想改造的重要性時指出：必須進行脫胎換骨的思想改造，才能使自身不斷地從原有的自身中走脫出來。塞涅卡認為，這種嚴格的自我修練，不是單純的進行一番修正就夠了，而是必須達到使自己完全改變自身的面目為止，其目的就是使自己不再受限制，也不再成為他人和外在世界的奴隸（Foucault, 2001: 203-204）。

塞涅卡從關懷自身和時時刻刻進行精神上的自我錘煉出發，強調年老（la vieillesse）在生存歷程中的極端重要性。塞涅卡認為，年老並非生命終結的前夕，也不是生命衰弱的階段，而是生存的積極目標和理想處所。他對年老的觀點，完全不同與古希臘傳統，因為在古希臘時期，人們雖然尊重老年人，承認老年意味著智慧和豐富的經驗，可以為城邦提供有益的參考意見，但人們同時也強調老年人的弱點，即認為老年人失去了進行日常生活和政治活動的能力，需要依靠年輕人贍養、支持和保護。

這就是說，在古希臘時期，人們對於老年的重視是有限的。以塞涅卡為代表的晚期斯多葛學派，從根本上改造了古希臘的上述觀點。塞涅卡堅持認為，只有老年才是關懷自身的最高點和終極點。塞涅卡幾乎把年老稱為人的生命的「黃金時代」，因為正是到了年老，經歷長期不斷地進行「關懷自身」的人們，終於實現其生活理想，可以做到對身體慾望的自由控制，並從他們所奉獻過的政治事業解脫出來。所以，所謂年老，實際上就是能夠自由地掌握自身的快樂的人們；他們終於對自己感到充分的滿足，不需要期待其他不屬於他們自己的快樂（Foucault, 2001: 105-108）。換句話說，年老就是對自己的愉悅感到滿意，自得其樂，別無他求。這是人生最豐滿、也是最快樂的時光。塞涅卡相信，只要在其一生中始終不斷地貫徹「自身的實踐」，以一種同時間賽跑的精神，同時也以「從自身中逃脫出去」（fugere a se; se fuir soi-même; s'échapper à soi-même）的精神（Ibid.: 203），到了年老，就一定會感受到最大的幸福。塞涅卡認為，時間對我們始終是生存的限制，因此，必須使人生的過程超越和逃脫時間的限制，才能讓生存中的每一個時刻，都充實著自身的快樂，實現對自身的最大滿足（Ibid.: 252）。

塞涅卡對政治不感興趣。他在自然法中所強調的，不是有利於政治改革家或法律創制人的「標準」，而是一種道德律令。他所尋求的人類共同體，不是政治共同體，不是國家，而是融和的社會。他認為，社會中的各個關係是道德性的、宗教的，而不是政治的和法律的。他說：「我們不可能改變世界的關係。我們能夠做的，只有一件事，那就是尋求道德高尚應有的最高勇氣，並借助它安靜地忍受命運給我們帶來的一切」（Seneca, 1971）。

塞涅卡是非常重視生活實踐智慧的思想家。他用相當大的精力探索符合生活藝術的生活倫理原則。塞涅卡曾說：「命運牽引著那些拒絕它的人們，卻引導著那些同它相協調的人們」（Nolentem fata trahunt, ducunt volentem）。

人要自由自在地生活，實現最完美的生命歷程，就必須具備一種完美的「生存方式」（forme d'existence）。傅科在引述塞涅卡所讚賞的生活方式（forma vitae, forme à la vie）時，強調一種對生存美學具有決定性意義的生活態度（attitude de vie）和生存風格（style d'existence）。這種生活態度，就是在生活實踐中，面對生活歷程中所呈現的各種事件，面對他自身，必須堅持一種「合適的態度」（attitude qui convient）。什麼是「合適的態度」？這就是在面臨艱難困苦時，將自身充分地「解脫」出

來（suffisament détachée）；換句話說，要放輕鬆點，超脫一下，瀟灑自在，從容自若。為了更進一步詳細說明這種生活態度的特徵，傅科說，它既不同於昔尼克學派（cyniques）所主張的「節制」，也不同於基督教修道院式的「禁欲」或「節制」（abstinence）原則。它是對待周遭各種財富的「適當的」態度，這種態度，並非絕對地採取「無所謂」（indifférence）態度，而是以恰到好處和從容灑脫的智慧（sage désinvolture）進行處理。塞涅卡把這種態度稱為一種「生存規則」（règle d'exis-tence），而傅科則寧願稱之為「生存原則」（principe d'existence）、「生存風格」（style d'existence）或「生存方式」（forme d'existence）（Foucault, 2001: 411）。傅科解釋說，具備這種生存風格，就意味著保持一種使自身身體感到「必要的舒適」的生存方式（nécessaire pour se bien porter）（Ibid.）。顯然，傅科之所以將塞涅卡原來的「生存規則」改為「生存原則」、「生存風格」或「生存方式」，就是為了避免將它格式化、教條化和靜止化。

除了塞涅卡以外，晚期斯多葛學派中最重要的人物，就是在西元 161 年至 180 年任羅馬皇帝的優秀思想家馬克·奧列爾。晚年他用希臘文寫了一本日記，是非常重要的生存美學古典文獻。在這本原名為《Τα εἰς εαυτου; Tà eis heauton》的日記中，馬克·奧列爾以「為自己而想」（penser pour moi-même），或者，「想那些與我相關的事情」（penser aux choses qui me concernent），作為立足點，記錄了他每天的思路及其對自身生活經驗的總結。本來，這本日記並不打算公開發表。當 1559 年以「沉思集」（Pensées）為標題第一次正式發表於瑞士蘇黎世時，它共分成十二章。表面看來，似乎整個日記比較凌亂，但仔細閱讀和分析，就可以發現其中貫穿著令人驚訝的完整性和前後一致性。日記中撰寫於不同時代和不同地區的段落和語句，表現了作者對於整個世界的統一看法：世界有它自身的秩序，各種事物之間存在微妙的相互關係。日記第十一章的第十二段，無疑是整個日記的靈魂。馬克·奧列爾寫道：「當心靈發出萬丈光芒而使它自身清楚地觀照普遍真理、並同時寓於其中的時候，它並不需要超越或內折，也不需要散播或消沉，就足以使它同它本身的範圍相一致」。馬克·奧列爾稱這個統一的原則為「世界」、「自然」、「神」或「理性」。這本被埋沒一千多年的日記震撼了整個西方思想界。馬克·奧列爾是一位身經百戰及經歷複雜曲折生活路程的人。他以年老人的成熟思想感情，表達了對於所有撫養和培育過他的人的感激心情。他不僅感激他的母親、祖父以及作為他的養父和監護人的羅馬皇帝安東寧（Titus

Aurelius Fulvius Antoninus Pius, 86-161），而且還尤其表示對魯斯迪古斯（Junius Rus-
ricus）的思念，因為正是他指引馬克・奧列爾從學於艾畢克岱德（Épictète[Epiktêtos],
50-125/130），並認真閱讀和鑽研了艾畢克泰德的著作。馬克・奧列爾並不因為艾畢
克泰德出身於奴隸而減少對他的敬仰。他在這本日記中處處表達對於艾畢克岱德的崇
尚，表現了他對道德精神的重視。《沉思集》還顯示馬克・奧列爾思想中來自赫拉克
利特（Hêrakleitos, 576-480 B.C.）、蘇格拉底、柏拉圖、德莫克利特（Dêmokritos,
460-370 B.C.）及伊比鳩魯等傑出思想家的深刻影響。

　　馬克・奧列爾認為，自然使用「普遍的實體」（la substance universelle）創造各
種事物，就好像用蠟塑造各種模型一樣。馬克・奧列爾在第十二章強調：一切都是
「一」，就好像太陽的光芒，雖然照射各種事物，但都受惠於唯一的它；也好像物
質，雖然造成了各種不同事物，但都以它為基礎；也好像生命的靈氣那樣，儘管呈現
為多種多樣的生命形式，但都以它為動力。

　　馬克・奧列爾對於生命的自然本質的讚賞和崇尚，使他比其他斯多葛學派思想家
更加執著於生存美的修練、提升、斟酌、薰陶和培養。正因為這樣，馬克・奧列爾不
再徘徊在早期斯多葛學派所固執的物理學和邏輯學上，而是徹底地轉向道德倫理方面
的研究，因為他堅信：除非通過長期艱苦的心靈和思想本身的修練和薰陶過程，不可
能實現生存的審美價值。馬克・奧列爾在《沉思集》的第四章第三段說：「沒有任何
地方，可以使人們找到最安靜和最無憂無慮的避難地，除非他自己的靈魂」（Marc
Aurèle, 1953[1559]: IV, 3）。他還說：「只有專心致志於心靈的陶冶，才能達到思想自
由（eumareia）；而思想自由無非就是一種安排得當的心靈」（eukosmia）。「要不
斷地陶冶心靈，向內心探索（endon skaptei）；只有內心，才是善的真正源泉。只要
你永遠地向內心探索，善就會無止盡地冒現出來」（Ibid.: II, 13; VII, 59）。他認為，
生存美只能存在於同自然的和諧共處，只能來自對善的自然追求，而要做到這一點，
就必須使自身的心靈平靜下來，並不斷地通過嚴格的薰陶過程，使自身的心靈天自然
完全一致。他甚至認為，使自身的心靈修練成善，是一種「天職」或「責任」
（kathêkon）。正是馬克・奧列爾，成功地將自身心靈的道德修練同對於神的尊重天
職聯繫在一起，從而巧妙地將世俗的人的道德修養、遵守法律和尊重神的信念統一起
來。

　　在馬克・奧列爾的《沉思集》（Pensées）中，「思想檢查」（l'examen de conscience），作為一種「純化」思想和進行精神修養的程式，實際上繼承、發揚、並改造了從畢達哥拉斯以來貫徹於西方古代社會中的思想修煉方法。傅科在總結生存美學的原則時，很重視馬克・奧列爾的思想修煉原則，認為這是馬克・奧列爾對於生存美學的一個特殊貢獻（Foucault, 2001: 460-461）。

昔尼克學派

文德爾班指出，斯多葛學派越深入探討倫理問題，其中的昔尼克學派（cyniques）或犬儒學派（les canins）因素就越佔優勢（Windelband, 1906[1899]: 307）。這是由於兩大原因。首先，斯多葛學派從一開始就顯示出它的折衷主義性質；因此，在斯多葛學派的倫理思想中吸收犬儒學派的觀點並不奇怪。第二，斯多葛學派本來就具有厭世的消極情緒。所以，犬儒學派對於現實世界的蔑視和諷刺及其回歸自然的生活方式，也獲得斯多葛學派的共鳴。傅科在論述斯多葛學派的生存美學時也同樣考慮到他們同昔尼克學派之間的緊密關係。傅科指出：羅馬帝國早期的斯多葛學派和昔尼克學派的苦行的技術（ascétique stoïco-cynique），完全不同於柏拉圖學派的做法，並不是圍繞關於自身的知識或關於自身靈魂的修煉，而是同關於自身的知識維持一定的距離，只是把關於自身的知識當作關懷自身的一個要素，同時還強調：他們所說的自身的知識，並非柏拉圖學派所說那種「關於神的知識」，而是有關自身的符合自然的知識（Foucault, 2001: 401）。昔尼克學派把關懷自身放在高於一切的優先地位，強調一切與自身無關的事情和知識，都不重要，應該把它們擱在一邊。傅科指出：「對於昔尼克學派來說，關懷自身是最主要的。……他們認為，關懷自身的極端重要性，使某些思考自然現象的事情（例如關於地震的根源、風暴的原因以及雙胞胎為何出現等等）成為沒有必要的了。而與此相反，倒不如更多地關心那些直接關係到自身的事情，關心那些直接關係到你自身如何引導自己以及你自身如何行事的規則」（Foucault, 2001: 10-11）。

昔尼克學派在排除關於神的知識方面，走得比斯多葛學派更遠。他們不但不相信神，而且，也蔑視世間一切形式的權威。昔尼克學派早在西元前五世紀到四世紀就產生於古希臘。他們反對一切制度和規範，蔑視一切公共秩序和公眾慣例，主張「像狗那樣」（昔尼克的希臘原文 kynikos 本來就是含有「像狗一樣」的意思），無視他人和社會規範的存在，敢於在大庭廣眾之中，我行我素，無所顧忌。昔尼克學派的最早

代表人物是安狄斯甸（Antisthène, 444-365 B.C.）和狄奧健（Diogène de Sinope, 413-327 B.C.）。據說安狄斯甸的母親是一位奴隸，而他的父親是一位貧窮的雅典人。他主張過自然的生活，認為人生的目的就是幸福，而所謂幸福就是快樂。顯然，昔尼克學派的自然主義，促使他們重視身體感官的快感及舒適，把一切人類所創造的文化當作「非自然」，因而加以排斥。甚至像穿衣服這樣的文化習慣，在他們看來也是違背自然的，因此，他們隨時隨地都可以不穿衣服，裸體行走於大庭廣眾之中。他們認為，善惡問題不是抽象的倫理概念，無需費盡心機反覆思索；所謂善無非就是幸福；而所謂惡就是痛苦。善與惡是可以通過感覺和身體的感受直接地體會到。真正的智慧，是擺脫一切煩惱，避免無端思慮，同時要敢於無視一切法規和規範，因為只有這樣的人，才是真正地體現他本人對自身的關懷，體現他自身的絕對獨立性和自主性。而且，只有以高屋建瓴之勢，蔑視循規蹈矩之庸人之輩，才能有勇氣抗拒周在法規的約束。所以，昔尼克學派認為，真正的自身，無需任何他自身之外的各種規定。依據昔尼克學派的看法，真正的智者總是獨立於他人和社會的影響，單憑他自身的自然慾望、需求及智慧，就懂得實行最恰當的行動；他不需要家庭，不需要財產，不需要兒女，不需要工作，不需要祖國。昔尼克學派所讚頌的智者，反對戰爭，嘲笑那些號稱自己抱有「雄心壯志」的偽君子，同時也挪揄一切政治，因為所謂政治，無非就是欺騙而已。安狄斯甸的學生狄奧健是很幽默聰慧、詼諧滑稽的人。據說，有一次，狄奧健在光天化日之下，提著燈在街上行走。當有人問他為什麼大白天提著燈時，他說他正在找人。他用他的行為，諷刺了現實社會的腐敗至極，暗無天日。還有一次，狄奧健竟然在行人接踵而至、熙熙攘攘的雅典市場上，把天當帳，把地當床，若無其事地脫衣解帶，與人性交，光天化日下行歡作樂。傅科在 1981 至 1982 年的法蘭西學院課程演講中，兩次談到狄奧健，同時還分析了塞涅卡的同時代人德米德里烏斯（Demetrius）的昔尼克主義（Foucault, 2001: 221-231）。

　　斯多葛學派很自然地從犬儒學派那裡繼承了禁慾主義及厭世主義態度，試圖通過「克慾求善」和「返回內心」的途徑，實現「寧靜的生活目的」。他們逃避政治事件，致力於人生倫理，將政治與倫理分成兩部分，認為在一個邪惡的世界中，人不能有福，卻可以有善；真正的善就是個人的德行。善是靠內心修養和自我節制來獲得。研究西方哲學史的德國思想家埃爾德曼（Johann Eduard Erdmann, 1805-1892）說：斯多葛學派「把哲學當作培養美的的藝術」（Erdmann, 1922[1890]: 186）。傅科在探索

德米德里烏斯的觀點時，首先分析了他關於「自身的實踐」的論述。傅科指出：德米德里烏斯是「一位很有教養、並受到長期良好陶冶的昔尼克主義者」（Foucault, 2001：222）。德米德里烏斯很精通為人藝術，以致於他能夠像優秀的競技運動員一樣，不只是懂得什麼是最恰當和最精良的體育競技的藝術，而且，還善於在運動進行過程中，在每個關鍵點上，熟練和恰到好處地展施必要的競技姿勢，如同優秀的提琴手能夠在複雜的交響樂演奏中巧妙對應如流那樣。社會生活之複雜，往往會使人們突然陷入艱難險阻或險象環生的境地。為了使自身永遠處於克敵制勝的主動地位，必須經歷長期的「自身的實踐」的磨練，使自身通曉生活的藝術（Foucault, 2001:221-231）。在這方面，德米德里烏斯做出了榜樣。

昔尼克學派的生存美學思想，並沒有隨著昔尼克學派本身的衰敗而從西方文化歷史上消失掉。相反，昔尼克學派的對於生活的基本態度，後來一直延續下來，在不同的歷史時代，發生不同的影響。每當西方社會發生危機的時候，昔尼克學派的思想，作為對抗和抵制傳統的道德以及傳統生活方式的一種手段，便在社會中傳播開來。

基督教的「自身的技術」

早在七〇年代研究性史的時候，傅科就已經從古羅馬時代基督教的道德論述中，發現以人的身體為基礎所產生的「慾望的主體」（le sujet désirant）的重要性。基督教在其道德理論中，提高到倫理學的高度，總結了人對於自己的肉體的實踐經驗（l'expérience chretienne de la chair），試圖建構一種有利於基督教統治的主體化模式。從基督教關於慾望的主體的道德倫理的論述，再向前追溯，就找到了古希臘智慧中的最早理論根源，這就是透過對於性的實踐經驗（aphrodisia）的歷史分析，凸顯一個真正關懷自身的倫理主體（un sujet éthique）。傅科就是沿著這條研究路徑，深入研究了生存美學的問題。由此可見，基督教關於道德和權力運作模式的論述，構成為西方思想和文化發展史上非常重要的力量，始終影響著西方社會和文化以及人民大眾的思想。

但是，基督教的倫理基本上是禁欲主義（l'ascétisme）的。所以，基督教所重視的「自身的技術」，不是真正地關懷自身，而是「否棄自身」（renonciation à soi）；它們通過否棄自身而達到關懷自身的目的。傅科指出：「對於基督教的禁欲主義來說，否棄自身這個基本原則，是通向他人的生活、走向光明、進入真理以及得到拯救

的關鍵」（Foucault, 2001: 240）。

　　有趣的是，基督教的禁慾主義仍然環繞著「關懷自身」的問題，只是採取了基督教所讚賞和允許的方式和程式進行。基督教的關懷自身方式，基本上是以上述「否棄自身」為基礎，採取「檢查思想」（l'examen de conscience）和「反省懺悔」的格式（l'examen de l'aveu）（Foucault, 1994: IV, 125-128）。這兩種檢查和反省方式，不但在某些方面同古代的生存美學有一定關係，而且也為羅馬時代的生存美學提供了啟發性的實踐原則。由於西元一世紀至三世紀羅馬時代的斯多葛學派思想家都同時信仰基督教，所以，當時的斯多葛學派也成為了古代生存美學與基督教關於自身的實踐的連接橋樑。傅科在 1982 年於法蘭西學院的課程中，有時將斯多葛學派同基督教的生存美學聯繫在一起加以考查（Foucault, 2001; 2003; 2004）。

　　艾柯（Umberto Eco, 1932－　）在他的小說《玫瑰的名字》（Il Nome della Rosa, 1980）中所描述的 1327 年左右的修道院生活，深刻地揭示聖芳濟修士巴斯克維爾的威廉，究竟如何成功地成為嚴格實行基督教生活方式的模範。這位宗教裁判所法官，嚴格地執行了基督教的「自身的實踐」方式，同時也要求隨他實習的年青修士埃森，從肉體和精神生活兩方面，控制自己的慾望，以達到自我提升精神生活層面的目的（Eco, U. 1980）。根據這部小說的描述，在十四世紀，義大利屬於聖班尼迪特教團（Bénédictins）的修道院，每天必須有條不紊地遵守教規實行指定的生活制度：凌晨兩點三十分到三點之間開始晨禱，清早五點到六點是晨間禮拜或讚課，直到黎明時分。然後，七點三十分破曉之前舉行早課，九點上午禮拜，正午舉行「第六時禱告」，下午兩點到三點之間是「第九時禱告」，黃昏禱告是在下午四點半日落時分。晚禱在大約六點舉行，晚七點修士們就必須上床就寢。就是在這樣的生活環境下，修士們必須時時進行苦行僧式的「自身的實踐」，牢記「魔鬼是通過女人滲入男人心裡」的告誡。實習的年青修士埃森一方面實行這種嚴謹的生活制度，另一方面又經常在內心裡發生激烈的思想鬥爭，必須忍受肉體和精神方面的折磨，克服慾望的「引誘」。《玫瑰的名字》第 21 章記載了實習修士埃森來到古修道院的第三天晚上發生的事情。當時，年青的埃森在黑悠悠的餐廳裡，同一位美麗而又遭受折磨的姑娘不期而遇。埃森坦率地說：「我的感覺如何？我又看到了什麼？我只記得最初一霎那的情緒是難以訴諸言詞的，因為我的舌頭和我的心靈都沒有受過如何說出這種感覺的訓練。直到我記起了別的心靈語言，那是我在別的地方別的時間聽到的，說話者的目的

顯然並不相同，卻和我當時的喜悅奇妙地吻合，仿佛那本來就是用來描述這種感覺的。這些深藏在我記憶中的話，浮到了我的唇邊，我忘了它們在聖經中，或者在聖徒的福音書中，是用來表達完全不同和更為燦爛的事實。但是，在聖徒們所說的歡悅和我騷動的靈魂在那一刻所感覺到的喜悅，真有什麼不同嗎？在那時，我心裡已不認為有什麼微妙的區別了。我想，這正是地獄深淵狂喜的跡象。……當那女人靠近我，把她剛才一直按在胸前的包袱丟到一邊；她舉起她的手撫摸我的臉，重複剛才我已聽過的話。我不知道是該躲開她，還是更靠近她，腦海中震動不已，彷彿約書亞的喇叭就要把耶利哥城的城牆震塌了。我想碰她，同時又很怕觸摸她時，她卻開心地笑，發出快樂的母羊般壓抑的呻吟，把繫衣的帶子解了下來，讓衣服從她身上滑落，一如夏娃在伊甸園裡出現在亞當面前那樣，站在我的面前。……我喊叫著，一不小心碰到了她的軀體，感覺到它的溫暖，並聞到了一股以前從未聞過的香味。我想起了：『孩子，當瘋狂的愛來臨時，人類是無能為力的』。我領悟到，不管我現在的感覺是魔鬼的陷阱還是天堂的恩賜，我是沒有力量抵抗驅策我的衝動。我大聲喊：『上帝，賜我防衛的力量吧』，由於她的唇呼出了甜美的氣息，她那雙穿著涼鞋的腳又是那麼纖柔，她的腿像列柱般直，兩腿交接之處猶如珍寶，只有一個技藝高超的工匠才能塑造得出這樣的作品。哦，愛，歡樂之女！一個國王被俘虜在你的秀髮間了。我喃喃低語，任由她抱著我，兩人一起倒在廚房的地板上。也不知是我自己動手，還是她的詭計使然，我發現我已經掙脫了僧衣，但我們對裸露的軀體卻不感到羞恥……」。這段由忠於教會的年輕實習修士所表白的文字，生動地傾訴了受基督教教規嚴謹約束的教士的內心矛盾以及他們自身實踐所經歷的各種苦難和精神掙扎。基督教的自身的實踐總是千方百計地壓制修士的肉欲，禁止他們想像、追求和滿足慾望快感；只允許他們實行禁欲主義的信條，對慾望引誘下所犯過的罪惡進行反覆的懺悔。但在實際生活中，所有這些禁忌和戒律都很難抵禦慾望快感的「引誘」，每每使修士們違背教規而「犯罪」。基督教的自身的實踐卻允許「犯罪」。重要的問題是要悔罪，要懺悔，並通過懺悔反省而使自身得到解救。在書中，作為實習修士埃森的導師，年老而富有經驗的聖芳濟修士，巴斯克維爾的威廉，在聆聽了埃森的懺悔之後，說出了更加意味深長的話：「埃森，你犯了罪，這是確定的，違反了不准通姦的戒律，也違反了你身為一個實習修士的職責。在你的辯白中，你發現自己處於一種即使連沙漠中的神父也會沉淪的情況。《聖經》上說得夠清楚了；女人是誘惑的來源。〈傳道書〉上說，女人的話就好

像燒燙的火;〈箴言書〉上說,女人會佔據男人珍貴的靈魂,即使最堅強的男人也會
被她所愛。〈傳道書〉上又說,女人的死更加難堪,她的心是陷阱和網,她的手是鐵
箍。另外幾章書上說,她們是魔鬼的器皿。確定了這一點之後,親愛的埃森,我自己
也不能相信上帝會創造這樣惡毒的生物,而不賦予她一些美的。我也不禁想到神給予
了女人許多特權和權威的動因,其中有三項確實是很偉大的。事實上,首先,上帝在
這個卑污的世界上,用泥土造了男人;女人卻是神後來在天堂用人類高貴的一部分造
的。神並沒有以亞當的腳和內臟為模型來塑造她,而是用男人的肋骨。其次,全能的
上帝可以直接以某種神奇的方式化為人形,然而神卻選擇了一個方案,讓人都要先居
住在女人的子宮。這表示,女人畢竟並不十分惡毒。所以,當神在復活之後出現時,
神是對一個女人現身的。最後,在天國的榮耀中,任何男人都不可能成為那個國度的
王,但是,王后卻會是一個從未犯過罪的女人。所以,如果上帝那麼鍾愛夏娃和她的
女兒,我們被女性的優雅和高貴所吸引難道就不正常了嗎?我所要告訴你的是,埃
森,你當然絕不可以再犯了;但你被誘惑那麼做也並不是萬劫不復的。話說回來,一
個僧侶一生至少該有一次肉欲激情的經驗。這樣,有一天他在寬慰並勸解罪人時,才
能容忍和諒解。親愛的埃森,這種事在發生之前是不被希望的,但一旦發生後就沒有
必要責罵得太厲害。所以,讓一切都隨著上帝去吧,以後我們再也不再提起了。事實
上,可能的話,還是忘了最好....」。由歷盡長期修練而達到很高神職位階的「德高望
重」的年老聖芳濟修士巴斯克維爾的威廉,來總結埃森的「罪」及其懺悔,更深刻地
揭示了基督教的「自身的實踐」的真正性質。傅科指出,基督教在某些方面繼承了斯
多葛學派的生存美學,例如在他們的自身的實踐中,還包含了斯多葛學派所說的「觀
照自身」(regard sur soi-même; tourner le regard vers soi) 的程式。上述發生在中世紀
修道院的故事,就包含了這種「觀照自身」的技術。傅科指出,基督教的觀照自身,
主要是強調時時提高警覺,要注意外來的各種可能有損於心靈純化的形象、表像和圖
像,要時時反問自己,究竟有哪些印象動搖過自身的信念?還要檢查是否有引誘性的
觀念和形象刺激過自身的心靈?要經常分析侵入自身心靈的各種印象,辨認出哪些是
來自神,哪些是來自魔鬼?在自身的心靈中有沒有出現過貪念和邪念?……如此等等
(Foucault, 2001: 209)。

　　在 1979 至 1980 年的法蘭西學院課程計畫中,傅科曾經詳細分析基督教關於懺悔
反省和檢查思想的規定的意義(foucault, 1994: IV, 125-129)。傅科指出:在第一至第

三世紀的基督教中，懺悔反省和檢查思想是管理和統治他人的前提；也就是說，要統治、引導和管理他人的人，首先必須管好、控制和檢查自己，特別是首先對自己所犯過的「罪」和各種錯誤進行誠實的懺悔和思想檢查。所以，十六世紀神父托馬索‧德‧維厄（Tomaso de Vio）曾經把「懺悔反省」稱為「真理的行為」（acte de vérité）。他認為，試圖統治他人的人，為了恰當地實行自己的統治，必須首先掌握真理，管束自己，不斷提升自己的思想境界，使自己做出榜樣，不但帶頭服從神和各種自然規律，而且，也順從政府的法制和道德規範。同時還要履行「真理的行為」，使自己不愧於自身的身分，不停地監督自己，嚴格檢查自己的思想，對所犯的罪過和錯誤進行檢查，對上帝做好懺悔，誠實地說出心中一切想法，坦率揭示自己的慾望，特別不能掩蓋心靈中斷汙穢部分，痛下決心悔改，使自身不斷地從罪惡和汙穢的世俗世界中掙脫出來，轉向純潔和高尚的精神境界（De Vio, T. 1530）。

　　基督教對於思想檢查和反省懺悔，並不滿足於做出一般性的規定，而且還非常詳細地制訂一系列程式、技術和儀式，對基督教修士的言行的每一個細節，都做出相應的細緻規定，務必使他們的全部生活和思想活動，不管是在大庭廣眾，還是在私人生活領域，都嚴格地受到訓練、控制和檢查。傅科以「真實呈現內心信仰狀況及其實行程度」（exomologese）的技術和「精誠順從」（exagoreusi）的技術為例，說明基督教的自身的技術的性質和策略。傅科依據中世紀以來的神學家和教士的著作及檔，首先對「真實呈現內心信仰狀況及其實行程度」（exomologese）的技術進行分析。這種技術要求修士講真心話，把心中所產生過的一切想法，哪怕是瞬時間出現的「一閃念」也不能放過。講出真話只是第一步，接著就必須根據基督教的各種規定，對心中出現和講過的錯誤言行進行反省和批判。所以，基督教也把上述「真實呈現內心信仰狀況及其實行程度」（exomologese）的技術，稱為「信的行為」（acte de foi）。它是上述「真理的行為」的一個組成部分；它要求所有基督教徒不但誠實坦白交代自己的信仰程度及其動搖程度，而且還要求證實自己對信仰的義務和責任的履行程度。在執行過程中，依據基督教徒所犯的錯誤的性質，教會對於實行上述技術的程式，可以選擇和決定究竟採取「一對一對話」還是「集體儀式」的方式。

　　至於「精誠順從」方面，基督教也規定了一系列程式和檢查方式，務必使修道院和各種教會組織，不論在人與人之間的關係方面，還是在坦率懺悔方面，都貫徹嚴格的紀律和懲罰制度，使每個人，依據其地位和教階身分，下級絕對地和無條件地服從

上級，年少和低輩分的人必須無條件地尊重和順從上輩，服從老年和長輩；同時也使每個修士都能夠忠實地執行懺悔和坦白交代的行為。實際上，上述各種嚴格規定，一方面是為了監督基督教徒對於神話教會的忠誠程度，使他們都不但排除雜念和邪念，另一方面也是為了把他們培訓成為符合資格的「牧羊人」，能夠嚴格按照教會規定統治和管制教徒，把他們帶領到教會所指定的方向。所以，從這一方面來說，上述基督教各種自身技術，實際上也是基督教的權力運作模式的具體表現。為此，讀者可以把這一部分同本書第三章有關內容聯繫起來。如前所述，基督教的生存美學理論，在某些方面確實同教會內外實行真理遊戲和權力遊戲的策略保持密切的關係。自身的技術無論如何都脫離不開真理和權力的問題。

　　傅科本人也在他的《性史》第一和第二卷中，多次詳盡分析基督教的「自身的實踐」的禁欲主義特徵。但當時傅科分析的重點，仍然是揭露基督教「自身的實踐」同權力的基督教教士的運作模式之間的內在關係（Foucault, 1976; 1984a）。只是在 1982年 2 月 10 日的法蘭西學院的演講中，傅科才更深入地從生存美學的角度，重新探討基督教「自身的技術」和「自身的實踐」對於生存美學的重要意義（Foucault, 2001: 201-203）。作為生存美學，基督教的自身的技術，對於訓練自身成為坦誠說出心裡話的主體具有重要意義。傅科認為，一個人能夠把自己訓練成為坦率說話的主體，就意味著能夠把自己訓練成為真正自由的人。事情是很清楚的。如果一個人，經常為自己心裡所想和該不該說以及如何說的矛盾所困擾，他就一定是生活不快活的人，同時也是不自由的人。真正自由的人，由於善於掌握分寸，又非常熟練地懂得該不該說話以及如何說的技術，他就不會為說話及其藝術而煩惱，他也會因此而幸福快樂。所以，在古希臘羅馬，上述被基督教奉為重要信條的「苦行」和「開誠佈公」（parrhêsia）的原則，不但是進入真理的條件，而且也是自由的基礎。正因為這樣，古希臘羅馬把「苦行」和「開誠佈公」也稱為「自由」（libertas）。傅科認為，上述基督教原則的確立及其實行，顯示中世紀時期的自身的實踐，對於西方人的生存美學原則的傳播，具有重要的歷史意義：它至少推動了從古希臘羅馬所建構的生存美學的延續發展過程，而且，也在實際上訓練了一大批實行生存美學的基督教教士。

　　基督教所提出的自身的實踐，扭轉了希臘化時期的「自身的實踐」的內容和形式。在希臘化時期，「自身的實踐」並不同於基督教的自身的實踐。第一，希臘化時期強調：自身的實踐是一種持續的「轉向自身」的過程。也就是說，自身的實踐要經

歷長期的轉向自身（epitrophê）的努力和刻苦訓練，並不是在生活中的某些時刻，而是在一生的時時刻刻中必須努力進行的。這意味著希臘化時期，斯多葛學派畢竟看到了現實生活中，實行自身的實踐的實際困難，並現實地預見到自身在其實踐中，不可能不犯錯誤，也不可能不走彎路。也就是說，在自身的實踐的過程中，人們儘管努力嚴謹地要求自己，但仍然會時時偏離自身。這幾乎是很自然的事情。正因為這樣，才一再地強調時時轉向自身的重要性。同時，斯多葛學派也充分地意識到，自身的實踐必定是一種反思的實踐，它必定要經歷同他人的交往，為他人效勞服務，才有可能使自身進一步認識關懷自身的重要性。不經過同他人的接觸，不同他人交往、並為他人服務，就不能真正完成自身的實踐。正是在這個意義上，斯多葛學派很重視轉向自身的過程和程式。第二，希臘化時期的自身的實踐所要求的「轉向自身」，並非像柏拉圖學派所主張的那樣，實現從「此岸」向「彼岸」的轉化，而是在自身內在世界本身的自我轉化過程。這是一種從精神上進行自我解放的運動，以便使自身修練成掌握自身命運的主人。第三，轉向自身的結果，就是使自己完全地同自身相符合，完全成為一個不愧於自身的真正主人的「完美的」自身。第四，自身的實踐雖然包含著認識自己的過程，但總的來說，自身的實踐的過程畢竟還是以實際的行動和艱苦的思想修練為基礎。沒有艱苦的修練和在實際的行動中付出代價，即使對自身有所認識，也無濟於事。

　　基督教只是在某些方面吸收了希臘化時期的上述自身的實踐的原則，但從根本上對它進行改造。因此，基督教的自身的實踐，在本質上不同於前期的自身的實踐。按照傅科的說法，從西元三世紀到四世紀，基督教首先將「轉向自身」理解為對於自身的罪過的懺悔以及徹底地改造自身的心靈。基督教甚至使用metanoia這個新的語詞取代原來的 epistrophê，其用意就是強調兩點：第一，轉向自身必須通過一系列受到基督教教義和制度嚴格監督的懺悔儀式；第二，轉向自身意味著對自身的原有精神和思想狀態進行脫胎換骨的改造，使自身轉變成為符合基督教教義、教規和教制的新人。正因為這樣，基督教的轉向自身首先是一種突變，是未經長期準備、而必須在瞬刻間被強制性地實現的過程。它不像希臘化時期所主張的那樣，必須持續地進行自我修練，並使自己時時刻刻處於精神準備狀態。如果說，希臘化時期主張個人自身進行主動積極的精神改造的話，那麼，基督教反而製造強制的外來壓力氣氛，迫使個人自身進行必要的轉變。這樣一來，轉向自身的結果，造成個人生存歷程發生突然的轉折，

而且還是悲劇性的轉折。基督教強調，轉向自身的過程實際上完成了從此岸到彼岸的過渡，完成從死亡到復活、從必死到不朽、從黑暗到光明、從世俗到神界的過渡。所以，基督教的轉向自身是自身本身生存過程的中斷和斷裂，是從原有的現實的和世俗的自身解脫出來，實行向彼岸的轉化（Foucault, 2001: 202-203）。

由此可見，基督教關於「懺悔反省」和「檢查思想」的規範及其方法，也屬於「自身的實踐」和「自身的技術」的範疇，只是嚴格地受到基督教教義及其倫理原則的限制，表現出對「自身」的人性，特別是肉體慾望部分的嚴厲管制，試圖由此突顯「神」對於人的絕對神聖地位。

顯然，在古羅馬時期，從古代「關懷自身」的原則到基督教的「自身的實踐」的轉折，是通過晚期斯多葛學派的「自身的文化」作為中介而進行的。如前所述，在希臘化之後，當基督教逐漸取代希臘文化思想而統治整個羅馬帝國的時候，是晚期斯多葛學派的思想代表人物，諸如塞涅卡及馬克‧奧列爾等，通過他們的思想的影響，使「關懷自身」的原則能夠順利地逐漸同基督教關於「自身的實踐」的倫理結合起來。在這個意義上說，晚期斯多葛學派成為了從古希臘文化思想轉向基督教道德的中介環節。斯多葛學派的上述特徵，使它在相當長時間裡，成為同基督教道德倫理並存、並相互交映的思潮。

當斯多葛學派影響著古希臘羅馬的精神生活的時候，基督教神學的教父學派也提出了關於關懷自身的生活技藝。傅科在其研究中，很重視教父學派的觀點，尤其是聖奧古斯丁（Aurelius Augustinus, 354-430）的思想及其對教徒的具體教誨。聖奧古斯丁本人根據其親身的生活經歷而寫出的《懺悔錄》（Professions, 397-401）是基督教探討主體與真理的相互關係的第一個重要典範，它深刻地影響了此後的生存美學的發展（Foucault, 2001: 345）。不僅如此，聖奧古斯丁還為修院生活制訂了一系列完整的規則，直接地影響由聖伯諾瓦（Saint Benoit de Nursie, 480-547）所開創的聖班尼迪特教團（Bénédictins）的修身行為。在前述的《玫瑰的名字》小說中所描述的修道院故事，已經生動地記述了聖班尼迪特教團的生活原則。所以，教父學派和斯多葛學派實際上共同地推動了中世紀生存美學的形成和發展。

文藝復興及近代的自身文化

如果說，中世紀整個時代，是以斯多葛和基督教的模式，取代和改造了古希臘原有的「關懷自身」原則的話，那麼，只有到了文藝復興和十六世紀，當人們力圖以古代文化的精髓，創造新的文化的時候，才重新發掘、並闡揚了古代「關懷自身」基本原則的真正價值（Foucault, 2001: 240-241）。

布格哈特（Jakob Burckhardt, 1818-1897）在其研究文藝復興精神文明的著作中，實際上批判了康德的傳統美學原則，同時發現文藝復興時期生存美學思想的新表現形式。布格哈特指出：從古希臘以來，一直指導著西方人生活實踐的生存美學原則，把自身生活當成藝術作品和藝術創作活動，它是西方美學歷史發展中的關鍵思想，它曾經對古代西方人的生活作風、思想風格以及創作精神，發生決定性影響；而在文藝復興時期，義大利的藝術家和思想家們，在提倡人文主義的過程中，重新評估和復興了古代的生存美學（Burckhardt, J. 1860）。傅科在多次的談話中，反覆肯定布格哈特對古希臘、特別是對文藝復興時期的「關懷自身」的文化的研究，並認為它在西方美學和倫理學發展過程中，具有重要意義（Foucault, 410; 573; 630）。

布格哈特在其著作《義大利文藝復興文化》（Die Kultur des Renaissance in Italien, 1860）的第一卷中指出，十五至十六世紀時期，義大利的政治家將國家視為藝術品，而把國家統治視為藝術創作活動。當時的義大利統治者，主要是那些王公貴族，很注意訓練自己的生活藝術，並非常關心統治過程的藝術策略。該著作第二卷集中分析文藝復興時期個人主義的發展及其與國家的關係。到第三卷，作者更深入分析和評價文藝復興時期以個人主義為中心的新型人文主義。作者認為，文藝復興時期個人主義的發展，典型地表現了新時代的人性特徵。文藝復興的人，是關懷自身的新型人類；他們把自己當成與自然界相協調、並具有自律性的生命體，有能力利用周圍環境的資源，展現和滿足自身在肉體和精神方面的慾望，並以藝術的方式和美的生活風格，促使自己在肉體和精神兩方面都獲得最大的快樂（Burckhardt, 1860）。

傅科對於文藝復興時期生存美學的研究，是同他對於這一時期的政府統治形式、對人的管制方式以及社會整體各種關係的歷史轉變的研究，結合在一起。傅科注意到：文藝復興時期，由於社會制度和文化體系的變革，使人際關係的模式、管理人的方式以及個人生活方式等方面，都發生重大變化（Foucault, 1994: IV, 94）。在文化和

生存美學方面，對古希臘文化的重新估計和評價，拯救了「關於自身的文化」的內在
價值，從而出現了「返回自身」（retour à soi）的新浪潮。但是，值得注意的是，文
藝復興時期「返回自身」的運動，並未能全面地普及開來；而且，這一時期的生存美
學，深受當時的人文主義的影響，認在某些方面反而減弱了古代原有的生存美學的特
殊色彩。傅科認為，文藝復興時期的人文主義，過於誇大「人」的概念及其與神的對
立性。其實，文藝復興人文主義對於人的頌揚，就如同基督教對於神的崇奉一樣（Fo-
ucault, 1994: IV, 619）。

　　所以，文藝復興的生存美學思想具有兩面性：一方面它不同於基督教模式，反對
將個人幸福和自由作為信仰神的點綴和犧牲品；另一方面它又極端地否定中世紀時期
的生存美學原則，以抽象的「人」的概念，使中世紀時期關於個人實際審美快感及其
具體運作方式的論述，掩蓋在抽象的人道主義口號下，從而將古代原本具體而完備的
生存美學技術，反而失去了其多彩光芒。但是，不可否認的是，文藝復興時期的某些
作家和思想家，畢竟發展了古代的生存美學理論。但是，在這方面，傅科並沒有在他
有生之年進行深入的研究。

　　文藝復興之後，蒙泰涅非常重視古代的生活哲學以及攸關生存美學的原則。在傅
科的生存美學研究中，曾經概略地涉及到蒙泰涅（Michel Equem de Montaigne,
1533-1592）關於自身倫理學的觀念（Foucault, 2001: 240-241）。

　　對於古代生活哲學以及生存美學有專門研究的哈多（Pierre Hadot, 1922-　）指
出，生活在十六世紀的法國社會的蒙泰涅，極其關心自身的思想修養問題以及關於自
身的描述文字藝術，以致使他在自己的著作《論文集》（Essais, 1580-1595）中，不惜
用大篇幅，總結他閱讀和鑽研柏拉圖、普魯塔克（Plutarque[Ploutarkhos],
46/49-125）、塞涅卡（Lucius Annaeus Seneca [Sénèque], 4 B.C.-65）及狄奧多爾（Di-
odore de Sicile[Diodoros Sikeliotes], 90-20 B.C.）等思想家的著作的心得體會，強調對
於自身的精神修練的極端重要性，也對其自身的心靈狀態進行生動的描述（Hadot,
2003: 10; 185）。蒙泰涅將關懷自身的問題列為思想修練的核心，一方面是深受拉波
埃希（Etienne de La Boétie, 1530-1563）的影響，另一方面也是他自己長年累月經明行
修的結果。他從 1557 年當選波爾多市議會議員後，便與拉波埃希交洽無嫌，建立了
親密無間的友誼。蒙泰涅在《論文集》中，用整整一章的篇幅，論述了拉波埃希的
「高貴心靈」（la noblesse d'âme），顯示他們倆始終以早期羅馬時代的「友誼」觀

念，將友情列為自身與他人建構純潔高尚的關係的典型。所以，蒙泰涅的「關於自身的美學」（l'esthétique de soi）和「關於自身的倫理」（l'éthique de soi）也成為傅科研究的重點（Ibid.）。除此以外，傅科還研究了文藝復興時期所出現的「自身的文學」（la littérature de soi）或關於自身的文字（l'écriture de soi），也就是各種各樣的新型自傳文學。這些自傳文學也是以關懷自身的方式，通過對於自身生活和精神心靈的審美描述，展現文藝復興時期人們對於生存審美價值的肯定式的讚賞態度。

尼采的酒神美學

儘管身體和性的審美活動，在藝術創作及整個人類文化中，早已顯現出它們的決定性影響，並直接構成為審美和藝術創作的重要組成部分，但人們對於身體和性在審美意義及其在文化中的決定性地位，卻仍然必須經歷複雜曲折的歷史過程和付出巨大的文化代價之後，只有到了十九世紀中葉「現代性」（Modernité; Modernity）發生危機、「後現代性」（Post-Modernité; Post-Modernity）開始萌芽的時候，才由尼采提出以「性衝動的醉」作為藝術創作基本動力的創作原則。

尼采最崇尚酒神精神。酒神的象徵來源於古希臘的酒神祭，也就是對於狄奧尼索斯（Dionysus）的祭禮。在這種崇拜儀式中，所有參加的男女都打破一切禁忌，返回到生命的原始自然狀態，狂飲爛醉，放縱自身肉體性慾和情慾，通過種種具有藝術形式的儀式行為，在痛苦和狂喜相互交織的癲狂狀態中，達到與世界本體融合為一的最高歡樂。迄今為止，這種酒神精神仍然保留在一些民族的嘉年華節日的狂歡活動中。正是在狂歡中，歷史和現實、時間和空間、經驗與傳統、多樣性和單一性，巧妙地融合在一起，形成為宏偉壯觀的創作歡樂的高潮，將日常生活中一切庸俗、平淡、無能、界限和區分，統統消融得一乾二淨，把它們驅趕出去，使人們處於從未有過的快感高潮之中，為最自由的創作提供了最理想的氣氛。

所以，英國哲學家羅素（Bertrand Russell, 1872-1970）也指出：「在沈醉狀態中，肉體和精神方面都恢復了那種被審慎所摧毀了的強烈真實感情。在沉醉中，人們覺得世界充滿了歡愉和美，人們想像到從日常焦慮的監獄中解放出來的快樂」（Russell, B. 1945）。因此，酒神作為一種「醉」的精神狀態的象徵，標誌著人性情緒慾望的盡情放縱，表現人類本性的徹底還原，也是表現人的感性生命的高漲洋溢和個體身心的徹底自由。正因為這樣，尼采才用「醉」的理念和情感表現人的生命的本質，並以此作

為充分表達審美和藝術的自由本質的最好途徑。

尼采自稱為「哲學家狄奧尼索斯的最後一位弟子」，堅持認為：藝術在本質上就是一種「醉」。他說：「為了使藝術能夠存在，為了使任何一種審美行為或審美直觀能夠存在，有一種心理前提是不可或缺的，這就是醉」（Nietzsche, F. 1982 [1887-1889]）。醉是失去理性和解脫一切規範的狀態，也是人的創造精神處於最自由的境遇，同時，醉又是藝術才子所特有的生活態度。因此，只有醉才能發揮藝術本身的游戲本性，讓藝術自身依據其存在需要而自由運作和表現。在此情況下，藝術家無需任何主體性的規定，使藝術脫離人世間各種醜惡的利害爭鬥及各種價值判斷的限制，任自身的自由運動進行到最滿意的程度。正因為這樣，唯有醉，才能使藝術創作達到其自身所追求的審美形式。

但存在各種類型的醉。只有性衝動所達到的快感滿足高潮，才是最自然、最典型和最具有美感的狀態。性高潮所引來的審美滿足，最典型地將人的肉體和精神生命所需要的快感結合在一起，使人在性快感的滿足中體會到審美的最高境界。不能把性高潮單純理解為動物或生物性的本能快感，因為人的性快感始終都包含著文化意義，始終離不開精神和思想方面的審美鑒賞和創作意識。因此，唯有性高潮所造成的醉，才可以為藝術家帶來最豐富的靈感，並提供最美的存在形式。性高潮是生存美學所追求的生存美的典範；在性高潮中，不但滿足了身體和性的審美快感，而且也為生命本身的再創造和更新提供了基礎。尼采明確地說：「首先是性衝動的的醉」，「這種醉是最古老最原始的形式」（Ibid.）。所以，在藝術中，性衝動是「最理想化的基本力量」（Ibid.）。

藝術創作的完滿程度，決定於肉體和精神慾望本能的無限擴張，決定於敢不敢衝破一切障礙而使自身的內在生命強力無限地膨脹起來。只有通過情慾和性慾的擴張和徹底暴露，才達到生命的高漲和藝術的成功。在古希臘，一切最完美的藝術作品，都是在創作者處於性衝動狀態下創作出來的，因此，這些最美的作品，幾乎都圍繞著愛情和性的故事。「每一種完美以及事物的完整的美，只有通過接觸才會重新喚起性慾亢奮的極樂狀態。對藝術和美的渴望是對性慾癲狂的間接渴望」（Nietzsche, F. 1895）。顯然，尼采不但將性衝動的沈醉狀態當作生命和藝術的基本動力，而且也是生命和藝術的主要內容和基本表現形式。尼采高度肯定性慾和情慾在藝術活動中的重要地位。他認為：「藝術家如果要有所作為的話，就一定要在稟性和肉體方面強健，

要達到精力過剩，像野獸一般，充滿情慾」（Ibid.）。他還說：「藝術家按其本性來說恐怕難免是好色之徒」（Ibid.）。

傅科不但崇敬尼采，而且很重視受尼采影響的思想家的狂熱創作態度。他認為，只有以瘋狂的慾望發泄，並使自己陷入癲狂式的酒醉狀態，才能創作出藝術作品，才能使自身的生活和生命，實現生存美學的最高原則。傅科以斯蒂納（Johann Kaspar Schmidt Stirner, dit Max Stirner, 1806-1856）、叔 本 華（Arthur Schopenhauer, 1788-1860）、博德萊（Charles Baudelaire, 1821-1867）、無政府主義（l'anarchie）為例，說明酒醉式的瘋狂乃是創造審美生存的最好環境（Foucault, 2001: 241）。

在二十世紀中葉，正當西方文化和思想發生根本性變革的時候，傅科很重視喬治·巴岱（Georges Bataille, 1897-1962）、布朗索以及科洛索夫斯基等人所發揚的新尼采主義美學。他們的作品不但指引了傅科本人的思想發展，而且，也啟發他從事富有創意的探索，並在個人生活方式和風格方面，將傅科提升到其自身所期望的審美境界。

第 *10* 章

在語言遊戲中審美地生存

語言藝術同生活藝術的內在關係

　　作為一位作家和思想家，傅科特別重視語言的使用藝術，並把語言的表達和運用技巧，當成生存美的建構、表現和提升的主要途徑，也是進行審美超越的一個重要步驟。我們在以上各章節已經多次強調語言藝術同生活藝術（art de vivre）之間的密切關係。傅科在其關於文學語言、生活與語言運用的關係以及關於語言風格的論述中，反覆強調使用語言的藝術和技巧的審美意義及其同生活藝術之間的內在關係。

　　本來，傅科的生存美學本身就是從文學創作以及文學語言的自由運用中，獲得啟發和得到精神營養而發展起來的。傅科認為，生存美離不開語言美。語言美無非就是生活美和人的審美意識的表現和表達形式，而且，也是生活美和審美活動的存在及其不斷創新的基礎。人的生活的美化，必須憑藉語言的活潑靈巧的運用；反過來，語言的自由運用是生存美本身的存在、並不斷延伸的基本條件。所以，語言的審美價值，並不只是語言本身的性質所決定的；它從根本上就是人類生存的審美性的直接結果。沒有生存的審美意義，就沒有語言的審美創作；反過來，沒有語言的審美創造能力，也就沒有生存的審美活動。人是以其語言和各種符號的運用而實現其審美生存的動物。人活在世界上，必須同時深刻地精通語言和把握生活技藝兩方面；只有這樣，生存才具有審美的意義，也才懂得和善於發揮生活本身的樂趣。因此，學會藝術地使用語言，就是學會藝術地生存。

　　語言的建構過程，從人類文化創建開始，就含有審美意義。這就是說，人類創建語言的過程，並不只是為了現實生活的溝通和協調，而且，更重要的，是為了實現其審美的超越目標。這是由語言及各種符號的性質所決定的。語言和各種符號具有明顯

的中介和象徵性的功能。在語言和各種符號的運用中，勢必實現(1)意義表達、(2)溝通協調、(3)人際關係建構、(4)人與世界共存、(5)雙重性象徵的想像結構、(6)超越意願的更新。人類的審美生存意願，將上述六大方面的語言運用效果結合在一起，使生存本身成為富有可能性的實踐。語言及各種符號為審美生存的可能實踐提供了最廣闊的視域和場所，將審美生存引向一切可能的超越領域。通過語言及各種符號的上述功能，人類一方面實現其自由的超越想像活動，另一方面又不斷地從實現了的審美目標導向更新的審美視域。在這過程中，語言成為想像、思考和超越實踐的最好中介。

在古希臘時期，思想家和哲學家們都很重視語言及其運用的重要性。早在希臘城邦興起之前，文明的希臘人就已經認為，人類的行動和言語這兩種能力，是齊頭並進的；而且，它們兩者都屬於人類的最高級的能力。亞里斯多德曾經從各個方面給「人」下定義；但在他看來，「人是會說話的動物」，是最重要的。所以，亞里斯多德強調：在人類共同體的所有必要的活動中，只有兩種活動被當成是帶有政治性，構成為亞里斯多德所說的政治生活；這就是行動與語言。為了強調行動和言語的政治性，也就是突顯人類所獨有的最高級的能力，希臘人甚至認為，同語言相比，思想是次要的。這就意味著，真正的人，總是要避免一切不借用語言的暴力而實現政治的活動。所謂行動，就是指在恰當的時候說出恰當的言語。後來，希臘城邦的歷史經驗顯示，希臘人越來越把強調的重心轉向言語，並強調：只有使用符合邏輯的言語，才是進行人類政治活動的唯一可選擇的手段；無論發生什麼樣的事件，都必須最終訴諸於言語，靠言語的爭論最後解決問題。

哈娜‧阿蓮在《人的條件》（Hannah Arendt, Vita activa, München, 1959）一書中指出：人的生命只有在同他人的交往中才能存在及實現。所以，古羅馬人的語言中，「生活」和「在人群中生存」（inter homines esse）是同義詞，就如同「死亡」、「不在與他人生存」（inter hominesesse desinere）是同義詞一樣（Arendt, H. 1959: 15）。

以詩性生存的方式實現審美遊戲

傅科把語言的運用及其藝術直接同生存的審美活動聯繫在一起。因此，正如本書第七章第二節所已經指出的，他很重視海德格在這一方面的研究成果。海德格的思想從五〇年代開始，更深刻地觸及生存與語言的內在關係，並在新的基礎上，將生存和語言同西方的技術、藝術創造，特別是詩歌的特殊語言的運用，結合在一起加以探

索。

　　海德格特別強調，為了使生存變成為富有審美意義的生命創造過程，必須善於使用詩歌語言，因為詩歌語言是純粹的存在語言，而且是歷史的「原語言」，也是歷史的原初發動力。只有那些「被遺忘了的和枯竭了的詩歌語詞」，才轉變成日常生活語言；所以，通過日常生活語言是無法呼喚一切可能的事物，因而就會陷入庸俗的和無所作為的生活漩渦中（Heidegger: 1959: 31）。

　　為了使自己的審美生存變成為不斷創造的生命過程，要像詩人那樣，必須使自己「詩性地瘋狂」起來，在創作的過程中，敢於沖破普通語言運用和語法的規則，讓語言自身說話，任其自身的展現而實現掩飾與敞露、明確與模糊、同義與歧義、直接與間接、隱喻與換喻、寓意與簡潔、再現與更新、重複與循環的多樣遊戲。傅科自己就是這樣在靈活使用語言的過程中，以詩歌的語言為榜樣，實現其審美生存理想，在詩性的語言遊戲中，一方面不斷更改其研究的方向和主題，另一方面又一再更新其寫作風格，實現近而不浮、遠而不盡，韻外之致，味外之旨的詩歌審美境界。

　　詩性地使用語言，並不一定非以詩歌的格式表達出來。實際上，並非人人都可以成為詩人。重要的問題，不在於在形式上採用詩歌方式，而是以詩歌語言的本質特徵，把語言發揮到最大限度的狂想境界。所謂「詩性地」生存，其本身也是一種象徵性的隱喻和借喻，其真正意思，就是學會像詩人那樣思考、運用語言和審美地生存。傅科一再強調：有智之士要善於在語言的皺褶和象徵性的結構中，巧妙地與對話者玩弄「捉迷藏」的遊戲，從不試圖一語道盡意義，而是設法為聽話者和鑒賞者留下聯想和想像的廣闊餘地，給予他們反覆回味和參與再創造的帶有伸縮性的時空結構。這就要求使用語言時，不要始終執著於主體性原則，不要試圖壟斷語言使用的主體地位；相反，要有宏大氣魄，主動放棄自己的主體性，使自身的主體性變幻莫測，把主體性歸還給語言本身，也給予讀者和鑒賞者有當主體的機會，使他們在閱讀文本時，成為他們自身的主人，跟著文本語言的展示，隨語言波浪的沉浮，把他們心中所想所言，都盡情地隨著文本而抒發出來。因此，語言的詩性運用，往往不以虛為虛，而以實為虛，化實物及描述本身為想像和情思的中介，即達到物中寓情，托物言志，把外在的客體物景與內在的情志，在語言本身的運用中，相互依附、甚至交錯在一起，溝通成有生命力的整體，達到藏露掩映、層層遞意、話中有話的目的。語貴含蓄，透徹玲瓏，無牽強湊泊之患，如空中之音，相中之色，水中之月，鏡中之像，言雖盡而意無

窮。要像蘇格拉底那樣，引而不發，耐人尋味。所以，詩性地使用語言，意味著自我陷入醉與夢的狀態，讓自身自由地想像，不但可以隨意脫離自己預定的設想計畫，而且也不斷逾越各種限制和界限。如前所述，傅科始終認為主體性實際上是約束自身的鎖鏈；最好的辦法，毋寧是主動打碎自身的主體性結構，使自己從自身的經歷中拔除出來。

　　傅科不僅從詩人那裡學會了靈活使用語言的本領，而且也很具體地模仿詩人的語言運用藝術和技巧，主張以寓言（allégorie）或象徵（symbole）作為模式和中介，表現和實現自身與他人、與自然的恰當關係。傅科多次引用作家馬拉美（Stéphane Mallarmé, 1842-1898）的作品，並讚賞馬拉美的詩歌的寓言式表達形式。傅科同意馬拉美的看法，認為寓言的模糊結構，使寓言可以表示一切、但又無所表示。寓言的這個特點，不但使它自身可以凝縮、轉換和儲藏豐富的意義，而且也賦予語言本身跨越作者的想像範圍的自我生產能力，像脫韁的野馬，無定向地奔馳在創作的原野上，同時也使語言通過其變幻，而在其自身的內在結構中，隱含它的解碼的密碼，使它由此而具有無限迴旋和自我增殖的能力，成為藝術創造的永不枯竭的動力源泉（Foucault, 1994: I, 418）。所以，真正地實現生存美學，就意味著以寓言為模式，建構自身的生活，展現自身在複雜的生存過程中的含蓄迂迴的藝術技巧，恰當處理非常惱人的「自身與他人」的相互關係。當然，所有這一切，又不同於那些陰險奸詐者所慣用的「見人說人話，見鬼說鬼話」的技倆。嚴格地說，只有處處以自己獨有的「實踐智慧」，形塑、駕馭和籌畫自己的生活，學會在生存中使用語言的委婉含蓄的表達邏輯，才會使自身的生活和人格進一步美化，並在與他人的複雜關係中，坦誠怡然地實現關懷自身的生存美學原則。

審美生存的語言遊戲藝術及其風格

　　本書在第一章中，已經清楚地分析了傅科透過語言遊戲策略實現他的反叛與創造的狀況。現在，我們進一步深入揭示傅科的生存美學的語言藝術及其風格。在生活、說話、工作及寫作中，學會掌握和運用語言遊戲藝術及其審美風格，是生存美學的一個重要內容。傅科充分注意到古代希臘哲學及斯多葛學派思想家在運用語言藝術方面的實踐及理論成果，強調必須從他們的論述及實踐經驗中，進一步掌握生存美學的基本原理。

語言遊戲同生活本身一樣，需要實際運用技巧和策略。語言策略是實踐智慧的一個構成部分。往往需要經歷長期的實踐磨煉和累積經驗，才能懂得語言策略的重要性。而且，策略本身也沒有固定的法則或模式，全靠在實際運用中，根據具體使用環境和運用需要，根據不同的對象和目的以及各種關係網絡的變化狀況，決定其內容和方法。由於語言運用環境和過程的複雜性，策略的貫徹過程中，甚至會出現前後不一致的狀況，由此而變換策略的類型、內容和方法。所有這些，只能在策略的反覆實踐本身，才能恰到好處地體會和掌握。

以語言運用達到生存美學的目標，最早來自古人在這方面所做出的榜樣。古希臘和古羅馬時代，不乏有思想家和作家，表現出語言運用與倫理原則高度統一的實踐範例。傅科在《主體的詮釋學》的法蘭西學院講演錄中，一再地引用古希臘羅馬思想家、作家和政治家靈活運用語言藝術的典範，試圖說明語言運用藝術對於審美生存的決定性意義（Foucault, 2001: 341）。

為了熟練語言運用藝術，要努力閱讀、理解和反思以往語言大師的文本。傅科指出：「閱讀的過程並不容易；不能只是用眼睛表面地看詞句罷了，而必須反覆地字斟句酌地消化，每個字都正確地發音，並以半默讀的方式細心拿捏其意義。只有通過這樣的方式閱讀、抄寫和重讀，才能使閱讀變成為類似消化真理和把握邏格斯的實際過程」（Ibid.: 342）。正因為閱讀本身是一門難以掌握的學問，所以，艾畢克岱德用希臘文 anagignôskein 來說「閱讀」，意思是「重新認識」（reconnaître）在成堆的信號群中所難以真正掌握的資訊。這也就是說，以審美態度運用語言，必須經過艱苦的訓練和努力，不惜通過耗費心血的閱讀和言詞分析的過程。

在古代的生存美學中所主張的言說藝術，同違背真理和道德良心的各種欺騙伎倆以及奉承阿諛的態度，有根本區別（Foucault, 2001: 357-360）。在關於基督教的「自身的實踐」的研究中，傅科也注意到基督教文化在這方面的特殊貢獻（Foucault, 2001: 345-346）。基督教的語言運用藝術，典型地表現在兩大方面：一方面基督教教導人們要善於像「導師」（maître）那樣說話，另一方面，又要學會沉默地傾聽大師的言說。傅科指出：在古代，所謂導師式地說話，就是學會講真話，既講出真理、又讓真理本身說話。以這種方式說話，並不需要玩弄詭計，更不是譁眾取寵，巧言令色，以似是而非的陷阱，賣弄小聰明，純粹為了推銷自己的言詞而不擇手段。所以，在古代，導師式說話，也被稱為「真理的勇氣」（parrhêsia）。由此可見，在古代，成為說話的

主體，就意味著說出真理、並以真理的名義說話。也就是說，古代把說話的藝術同追求真理、追求自由緊密地聯繫在一起。所以，歸根結底，學會說話的藝術，是同道德上和精神上的真誠修養聯繫在一起。傅科引用了自古希臘悲劇詩人歐里庇特（Euripidês, 480-406 B.C.）到昔尼克學派以及文藝復興和啟蒙運動語言大師的鮮明例子，強調語言運用技巧本身，就是說出真理的勇氣、講真理的藝術和審美生存藝術的巧妙結合。

早在 1966 年，傅科就已經明確地指出：不論在思想和語言運用方面，他都屬於尼采、克利（Paul Klee, 1879-1940）和超現實主義的陣營（Foucault, 1994: I, 554）。傅科說，借用語言及其運用技巧，以便實現生存美的目標，是從尼采和馬拉美以來的作家和思想家們所總結出來的寶貴經驗。在思想方面，他們的共同特點，就是將前人所建構的文化大廈掏空、挖掘和摧毀，並以反叛和創造的雙重態度，通過語言的自由伸展，開闢和擴展生存美的基礎和環境。傅科以超現實主義的首要代表人物布魯東（André Breton, 1896-1966）為例強調：創作的樂趣就在於我們四周還充滿著「虛空」（le vide）。超現實主義者布魯東就是虛空和死亡的象徵性圖像。「布魯東的令人羨慕的存在，在他的周圍，創造了我們現在已經喪失掉的廣闊虛空」（Ibid.）。有了廣闊的虛空，才有可能提供靈活使用語言的場所。

在語言運用方面，尼采等人都試圖突破語言本身的限制，不僅超出語言運用的規則，而且，盡可能打破語言的局限，借助於語言、卻又超出語言，用類似語言和反語言的形式，表達出一般語言所無法呈現的生存美。由於布魯東和其他超現實主義者的啟發，傅科進一步把語言及其運用當成生存美的建築材料，並以語言和文字，向現存的制度、作品和思想開戰；同時，又不斷開闢新的虛空，作為進一步創造發明的出發點。

創作並不只是為了開闢新的虛空，而且，簡直就是為了在虛空中死亡，為了在虛空的死亡中實現審美快感到極限。傅科實際上把自己的作品當成自身死亡的墳墓。他認為，只有在作品的墳墓中，自身的生命才最終實現安祥寧靜，達到審美的最高境界。傅科在〈什麼是作者？〉（Quest-ce qu'un auteur? 1969）一文中指出：「話語自從有了『作者』以後，便變成了為作者所擁有的財產。自從形成了話語的所有制以後，話語就不但同作者、而且也同引用該話語的人的勢力連在一起、而變成一種特定的社會歷史力量」（Foucault, M. 1994: Vol. I. 799）。接著他又指出：「作者的名字並

不是像某個專有名詞，從一種論述的內部走向實際的某個人，走向產生這些論述的外在世界；而是在某種意義上說，在作者所切割以及他所停止論述的文本範圍內走動。作者表現出某個論述總體的事件，它是指涉在一個社會內部和在一種文化內的某種論述的地位。……因此，作者的功用就是表明在一個社會內部的某些論述的生存型態、循環傳播及運作的特徵」（Ibid.: 798）。通過對於西方文化發展史的研究，傅科指出：「在我們的文化中，正如在其他許多文化中一樣，論述和話語從一開始並不是一種產品，一個事物，或者一個財產。話語在過去主要的是一種行為（un acte）：這是一種被放在神聖和世俗、合法和非法以及宗教和褻瀆神明兩個極端之間的行為。話語在歷史上，在變成為某種財產、而在財產所有權的循環中被取得以前，曾經是承擔著冒風險責任的某種姿態」（Ibid.: 799）。但是，作品既出，作者即死。作者隨作品的誕生而死亡。這是天經地義的事情，也是最美的生存方式。

在實踐語言策略及創造自身的語言風格方面，受傅科尊重的許多當代法國作家們，創造出一系列豐富的經驗。當代法國新尼采主義作家斐利普‧索耶、巴岱、布朗索、科洛索夫斯基、彭日、貝克特、沙德及雷蒙‧魯舍爾等人的文學語言，尤其成為傅科反覆倣法的榜樣。傅科將自己的語言藝術實際地運用於創作研究中。他從一開始研究精神病治療史，就對文學語言的實際運用技巧發生濃厚的興趣（Foucault, 1994: I, 205-207）。在傅科柯的所有學術著作中，可以看到他運用語言藝術的熟練程度。他實際上和尼采一樣，把撰寫哲學和學術著作當成語言藝術操練和實踐的場所，把思想過程同語言藝術的運用看作不可分割的創作實踐。

在探討「什麼是小說」的時候，傅科深入地討論了文學語言論述的特徵及其對於思想自由創作的重要意義。傅科高度重視法國作家索耶和超現實主義作家的語言運用經驗。在談到索耶的文字風格時，傅科說：「最使我感到震撼的，是他不停地參照於相當數量的經驗，……例如：各種夢、精神病、非理性、重複、加倍、時間的迷失和偏離，以及回復往返等等」（Foucault, 1994: I, 338-339）。索耶成功地將語言、精神分析和文學創作活動聯繫在一起，為現代文學提供了語言表達的模式。這個模式的基本精神，就是透過創作出來的巴洛克式的小說，描述發生於當代社會中的各種有深遠意義的事件，並以語言運用中的技巧、修辭、擬像化（simulacre）和各種比喻，使人的心理狀態、社會文化因素及作家的創作思路，交錯在一起，產生出震撼讀者心靈的效果。索耶在 1984 年所發表的《遊戲者肖像》（Portrait du jouer），以自傳式的小說

體裁，試圖「捍衛和描述各種形式的生活藝術（une défense et illustration de l'art de vivre sous toutes ses formes）」（Sollers 1984）。

顯然，文學作品的語言，在索耶那裡，是表達生活藝術的手段及其表演場域。所以，傅科認為，索耶的貢獻就在於超越了超現實主義的作家，並不把他所參照的經驗，當成心理空間中所遭遇的一般精神事件，而是當成思想本身的神祕過程；而這就是傅科所讚賞的巴岱和布朗索等人的實際做法。夢、幻想、精神病、癲狂、非理性以及各種所謂的精神錯亂，索耶都把它們納入思想活動和語言運用的範圍內，當成思想和語言運用的正常運作的各種過程和形式。透過索耶所探索的各種經驗，傅科看到了思想、說話和觀看的密切聯繫，也看到了語言同這些生命創造活動之間的內在關係。索耶的語言運用探險活動，實際上又是巴岱和彭日（Francis Ponge, 1899-1988）的寫作經驗的延伸。

在題名為「間距、面向、起源」（Distance, aspect, origine）的論文中，傅科讚揚索耶、科洛索夫斯基等人運用「擬像化」的技巧，強調擬像化中的間距化、虛幻化和循環化的神祕功能。言辭一旦擬像化，就變成可以無限迴旋的「無底深淵」（l'abîme sans fond），為文學創造能力提供廣闊的多面向的和多層次的幻想天地（Foucault, 1994: I, 272; 275; 328-336）。

語言策略的運用並沒有固定的模式和格式；它是在語言遊戲的實踐中慢慢被體會、被掌握和被運用。所以，如同生活本身需要磨煉一樣，語言策略是要靠反覆實踐和反思，才能有所發現和有所創新。

第 11 章

身體、性和愛情的美學

　　人的身體（le corps）及其活動，並不只是限定在肉體及其物質運動形式方面，而且，也含有精神心靈創造活動的文化思想意義。身體、性（la sexualité）和感官的愉悅（le plaisir），都不是單純物質性或生物性的因素，而是緊密地同人的精神、思想和生活風格聯繫在一起，構成一種完整的生命體，構成為審美生存美學的一個重要研究領域。傳統思想和美學理論，總是把身體和性的快感簡單地歸結為生物學意義的本能，因而否認身體和性的快感所固有的審美價值。古代希臘人那裡，當人們從肉體結構及其有形活動的角度來談論生命時，就使用 zôê 這個詞來表示；而從身體在社會文化生活的意義以及生活技巧方面，希臘人則使用 bios 這個詞。所以，傅科在談論希臘人的生活技藝及其美學意義時，嚴格區分了 zôê 和 bios 這兩個概念：前者是指「作為有機體（身體）的性質及功能的生命」（la vie comme propriété des organismes），後者是指「作為生活技藝施展對象的生存」（l'existence comme objet de techniques）。傅科嚴厲批判傳統的身心分割理論，也反對重精神、輕身體的傳統哲學和道德論述。他認為，任何思想和精神方面的審美活動，都離不開身體、感官和性的方面的審美感受及其反應。事實上，並不存在純粹的生物學意義的身體和性的快感；在身體和性的快感中，自然地隱含著與精神心靈方面的審美意識、情感及感受的內在關係。審美的生存必須以身體、感官和性的方面的審美快感滿足作為基礎，並將身體和性的審美慾望及其快感滿足，同思想、精神和語言方面的審美活動聯繫在一起。在傅科的所有著作中，從有關精神病治療、監獄到性史和生存美學的探索性研究，都反覆強調身體、性的慾望及其滿足，同思想、精神和語言運用藝術以及同整個社會文化關係網絡的不可分割性；而在身體、慾望及性的相互關係中，性（la sexualité）佔據了中心地位。通過性這個最敏感的場所，不但可以揭示身體和人的慾望的一切關鍵問題，而且，也

可以揭示整個社會文化的核心問題。如果說，整個西方社會，特別是十八世紀之後的
近現代社會，都是圍繞著知識、權力和道德的運作作為其主軸線的話，那麼，傅科認
為，性的問題的至關重要意義，正是在於它是由「權力、認知、慾望」所構成的社會
文化制度賴以正常運作的支撐點。也正是在這一方面的研究，使傅科更強烈地表現出
他的反叛精神和審美生存原則。

關於身體和性的美學的誕生

1. 身體和性是社會文化的重要部分

　　人的身體，不論是它的整體，還是它的各個部分，都具有審美的意義。身體的
美，不只是自然的產物，而且也是人類在其長期文化歷史發展中進行精心經營和加工
的結果，是人類社會文化生活經驗的累積結晶，也是歷史沉澱物。傅科強調指出，一
切人類社會和文化都是從人的身體出發；人的身體和性的歷史，就是人類社會和文化
的歷史縮影。反過來說，社會和文化的發展，都在人的身體上留下不可磨滅的烙印。
在這個意義上說，人的身體不只是成為一切文化創造的基礎，而且也參與了文化再生
產活動本身，因而經歷了各種歷史的考驗，遭受了各個歷史發展階段的社會和文化的
摧殘和折磨。身體就是各種事件的紀錄表，也是自身進行自我拆解的地方（Foucault,
M. 1994: II. 143）。身體是人的思想活動的基礎，也是思想活動的限制性條件。所以，
如果說柏拉圖曾經將身體說成為思想的牢籠（Platon, Phédon. 1965: 137-139）的話，
那末，與此相反，傅科認為心靈是管束身體的監獄（Foucault, M. 1975）。其實，人
的文化的各種形態及其發展程度，都離不開身體的社會命運及其社會遭遇。人的身體
的各個部分，都記錄著歷史發展的痕跡，既有快樂，又有悲傷；它們都審美地表現了
人類本身的悲劇與喜劇相結合的特徵。

　　人的身體作為象徵性的結構，也是一種文本，它是文化符號和象徵性語言的凝
縮，是各種歷史事件的見證。在人的身體及其各個部分中，呈現了人類的所有喜怒哀
樂的經歷和體驗。身體及其各個部分的審美意義，是身體伴隨人類歷史發展的各個階
段的記錄和見證。因此，身體是最值得人類和各個人驕傲的生命體，是人的審美生存
的基礎和歸宿，又是審美自由的出發點和目的本身。所以，身體和性是人之為人的奧
祕所在。從一開始，傅科就「把性當成權力關係的一種特別濃縮的關鍵點」（Foucault,

1976: 136）。

　　雖然人的生命實際上就是他的身體的生命，而且，在許多情況下，人的各種生命活動都顯示了身體的決定性地位，但許多人並不真正瞭解自己的身體。現代人總以為對自己的身體的瞭解是不成問題的；很少有人認真思考過「身體」究竟是什麼；他們以為，身體就是他們所看到的那些：手、臉、軀體等等。他們看到自己的身體也和其他人的身體是一樣的，沒有什麼差別。人們因而小看了自己的身體的複雜性。當他們看不到自己的身體的複雜性時，他們自己也就成為了身體的奴隸。他們任憑身體決定自己的命運；但可悲的是，在許多情況下，他們並不知道是自己的身體在決定他們的命運。所以，人同自己的身體如此地接近，卻並不真正瞭解它。

　　人的身體（肉體），作為一種生物性的物質結構，一種複雜的有機體單位，永遠是人類精神和思想的載體和基礎。人所創造的各種觀念和文化，不管怎樣複雜化，都離不開身體，更離不開身體在社會和歷史上的命運。人的身體其實並不只是一種肉體單位，並不只是物質性的自然器官，而且也是社會性和文化性的生命單位。因此，人的身體不可能同人的精神生活相脫離。人的身體創造了精神產品及整個文化，同時，它又以享受這些文化產品作為它的生存條件。所以，人的身體是社會生活的重要成分；人的身體不僅是人的肉體生活的重要支柱，而且也是人的精神生活和文化生活的基本條件和重要因素。換句話說，人體不只是一種具形體的物體，而且也是一種社會文化現象，是一種特殊的象徵形式和載體，又是人類思想觀念和想像的對象和基礎。所以，人的身體同時地具有自然性、社會性和文化性。人的身體具有明顯的社會文化性質，它不可能脫離社會文化生活及其創造活動。人的身體一旦脫離社會文化生活，便不再是人的身體，而是變成為同自然界其他物體一樣的自然單位，失去了它的原有意義。人的身體的上述特徵，使人的身體具有特殊的三重維度；但這不是常人所理解的那種自然物體的長寬高三大維度，而是身體的別具一格的「本體論三維度」。正如沙特所指出的：「我是我的身體，我以我的身體而存在，這就是它的存在的第一維度。我的身體被他人所利用、並被認識，這就是它的第二維度。但是，由於我是為他人而存在（je suis pour autrui），他人對於我來說呈現為主體，而我成為了他的客體。正如我們所看到的，正是在這裡，我通過這一點而發現了我同他人的基本關係。因此，他人承認我是為我本人而存在，特別是通過我本人的親在性而被確認。我顯然是從身體的這一方面而被他人確認它是為我本人而存在的。這就是我的身體的本體論的

第三維度」（Sartre, J.-P. 1943: 401-402）。沙特從哲學的高度總結了身體的本體論三維度，對於我們深入理解當代社會消費文化中的身體意義，是有一定的啟發性的。他所說的第一維度，實際上就是身體的物體維度，是人的生存的物質基礎；這種物質性的身體，如同自然界其他物體一樣，必須佔有有形的、因而是有限的、可以計算出來的時空維度。沙特所說的第二維度，就是身體的社會維度，它是在社會的人與人之間的關係中展現的。沙特所說的沙特第三維度，指的是它的哲學和美學的維度，這是以抽象的、想像的、象徵性的和超越的無形時空結構展現出來的，是人的身體的最高存在形式。但是，沙特的論述畢竟還是屬於二十世紀四〇年代的傳統說法。他還沒有能夠結合晚期資本主義社會階段的消費文化的膨脹而觀察人的身體的特殊意義。

　　自從人類產生以來，人的身體就成為人與整個人類同自然界發生關連、進行雙向溝通的出發點，成為個人與他人、與整個社會進行互動、溝通、交往的出發點，成為人與人之間、人與自然界之間進行交往、溝通和互動的交接點。同時，在個人與整個人類的社會文化生活中，身體始終都構成人的生命（肉體生命和精神生命）的立足點，成為人們外在生活和內在生活交集的支柱和場所。每個人，當他同整個宇宙和世界進行交往的時候，時時刻刻都以身體作為出發點和歸宿點。沒有身體，每個人不但不能同世界發生交往，而且，既使進行了交往，也無法得到實際的效果。

　　身體就其具有特殊形體結構而言，實際上成為了人的生命存在的第一個有形界限，成為人的內在生命同外在世界相互交接的首要領域。就是在這個意義上說，人的生命的進一步擴大活動以及人同外在世界的進一步交往，是從身體的這個限制出發的。但是，從另一方面來說，身體的肉體結構，作為人的生命的第一存在界限，也是每個人同他人、同世界相區別的基礎。在這一方面，身體就像一個有形的屏障那樣，在把個人同他人、同世界相交往的同時，也把他同他人和世界區分開來。所以，身體既是人與世界的交集點，也是區別點。作為人同世界的交集點和區別點的身體，同時具有自我確認和自我區分的功能，具有連接和分割的功能，也具有限定和超越的功能。它的上述三重雙向運作的功能，使身體具有絕妙的神祕性質，甚至具有多重可能變化的性質和結構。在這個意義上說，人的身體是自然界中最複雜、最神祕的物質單位。法國哲學家梅洛·龐蒂曾經將身體比做一種可以自編、自唱、自演和自我欣賞的奇妙的音樂器具（Merleau-Ponty, M. 1945[1942]; 1945）。

　　以身體為基礎和出發點，每個人進行著自己的各種物質和精神創造活動，同時，

他又將自己一切活動的成果和收穫，重新納入自己的身體之中，以便不斷地充實著自己的生命，更新和重新開闢自己的生命歷程。身體在人的生命的歷程中，一方面不斷地向外擴展和超越，試圖超越它所實際佔有的時空結構，朝著不存在的、虛幻的、象徵性的和可能的領域擴展，另一方面又不斷地向內、向心靈和情感深處滲透，在思想境界中反覆迂迴、反思和再創造，穿越一層又一層的精神世界，通過心靈和思想的無止盡否定過程，在身體的內在世界中塑造一個又一個深邃而美好的領域，使人的身體具備越來越細膩的美感、氣質、性格、心態和秉性。這樣一來，身體還成為人的生活中進行時間和空間佔有、擴大和持續的基本單位。人通過身體經歷著時間的變化，通過身體在時間的廣闊維度中遨遊、遊盪、想像和生存，又通過時間同歷史、同整個文化世界交往，把人自己帶入無限廣闊的世界，帶到一切可能的世界；沒有身體，就沒有時間感，沒有同自己、同歷史、同世界進行交往的可能。同時，通過身體，人們不但首先佔有了生命活動所應有的基本空間，而且，還通過身體不斷擴大和超越有限的空間，使自己的身體所佔有的空間，永遠都在膨脹和蔓延，延伸到一切可能的地方。身體所佔的空間，永遠都不只是肉體物質結構的局限所能夠限定的。人的身體同其他物體不同的地方，正是在於它除了佔有特定的肉體有限空間以外，還要佔有一切可能的空間。身體並不滿足於肉體所給予的空間體積範圍，它通過想像、慾望、情感和意志，將自己延伸到物質性空間之外，試圖佔有一切象徵性的空間。因此，身體佔有和試圖佔有的空間，並不只是物質結構的有限空間，而且還包括象徵性的可能空間。身體在時空兩方面的上述特性，使人的身體成為人類同自然界進行交換、鬥爭、競爭的強有力陣地。有的人只看到身體的外在表現，只估計到身體對外擴展的一面，卻很少看到身體向內延伸和迂迴的另一面。其實，身體的向外擴展永遠都是同它向內延伸和曲折同時進行的。身體的特殊生命力正是由於它的這種交叉式雙向運作的結果。

所以，身體不只是社會文化存在和發展的基本標誌，而且也成為人的心靈、思想、精神狀態和氣質的「窗戶」或表現形態。法國著名作家喬治・巴岱曾經將身體同城市建築作比喻，並指出：「建築是社會的靈魂的表現，正如人的身體是每個人的靈魂的表現一樣」（Bataille, G. 1929:171）。有什麼樣的靈魂和思想，就有什麼樣的身體表現；反之亦然。傳統思想家將身體同思想、精神或靈魂加以分割，甚至像笛卡爾那樣，認為身體與思想是互不相干的兩個平行存在的獨立實體，是不符合實際狀況的。實體同思想之間的區分，只是相對地就其基本結構和功能而言；實際上，兩者在

任何時候都是緊密相關的。在談到這一點時，梅洛·龐蒂深刻地指出：我們往往習慣於笛卡兒的那種傳統觀點，以為身體以外的世界同我們身體之內的精神是兩個互不相關的獨立實體。但是，我們的身體的實際經驗向我們顯示的，是身體存在的模糊狀況（Merleau-Ponty, M. 1945: 230-231）。身體的存在模式是模糊的，這就意味著身體的存在，既有有形的界限，又有無形的界限；兩者交叉並存使身體既有確定和有限的一面，又有不確定和無限的另一面。

身體和性的極端重要性，使歷代統治階級十分重視對於身體和性的控制。他們一向將對於身體和性的控制，看作是對於整個社會進行統治的首要出發點。為此，他們將社會不同階級和階層的身體和性，根據社會統治的需要，分成不同的類型和等級，並給予不同的社會待遇，以不同的社會「禮儀」要求，使其遵循著不同的社會規則和規範。對於統治階級來說，他們的身體就是社會統治的主體，是制定社會規範和法則的基礎，是製造和決定各種（道德、知識和法律）論述的出發點，是他們自身各種慾望得到滿足的標準。對於廣大社會大眾來說，統治者將他們的身體和性當作統治的首要對象，成為社會道德和法律約束的主要目標，也是進行規訓和管制的對象（Foucault, M. 1976）。到了資本主義社會，統治者比任何時代的統治者更加重視對於身體和性的控制。傅科認為，資本主義社會是關於身體和性的論述最氾濫的時代。身體和性從來沒有像資本主義社會階段那樣被嚴格操作、販賣、收買、訓練、規訓、科學管理和監視。

如果說，古代的柏拉圖將身體看成為心靈的奴隸的話，那麼，現代社會的統治者是試圖通過對於身體和性的宰制，將人的思想、精神生活及其實際行為，都限制在身體和性的牢籠之中。在他的《監視與懲罰》一書中，傅科試圖証明：現代社會是透過其監獄制度，透過對於身體的關押，形塑人們的心靈結構，使人們在身體和心靈兩方面都時時遭受監視和宰制（Foucault, 1975）。

在傅科的知識考古學和權力系譜學研究中，已經深入地揭示了傳統統治者對於身體和性的宰制策略。在此基礎上，傅科對於性史的研究，使他的具有特殊意義的身體和性的美學有可能作為生存美學的一個重要組成部分而建構起來。他的身體和性的生存美學，雖然立足於前人的許多研究成果，也注意到當代社會中貫穿於流行文化中的新型身體和性的美學，但是，從內容和論述方式等方面來看，傅科的身體和性的生存美學，基本上是來自他本人對於古代關於自身的文化、自身的實踐以及自身的技術的

特殊研究的產物。

傅科從1976年起，集中研究和探討身體，特別是性的問題。他認為，身體和性，是貫穿於西方社會生活的認知、權力、慾望三大因素的關鍵場所。所以，他在1976年撰寫《性史》第一卷時，以《認知的意願》（la volonté du savoir）為副標題，實際上是要說明知識和真理並不是自然而然是自由的。知識和真理從來都是在權力的關係中被製造和被生產出來的（Foucault, M. 1976: 81）。知識和真理，是在身體，特別是性，遭受權力和道德的雙重控制的條件下生產出來的。知識和真理，是在身體，特別是性的慾望的要求下產生出來的；它們又是為了進一步全面控制身體和性的活動，才被權力和道德力量所操縱和宰制。人的身體不只是生物學上的物質單位，而且，更重要的是一個具有社會生命和文化生命的基本單位。人的身體都是在特定的社會關係網絡和生活脈絡中存在和運動著，因此身體的有形的物質狀況及其活動方式，是在特定的社會文化條件下形成，也是在同樣的社會文化環境中不斷地變化和活動。所以，身體的各個部位的功能及其運作過程，都是在很大程度上受到社會文化環境的影響和限定，而其活動方式和行動效果也直接在社會文化環境中呈現出來。

傅科並不停留在一般性地探討身體和心靈、思想之間的相互關係，而是進一步探索不同歷史時代的社會制度和規範對於個人身體狀況及其活動方式的限定過程，探索在身體各部位功能的產生和滿足過程中個人身體同社會制度和規範之間的互動狀況，並透過對於身體各部位活動方式的社會規範化同個人主體化之間的相互關係。所以，各個時代的身體狀況及其活動方式，同時也就是個人同社會整體相互關係的一個縮影，而且也反過來牽動著社會和文化的維持和再生產過程（Foucault, M. 1976; 1984a; 1984b）。西方社會歷代不同的統治集團，都充分意識到社會個體成員的身體狀況及其活動方式同社會整體的命運的內在關係。因此，各代統治集團總是把社會制度和規範的建立和鞏固，同對於個人身體的控制和規訓結合在一起。這樣一來，身體成為了統治和規訓的首要目標。正因為這樣，身體各部位的生物和自然要求，究竟在多大程度上能夠在個人的社會文化生活中表現出來，在多大程度上能夠得到滿足，以及以何種方式和模式表現出來，所有這一切，都同當時當地的社會道德及其他規範密切相關；甚至可以說，所有這一切都在當時當地的社會規範系列的規定和限制之中，都是受到統治力量的宰制的。傅科從身體的最基本部位，例如消化系統和性器官系統的基本運作過程，進一步深入說明維持個人生命所必須的食品要求及性慾是如何關係到整

個社會制度的維持和運作的。個人身體的食物要求，在表面上似乎是屬於肉體生命的生理運作過程的。但在實際上，個人身體滿足食慾的標準和方式，都在很大程度上具有社會道德和文化意義。同樣地，身體各部位的活動方式，在不同的時代，都被嚴格地透過各種制度和儀式的規定而被社會化和文化象徵化。任何一個人，不能以任何純粹生理自然需要的藉口而任意滿足發自身體內部的慾望，也不能任意放縱個人身體各部位進行隨便任何方式的活動。

在西方歷史上，從古希臘到羅馬統治時代，對於個人身體的規訓始終是居於首位的事情。基督教教義和道德規範尤其重視對於身體的規訓，並將此項規訓話活動同心靈控制結合在一起嚴格進行。到了近現代時期，個人身體表面看來屬於私人生活領域，是個人自由掌握和控制的。但在實際上，近現代西方社會中對於個人身體的控制和支配，比古代社會採取更隱蔽和更嚴格的方式。更隱蔽的方式，指的是近現代社會給予個人身體活動更多的自由，容許每個人把各人身體當作自身所屬的私人財產，並得到法律上的正當保護。所以，近現代社會對於個人身體的支配和控制，是透過個人自由的理性化和法治化的曲折過程而實現的。社會對於個人身體的控制，已經不是採取赤裸裸的直接性肉體規訓的主要方式，而是讓每個人透過知識、道德和法治的訓練和學習過程，逐步使自身變成為「理智的」、「道德的」和「合法的」主體，讓自身肉體的慾望滿足和活動方式自律地符合整個社會的規範。更嚴格的方式，指的是近現代社會採取更有效率和更制度化的全控社會系統進一步控制每個人的身體的成長和活動方式。由於近現代社會實現高度制度化、組織化、管理化和法治化，在社會中生活的個人身體，不論在任何一個領域，甚至在各個角落，都無法逃脫受到控制、監視、支配和規訓的命運。具有典型意義的近現代監獄制度，當然最集中地和象徵性地表現了社會對於個人身體的監控模式。但是，在監獄之外的社會生活各個領域中，監獄系統的監控模式不但有效，而且更採取精緻而細膩的方式，對於個人身體實現了全面的控制。這種控制不只是要求身體的一舉一動規訓化，而且也對發生於私人領域中的身體任何一個動作進行非法的監控，甚至採取各種窺伺、竊聽和錄像等動作。在這個意義上說，近現代社會對於身體動作的監控已經伴隨著科學技術的發展而達到不擇手段和無所不用其極的程度，而且其實際效果也是空前未有的。所以，傅科指出：「從十八世紀開始，生命成為了權力的一個對象。生命和身體都成為了權力的對象。過去只關心那些臣民，因為統治者可以從法律上的臣民身上獲取財富；當然也可以從他們那

裡獲得他們的生命。但是現在權力更關心身體和人口。權力現代變得唯物主義的。它在主要方面已經不再是純法律上的。它必須去處理實際的事物，像身體和生命等等。從此生命連同身體就近入到權力的領域，這就是人類社會歷史上最重要的一項變革。而且，非常明顯，人們看到：從這個時候起，也就是從十八世紀開始，『性』成為了一項絕對重要的事物。這是因為從根本上說，『性』恰正成為了身體的個人規訓和居民人口的規範化之間的關鍵點。從這個時候起，正是透過『性』才實現了對於個人的監控……」（Foucault, M. 1994: IV, 194）。

傅科尤其集中分析各種有關性的科學論述對於成長中的青少年主體化過程的影響。他認為，從十八世紀開始，中小學教育中不僅直接干預青少年性成長和活動的教育部分，而且所有那些講授各種性以外的科學知識的學科，也間接地以不同的方式約束和限定青少年的性成長和性活動。因此，對於性的限定和標準化的教育及各種法制化的制度，在近現代的社會中，特別成為了掌握統治實權的社會集團控制社會中其他成員、特別是控制他們的身心發展的一個重要手段。

因此，傅科認為，現代社會是性論述氾濫的社會；是比歷史上任何社會都更加注重性的社會。資產階級把性當成他們掌握、並壟斷權力、知識、道德以及整個社會資源的關鍵。資產階級使用一切必要的手段和方法，使性的論述不斷膨脹和擴大，不斷自我繁殖和自我重迭，以達到使用性論述來統治整個社會的目的。

對於當代社會來說，控制性論述的生產、再生產和擴張，實際上也就是社會統治集團將控制的魔爪滲透到各個角落的每個人身上的過程。當代社會權力網路的高度複雜化、重疊化、濃縮化和普遍化，使權力同知識和道德的相互勾結而實現對於個人的宰制過程，變成為越來越集中到個人身體和性活動上面。傅科在分析解剖政治學與生命政治學的過程中，強調人體的解剖政治學的主要目標就是對於人的身體、特別是他的性的規訓。而有關人口的生物政治學的主要目標，就是控制和調整人口的成長、健康及生命過程的各個階段，使每個人的生命成長過程，全面地納入到社會監控網絡之中。顯然，在傅科看來，生命和性已經成為了現代政治的一個主要目標，而性則是權力網絡滲透到個人身體和人類整體生命之中的一個重要渠道。隨著西方社會文化的發展，性的問題變得比心靈的問題更加重要得多。透過有關性的知識和道德規範，整個社會可以進一步有效地對生命本身進行權力的運作。總之，對於傅科來說，「性成為瞭解釋一切事物的關鍵」（Ibid.: 78）。

2.身體和性的審美意義

　　身體和性的美，是自然長期發展的珍貴產物。人體，作為世界上最完美和最崇高的藝術品，是自然賦予我們人類的無價之寶和最高尚的禮物。人體和性的審美意義，一方面是由人體和性本身長期發展的結果，另一方面又是人類整體社會和文化的發展的產物。

　　自從人獲得了身體這個最值得自豪和珍愛的自然藝術品之後，在人類的自然和社會的發展中，始終都包含身體美感與性感的交錯平行的複雜化進程，同時也包含性感與審美感之間相互滲透和相互推動的演變過程。就人體和性本身的美化過程而言，兩者始終都相互促進。人的任何審美意識及其創造，都離不開身體的美感和性感；同樣，身體的美感和性感本身，如果不伴隨審美的意識和情感的發展，如果脫離整個文化網絡，也就使人重新淪落為動物。身體的性感和美感，不但是同一和統一的，而且，它們兩者都構成整個文化的重要組成部分。美感和性感的形成和變化，始終同人的身體本身的教育、訓練、加工、改造和陶冶緊密相關。在任何時候，身體性感和美感的內容及其表現形式，都伴隨著自然和社會文化的變遷，依據身體和性本身的自我更新而發生變化。傅科指出，身體和性，始終都是人類文化的一個重要組成部分；它們不只是文化本身的發展產物，而且，也是文化創造能力的重要源泉和動力。傅科說：「性是我們的行為的一個構成部分，是我們在這個世界中所享用的自由的一個組成部分。性是某種能使我們創建我們自己的奇妙事物；它不只是能夠揭示我們的欲望的奧祕的一部分，而且還是我們自己的創造物。我們不只是應該理解我們的欲望，而且還應該透過我們的欲望，創建新的關係形式，創建新的愛情形式，同時建構創造本身的新形式。性根本就不是某種厄運，而是使我們進入另一個新的創造性生命的一個可能性」（Foucault, 1994: IV, 735）。

　　從宏觀的一般意義上說，不同的歷史發展階段，人類有不同的身體性感和美感，也就有不同的文化內容和形式。從個體身體和性的微觀演變進程來看，各個人的身體和性，會依據不同個人對自己身體和性的陶冶和養護狀況，產生不同的審美結果。所以，身體和性的審美感受及其創造性活動，是人類文化本身的基礎，是歷史的主要動力，是人類進行審美鑑賞的標準的出發點，又緊緊依賴於人自身進行自我訓練和自我培育的程度。

在人類文化的發展和審美意識及其情感的演變過程中，人的精神意識和肉體本能慾望及其快感，人類道德和性愛，理性與感性，身體和性的審美意義及其價值同藝術創作精神，都以特有的二元對立統一的文化模式，在人類文化結構及其歷史運作的模式中，沉澱為多種多樣的存在形態而構成我們審美生存的主要基礎。這就使人的一切性愛和身體美感，都打下自然與文化、本能與心靈、慾望與感情雙重結合的特徵。在人的一切性愛和身體美感中，一方面以自然本能的肉體慾望衝動為基源，另一方面又以人類文化作為背景和參照體系，以「作為目的自身的人」的崇高尊嚴作為基本尺度，實現人自身的自我昇華和自由化。因此，探討生存美學不能不集中探索身體和性的審美性質及其實踐技術。

從西方生存美學的形成和發展的過程，可以看出，關於身體和性的審美價值及其審美技巧，一直是生存美學本身的一個重要內容。傅科指出，關懷自身的原則，最初就表現為對於自己的身體的關懷，在古希臘，曾經歷一段相當長的醞釀和探索過程。根據傅科的調查和分析，大致說來，從西元前六世紀開始，希臘人已經把他們關懷自身的身體的重點，逐步地從食品領域轉向性的方面，轉向更廣泛的精神和肉體兩方面的愉悅快感的滿足。在人類的野蠻時期，由於社會文化條件的限制，人們只能更多地關心自己的身體，把維持身體健康生存當成最重要的生活目標。隨著文明的出現和發展，人們除了有能力滿足維持身體的基本生存條件之外，還有能力進一步發展自己的文化。對性的關懷也就成為文化創造的一個新的重點目標。當時的各種神話和原始藝術，基本上都環繞身體和性的主題，並對身體和性的審美意義給予了最樸素的贊頌。對性的關懷的進一步加強，表明人的審美意識和情感，發生了重大變化。對性的關懷，一方面表現為更加注重身體和性的外表審美裝飾技術，發明更多的服飾、裝飾品以及各種有利於身體和性的健美發展的文化手段；另一方面也表現在人們對身體和性的審美意識的進一步增強，不但在身體和性的審美活動中，尋求更多的創造性的審美快感形式，而且，也進一步在精神和心理方面，加強對身體和性的審美體驗和品嘗，更廣泛地開展關於身體和性的審美經驗的交流和總結，創造出越來越多關於身體和性的審美藝術和審美文化。在希臘文明的鼎盛時期，各種文化發明和創造，基本上都是以對身體和性的審美作為基礎：從最抽象的哲學到最形象的藝術創造，都很重視對於身體和性的探索和鑑賞。蘇格拉底在教導他的學生追求真理時，時時不忘同他們討論身體和性的審美意義。柏拉圖在他的多篇對話錄中，都不斷地探討了身體和性愛的本

體論和審美意義。至於古希臘的藝術創造，大多數傑作，都是在描述、表達和贊頌身體和性的審美意義方面取得了無以倫比的成果。

為了說明古代生存美學的意義以及「關懷自身」的中心地位，傅科曾經在他的性史研究中，集中分析古代希臘人在「性」（la sexualité）方面的基本態度和實踐原則（Foucault, 1976; 1984a; 1984b）。正因為這樣，傅科在八〇年代初，不論在法蘭西學院的課程中，還是在他的著作中，都關心古希臘人有關性的快感「愉悅」（aphrodisia）的概念及其實踐意義。如前所述，傅科很重視希臘人的 aphrodisia 概念，因為它是古希臘關於「性」的歷史經驗的集中表現，被當成一種「生活的技術」（techniques de vie），同時也是希臘人關懷自身的一個重要表現。也就是說，在希臘人那裡，關於「性」的實際活動和操作規則，構成為關懷自身和實現幸福生活的一個重要方面。正是在關於『性』的作為及其實踐技巧中，隱含著希臘人對於自身、社會、世界和生活的基本看法及其實踐智慧。傅科試圖通過對 aphrodosia 的分析，進一步論證希臘人關於關懷自身的生活美學的基本原則。

從 aphrodisia 的重要意義，可以看出：第一，古希臘時期，人們很注重自身生活的技巧和美感；第二，美的生活風格，在希臘人看來，主要體現在個人的性欲快感的實現方式。快感的滿足，固然可以帶來自身的愉悅，實現個人的幸福生活，但快感的實現，必須講究藝術，必須考慮到自身同他人之間的中庸、和諧和互愛的關係。

但是，西元前二世紀至西元三世紀的基督教興起的最初年代，西方人又開始把食品列為人生的主要關懷中心，而對於性的態度，則轉變為一種禁欲主義的原則。只有在這一時期的斯多葛等學派那裡，身體和性的快感及其審美價值才受到重視。後來，在中世紀時期，隨著「自身的技術」和「自身的實踐」成為人們修身養性的主要途徑，食品和性的問題，才慢慢地成為西方人生活中基本上相互平衡的兩個關懷重點。十七世紀之後，由於近代西方科學技術知識的長足進步，西方人以「科學論述」為基礎，根據權力運作的需要，把「性」列為最主要的人生問題。或者，用傅科的話來說，從此以後，西方人只對「性」感興趣（Foucault, 1994: IV, 384）。而對傅科來說，自從性的問題被列為西方人的思想重點以後，性的問題實際上也就演變成「性的論述」（le discours sexuel）的統治及控制的過程。在現代社會的各種論述中，性的論述成為最重要的論述體系，成為整個近代西方社會文化和知識論述的重要內容。這樣一來，本來隸屬於古典生存美學的性經驗的總結，逐漸失去其生存美學的意義，成為

了統治階級宰制和監視社會全體成員的手段。

由此可見，身體和性的審美意義，是人的整個審美意識及其活動的基礎和歸宿。在人類文化發展史上，身體和「性」的現象，始終構成藝術創作和審美活動的內在構成因素。身體和「性」同藝術以及同美感之間的密切關係，不是人們和藝術家願意不願意承認或表現的問題，而是身體和「性」本身，原本就同人類生活和人的生命活動，內在地聯繫在一起，也同表現生命本質的藝術創造活動以及同審美活動密切地相互關聯。人的審美情感和意識，從本質上說，是其身體和性的審美需要及其快感滿足的產物、延伸和變形。

如前所述，人的最本質特點是不斷進行超越。正如亞里斯多德所說，哲學思維作為一種超越，是人的驚異天性所決定的（Aristotle, Metaphysics.In Aristotle, 1981）。超越性就是人類身體和性的最原初特徵；這一基本特徵，將人的身體和性的活動，同動物的身體和性活動區分開來；而且，也正是由於這一基本特徵，才使人類不但通過哲學、科學、宗教等途徑，創造出自己的文化和特有的社會生活體系，使人通過審美超越，開闢藝術創作的廣闊園地及無限自由的可能性。兩性間的愛及其審美超越，是男女兩性靈與肉的交融，身體和神態的契合，情與欲的共用，身與心的同樂。通過兩性之間的愛，人類在其生存中，使審美境界在無窮的超越循環中獲得創造的絕對自由。怪不得英國詩人拜倫說：「一個人要成為詩人，要麼墮入情河，要麼悲苦不堪」。任何想要使自身的生活提升為「詩性的生存」的人，就免不了要在身體和性的審美快感中冒險和探索，要敢於在身體和性的審美快感的旅途中，經歷、嘗試和鑒賞各種各樣的浪漫情節以及苦不堪言的折磨悲劇。

身體與性的超越性及其對於藝術創造和審美意義以及對於整個社會文化的決定性影響，從古代開始，就為傑出的思想家們所注意和積極地加以肯定。人並不是只有理性和思想的生存物，而是有形有體、能愛能恨、有笑有哭、時時流露不同情感和氣質、充滿七情六欲、渴望發明創造和進行審美鑒賞的生命體。所有這些，都要依靠身體和性的方面的活動，才能在人的審美創造和鑒賞活動得以具體實現。值得注意的是，人的思想和精神活動以及精神方面的審美活動，從來都離不開身體和性的生命及其審美活動，同樣也離不開兩性的關係。男女兩性關係是人類生存的最自然和最直接的表現形態，同樣也成為人類一切創造和審美活動的基礎。馬克思曾經唯物地揭示了這個最簡單的真理：「男女之間的關係是人與人之間的直接的、自然的、必然的關

係」。他還說：「在這種自然的、類的關係中，人同自然界的關係直接地包含了人與
人之間的關係，而人與人的關係又直接地就成為人同自然界的關係，也就是人自身的
自然的規定」（Marx: 1844）。這就是說，男女兩性關係作為最基本、最自然和最直
接的社會關係，貫穿於一切社會文化關係之中，當然也貫穿於審美創造活動中；男女
兩性之間的性愛關係直接體現了文化的意義；而由男女之間的關係所構成的一切文
化，也自然地以他們之間的性愛關係作為基礎。

傅科作為尼采的追隨者，同法國新尼采主義的作家和藝術家們一起，極力主張在
藝術創作中，自由地表達身體和性的主題，並以藝術創作為典範，使人類生活充滿身
體和性的美，使身體和性的美，成為自由自在的生存方式的基礎。所以，在同新尼采
主義作家和藝術家的對話中，傅科多次強調身體和性的因素，應該在藝術創作和生活
領域中佔據越來越大的比例。同時，傅科也從 1976 年起，直到他去世為止，對身體
和性的審美意義，進行了更深入的探索。

3.身體和性的審美實踐

人的身體和性，本來就是藝術品，本來就具有自然的審美價值。但是，生存美學
主張不停留在身體和性的自然審美階段，而是通過一系列具體的審美實踐和技巧，將
身體和性的自然審美價值進一步發揚光大。所以，從發展的角度來看，身體和性的審
美價值一方面是自然和社會的歷史產物，另一方面又是身體和性的主人自身的藝術創
造結果，是由其主人的藝術創造活動及其累積的經驗所決定。身體和性並不是普通的
藝術品，也不僅僅是藝術品而已，更不是單純的審美對象或藝術創造對象。身體和性
是一種特殊的藝術品，它們的藝術生命是緊密地同身體和性的主人及其創造性精神聯
繫在一起。而且，身體和性同時又是藝術和美本身，它們具有獨立於身體主體的、自
律的藝術生命和審美創造能力，特別具有其自身的審美創造實踐活動。在這個意義上
說，身體和性的審美意義及其價值，又是身體和性在其存在過程中所進行的自然創造
活動的結果。也就是說，身體和性作為藝術和審美的生命體，具有創造其自身美的天
然傾向和能力。所以，它們的藝術價值及其審美價值，也同時可以由身體和性自身固
有的藝術生命所決定。

身體和性的藝術生命及其審美能力，是同整個精神心靈生命聯繫在一起。在傅科
所總結的西方古代生存美學原則中，他曾經極端重視馬克·奧列爾和塞涅卡有關性愛

審美實踐的論述及其實踐方式（Foucault, 2001: 156-158; 361-362）。生活在古羅馬時代的馬克・奧列爾，並不孤立地談論身體和性的審美實踐，而是把它同身體、親友和家庭關係聯繫在一起，因而也把性愛（amour sexuel）同飲食（diététique）和經濟管理（économie）聯繫在一起。傅科認為，這是非常典型的例證，說明生存美學所探討的身體和性的審美實踐，是從人的生存特徵，把身體和性的審美實踐，放在整個人的審美視野中加以考量。對於塞涅卡來說，自身情慾快感的滿足，要恰當地同自身的整個事業的命運協調起來。而且，馬克・奧列爾和塞涅卡都認為，身體和性的審美實踐，特別緊密地同精神心靈的陶冶和訓練聯繫在一起。傅科指出：古代的身體文化（la culture corporelle）的基本特點，是將身體同精神當成一個整體，兩者是作為整體一起進行訓練、加工和陶冶（Foucault, 2001: IV, 326-327）。身體對於精神心靈的基本態度，主要表現在兩個方面：第一，身體要善於藝術地傾聽精神和心靈的需要、呼喊和慾望，要以最大的可能性，仔細聆聽和領會精神心靈的呼聲；而精神心靈則要毫無疑問地接受身體向它傾訴的話語。但是，為了使精神心靈能夠寧靜地傾聽身體的聲音，身體方面就要保持儘可能沉著和坦然的姿態；在必要時，身體保持一種「不動」（l'immobolité）狀態。其次，為了使身體能夠清楚地和直接地向精神心靈表達它的慾望和需要，精神心靈也要使自身保持儘可能純粹和淨化的狀態。因此，在身體和性的實踐中，自然包含身體本身的哲學訓練。在這方面，主要使身體培養一種勇敢精神（Foucault, 2001: 408-409。具體地說，就是培養身體對內對外的抵抗和抗擊能力，把身體鍛煉成為具有持久忍耐能力的體魄，使身體能夠在面臨外敵和內心浮躁時保持主動狀態。所以，身體的實踐要促使身體和精神兩方面能夠相互之間靈敏地聆聽對方的「話語」（logos）。在身體方面，最關鍵的，是使身體能夠既寧靜、又靈活，為心靈方面的陶冶提供良好的條件。

作為人的身體和性，其審美活動不能成為任何其他目的的手段，因為身體和性本身，就是審美目的自身；它們是人的尊嚴以及人的審美活動的崇高性的基礎和直接表現。在這個意義上說，人的一切審美創造，其最終目的，無非就是要達到自身身體和性的審美活動的最高自由。傅科嚴厲譴責基督教把身體和性貶低為「罪惡」的道德說教（Foucault, 1994: IV, 174-175）。身體和性一旦淪落為他人或他物的附屬品，它們的審美實踐就被扭曲成為庸俗和「墮落」的象徵。

由此可見，身體和性雖然都與天生的條件相關，但它們的美感及其審美價值是可

以、而且也應該通過自身的努力，來塑造、改善、轉變、累積、重建和更新。每個人的身體及性，歸根結底是屬於他們自己，是自身的生命體的一個重要部分。自身的身體和性，究竟會呈現出什麼樣的審美狀況，採取什麼樣的審美活動形式，它們又究竟怎樣取得審美成果和影響，在很大程度上，取決於自身對身體和性的關懷、照料和養護的方式及程度。關懷自身的身體和性的方式，是生存美學中的「自身的文化」和「關懷自身」的一個重要內容。所以，傅科在總結古代生存美學時，系統地總結了有關身體和性的審美實踐的技巧、技術、策略和程式。

關照自身的身體和性的方式及技巧，表現了身體和性的主人的文化修養狀況和程度，也決定於其主人的整個生活風格及審美水準。但是，如前所述，身體和性及其各個部分，有其自身的審美標準，也有其各自的審美訓練和加工的特殊方式。一個人究竟以什麼標準衡量自己的身體和性的美，直接地表現了他自身所處的社會文化條件、受教育的程度及其自我陶塑的手段、策略和技巧。一個男人要什麼樣的健美胸脯，什麼樣的腰圍和腹肌，以及其他等等，都依賴於他自身的審美標準及其訓練程度。同樣，一個女人究竟要塑造什麼形狀的胸脯，也同她日常生活的習慣、愛好以及風格有關。不但如此，而且，每個人的身體和性的審美標準及狀況，也會隨其自身的社會文化條件的變化，隨其自身的稟性、性格及愛好的轉變而發生變化。

所以，為了創造和改進自身的身體和性的審美價值，既要進行肉體和性的方面的健身訓練和多種多樣的體育運動，又要同精神和思想方面的修養和陶冶緊密聯繫起來。身體和精神的訓練既有聯繫，又有區別；更確切地說，兩者是以一定的距離而相互關聯地對身體和性的審美意義發生影響。身體，特別是身體中的性的部分，同人的心靈部分，始終都以一定的距離（間隔）而相互影響，以致使兩者的這種特殊的關係，形成為一切人類文化的基礎。所以，在討論身體和性的審美實踐時，不能不充分考慮到兩者的『距離藝術』或『間隔技巧』。這一技巧是身體和性的審美實踐的重要內容。實際上，沒有一種身體和性的審美實踐，不包含精神心靈方面的齊頭並進的實踐技巧。人在身體和性的方面的任何審美實踐，都閃爍出心靈之光和情感流露。

身體的實踐當然包括身體和性的方面的體操（gymnase）、競技運動（athlètisme）等體育訓練（exercise physique），以及進行各種各樣的健身運動（Foucault, 2001: 408-409）。這些體育運動和操練，也為身體和性的審美能力的再生產創造良好條件。身體的健美及其技巧，是身體和性的審美價值的一個構成部分，同時也

是精神、思想和生存風格的產生基礎。

身體和性的健美，當然並不是單純靠身體的運動和訓練，而且還同整個生命體的文化修養及精神陶冶緊密相關。

進行必要的旅遊（voyage; tourism）和休閒（loisir）活動，也是改善和提升身體和性的審美能力的有效途徑（Foucault, 2001: 360-361; 448; 474）。

總之，身體和性的美是同生活風格、氣質、文化愛好以及個人的最細微的心靈結構及其運作保持密切關係。

異性戀、雙性戀、同性戀、少年戀、自戀的美學

1. 性愛是審美情感和審美意識的集中表現

傅科在他的生存美學中所涉及的性和性愛，不是單純指一般人所理解的愛情、性接觸和性交，而是人所特有的一種創造和再生產活動；它通過性生活前後及其實踐過程，在肉體和精神兩方面所感受到的快感愉悅，實現人對生存美的鑑賞和逾越。換句話說，傅科所說的性和性愛，是在性的快感滿足活動中，人的思想、心靈、情感和意志同肉體欲望的交錯運作，以實現人在其生存中所嚮往的審美創造。通過性的創造活動，人的生存完成一次又一次的逾越和超越，把人的生存審美活動不斷地提升到更高的自由境界。

傅科認為，身體和性，不僅是人的多種快感的真正源泉，而且也是社會的一個富有創造性的動力。「當我們對人們獲得性自由的各種性行為方式進行探討時，我們就不得不承認：我們今天所瞭解的性（la sexualité），已經越來越變成當今社會和我們這個時代的最富有生產力的源泉之一」（Foucault, 1994: IV, 736）。因此，傅科認為，「善於充分發揮我們的身體，作為多種多樣快感愉悅形式的可能源泉，是非常重要的事情」（Ibid.: 738）。

隨著人類社會文化的發展和演進，人體越來越巧妙地將肉體慾望、感性愉悅同精神思想方面的超越快感結合在一起，使人類終於找到了一種特有的高級生存方式，即愛情（amour）。

愛情在人類群體生活中的出現，把人生之美推進到一切動物都望塵莫及的顛峰，使人在普通的日常生活之外，又能通過愛情生活，實現一種至善至美的創作境界。從

人類性愛發展史來看，性愛（amour sexuel）原本是由人類本身進行生命繁育的需要而自然產生的本能慾望；但與此同時，它在人類社會的演進過程中，始終都不失為愛情和整個文化的真正根柢和最原始動力。對於人來說，性愛和愛情，雖然意味著身體和性的傾慕和交流，但同時又包含著環繞身體和性而產生的一系列精神和心理方面的複雜交錯關係。自從有了愛情和性愛及其多樣化，人類社會和文化生活的內涵，進一步充滿了令人幸福的意義：慘淡而平庸的人生從此變得浪漫鮮艷，使人厭煩的循環式的日常世俗生活，終於滲入了新的生命節奏，轉化成為充滿希望和理想以及具有吸引力的絢麗世界。愛情把人引入由夢和醉所合成的詩意生存境界，既享受令人神魂顛倒、身心迷亂的良辰美景，讓人以高潮迭起的審美快感，一次又一次地歡度刻骨銘心的幸福時光，同時又難免承受終生難忘的精神折磨和使人顫慄不已的嚴峻考驗；既有卿卿我我、情意綿綿的親切漣漪，又時時陷入鏗鏘熾熱的情慾交火場面。愛情確實開創了人的普通生活所達不到的審美內容、形式、氣韻和氛圍，也在情感意志方面，賦予人本身嘗試出生入死的自由超越的新時機。愛情在美化生活的同時，還強化人的生活意志、冒險精神和創造能力。正是在愛情中，使人遭遇日常生活所從未經歷過的情感洶湧澎湃的生命漩渦，並由此而賦予創造的可能性；也正是性愛中的這些複雜的情感快感和精神煉獄，成為創造的強大動力和溫床。

　　為了深入探討性愛的偉大深奧的性質，傅科曾經反覆比較人在性的交往過程中所產生的各種情感。在一次統德國電影導演的對話中，傅科討論了愛情同激情（la pession）的區別及其相互關係（Foucault, 1994: IV, 251）。人在性愛中的感情是非常複雜的。激情是其中的一種。傅科認為，愛情及既含有激情，又不同於激情。他說，激情是一種特殊的精神狀態，一旦墮入其中，人就從其自身中被吸拔出來，使你忘乎所以，不知所措，也不知所以然（Ibid）。激情是一種不穩定的、永遠流動的精神狀態，但它又沒有固定的前進方向。然而，激情畢竟是在流動中，慢慢地震蕩於高潮和低潮之間，然後它自己又會緩和起來。

　　性愛和愛情是人的審美情感和意識的集中表現。因此，在性愛和愛情中，最典型地體現了身體和性的肉體本能慾望同情感和心理的文化因素之間的複雜交錯關係，同時也顯示出這些複雜關係在文化創造方面的重要作用。所以，隨著文化的演變和複雜化，人們也在愛情形式和性愛方式的多樣化探索中，開創了越來越廣闊的自由生活場域；與此同時，身體和性的本能慾望及其物質性功能，也同精神和思想方面的快感、

感情及超越心理，產生更緊密而曲折的新關係。個人的生命及其創造活動，也因此而日益豐富起來，

總之，性愛是達到慾望快感的重要途徑，也是陶冶、提升人的審美精神境界的主要領域。

2.性愛的多種形式及其審美意義

進行性愛，在性愛及其高潮中達到慾望快感的滿足，實現精神和文化方面的超越慾望，不但是人之常情，無可厚非，而且，也是尋求自由的一種表現。人類性愛的本質，不同於一般動物的地方，就在於追求自由。只有像柏拉圖那樣的絕對唯心主義者或中世紀教會的愚昧統治需要，才對性愛和愛情進行各種限制，並制訂一系列禁欲主義的相關規則。在柏拉圖以前，蘇格拉底本人，曾經在其生活實踐中，貫徹一種非常靈活而巧妙的性愛藝術，並把性愛藝術當成生活藝術的一個重要表現。性愛，作為人類身體本能慾望以及精神創造和文化發展的基本條件，不論就其快感滿足要求，還是就其精神超越層面，都不應該有固定的形式，不應受到任何特定的規範和規則的限制，更不應以任何人為分類的手段，而將其中的不同形式給予貶低或侮辱。也就是說，人類性愛就其本質而言，應該是自由的、快樂的和審美的。

人類性愛從社會產生開始，就存在異性戀（hétérosexualité）、同性戀（homosexualité）、少年戀（l'amour des garçons）、自戀（narcissisme）、自慰（masturbation）等多種形式（Foucault, 1994:IV, 320-337）。所有這些，都是自然的現象，不值得大驚小怪，更無須以任何人為的強制性手段，進行區分和分類，給予不平等的待遇。進行多種形式的性愛，首先表達了不同種類、不同性格和不同慾望的人的需求和行動的自由。人們有充分的自由，選擇自身實現性愛的方式。同時，任何性愛，只有在充分自由的條件下，才有可能實現其最高程度的快感，也才有可能由此實現自由的創造。傅科針對美國作家博斯維爾（John Boswell）專論西方同性戀史的著作《基督教、社會寬容與同性戀》一書的發表，明確地肯定當代社會中出現的多種性愛形式；並認為任何一種性愛形式，不但都有其存在的理由，而且，也有其自身的審美價值，甚至有其政治價值。對於傅科來說，針對社會制度對性愛活動的強行干擾和控制，必須敢於進行各種「逾越」的性愛活動。這些逾越的性愛活動本身，就是一種具有政治性質的性活動，是用來對抗傳統的性愛規範的有效政治鬥爭。對傅科來說，有意地進行多種

「反常」的性活動，是改造現存社會政治制度的有力行為。

　　性愛形式的多樣化，是人類在其文化發展過程中所不斷創造出來的生命生存模式。首先，它是個人實現和達到性愛快感的自由，顯示個人自身選擇其滿足性愛快感形式的自由，它同時也包含對於其個人整體生存自由的選擇權和實行權。第二，實行不同的性愛形式，本來只是為了達到個人性欲快感（plaisir sexuel）的滿足，他純粹是屬於私人領域的事務，與整個社會的利益毫無關係。在任何情況下，性都是屬於自身。而且，多種性愛形式，充其量也都只是在性愛的各個相關者的範圍內進行，只要他或他們個人出於自願，並感到滿足，能夠實現他們所期望的超越審美慾望，就無害於社會，他人和社會無權干預，更不應以任何與性無關的因素和力量，進行強力的限制。恩格斯在談到未來人類性自由時說，真正的性自由，就是完全從性愛的單純觀點進行性愛；一切與性無關的經濟，政治、文化等因素，都應置於性愛的範圍之外。也唯有在這樣的情況下，才談得上真正的性自由（Engels, 1891）。只有在社會物質和文化條件得到充分發展的時候，才有可能實現純粹性愛的自由。第三，任何性愛形式，都具有審美意義，都可以在美化人生的過程中發揮其特有的貢獻。每一種性愛形式，為個人的肉體和精神兩大方面提供其獨特的、不可替代的審美快感，因而也具有其自身的審美價值。多種性愛形式的存在、實行和比較，只能擴大人生審美快感的範圍，為建構多種性愛文化開闢更廣闊的可能視野。第四，各種性愛形式，屬於個人自身生活方式和生活風格的一個領域，有助於整個社會和文化開創多元化和多樣化的審美園地，並為未來多種文化和多種生活方式的建構提供新的基礎。第五，多種性愛形式有利於滿足不同個人的性愛要求，因而其存在和實現，可以關照不同個人的性要求和審美風格，將促使整個社會更好地協調起來。第六，各種性愛形式的出現本身，就是人類審美超越的表現，它們是人在性愛方面呈現不滿足感的表現和一個結果，也是人在性愛方面進行創造和探險的鮮明嘗試。既然人的審美超越性是無限和無止盡的，那麼，在性愛方面人類絕不會滿足於異性戀的形式，勢必尋求越來越多的形式，在所謂『正常』的性愛形式之外，開創性愛的更多的可能性。第七，傅科認為，任何對於性愛形式的控制和規定，都來自社會政治統治的利益需要，所以，這些規定本身總是試圖把性愛問題歸結為社會政治問題。傅科指出：「所有對性愛方面的壓制，都存在更加複雜的政治策略背景。……而且，不僅如此，在壓制之外，還同我們社會的其他更複雜的問題相關」（Foucault, 1994: IV, 530）。所以，實行多種性愛形式，也是對於

當代社會各種限制和規定的一種反抗途徑。在 1960 年代，當法國及西方各國發生學
生運動時，造反的學生們就是以「性解放」和「性自由」作為基本口號之一，推動了
當時的社會革命運動，對此後西方各國的社會改革產生了深遠的影響。傅科和許多支
持青年學生運動的思想家們一起，當時都從理論和實際行動兩方面，對學生們所提出
的性解放的口號，表示讚賞。

傳統社會將性的慾望、快感滿足及其表現方式加以模式化和規範化，在傅科看
來，是為了宰制和控制人類的性活動，並通過對於性的宰制，而實現對於整個社會生
活的控制。因此，西方現代社會的自然科學和人文社會科學對性欲快感的表達、實現
和滿足形式所作的論述以及為此所做的各種「科學」規定及其標準化，在實際上就是
為了實現對人們進行區隔、分離和限制的目的，以便統治者能夠獲得實施社會區分的
標準，並完成他們的統治的正當化程式。這一切，就是傅科所批判的「生命權力」的
策略（參看本書第三章第六節）。按照自然科學和人文社會科學的論述規定，在性愛
方面的標準形式，就是一對「合法的」男女之間的異性戀和異性交合；而一切同性戀
和各種「非標準化」的性愛形式及其實行者，都被歸結為「異常者」（les anorma-
ux）。正如傅科所指出的，所謂「異常者」的形成過程，是同一系列有關控制機構和
制度，以及一系列有關監視和分配的機制的建構相適應和相平行的（Foucault, 1994:
II, 822; 1999; 2003）。在西方，從中世紀開始，統治者就提出了「異常者」的概念，
並針對他們，建立了一系列監控機構和程式，以便把他們排除在正常的社會之外。從
十六世紀開始，隨著近代科學的誕生，「異常者」進一步受到嚴格的限定和控制。統
治者把所有「異常者」稱為「人間魔鬼」（le monstre humain）。「男女雙性」（男
女同體）（hermaphrodisme）、「同性戀」（homosexualité）、「性倒錯」（perver-
sions sexuelles）、「性施虐狂」（sadisme）、「性受虐狂」（masochisme）等，一系
列醫學、生理學、心理學、精神分析學和精神治療學概念，都是在人類社會發展到規
範化和法制化的時期才出現的現象。所以，那些「雙性人」（陰陽人）（hermaphro-
dite）、「同性戀者」（homosexuel）、「性倒錯者」（pervers sexuel）、「性施虐狂
患者」（sadique）、「性受虐狂患者」（masochiste）等「人間魔鬼」，不但成為醫
療對象，也成為懲治對象和監視對象。

當然，最普通的性愛表達方式，首先就是男女間的愛情，是異性戀；因為它的本
質，正如叔本華所說，乃是實現「種族意志」的唯一途徑。馬克思也指出：人自身的

再生產是一切類型的社會再生產的前提（Marx, 1843）。因此，男女間的性愛，自有
人類社會以來，幾乎成為性愛的最普遍的形式；這主要指的是它已經成為絕大多數人
的性愛形式，相對於男人與男人間、女人與女人間的同性戀來說，它是一種佔統治地
位的性愛方式。

　　所以，男女間的異性戀之所以成為絕大多數人實現性愛的方式，是因為性愛本
身，本來就是以人的肉體的性欲快感需要以及身體生理結構的運作作為實際基礎和自
然動力。在此基礎上，人類文化的發展促使肉體性欲快感的自然本能，同精神心理方
面的審美超越慾望越來越完美地結合起來。因此，男女肉體在解剖生理方面（包括第
一性徵和第二性徵）的巧妙差異以及由此差異所產生的異性美感，促使兩性個體之間
最有可能產生愛慕和鑒賞。正如佛洛依德所說，「美和魅力是性對象的最原始的特
性」（Freud, 1910）。

　　長期以來，異性戀在傳統社會中，被強制地採取了一男一女的相愛及結婚形式。
但實際上，兩性的性愛形式，除了固定地在一對男女之間進行之外，也可以在不固定
的成對男女間進行，只要雙方都表現愛意或相互傾愛。傅科認為，異性戀不應該只能
在固定的一對男女間發生，而是可以在非固定的成對男女間進行，只要性愛的發生和
實行都使雙方達到性快感的滿足，有助於個人在身體和性方面的審美超越的全面實
現。所以，即使是異性戀，也採取多樣的靈活相愛方式。同樣是異性戀，有的採取婚
姻或建立家庭的方式，有的採取同居的方式，有的只是相互愛戀，既不結婚，也不同
居，而是採取「精神戀愛」的方式，還有的是在多個異性個體之間，或者在法定夫妻
和多位情人之間，進行多對象的非成對固定的性愛形式。在夫妻之間，情人（l'amant;
l'amante; la maîtresse）的介入，具有特別的審美意義。西蒙・波娃在她的小說《女賓》
（L'Invitée）和理論著作《第二性》（Le Deuxième Sexe）中，都指明情人存在的審美
意義。西蒙・波娃說：「男人希望他的情婦，既像他的妻子一樣完全屬於他，又要像
陌生人那樣，時時處處給他提供新鮮的感覺；他要她完全依據他的夢想出現在他的眼
前，又要常常令他出其不意，提供足夠的刺激」（Beauvoir, 1967）。按照西蒙・波娃
的看法，情人之所以可以為性愛帶來獨特的審美價值，主要是情人具備妻子和陌生人
的雙重身分；她的這個獨一無二的特徵，顯然是文化方面的性質，顯示了人追求性愛
快感的『好奇』本質。身體和性的審美快感，必須介入越來越多的好奇因素，有利於
推動性愛快感，從一個層次超越到另一層次。當然，情人，並不只是女性，也可以是

男性。也就是說，女人，如果她是真正自由的話，完全可以像男人那樣，在尋求情人中實現其性愛快感的不斷超越。

當然，男女間的異性戀在整個社會中佔數量上的優勢，並不意味著它是唯一『合法』或唯一『正常』的性愛。也就是說，不能以數量上的優勢作為藉口，將少數人的同性戀或其他性愛形式，視為「不正常」、「異常」、「不合法」，或甚至以帶有侮辱性的「性倒錯」、「色情狂」等概念加以指責和進行社會迫害。

同性戀（homosexualité）是人類性生活多樣性和活潑性的一種正常表現。傅科認為，同性戀並不神祕，它是如此的簡單，以致可以說，它無非就是一種極其單純的慾望快感罷了。同性戀的出現只能進一步表明性的選擇的自由的重要性（Foucault, 1994: IV, 322）。傅科在評論英國思想家多維（K. J. Dover）關於古希臘同性戀的研究著作時指出：這本書的出版，使我們知道，在古希臘和羅馬，人們從來沒有把性行為分割成同性戀和異性戀；這種分割的做法，對希臘羅馬人來說，是絕對不妥當的（Foucault, 1994: IV, 286）。同性戀是非常複雜的問題，絕對不能以單純的道德標準對它做判斷。古希臘羅馬人很明確地把同性戀以及男人對於少年的愛戀同道德問題區分開來。同時，同性戀問題，是屬於個人隱私問題，絕對不能同個人的身分聯繫在一起，也與人的職業無關。任何人都沒有權力借助於所謂的同性戀問題，干預私人的性生活，不應該過問個人在性的方面的隱私（Foucault, 1994: IV, 163）。實際上，同性戀並不是因為個人慾望出了問題，而是表示個人在性的方面的欲求的可變性和可選擇性（Ibid.）。

在古希臘，同性戀是很普通的事情，但他們對同性戀的看法和現在完全不一樣。嚴格地說，古希臘時期，男人對於少年的愛戀，即所謂「少年戀」（amour de garçons）是屬於友誼（amitié）的範疇。古代的少年戀同現代社會中出現的「戀童症」（pédophile）毫無共同之處；因為前者是講究感情、精神交流和審美共用，不涉及肉體傷害的問題，而後者是以野蠻的虐待方式殘害兒童。

不論在阿里斯多芬、塞諾芬，還是在柏拉圖的著作中，都用相當多的篇幅，描述和歌頌同性戀，甚至將男人之間的同性戀，讚頌為英雄們所固有的品格。在柏拉圖的《對話錄》中，蘇格拉底等思想家都有同性戀和少年戀的傾向和實際活動。蘇格拉底認為，只有具備英雄本色的男人，才有膽略和智慧實行同性戀的生活。過同性戀的生活，不只是必須具備豪邁崇高的氣魄和情操，而且還要懂得實行巧妙的藝術和技巧，要善於運用實踐智慧。蘇格拉底非常喜愛年輕漂亮、英姿貌美、而又聰明能幹的青少

年。蘇格拉底選擇學生的標準，就是英俊、勇敢和有智慧的「帥哥」。他的優秀學生，例如：阿爾西比亞德、塞諾芬等，都是屬於這一類型的人。據第歐根尼·拉爾修（Diogenes Laertius）說，塞諾芬大約是在二十歲左右從學蘇格拉底。當時他是一位俊美謙和而又有智慧的青年。有一次，蘇格拉底在雅典的一條狹巷裡遇到他。蘇格拉底為其美貌及氣質所誘，有意地以他的手杖擋住塞諾芬的去路，問他哪裡可以買到生活用品。然後又追問他：「在哪裡可以學會成為善和美的人？」塞諾芬回答不上，蘇格拉底便說：「跟我來學吧！」。從此，塞諾芬投靠蘇格拉底的門下（Diogenes Lartius, 1972）。蘇格拉底對他的英俊學生，從不掩飾其愛慕之情。蘇格拉底還在授課時大談同性戀的樂趣。

　　同樣地，塞諾芬在他的〈經濟篇〉中說，在古希臘，少女未出嫁時往往被嚴加管束；即使在出嫁之後，女人也只能從事家務，完全被排除在社會生活之外。因此，愛情和友誼，包括同性戀，只能在男人中間存在（Xénophon, 1949: #3; #7）。但柏拉圖在〈會飲篇〉生動地講述了當時希臘人中間所流行的愛情的多樣性和活潑性。在這個對話錄中，柏拉圖既談到對於肉體美和性器官的愛慕，也談到精神上對於真善美的愛；既談到男女間的愛情，也談到男人與男人、女人與女人之間的同性戀。現代人把幻想中的愛情比喻為「柏拉圖式的愛情」，純粹是從柏拉圖的唯心論哲學加以簡單推論的結果，完全是一種誤解。如前所述，古代所說的同性戀、少年戀等，並不是如同現代社會中所看到的那些形式。傅科說，通過他的研究，古希臘和羅馬確實存在一系列有關同性戀的理論論述，包括從柏拉圖到普魯塔克和呂西安（Lucien de Samosate）等人（Foucault, 1994: IV, 287）。古代希臘羅馬人，通過同性戀和少年戀，所追求的，首先是精神和文化方面的審美快感。他們把同性戀當成一種生活方式或生存藝術，當成一種友誼。

　　正如我們已經在本書第一章第二節的第四小段中所指出的，傅科本人是同性戀者，他同一位年青的哲學系學生丹尼爾·德斐特（Daniel Defert）從1963年至1984年逝世為止，在一起過著同居式的同性戀生活。在談到傅科自己的同性戀時，他指出：同性戀並不非要採取成對生活在一起的形式，它毋寧是一種生存方式（Foucault, 1994: IV, 163）。如果說，現代社會中，在相當多的一些男人之間，在他們的家庭、職業和同事關係之外，還存在「裸體」關係（relation à nu），那麼，這說明在許多人中間，還存在慾望和憂慮的問題。但對於同性戀來說，並不存在固定的性愛形式，也不嚴格

地要求雙方的性愛一定要維持穩定或長久。任何時候，不論長短時間，都可以在同性之間，發生愛慕和性愛；而且，其性愛的形式，可以是性交，也可以是相互撫摸，也可以是別的其他形式（Foucault, 1994: IV, 164）。如果說，人類的性生活具有多樣的自由形式的話，那麼，同性戀本身，作為人類性生活的一種正常表現，也是以多樣形式表現出來。從這方面來講，必須進一步從藝術和審美的角度，探索同性戀的多種實行形式。目前的同性戀，可以是在同代的同性之間，也可以在不同代的同性之間；既採取每一方固定角色的方式，也可以採取角色變換或不固定角色的方式。在同性之間進行相愛動作時，要講究藝術審美意義，才能使同性戀變成為審美生存的一個途徑。

傅科認為，同性戀既然是一種很自然的愛情和性愛活動，應該任其自由進行，並不需要任何外來的干預和限制。傅科還特別強調：同性之間的相愛、擁抱和撫摸，是一種藝術（Foucault, 1994: IV,315）。「我認為，同性戀運動所需要的，與其是關於性的科學或某種科學知識，倒不如是一種生活的藝術。性構成為我們的行為的一部分，是我們在這個世界上所尋求的自由」（Foucault, 1994: IV, 735）。作為一種生活方式和生存形式，作為一種文化，同性戀不應該受到任何限制（Fouacult, 1994: IV, 292）；相反，倒應該把選擇同性戀，當成是自身生存方式的一種創造。也就是說，人們完全有理由通過性，通過不同的性愛方式的選擇和實行，來顯示自身的生存藝術，表示自身有能力和有魄力，通過性的自由選擇，不斷探索、創造和發明一種嶄新的人際關係（Ibid.: 295）。顯然，傅科是從生存美學的角度探索和研究同性戀，把它當成審美生存的一種表現。

當然，同性戀不是男人的專利，而是完全允許在女人之間進行。傅科肯定女人之間的性愛的自然權利，並認為：女人之間的性愛甚至比男人之間更加豐富，特別是在女人的身體關係方面（Foucault, 1994: IV, 166-167）。

至於自戀，包括兒童的自慰（masturbation），更是屬於純粹自己的私人事情，是個人選擇性愛快感滿足途徑的自由。傅科尤其譴責現代社會對於兒童性愛形式的干預。他認為，對於兒童自慰的懲罰是極其野蠻和殘忍的（Foucault, 1994: IV, 530-531）。兒童或青少年的自戀（包括自慰），本來與道德和健康問題無關。傅科指出，正是為了實現對於青少年和兒童的全面控制，生命權力才發明了一整套監視和宰制兒童和青少年性活動的制度和策略（Foucault, 1999）。

傅科還為此進一步譴責現代社會各種對於性愛形式的管制和懲罰法制。傅科認

為，父母對於自己的子女的性愛快感的關心，不能以各種藉口或禁律加以阻止。與此相反，應該鼓勵父母關心自己的子女的性愛問題，這種關愛，不只是道德問題，不只是父母應盡的義務，而且也是一種滿足快感的途徑，是父母給予子女的性禮物（grati-fication de nature sexuelle）（Foucault, 1994: IV, 531）。

3.性愛藝術及美學

滿足性欲快感，實現審美超越，並不是一件簡單容易的事情。人人都有屬於自己的身體和性，也都可以自然地和本能地學會、並實行身體和性的快感滿足形式。但傅科認為，身體和性的快感的滿足，並不一定包含性的審美意義，並不意味著實現了性的藝術。人對於自己的性愛快感的要求，並不僅限於身體和性方面的快感滿足，並不僅僅歸結為性器官之間的肉體交接，而是尋求身體和精神方面的更高審美超越，隱含著對於新的文化創造的自由追求。而且，身體和性的審美價值，基本上是由兩大方面的因素構成。第一方面是身體和性的物質、生理和生物學結構及其相互關聯所形成的整體美；第二方面是身體和性的情態、舉止、文化修飾以及風度氣質的無止盡陶冶。在審美創造和鑒賞過程中，上述兩者往往渾然一體，難分涇渭，形成為巧妙的連續性審美情勢和過程。這是人的身體和性快感不同於動物的地方。因此，使身體和性的快感達到滿足，使性愛達到一種藝術境界，必須積累和總結經驗，認真學習和交流，進行多方面的探索和創造，特別講究性愛過程中的各種內外環境和內心境界的塑造，深刻體會、斟酌以及消化內外環境中各種引起靈感、足以刺激和促進快感的審美因素，尤其重視感情、風格、氣質和氣韻等文化因素的裝飾、消融和靈活運作，以便使每一次性愛實踐，都成為個人自身探索生存藝術的創造性實踐（Foucault, 1994: IV, 533）。所以，身體和性的快感滿足問題，是生存美學中的極端重要、也是非常複雜的事情。

在生存美學看來，每次性愛實踐，不論採取什麼形式，也不管是在什麼環境下進行，都應該儘可能當成是一種生活方式和生存美學的表演活動，是一種藝術創造活動，也是向一個新的審美生存境界的超越（Ibid.: 163）。古希臘羅馬的傑出人物，都極端珍視自身的每一次性愛實踐，把每一次性愛實踐當成自身進行自我陶冶的獨特機會，使每次性愛實踐都成為最大限度進行再創造的時機。因此，性愛並不只是為了滿足快感，而是為了把握和發揮富有審美意義的創造活動。

如前所述，人不同於動物的地方，就在於其身體和性的快感滿足並非單純靠肉體

接觸或性器官的交接就足夠了。人體既然不只是生物學意義的物質器官所構成，而是有情有欲、有體有態、有形有神、有靈有思想的生命體，是由各種不同個性的欲望、思想、情感、氣質和愛好所構成的象徵性文化單位，又是試圖通過審美實踐不斷實現其審美超越的自由探索者，所以，人在性愛實踐中所需求和期望的，並不單純是表達、尋求和滿足自己的情慾，而是為了一再地、無止盡地、循環地和創造性地實現自身的審美實踐。對於人來說，身體和性的審美鑒賞和創造，在很大程度上，決定於文化因素的介入和運作，決定於個人自身在身體和性愛實踐中的創造性精神。正因為這樣，身體和性的審美過程，類似於藝術創造和審美過程，也似乎接近於象徵性符號的溝通活動，其中身體和神態的聯合表演，在性愛對象之間，形成為數不盡的內涵交流，使兩者能夠在極其靈活的無限深度內，相互交融和相互滲透，以多層次的快感循環更替，一次又一次地尋求不同種類的審美快感自由。那種把性愛只是當成「兩人間」的肉體關係，把兩性關係當成「兩人世界」的說法，是極其狹隘的愛情觀點。身體和性的審美關係，遠不是「兩人世界」所構成。為了使身體和性的審美快感能夠一次又一次地創造審美奇蹟，跨越「兩人世界」是完全必要的。

為了實現相愛的個人之間的性審美快感，存在著許多複雜的因素。性愛好像飲食一樣。動物只把飲食當成滿足食慾的手段，因此，它們在進行飲食時，狼吞虎嚥，不加仔細品嘗，更不講究飲食方式、環境和氣氛。人卻不一樣。人要講究飲食種類、方式、環境、氣氛，還要把飲食同審美、氣質培養和精神超越的過程聯繫在一起。所以，相愛的人相聚飲食時，要講究飲食燈光、裝飾和環境氣氛，也設法尋找有意義的節日：或者在花好月圓的浪漫環境，或者在布滿藝術裝飾的餐廳裡，在富有歷史文化背景的地方，挑選飲食種類，細嚼慢嚥，交叉著情話綿綿的動聽溝通。……如此等等。性愛比飲食過程更加複雜，應該包括更複雜的藝術形式。例如，首先，是雙方對於對方身體和性的視覺方面的審美快感。從最早的人類祖先開始，當人學會直立行走時，性愛對象之間的首要審美快感的發生，就是對於對方的身體和性器官的相互觀看，並對身體的曲線美和性感，進行審美品嘗和端詳。隨著人類文化的進化，性愛的觀看重點，逐漸地從最顯眼的上身和性器官，轉移到全身，特別是轉移到與文化相關的「第二性徵」以及情感、氣質、舉止和風格等所謂「第三性徵」方面。而到了發明服飾和化裝藝術之後，性愛的注意力也轉向富有表情的臉部和全身體態神韻的變化。愛情往往就這樣從含情脈脈的對視所引起的性感吸引和鑒賞，隨著情話的傳達，周在

環境的刺激和引誘，各種遠近文化因素的介入，口唇間的熱吻，擦鬢貼項，全身擁抱按摩，體會個人身體的溫度、味道和柔性以及粗細軟硬狀況，激起全身性欲和情慾的震盪和亢進爆發。其實，人的身體的任何部分，都在身體和性的審美實踐中，扮演不同的特殊角色，並相互配合，使每場實踐都含有其特殊的審美意義。一個真正成功的性愛實踐者，在其性愛活動中所實現的創造性藝術審美活動，可以促使身體的每一個器官和每一個細胞，都具有永遠值得回味的獨特故事。人的美貌，已經遠遠超出臉部曲線結構美的範圍，真正成為全身體態、容貌、表情、神色、氣質和舉止的性愛表達和溝通的通道。由此可見，生存美學所探索的一系列性愛藝術形式和審美途徑，對於真正試圖尋求生存自由的人來說，簡直是舉不勝舉，有無限的開發創造的空間。說到底，性愛藝術和美學，並不是可以通過描述和列舉的方式所可以窮盡的；性愛藝術和美學，作為人的創造精神和文化生命的一個重要構成部分，只能靠個人自身去創造、體會、品嘗、鑒賞和實踐；而這一切，只有個人自身在身體和性的實踐中的反覆認真總結和學習，才能逐步提升，並使自身最終熟練地進行身體和性的藝術和審美實踐，為進一步將這方面的經驗，納入生存美學實踐經驗的總體中，豐富自身整個審美生存的內容，開闢數不盡的發展可能性，奠定可靠的基礎。

傅科還特別強調：熟練運用性愛藝術，要善於發揮語言文字在性愛中的功能。最懂得性愛藝術的人，將語言文字的遊戲滲入性愛遊戲中，發揮語言使用藝術的彈性、伸縮性和皺褶性，使用語言文字的召喚和命名功能，把整個世界和歷史，都召喚到性愛的過程中，讓文化和歷史在性愛中，融入和表現在身體和性的相愛動作，從「兩人世界」出發，跨越現實和身體的界限，到神奇的幻想世界和歷史場域遨遊，以便實現無限擴大的審美超越，並將審美快感由近及遠、又從遠處拉回，似乎陷入由無數文化情節所構成的層層快感的漩渦，演奏出可歌可泣的性感高潮迭起的交響曲。

德國電影導演維爾納・斯洛德（Werner Schroeter）在其所導演的影片《瑪利亞・馬里伯蘭之死》（La mort de Maria Malibran）中，試圖表示一種真正的愛情。在同傅科的一次談話中，斯洛德認為，真正的愛情並不是普通人、特別是年輕人所想像或追求的那種只充滿『浪漫』和快樂的過程，而是必須經過折磨、反覆撕裂、輾轉於煉獄和天堂之間以及經受悲歡離合的痛苦歷程的悲劇。只有人間悲劇才是真正的愛情的原型和理想。斯洛德說，他所主張的那種真正的愛情，是一種「迷失的力量」（l'amour est une force perdue），因為它只存在於單個人之中；真正的愛情從來都不會是相互

的，而只是單方面的。所以，它將會瞬時消失。它將變成為永遠的痛苦，絕對的虛無，就像生與死那樣。因此，這就是為什麼真正懂得愛情的作家和詩人，如柯萊斯（Kleist）和赫爾德林等人都是最終走向自殺的道路（Foucault, 1994: IV, 254）。愛情越真、越濃，就越不可表達，越失落，越失去方向，也無法在固定的對象和固定的方式中成全它；它像飛石走沙、颶風、泥石流、洪水猛獸和熊熊烈火那樣，試圖吞噬一切，卻永遠不滿足於單個的具體對象。愛情是真正最能體現審美的力量，因為只有它才典型地表現出審美超越的最高特性：尋求最高自由！就像一切「絕對」一樣，真正的愛情從來不打算成全自己或單個的對方，因為它最懂得被成全的痛苦。傅科在對話中，時時表達他個人對愛情、性和同性戀的看法。從傅科的對話中，可以概略地體會到他對愛情、性和同性戀的複雜態度，也由此進一步理解到性愛藝術的複雜性和高難度。

首先，不可否認，任何真正的熾熱的愛情，總是包含著「激情」（la passion）。什麼是激情？傅科說：「激情是一種使人墮入情網的精神狀態，佔據和征服了你，壓在你的雙肩上，既停息不下來，又不知源於何處。實際上，你無法得知它來自何處。激情就是這樣突然出現的。它是永遠運動的狀態，但又不朝向一個固定的方向。它有時很強烈，有時變弱，有時則白熱化。它浮動，在兩點之間晃動，來回尋找平衡。它是由某種不明不白的理由，很可能是由於惰性，而持續不穩定地在一系列瞬間中所構成。總之，它探尋著，維持下來，而又消失掉。激情為自身創造了一切必要的條件，以便持續下來，但同時又自我毀滅。在激情中，人們並不盲目，但陷入激情中，就失去自身；你將在尋求你自身的過程中迷失方向；在激情中，你將以完全另一種觀點看待一切事物」（Foucault, 1994: IV, 251）。因此，激情，對人自身來說，是一個考驗。人實際上無法完全逃避或控制激情，因為它確實帶有相當程度的神祕性。但在生存實踐中長期經歷生存美學的自我訓練和薰陶的自身，可以在自身經驗的引導下，靈活地對付激情，甚至同它進行遊戲式的溝通和交流，在一定程度上控制和利用激情的發生，把自身的生活引入漩渦中，嘗試驚險之滋味，並由此積累更豐富的生活經驗。

對於激情，既要逐漸地學會迴避，又要善於掌握和操作，使自身避免盲目地陷入激情。為此，傅科還是讚賞斯多葛學派的生活藝術，即儘可能使自身成為駕馭情感的能手，在許多情況下，要時刻訓練自身心靈寧靜和豁達，善於在複雜的環境中保持自身心靈和情感的沉著，甚至可以控制自身的精神狀態達到靜如止水：任憑外界驚濤駭

浪，無動於衷，泰然自若。這就是生存美學實踐智慧所要追求的一個基本課題（Foucault, 2001: 326-328）。

　　同樣，通過激情，傅科還進一步分析一般慾望、同性戀、受虐狂和施虐狂中所包含的「痛苦與快感」（soufrance-plaisir）的複雜構成。傅科指出，激情包含「痛苦與快感」，雖然完全不同於慾望、同性戀、受虐狂和施虐狂中所呈現的「痛苦與快感」；但「痛苦與快感」，在本質上，是兩個相互緊密關聯的東西；而且，兩者往往循環地以不同形式和不同程度顯示在相愛的人們之中（Foucault, 1994: IV, 251）。

生活的技藝和風格

　　生活的真正價值，就在於它的藝術性；人類生活之所以優越於其他生物的生存，就是因為人生在世，始終都有可能成為充滿創造精神的藝術作品。尼采早就說過：「……且讓我們如此地設想自身：對於藝術世界的真正創造者來說，我們已經是圖畫和藝術投影，而我們的最高尊嚴就存在於藝術作品的意義之中；因為只有作為審美現象，我們的生存和世界，才永遠有充分理由」（…wohl aber dürfen wir von uns selbst annehmen, daß wir für den wahren Schöpfer derselben schon Bilder und künstlerische Projektionen sind und in der Bedeutung von Kunstwerken unsre höchste Würde haben- denn nur als *ästhetisches Phänomen* ist das Dasein und die Welt ewig *gerechtfertigt*...）（Nietzsche, 1871. In Nietzsche, 1980: I, 40）。

生活本身就是藝術

　　生存美學的提出，意味著傅科將生活和人的生存，當成一種具有審美價值的藝術實踐。這就是說，生存和生活，在本質上是美的。

　　生存美學的生活意義，早在古希臘的馬其頓統治時代，就已經在當時流行的生活箴言中顯示出來。馬其頓人往往把耕田和經營農業交付給他們的奴隸，而不是由他們自己來承擔。馬其頓人這樣做的唯一理由，就是「關懷自身」；他們需要用他們的全部精力來「關懷自身」，因此把沉重的農業勞動交給奴隸去完成。他們認為，關懷自身是一種值得他們自豪的生活特權，是他們優越於奴隸的標誌，也是必須全力以赴、全心投入的神聖不可讓與的事業，必須努力保護、維持和創新，使自己更集中和更有效率地關懷自身的生活，實現生活的美學化。一個人的生活品質和美感，就在於有能力充分利用他人和他物，充分發揮自己所佔據的社會職業的一切潛在能量，使之為自

身生活品質和美感的不斷提升服務。財富、社會地位以及生活環境的有利條件，都應該用來為關懷自身的目標服務。只有這樣，才有可能把自身生活變成藝術創造和滿足慾望快感的享受樂園，成為充滿美感的生命活動空間。因此，在羅馬拉丁原文中，所謂「休閒」（loisir），就是關照自身的最好時間。關照自身是一種藝術享受，也是美的鑒賞過程；它是實實在在的休閒和享樂。

就連勞動和各種工作活動，也是藝術創造和生活美的享受過程。塞諾芬曾經很明確地把「關懷」（epimeleia）比照為從事農業的家長的勞動和工作本身。所以，關懷就是勞動，就是工作，就是實踐。正因為這樣，生存美學所要求的「關懷自身」，本來就是生活實踐本身，是帶有藝術創造意義和具有美感享受樂趣的實際活動。所以，傅科說：「當古代哲學家或思想家告誡人們要關懷自身時，他們不僅勸導人們要關注自己，避免錯誤或危險，善於保護自身，而且，還要關注一切活動，恰當地處理自己的生活實踐。可以這樣說，在整個古代哲學中，關懷自身曾經被理解為一種義務，一種技巧，一種基本的責任以及精心思索而創造出來的一整套程式」（Foucault, 1994: IV, 355）。

馬克思早在撰寫《經濟學哲學手稿》時，就已經很深刻地指出了人的生活所含有的美的價值。人不同於動物的地方，就是以藝術的眼光和感情，進行他的生產勞動和日常生活活動。所以，在人的勞動產品中，顯示出勞動過程中人對於美的追求精神及其美感鑒賞能力（Marx, 1844）。

如前所述，在西方文化史上，曾經很早就出現了生存美學。在古希臘時期，有一些哲學家和思想家曾經希望把人的生活看成為一種藝術作品，把生活實踐看作是「一種生活的藝術」，「一種自由的生活風格」（un style de liberté）（Foucault, M. 1994: IV, 731）。但隨著基督教道德在西方人生活中的滲透，古希臘那種生活理想已經不再存在了。至於現代社會形成以後，由於功利主義、實證主義以及各種各樣的經驗主義思想的氾濫，生存的美學的實踐方式，幾乎已經成為不可能的事情。

人類生活不只是展現了藝術和美的多彩風格，而且，也不停息地推動著生存美的自我創造過程本身，因為人的生活本身，一方面是具有審美超越本性的人自身對於美的渴望和追求，另一方面也是生存美本身的一種聯綿不斷的自我實現和自我更新過程。人類生活一旦失去美，就剩下乾枯的形式和框架，就同沒有生命力的泥沙一樣，任憑其週在世界宰割和擺佈，或者，等候他人當做一種工具或手段來使用。人的生存

不同於動物，人與人之間的生存方式也不一樣，所有這一切，決定性的因素，就在於審美超越的不同表現程度。正如我們在前面一再說的，人的本性就是傾向於審美超越，並以審美超越而實現人自身及其生活環境的雙重提升和更新。人是這樣的生存物，它自身的生存及其審美價值，決定於人及其環境的共時互動的審美改造活動。人離開了審美超越，就不再成為人；審美超越能力及其實施程度，決定了不同的人的生存價值。但對於人來說，只是實現人自身的單方面審美改造，還遠遠不夠；還必須同時地實現人同其生存世界的雙重審美改造，才有希望使人的生存顯示其審美意義，同時也呈現出其個人審美生存的唯一性。也就是說，人自身的的生存及其審美性，離不開其生存世界的審美性及其審美改造工程。這一切，都需要人自身在其實踐中，完成對其自身和對其生存條件的雙重審美改造。在這一方面，傅科深受海德格的深刻影響。海德格在探討生存的審美超越的性質時指出：審美是「人生在世」（Sein-in-der-Welt）本身的本質性活動。海德格說：人是這樣的存在者，他「向來是以在世界之中的方式而存在的存在者」（Heidegger, 1986[1927]: 53）。「人生在世」這個概念本身，已經明顯地表示了人的生存同他的生活世界之間的不可分割性（Ibid.: 53-55）。所以，審美，作為人的生存的本質性活動，勢必將人自身同他所生活的世界一起進行審美改造。在這個意義上說，審美，是對於使人同其生存世界分割傾向的一種抗議和超越，同時又是為了實現這種超越而進行的創造性活動。

　　正因為這樣，生活之美並不只是局限於自身範圍內的創造過程，而且，也呈現在自身與他人、與他物的相互關聯的創造遊戲活動中。因此，斯多葛學派的思想家們，經常在他們的對話和著作中討論處理自身與他人的關係的藝術，同時也探討自身與週在世界的完美關係的藝術。他們主張待人寬而不慢，廉而不劌；對於許多生活問題，常與朋友如切如磋，如琢如磨，交流心得經驗，共同提升（Foucault, 2001: 169; 185-191）。關懷自身和善待他人，這是一種生活的技巧和藝術。所以，傅科深入研究了「生存的技術」（technique d'existence）或「生活的技術」（technique de vie）（Foucault, 1994: IV, 215-216; 430; 463; 671）。

　　傅科指出：「人們習慣於從人的生活條件出發，研究人的生存史；或者，尋求生存中所可能顯示出來的心理史的進化過程。但我認為，也可以把生存當作藝術和當作風格，並由此研究它們的歷史。生存是人類藝術的最原始、但又是最脆弱的天然材料，而且，也是人類藝術的最直接的原料」（Foucault, 1994: IV, 631）。也就是說，

生存本身就是藝術，就是風格（style）的源泉和發生地，是人生風格創新的啟發者和推動者，也是藝術創作風格的主要表演場所。

　　由於生存美學將生活本身當成藝術，當成審美的最主要表現場所，這就涉及到藝術範疇的新爭論。生活是藝術嗎？如果生活就是藝術，那麼，藝術本身又是什麼？如前所述，生存美學的產生，實際上已經宣佈了美學中「藝術」範疇的革命。生存美學並不否定藝術同生活的區別，只是強調藝術的生活化和生活的藝術化，並在此基礎上，完成了藝術範疇的擴大化、模糊化和不確定化。在生存美學看來，藝術有廣義與狹義之分；而且，兩者之間不僅沒有絕對的界限，還可以相互轉化。人們往往只是狹義地理解藝術，因而把藝術僅僅歸結為少數專業文化工作者的專利。但實際上，藝術本來就來自生活，並在同生活的緊密聯繫中得到不斷的提高和加工完善化。藝術，並不停留在專業的文化領域，而是廣泛地存在於生活之中。生活中的藝術，不但不是乏味平庸，而且還是最有生命力和發展的可能性。生活本身的複雜性和曲折性，使生活成為藝術創造的取之不盡的源泉，成為藝術本身的最深厚的創作溫床。同時，生活在其展現過程中，不但為藝術創作提供豐富的靈感，而且也直接成為藝術創造的天然園地。轉化成為藝術的生活，又反過來，給予生活本身一種永無止盡的自我更新動力，因為，正如普魯斯特所說：「唯有通過藝術，我們才能從我們自身中走脫出來，讓我們認識不同於我們所生活於其中的另一個世界，而在那裡，我們將鑑賞到一種從未見過的、猶如月球那樣的景色」（Proust, M. 1927: tome XV, 3, 43）。所以，羅曼・羅蘭說：「藝術是生活的源泉；它是進步的靈魂，它賦予心靈以最珍貴的財富，即自由。因此，沒有別的任何人能夠比藝術家更愉快」（Rolland, R. 1932: 115）。要使自身的生活變成富有審美意義的歷程，就必須堅持進行藝術創造。真正的美麗人生，是進行藝術加工和持續創造的結果。因此，傅科的生存美學，要求人在其自身的一生中，對自己的生存內容、方式和風格，進行持續不斷的藝術加工的實踐活動。

生活的技藝

　　生存美學不是抽象的哲學信條，而是引導生活藝術化的美學原則，是探索生存技術和生活技巧的學問，是審美生存的實際經驗的實踐智慧的結晶。傅科指出：「如果以為『關懷自身』的原則是哲學思想的一種發明，如果把它當成哲學活動的箴言，那就是錯誤的；實際上，『關懷自身』是生活的箴言，在更一般的意義上說，它在古希

臘，曾經被給予很高的重視」（Foucault, 1994: IV, 354）。

如何掌握滿足快感的程度及其方式，對於希臘人來說，就是一種生活的藝術。滿足快感要恰如其分，恰到好處：不多不少，不快不慢，不早不晚。這也就是節制（tempérance）。但節制不是壓抑慾望，而是使慾望的發洩和滿足，達到恰如其分的自然程度。所以，節制就是生活中的一種藝術。與此相聯繫，古代人一向把道德當成恰如其分的生活藝術（Foucault, 1984a: 68-69）。生存美學既然是關係到個人的實踐智慧，需要透過極其個別性的經驗，所以，它的實際表現和具體形態，不同的個人之間是非常不同的。生存美學沒有一個同一的格式和模式。不同的人，有不同的生存美學；不能要求建構一個統一的生存美學原則，更不能要求所有的人都遵循著同一的生存美學原則。

生存美學作為指導生活的藝術創造原則，是要在實踐中才能顯示和不斷更新；正如傅科所說，生存美學「是一種經年累月恆久不斷的實踐」（une pratique constante）（Ibid.）。生活並不是一天兩天的事情，而是一輩子都要時刻訓練、精心體驗和反覆充實提高的生活技藝。傅科在 1982 年 1 月 20 日法蘭西學院的課程中，強調「關懷自身」的生存美學，並不只是為了預防和克服生活中的個別時段的危機的權宜之計，而是要在一生中永遠不停地堅持實行的審美藝術創造活動（2001: 85-96）。

傅科為了深入探討生活的技藝性，曾經在蘇格拉底同阿爾西比亞德的對話中，進一步分析生活技藝的重要性。傅科指出：不管怎樣，儘管「關懷自身」已經變成哲學原則，它畢竟還是一種活動方式。「關懷自身」這個詞，並不只是表示意識的一種態度或者指個人對其自身的關懷形式，而且還表示有規則的活動方式，一種包含一系列具體程式和具有目標性的工作技藝（Foucault, 1994: IV, 355-356）。所以，早在智者塞諾芬（Xenophon, 430/425-355/352 B,C,）的時候，就已經用「關懷自身」這個詞，表示一家之主管理和指揮全家人進行農業勞動的技巧。後來，在相當長時間裡，古希臘人常用這個詞指生活技巧和藝術。生存美學的生活性和實踐性，在伊比鳩魯學派那裡，表現得尤其突出。伊比鳩魯在致美耐斯的信中說：「關懷自身的心靈這件事，從來都不存在過早或過遲的問題。因此，人們不論在年輕或在老年，都應該學會哲學思考」（Épicure, 1977: 217, §122）。伊比鳩魯所說的「哲學思考」，不是指抽象思維，而是「關照心靈」，也就是像臨床醫學所要求的那樣，從「治療」和「照護」的意義上來理解「關照心靈」；這種「關照」是一輩子都要做的事情，同時也是非常具有技

術性特徵的具體操作過程和程式。同伊比鳩魯一樣，懷疑派的皮浪（Philon, 13 B. C.-54）也把治療活動，當成對於心靈的一種具有醫學治療意義的關照實踐（Philon, 1963: 105）。

人的生存是在與其自身、與他人以及與自然的關係中實現的。這也就是說，人的生存是在關係網絡中度過的。人生的藝術性，就集中體現在處理各種關係中的審美價值。人在其生存中，時時處處必須面對各種關係（與自身的關係、與他人的關係及與自然的關係）。藝術之為藝術，就在於：當處理各種關係時，人有可能以其生存經驗和潛在的能力，一方面順利而成功地解決各種關係，另一方面又使自身獲得最大限度的滿足快感和達到富有鑑賞價值的美感；人的藝術性，就在於他有能力和有潛力，以各種盡可能使其自身獲得滿足快感和達到愜意的程度，來處理他所面對的各種關係。某種藝術美，就是在這種滿足快感和生存愜意中，被人所感受（Foucault, 2002: 123-126）。

審美生存既然是一種藝術創造的過程，它就是對於自身生存技巧的體會、發現、選擇、試驗和創新的過程。希臘人特別強調生活的技藝性。技藝就是實踐智慧；而實踐智慧是要靠理論修養和實際操作的反覆訓練過程。中國古代文獻《莊子‧養生主》講了一個動人的故事：「庖丁為文惠君解牛，手之所觸，肩之所倚，足之所履，膝之所踦，砉然嚮然，奏刀騞然，莫不中音」。正因為這樣，清代的龔自珍說：「庖丁之解牛，……古之所謂神技也」（明良論四）。在長期生活實踐中學會和掌握的生活技巧，如果確實達到了極其純熟精巧的地步，那就和神技沒有區別；這種神技，只有親身掌握和體驗的自身，才能心領神會，別人是無法取代的，就如同真正的藝術品所固有的唯一性那樣。瓦勒利說過：「人們說醫學是一種藝術。同樣的道理，人們也可以說，犬獵、騎馬、生活行為或推理，也是一種藝術；生活中，確實存在著一種走路的藝術、呼吸的藝術，甚至沉默的藝術」（Valéry, 1955）。生活中的一舉一動，一言一行，心神百態，點點滴滴，都可以、也應該成為一種藝術；關鍵在於生存的主人自身，是否將生活當成藝術的創造實踐。

每個人的審美生存方式，作為技藝，都顯現出它的非常明顯的具體性、獨一無二性、不可取代性和不可化約性。一個人只能有一種只適合於他自身的生存美學。生存美學要靠每個人自己所總結、體會和貫徹的生活技藝來實現。

傅科在 1982 年 1 月 27 日的講稿中，特別強調了生活藝術的技巧性和技藝性。他

說，生活的藝術（l'art de vivre）的希臘原文，本來是生活的技藝（tekhnê tou biou）（Foucault, 2001: 121）。這就意味著：在生活中所訓練和積累的生活藝術，包含著非常實際和具體的技巧和技能，同時又勢必包含著只有親身實踐才能獲得和體會的經驗因素。這樣的生活技藝，與其是教育性的，不如是批判性和糾正性的；與其是指導性，不如是實際操作性；與其是一般性，不如是具體性（Foucault, 2001: 121-122）。

審美生存是自身的實踐的過程

生活是一種藝術，生活在本質上是美的，但人類生存和生活之美，要靠每個人，作為本身生活的主人，在其自身的生存實踐中，進行持續的精雕細刻、發現和創造；同時，還要靠自身在生活實踐中，從身體和精神兩方面，進行認真的自我教育、薰陶、培訓、操練、充實和耕耘習作，對自身的經驗進行細心體會、斟酌回味和鑒賞加工提煉。這就是古希臘羅馬時代人們所說的「自身的實踐」（pratique de soi）。按照古希臘對「自身的實踐」的理解，是要求人們針對不同的生活環境，根據環境所給予的條件以及提出的挑戰，憑藉自身的想像力、意志以及潛在的能力，堅持反覆地在親身的生活歷程中，進行各種學習和生活實驗，接受多種類型的實際教育，並對自身的經驗，進行不停頓的總結、細嚼慢嚥、消化吸收和反思，加以驗證補充和提升，給予修飾和完善化，從中發現問題，糾正錯誤，克服缺點和罪惡，從身體、精神、思想、情感、慾望和風格等各方面，進行多方面的訓練，反思加工，精益求精，一再地突破原有的界限和水準，嘗試冒險進入新的境界，以致達到傅科所說的那種狀態：使自身，通過親身的經驗本身，從所謂的「主體性」框架中，從原有的自身形態中，對自身不斷地實現「自我拔除」和自我改造，實現生命本身的連續逾越和自我更新（Foucault, 1994: IV, 43）。生命之美，就是通過這樣的「自身的實踐」，在時時刻刻的創造氣氛和環境中，經歷往返探險和藏匿顯露的遊戲活動，以動靜結合，重疊相異和正反雙向循環轉換，經受蜿蜒沉浮曲折的複雜伸展過程，在自身的生活行程中展示表演出來。

所以，將生活當成一種「自身的實踐」，包含兩種重要意義。第一，它強調生活的審美意義取決於自身的實踐；充滿審美意義的生活是自身進行藝術創造實踐的結果。第二，它強調審美生存在實際生活中的不斷創造性及其一再更新的生命力，顯示審美生存的具體技巧性和活動操作性。

　　傅科在為賓斯萬格的《夢與存在》所寫的導言中指出：在人類文化史上，胡塞爾和佛洛依德，這兩位偉大的思想家，不約而同地在 1900 年發表了自己的劃時代的著作：《邏輯研究》和《夢的解析》。為此，傅科說：這兩部著作，體現了「人類努力把握自己的意義，並在其自身的意義中，又重新把握自己」的雙重努力（Foucault, 1994: I, 69）。他的這句話，深刻地概括了生命之美在自身的實踐中的呈現和再生產邏輯：人們在自身的生活歷程中，不斷地追求生活的意義，以各種層層折射的象徵形式和符號結構，通過語言和藝術作品的創造過程，經歷生活實踐和經驗總結過程，反覆隱藏和顯現生命意義的鎖碼、解碼、再鎖碼和再解碼的遊戲規則，促使生命的展現過程，轉化成為生命本身審美意義的創造、發現、解碼以及再解碼的美的展現歷程。

　　這就是說，生活之美並不是自發地產生和表現出來，它是作為生活的主人的自身，通過在其生存中的創造性的實踐的產物，是自身在既有風浪、又有寧靜，既充滿艱險、又樂趣無窮，既單純質樸、又浪漫曲折的生活歷程中，進行不同類型的超越活動的結果；同時，它又緊緊伴隨著、並活生生地體現著自身的創造活動過程的始終。所以，生活中的美及其價值，決定於各個不同的自身的實踐過程及其技巧。傅科所總結的生存美學中的「自身的實踐」，就是根據對於生活的這種理解而提出的。

　　自身的實踐，作為古代生存美學的一個重要活動機制，在西方社會文化的歷史發展中，產生深刻的影響，以致即使在中世紀時期被基督教的道德禁慾主義所窒息，它也仍然保留其本身的審美生存意義。所以，傅科在探查基督教道德的系譜學研究中，也同樣發現它一方面成為了基督教實行權力運作的一個策略，同權力的基督教教士運作模式緊密相配合，另一方面，它還繼續成為教士和修士們進行自我陶冶和自我提升的重要手段（Foucault, 2001: 405）。正因為這樣，文藝復興時期，正如布格哈特（Jakob Burckhardt, 1818-1897）所指出的，生存美學也連同古代整個文化的復興而得到了一定程度的復興（Burckhardt, J. 1860）。

以獨特的生活風格呈現生存美

　　生活之藝術性和它的美，主要是通過生活過程中所呈現的風格（le style）。生活風格（le style de la vie; Life Style）是生活藝術性和審美性的流露和展現；生活風格其實就是最好和最靈活的生活藝術，也是形塑生活美的最活潑和最生動的場域。

　　在人的生存中，人們可以選擇多種方式，採用各種途徑和方法，對自己的生活進

行藝術加工和審美陶冶。現實的生活過程及其實際條件，特別是個人自身的生活經歷和所受到的教育以及自身固有的能力，都為人們處置生活中所面臨的各種關係，提供各種可能的方式，也為人們實現何種生活方式提供廣闊的可能性。不同的人，面對自己生活的過程及其實際條件，會選擇不同的方式，展現出各人不同的實施風格。生活風格是生活方式的最敏感的表現形式，也是個人自身精神狀態及其審美能力的直接呈現。正是在面對各種可能性的選擇思索和行為中，體現了不同的人的生活風格和生活方式。在生活風格中，展示了不同的人的身體表演藝術及其心靈內涵的深度，呈現出不同的人的心路歷程及其生存經驗的沈澱結構的複雜性，同時也考驗了人們在不同場合發揮個人能力及其個人內在精神涵養的表達技巧性。人們的生存經驗越豐富，閱歷越曲折，反思世界的能力越精細，內涵世界越密集重疊，其生活風格就越濃縮藝術美的特點。所以，一個人的生活風格是他的身體和心靈結構的外在表演形態，也是他的歷史和現實生活態度的綜合體現。

傅科還指出，在文藝復興時期，也同樣出現過將生存當藝術和風格的思潮。布格哈特對於這方面的研究，取得了很大的成果，傅科給予了充分的肯定（Foucault, 1994: IV, 630）。

經受考驗的生活藝術

生存的審美性，並不意味著生活本身就永遠像蔚藍的天空那樣，只是充滿快樂和舒適。不，與此相反，人生充滿著曲折和艱難險阻；而生存的審美價值，不僅表現在對於幸福美滿快樂的審美鑑賞，而且還集中呈現在人們對於艱難困苦的審美態度上，因為正是在遇到風險和挫折的時候，顯示了一個人的審美能力及其審美修養程度。

對於傅科來說，生命或生活，就其基本面而言，是充滿偶然性、命定性和僥幸性的過程；生活充滿著許多不可預見的事件。因此，生活有可能遭遇困難艱辛，更可能犯錯誤。傅科認為，錯誤本來就是生活的內在維度本身（Foucault, 1994: III, 441）。不應該把生活中的錯誤當成「反常」的事情。正確的態度，是不但要敢於面對生活中的困難和錯誤，學會藝術地處理各種困難和挑戰，而且，還要主動地迎面去對待困難，並以冒險和遊戲的態度，主動地創造各種可能性，向可能性的王國滲透。這就意味著：要以創造精神，透過開闢各種可能性，戰勝和處理在生活中遇到的困難。不要等到困難來到面前，才考慮對付它的方案；這是一種消極及被動的態度。

　　所以，傅科在研究古代生存美學時指出：人生是經受考驗的過程（Foucault, 2001: 419-432）。審美生存的創造過程及其審美意義，恰恰就體現在自身對困難和各種錯誤的藝術解決方式，而生存的審美性，也是要在各種考驗中訓練和造就出來。

　　在傅科所研究的古希臘羅馬文獻中，伊壁鳩魯學派和斯多葛學派都深刻地探討了生活本身的痛苦、困難和艱險的問題，並提出了一系列預防、克服和解決問題的防範措施和具體做法（Foucault, 2001:451-454）。對於伊壁鳩魯學派來說，最重要的，是積極地把注意力轉向快樂和幸福，儘可能尋求快樂，尋求消遣、娛樂和安慰（avoca-tio），以取代痛苦；或者，通過回顧以往的快樂，召回已經享受過的幸福（revoca-tio），來補償面對的困難。斯多葛學派則主張通過長期嚴格的自我訓練和修養，甚至必要的「苦行」（l'ascese），主動經受各種痛苦的考驗，積累經驗和預先做好充分的思想準備，以便對各種可能出現的困難和痛苦，預先地進行深謀遠慮的思考；他們把這種面對困難的措施，稱為「對苦難的預先沉思」（praemeditatio malorum），並列為生存美學的一個重要組成部分。在這方面，塞涅卡和馬克・奧列爾，都有詳細而深刻的論述。

自由思考的藝術

1. 從自由想像開始

　　人是思想的生存物，是通過思想及其同情感、意志的相互推動，不斷實現審美生存的各個階段。為了使自己的生活實踐，提升到具有美學價值的藝術境界，必須善於進行各種自由的想像（imagination）活動；因為想像一方面是進行創造的重要途徑，另一方面也是發現問題和揭露生活矛盾的手段。

　　首先，透過想像，發現自身現實生活中的主要問題，找出問題的關鍵，把自身引入尚未開發的新的不可能場域，試探各種解決問題的可能途徑，儘可能使自身跳出原有的生活幻境，嘗試以前所未有的方式，為自身選擇一種能夠充分滿足自身快感的新生活方式，並由此而提升自身的審美生存能力和境界。所以，傅科把想像列為生存美學的一個重要實踐步驟和策略，它是把生活的過去、現在和未來連接起來的橋樑。

　　善於想像的一個重要表現，就是敢於面對夢幻（le rêve）的世界。對於傅科來說，夢幻是對於生存的一個不可缺少的補充。傅科在研究賓斯萬格（Ludwig Binswanger,

1881-1966）心理學時，充分肯定了賓斯萬格的著作《夢與存在》（Le rêve et l'Exis-tence）的理論意義。他在為賓斯萬格的《夢與存在》法文版所寫的序言中說，夢幻，由於它本身恰恰脫離了實際，擺脫了所謂「客觀實在」的約束，不但不是在內容上貧乏，反而比理性本身更豐富，更具有開發和創造的可能性（Foucualt, 1994: I, 80-81）。為此，傅科又進一步稱夢幻為「超驗的真理」（vérité en transcendance）（Ibid.: 82-83）。傅科批評當代精神分析學對於夢幻的片面觀點和處理方法，因為它們只是從精神異常的角度觀察夢；實際上，不論是古代還是近代，許多富有創造性的思想家，都充分肯定夢幻的正面意義。斯賓諾莎曾經在他的著作的許多地方，反覆指出夢不但有可能運載著真理，而且還展示有益的實踐解決問題的處理方案（Spinosa, 1670）。同斯賓諾莎一樣，笛卡兒等人也從認識論的角度指出夢的正面意義。

對於傅科來說，重要的問題在於：夢構成為人的生存經驗的一個部分。作為經驗的一種特殊表現，作為人的超越特性的一個展示方式，夢可以向人提供邏輯知識論述以外的許多更加重要的啟示，有助於進行各種超越和創造（Foucualt, 1994: I, 83）。在這個意義上說，學會做夢和擅長於理解夢，也就是學會掌握生活的藝術；或者，更確切地說，重視夢幻，就是要以它為榜樣，得到進行創造性想像的啟示，使生活更加藝術化。對夢幻進行深入的思索，尤其可以啟發人們脫離各種使生活置於僵化架構的活動模式，有助於人們發現使生活多樣化的實際途徑。

傅科認為，夢的更加重要的意義，還在於指導人正確地對待死亡。不懂得死，就不瞭解生。作家博爾茲（Jorge Luis Borges, 1899-1986）和傅科一樣，曾經說過這樣的名言：「如果我連自己都不知道什麼時候死亡，那麼，你怎樣能夠期望我知道我自己！」死亡比生還更加不可琢磨、不可預見和不可把握。但是，只有理解了死亡的人，才算真正地認識自己，認識生活本身。實際上，死亡比生還向人提供更大的想像空間，更富有浪漫的氣氛。夢幻是在生存中理解死亡的可能途徑。如何在生存中把握死亡？這是一種生活的藝術。如同生一樣，死也有它的藝術；而夢向人預先地展現了死的方式及其可能的實現途徑。夢就是在荒漠中隱沒的生存本身；在夢中，生存粉碎成為渾沌模糊的亂石和斷垣殘壁，在注入死亡的溪流中，緩緩地迷失在灰暗的道途（Foucault, 1994: I, 100-101）。夢讓我們接近死亡，同死亡對話，從而使我們有可能跨越生存的界限，體會死亡的真正意義及其存在維度。因此，通過夢幻，人們將學會通過想像而更深地瞭解死亡（Ibid.: 95）。

通過對於夢幻的分析，傅科還進一步指出圖像和形象思維的重要性。他認為，人只有透過圖像的中介，才有可能真正瞭解生存的意義。他說：傳統思想總是把圖像同現實對立起來，並由此而否定圖像思維的意義（Ibid. 110）。與此相反，傅科同意沙特和卡繆（Albert Camus, 1913-1960）對想像的分析，並認為只有透過圖像，人們才有可能穿越其虛空性而飛入無拘無束的世界，從事在現實界所無法進行的創造活動。

2.思想遊戲和懷疑的藝術

在本書第一章第三節第一小節，當我們論述傅科自己的生活觀以及本章上一節探討夢的問題時，傅科實際上已經向我們提供一種新的思考藝術，這就是他所說的「成問題化」（la problématisation; problématiser）。「成問題化」是傅科的一種系譜學批判方法，也是他的創造性思維藝術，同時也是在審美生存中實現審美超越和不斷跨越生命極限的重要途徑；因此，在探索生存美學的過程中，傅科進一步把它提升到審美生存的一種方式。

傅科認為，近代和現代人已經慣於把自己的思想納入所謂規律、法則及各種固定的方法。按照現代科學知識的邏輯，只有遵循特定法則和規則，思維才能朝向真理的方向展開。這樣做的結果，是現代人越來越把自己的思想納入法則和規則的約束的範圍之內。現代邏輯，理性思維，道德規範以及各種所謂的科學方法，總是引導人們進行有規則的思考，因而無助於發現問題和懷疑生活。這是造成現代生活越來越殭化和機械化的最重要的原因。

傅科提出「成問題化」（la problématisation; problématiser）的目的，恰正是要顛覆傳統的思維模式，以系譜學的批判方法，從傳統理性主義和經驗主義的推理論證系統中，走脫出來，對傳統論述所肯定、並加以正當化的各種歷史事件、科學結論和規範體系，對普通人所習以為常的生活方式，重新進行考察，提出懷疑和大膽的否定。因此，「成問題化」的思維模式，就是不盲目地接受現有的各種歷史論述、科學論述和規範體系。傅科自己在考察十八世紀健康政策的時候，身體力行地貫徹了這種「成問題化」的批判方法；他不只是從醫療技術方面的改進及醫療事業商業化和私有化的角度，而且還進一步分析當時全面施行的新醫療制度及其同醫療機構、組織、國家權力的干預狀況的複雜關係，把當時剛剛產生的「疾病政治」（noso-politique），作為一種緊密與政治、經濟相關聯的歷史事件而加以考察（Foucault, 1994: III, 13-15）。

　　所以，「成問題化」是一種生活態度、思考藝術和批判方法（Foucault, 1994: III: 14; IV, 293; 544-545; 611-612; 668-669; 671-672; 681; 688）。具體地說：第一，「成問題化」的生存藝術，就是本書第二章第五節所已經分析的「在外面的思想」（la pensée du dehors）。傅科是從巴岱和布朗索等人那裡借來「在外」概念的。他說，「在外」不是單純指「外面的世界」，而是比外面的世界更遙遠的事物的總稱；同時，它又是比一切內在的世界更貼近得多的事物。所以，「在外」並不只是指它的外在性，當然也不是指它的內在性；而是指它「比外更遠」和「比內更近」的雙重特點。顯然，傅科借用這個概念是為了顛覆傳統的時空觀及以此為基礎的一切理論和社會制度。人的思想，並不是如傳統哲學和理論所說的那樣，是來自人的主體性內部，或者來自人的思想意識在邏輯上的同一性；思想也不是從大腦向外延伸的東西，更不是對於它的外界對象的佔有或掌握。傅科認為，真正的思想是「在外面」，它來自外面，又回歸到外面；思想的進行和展開，是某種同「外面」相遭遇和相交錯的過程。所以，在外面的思想，首先是為了對抗和顛覆傳統的主體性思維原則。但是，思想在打破主體結構的基礎上所進行的「外在」活動，又歸根結底還要返回思想自身內部，所以，傅科又說，「在外面的思想」自然地要「向內折」；在這個意義上說，「在外面的思想」也可以被稱為「向內折」的思想（Foucault, M. 1963b; 1966;）。

　　從根本上說，「在外面思想」（pensée du dehors）的基本精神，就是在法律、規範和傳統之外進行自由思想，也就是在所謂「科學」、「邏輯」和「制度」之外，在「主體性」之外進行自由創造；或者，在死亡線上和生命的邊界及其極限中進行創造性的思想。所以，在外面的思想，就是超脫思想本身的約束，脫離理性和意識，特別是脫離主體意識的範圍，進行一種逾越的思想活動，也就是在思想之外進行思想。此外，傅科還強調：在外面的思想，就意味著用身體進行思想，就是以身體的慾望為前導，以潛意識的語言開闢思路。在這方面，傅科完全同意超現實主義和後現代主義的文學藝術家的思考方法。

　　第二，「成問題化」就是透過語言進行思想，特別是在語言的極限和語言遊戲中進行思想。在語言的多義性、歧義性、矛盾性和弔詭性中，找出進行新思想活動的裂縫和可能性，然後擠出裂縫在超語言的新世界中進行思想。所以，思想的訓練要結合語言文字的修養（Ibid.: 342），還要像斯多葛學派思想家那樣，努力地進行語言藝術和修辭的訓練（Foucault, 2001: 326-327; 341-343; 395-397）。

　　第三，思想在本質上就是真與假的遊戲（Foucault, 1994: IV, 579-580）。所以，不應該使自己的思想禁錮在死板的規則圈子裡，而是使自身成為遊戲者，並由自身決定遊戲的規則。為此，傅科多次引述斯多葛學派思想家塞涅卡、馬克‧奧列爾等人關於進行精神、思想和生活方式的訓練的論述（Foucault, 2001:286-293; 279-280; 293-294; 398-412; 463-466）。

政治是一種生活藝術

　　在古希臘，政治並非少數政治家的專利，而是城邦每一位公民的普通生活的一部分。古希臘始終把政治生活當成人的生存的基本特徵，而且，還把政治主要地理解為「在人世間恰當地運用語言藝術的活動」（Aristotle, Politics）。掌握和實現政治的藝術，是實現生存審美實踐的一個重要方面。亞里斯多德很明確地指出：「人是政治動物」。當一個人還沒有理解到參與政治生活的必要性的時候，當一個人尚未掌握政治藝術的時候，當一個人還迷信於暴力的時候，他仍然還停留在「未政治化」的原始人的階段；也就是說，還處於尚未達到富有理性的文明人階段的野蠻人。人的真正生活，只能開始於、並實現在與他人的相互溝通中，只能表現在正確而靈活地使用語言的活動中。正因為這樣，哈娜‧阿蓮（Hannah Arendt, 1906-1975）在她的著作中，很讚賞羅馬人把「生活於人群之中」（inter hommes esse）當成「生存」的同義語，而「死亡」就意味著「不再生活於人群之中」（Arendt, 1983[1961]: 42）。

　　蘇格拉底在對他的學生教導做人的藝術時，特別強調：要成為一個自由人，首先就是要積極參與政治活動；而政治，就是從「關懷自身」出發，善於審美地對待他人；其中，最根本的，就是學會掌握說話的藝術（Plato, Alcibiade）。所以，傅科在多次的法蘭西學院課程中，反覆說明生存的藝術、自身的實踐、關懷自身以及政治藝術的同一性（Foucault, 2001: 33-39; 43-45; 144-145; 149=151; 169-172; 197-198; 241-242; 363-364）。

　　政治是通過恰當的語言說話的藝術；也就是說，學會藝術地使用修辭方法，以盡可能委婉的語言，禮貌地說話，說服自身和他人，在人類共同體審美地生活，這就是政治家的責任。也正因為如此，希臘人認為，忒拜城邦覆滅的主要原因，就是他們的公民忽略了修辭術。

老年生活和死亡的美學

　　普通人認為死亡（la mort）是生命的完結，是對於生命的否定，所以，死亡被排除在生活之外，不屬於生命，並對死亡產生恐懼。正如本書第四章第一節所已經指出的，傅科早在他的《瘋狂與非理性：古典時期瘋狂史》一書中，就揭示了現代人產生對死亡恐懼的由來，並深刻地指出這一現象同瘋狂之間的內在關係（Foucault, 1961a）。傅科認為，現代人比以往任何時候都更加恐懼死亡。這是現代性（la modernité）的矛盾性、弔詭性和危機所造成的，特別是現代人心理危機和心理二重化的結果。傅科在他的生存美學中，結合古代生存美學的研究成果，尤其重視年老生活和死亡的問題，並把年老和死亡當成生存美學所關懷的一個重點。

　　傅科的生存美學，把死亡當成人的生命的不可分割的組成部分，並主張像對待生活那樣面對死亡；不要以為只有到了年老或臨死的時候，才探討死亡及其藝術，而是務必在自身的生存實踐中，時刻學會和掌握死亡的藝術。傅科從古希臘和羅馬思想家那裡，吸取和研究了許多關於對待死亡的藝術的論述及歷史經驗，強調善於掌握和貫徹死亡的藝術，是生存美學的一個特別重要的課題。

死亡是生命的一部分

　　本書第一篇第一章第二節論述傅科的「逾越」（transgression）觀時，已經談到他的死亡觀。傅科認為，對於死亡的看法，實際上就是對於生活的一個態度，因為死亡本來就是生活和生命的一部分，是生命的特殊表現形式。生命離不開死亡，就好像死亡也離不開生存一樣。死亡既不是與生活絕對相對立的階段，也不是存在於生命之外的神祕冥界中。在人生歷程的每時每刻，死亡都環繞和伴隨我們；即使在最快樂的時刻，死神也沒有離開過我們。傅科從人類學、醫學、語言學、心理學和文學的角度指

出：在人的一生中，沒有任何一個生活事件，不是同死亡聯繫在一起；實際上，死亡時時刻刻存在、並滲透於生命之中，構成為生活的一個不可分割的成分，就好像生存本身也隱含於、並延伸到死亡中一樣（Foucault, 2001: 457）。

死亡同生命的不可分割性，首先表現在它的隨時可能性；傅科指出：死亡是生存中最經常可能遇到的事情；人隨時都可能死亡。由於死亡構成生命中最可能出現的事情，所以，它比別的事物更加具有現實性（Ibid.）。在多次談到自身的身分時，傅科一再提到死亡的不確定性和不可預測性，並強調指出：死亡的這種性質正是最集中表現了生命本身的特徵。

其次，個人的歷史同人類的歷史是分不開的。所以，個人的生命和死亡也都同人類的歷史聯繫在一起。歷史就是死亡，就是人及其共同體的「太平間」；在歷史中，儲存和陳列著無數死去的個人、民族和群體，但它們並沒有停止生命，而是將生命延伸到更廣闊的虛空中，並隨時有可能再返回人間。普通人只是從其個人生命的視線，只限定在個人的生活圈子裡看待死亡。所以，他們不可能看到個人生命同歷史以及同死亡的真正關係。人類不同於動物的地方，正是在於人類很重視自己的歷史，並把個人生命同自己和人類的整個歷史聯繫在一起；越重視生存的審美性，人們就越把歷史當成個人生命的最現實基礎（Foucault, 2001: 445-449）。動物沒有歷史，它們也不需要歷史，因為它們只滿足於有限的肉體生命的範圍，因此，它們也不懂得死亡。

佛洛依德的偉大貢獻，就在於發現人的死亡本能，指明了死亡屬於人的內在本性，是人的生命的自然傾向。不僅如此，而且，他還進一步從歷史和文化的觀點，論述死亡同生命之間的不可分割性。

按照佛洛依德的精神分析學，所有的人，都有返回或重複先前經驗的傾向，這是發自人的內在本能的事情。佛洛依德甚至認為，這種傾向是一切有機的生命體內在固有的天性。重複生命歷程的先前階段，就意味著重返死亡；一切生命本來就是來自非生命，來自死亡，來源於已經不存在的歷史。生命只有返回死亡，回到它的源泉，才能獲得重生，才能象尼采所說的那樣，在死亡中，或透過死亡，實現生命的無止盡的「永恆回歸」，從而真正地把握了生命的最高價值。人類文化的創造及其循環往復地交流和發展，就是人的死亡本能和生存本能相互碰撞及相互轉化的結果。

由於死亡是導向無限存在的前提條件，所以，死亡為人的無限生存提供了可能性。死亡作為人類生存超越有形世界的無限表現形式，它比有限的生命本身，更具有

重要價值，更能顯示生命的意義。人的生存原本是在有限和無限的辯證關係中實現的。只有在生存中懂得將生命同死亡結合在一起的人，才有可能於其逝世之後，使自身的生命以象徵性的形式，在歷史中獲得延長，並因此使自己的生命，以新的形式，特別是通過象徵性的中介，重返現實世界。

由此出發，生存美學認為，死亡作為生命的起源和歸宿，比生命更接近歷史，或者，甚至可以這樣說，死亡來自歷史，又返回歷史，它簡直就是歷史的同義語；所以，死亡比生命更有延續性，展現出更廣闊的時空視域，以最大的可能性，延伸到無限的境界。但死亡不僅作為生命的前提先於生命而存在，而且，死亡又位於生命的最成熟階段，位於生命的制高點，使死亡實際上獲得優越於生命的特殊地位。正因為這樣，死亡使生命獲得了新的意義，它使生命有始有終，而且也獲得了不斷重生的珍貴機會，使生命循環往復地無限延續。可見，生命唯有在死亡威脅的夾擊下，唯有返回死亡，才能體會到生命自身的短促性、珍貴性、連續性、循環性和審美性。所以，生命是透過死亡而同自然、同世界以及同歷史連接在一起，獲得了它的永恆回歸式的重生和更新。柏拉圖曾經說：只有戰死者才是唯一能夠看到戰爭結局的人。在這個意義上說，戰死者比留存下來的戰勝者更懂得戰爭和生命的意義。

再次，人的生存是在現實和虛空、生命與死亡所構成的雙重時空中交替進行的。其實，人的現實生存必須仰賴於虛空的存在；這又是人不同於一般動物的地方。從實際情況來看，人活在世界上，不但需要現實的時空，而且還需要無形無限的虛空，要靠虛空同現實的對照和交換，才使人的生活變得比動物的生活，更豐富多彩、更具審美感和更有意義。人正是通過同虛空的遊戲過程，意識到死亡同生命之間的聯繫性及不可分割性。

拉康通過精密的精神分析和反覆的調查，證實人從不懂事的幼兒轉化成人的基本過程，就是從幼兒學會辨別自己在鏡中的鏡像與自身的關係開始的。鏡像是什麼？它無非就是虛無；而虛無就是死亡。所以，如果說人人都天天與自己的鏡像相遇的話，那麼，人人實際上都天天與死亡打交道。動物永遠都不會對自身的鏡像感興趣，因為動物不懂得虛無。人卻不同；不但對自身的鏡像感興趣，而且還要不斷地端詳、鑒賞、比較和深入研究自己的鏡像。不僅如此，人唯有通過對自己的鏡像的深入認識和反覆遊戲，才使自己成熟起來。人是通過與自身的鏡像（虛無）的對話和交往，才進一步認識自己、他人和周圍世界。但是，鏡像歸根結底就是虛無，是死亡的象徵性結

構。這一事實證實：人唯有通過死亡，才能真正認識自己和自己的生活。

　　早在他關於兒童的「鏡像階段」（le stage du miroire）的理論中，拉康就已經清楚地揭示幼兒在鏡像前面所發現的「象徵的母體」（la mère symbolique）原來是空洞無物。他說，兒童在鏡像中所發現的原始的「我」，乃是理想的我；它一方面將是兒童二次自我認同的源泉，另一方面又使自我機制在同社會環境相遇之前，成為一種立足於虛構基礎上的倒狀裝置（Lacan, J. 1966）。

　　拉康的這一發現，對於觀察和分析人的自我意識、主體性、思想精神面貌以及思想創造活動的性質，具有重要意義，也對觀察生存與死亡的相互緊密關係，提供了新的參考點。人是怎樣看待自己？人又是如何透過自身的自我認識而進一步觀察整個世界？人又如何透過世界及其社會生活經驗而反覆重新觀察其自身？人在其無限循環自我觀察和觀察世界的過程中，又如何確定自己的同一性？在不斷確定和重新認識自己的同一性的基礎上，人是怎樣產生著自己的慾望？如何認識自己的慾望對象？如何更新自己的慾望對象？如何對待自身的生命和死亡？所有這一切，並不只是關係到人的主體性的建構，而是關係到人的整個生命活動的進程，關係到人生觀、世界觀及社會觀的建構過程，也關係到人及其社會生活的本質問題。而這一切，都同兒童時期的鏡像認識有密切關係。兒童的鏡像認識，作為人的自我認識及其同一性的原始記錄，是觀察人的認識及其思想創造活動的奧祕的基礎。

　　首先，兒童在發現自己的鏡像時，一方面看到了自己，從而試圖由此抓住「我」；另一方面又發現這種好不容易生平第一次被發現的「我」，原來只是一種虛假的形象。第一，「我」是在同鏡子這個外在的「他者」的相遇中被發現的。沒有鏡子就不可能使兒童發現自我。所以，鏡子這個他者是發現「我」的中介，又是發現「我」的關鍵因素。這說明：人只有在他同世界的「他物」和社會的「他者」的接觸中，才能發現自己。孤立的人自身是不可能存在的；不但不可能認識周遭世界，而且，也不可能認識自己。所以，在這個意義上說，孤立的人自身，沒有同他人和他者發生關係的人，是等於空無，等於不存在，也等於死亡。由此可見，人是從自己的不存在和死亡出發而走向存在的。**人的存在的基礎就是虛無和死亡**，就是空洞的自我，就是在他者中反射出來的象徵物。人是透過同他人和同他者的接觸而脫離了虛空狀態、走向發現自己的第一步。第二，當人自身透過他者而發現自己時，卻又發現自己所認識的「我」，原來是不存在的虛幻形象。在鏡中的「我」，雖然可以作為「我」

的自我認識的標準和參照物，但它本身又是只存在於鏡中的幻影，它隨時隨地將完全幻滅和死亡。這樣一來，終於被發現的「我」，到頭來，還不過是不確實的自我對應物罷了，是自身所死亡的象徵性。第三，兒童在意識到自己的鏡像竟是一種幻影時，並不因此而沮喪、失望、逃避或失去興趣，而是激起他的遊戲興趣，並借此而不斷地探索其中的奧妙，從中喚起他的新的審美樂趣，促使他進一步去認識自己和世界，也進一步不斷產生他的新審美慾望，並同時也不斷地試圖超越它。這樣一來，作為慾望對象的鏡像，反過來又成為產生新審美慾望的溫床。但是，第四，這個產生審美慾望溫床的慾望對象，其實是虛無的幻影，是一種死亡的象徵罷了。所以，人在其生存中所無限追求的審美慾望，歸根到底，也只是一種虛幻的事物；或者，更確切地說，只是一種虛空的死亡象徵罷了。人靠象徵認識自己，也靠象徵不斷超越自己和超越世界，還同時靠象徵不斷欺騙自己和安慰自己，並在這種死亡的象徵性中，實現自己的永無止盡的審美超越。

問題還在於：兒童所遇到的鏡像，不只是虛幻，不只是一種幻影，而且，它還是一種對稱式的「倒影」或「投射光環」。兒童在鏡像中所發現的自己，不是真正的自己身體的有形體，而是它的「倒轉的對稱物」。這個「對稱」，不只是指它在形象方面是對稱的，而且，還意味著它在實際生活和活動能力方面也是正相對立的：真正的我，是有血有肉的活生生的生命體；而在鏡像中的「我」，是沒有血肉的、毫無生命的幻影。凡在鏡像中呈現的狀態，正好是現實中的「我」的對稱物；人永遠無法看到自己的真實的面目。這意味著：人要靠他的無生命和死亡的「鏡像化的虛假軀殼」來生存和討生活。

當一個人尚未有能力把握自己的鏡像以前，也就是說，當他尚未有能力依據顛倒式的自身幻影來認識自己和整個世界以前，他只能處於一種「不成熟」的階段。換句話說，人只有不斷地透過與鏡像中虛幻的死亡倒影打交道，才能學會真正的生活本領。因此，這種生活本領實際上就是欺騙和顛倒事實的本領，一種掩蓋事實真相的本領，或者就是掩蓋死亡的本領。正是在這個意義上，拉康說，「鏡像似乎是可見世界的入口」（Ibid.）。人的一生，就是同這種虛空的鏡像打交道的過程。

鏡像中的那個「我」既然是空洞的和虛幻的，又為什麼還要成為人們無止盡追求和關心的對象呢？拉康指出，當人們感到欠缺時，他總是要對著鏡像做一個比較，從中發現自己的缺欠，從中發現自己所要的東西。所以，那空洞的死亡鏡像，也是慾望

的發動機。嚴格地說，死亡既是慾望的對象，又是慾望的動力基礎。

　　早在撰寫《精神病治療所的誕生》時，傅科就已經對死亡概念進行了深刻的探索。他認為，現代精神病治療學是以新的死亡概念為基礎而建立起來的。這個新的死亡概念是由畢沙（Francois Marie Xavier Bichat, 1771-1802）所奠定的。在畢沙看來，「死亡」並不是如同傳統醫學理論所說的那樣是一個「點」，或者，更確切地說，是一個生存的終點，而是一條模糊不清的「線」：人在這條「線」上，來來去去地不斷來回穿越，使死亡本身也伴隨人而同樣穿越於生命之中。正是在這個意義上說，每個人都不可避免地要在一生中一再地同死亡相遭遇。由此可見，所謂「死亡」，就是人在一條不確定的生命線上的來回運動中同其自身的反覆相遭遇。換句話說，死亡並不是生命的某一個固定的「終點」，而是由人同其自身的反覆相遭遇所構成的一系列不同時空點的模糊連線；它曲折不定，變幻難測，使人的生存呈現為一系列出生入死的歷程。因此，畢沙和傅科都認為，嚴格地說，人的死亡，並不是某一個生存時空點上固定地一次發生的事件，而是在其一生中不斷遭遇到的事件。所以，人的一生就是同死亡不斷遭遇的時空展現過程。傅科為此指出，死亡是同生命同時並存、相互交叉，而且它也可以說就是生命本身的多元的和暴力的一種形式。人的昏迷狀態、吸毒時的妄想狀態以及瘋狂時的癲狂狀態，都是死亡的各種表現形式。在這些狀態中，人遭遇到難以忍受的精神窒息，使自身感受到異於常規的狀態（Foucault, 1963a）。

　　傅科還通過沙德（Donatien Alphonse François, dit Marquis de Sade, 1740-1825）巴岱等人對於「性」（la sexualite）的親身經驗的考察中，探索到人的生命中那些「不可能性」的關鍵點。沙德和巴岱等人所要考察的，是表現在「性」的慾望和活動中的生命極限和死亡的界限，探討在這些極限中，人的矛盾態度及其實際痛苦，探索自身可以忍受慾望折磨的痛苦程度及其逾越的可能性和不可能性。在這些生命的所謂『臨界點』上，他們都很重視自己面臨死亡的經驗。在他們看來，死亡並不神祕，也不可怕；死亡是生命的極限，但也是生命中探索可能性和不可能性及其界限的最好場所，是向虛無進行挑戰的最好機會。人只有通過對於死亡的體會，才能真正理解生命的意義。生命並非如同傳統西方思想家所說的那樣，具有什麼抽象的「意義」；如果有什麼「意義」的話，生命的珍貴之處，就在於向人不斷地顯示生命本身的極限性及其面臨不可能性時的那種矛盾和精神痛苦。這是類似煉獄一樣的自我掏空和自我虛無化過程，是最珍貴的反思機會，也是最有希望的創造時機。

「性」是同生命、死亡、社會生活以及權力運作密切相關的重要因素。沙德等人之所以對「性」如此感興趣，就是因為他們試圖通過性的領域，去揭露整個社會的黑暗和腐敗，同時考查個人進行反抗和叛逆的可能性。沙德和巴岱等人在文學作品中對於性的描述和批判，引起傅科的注意。在他論述逾越的專文中，傅科特別提到性的問題的重要性，並由此肯定沙德等人的文學作品的深刻性（Foucault, 1994: I, 233-236）。

所以，傅科認為，從畢沙、沙德到佛洛依德，最重要的發現，就在於把性的問題，推進到它的極限：推進到我們的意識的極限，法律的極限和語言的極限，並在這些極限中，他們探索了性的本質，考察了死亡（Ibid.: 233）。

拉康繼佛洛依德之後，通過語言和象徵性符號的遊戲，看到了死亡與人的生存之間的內在聯繫，也由此發現了在語言王國中，人同死亡一起共度人類文化嘉年華之無限樂趣。正是在這一方面，拉康克服了佛洛依德的死亡觀中的保守部分，直接地為生存美學的死亡觀做了最好理論準備。

人不同於其他生命體的地方，就在於：唯有人，才有可能理解死亡的意義，而且，通過他自己所創造的語言、象徵性符號和各種作品，人有可能漫遊於生命的極限，並一再地試圖穿越其自身的有限生命界限，透過語言本身的無歷史、超歷史和無主體的結構，返回到死亡中，實現在死亡中與他人、與歷史、與文化的對話，又在對話中重新獲得新的生命。這正是人的偉大之處。

死亡是一種藝術

傅科一向認為，「生與死，就其本身而言，從來都不是純粹的肉體問題」（Foucault, 1994: III, 439）。對人來說，生存和死亡的重要性，並不決定於它們在肉體方面所呈現的狀態，也不在於環繞它所舉行的禮節儀式，而是在於它們所呈現的審美價值。只有對於人，死亡才構成審美生存的一部分，而且還是審美生存的最重要的組成部分。所以，對於追求生存美的人來說，死亡不但不是生命的終結，而且還是審美生存的最高表現；在死亡中，人雖然失去了肉體和物質活動能力，卻體現了他的審美生存的真正價值和美的歷史意義。正因為這樣，生存美學實際上就是死亡美學。懂得生存美學的人，總是在生活中反思死亡，並在實際的生存實踐中，把生活的藝術同死亡的藝術緊密地結合起來；即使在活著的時候，也不斷探索死亡，同死亡打交道，竭盡所能逾越到生活的範圍之外，品嚐死亡的味道。

在傅科的生存美學中，貫徹死亡的藝術，概括地說，就意味著：第一，在自身審美生存的每時每刻實現與死亡的遊戲；第二，在語言藝術的皺褶中與死亡對話；第三，在歷史的荒野中與死亡共舞；第四，在自身作品文本中築起自身的墳墓；第五，在虛無中試探死亡的無限性。

1. 在審美中死和在死中審美

傅科的朋友，法蘭西學院教授保爾‧維納（Paul Veyne）在紀念傅科的文章中指出，「人是賦有意義和具有審美力的生存物。傅科逝世前一年，有一次，他有機會談論中世紀至十七世紀所通行的葬禮儀式。當時，凡是要死的人，往往在床上向環繞著他的親友傳授他的經驗。歷史學家阿里耶斯（Philippe Aries, 1914-1984）甚為遺憾地認為，這種重要的死亡儀式，已經逐漸地在我們這個時代消失了。但傅科一點也不為之感到遺憾。他說，我傾向以採用從容優雅的感傷態度，面對這種儀式的消失。……但願我們都能盡力賦予『消失般的死亡』（mort comme effacement; death-as-effacement）以審美意義吧」（Paul Veyne, 1993[1986]：1-9）。

傅科一再指出，死亡，就其本質而言，是生存美的集中表現。任何一個嚮往美的人，他的生存本身，勢必會被引向死亡的道路。托馬斯‧曼（Thomas Mann, 1875-1955）在其著名小說《威尼斯之死》（Der Tod in Venedig, 1912）中，描述了作家阿森巴赫（Gustav Aschenbach）被美女塔基奧（Tadzio）所迷惑的的故事。這位作家為了追求他所愛的美女，為了審美的快感滿足，不顧死亡的威脅，寧願留在霍亂流行的威尼斯城中，無所畏懼地面對和進入死亡。托馬斯‧曼以極大的熱情，歌頌這位作家為了審美快感的滿足而敢於走向死亡的精神。為此，新古典主義詩人普拉登‧哈勒爾蒙德（Karl August von Platen-Hallermünde, 1796-1835）說：「凡是沉思美的人，都難免要同死亡達成默契」（Celui qui a contemplé la beaute noue un pacte avec la mort）。審美把死亡同人連接在一起。所以，**最美的死亡，就是在審美中為了審美而死去**。真正實現審美活動，就勢必將審美本身置於至高無上的地位，會產生強大無比的生命力，置死亡及其他一切於不顧。

尼采曾經諷刺荷馬過分頌揚生存，而否定死亡的價值。在太陽神的啟示下，荷馬等藝術家只追求生存；他們所歌頌的，是渴望在生存時間內做出豐功偉績的英雄事業。因此，荷馬式人物的真正悲痛，就在於同生存分離（Abscheiden），尤其是過早

分離。同酒神的老師，那位大腹便便、闊鼻、馬尾馬耳的醉老漢希倫（Silen）的智慧相反，荷馬的英雄們只配在歡慶時刻榮耀一時。他們的短淺目光，使他們只敢說，「最壞是馬上死去；其次，是遲早要死」。尼采以幽默的言詞，揭示了只幻想生存、懼怕死亡的太陽神崇拜者的悲情。他們永遠都只是滿足於夢幻，並期望『繼續夢下去』（Nietzsche, 1980:31-32），最好做到永恆不朽，即使達不到，起碼也要活得久一點，活得像英雄那樣，能夠在人類歷史上留下名聲。但崇拜酒神的尼采及其追隨者，並不稀罕夢幻中的良辰美景；他們所嚮往的，是在醉意濃烈不醒的狂歡中，走向無底的死亡深淵，因為只有在那裡，創作的能量才最大限度地發揮出來。

由此可見，人和其他生物一樣，不但必然會死亡，而且，會隨時隨地突然死亡；但人的死亡，不同於其他生物的死亡，因為人可以努力爭取成為死亡的主人，可以通過現實生活所提供的各種可能性和條件，同死亡進行遊戲式的賭注，甚至可以選擇自己最喜歡和最得意的途徑，同死亡進行拉鋸戰和捉迷藏，在同死亡的交往中實現審美的創造。被動地等候死亡，消極悲觀、甚至恐懼地面對死亡，成為死亡的奴隸，是生存美學所不取的。

2.在語言的皺褶中消亡

對人來說，死亡的藝術性，首先體現在它的語言性和象徵性。人類優越於動物的地方，就是可以創造性地發明語言文字和各種象徵性的手段，通過思想、想像、寫作、說話和藝術創作，將生存和死亡交互穿透和雙向地自由往來，使生存和死亡的界限模糊化，甚至使兩者相互交換和互為補充，形成為詩性的廣闊生命視野，將自身的生命領域無限地向縱深維度擴充開來。

死亡比生存更使自身深入和滲透到人類文化歷史總體中。唯有在死亡之後，自身才能更自由和更客觀地同人類文化寶庫相交融。死亡將自身沉沒和消融在人類文化結構中。所以，最美的死亡方式，就是透過語言的皺褶而消失在浩如煙海的文字寶庫之中，融化在人類的文化寶庫中，從而實現自身生命的歷史總體化，使自身以匿名的方式，滲透到人類文化源遠流長的歷史洪流中。

傅科指出：「如布朗索所說，為了不死而寫作，或者，為了不死而說話，實際上是像言語一樣古老的事情。……正如大家所知道的，論述或言說，有能力把持時間之飛箭；它把飛走的箭，抓回它所在的空間中。」（Foucault, 1994: I, 250）。「語言在

死亡線上反思其自身，就好像在那裡，它遇到一面鏡子一樣」（Ibid.: 251）。不管是荷馬（Homeros, 900 B.C.），還是喬伊斯（James Joyce, 1882-1941），都深刻地意識到語言、時間、死亡和思想之間的相互交錯性，因此，他們都在其創作和作品中，坦然而審美地與死亡對話，進入死亡的領域，探索死亡的可能維度。塞涅卡也在他的〈論生命的短促性〉和〈致魯西里烏斯的信〉中，都一再地主張：由於人人都有可能遭遇風險，面對不可預測的未來，特別是死亡，必須隨時講出「真話」（discours vrais）；這些「真話」將成為苦難時刻的「救難言語」（discours-secours），使人面對苦難和死亡時，能夠臨危不懼，處驚不慌，臨死坦然（Foucault, 2001: 450）。正因為這樣，那些敢於、並善於發揚言語藝術和說真話的思想家們，實際上已經將死亡帶回生存，又將生存引入死亡，讓兩者在交往中，把生存的藝術創作過程，折疊成數也數不盡的引人入勝的良辰美景，實現了生命同自然和歷史的融合。

　　歷史、藝術、語言、文字和符號以及人類文化本身，實際上既含有可以不斷自我更新的生命力，又是死亡的載體和替身。死亡總是透過歷史、藝術、語言、文字和符號等文化生命體，試圖同生存相對話。所以，人生時刻同歷史、藝術、語言、文字和符號打交道，並通過它們而同時地與生命和死亡對話。深知藝術的永恆生命的作家高傑（Theophile Gautier, 1811-1872）用一首詩唱出了生活和死亡的藝術的頌歌：

> 「一切都消失，唯有生機勃勃的藝術
> 　滲透於永存之中。
> 　半身藝術雕像
> 　長存於城邦中。
> 　眾神都死去，
> 　靈妙的詩句
> 　卻永存
> 　比銅牆鐵壁還頑強」（Gautier, Th. 1941）。

　　真正理解生活的人，其實時刻感受到死亡的存在；他們也擅長於透過在生活中所呈現的語言、文字、歷史、藝術和符號等等，直接進入死亡的浩瀚王國，在其中探索死亡和生命獲得重生的條件，在歷史、藝術語言、文字和符號等死亡的伴隨物中，發

現生存的延續、並獲得其自我更新的奧祕，使自身的生命，在同文化產品的混合中，永恆地化解於宇宙天籟的交響樂迴響中。

顯然，死亡不同於生活的地方，只是在於它把生命本身的有限存在型態及其意義，引向無限的時空中，在虛無中化解，在無底的深淵中飛翔，使有限的生命轉化成為看不見的象徵性存在形式。在這個意義上說，死亡是生命的另一種存在形式，是生命的延伸和潛伏；而也正因為這樣，學會死亡的藝術，就意味著必須學會潛入深遠無底、並富有彈性的無限時空中，進行熟練的游泳遊戲，而它比掌握生存本身的藝術還更困難。因此，真正掌握死亡的藝術，要求自身具備比日常生活更加堅定、更加智慧和更加勇敢的精神，需要更勤奮和更艱苦細緻的思想修養和精神創造。在訓練對待死亡的態度方面，思想、文字創作、藝術想像以及語言遊戲，是最好和最富有詩意的領域和通道。

語言文字等象徵性的符號，將生命中的精神因素轉化成各種可以被破解和被解碼的意義，使已經死亡的生命，同現實世界中的生命活動相互交流和相互滲透。反過來，當人們還在活著的時候，人們實際上也在自覺和不自覺的情況下，通過象徵性中介而同死亡的世界打交道，同歷史上已經死去的生命及其創造品，進行各式各樣的對話，相互穿越和交錯，使活著的人，比單純地同現實的有限世界打交道，更有內容和更富有創造性。正因為這樣，馬克・奧列爾和塞涅卡等斯多葛學派思想家，都把語言文字的訓練當成生存美學的最重要課題，特別是當成同死亡對話的重要途徑。

3.在哲學思維中與死神共舞

馬克・奧列爾曾經指出，進行哲學思維，就是學會死亡（philosopher, c'est apprendre à mourir）；他還說，若要審美地生存，就要學會在現時的世界中生活；也就是說，學會以這樣的方式生活，就好像自己正最後一次、也是第一次觀看這個世界那樣（apprendre à vivre dans le monde présent, vivre comme si l'on voyait le monde pour la dernière fois, mais aussi pour la première fois）。

由於斯多葛學派還極端重視心靈的陶冶和美化，他們認為：死亡是值得慶幸的事情，因為嚴格說來，死亡是不朽的靈魂擺脫肉體牢籠的必由之路（Cicero, 1891: Sur la vieillesse, XXI）。西塞羅還引用塞諾芬的著作說：「塞諾芬的書記載說，大奇魯斯臨死時說過這樣的話：『親愛的兒子們，你們不要以為我離開你們之後就消失了。實際

上，我和你們在一起時，你們看不見我的靈魂，但你們卻看到了我所做的事業，可以知道我的肉體裡是有靈魂的。所以，你們還要繼續相信我的靈魂還存在，儘管你們看不見。』……我從來不相信靈魂在軀體便是活的而離開軀體便是死的。……我認為靈魂脫離肉體之後，反而更純粹光明，變得更有智慧。」（Ibid. : XXII）。其實，塞涅卡比西塞羅更明確地說：要尊重自然，所謂明智，就是不違背自然，按照自然的規範進行自我修養。幸福的生活，就是符合自己的本性生活；而要做到這一點，就必須精神健全，頭腦清醒，既要堅強不屈，又要有良好的修養，能夠適應各種情況，一方面充分考慮身體的快樂需求，另一方面又不為身體而過分憂慮。也就是說，必須注意一切身體方面的事情，但又不要過分為身體擔憂；生活應當享受幸運的恩賜，但不為此當奴隸。只有這樣，才會得到心靈安寧，獲得自由（Seneca, 1962: III）。由此可見，斯多葛學派是把死亡的藝術置於生活的藝術的範圍內加以論述的。

在傅科的生活哲學中，最美的事物，莫過於在虛空中呼喊和尋求虛空；死亡作為一種真正的虛空和消失，既是最富有詩意和最濃縮的可能性本身，也是一種必然的事件（un evenement necessaire）。在死亡中，正因為一切都是可能的，一切都是可等待的，同時又是必然的和不可迴避的，所以，它才是最自由、最有開發性、最踏實和最坦然自在的。一位活著的哲學家，他的唯一可貴的任務，不是講述什麼真理，而是盡可能在現實的『在場出席』中，診斷和把握住那些只有在死亡境界中才出現的最多的可能性及其實際產生條件。所以，傅科很讚賞從柏拉圖到普魯塔克和馬克‧奧列爾等人沉思死亡（meditation de la mort）的冷靜態度（Foucault, 2002: 457-458）。這種生存美學的態度，表現了對于真理和自然的尊重，也體現了回歸自然的決心和怡然自得精神。

塞涅卡指出，要正確對待年老和死亡，最關鍵的是，首先要對整個生命和生存過程做出正確的估計。他反對把生命和生存過程分割成相互斷裂的、不同的不平等階段，主張整體地看待生命本身。這就是說，生命不是由某些有價值的積極階段和另一些無價值消極階段構成的；不能只看重生命的某些階段，而忽視其他階段；更不能將生命的各個階段加以割裂，只是孤立地評價某個階段。人在一生中都應該珍惜自己的生命，並以同樣積極的審美態度，使生存的每一階段和每一時刻，都實現自身最大的快樂，實現自身在當時當地所應該儘可能達到的審美目標。塞涅卡認為，必須在一生中，不管在任何時候或任何階段，都以同樣的嚴謹態度，堅持不停地以審美態度和嚴

格的「自身的實踐」的具體程式，來充實自身的人生。人的生存過程就好像樹的成長過程一樣：作為起點的樹根就好像童年，慢慢長出的樹幹，隨著長大過程，身體的軀幹隨著粗壯起來、大腦健全起來。人生的經歷的各個階段，都並沒有隨歷史而從生命中消失，而是同生命的成長一起，共同地豐富生命的內容，使生命的整體慢慢地成熟起來，整個生命體都作為整體而一起繁榮健壯和更加複雜起來，就好像成長成一個完整的大樹那樣。生存所經歷的各個階段都為整個生命體的成長做出貢獻，就好像大樹長成以後，樹幹變成粗大、硬實，並向上伸長起來，樹根也同時更深地扎入土地，為整個大樹的各個部分提供越來越豐富的營養。不能認為：長成大樹以後，作為起點的樹根就不再存在，不再繼續為大樹的整個生命體服務。人也是一樣：長大以後，童年時代雖然已經成為過去，但童年的生命力，如同少年、青年和壯年一樣，仍然作為成熟了的生命體的一個重要組成部分，不可分割地滲透到生命體中，仍然像樹根那樣，為生命體的生存，做出它獨特的、不可替代的和持續的貢獻。所以，即使到了年老，童年仍然作為生命體的基礎，加入到生存的審美努力活動中（Foucault, 2001: 107）。

年老是人生最美的時刻

不能以普通人的眼光，將人生分成不同的時間系列，似乎童年、少年和青壯年時代，可以隨著歲月的流轉而從審美生存中消失掉。因此，年老（la vieillesse），絲毫都不意味著人生的最脆弱和最沒有樂趣的階段。毋寧說，年老時期的生命體，變得比任何時候都更完整無缺和成熟圓滿，因為童年、少年、青年和壯年的生命力，都在年老時，融合成一體，造成人的生命力的空前未有的旺盛狀態；只要在一生中的各個階段都堅持以審美生存的態度待己處事，就不會在晚年時期感到孤獨、遺憾或悔恨，而是相反，產生一種令人自豪和滿足的心境，繼續充滿信心地實現自身的審美實踐（Foucault, 2001: 107）。

在斯多葛學派的哲學家看來，年老（la vieillesse）和死亡（la mort）是人生最幸福、最快樂和最有意義的時刻。塞涅卡曾經一再地強調，年老和死亡不是生命的終點或結束，也不是生活中無所作為的消極時期，而是生存過的最重要、最高級和最充滿內容的組成部分。老年是人生的高潮階段，也是人生嘉年華表演的最美好的時刻。

為了鼓勵人們在年老時繼續保持青春活力和浪漫的審美態度，塞涅卡將人生比喻成賽跑或競走，提醒人們時時刻刻保持清醒的審美態度，就好像在你的背後，時時刻

刻都有人追趕，因此，必須以最快的速度，躲避那些追隨者，逃向你自身最安全和最可靠的地方，而這個地方，就是老年。因此，你必須在生命的每個時刻，都以積極的審美態度，以同別人競賽的姿態，嚴格地進行生存美學所要求的「自身的實踐」，使人生的每時每刻，都成為生活的最美和最值得自豪的部分，發出最大的光和熱，儘可能創造最大的快樂，時刻為生命的審美內涵，增添新的豐富內容。唯有這樣，到了年老時，才會感到以往的一切努力和成果，都仍然伴隨著自己，仍然現實地放發出其耀眼的光輝，促使自己即使在年老時期也充滿審美理想，並貫徹審美實踐。

　　所以，老年並非人生的垂死階段，而是審美生存所應該追求的美好時刻；用塞涅卡的話來說：「活著就是為了使自身成為年老」，因為只有到了年老，才獲得生存的豐收成果，才有可能真正寧靜下來，找到了人生的最怡然自得和最可靠的處所。寧靜是人生最理想的狀態，它意味著完滿、安適豐足、深厚、盛盈、崇高、泰然自律、無憂無慮。只有到了年老階段，人生才有可能寧靜，達到「胸有雄兵百萬」而自豪，實現「宰相肚裡能撐船」的寬廣胸襟。

　　正如羅素所說，人生就像一條河，歷經曲折婉轉而最終匯成遼闊的江水，才有可能在年老時，極其平穩地流入大海。歷練人生艱苦的經驗之後，飽經風霜的老年人，熟練地掌握了一切生存的技巧，才有資格平靜下來。

　　所以，塞涅卡等人所追求的年老，不只是指六十歲以後的生活階段，而且也是指審美生存的一種理想狀態，是人人都可以隨時隨地通過「自身的實踐」而達到的一種完滿的生活境界。這樣一來，作為審美生存的一種理想境界，年老是人人可以隨時隨地由其自身的實踐加以實現的審美最高目標。也就是說，生存美學要求人人，不管是年幼的、年輕的，還是壯年的，都儘可能站在老人的高度，進行最完滿的自身的實踐，以自身已經達到年老的那種審美態度，使自己的每一個生活歷程，都成為累積最豐富的審美生存經驗的「年老」那樣，使自己的一時一刻，都成為一種類似於老年人那樣的「完成了的生存」，一種完滿的人生。為此，塞涅卡主張：必須在死亡以前就使生命「完成」（consummare vitam ante mortem）。換句話說，不要等到年老，更不要等到臨死前夕，才實行最嚴格自身的實踐；而是要在年老以前，在生活的任何時候，讓自己的每個生存瞬間，都可能成為對你自身來說都是最滿意的時刻（summa tuisatietas）。為此，必須以富有實踐智慧和審美生存經驗的老年人的態度，對待自己的各個生活時段；務必在每時每刻，都使你自身成為「最完滿的你」（satiété parfaite, complète de toi）（Foucault, 2001: 107-108）。

　　塞涅卡的上述積極的審美生存觀點，也緊緊地同他對死亡的積極態度相聯繫。塞涅卡認為，人不應該只是到了臨近死亡時才思考死亡。人生的任何時候都應該沉思死亡，並通過努力使自身完滿化的途徑，時時刻刻設想自己面臨死亡，因此以最積極和最主動的創造精神，為自己開闢最美的生活前景。每時每刻都應該成為自身生存的最後一天，也就是說，每天都把自己當成生命的最高臨界點，每天的生活都應該成為自己最滿意的一段，嚴格地要求自身，進行最完滿的自身的實踐。

　　斯多葛學派的各個思想家都探討過年老和死亡問題，不但提出了一系列非常深刻的論述，而且也在他們自身實踐的基礎上，總結了具體可行的策略和實踐技術。馬克·奧列爾和塞涅卡就是斯多葛學派中最深入探討年老和死亡問題的生存美學專家。

附錄一

傅科生平年表

1926 10 月 15 日生於法國中西部文化古城布阿濟耶（Poitiers）。父親保羅‧米歇‧傅科（Paul Michel Foucault）和祖父保羅‧安德列‧傅科（Paul André Foucault）都是醫生。母親安‧瑪麗‧馬拉貝（Anne-Marie Malapert）也是醫學世家出身，她的父親是外科醫生兼布阿濟耶醫學院醫學教授。

1934 7 月 26 日奧地利首相多爾弗斯遭法西斯分子槍殺，年幼的傅科，「生平中第一次感受到死亡的震撼」。

1936 為訓練傅科兄弟妹三人在日常生活中操用英語，家裡請來一位英藉修女陪伴傅科兄弟妹三人。

1937 傅科向父親宣告他長大後將選擇當歷史學教授，不願意繼承家業當醫生，首次表現出他的叛逆性格。

1940 進入由天主教修士所創建的斯旦尼斯拉夫書院。

1942 由於學校哲學教師被德軍關押在集中營，母親特地請一位哲學系學生路易‧傑拉特為傅科補習哲學，同時還向學校推薦一位天主教修士擔任哲學教師。

1943 傅科獲高中畢業文憑，並升入布阿濟耶的路易四世大學預備班，為升入巴黎高等師範學院作準備。

1945 考取巴黎高等師範學院第一次失敗後，進入巴黎亨利四世大學預備班，遇見名哲學家依波利特，從此師從依波利特，在哲學及人文社會科學方面奠定了堅實的基礎。

1946 傅科成功考入巴黎高等師範學院，師從阿圖塞、依波利特等名師。但他的身體健康，特別是在性生活方面，遇到了麻煩，而且因表現了同性戀的傾向而苦惱。

1947 原本在里昂大學任教的梅洛‧龐蒂，開始在巴黎高等師範學院教授心理學，使傅科能夠以新的觀點準備他的心理學論文。

1948 傅科在巴黎大學取得哲學碩士學位。傅科產生自殺念頭。

1949 梅洛‧龐蒂升任巴黎大學心理學教授，並開講「人文科學與現象學」的課程，給予傅科深刻的印象。傅科在依波利特指導下開始準備他的論黑格爾的博士論文。

1950 傅科加入法共，同時再次出現自殺念頭，並到醫院接受戒毒治療。

1951 獲大學哲學教師資格文憑，退出法共，並在岡格彥的指導下，準備哲學國家博士文憑。從此，傅科還擔任巴黎高等師範學院心理學講師，同時準備考取心理學和精神分析學醫生資格。

1953　傅科參加貝克特《等待果陀》新書發表會，促使傅科的思想發生根本性轉折，從此對
布朗索、巴岱和尼采深感興趣。傅科參加拉康的研討會，並研究德國精神病治療學、
神學和人類學，特別集中研究和著手翻譯賓斯萬格的著作，對其中的《瘋狂只是生平
現象》深感興趣。當年夏天，傅科親自前往瑞士訪問賓斯萬格，翻譯他的存在主義精
神治療學著作《夢與存在》，參加瑞士精神病治療學家羅蘭‧庫恩在醫院中舉辦的精
神病人嘉年華晚會。同年獲心理學學院的實驗心理學文憑，取代阿圖塞而在巴黎高等
師範學院擔任哲學講師。

1954　發表《精神病與人格》（Maladie mentale et Personnalité），在該書的結論中，傅科
說：「真正的心理學，如同其他關於人的科學一樣，應以幫助人從異化狀態中解除出
來作為其宗旨」。在巴黎高等師範學院講授「現象學與心理學」。

1955　赴瑞典擔任烏巴乍拉（Uppsala）法國文化中心主任，發表「法國戲劇史」等演講。

1957　七月返回巴黎渡假，在克爾狄出版社發現魯舍爾的文學著作，從此很重視魯舍爾作品
中的語言風格。年底，在烏巴乍拉會見前往瑞典接受諾貝爾文學獎的卡謬。依波利特
審閱傅科的《精神病的歷史》草稿，並建議作為博士論文交給岡格彥審核。

1958　傅科離開瑞典前往華沙，擔任華沙大學法國文化中心主任，密切注視當時發生在波蘭
的政治事件。十月，前往德國漢堡擔任當地法國文化中心主任。

1960　起草他的第二篇博士論文《論康德人類學的形成及其結構》，並翻譯康德的《從實用
觀點看的人類學》。4月，傅科的導師岡格彥，向克雷蒙菲朗大學哲學系主任居爾‧
維爾敏教授推薦傅科擔任高級講師。《精神病的歷史》被迦里馬出版社拒絕。經著名
的歷史學家阿里耶斯的同意，《精神病的歷史》作為在阿里耶斯主編的《文明與心
態》叢書的一本，由伯朗出版社在1961年5月正式出版。10月，認識剛剛考入聖格
魯師範學院的一位哲學系學生丹尼爾‧德斐特，從此成為傅科的終身同性戀伴侶。

1961　5月在巴黎大學答辯他的國家博士論文《精神病與非理性：古典時期精神病的歷史》
與《康德的人類學》；前一篇由岡格彥和丹尼爾‧拉加斯（Daniel Lagache,
1903-1972）指導，後一篇由依波利特指導。《精神病與非理性：古典時期精神病的歷
史》立即受到歷史學家曼德魯和布勞岱以及作家布朗索的高度肯定。傅科被任命為巴
黎高等師範學院入學考試審查委員會委員。在廣播電台發表「精神病的歷史與文學」
的系列演講。年底，《精神病治療所的誕生》完稿，並起草《雷蒙‧魯舍爾》。

1962　修改《精神病與人格》，從此該書改名為《精神病與心理學》。結識吉爾‧德勒茲，
從此成為他的至交。閱讀法國著名醫學家和解剖學家畢沙（Francois Marie Xavier Bi-
chat, 1771-1802）和作家沙德的著作時，對「死亡」概念進行精闢的知識論分析。他
認為，「死亡」並不是如同傳統醫學理論所說的那樣是一個「點」，或者，更確切地

說，是一個生存的終點，而是一條模糊不清的「線」：人在這條「線」上來來去去地不斷來回穿越。「死亡」，就是人在來來去去穿越中，人同其自身的來回相遭遇。也就是說，所謂「死亡」，就是人在一條不確定的線上的來來去去過程中，不斷地與自身相遭遇和相交錯。傅科說：「沙德與畢沙，這兩位同時代人，是相異的雙胞胎。他們倆把死亡和性，置於西方人的身體中。這兩種經驗，都缺少自然的色彩，表現出逾越的性質，但同時又包含著絕對爭議性的權力，以致現代文化以它為基礎，幻想建構一種能夠顯示『自然人』（homo natura）的知識」（Foucault, 1994: I, 24）。傅科被任命為克雷蒙菲朗大學心理學教授，並擔任哲學系主任。

1963　4 月出版《精神病治療所的誕生：一種醫學望診的考古學》和《雷蒙・魯舍爾》。外交部任命傅科為東京法國文化中心主任，但由於傅科捨不得離開丹尼爾・德斐特，放棄了這個職務。重讀海德格的著作。

1964　與新尼采主義者德勒茲、科洛索夫斯基、莊・波弗雷特（Jean Beaufret）、亨利・畢洛（Henri Birault）、瓦狄默（Gianni Vattimo）、莊・瓦爾（Jean Wahl）、卡爾・勒維茲（Karl Löwith）、科利（Colli）及蒙狄納里（Montinari）等人籌畫新版《尼采全集》。

1966　年初，正當他的《語詞與事物》付諸排印時，傅科在致友人的一封信中指出：「哲學是診斷的事業，而考古學是描述思想的方法」。與德勒茲一起擔任《尼采全集》法文部分的主編。4 月發表《語詞與事物：人文科學的考古學》。與德里達和阿圖塞頻繁來往，並宣佈「我們的任務是堅決地超越人文主義」。9 月傅科決定移居突尼斯。法國掀起結構主義新浪潮。10 月沙特發表批評傅科及結構主義的文章，指責傅科是「資產階級的最後堡壘」。

1967　傅科對發生在中國的文化大革命深感興趣。年底訪問米蘭，結識安伯托・艾柯（Umberto Eco）。

1968　重讀貝克特與羅沙・盧森堡的著作。5 月巴黎爆發學生運動和全國罷工，傅科停留在突尼斯，支持當地的學生運動。10 月 27 日，傅科的導師依波利特逝世。年底，任巴黎第八大學教授。

1969　傅科積極參與巴黎第八大學的學生運動，支持學生造反。開講「性與個人」等課程。2 月 22 日，應法國哲學會邀請發表論考古學的演講，強調他同德里達和羅蘭・巴特之間的差異。3 月，《知識考古學》發表。11 月 30 日，法蘭西學院決定將依波利特原設的「哲學思想史」講座改名為「思想體系史」。傅科是該講座的候選人之一。

1970　傅科被紐約大學邀請前往美國，發表論沙德的論文，並在耶魯大學進行學術演講，訪問福克納的故鄉。4 月，傅科被正式選為法蘭西學院終身講座教授。5 月為新版《巴

岱全集》寫序。傅科的法蘭西學院教授身分促使該版《巴岱全集》避免許多政府出版禁令。在該書的發表會上，傅科乘機為居約達（Pierre Guyotat）的禁書《伊甸，伊甸，伊甸》（Eden, Eden, Eden）翻案，使該書得以正式出版。9月前往日本訪問，發表「論馬內」（Manet）、「精神病與社會」及「返回歷史」等學術演講。11月訪問義大利佛羅倫斯，再次發表論馬內的論文。12月在法蘭西學院發表就職演說，論述他的知識考古學研究的特徵，並宣佈即將開講「認知的意願」（la volonté de savoir）。

1971　2月，為了支持舉行絕食抗議的政治犯，傅科決定成立「監獄情報團體」（Groupe d'information sur les prisons, 簡稱 G. I. P.），該組織總部就設在傅科的寓所，而他的伴侶丹尼爾・德斐特成為該組織負責人。與此同時，傅科還支持、並參與由沙特等人所組織的「人民法庭」（Tribunal populaire），但在鬥爭策略方面與沙特等人略有不同。以傅科在法蘭西學院的就職演說為藍本，《論述的秩序》（L'Ordre du discours）正式發表。春，「監獄情報團體」在法國各監獄散發調查表。到加拿大魁北克地區的麥克吉爾大學訪問，同當地反政府的獨立分子接觸，並在監獄中會見受監禁的《美洲白色黑奴》的作者瓦里耶（Pierre Vallières）。5月，傅科等人在監獄門口以「煽動者」的罪名被警察逮捕。由「監獄情報團體」所做的《對二十所監獄所作的調查報告》公開發表。傅科還同熱內一起，支持受迫害的美國黑人領袖喬治・傑克遜（George Jackson）。7月，法國監獄容許犯人看報紙及聽廣播電台的廣播，這是由傅科領導的「監獄情報團體」所作的鬥爭的第一次勝利。9月，傅科多次表示反對死刑。年底，在法蘭西學院開講「懲治理論與制度」（Théories et institutions pénales）。在巴黎「互助之家」舉辦電影晚會，放演描述監獄狀況的影片，傅科同沙特和熱內發表對當代監獄制度的抗議。接受電視協會的邀請前往荷蘭，同美國語言學家喬姆斯基就人的本性問題進行辯論。「監獄情報團體」發表第二篇監獄調查報告《對一個典型監獄的調查》。

1972　傅科同沙特、德勒茲、莫里亞克（Claude Mauriac）等，靜坐在法國法務部庭院，抗議不合理的監獄制度。傅科再次被捕。釋放後第二天，傅科親自駕車陪同沙特前往造反中的雷諾汽車工廠，支持造反中的工人。德勒茲與加達里合著的《資本主義與精神分裂症》第一卷《反伊底帕斯》出版，傅科向德勒茲祝賀時說：「應該從佛洛依德主義的馬克思主義中擺脫出來」。德勒茲回答說：「我負責佛洛依德，你對付馬克思，好嗎？」法國《拱門》雜誌發表傅科與德勒茲的討論集，兩位哲學家都集中地談論權力問題。4月，傅科再次訪問美國，分別在紐約、明尼阿波利斯等地，發表《古希臘時期真理的意願》（La volonté de vérité dans la Grèce ancienne）和《十七世紀的禮儀、戲劇及政治》（Cérémonie, théâtre et politique au XVII siècle），並訪問阿狄卡監獄，表示：「監獄並不只是具有鎮壓的功能，而且還有規訓權力的生產功能」。10月，受

到美國康奈爾大學邀請，發表「文學與罪行」、「懲治的社會」等。年底，在法蘭西學院開講「皮埃爾‧里維耶及其作品」。「監獄情報團體」解散。傅科參與籌畫創立《解放報》（Libération）。

1973 「監獄情報團體」的第四篇監獄調查報告《監獄中的自殺事件》，在德勒茲的主持下，正式出版。傅科在法蘭西學院開講《規訓的社會》（La société disciplinaire），這一課程後來改名為《懲治的社會》（La société punitive）。在其中，傅科還把「排除的社會」嚴格地同「封閉的社會」區分開來。5月，前往蒙特利爾、紐約和里約熱內盧等地進行學術訪問。9月，《我，皮埃爾‧里維耶⋯》（Moi, Pierre Rivière…）出版，深受歡迎。10月，出版《這不是一支煙斗》（Ceci n'est pas une pipe）。

1974 在法蘭西學院開講《精神病治療學的權力》（Le pouvoir psychiatrique），並主持有關十八世紀醫院結構以及自1830年以來精神病治療學法醫學科狀況的研討會。4月，由於《研究》雜誌曾經發表〈同性戀百科全書〉，受到法律追究。傅科為此發表談話，指出：「到底要等到什麼時候，同性戀獲得發言和進行正常性活動的權利？」7月，對德國導演斯洛德（Schroeter）、希爾伯貝格（Sylberberg）及法斯賓德（Fassbinder）等人的影片深感興趣，並接見瑞士導演丹涅爾‧施米特（Daniel Schmidt），對影片中的性與身體的表現方法等問題發表意見。傅科等人還發表《公開討論監禁制度》的備忘錄，呼籲政府改善、並維護犯人的基本人權。年底，在里約熱內盧主持有關《城市化與公共衛生》及《十九世紀精神病治療學中的精神分析學系譜學》的研討會。

1975 在法蘭西學院主持有關「精神治療學的法醫」研討會，並開講「異常者」（Les anor-maux）的系列課程。2月，繼續研究畫家馬內等人的作品，深入研究繪畫與攝影的相互關係。《監視與懲治：監獄的誕生》正式出版。4月，《觀察家》雜誌發表專刊〈法國大學的偶像：拉康、巴特、李歐塔和傅科〉，描述傅科在法蘭西學院講課時的那種莊重、嚴肅及倍受尊敬的、幾乎接近於偶像崇拜的神祕氣氛。春天，訪問加利福尼亞大學，發表「論述與鎮壓」和「佛洛依德以前的兒童性慾研究」，並同德勒茲會晤和展開討論，引起美國大學生的廣泛興趣。同時，還對當地同性戀、吸毒、禪宗、女性主義等社會小團體的活動深感興趣，大表讚揚。9月，支持西班牙反佛朗哥獨裁政權的政治犯，要求西班牙政府給予無條件釋放。

1976 年初，「必須保衛社會」在法蘭西學院開講。傅科宣佈他將結束五年來對於權力的鎮壓模式的研究，並試圖將權力關係的運作過程描述成戰爭模式。傅科說：「已經耗用五年的時間研究規訓問題，今後五年將集中研究戰爭和鬥爭。⋯我們只能通過真理的生產來實行權力（nous ne pouvons exercer le pouvoir que par la production de vérité）」。5月，在柏克萊和史丹福大學進行學術演講。8月，《認知的意願》手稿完成。12月，

《認知的意願》作為《性史》第一卷正式發表。

1977　《認知的意願》在讀者中受到歡迎，特別是受到女性主義者和同性戀者的喝采。由於《監視與懲罰》英文版的出版，傅科受到美國知識界和學術界的廣泛注意。年底，訪問東西柏林，討論監獄問題，被聯邦警察逮捕。

1978　在法蘭西學院開講「安全、領土與居民」的課程，重點從原來的權力問題轉向統治心態（la gouvernementalité）問題。開始起草《性史》第二卷。4月，訪問日本，連續發表「性與權力」、「權力的基督教教士模式」、「關於馬克思與黑格爾」等演講。5月，出席法國哲學會，發表「什麼是批判」（Qu'est-ce la critique）的學術演講，但傅科表示：他個人傾向於將題目改為「什麼是啟蒙」（Was ist Aufklaerung）。夏天，傅科因車禍腦震盪而入醫院。後來，當沙特在1980年逝世時，傅科曾對莫里亞克說：「從那以後，我的生活發生改變。車禍時，汽車震撼了我，我被拋到車蓋上面。我利用那一點時間想過：完了，我將死去；這很好。我當時沒有意見」。9月，匆匆訪問伊朗，試圖支持當時反抗獨裁統治的伊朗民主人士。11月，同沙特等人積極支持越南難民。12月，義大利記者特龍巴多里向傅科建議，開展同義大利馬克思主義者的學術討論。

1979　從年初開始研究古基督教教父哲學文獻，主要探討基督教關於「懺悔」的歷史，以便探索基督教採取何種方式，對基督教徒個人進行思想控制。在此基礎上，確定了《性史》第二卷的基本內容，並將基督教的這種特殊的思想控制方式稱為「權力的基督教教士模式」。課程「生物權力的誕生」（naissance de la biopolitique）開講。此課程所批判的主要對象是現代自由主義社會。傅科宣稱：「國家沒有本質，國家不是一種普遍性的概念，本身並非權力的自律源泉。國家無非就是無止盡的國家化過程」（l'Etat n'a pas d'essence, l'Etat n'est pas un universel. L'Etat n'est pas en lui-même une source autonome de pouvoir. L'Etat n'est rien d'autre qu'une perpétuel étatisation）。4月，傅科為法國第一本同性戀雜誌《Le Gai Pied》的創刊號撰寫一篇支持自殺的文章。為此，傅科遭到法國各大報刊的批判。10月前往史丹大學，為坦納爾講座講授「統治心態」。

1980　在法蘭西學院開講「對活人的統治」（Le gouvernement des vivants）。2月，傅科接受《世界報》訪問，他要求該報不發表他的名字，《世界報》為此稱之為「戴假面具的哲學家」。3月26日，羅蘭·巴特因車禍去世。4月19日，傅科參加沙特的葬禮，同成千上萬的群眾護送沙特的靈柩前往墓地。8月，阿蘭·施里旦（Alain Sheridan）發表論傅科的英文著作《真理意志》（The Will to Truth）。9月，英國記者柯林·哥爾頓（Colin Gordon）發表英文版的傅科文集《權力與知識：傅科訪問及著作選集》（Power/Knowledge: Selected Interview and Other Writings, 1972-1977）。10月，在柏

克萊大學發表「真理與主體性」（Truth and Subjectivity），並主持「從古希臘晚期到基督教誕生時期的性倫理」的研討會。11月，在紐約大學發表「性與孤獨」。在達爾姆斯學院發表「主體性與真理」及「基督教與懺悔」。在普林斯頓大學發表「生物權力的誕生」。

1981 年初，在法蘭西學院開講「主體性與真理」，探討「自身的技術」（technique de soi），作為管制自身的方式（comme modalités du gouvernement de soi），究竟如何運作。5月，在魯汶大學法學院發表「做壞事，說好話：論法律程式中的招認和見證的功能」。傅科認為，資產階級現代法律中的某些重要程式，是延續和繼承基督教「懺悔」的手段，玩弄權術遊戲。10月，受馬克・波斯特（Mark Poster）邀請，前往洛杉磯，參加「知識、權力與歷史：對於傅科的著作的多學科研究取向」的研討會。會見法蘭克福學派的成員洛文達爾（Leo Lowenthal）和馬丁・傑（Martin Jay）。紐約《時代週刊》發表〈法國的權力哲學家〉。傅科說：「我更加感興趣的，並不是權力，而是主體性的歷史」。在柏克萊，準備建立「傅科－哈伯馬斯研討會」，哈伯馬斯希望他的主要論題是「現代性」。

1982 春，傅科抗議捷克當局逮捕在布拉格訪問中的德里達。5月，前往多倫多參加符號論及結構主義方法研討會，會見席爾勒（John Searle）、艾柯（Umberto Eco）等人。發表「古代文化中對於自身的關懷」。從此，傅科研究重點轉向斯多葛學派哲學。6月，打算辭去法蘭西學院的講座教授職務，以便移居柏克萊。7月，患慢性鼻腔炎。8月，巴黎猶太餐廳遭恐怖份子炸彈威脅，傅科決定經常前往進餐，以示抗議。10月，在維爾蒙大學發表「自身的技術」（Technologies of the Self）。

1983 在法蘭西學院開講「對自身與對他人的管轄」（Le gouvernement de soi et des autres）的課程。3月，完成《性史》第二卷的絕大部分草稿，書名為《快感的應用》（L'Usage des plaisirs）。哈伯馬斯在法蘭西學院演講，與傅科會見。英文版《傅科作品評注》（Michel Foucault: An Annotated Bibliography），由米凱爾・克拉克（Michael Clark）主編，正式出版。4月，前往柏克萊發表「關於自身的藝術與自身的書寫」。10月，再次訪問柏克萊，連續做六次學術演講，並在布爾德和聖德・克魯茲做兩次學術演講，致使他極度疲勞，決定不再在法蘭西學院授課，並從此迴避在公眾場合露面。準備翻譯埃利亞斯的《死者的一次性》。12月，臥病不起。

1984 年初，接受抗菌素治療，身體稍有好轉。傅科在一封致莫里斯・炳格的信中說：「我得了愛滋病」。2月，身體再度感到疲倦，但堅持恢復在法蘭西學院的課程，並修改《性史》第二卷草稿。3月，柏克萊大學與傅科合作研究的師生，針對1930年代後西方國家政府統治心態的變遷，寄來一份研究計畫。其中提到：自第一次世界大戰以

來，西方社會在社會生活、經濟計畫化及政治組織三大方面進行了重建。他們為此主張對新產生的政治合理性（nouvelle ratioanlité politique）問題進行深入研究，提出了五項研究計畫：㈠美國的福利國家與進步主義（Le Welfare State et le progressisme aux Etats Unis）；㈡義大利的法西斯與休閒組織（Le Fascisme et l'organisation des loisirs en Italie）；㈢法國的社會救濟國家及其在殖民地的實驗；㈣在蘇聯的社會主義建設；㈤寶號斯（Bauhaus）的建築與威瑪共合國。這時，傅科經常到醫院就醫。但他並不要求醫生給予治療，唯一關心的問題，就是「我到底還留有多少時間？」早在 1978 年，傅科曾經就死亡問題，與法國著名死亡問題研究專家阿里耶斯討論。他當時說：「為了成為自己同自身的死亡的秘密關係的主人，病人所能忍受的，就是認知與寂靜的遊戲（le jeu de savoir et de silence que le malade accepte pour rester maître de son rapport secret à sa propre mort）」。3 月 10 日，傅科在繼續修改草稿的同時，接見被警察驅逐的馬里和塞內加爾移民，並要求政府當局合理解決他們的問題。5 月，《文學雜誌》發表傅科專號，慶賀《性史》第二卷和第三卷的出版。6 月，傅科身體健康狀況惡化。6 月 25 日，傅科去世。

Alain,
1956　*Propos.* Collection 'Pléiade', Paris:Galliamrd.
Althusser, L.
1992　*l'Avenir dure longtemps.* Paris: Stock.
Arendt, H.
1983[1961]　*La condition de l'homme moderne.* Paris: Calmann-Levy.
Ariès, Ph.
1975　*Essais sur l'histoire de la mort en Occident.* Paris: Seuil
Aristotle
1972　*Aristotle's Ethics.* London: Faber & Faber.
1981　*The Basic Works of Aristotle,* ed. Ricahrd McKeon, Chaicago: Chicago University Press.
Artaud
1947　*Le theatre et son double.* Paris: Gallimard.
Bachrach, P. & Baratz, M.
1970　*Power and Poverty: Theory and Practice.* New York: Oxford University Press.
Barthes, R.
1994　*Oeuvres complèles.* Vol. Ⅱ. Paris: Seuil.
Bataille, G.
1929　Architecture. In *Oeuvres complètes*. Vol. I. Paris: Gallimard.
1954 (1943)　*L'expérience intérieure.* Paris: Gallimard.
1944　*Le coupable*, Paris: Gallimard.
1945　*Sur Nietzsche. Volonté de chance*, Paris: Gallimard.
1947a　*L'Alleluiah,catéchisme de Dianus.* Paris: Gallimard.
1947b　*La haine de la poésie.* Paris: Gallimard.
1947c　*La Méthode de méditation.* Paris: Gallimard.
1948　*Théorie de la religion*, Paris: Gallimard.
1949　*La part maudite. Essai d'économie générale. I: La consumation,* Paris: Gallimard.
1950　*L'abbé G.* Paris: gallimard.
1955　*La peinture préhistorique. Lascaux: La naissance de l'art,* Paris: Gallimard.
1957a　*La littérature et le mal.* Paris: Gallimard.
1957b　*Sade et l'essence de l'érotisme.* Paris: Gallimard.
1957c　*L'érotisme.* Paris: Gallimard.
1957d　*Le Bleu du ciel*. Paris: Gallimard.
1961　*Les larmes d'Éros.* Paris: Gallimard.
1962　Conférences sur le non-savoir,1951-1952. In *Tel Quel*, No. 10, Paris.
1985　*Visions of Excess: Selected Writings 1927-1939*. Minnesota: University of Minnesota Press.
Baudrillard，J.
1968　*Le système des objets*. Paris: Gallimard.
1970　*La société de consommation*. Paris: Le Point.
1972　*Pour une critique de l'économie politique du signe*. Paris: Gallimard.
1973　*Le miroir de la production*. Paris: Castrerman.
1976　*L'Échange symbolique et la mort*. Paris: Gallimard.

1977　　*L'Effet Beaubourg*. Paris: Galilée.

1979　　*De la Séduction*. Paris: Galilée.

1981　　*Simulacres et simulations*. Paris: Galilée.

1985　　*Le miroir de la production*. Paris: Galilée.

1986　　*Amérique*. Paris: Grasset.

1987a　*L'autre par lui-même: Habilitation*. Paris: Galilée.

1987b　*Cool memories*. Paris: Galilée.

1990　　*La Transparence du Mal*. Paris: Galilée.

1992　　*L'Illusion de la fin ou la grève des événements*. Paris: Galilée.

1995　　*Le crime parfait*. Paris: Galilée.

2000　　*Mots de passé*. Paris: Pauvert / Fayard.

2001　　*Télémorphose*. Paris : Sens & Tonka.

2003a　*D'un fragment l'autre*, Paris : Michel.

2003b　*La violence du monde*. Avec Edgar Morin, Paris : Du Felin.

Bauman, Z.

1999　　*Culture as Practice*. London: Sage.

Beauvoir, S. de

1957　　*L'Invitée*. Paris : Gallimard.

1967　　*Le Deuxième Sexe*. Paris: Gallimard.

Bernett, J. / Bush, A.

1986　　*Popular Culture and Social Relations*. Milton Keynes: Open University Press.

Bevir, M.

1999　　*The Logic of the History of Ideas*. Cambridge: Cambridge University Press.

Binswanger, L.

1928　　*Wandlungen in der Auffassung und Deutung des Traumes. Von den Griechen bis zur Gegenwart*. Berlin: J. Springer.

1930　　Traum und Existenz, in *Neue Schweizer Rundschau*, vol. XXIII, No. , 1930, pp. 673-685; No. 10, Octobre 1930, pp. 766-779.

1942　　*Grundformen und Erkenntnis des menschlichen Daseins*. Zurich: Max Niehans.

1947a　*Discours, parcours et Freud. Analyse existentielle, psychiatrie clinique et psychanalyse*. Paris: Gallimard.

1947b　*Introduction à la psychanalyse existentielle*. Paris : Galliamrd.

Blanchot, M.

1942　　*Aminadab*. Paris: Gallimard.

1948a　*Le très-haut*. Paris: Gallimard.

1948b　*L'arrêt de mort*. Paris: Gallimard.

1951　　*Au moment voulu*. Paris: Gallimard.

1953　　*Celui qui ne m'accompagnait pas*. Paris: Gallimard.

1955　　*L'espace littéraire*. Paris: Gallimard.

1957　　*Le dernier homme*. Paris: Gallimard.

1962　　*L'attente l'oubli*. Paris: Gallimard.

Boswell, J.

1980　　*Christianity, Social Tolerance and Homosexuality: Gay People in Western Europe from the Beginning of the Christian Era to the Fourteenth Century*. Chicago: The University of Chicago Press.

Botero, G.

1583　　*Della ragione di Stato dieci libri*. Roma: V. Pellagallo.

Bourdieu, P.

1969   *L'amour de l'art*. Paris : Minuit.
1979   *La distinction*. Paris: Minuit.
1982   *Ce que parler veut dire. L'économie des échanges linguistiques*. Paris : Fayard.
1991   *Language and Symbolic Power*. London: Polity.
1993   *The Field of Cultural Production*. Cambridge: Polity.
1996   *Sur la Télévision*. Paris: Liber-Raisons d'agir.
Bréhier, E.
1962   *Les Stoïciens*. Paris : Gallimard.
Brown, P.
1983[1978]   *La génèse de l'Antiquité tardive*. Paris: Glimard.
Brunt, P. A.
1974   Marcus Aurelius in His Meditations. In *Journal of Roman Studies*. No.64. Pp.: 1-20.
Buffon, G. L. L.
1753   *Discours sur le style*. Paris: Académie française.
Burckhardt, J.
1860   *Die Kultur der Renaissance in Italien*. Basel.
Calvet, L. -J.
1990   *Rolland Barthes*. Paris: Gallimard.
Canguilhem, G.
1995[1986]   On *Histoire de la folie* as an Event. In *Critical Inquiry*, 21, Winter, Chicago.
Chemnitz, B. P. von
1647   *Dissertatio de ratione Status in imperio nostro romano-germanico*. Freistadi.
Cicero,
1891   *Oeuvres complètes*: Les devoirs, Sur la vieillesse, De la nature des dieux. Paris.
Cohen / Arato
1992   *Civil Society and Pollitical Theory*. Cambridge, MA and London : MIT Press.
Collège de France
1979   *Annuaire du Collège de France année 1978-1979*. Paris: College de France.
Constant, B.
1818-1820   *Cours de politique constitutionnelle*. Paris.
1829   *Mélange de littérature et de politique*. Paris.
Cooper, D.
1970[1967]   *Psychiatrie et anti-psychiatre*. Paris: Seuil.
Daco, P.
1965   *Les Triomphes de la psychanalyse*. Verviers: Gerard & Co.
Dahl, R.
1957   *Who Governs*? Chicago: University of Chicago Press.
1958   *A Critique of the Ruling Elite Model, American Political Science Review*. 52: 463-469.
Danto, A. C.
1965   *Nietzsche As Philosopher*. New York: Macmillan.
1981   *The Transfiguartion of the Commonplace: A Philosophy of Art*. Cambridge: Harvard University Press.
Davidson, A. I.
2001   *The Emergence of Sexuality: Historical Epistemology and the Formation of Concepts*. Harvard: Havard University Press.
Dean, M.
1999   *Gevernmentality: Foucault, Power and Social Structure*, London:
Delacroix, E.

1942　　*Écrits*. Tome II. Paris : Plon.

Deleuze, G.

1983　　*Cinéma I. L'Image-Temps*. Paris : Minuit.

1986　　*Cinéma II. L'Image-Temps*. Paris : Minuit.

1986　　*Foucault*. Paris: Minuit.

1990　　*Pourparlers*. Paris: Minuit.

Deleuze, G./Guatarri, F.

1972a　　*Capitalisme et schizophrénie*. Tome I: *L'Anti-Œdipe*. Paris: Minuit.

1972b　　*Psychanalyse et Transversalité*. Paris: Editions de Recherches.

Derrida, J.

1986　　*Forcener le subjectile. Etude pour les dessins et portraits d'Antonin Artaud*. Paris : Galilee.

1987　　Entretiens avec Derrida, par Didier Cahen. In "*Digraphe*", No. 42, decembre Paris.

1991a　　Entretien avec François Ewald. In "*Magazine littérraire*", No. 286, Mars, Paris.

1991b　　*Acts of Literature*. London: Routledge.

1998　　*Monolingualism of the Other: or The Prosthesis of Origin*. Standford: Standford University Press

Derrida, J./Roudinesco, E.

2003　　*De quoi demain⋯Dialogue.* Paris: Champs/Flammarion

De Vio, T.

1530　　De confessione questiones. In *Opsucula*. Paris : F. Regnault.

Diogenes Laertius

1972　　*Lives of Eminent Philosophers*. 2 Vols. Translated by R. D. Hicks, London: Loeb Classical Library.

Durkheim, E.

1897　　*Le Suicide*, Paris: Aclan.

Eco, U.

1980　　*Il Nome della Rosa*. Milan : Gruppo Editoriale Fabbri, Rompiani, Sonzogno, Etas S.P.A.

Engels, F.

1891　　*The Principles of Communism*.

Épicure

1977　　*Lettre et Maximes*. Villers sur Marne: Mégare.

Erasmus, D.

1966[1509]　　*Éloge de la folie*. Leturmy: Club du livre.

Featherstone, M.

1991　　*Consumer Culture and Postmodernism*. London: Sage.

Ferguson, A.

1995　　*An Essay on the History of Civil Society*. Ed. By Fania Oz-Salberger. Cambridge: Cambridge University Press.

Ferry, L.

2002　　*Le sens du beau. Aux origines de la culture contemporaine*. Paris : Le livre de poche.

Foucault, M.

1954　　*Maladie mentale et Personnalité*. Paris: P.U.F.

1961a　　*Folie et Déraison. Histoire de la folie à l'âge classique*. Paris: Plon.

1961b　　*L'Anthropologie de Kant* (thèse complémentaire en 2 vol.; t. I: *Introduction*; t. II: *Traduction et Notes*). Paris: Bibliothèque de la Sorbonne.

1962　　*Maladie mentale et Psychologie*. Paris: P.U.F.

1963a　　*Naissance de la clinique. Une archéologie du regard médical*. Paris: P.U.F.

1963b　　*Raymond Roussel*. Paris: Gallimard.

1966   *Les Mots et les Choses. Une archéologie des sciences humaines*. Paris: Gallimard, coll. ' Bibliothèque des sciences humaines'.

1969   *L'Archéologie du savoir*. Paris: Gallimard, coll. 'Bibliothèque des sciences humaines'.

1969a   Jean Hyppolite. 1907-1968. In *Revue de métaphysique et de morale*. 74e année, No. 2, avril-juin. Paris.

1970   'La folie et la société', *Todia Kyoyogakububo*, 20 novembre, repris in Watanabe(M.), *Kokan no Shinwagaku*, Tokyo, Asahi-Suppansha, 1978, pp. 64-76 (résumé de la conférence de M. Foucault à la faculté des arts libéraux de l'université de Tokyo, 7 octobre 1970, établi par M. Watanabe).

1971a   *L'Ordre du discours*. (Leçon inaugurale au Collège de France, 2 décembre 1970).Paris: Gallimard.

1971b   'Le groupe d'information sur les prisons', *J'accuse*, n°2, 15 février-15 mars, p. 14(texte signé par J.-M. Domenach, M. Foucault, P. Vidal-Naquet).

1972   *The Archeology of Knowledge*. New York: Pantheon Books.

1972a   *Naissance de la clinique. Une archéologie du regard médical*. Paris : P.U.F.

1972b   'Les intellectuels et le pouvoir', *Le Nouvel Observateur*, n°391, 8-14 mai, pp. 68-70(extraits de l'entretien avec Gilles Deleuze, 4 mars 1972).

1973a   'Présentation', in *Moi, Pierre Rivière, ayant égorgé ma mère, ma soeur et mon frère*. Un cas de parricide au XIX siècle. Paris: Gallimard-Julliard, coll.'Archives', n°49, pp. 9-15.

1973b   *Ceci n'est pas une pipe*. Montpellier, Fata Morgana(rééd. De l'article des Cahiers du chemin, n°2, 15 janvier 1968, pp. 79-105).

1975   *Surveiller et Punir. Naissance de la prison*. Paris: Gallimard, coll. 'Bibliothèque des histoires'.

1976   *La Volonté de savoir. Histoire de la sexualité*, t. I. Paris : Gallimard, coll. 'Bibliothèque des histoires'.

1980   'Lettre. L'affaire Suffert', *Le Nouvel Observateur*, n°792, 14-20 janvier, p. 28.

1981   'L'évolution de la notion d'"individu dangereux" dans la psychiatrie légale'. *Déviance et Société*, vol. 5, n°4, pp. 403-422(communication au Symposium de Toronto,'Law and Psychiatry', Clarke Institute of Psychiatry, 24-26 octobre 1977, publiée d'abord dans *l'International Journal of Law and Psychiatry*, vol. I, 1978, pp. 1-18.

1981a   Est-il donc important de penser? In *Liberation*. 30 mai 1981.

1982   *Le Désordre des familles. Lettres de cachet des archives de la Bastille* (présenté et édité par M. Foucault et A. Farge), Paris : Gallimard-Julliard, coll. 'Archives', n°91.

1983   'Qu'est-ce qu'un auteur?' *Littoral. Revue de psychanalyse*, n°9: *La Discursivité*, juin, pp. 3-32 (rééd. de la communication à la Société française de philosophie du 22 février 1969 publiée dans le *Bulletin de la société française de philosophie*, 63 année, n°3, juillet-septembre 1969, pp. 73-104).

1984a   *Histoire de la sexualité*, t. II: *L'Usage des plaisirs*. Paris: Gallimard, coll. 'Bibliothèque des histoires'.

1984b   *Histoire de la sexualité*, t. III: *Le Souci de soi*. Paris: Gallimard, coll. 'Bibliothèque des histoires'.

1984c   'Le sexe comme une morale', *Le Nouvel Observateur*, n°1021, 1-7 juin, pp. 86-90(entretien avec H. Dreyfus et P. Rabinow, université de Berkeley, avril 1983; version abrégée de 'On the Genealogy of Ethics: An Overview of Work in Progress', trad. J. Hess).

1986   *La Pensée du dehors*, Montpellier, Fata Morgana(rééd. de l'article de *Critique*, n°229, juin 1966, pp. 523-546).

1988   'Herméneutique du sujet', *Concordia. Revue internationale de philosophie*, n°12, pp. 44-68 (extraits du cours du Collège de France, année 1981-1982, 'L'herménertique du sujet', cours des 6, 13, 27 janvier,3,10,17,24 février et du 10 mars 1982).

1989 'La gouvernementalité', *Le Magazine littéraire*, n°269, septembre, pp. 97-103(extrait du cours du Collège de France, année 1977-1978: 'Sécurité, territoire, population', cours du 1 février 1978).

1990 'Qu'est-ce que la critique? Critique et *Aufklärung', Bulletin de la Société française de philosophie*, 84 année, n°2, avril-juin, pp. 35-63(communication à la Société française de philosophie, séance du 27 mai 1978).

1994 *Dits et écrits*. Vol. I-IV. Paris: Gallimard.

1997 *Il faut défendre la société*. Paris: Gallimard/Seuil.

1999 *Les Anormaux*. Paris: Galliamrd/Seuil.

2001 *L'Herméneutique du sujet*. Paris: Gallimard/Seuil.

2003 *Le pouvoir psychiatrique*. Paris: Gallimard/Seuil.

Francastel, P.

1970 *Études de sociologie de l'art*. Paris: Denoël.

Frank, J. P.

1780-1790 *System einer vollständigen Medicinischen Polizey*. Mannheim: C. F. Schwann.

Gadamer, H.G.

1986(1960) *Wahrheit und Methode*. Tuebingen: J. C. B. Mohr(Paul Siebeck).

Gans, H. J.

1985[1974] *Popular Culture and High Culture. An Analysis and Evaluation of Taste*. New York: Basic Books.

1985 *American Popular Culture and High Culture in a Changing Class Structure.* In J. H. Balfe / M. J. Wyszomirski, Eds. *Art, Ideology and Politics*, pp.: 40-57. New York: Praeger.

Gautier, Th.

1941 *Poésies*. Paris : Alphonse Lemerre.

Gellner, E.

1996 *Conditions of Liberty: Civil Society and Its Rivals*. Harmondsworth : Penguin.

Gernet, L.

1968 *Anthropologie de la Grèce antique*. Paris: Pressses Universitaires de France.

Gros, F.

1996 *Michel Foucault*. Paris: Presses Universitaires de France.

Guillaume, P.

1937 *La psychologie de la forme*. Paris: Flammarion.

Guizot, F.

1821-1822 *Histoire des origines du gouvernement représentatif*. Paris.

1826-1827 *Histoire de la révolution d'Angleterre*. Paris.

1828 *Histoire de la civilisation en Europe*. Paris.

1830 *Histoire de la civilisation en France*. Paris.

1858-1867 *Mémoires pour servir à l'histoire de mon temps*. Paris.

Habermas, J.

1964 *Der strukturalwandel der Öffenlichkeit*. Frankfurt am Main: Suhrkamp

2001 *Die Zukunft dermenschlichen Natur. Auf dem Weg zu einer liberalen Eugenik?* Postskriptum; Glauben und Wissen. Frankfurt am Main: Suhrkamp.

2002 *L'avenir de la nature humaine. Vers un eugénisme libéral?* trad. par Christian Bouchindhomme. Paris : Gallimard.

Hadot, P.

1992 *La Citadelle intérieure. Introduction aux Pensées de Marc Aurèle.* Paris : Fayard.
1993 *Exercises spirituels et philosophie antique.* Paris : Galliamrd.
1995 *Qu'est-ce que la philosophie antique?* Paris : Gallimard.
1997 *Plotin ou la simplicité duregard.* Paris : Gallimard.
1998a *Éloge de la philosophie.* Paris : Alea.
1998b *Éloge de Socrate.* Paris : Alea.
1998c *Études de philosophie ancienne.* Paris : Les Belles Lettres.
1999 *Porphyre. Éudes néoplatoniciennes.* Paris : Les BellesLettres.
2001 *La philosophie comme manière de vivre.* Entretiens avec Jeanne Carlier et Arnold I. David-son. Paris : Albin Michel.
Hall, J. A.
1995 *Civil Society: Theory, History, Comparison.* Cambridge: Polity Press.
Heidegger, M.
1944 *Erläuterungen zu Hölderlins Dichtung.* Frankfurt am Main: Klostermann.
1958[1953] *Essais et conférences.* Trad. A.Préau. Paris: Gallimard.
1959 *Unterwegs zur Sprache.* Pfunglingen: Günther Neske.
1960 *Der Ursprung des Kunstwerks.* Stuttgart: Reclam.
1961 *Nietzsche.* 2 Bde. Pfunglingen: Günther Neske.
1972[1950] *Holzwege.* Frankfurt am Main: Klostremann.
1978 *Wegmarken.* Pfunglingen: Günther Neske.
1986[1927] *Sein und Zeit.* Frankfurt am Main: Klostermann.
1989 Die Metaphysik und Ursprung des Kunstwerks. In *Gesammausgabe.* Bd. 65. Frankfurt am Main: Klostermann.
Holmes, S.
1984 *Benjamin Constant and the Making of Modern Liberalism.* New Haven, CT.: Yale University Press.
Hume, D.
1757 *On the Standard of Taste.* London.
1994 *Political Essays.* Ed. By Knud Haakonssen. Cambridge: Cambridge University Press.
Hutton, P. H. et ali.
1988 *Technologies of the Self. A Seminar with Michel Foucault.* Amherst: The University of Ma-ssachusetts Press.
Institut de l'environnement
1976 *Les Machines à guérir. Aux origines de l'hopital moderne: dossiers et documents.* Paris: In-stitut de l'environnement.
Janet, P.
1926-1928 *De l'Angoisse à l'extase.* Paris.
Jencks, Ch.
1987 *Postmodernism. The New Classicism in Art and Architecture.* London: Academy editions.
Kafka, F.
1927 *Das Schloss.* Munich: K. Wolff.
Kant, I.
1977 *The Philosophy of Kant.* New York: Modern Library.
1942 *Fortschritte der Metaphysik. In Gesammelte Schriften*, Bande XX. Berlin: Walter de Gruyter.
1991 *Political Writings.* Ed. By Hans Reiss. Cambridge: Cambridge University Press.
1994[1781] *Kritik der reinen Vernunft.* Dortmund: Könemann.

1995[1790]　*Kritik der Urteilskraft*. Dortmund: Könemann.
Klossowski, P.
1950　*La vocation suspendue*. Paris: Gallimard.
1956　*Le Bain de Diane*. Paris: Jean-Jacques Pauvert.
Lacan, J.
1966　*Ecrits*. Paris: Seuil.
Lévi-Strauss, C.
1958　*Anthropologie structurale, I.* Paris: Plon.
1962　*La pensée sauvage.* Paris: Plon.
1973　*Anthropologie structurale, II.* Paris: Plon.
1991　*Histoire de lynx.* Paris: Plon.
Lewin, K.
1935　*Principles of Topological Psychology*. New York: Mac Graw-Hill.
Luhmann, N.
1970　*Soziologische Aufklaerung* Bd.I.: *Aufsaetze zur Theorie sozialer Systeme*. Mit. F. Becker, Koeln /Opladen: Westdeutscher Verlag.
1987　*Soziale Systeme: Grundriß einer allgemeinen Theorie*. Frankfurt am Main: Suhrkamp.
Lukes, S.
1974　*Power: A Radical View*. London: Macmillan.
1979　"On the Relativity of Power." *In Philosophical Disputes in the Social Sciences*. ed. by S. Brown. Sussex: The Harvester Press.
Mallarmè, S.
1925　*Igitur, ou La folie d'Elbehnon*. Paris: Gallimard.
Mann, Thomas
1912　*Der Tod in Venedig*. Frankfurt/M.: Fischer.
Mannoni, M.
1970　*Le psychiatre, son 〈 fou 〉 et la psychanalyse*. Paris: Seuil.
Marc Aurèle,
1953[1559]　*Pensées*. Paris: Les Belles Lettres.
Marx/Engels,
1843　*The Saint Family*. In *Marx-Engels Selected Works*. New York : International.
1844　*Ökonomisch-Philosophische Manuskripte*. In *Marx-Engels Selected Works*. New York : International.
1987　*Karl Marx - Friedrich Engls Gesammtausgabe, Dritte Abteilung, Briefwechsel*. Bd. V. Berlin: Diez.
1989　*Karl Marx - Friedrich Engls Gesammtausgabe*. Bd. VII. Berlin: Diez.
McLuhan, M.
1964　*Understanding Media*. New York: McGraw Hill Book Company.
Merleau-Ponty, M.
1945[1942]　*La structure du comportement*. Paris: Gallimard.
1945　*Phenomenologie de la perception*. Paris: Gallimard.
1948　*Sens et non-sens*. Paris: Nagel.
Metzinger, J.
1972　*Le cubisme était né*. Paris : Présence.
Michelet, J.
1860　*La femme*. Paris : Calmann-Levy.
Montaigne, M. De
1972[1580-1588]　*Essais. I-III*. Paris : Le livre de poche.

Morin, E.
1970   *L'Homme et la mort devant l'histoire*, Paris, Editions du Seuil.
Nietzsche, F.
1895   *Dionysys Dithyramben*. Berlin: De Gruyter.
1975[1870-1873]   Vérité et Mensonge au sens extra-moral. In *Oeuvres philosophiques complètes*. Editions di G. Coli et M. Montinari, tome I, vol. II. Ecrits posthumes. Paris: Gallimard.
1977[1887-1889]   Fragments posthumes. In Oeuvres philosophiques complètes. Editions di G. Coli et M. Montinari, Vol. XIV. Paris: Gallimard.
1980   *Friedrich Nietzsche*. Werke I-V. Hers. Von Karl Schlechta.Frankfurt am Main/Berlin/Wien: Ullstein Materialien.
1980[1887-1889]   *Friedrich Nietzsche: Saemtliche Werke*. Kritische Studienausgabe(KSA). Band 13. *Friedrich Nietzsche Nachgelassene Fragmente 1887-1889*. Herausgegeben von Giorgio Colli und Mazzino Montinari. Frankfurt am Main: Deutscher Taschenbuch Verlag/De Gruyter.
Palazzo, G. A.
1606   *Discorso del governo e della ragione vera di Stato*. Venetia: De Franceschi.
Philon
1963   De la vie contemplative. In *Oeuvres*, no. 29. Paris: Cerf.
Piaget, J.
1947   *La psychologie de l'intelligence*. Paris: A. Colin.
Plato
1920   *Platon, Oeuvres complètes*. Tome 1. Apologies de Socrate. Paris: Les Belles Lettres.
1925   *Platon, Apologies de Socrate*. Paris : Les Belles Lettres.
Politzer, G.
1928   *Critique des fondements de la psychologie*. Tome I, *La Psychologie et la Psychanalyse*. Paris: Rieder.
Pradeau,J.-F.
1999   *Alcibiade*. Paris : Flammarion.
Prus, R.
1999   *Beyond the Power Mystique: Power as Intersubjective Accomplishment*, New York: State University of New York Press.
Ricoeur, P.
1986   *Du texte à l'action*. Paris: Seuil.
2000   *L'mémoire, l'histoire, l'oubli*. Paris : Seuil.
Rolland, R.
1932   *Musiciens d'aujourd'hui*. Paris : Hachette.
Rorty, R. M.
1979   *Philosophy and the Mirror of Nature*. Princeton: Princeton University Press.
1987   *Contigency, Irony and Solidarity*. Oxford: Blackwell.
Rossi, P. L.
1829   *Traité de droit pénal*. Livre III, chapitre viii, de l'emprisonnement. Paris: A. Sautelet.
Rostovtzeff, M.
1976[1953]   *A History of the Ancient World, Vol. I: The Orient and Greece*, Oxford: Oxford University Press.
Rousseau, J.-J.
1992[1762]   *Du contrat social*. Paris: Presses Universitaires de France.
Russell, B.

1945　　*A History of Western Philosophy*. London: Macmillan.
Rutherford, R. B.
1989　　*The Meditation of Marcus Aurelius*. Oxford: Oxford University Press.
Sade (D. A. Marquis de)
1962　　*Oeuvres complètes*. Tome III. Paris: Jean-Jacques Pauvert.
Saint-Exupéry, Antoine de
1948　　*Citadelle*. Paris: Gallimard.
Sarraute, N.
1963　　*Les fruits d'or*. Paris: Gallimard.
Seneca,
1962　　De la vie heureuse. In Brhier, E. *Les Stoiciens*. Paris: Gallimard.
1971　　*Philosophische Schriften*. Bd. II. Übers. und hg. von M. Rosenbach. Berlin: Ullstein Materi-
　　　　alien.
Sollers, Ph.
1984　　*Portrait du jouer*. Paris: Gallimard.
Spinoza, B. de
1670　　*Tractatus theologico-politicus*. Amsterdam: Rieuwertsz
Thibaudet, A.
1935[1922]　*Flaubert*. Paris: Gallimard.
Thierry, A.
1825　　*Histoire de la conquête de l''angleterre par les Normands*. Paris.
1840　　*Récits des temps mérovingiens*. Paris.
Thiers, L. A.
1823-1827　*Histoire de la Révolution*. Paris.
1845-1862　*Histoire du Consulat et de l'Empire*. Paris.
Thompson, J.
1990　　*Ideology and Modern Culture*. Cambridge : Polity.
Turquet de Mayerne, L.
1611　　*La Monarchie aristo-démocratique, ou le gouvernement composé des trois formes de
　　　　légitimes républiques*. Paris.
Tzonis, A. Et alii.
1995　　*Architecture in North America since 1960*. Boston: Little, Brown and Company.
Valéry, P.
1955　　Avant-propos. In *Encyclopaedie française*, tome XVI. Paris : Monzie.
1956　　*Littérature*. Paris : Gallimard.
Vernant, J.-P.
1965　　*Mythe et pensée chez les Grecs*. Paris : Seuil.
1989　　*L'Individu, la mort, soi-même et l'autre en Grèce ancienne*. Paris: Gallimard.
1996　　*Entre mythe et politique*, Paris: Editions du Seuil.
Veyne, P.
1993[1986]　The Final Foucault and His Ethics. In *Critical Inquiry*. No. 20, Autumn. Chicago.
Vinchon, J.
1950[1924]　*L'Art et la folie*. Paris: Stick.
Voltaire,
1820-1822　*Œuvres*. Tomes 37-42, *Dictionnaire philosophique*. Paris : Editions A. Lequien.
Wittgenstein, L.
1968[1953]　*Philosophische Untersuchungen*. Oxford :Blackwell.
Xénophon
1949　　*Economique*. Paris: Les Belles Lettres.

附錄三

索引

Beckett, Samuel	貝克特	56, 131	1906-1989
Bentham, Jeremy	邊沁	197, 235	1748-1832
Bernanos, Georges	貝爾納諾	78	1888-1948
Beveridge, William Henry	伯弗里兹	279	1879-1963
Bichat, Francois Marie Xavier	畢沙	71, 532	1771-1802
Binswanger, Ludwig	賓斯萬格	202, 522	1881-1966
Bio-politique	生命政治；生物政治	249, 274	
Bio-pouvoir	生物權力；生命權力	165, 185, 188, 189, 190, 249, 294, 300, 313, 315, 421	
Birault, Henri	亨利・畢洛	545	1918-1990
Blanchot, Maurice	布朗索	56, 61	1907-
Blondel, Claude	布隆岱	205	1876-1939
Boëthus of Sidon	波埃修斯	449	大約西元前一世紀
Boileau, Despreaux Nicolas	布阿洛	370	1636-1711
Borges, Jorge Luis	博爾兹	523	1899-1986
Botero, Giovanni	波德洛	282	1540-1617
Boulez, Pierre	布列	77	1925-
Bourdieu, Pierre	布爾迪厄	354	1930-2002
Breton, André	布魯東	480	1896-1966
Buffon, Georges Louis Leclerc, Comte de	布豐	263, 395	1707-1788
Burckhardt, Jakob	布格哈特	83, 348, 413, 431, 469, 520	1818-1897
Butor, Marcel	布托	56	1926-
Camus, Albert	卡謬	15, 524	1913-1960
Canins (Cyniques)	犬儒學派（昔尼克學派）	459	
Capitalisme	資本主義	187, 320	

Dispositif sexuel; dispositif de sexualité	性的裝置；性的統治措施	246, 254, 259	
Dogmatisme	獨斷論	267	
Dostoyevsky, Fyodor Mikhaïlovitch	杜思妥也夫斯基	205	1821-1881
Double	重疊；複製	42	
Double contingencies	雙重偶然性	176	
Droit	法	291	
Drogue	毒品	74	
Dumézil, Georges	杜美濟	15, 211	1898-1986
Économie politique du corps	身體的政治經濟學	231	
Eco, Umberto	安伯托‧艾柯	462, 549	1932-
Écriture de soi	自身的書寫文字	405	
Ego	自我	35	
Elias, Norbert	埃里亞斯	395	1897-1990
Ellington, Edward Kennedy, dit Duke	艾靈頓	77	1899-1974
Emergence	冒現	107, 116, 142	
Emplacement	場地	318, 319	
Épictète (Epiktetos)	艾畢克岱德	392, 449, 458	50-125/130
Épicure (Epikouros)	伊比鳩魯	443	341-270 B. C.
Epimeileia heautou	關懷自身	410	
Érasmus, Desiderius	愛拉斯默	223	1467-1536
Erdmann, Johann Eduard	埃爾德曼	460	1805-1892
Ère Post-Coloniale; Post-Colonial Era	後殖民時代	261	
Éros	情慾	65	
Érotisme	色情	358	
Espace	空間	319	
Esthétique	美學	352	
Esthétique analytique	分析美學	386	

Génie, Talent	天才	369, 371	
Génocide	種族滅絕	300	
George, Stefan	格爾奧格	382	1868-1933
Geschmacksurteil ; Jugement du goût esthétique	審美品味判斷力	385	
Gide, André	吉特	70, 236	1869-1951
Gnôthi Seauton	認識你自己	408, 438	
Goethe, Johann Wolfgang Von	歌德	369	1749-1832
Gorgias	高爾吉亞	39	487-380 B.C.
Goût ; Taste	品味	356, 369, 370, 371	
Goût esthétique; Aesthetic Taste	美學品味	355	
Gouvernement	統治；管轄；政府	188, 196, 197, 198	
Gouvernementalité	政府統管體系；統治心態；統治術	165, 179, 194, 195, 196, 198, 274	
Gouvernement de soi	掌控自身；管理自身	365, 425	
Gouvernement des autres	掌控他人；管理他人	365, 425	
Gouvernement des vivants	管轄活人	548	
Guevara, Ernesto, dit Che	格瓦拉	78	1928-1967
Guizot, François	基佐	301	1787-1874
Guyotat, Pierre	居約達	546	1940-
Habermas, Jürgen	哈伯瑪斯	330	1929-
Hadot, Pierre	哈多	13, 367, 470	1922-
Hadrianus, Publius Aelius, dit Hadrien	阿德里安	453	76-138
Harcèlement	騷擾	330	
Hédonisme	享樂主義	444	
Hegel, Georg Wihelm Friedrich	黑格爾	15	1770-1831

Passion	激情	511	
Paulhan, Jean	莊・波蘭	62	1884-1969
Pensée	思想	131	
Pervers (perversions sexuelles)	性錯亂	240, 255, 503	
Phénoménologie de l'existence corporelle	身體生存現象學	372	
Philosophie	哲學	373, 537	
Philosophie de la rationalité	理性哲學	18	
Philosophie du concept	概念哲學	18	
Philosophie du savoir	知識哲學	18	
Phronesis	實踐智慧	1, 2, 13, 350, 397, 405, 413, 432	
Physique du pouvoir	權力物理學	233	
Pinel, Philippe	畢奈爾	104	1745-1826
Plaisir	愉悅感；快感	86, 247, 368, 444, 483	
Platen-Hallermünde, Karl August von	普拉登・哈勒爾蒙德	534	1796-1835
Plato	柏拉圖	241, 245	427-347 B. C.
Pli	皺褶	384	
Plutarque (Ploutarkhos)	普魯塔克	408, 470	46/49-125
Poe, Edgar Allan	艾德加・艾倫坡	序言6	1809-1849
Police	警察	200, 307, 312	
Politique	政治	312	
Ponge, Francis	彭日	482	1899-1988
Posidonius	波西多尼烏斯	449	135-51 B.C.
Post-Modernité ; Post-Modernity	後現代性	471	
Pouvoir	權力	3, 103, 182	
Pouvoir-censure	審核的權力	237	

Représentation	再現；表象	221, 222	
Retour éternel	永恆回歸	365	
Rêve	夢幻；夢	73, 522	
Ricoeur, Paul	李克爾	135	1913-
Rilke, Rainer Maria	里爾克	382	1875-1926
Robbe-Grillet, Alain	羅伯·格里葉	56	1922-
Rorty, M. R.	羅迪	30	1931-
Rousseau, Jean-Jacques	盧梭	181, 263, 311	1712-1778
Roussel, Raymond	雷蒙·魯舍爾	32	1877-1933
Rupture	斷裂性	110	
Russell, Bertrand	羅素	471	1872-1970
Sade, Donatien Alphonse François, dit Marquis de	沙德	25, 62, 532	1740-1825
Sadisme	施虐狂	503	
Sadomasochisme	施虐－受虐狂	503	
Saint Thomas d'Aquinas	聖托瑪斯·阿奎那	416	1228-1274
Salut	拯救	411	
Sartre, Jean-Paul	沙特	15, 27	1905-1980
Schéma contrat-oppression du pouvoir	權力的「契約壓迫模式」	185, 302	
Schéma domination-répression du pouvoir	權力的「統治鎮壓模式」	185	
Schéma guerre-répression du pouvoir	權力的「戰爭鎮壓模式」	185	
Schéma juridique du pouvoir	權力的「法律模式」	185, 302	
Schéma lutte-répression du pouvoir	權力的「鬥爭鎮壓模式」	185	
Schiller, Christoph Friedrich Von	席勒	369	1759-1805
Schizofrénie	精神分裂	64	

在知識的殿堂裡，學術的傳播不分國界，
每個靈感、每道聲音、每個思想、每個研究，
在「五南」都會妥善的被尊重、被珍視
進而
激盪出更多的火花，
交融出更多的經典！

五南文化廣場

橫跨各種領域的專業性、學術性書籍，在這裡必能滿足您的絕佳選擇！

台中總店
台中市中山路6號【台中火車站對面】
電話：(04)2226-0330 傳真：(04)2225-8234

海洋書坊
基隆市北寧路二號【國立海洋大學內】
電話：(02)2463-6590 傳真：(02)2463-6591

台北師大店
臺北市師大路129號B1
電話：(02)2368-4985 傳真：(02)2368-4973

逢甲店
台中市逢甲路218號【近逢甲大學】
電話：(04)2705-5800 傳真：(04)2705-5801

嶺東書坊
台中市嶺東路1號【嶺東學院內】
電話：(04)2385-3672 傳真：(04)2385-3719

高雄店
高雄市中山一路290號【近高雄火車站】
電話：(07)235-1960 傳真：(07)235-1963

屏東店
屏東市民族路104號2樓【近火車站】
電話：(08)732-4020 傳真：(08)732-7357

＊凡出示教師識別卡，皆可享9折優惠。(特價品除外)

＊本文化廣場將在台北、基隆、桃園、中壢、新竹、
　彰化、嘉義、台南、屏東、花蓮等大都市，陸續佈
　點開店，為知識份子，盡一份心力。

五南文化事業機構
WU-NAN CULTURE ENTERPRISE
台北市106 和平東路二段339號4樓 TEL：(02)2705-5066 FAX：(02)2706-6100
網址：http//www.wunan.com.tw E-mell：wunan@wunan.com.tw